COLLECTION « TRIO »

Pierre Miquel, *LA LIONNE DE BELFORT*
suivi de *Le Fou de Malicorne*
et de *Le Magasin de chapeaux*

Gilbert Bordes, *LE CHAT DERRIÈRE LA VITRE*
suivi de *L'Heure du braconnier*
et de *Une vie d'eau et de vent*

Pierre Galoni, *LE PITAUD*
suivi de *La Fille du Pitaud*
de *Le Pitaud grand-père*
et de *Le Destin du Pitaud*

Laurent Cabrol, *L'ENFANT DE LA MONTAGNE NOIRE*
suivi de *Les Disparues de la Saint-Jean*
et de *Le Crime de la Noël*

Mary Jane Clark, *PUIS-JE VOUS DIRE UN SECRET?*
suivi de *Vous promettez de ne rien dire*
et de *Nul ne saura*

Mary Jane Clark, *VOUS NE DEVINEREZ JAMAIS*
suivi de *Si près de vous*
et de *Cache-toi si tu peux*

Jacques Mazeau, *LE PRÉ AUX CORBEAUX*
suivi de *Terre de sang*
et de *De l'autre côté de la rivière*

Jacques Mazeau, *LA FERME D'EN BAS*
suivi de *La Dénonciation*
et de *Le Retour de Jean*

Jacques Mazeau, *LA RUMEUR DU SOIR*
suivi de *La Dame blanche*
et de *Mensonges*

Colleen McCullough, *LA MAISON DE L'ANGE*
suivi de *Les Dames de Missalonghi*
et de *Un autre nom pour l'amour*

LE BÂTARD DU BOIS NOIR

DU MÊME AUTEUR

Alice la flamboyante, Presses de la Cité, 2012

Le Pont assassiné, L'Archipel, 2012.

Le Destin d'Honorine, Presses de la Cité, 2010.
Prix Paul Féval 2011.

La Rebouteuse de Champvieille, L'Archipel, 2009.

Deux ânes, deux moins et deux putains, Hors commerce, 2006.

Les Palmiers sous la neige, Tamahak, 2005.

Les Loups du Mardi gras, Hors Commerce, 2005.

La Bande noire, Cheminements, 2002.

L'Enfant sorcier africain entre ses deux juges,
avec Martine de Maximy et Thierry Baranger, Odin, 2000.

L'Écrit rouge, Albin Michel, 1999.

L'Ombre du diable, Albin Michel, 1999.

HUBERT DE MAXIMY

LE BÂTARD DU BOIS NOIR

suivi de

LA REVANCHE DU BÂTARD

et de

LA FILLE DU BÂTARD

l'Archipel

Si vous souhaitez recevoir notre catalogue
et être tenu au courant de nos publications,
envoyez vos nom et adresse, en citant ce livre,
aux Éditions de l'Archipel,
34, rue des Bourdonnais 75001 Paris.
Et, pour le Canada, à Édipresse Inc.,
945, avenue Beaumont,
Montréal, Québec, H3N 1W3.

ISBN 978-2-8098-0881-0

À mon frère René de Maximy,
écrivain et poète

LE BÂTARD
DU BOIS NOIR

«Je ne dirai rien. Je ne leur raconterai pas la guerre, la vraie. Ils ne comprendraient pas», se dit Marius Malaguet en entrant dans le métro. Rasséréné, il observa les gens mal réveillés puis s'intéressa à ce train électrique rouge et vert qui filait dans des tunnels. Toutes les deux minutes, la rame vomissait son monde dans ces stations souterraines carrelées comme des pissotières, puis ses portes se fermaient dans un grand chuintement, clos par un claquement sec. Il descendit gare de Lyon, suivit la foule dans les couloirs éclairés par quantité d'ampoules nues, s'agaça de cette fourmilière. Elle lui rappelait celles que, géant incertain, il éventrait enfant. Il n'était ni taupe ni rat pour ainsi courir sous terre, mais une bête de surface. Un chien peut-être, dressé à ramener les vaches folâtres. Un corniaud, évidemment.

Le flux pressé se scindait. Il prit le couloir de gauche, suivit sans y penser une silhouette longue au buste étroit. La robe fluide descendait jusqu'à des bottines claires à grand talon. Son volumineux chapeau lui fit songer à un nid de pie. Une bien belle pie. Soulevant le bas de sa jupe, elle grimpa vélocement vers la sortie. Il entrevit ses chevilles fines avant qu'elle ne passe le haut des marches et s'enfonce sur la place. Quand il atteignit la surface, elle s'éloignait. La dépasser pour la voir de face l'eût obligé à courir. Il se l'interdit et la chance lui sourit. Avait-elle senti son regard la caresser? Elle se retourna, le regarda d'un air doux. Savait-elle seulement qu'il était officier? En cette fin août 1918, tout le monde connaissait les grades. Tout le monde était concerné.

La vie du boulevard l'étourdit. Fiacres, camions à chevaux et taxis-autos se croisaient en tous sens. Sur le trottoir, un gamin se curait le nez, une grosse dame pérorait, un bébé piaillait, un vieux beau se pavanait. Ces gens, ces voitures, et même cette fille qui lui avait souri, n'existaient pas. Il allait se réveiller, retrouver la réalité, les tranchées, la mort qui vous traque et massacre l'imprudent comme le lion dévore la bête malade.

Il ne rêvait pas.

Il connaissait mal la ville, pas du tout le quartier. Demander où se trouvait la gare lui parut ridicule. Levant les yeux, il reconnut la tour de l'horloge. L'œil cyclopéen marquait 18 h 12. Il avait une demi-heure d'avance. Tandis qu'il regardait, la grande aiguille chuta d'une minute.

Son barda à l'épaule, il traversa le boulevard. Un lourd carton pesait à son bras. «Pathéphone réflexe n° 19» y était écrit. Il avait voulu offrir aux «femmes» des colifichets à la mode, mais avait été incapable de les choisir. Alors, il avait acheté deux romans de Delly pour Jeanne et, folie, ce gramophone pour sa mère. Il aurait préféré lui apporter des livres, mais elle ne savait pas lire. Plusieurs fois il avait voulu lui apprendre. Elle avait toujours refusé prétextant le manque de temps. C'était vrai, bien sûr, mais il y avait autre chose, une sorte de résignation acharnée à sa vie de servante, presque d'esclave. En expiation de quoi? En revanche, elle s'émerveillait de la musique d'église ou de la fanfare du 14 Juillet. Marius était donc certain qu'elle écouterait ses disques jusqu'à l'usure. Il lui en apporterait d'autres, si toutefois il survivait. Il eut un sourire amer.

Dans la gare, il fut saisi par la grande rumeur ferroviaire, sifflets des locomotives, ample souffle des convois qui s'ébranlent, gémissements titanesques des freins, brouhaha de la foule. Suie, fer chaud, huile machine mêlaient leurs effluves. Un mélange indistinct de vapeur blanche et de fumée charbonneuse stagnait sous l'énorme marquise de verre encrassée.

Les civils lui semblaient aussi exotiques que des zoulous en pagne au milieu des militaires, omniprésents. Sur les visages des permissionnaires se lisait la joie ou l'angoisse, selon qu'ils partaient chez eux ou en revenaient. Beaucoup de simples soldats évitaient son regard. Il n'en avait cure. Lui, en revanche, sachant la morgue des ganaches galonnées, saluait ses supérieurs pour se préserver d'ennuis imbéciles. Il avait peu d'estime pour eux, à quelques exceptions près. Décidé à prohiber toute pensée le ramenant à la guerre, il haussa les épaules. Le train de nuit pour Lyon partait du quai n° 7. Répugnant à y monter trop tôt, il se dirigea vers le buffet.

Il s'accouda au bar en étain. Dans le miroir derrière le serveur, un étranger de bonne taille, nommé Marius Malaguet, le dévisageait de ses yeux verts. Le brin de provocation qui agaçait ses supérieurs venait de son demi-sourire et de l'inclinaison désinvolte de son képi où brillaient deux galons dorés. Il était lieutenant ! Conscient qu'il se rengorgeait, il retint un cocorico de dérision. Belle reconnaissance de sa compétence ! Quelle compétence ? Cette guerre stagnante n'avait que faire de l'art de vaincre. Survivre était le seul talent recherché. Des hommes expérimentés devaient combler l'hécatombe des officiers subalternes. Le Chemin des Dames et Verdun avaient été nécessaires pour la promotion de ce paysan bâtard.

Il quittait le front pour une permission de cinq jours. Contrairement à des millions d'autres damnés, il avait choisi cet enfer. L'autre, celui de son enfance, il l'avait subi. À la ferme du Bois noir, la vie était dure pour Marius, fils naturel de Marie Malaguet, la servante. Dans les tranchées, au moins, il n'était plus *lou bastardou* !

« Plus jamais et de personne ! », dit-il silencieusement à son reflet. Plus jamais il ne tolérerait le mépris pour sa bâtardise. Ce pacte avec lui-même l'étourdit par sa soudaine évidence. Qui, de toute façon, craindrait-il d'affronter après ce qu'il avait vécu pendant plus de quatre ans ?

Il sentit une présence. Dans la salle, une femme le regardait, une belle brune en noir, une toute jeune veuve. Une lueur dans son œil prouvait que les vertus intangibles s'étiolaient. La patrie se révélait la pire des ogresses et le bouillonnement forcené de la vie fissurait les façades de respectabilité. Le monde basculait. Il voulut sourire. Une culpabilité vague lui fit baisser les yeux. Agacé, il redressa vivement la tête. La femme s'en allait. Au moment de sortir, elle se tourna. La compassion du jeune homme la surprit. Leurs regards s'attardèrent quelques secondes, déjà nostalgiques. Quand elle sortit, une légère amertume l'envahit. Pourquoi refusait-il les bonheurs de hasard alors que la guerre, enfin, approchait de son terme?

Il erra dans la gare. La chaleur de cette fin d'été pesait. Des grains de poussière dansaient dans un rayon de soleil. Il eut envie de calme, revint vers son train, voulut monter dans un wagon de troisième, se souvint que les officiers voyageaient en première. Il s'installa sur la banquette moelleuse, côté couloir, déboutonna sa vareuse et ferma les yeux. Le temps s'abolit en souvenir, en cauchemar peut-être.

*

Un soir de juillet 1914, quatre années plus tôt, Marius Malaguet occupait un angle dans un compartiment de troisième classe. Tiré par une locomotive opiniâtre, l'omnibus de Saint-Étienne avait gravi les six cents mètres de dénivelé entre Bonson et Saint-Bonnet. Il filait maintenant à travers le plateau. À Usson, descendit l'ultime passager. Heureux d'être seul, le jeune homme avait tiré la sangle de la fenêtre pour la déboîter, avant de la laisser glisser tout entière dans l'épaisseur de la portière. Enivré par l'air vif qui s'engouffrait dans le compartiment, sans souci des escarbilles, il avait offert son visage au vent.

Diplôme en poche, il était enfin maître de sa destinée. Il avait bûché dur à l'École des eaux et forêts. Il deviendrait au moins fonctionnaire. L'avenir s'ouvrait. Restait son service militaire, mais il passerait vite et lui ferait voir du pays. On parlait bien d'une guerre avec la Prusse, de rappel des réservistes, mais tout ça c'était de la politique. Ça se passait à Paris, autant dire au bout du monde.

Marius revenait au domaine du Bois noir, heureux à la perspective des foins et des moissons avec Jeanne. Il lui dirait son amour, l'épouserait, l'emmènerait à la ville, une sous-préfecture pour le moins. Ils s'installeraient dans une grande maison carrée sans vaches à traire ni fumier à charrier.

Il se hâta de fermer la fenêtre avant le tunnel pour éviter la fumée tourbillonnante. Comme toujours il s'inquiéta, mais le convoi ralentit dès le viaduc. Il fallait demander l'arrêt au contrôleur, sinon il passait sans ralentir à la minuscule gare de Pontempeyrat, commune du canton de Craponne-sur-Arzon, département de la Loire-Supérieure.

Marius descendit du train, ivre de liberté.

Par les bois, il fallait dix minutes pour rejoindre la ferme ; par la route, un bon quart d'heure. Il rapportait toutes ses affaires et sa valise pesait. Il prit l'itinéraire le plus long. Dans les prés, derrière les murets de pierre, on fanait en hâte. Les femmes retournaient au râteau de bois les andins des dernières fauchées, tandis que les hommes chargeaient vivement les chars à hautes ridelles.

Marius avait enlevé sa veste, déboutonné sa chemise. Il ramassa une forte branche morte et la passa dans la poignée de son bagage, qu'il bascula sur son dos. Ainsi, il ne lui arracherait plus le bras. Le cœur en fête, il fit la course avec les nuages noirs qui montaient de l'horizon, là-bas au sud, du côté du Puy.

Très vite, les prés laissèrent la place aux pins dont les ramures filtraient le soleil, dessinaient au pochoir des fantasmagories blondes sur le sol d'aiguilles sèches. Au coude du chemin montant apparurent les sapins majestueux du « Bois noir ». Il aimait ces arbres de trente mètres, non sans éprouver une vague crainte surgie de son enfance, car dans les sapinières régnait un crépuscule permanent.

Il passa la crête. Ancrée dans la pente apparut la maison, une bâtisse hiératique en granit sous un toit de tuiles romaines. Au premier, une porte ouverte sur le vide donnait dans la grange. Elle dominait d'un mètre à peine le faîte du char de foin sur lequel était perchée Marie Malaguet, sa mère. Elle ramassait de larges fourchées et les enfournait dans la béance rectangulaire, où un faneur, qu'il ne pouvait voir, les ramenait en arrière d'un geste glissé. Il fronça les sourcils. C'était là un travail d'homme. Sa mère était robuste, certes, mais tout de même ! À trente-six ans, on n'est plus une jeunesse. Lucas Malvier, qui était fort comme un cheval, assurait habituellement cette tâche. Où était cette brute ? Marius hâta le pas. Il détestait le fermier qui le lui rendait bien, mais ils se toléraient depuis si longtemps. Et puis, il y avait le doute…

Il arriva sur l'aire, ne dit rien, mais, posant valise et veste, grimpa prestement sur le char où il enleva la fourche des mains de sa mère.

— Donne la main, lui dit-il, que je t'aide à descendre.

Avec un sourire heureux, elle glissa jusqu'au sol, presque suspendue au bras de son garçon.

— C'est bien, dit-elle. Je vais réchauffer la soupe. Quand vous aurez fini, elle sera prête.

Il empoigna la fourche. Venant de la grange, une voix familière l'interpella :

— Te voilà, toi ! Va falloir me vider ce char avant la pluie…

— T'inquiète ! Si tu fais ta part, il sera vide en moins de deux.

Il sourit. Le vrai propos était dans les yeux de Jeanne, pas dans l'urgence de l'instant. Non que l'un ou l'autre négligeât l'ouvrage – il y avait un temps pour tout –, mais les confidences seraient pour la veillée.

Piquage et repiquage, son double mouvement lui permit d'embrocher d'un seul coup de quoi remplir une petite charrette. Avec un « han ! » sonore, il éleva la charge en bout de fourche et la déchargea d'un mouvement coulé à l'étage ; il entrevit la silhouette drue de la jeune fille.

— Du nerf, lui dit-il, j'ai pas que ça à faire !

Elle rit, cueillit la brassée et, d'un mouvement presque nonchalant, la bourra derrière elle, au fond du fenil.

— Te voilà revenu, galapiat, répondit-elle, goguenarde. C'est pas trop tôt ! T'aurais pu écrire que tu arrivais.

Déjà il enlevait une deuxième charge qu'aussitôt elle engouffra.

— Je t'ai écrit, mais le facteur n'est qu'un *fainiant.*

Elle fronça les sourcils sans cesser sa tâche.

— Il est passé ce matin. Il n'avait pas ta lettre.

— T'es bien sûre?

La conversation se poursuivit, hachée par l'effort d'arrachage puis de levage. Le char se vidait. Les jeunes gens se livraient un joyeux duel de vitesse. Marius ruisselait; Jeanne, qui ne valait guère mieux, riait.

— Saute, je te rattrape.

Ils faisaient ça étant enfants, sauter du premier étage dans les chars de foin. Mais ils n'étaient plus des enfants et le char était vide.

Elle avait posé sa fourche, admirait Marius qu'elle n'avait pas vu depuis trois bons mois. Sa sveltesse de jeune homme cédait le pas à une carrure d'homme. À dix-neuf ans, il en paraissait vingt-cinq, mais il avait toujours ce sourire de biais qu'elle aimait. Elle sauta. Il oscilla à peine sous le choc, la serra contre lui et le temps s'arrêta. Soudain, ils n'étaient plus deux enfants, ni même deux adolescents troublés, mais un homme et une femme dans les bras l'un de l'autre, conscients de leur puissance, conscients de leurs désirs. Il avait fermé les yeux, elle avait entrouvert les lèvres, soudain assoiffée. Le temps parut se figer, mais une certitude les envahit l'un et l'autre...

Ils descendirent du char en se tenant la main, comme jadis, quand ils partaient ensemble à l'école, mais, à l'évidence, cette attitude avait une profondeur nouvelle. Sortant de la cuisine pour annoncer la soupe, Marie leur jeta un regard alarmé, tandis que le fermier, perché sur un second char de foin, fronçait les sourcils.

Marius ne lâcha pas la main de Jeanne. Il fixa l'arrivant avec une détermination qui frôlait le défi.

— Bien le bonjour, *mouseuh* Malvier, dit-il d'un ton calme. On décharge celui-là aussi?

— Allons.

Le maître du Bois noir entrait dans la cinquantaine. Il était dur à la tâche, ne se plaignait jamais, ne tolérait pas de jérémiades et s'agaçait des langueurs de sa femme malade. Jeanne tenait de lui son amour du travail bien fait et sa résistance à l'ouvrage. Quant au *bastardou*, rien à dire, il ne pleurait pas sa peine; mais il n'avait pas aimé la façon dont il tenait la main de sa fille.

Le second char de foin fut déchargé à son tour. Le visage de bois, Marius avait gardé la place pénible, celle où l'on monte les fourchées de plus en plus haut à mesure que le char se vide. Malvier, aussi fermé que lui, bourrait la grange. Ils n'avaient pas échangé un mot. Seule l'harmonie des gestes les reliait comme deux bielles d'une même machine. La tâche expédiée, Marius remisa le char et détela les deux vaches qu'il mit à l'herbe derrière l'étable, car on attelait les laitières dans ce Haut-Velay pauvre.

Les deux hommes s'observaient sans aménité. Une bouffée de haine passa dans les yeux verts de Marius. Malvier cilla. Tous deux comprirent que l'aîné n'était plus la force. Le rapport s'inversait. C'était si vrai que Malvier, contrairement à son habitude, n'avait proféré aucune critique malveillante.

Ils arrivèrent ensemble devant la porte de la cuisine. Depuis longtemps déjà, Marius dépassait le fermier en taille. Cette fois, il était aussi plus large. Leurs regards se heurtèrent de nouveau. Deux néandertaliens convoitant la domination du clan. Ça dura une seconde. Son sourire de biais légèrement accentué, Marius s'effaça. Malvier passa comme à regret, comme s'il eût préféré l'affrontement. Sa hargne de ce soir ressemblait à une poussée de fièvre coloniale.

La lumière baissait sans qu'on sût si la nuit tombait ou si les nuages noirs s'installaient. Maléfiques, porteurs d'une pluie lourde, ils hacheraient les légumes des jardins et briseraient les tiges des blés encore verts. Marius aima cette rage des éléments venue soutenir la sienne.

— Tu t'es occupée d'Adèle? demanda sèchement Malvier à Marie, qui posait devant lui une assiette de soupe.

Une grosse mouche bruissait, aggravant le silence pesant que causa la question malveillante du maître.

— Pas encore. Il fallait bien rentrer le foin, répondit enfin la servante.

Elle allait bouger. Son fils posa son bras sur le sien. Le regard de Jeanne voltigea de la servante à son père, puis revint sur Marius.

— J'y vais, dit-elle.

— C'est son travail, pas le tien! grinça Malvier.

— C'est ma mère, répondit la jeune fille en se levant.

Malvier attendit on ne sait quoi avant de plonger sa cuillère dans sa soupe. La tension baissa.

Un plateau servi dans les mains, Jeanne se dirigea vers la porte qui menait aux étages, l'ouvrit du bout du pied, monta l'escalier caché par une cloison en bois. Marie se remit en mouvement. Elle puisa de l'eau chaude dans le réservoir de la cuisinière, la versa dans un baquet posé sur la pierre d'évier, commença la vaisselle, s'interrompit bientôt pour sortir une assiette du garde-manger, qu'elle posa devant le fermier. Il ouvrit son Opinel, se servit de chèvreton, un fromage du pays qui ne devait rien aux chèvres, mais tout aux vaches, puis il se versa un verre de vin en ignorant les autres.

Jeanne revint.

— Elle tousse, dit-elle. Elle crache le sang, de nouveau. Il faut faire venir le docteur.

— Il dira quoi? Il a déjà tout dit, hein. Et ça coûte, le docteur!

«Pour une vache malade il appellerait le vétérinaire mais ma mère, elle peut crever!» Jeanne tut sa réflexion, mais ses narines palpitèrent. Parfois elle pouvait tout dire à son père. Pas à cet instant. Elle commença à manger sa soupe refroidie, leva les yeux sur Marius. Le regard enluminé, il lui sourit. Alors Malvier claqua sèchement la lame de son couteau, se leva lourdement et, avec un geste de mauvaise humeur à l'encontre de Marius, ordonna:

— Toi, demain, debout à cinq heures!

Le jeune homme tressaillit, le meurtre au fond des yeux. Dans ceux de Jeanne un éclair de désespoir passa.

*

Dans le grenier attenant à la soupente où logeait sa mère, Marius, étendu tout habillé sur sa paillasse, songeait à leur conversation. Elle s'était réjouie de son succès, de son avenir, mais quelque chose la tracassait. Ça le concernait, Malvier aussi sans doute et peut-être Jeanne. C'était une taiseuse, Marie, et une têtue qui n'avouait jamais ce qu'elle voulait cacher.

— Adèle ? avait-il demandé, espérant, de fil en aiguille, l'amener à Jeanne.

— C'est la tuberculose, a dit le docteur. Il a parlé de séjour en montagne, dans un *thanatorium*...

— Un sanatorium.

— C'est ça. C'est bien ça qu'il a dit. Mais c'est que des bêtises, tout ça. Elle s'en va. On l'enterrera avant l'hiver. Malvier le sait. Parfois, je me demande s'il n'est pas pressé que ce soit fait.

Il avait hoché la tête. Cette rudesse de propos n'était que pur bon sens et Marie ne se cachait pas derrière son petit doigt.

— Il sera un peu plus sinistre, le Malvier, poursuivit-elle, et rapiat comme jamais.

— Tu es vaillante. Tu trouverais facilement une autre place. Pourquoi tu restes chez lui ? demanda Marius. Il est méchant comme la gale.

— Ça, *il est pas tant brave*, c'est sûr. Mais ma place est ici.

Elle affichait cet air buté qu'il connaissait bien. Pour la millième fois il eut envie de demander : « Qu'y a-t-il entre toi et Malvier ? » Il ne pouvait pas. On ne demande pas à sa mère si elle est une salope.

Il l'avait serrée dans ses bras avant de rejoindre son galetas. Comme une petite fille, elle s'était abandonnée un instant, mais pour aussitôt se retendre. Il l'avait lâchée avec un vague sentiment de faute, une impression d'indécence diffuse.

« On n'entre pas de force dans la souffrance des gens. » Cette pensée s'imposait à lui. La pluie d'orage, tambourinant sur les tuiles, la répétait, la scandait. Depuis l'âge de raison, il souffrait de sa bâtardise, se croyait victime du destin. Mais bien plus que lui, la victime était sa mère.

Elle se pensait maudite. Pourquoi ? Avoir fait un enfant hors mariage ne valait pas la damnation ! Quel démon du passé l'enchaînait-il ainsi ?

Le secret de sa naissance obsédait le jeune homme. Il avait un père. Pouvait-on nommer ainsi un géniteur en fuite? En fuite ou mort. C'était peut-être son grand-père, un homme dont Marie ne parlait jamais et qu'il n'avait pas connu. L'inceste : il avait découvert cette notion au hasard de ses lectures et en avait été bouleversé. Une telle fatalité pesait-elle sur Marie? Il préférait ne rien savoir. Jamais!

Et pourtant, sans même qu'il le formulât clairement, Marius n'avait de cesse qu'il eût retrouvé son père.

Un autre regret le tourmentait. Sa vie d'homme se ferait avec Jeanne. Il n'en avait pas parlé à sa mère. Pourtant elle l'avait compris. Il avait même cru lire son opposition dans son regard.

Impossible. Sa mère, si courageuse, si sûre, ne pouvait le trahir ainsi. De tout son amour, elle l'avait sans cesse poussé au dépassement avec une rudesse qui n'était que courage. Elle l'avait toujours soutenu.

Un éclair illumina la charpente de son grenier. Le sommeil le fuyait. Il tâtonna à la recherche de son briquet, alluma sa chandelle. Les ombres familières se creusèrent dans le grand espace de son antre. Ces obscurs dont il peuplait ses rêves depuis sa petite enfance le rassérénèrent.

Le voyage, les chars de foin, sa lutte sourde contre le maître du Bois noir, c'était beaucoup pour un seul jour. Ses yeux se fermèrent sur le souvenir tout proche de Jeanne souriante.

Marie s'était réveillée. Intriguée par le rai de lumière sous la porte, elle l'ouvrit en silence et retrouva sur le visage détendu de son garçon une douceur qui était encore celle de l'enfance. Avec un soupir, elle souffla la bougie.

*

On y voyait à peine. Seule une bande claire sur l'horizon, vers l'est, annonçait le lever du jour. Il n'était pas encore cinq heures et Marius fendait du bois. Alarmée par les chocs du merlin sur les billots, sa mère accourut.

— Tu es fou! dit-elle. Tu vas réveiller tout le monde. Je vais faire le café. Viens donc me tenir compagnie.

Le jeune homme posa son merlin. Les mains en appui sur le manche, il regarda sa mère dont le propos bénin était démenti par un regard anxieux. Il défiait le fermier qui lui avait ordonné de se mettre à travailler dès l'aube. Et alors? C'était de bonne guerre. Il sourit à sa mère et la suivit. Elle ne craignait pas le maître pour elle, c'était de lui qu'elle se souciait. À nouveau lui revint l'idée que lui, le bâtard, n'était pas la principale victime. Être fille mère à dix-sept ans quand on ne sait ni lire ni écrire, c'était la fin de tout avenir, la résignation à rester servante jusqu'à sa mort. Encore heureux si les patrons ne vous foutaient pas à la porte.

Pourquoi Malvier les avait-il gardés?

Ils burent le café. Le fermier arriva bientôt. «Le bonjour à vous», dit Marius comme si les affrontements masqués de la veille n'avaient été qu'énervements dus à l'orage. Le jeune homme avait décidé de travailler tout le jour sur l'exploitation, même s'il ne devait rien, mais strictement rien au maître des lieux. Il ferait ça pour la tranquillité de sa mère... pour être près de Jeanne, aussi. En cette saison, deux bras gratuits, c'était une chance pour le vieux rapace. Car il ne le paierait pas, ce fesse-mathieu; bien trop près de ses sous! D'un autre côté, Marius n'avait d'autre chez-lui que sa paillasse au grenier, à côté du galetas de sa mère.

La routine des étés d'avant reprit son cours, et avec elle un répit entre les deux hommes. Du moins firent-ils semblant de le croire.

*

Gare de Lyon, août 1918. Un cahot ramena le lieutenant permissionnaire au présent. Le train s'ébranlait. Il bougea, sentit contre son flanc des rondeurs molles. Installée à côté de lui, une grosse dame le regardait d'un air revêche. Grommelant une vague excuse, il se mit de biais pour lui tourner le dos. Le compartiment s'était rempli. Une adolescente boutonneuse l'observait en coin, mais esquiva son regard direct avec des airs de volaille offensée. Deux notables, chacun sur une des banquettes opposées, exhibaient une analogue montre en or dans un analogue gousset de gilet. Le carcan de leur col dur leur sciait le cou. Leur front s'emperlait de sueur. On sentait que, pour rien au monde, ils n'auraient desserré leur cravate. Des blaireaux ! Marius songea à ces bêtes grasses et sanguinaires, nourries toute l'année pour qu'à l'automne elles puissent égorger quelques dizaines de garennes au fond de leur terrier. Sa brève bouffée de haine contre ces deux imbéciles l'inquiéta. Il ne tolérait plus l'égoïsme de ces bourgeois, inconscients du calvaire des combattants, englués dans leur certitude sans voir leur monde s'écrouler. Il décida de les ignorer, fut bientôt gagné par une pesante torpeur.

Il se réveilla en sursaut. À la lueur du lumignon, il devina ses compagnons de voyage affalés. Le fond de la nuit avait gommé leur « bonne éducation ». Endormie, la pucelle était redevenue une enfant. La grosse dame ronflait. La tête posée sur son épaule grasse, l'un des bourgeois, qui pourtant n'était pas son mari, dormait la bouche ouverte. L'autre veillait. Sur les verres de son lorgnon, deux lunules bleues, reflets de la veilleuse, lui donnaient un regard de fantôme.

Cherchant vainement le sommeil, il revint, contre sa volonté, à sa propre histoire. Pourquoi retournait-il à Craponne ? Certes, il était né dans cette petite ville, mais elle les avait toujours traités, lui et sa mère, comme des parias. Sa mère, justement. Il l'avait mise au purgatoire, à cause de ce qu'il avait ressenti comme une trahison. Quatre ans, cela suffisait. Elle avait pour le moins purgé sa peine, comme eût dit Johannes, un de ses hommes, un gars du pays qui l'avait incité à retourner là-bas. Il ferma les yeux, repris par l'événement qui avait bouleversé sa vie et l'avait jeté dans la guerre.

*

C'était le dernier dimanche de juillet 1914.

Depuis son retour, diplôme en poche, Marius croisait sans cesse le regard grave de Jeanne. Alors il plaisantait, sachant que ce n'était que fuite.

À vingt ans, la jeune fille n'avait plus pour son cadet d'un an les regards d'une grande sœur. Elle pensait trop à lui pour ne pas avoir compris qu'elle en était amoureuse. Lui, manifestement, partageait son sentiment. Il devait faire sa déclaration. À chaque chose son heure.

Elle avait décidé d'agir. La touffeur de l'après-midi servait son dessein.

Dévorée par la phtisie, Adèle, sa mère, somnolait sur son lit comme les trois quarts du temps. Lucas, qui surveillait jalousement sa fille depuis l'arrivée de Marius, avait sombré, terrassé par le vin servi d'abondance. Marie ne s'était pas enivrée et restait redoutable. Assise à côté d'elle à l'ombre de la maison, Jeanne avait vu Marius partir vers les bois. Préparant son action clandestine, elle avait tenu des propos lénifiants à la servante en guettant ses doigts. Véloce d'habitude sur le carreau à dentelle, leur rythme avait ralenti pour bientôt s'arrêter. Marie s'était assoupie. La jeune fille se leva d'un mouvement naturel et s'éloigna sans bruit.

On ne se reposait que le dimanche à la ferme du Bois noir et encore, après s'être occupé des bêtes. Depuis son arrivée, Marius n'avait quitté ni la ferme ni les prés, où il trimait de l'aube au couchant. Sa première promenade était la même à chacun de ses retours. Une sorte de rituel pour réapprivoiser le pays. Il avait pris la route du Bois noir et disparu sous le couvert. Jeanne savait qu'ensuite il couperait de biais pour rejoindre le chemin des Chabres, le quitterait pour filer à travers champs vers l'Ance et le viaduc. Il s'assiérait là, écouterait le chant de l'eau claire, regarderait les taches de soleil à travers les branches, guetterait les truites, en braconnerait peut-être deux ou trois, puis s'étendrait dans l'herbe pour rêvasser en suivant la fuite des nuages…

C'est ainsi qu'elle le retrouva.

Une ombre soudaine tira Marius de sa sieste. Les mains sur les hanches, l'œil pétillant, Jeanne le dominait de sa silhouette musclée. Il la trouva belle. D'une détente il se mit debout et, le plus naturellement du monde, la prit dans ses bras. Son baiser fut sans équivoque ni innocence.

Si elle fut surprise, ce fut bref et apprécié. Elle se laissa aller, puis, estimant qu'il lui fallait au moins sauver la face, elle écarta ses mains quelque peu audacieuses pour dire :

— Tu es sérieux, j'espère. Seul mon fiancé a le droit de m'embrasser comme ça !

Il la tenait enlacée. Elle avait couru pour le retrouver. Elle sentait le foin et la transpiration fraîche. Il s'enivra de ce parfum de femelle. Un désir brutal l'enfiévra. Il voulut l'étendre sur l'herbe, la caresser, la mener à la fulgurance du plaisir et sombrer avec elle dans la chaleur de l'été.

Elle partageait son émoi, mais c'était une fille forte. Une vraie terrienne ne s'abandonne pas sans garantie à pareil godelureau. Amoureuse, certes, mais pas irresponsable. C'était un peu tôt pour se retrouver enceinte. Bien sûr, la vieille Berthe connaissait les herbes qui font saigner et libèrent, mais tout de même… Elle se dégagea, rouge comme un coquelicot, rit de sa déconvenue et s'enfuit. Il la poursuivit, la rattrapa. Elle se laissait lutiner un instant, se dégageait d'un mouvement de reins, repartait. Marius, complice et frustré, la voulait ainsi. Il eût mal accepté une femme qui aurait perdu la tête. En même temps, sa vigueur le poussait à la prendre là, sur l'herbe.

Alors il promit.

— Tu auras une grande maison de ville, quatre galapiats dans tes jupons et ils auront mes yeux. Je serai fonctionnaire. Non, mieux, je créerai une scierie avec machine à parquet et tout, et je ferai fortune. Tu seras une dame…

D'un effort partagé, ils occultèrent leurs désirs.

Ils suivirent la rivière qui chantait, se déchaussèrent pour entrer dans l'eau froide. Ils en sortirent presque calmés, marchèrent en se donnant la main. Il s'arrêta. Elle se serra contre lui.

— Il va falloir leur dire, dit-elle, à Marie et à mon père.

— Ils n'en ont pas envie, répondit-il.

— Je sais. Il faudra quand même faire ta demande.

— Il refusera ! Je préférerais t'enlever. Jamais il ne voudra d'un *bastar* comme gendre !

Elle rit.

— Je suis sérieuse. Il faut faire ta demande.

— Plus tard !

— Oui, en fin d'après-midi.

Il hocha la tête.

Ce soir-là, fidèle à sa promesse implicite, Marius osa demander à Malvier la main de Jeanne.

— Elle n'est pas pour toi ! Elle ne sera jamais pour toi.

Disant cela, le fermier tordit la bouche de dégoût. Marius tenta un ultime argument.

— Je n'ai pas de biens, mais j'ai un métier maintenant, qui rapportera gros. Elle ne manquera de rien.

— Non !

— Parce que je suis un bâtard.

Jeanne pleurait. Marie affichait un visage de marbre. Le regard de Marius irradiait. Il avança d'un pas vers Malvier, les poings serrés.

Le teint du paysan avait viré au rouge brique. Lui aussi s'avança. D'un mouvement vif, il saisit le couteau à saigner les cochons qui traînait sur la table. Le pointa vers le jeune homme. D'un revers de la main, celui-ci fit voler l'arme, puis, agrippant son agresseur par un pan de sa chemise, le repoussa en arrière. Déséquilibré, le fermier heurta du dos la porte de l'escalier. Marius le réempoigna et dit d'un ton tranchant et calme :

— J'aurai ta fille, Malvier.

Il le lâcha et se tourna vers les femmes comme si tout était dit, comme si son adversaire n'existait plus. Malvier tremblait, sans qu'on sût si c'était de rage ou de peur. Non, pas de peur. Lucas, le mauvais, n'était pas trouillard. D'ailleurs, il se saisit d'un piochon qui traînait dans le coin de la salle, le leva et se rua sur le jeune paysan. Marie et Jeanne semblèrent pétrifiées. Marius s'était retourné ; il leva le bras pour parer le coup, trop tard sans doute.

Rauque comme un aboiement, une toux brisa le lourd silence, si inquiétante, si inattendue que les deux hommes se figèrent. Les femmes retinrent leur souffle. Pâle comme une morte, les yeux immenses dans son visage amaigri, Adèle, la mère de Jeanne, se tenait dans l'entrebâillement de la porte, spectrale dans sa camisole blanche. Elle esquissa un geste, ouvrit la bouche comme un poisson asphyxié. Elle recommença à tousser, éructa des postillons rouge vif qui tachaient sa chemise. Son vêtement trop ample faseyant dans le courant d'air, elle oscilla et sembla se liquéfier.

— Maman !

Jeanne se précipita vers sa mère effondrée. Marie n'avait pas bougé, étrangère à la scène, ailleurs, mais où ? Malvier, la haine au fond des yeux, laissa tomber le piochon et sortit. Jeanne ramenait sa mère vers l'étage, la portant à demi. La tension tomba d'un coup et Marius ne fut plus que détresse.

— Maman, dit-il, j'aime Jeanne comme un fou. Je veux l'épouser. Elle est ma vie.

Les traits rigides de Marie se durcirent encore.

— Tu ne marieras pas la Jeanne Malvier, dit-elle rudement.

— Hein ? Pas toi ! dit-il.

— Si ! Moi ! Je t'interdis de l'épouser !

— Mais pourquoi ?

— Parce que je le dis.

Le ton, le regard déterminé de sa mère le plongèrent dans un abîme sans repère, une obscurité malsaine. L'évidence jaillit d'une bouffée de fureur. Il fut un loup acculé qui hurle du fond de sa peur :

— Malvier est mon père, hein ! Dis-le que ce salaud qui nous traite comme des chiens est mon père et que tu le protèges !

Toute la maisonnée l'entendit.

Il crut que la gifle lui arrachait la tête. Douleur, incompréhension, chagrin. Les larmes brouillèrent sa vue et il ne vit pas la détresse dans les yeux de sa mère, ne comprit pas sa pâleur.

— Un jour, il faudra bien que tu me dises qui est mon père, dit-il dans un sanglot.

Son désespoir absolu était celui des tout-petits lorsqu'ils sont perdus.

Ni le fils ni la mère n'avaient de complaisance pour leur peine. Tous deux craignaient de confondre tendresse et attendrissement. Persuadée que c'était là l'unique voie d'avenir pour son fils, Marie plaçait l'exigence avant tout. Elle était dure avec lui comme avec elle-même. Elle ne savait pas l'embrasser, le rassurer, le cajoler. Elle le regarda sortir, stupéfaite, paralysée, impuissante.

La nuit tombait. Malvier, devant la porte, n'était qu'un banal obstacle, un billot de bois oublié sur le chemin. Marius le saisit aux épaules, l'écarta avec une force lente. Déséquilibré, le fermier tituba. Sans un regard pour lui, le garçon s'éloigna, de ce pas lourd des paysans qui vont marcher longtemps. L'homme vieillissant, aux convictions immuables, était désemparé. Une culpabilité diffuse qu'il n'aurait su nommer le saisit, comme si... comme s'il avait tué d'un coup de chevrotine un cheval valide.

Jeanne avait entendu le cri de Marius.

Effarée, cherchant un soutien, elle se tourna vers sa mère qui resta immobile, les yeux fermés, indifférente à toute souffrance autre que la sienne. Un mouvement attira la jeune fille vers la fenêtre. Marius partait. Elle sut qu'il ne reviendrait pas. Elle ne pleura pas. On ne pleure pas quand on est mort. Elle voyait, elle respirait, elle bougeait, mais elle savait bien qu'elle n'existait plus. Elle était seule. Sa mère agonisait dans l'égoïsme. Son père n'était qu'un rustre incapable d'amour qui ne vivait que pour ses sous et sa terre. Elle détesta ses parents. Elle aurait voulu partir, rattraper Marius. Mais, à l'évidence, il était son frère! Une culpabilité terrible l'envahit. Elle se sentit vide, l'âme desséchée par la perte brutale de son amour, écrabouillée comme un chien sous la roue d'un tombereau.

*

Le staccato des roues sur les jonctions des rails scandait le temps, double choc du premier bogie, double choc du second. Ça recommençait sans fin, comme ce voyage, comme l'insomnie du jeune officier. Il se leva, passa dans le couloir pour contempler la nuit.

Quatre ans déjà que sa vie avait basculé. Il n'était pas retourné au domaine du Bois noir depuis le début de la guerre. Il avait écrit à Jeanne des lettres neutres, pour qu'elle rassure sa mère. L'abomination de la guerre, Marie la découvrirait si un jour les gendarmes venaient lui annoncer qu'il était « mort en faisant son devoir ». Son devoir ! Le mot lui revenait comme une gifle lorsqu'il contemplait le no man's land couvert de gisants. Les morts n'étaient plus que des charognes qui attiraient les mouches. Après chaque assaut, le soulagement des survivants était si fort que le deuil des copains était presque instantané. Une simple fatalité. L'horreur venait des blessés qui ne pouvaient bouger. Le jeune officier ne parvenait pas à oublier l'un d'eux qui contemplait en pleurant ses tripes bleuâtres, sachant sa blessure mortelle. D'autres, tels les canards désailés, servaient d'appelants. Les tireurs embusqués attendaient patiemment que leurs cris insupportables attirent leurs camarades pour faire quelques cartons… par devoir, bien entendu. Il chassa le mot, l'idée, l'ombre même du devoir.

Debout devant les vitres noires, il avait tiré de sa poche son brûle-gueule, qu'il bourra de tabac anglais. Eh oui, le *bastardou* appréciait parfois le luxe… Fumer adoucit son humeur. Il songea de nouveau à Jeanne, à ses courriers en réponse qui évoquaient brièvement la vie de la ferme sans jamais parler de son père. Cadavre encombrant, leur amour pourrissait leur relation, les empêchait de retrouver au moins leur amitié d'enfance. Les délais s'allongeaient entre leurs lettres. Il n'avait même pas annoncé sa venue. Aimait-il toujours Jeanne ? Il la chercha intensément dans son souvenir.

Poussant sa plainte aiguë aux passages à niveau, le train filait à toute vapeur. Quittant cet ailleurs de vitesse et d'ennui, Marius, anesthésié de fatigue, rentra dans le compartiment. Repoussant doucement la grosse dame, il s'installa dans son coin et ses yeux se fermèrent.

*

Un sifflement de locomotive et une bouffée d'air mou tirèrent Marius de son mauvais sommeil. La fumée tourbillonnait derrière les vitres. Un tunnel. Il attendit la fin du grondement comme on espère la fin d'un mal de crâne. Les passagers bougeaient dans le compartiment. Le train jaillit à l'air libre dans une sorte de soupir. Dehors, des lampes jaunes éclairaient de loin en loin la rambarde métallique d'un pont qui enjambait un fleuve. Il devinait l'eau qui s'écoulait en dessous. Le convoi ralentissait. On arrivait quelque part. À Lyon, sans doute. Des quais apparurent, on entra sous une marquise. La lassitude, l'engourdissement que ressentait Marius n'étaient plus ceux d'une insomnie nocturne, mais d'un réveil amer. L'aube était proche. Il le savait. Combien de veilles avait-il passées, épuisé et gelé, à scruter la nuit? Un moment venait où l'on sentait que l'éternité obscure allait s'effilocher, que le jour allait naître, porteur de mouvements et de vie. De mort aussi. Dans la guerre de tranchées, il fallait voir ceux d'en face pour les tuer. Les attaques du petit matin étaient traditionnelles.

C'était bien Lyon. Il se leva, boutonna sa vareuse, prit son sac et son carton dans le filet à bagages. Il effleura la grosse dame, qui lui fit une remarque acerbe. Il la regarda si méchamment qu'elle balbutia des excuses. Il s'étonna de la hargne des imbéciles vexés. Elle n'avait d'égale que leur lâcheté quand on leur résistait. Il descendit. Un brusque courant d'air le fit frissonner. Il se dirigea vers la sortie. Des gendarmes filtraient les militaires. Ces chiens mordeurs étaient partout, sauf au combat. Il fonça dans leur direction, avec l'intention délibérée de les mépriser. L'un d'eux esquissa un mouvement vers lui. Son collègue le retint.

Marius mit ses bagages à la consigne de Perrache. Il sortit. Des escaliers descendaient vers la longue place publique au sol stérile, qui reliait Rhône et Saône. Comment se nommait-elle, déjà? Le «cours du Midi»? Non, elle avait changé de nom. Il avait lu quelque chose à ce sujet. Pour savoir, il demanda à un voyageur qui soufflait, deux énormes valises posées à ses pieds. «Le cours Verdun, répondit-il. On l'a rebaptisé il y a deux ans à cause de la victoire. » Quelle victoire? Marius avait participé à cette boucherie et ne se souvenait d'aucune victoire. Il se demandait encore par quelle chance extraordinaire il avait survécu.

Il marcha vers le centre de la place, s'arrêta, désemparé par l'espace immobile. Un autre no man's land ? Au front, entre les lignes, à cause des rats en ripaille, des obus qui les enterraient ou les déterraient, du vent et de la pluie, une sorte de vie factice animait les cadavres. Là, rien. La pique du jour diffusait une lumière pauvre. Il se sentit dans le vide, il se sentit vide. Il n'était nulle part.

Il soupira. Il avait des heures à tuer. Des rafales encore fraîches charriaient de la poussière, mais on sentait déjà que la journée serait chaude. Il se remit en marche. Il avait envie de prés verts, de ruisseaux, de bois de pins sur des pentes douces. Cette évocation lui rappela le Gallu, un vieux solitaire qui lui avait appris la forêt. Son ami de toujours, ou presque. Il sourit en songeant à leur première rencontre. Là-haut, sur le plateau, il retrouverait cet amoureux de l'eau, des arbres.

*

De l'eau et des arbres.

L'Ance chantait entre les versants boisés dont l'immensité impressionnait et enchantait autrefois un petit garçon nommé Marius. Il avait cinq ans et ne connaissait de l'univers que la ferme du Bois noir et ses alentours.

Parmi les êtres vivants, il y avait les bons, les méchants et les autres. Le taureau, le chien à la chaîne, le fermier, il fallait s'en méfier. Marius était content quand ce dernier ne criait pas. Les bons, les bonnes plutôt, étaient Jeanne, sa compagne de jeu, et Marie, qui lui faisait parfois peur ; comme *mouseuh* Malvier. Mais elle, ce n'était pas pareil. Elle était sa maman, même si elle n'avait pas beaucoup de temps pour le cajoler. Les autres n'avaient pas grande importance. Adèle l'écartait distraitement de sa route quand il se fourrait dans ses jambes. Il ne la craignait pas plus qu'il ne l'aimait. Elle était la mère de Jeanne, mais ça n'avait rien à voir avec sa maman à lui.

Quelques voisins passaient parfois. Il se cachait pour les regarder. Quand ils le voyaient, ils s'exclamaient : « Ah oui, c'est le gamin de la Marie. Y s'appelle comment, déjà ? Tu dis bonjour, mon garçon ? » Comme il ne répondait pas, les visiteurs concluaient : « Un petit sauvage, celui-là ! », et leurs yeux clamaient : « Pas étonnant, c'est un *bastardou* ! » Il ne connaissait pas le sens du mot, mais c'était ainsi que le fermier parlait de lui quand Marie n'était pas là. Les voisins, il ne les aimait pas beaucoup, mais au moins ceux-là ne le battaient pas.

De l'eau et des arbres.

Un jour de chagrin, il partit, bien décidé à ne jamais revenir. Les pins clairsemés qui filtraient le soleil d'été, les sapins immenses qui montaient jusqu'au ciel, étaient ses amis. Le chuintement du vent dans leurs branches jouait une mélodie ténue bientôt complétée par le chant de l'eau. Il approchait de l'Ance. Il avait décidé de grimper sur le viaduc qui l'enjambait, puis de sauter dans le premier train. Les trains partaient très loin. C'est là qu'il voulait aller.

— Marius, qu'est-ce que tu fais là, tout seul ?

Le gamin se figea. Cet homme, apparu brusquement devant lui, c'était le Gallu. On le disait sorcier. Marius savait qu'il pouvait faire des choses effrayantes, mais lesquelles ? Il n'en avait pas la moindre idée... Il le dévisagea courageusement. Il était plus grand et plus large que *mouseuh* Malvier, qui était pourtant très costaud. C'était sûrement un géant. Il avait une chemise rouge, et seuls les géants portent des chemises rouges. Son nez cassé, ses sourcils noirs, épais comme des moustaches, ses cheveux blancs qui dépassaient de son chapeau cabossé, sa large figure et surtout sa barbe sombre au milieu et grise sur les côtés, tout le faisait ressembler à l'ogre dans le petit livre de Jeanne. Pourtant, ses yeux bleu clair, un peu ronds, toujours étonnés, rendaient heureux quand on les avait découverts cachés sous ses paupières lourdes. Marius décida de lui confier son secret.

— Il m'a battu trop fort, dit-il. Alors je m'en vais. Je reviendrai jamais!

Le Gallu hocha la tête, il avait bien vu la joue rougie du gamin.

— Et pourquoi, il t'a battu?

— C'est à cause des œufs. Je venais du poulailler. *mouseuh* Malvier m'a crié après parce qu'il fallait sortir la chèvre. J'ai couru. J'ai buté contre le manche de la fourche et *j'ai tombé*. Les œufs, ils étaient tout *déprofités*. Il m'a giflé très fort.

— Et il te bat souvent?

— Quand mon travail lui plaît pas.

— Et tu as beaucoup de travail?

— Oh oui.

— Tu n'as pas le temps de jouer avec Jeanne?

— Quand il est parti, on joue un petit peu. Mais après j'ai pas fini.

— Viens, dit-il, je vais te montrer les truites.

Marius était curieux. Bien qu'il fût sorcier, le Gallu ne l'avait ni grondé ni battu et ses yeux rigolaient. Le gamin ne voyait plus qu'eux en observant son compagnon, qui marchait à grandes enjambées. Ils arrivèrent au bord de l'eau. Le géant mit un doigt sur ses lèvres. Il retira ses godillots cloutés et ses chaussettes qui, contrairement à celles de *mouseuh* Malvier, ne sentaient pas mauvais, retroussa son pantalon et entra dans l'eau. Il avançait très lentement. Immobile, Marius le suivait d'un regard passionné. Le colosse se baissa, empoigna une grosse pierre, la souleva tandis qu'il glissait une main dessous. D'un geste vif, il crocheta une truite considérable qui jaillit en l'air et retomba sur l'herbe. Marius se jeta sur elle et la plaqua au sol.

L'homme sortit de la rivière, s'approcha. Le gamin leva les yeux, interrogatif et inquiet. Le Gallu souriait. Personne, jamais, ne l'avait vu sourire. Il mit sa grosse main sur celles de l'enfant, saisit le poisson épuisé et, lui mettant le doigt dans la bouche, lui brisa la nuque.

— As-tu faim? demanda-t-il.

Marius, qui n'y avait pas pensé, se découvrit un grand appétit. Il opina.

— Va chercher du petit bois.

Il avait sorti un Opinel au manche blond pour étriper le poisson. N'osant pas rester à regarder malgré son envie, le gamin fila vers le couvert. Quand il revint avec une brassée de branchettes, le Gallu terminait de planter deux fourches de coudrier d'une bonne cinquantaine de centimètres chacune. Quant à la truite, elle avait avalé de travers une longue tige écorcée qui lui sortait sous la queue.

Fasciné et silencieux, Marius regarda l'homme des bois rassembler des feuilles sèches et des aiguilles de pin en une frêle pyramide, à laquelle il appliqua la mèche rougeoyante de son briquet à amadou. Puis il souffla sur la mèche, d'un tout petit souffle, et très vite une minuscule flamme naquit. Marius trouva qu'elle ressemblait à une petite bête curieuse passant la tête pour examiner le monde avant de s'enhardir.

Ils partagèrent la truite, qui faisait bien six cents grammes. Le gamin n'avait jamais rien mangé d'aussi bon. Le Gallu s'adossa ensuite contre un arbre et ferma les yeux. L'enfant l'imita. Bientôt tous deux dormaient. Ils n'avaient pas échangé dix phrases.

Un bruit de voix réveilla Marius. Le géant était debout et parlait à sa mère. Il la trouva jolie ainsi, les joues rosies d'avoir couru, la tête levée vers l'homme massif qui disait :

— Le petit a mangé, Marie. C'est un bon garçon. Il ne faut plus laisser Malvier le battre.

Elle acquiesça, les yeux pleins d'inquiétude. Le gamin eut envie de la rassurer, de lui dire que le Gallu était un « bon ». Il n'osa pas. Il s'était relevé et, sans s'en rendre compte, s'était à demi caché derrière l'homme, craignant peut-être une taloche de sa mère, qui avait la main leste. Puis il vint et elle le prit dans ses bras. Ce fut délicieux. Calmer ainsi sa maman que sa courte fugue avait dû terriblement inquiéter, c'était certainement un grand pouvoir. Le colosse des bois était bien un sorcier.

Marie et son fils rentrèrent main dans la main. Une joie formidable emplissait le cœur du gamin ; sa mère l'aimait et le Gallu était son ami. Pas comme Jeanne, bien sûr, mais tout de même. Un ami secret qui avait des pouvoirs magiques. Attraper les truites, par exemple.

Le Gallu.

Un jour, il était revenu au pays. On avait dit « revenu » parce qu'il était natif de Craponne. Dès lors on devait tolérer sa présence, même s'il avait disparu trente ans et qu'on ne le connaissait plus. En fait, il avait fait quelques brefs séjours au pays, mais on l'avait à peine vu. Là, c'était différent. Il n'était plus reparti. D'où revenait-il ? Qu'avait-il vécu ? Nul n'avait réussi à le savoir. Quand on l'interpellait, sa stature, ses sourcils froncés, son propos bref faisaient taire l'importun.

Il s'était installé dans une bâtisse abandonnée depuis toujours. Une maison insolite avec colonnade, fronton, frises et statues de stuc. Un maboul l'avait fait bâtir vers 1850, au bord de l'Ance, loin de tout, et ne l'avait jamais habitée. Le Gallu l'avait achetée pour une bouchée de pain parce que le notaire n'espérait plus la vendre. Il l'avait réparée de façon parfaite, sans l'aide de personne. Il vivait là, tout seul, comme un sauvage. Un jour, le facteur avait osé franchir la porte, exceptionnellement ouverte. Il avait reconnu que c'était propre, mais qu'il y avait des choses pas catholiques dans cette maison, des espèces d'idoles colorées. La plus grande avait plein de bras, quatre visages, chacun avec un troisième œil au milieu du front, deux autres avaient des têtes d'éléphant et de singe avec des yeux terribles. Il n'en était pas très sûr, mais il avait bien cru voir un serpent qui guettait dans la pénombre, immobile, la tête dressée. Des diableries, quoi ! Il s'était enfui. Personne d'autre, jamais, n'y était entré.

L'homme, qui la moitié du temps courait les bois, fermait tout à double tour, même les persiennes. On n'arrivait même pas à voir entre leurs lamelles. Alors, à cause des dieux païens, on avait dit qu'en secret il dialoguait avec les morts.

Il se lavait tout nu dans la rivière, même en hiver. Les bonnes gens en avaient conclu qu'il ne sentait ni le froid ni le chaud, donc qu'il pouvait probablement marcher sur des charbons ardents. On l'avait plusieurs fois surpris jouant de la flûte dans les bois, des airs aussi légers que l'homme était massif. Ça non plus ce n'était pas clair.

Un grand chien noir et feu l'accompagnait. Pas d'une race du pays. Un genre qu'on ne connaissait pas. Pour un oui ou un non, il montrait les crocs. Était-ce vraiment un chien? Des fous qui ne l'avaient pas vu parlaient d'un genre de bête du Gévaudan. Alors on le prétendit maître des bêtes sauvages et meneur de loups et ceux qui les croisaient dans les bois, lui et son chien, à la tombée du soir, craignaient le pire.

Il vivait chichement. Pourtant, on le disait cousu d'or. De l'or pas honnête. Sans doute le fabriquait-il lui-même avec l'aide du Cornu.

Même Malvier en avait peur.

Pourquoi s'était-il installé à cinq cents mètres de la ferme du Bois noir?

*

Le lieutenant Malaguet contemplait la variation infime et continue des prémices du jour au-dessus de Lyon. Les bandes brumeuses d'une future journée chaude se coloraient en un camaïeu de rose en évolution lente. Elle évoquait l'écoulement du temps, invisible dans l'instant, mais que rien n'arrêterait jamais. Pourtant, la grâce de l'aurore durait peu. Dans le monde mortifère et pouilleux des tranchées, elle seule restait pure; et Marius qui, depuis sa petite enfance, voyait quotidiennement naître le jour, apaisait alors ses terreurs nocturnes et ses soucis quotidiens dans la naissance de la lumière.

Son regard redescendit vers la place. Seul au centre de l'immense cours de Verdun, il s'imagina avançant vers la maison du Gallu. Demain, le colosse solitaire le regarderait venir, lui désignerait d'un geste le banc de pierre devant sa maison et tous deux regarderaient la rivière. Si lui, Marius, parlait, il l'écouterait, hocherait la tête, dirait quelques mots, quelques phrases courtes. Une bouffée de bonheur envahit le marcheur en songeant au vieil original.

Lui non plus il ne l'avait pas revu depuis quatre ans.

Le Gallu l'avait pourtant accueilli lorsque, bafoué par Marie, il avait quitté la ferme, en juillet 14.

*

Le cœur plombé, Marius s'éloignait du domaine du Bois noir, peut-être pour toujours. Sa joue, chauffée par la gifle de sa mère, lui faisait mal à l'âme. Son pauvre monde s'effondrait, victime d'une affreuse injustice. Son implacable bâtardise avait tué son amour. Il ne pleurait pas, mais le désespoir l'oppressait. Il marchait sous les pins, descendait la pente vers la rivière. Comme jadis, lorsqu'il avait fugué à cinq ans, il pensa monter sur le viaduc et sauter dans le premier train… Comprenant qu'il cherchait le Gallu, il réussit à sourire.

Debout sur le seuil de sa maison, son grand beauceron à ses pieds, le prétendu sorcier semblait l'attendre.

— Cette fois-ci, tu t'en vas vraiment, dit-il d'un air soucieux.

Marius acquiesça.

— Jeanne est ma sœur, dit-il.

Assis et silencieux sur le banc de pierre, ils contemplèrent le crépuscule. Enfin le colosse vieillissant se leva, alla chercher du pain, du saucisson et du fromage.

— Mangeons, dit-il simplement.

À dix-neuf ans, même le chagrin ne coupe pas l'appétit. Marius était trop terrien pour refuser la vie, fût-ce une vie de chien. Son compagnon se réjouit de le voir dévorer, mais s'inquiéta de son regard perdu. Il entra dans sa maison, un sanctuaire où nul étranger ne pénétrait jamais, pas même Marius, et revint bientôt avec une serviette et un savon.

— Déshabille-toi et va te laver à la rivière.

Le jeune homme obéit. L'eau fraîche lui décrassa le corps et l'âme. Il se sentit un peu mieux. La lune s'était levée, la grosse lune rouge du début août. Quand il revint, sa serviette autour des reins, le Gallu l'attendait.

Il lui couvrit les épaules d'une sorte de peignoir en soie.

— Viens, dit-il.

Ils entrèrent dans la maison. Des lampes à huile repoussaient la pénombre, révélant des sculptures de grande taille. Lisant depuis toujours tout ce qu'il pouvait trouver, Marius reconnut Civa, Ganesh et Hanuman. Plus loin un bouddha le contemplait, empreint de compassion, cependant qu'un cobra empaillé dressait sa tête cruelle. Ils entrèrent dans une pièce étroite où flottait un parfum étrange. Deux couchettes couvertes de brocart se faisaient face le long des murs. Devant chacune d'elles luisait la flamme ténue d'une lampe en fine céramique. Des pipes à petit fourneau de bronze et long tube de bambou étaient disposées sur un plateau entre les deux divans.

— De l'opium, s'étonna le jeune homme.

— Le « porteur de sérénité », dit le Gallu. Parfois, rarement, il fait vraiment du bien.

Marius fuma la boulette qui grésillait sur la petite lampe et, peu à peu, son terrible mal-être s'allégea. Il flotta dans une douceur ineffable où soucis et craintes, sans cesser d'être, n'avaient plus d'importance. « Jeanne, ta sœur? Qu'est-ce que ça peut faire? » Qui avait parlé? Le Gallu ou son imagination? Il oublia la question. Il se sentit sombrer. Il en fut heureux. Vide, dépossédé de tout, il n'existait plus. Devant lui s'ouvrait un gouffre tiède, la mort sans doute. Assommé par la drogue, il perdit conscience. Le soleil n'était pas encore couché.

Marius s'était réveillé au bout d'une dizaine d'heures.

Les ouïes des persiennes découpaient des barres de grisaille. L'aube n'était pas loin. Il repoussa la couverture que le Gallu avait posée sur lui et se leva. Il trouva ses habits pliés à côté de la banquette où il avait dormi, s'habilla machinalement et sortit. Du côté des gorges de l'Ance, vers Saint-Julien, le ciel silhouettait les pentes de la vallée en un noir minéral. Une idée l'obsédait: le lever du jour. Rien ne comptait plus que de gravir la pente, d'atteindre le plateau. Question de survie.

Il monta en courant une traversière pentue, s'installa sur une pierre plate, d'où il s'abandonna à la contemplation de l'aube. Elle éteignit en lui l'idée de se détruire.

Il redescendit au grand jour.

Le colosse était assis devant sa maison.

— Le café est prêt, dit-il.

En bons terriens, ils mangèrent en silence. Puis vint le temps de parler. Marius voulut s'excuser de son arrivée intempestive, du dérangement. Le Gallu le coupa :

— Mon garçon, dit-il, reste le temps que tu veux. Tu partiras quand tu sauras clairement où aller.

Il était comme un chirurgien gardant son patient à l'hôpital le temps que sa plaie sèche, que le drain ne donne plus. Marius hocha la tête.

— Je vais marcher, dit-il.

— Rentre pour dîner.

Il longea l'Ance sur des kilomètres. Petit à petit, il prit conscience qu'il disait adieu à la terre qui l'avait vu naître, à son enfance. Il se sentait soudain vieux, et surtout vide, vide à jamais. Comme s'il avait tout vu, tout souffert. La présence, le soutien du Gallu lui manquaient, mais il avait bien compris que le bonhomme l'incitait à s'affronter lui-même. Le désespoir de Marius était comme une bête cramponnée à ses tripes. Il ne pouvait pas l'arracher tant ses griffes étaient profondément plantées.

Que lui avait donné la vie? La forêt qui ne le décevrait jamais, qu'il avait appris à dompter et à soigner. Sa mère, qu'il voulait quitter, certes, mais pour un temps, pour se remettre de son mépris. Elle aurait dû étouffer dans l'œuf son amour pour Jeanne, car elle n'avait pu l'ignorer depuis que tous deux étaient adultes.

En somme, bien qu'il lui restât peu de raisons de vivre, le suicide ne lui était plus possible. Il en avait dépassé l'instant. Il était une plante vivace, Marius ; il ne craignait ni le gel, ni la canicule, ni le désespoir, ni même le bonheur ! Sa vie, il allait la jouer, la risquer, forcer la chance. Ça, oui ! C'était son droit. Il allait partir, comme le Gallu. Le fait qu'il ne sût rien du passé de l'aventurier amplifiait le mystère et la séduction de l'aventure.

Pour qui se ménagerait-il ? Jeanne n'avait d'autre choix que de l'oublier. Sa mère l'avait maltraité à cause des secrets scellés dans le coffre-fort de son passé. Vingt ans qu'elle les grattait comme des ulcères. Ces secrets, il les détestait. Depuis la veille, ils le privaient de son réconfort, de sa force, de sa présence. Il était amputé de sa mère. Allait-il retourner à la ferme pour la retrouver ? Il eut peur de lui faire des reproches trop cruels.

Il ne devait pas davantage revoir Jeanne ; leur amour interdit les dévasterait à nouveau. Il risquait aussi d'étrangler Malvier. Quant à Adèle, qui n'avait jamais manifesté la moindre affection à son égard, sa maladie et sa mort prochaine lui répugnaient.

L'air vif de l'altitude que le soleil réchauffait apportait des fragrances de résine. Les branches légères des pins dessinaient sur le bleu du ciel des estampes orientales mouvantes. Tout en marchant, il arriva à une conclusion : seule la découverte du passé de sa mère lui permettrait de la retrouver.

Du sommet, il découvrit toute la vallée. Une à une, il recensa les maisons du village. Sachant les noms de leurs habitants, il croyait les connaître. En fait, ils étaient comme des livres dont il n'aurait lu que les titres. Une masure arrêta son regard, celle de la vieille Mariette. Pendant cinquante ans, elle avait mis au monde tous les bébés du village, lui compris. Elle avait passé les quatre-vingts printemps, et les mauvaises langues la disaient gâteuse simplement parce qu'elle radotait un peu.

Il descendit la pente d'un pas décidé.

— La Marie Malaguet, répondit la vieille accoucheuse aux questions de Marius, *beauseigne*, elle était toute jeunette et, malgré son gros ventre, le Malvier et son Adèle la faisaient trimer comme un *chaval*. Quand elle est entrée dans les douleurs, elle est venue chez moi, toute seule. C'était à la chandeleur. Il faisait un froid de gueux. Elle était affolée, la pauvrette. Elle était pas à terme, y s'en fallait de plus d'un mois. Elle avait perdu les eaux. Ses bas de laine, *tout trempes*, avaient gelé sur elle. Tu as failli naître dans la neige, *bastardou*. T'étais pas bien gros. T'aurais pas vécu longtemps. Le temps d'un rosaire, pas plus. Il a fallu que je la réchauffe, la mignonne, à son arrivée. Elle claquait tellement des dents qu'elle pouvait plus parler. Elle avait mal. Le travail était bien avancé. Elle t'a mis au monde là, dans ma chambre. Tu pesais cinq livres. Une misère. Mais vorace, ça oui! Elle est restée cinq jours chez moi, la Marie Malaguet. Que voulais-tu que je fasse! J'allais pas la renvoyer avec un nouveau-né par un froid pareil! Elle m'a donné deux louis. C'était le prix, elle s'était renseignée. Elle avait dû économiser longtemps. T'étais petit, n'empêche que t'en as fait, des misères à ta mère! T'arrivais pas à passer. Sans doute que tu voulais pas sortir, *bastardou*. Même que t'avais le crâne tout pointu. Mais ça, je l'ai vu souvent, et ça revient tout seul. Oh, elle a été courageuse, la petiote! Elle a presque pas crié. C'était une gamine pourtant. Toi, ta tête sortait à peine que tu braillais déjà.

— Personne de là-haut ne l'avait accompagnée? Personne n'est resté à côté d'elle? s'inquiéta Marius.

— Eh non. Elle avait plus de parents, tu le sais bien, c'est pour ça qu'on l'avait placée toute jeune. Elle est venue à pied, la Marie, dans la neige, par moins vingt, j't'dis. Ah nom de *Gü*! Quand même, le Lucas, après ce qu'il lui avait fait, il aurait pu l'accompagner! Oh mais j'crois bien que c'est l'Adèle qu'a pas voulu. C'est *ben* une *chabraque* celle-là!

— Qu'est-ce qu'il lui avait fait, le Lucas? demanda le jeune homme qui s'était tendu.

— Ben à ce qu'on dit, il se serait pas bien tenu avec elle.

— À ce qu'on dit?

La vieille battit en retraite.

— Oh, on dit n'importe quoi, surtout qu'on l'aime pas, le Malvier. C'est une mauvaise bête. Mais c'est pas tout sa faute, avec toutes les torgnoles qu'il a pris.

— Quelqu'un le cognait?

— Son père. On l'appelait l'Enragé. Il battait sa femme; il battait ses enfants; il battait son cheval; il battait son taureau, même qu'un jour celui-là l'a encorné. Mais il battait surtout le Lucas.

— Il tapait son fils?

— C'était pas son fils. Mais celui d'un bourgeois de Craponne, un dentellier paraîtrait, qui avait engrossé une fille du pays. Le père de la gamine, il a dû faire payer le dentellier et il avait du bien. L'Enragé n'en avait pas. Il a pris la fille avec son gros ventre et la dot qui allait avec. Même que c'était le domaine du Bois noir, la dot.

— Et son taureau, il l'a tué, ce malfaisant? interrogea Marius, curieux malgré tout.

— Non, mais il l'a bien abîmé. Le coup de corne, ça s'est cicatrisé, même s'il a craché le sang quelque temps. Mais c'est que le bestiau, il l'avait piétiné. Ça avait fait un bel estropiat, tout bossu et difforme. Ça l'a rendu plus méchant qu'avant.

— Et sa femme, à force de la battre, l'Enragé, il l'a pas tuée, au moins?

— L'a pas eu besoin. Elle est morte, sa femme, en 1879, et ses deux plus petits aussi. Ça a tué plein de monde par tout le pays, cette typhoïde. C't'été-là, il avait fait si chaud que l'eau pourrissait dans les mares. L'Enragé, il a pas appelé le docteur. Il était trop près de ses sous. Après, il est resté seul avec le plus grand, le fils de l'autre, qu'il aimait pas. De toute façon, il aimait personne.

— Il le battait toujours?

— Le gamin avait quinze ans quand sa mère est morte. Il était costaud. Qu'est-ce qui s'est passé? Le Lucas, il a dû se défendre. Peut-être même qu'il a passé une rouste au vieux salaud. En tout cas, on l'a plus vu avec des bleus partout.

— Et après?

— Ben, après, rien. Il a coupé aux cinq ans de service militaire comme soutien de famille. On n'a pas bien compris comment. Sans doute que l'Enragé a graissé la patte à qui de droit, parce que le domaine, il pouvait pas le tenir tout seul. Mais ça lui a pas porté chance, à l'estropiat. On l'a retrouvé noyé dans l'Ance l'hiver suivant.

— Lucas l'a poussé? demanda perfidement Marius.

— On l'a dit. Y a toujours de mauvaises langues. En tout cas, les gendarmes ont posé deux ou trois questions et y sont partis. Personne le regrettait, l'Enragé. Et tu sais bien qu'au long de l'Ance, y a des trous et des tourbillons et quand il gèle, l'eau, elle vous saisit. La vieille bourrique se piquait le nez. On a trouvé un litre renversé au bord de l'eau, là où y s'est noyé.

— Et le Lucas Malvier, c'est vous qui l'avez mis au monde ?

— Qui veux-tu que ce soit ? C'était un beau bébé. Qu'on aurait jamais cru qu'y deviendrait aussi mauvais que son père qui n'était pas son père. Mais c'est comme ça. Quand on bat les *chins*, y deviennent des *chi-loubs*.

Sur un salut poli, Marius se hâta de filer. Il voulait être seul pour remâcher ce qu'il avait appris. Non pas tant sur sa filiation – la vieille avait simplement accru une présomption déjà bien installée – que sur le courage de sa mère et surtout l'histoire de « son père ». Battu des années par son parâtre, le Lucas s'en était vengé sur son fils naturel. Marius eut un frisson : battrait-il, lui aussi, ses enfants ? Les enfants de Jeanne ?

Salaud de Malvier !

Ce fut la rage au cœur que Marius revint chez le Gallu. Le sorcier jugea cette colère préférable à l'abattement de la veille, mais il n'en dit rien.

*

Marie n'espérait plus le retour de son fils. Depuis deux jours, elle ne pensait qu'à lui, qu'à sa détresse. Pourtant, elle ne pouvait pas le laisser épouser Jeanne.

La nuit allait tomber. Les vaches étaient traites, ils avaient mangé la soupe.

Elle sortit marcher pour ne plus voir la moribonde, ne plus affronter le désespoir de Jeanne qui faisait écho au sien, ne plus croiser le visage détesté de Malvier. Elle repensa pour la millième fois à cet après-midi d'été qui avait bouleversé sa vie. Elle avait seize ans. Au bal de la Saint-Jean, Malvier l'avait vue danser serré avec un beau gars. Dès le lendemain, il avait commencé à la harceler. Comme elle refusait d'aller avec lui, il l'avait accusée de faire la fière, s'était moqué d'elle, l'avait même traitée de

Marie couche-toi là. Un soir de fin juin où elle était malheureuse, où elle se sentait abandonnée, elle s'était laissé entraîner dans le fenil, mais s'était aussitôt reprise. Trop tard, le fermier l'avait renversée. Elle s'était débattue, alors il l'avait traitée de salope et l'avait giflée. Il était comme fou. Il était fort comme un Turc, le Lucas. Il commençait à l'étrangler quand elle avait cédé.

Après, comme elle pleurait, il lui avait dit que si elle parlait, si elle racontait ce qui s'était passé, il la tuerait.

Qui se souciait de son malheur ? Qui croirait une fille de ferme illettrée accusant son patron ? Alors, elle s'était tue.

Il n'avait jamais recommencé. Le temps avait passé. Elle s'était découverte enceinte. Malvier l'avait gardée malgré le petit. Elle était restée sans jamais cesser de le haïr. Une haine patiente qui l'avait aidée à vivre.

Elle atteignit les bois. On jouait de la flûte. Un air très doux qui l'attira. Le Gallu, bien sûr. On l'entendait parfois.

Il n'était pas loin. Il semblait l'attendre, pourtant il ne manifesta rien quand elle sortit du couvert et s'approcha de lui.

Elle l'écouta, sentit les larmes lui monter aux yeux. Le morceau achevé, il ne chercha pas à la consoler. Elle comprit néanmoins que sa présence n'était pas fortuite.

— Ton garçon s'en va, dit-il comme si tous deux poursuivaient une conversation.

Elle acquiesça.

— Il s'est engagé. Il part à la guerre, ajouta-t-il avec sa rudesse coutumière.

Elle recula comme une chatte dont on menace la nichée. Il eut un geste fataliste. Alors les épaules de la femme s'affaissèrent.

Son accablement fut bref. Depuis toujours elle faisait face, Marie. Elle était dure à la peine, dure aux sentiments. Elle se redressa.

— Il lui faut des affaires, dit-elle.

Il approuva.

— Je reviens, dit-elle fermement sans se préoccuper des larmes qui mouillaient son visage.

Il porta sa flûte à ses lèvres et reprit sa musique.

Marie apporta la valise de Marius. Le Gallu l'attendait à côté de sa charrette. Il caressait le museau de son âne, un poitevin roux à poil long, presque aussi grand qu'un cheval. Elle posa avec effort le bagage sur la charrette, puis elle observa, implorante, l'inquiétant colosse. Sous ses sourcils épais, le regard était doux. Elle eut de nouveau envie de pleurer.

— Il reviendra, dit-il. Quand on est d'ici, on revient toujours. Je lui dirai de t'écrire. Jeanne te lira ses lettres.

Déjà il secouait les rênes, faisait virer sa carriole. Sorti de nulle part, son grand molosse noir se mit au trot des chiens, le long de l'attelage.

*

À Lyon, une brasserie ouvrait au coin de la rue d'Enghien. Marius y entra. Les clients matinaux le regardèrent. Le garçon, qui avait deux fois son âge, loucha sur la barrette de ses décorations. Elles étonnaient chez un homme aussi jeune, surtout la belle rouge. Marius songea qu'il l'avait pêchée dans le sang. Cet homme l'admirait parce qu'il ne savait pas.

— Vous venez de là-bas?

Il acquiesça sans rien dire. Le visage grave comme dans la maison d'un mort, les buveurs hochèrent la tête. Il s'assit à une table, demanda du café. Il se sentait à nouveau perdu. Il ne savait plus vivre en temps de paix. Il avait la guerre comme on a la vérole. Une maladie mortelle.

On le servit. Deux croissants accompagnaient le café. Il leva les sourcils.

— Cadeau du patron.

Comme il avait grand-faim, il accepta volontiers les viennoiseries, sourit pour remercier tous ces gens de leur sympathie naïve. Pour eux, le front était ce qu'en disait la propagande : des soldats magnifiques qui tombaient en héros en volant au secours de leurs camarades. Une image d'Épinal à laquelle tous préféraient croire.

La réalité était tout autre, bien entendu. Cruelle, terrible, grotesque et démente ; elle était révélatrice d'immenses lâchetés mais aussi, parfois, de vertus violentes.

En 14 son amour impossible l'avait jeté, désespéré, dans la guerre. En avril 17, il y avait retrouvé une raison de vivre.

*

Pour la troisième fois, le sous-lieutenant Malaguet consulta son ordre de mission. Il portait la date du 14 avril 1917, et lui désignait un nouveau commandement pour le jour même. C'était tout à fait inhabituel et ça l'intriguait. Il se remit en marche. Son barda à l'épaule, il arriva au cantonnement de son nouveau chef de bataillon.

Sans même lever les yeux, l'officier, à l'évidence de carrière, saisit le papier qu'il lui tendait. Il le lut, sourcils froncés, fouilla dans une pile de documents pour en extraire une enveloppe brune. Goguenard, Marius songea que même dans une maison crevée par les obus, même à quinze cents mètres des lignes, la paperasse foisonnait. Elle était le seul conquérant de la guerre.

L'air vaguement dégoûté, l'officier supérieur feuilleta le dossier de l'arrivant, qu'il n'avait toujours pas honoré du moindre coup d'œil. Marius se tenait au garde-à-vous sans même avoir posé son sac. Son supérieur semblait prendre plaisir à le garder ainsi debout et chargé. D'un geste naturel, il posa donc son bagage et reprit sa position. Son vis-à-vis leva sur lui un œil peu amène.

— Forte tête, hein ? De bons états de service gâchés par ce… ce manquement… aux traditions militaires !

Le visage du sous-lieutenant resta de marbre.

— Vous n'avez rien à dire sur cette pénible affaire ?

— Non, mon commandant.

Son supérieur soupira.

— Depuis combien de temps êtes-vous au front ?

— Depuis août 14, mon commandant. Cent quarante semaines de survie.

— Priez pour que votre chance se poursuive.

Un propos ambigu. Au lieu de s'expliquer, le commandant se remit à éplucher sa liasse, en tira un imprimé qu'il lui tendit.

— Vous ferez rajouter un galon à votre uniforme. Vous êtes dès cet instant lieutenant plein, Malaguet.

Marius tomba des nues. Il était puni par une promotion ! Décidément, il ne comprendrait jamais la logique militaire. L'armée avait-elle finalement apprécié le geste philanthropique qui lui avait valu la haine des gendarmes et sans doute sa mutation ? Non, bien sûr que non. L'explication, pourtant extraordinaire de simplicité, le surprit :

— Il a bien fallu vous promouvoir, expliquait l'officier supérieur d'un ton navré. Aucun sous-lieutenant ne peut commander une compagnie, dans la division. Lors d'un assaut ordonné par l'état-major, le 12 avril dernier, vos hommes ont tué leur chef, un garçon sorti dans les premiers de Saint-Cyr ! Le général a décidé de ne plus risquer ses élites à de tels postes. Vous n'êtes pas bien vu en haut lieu, Malaguet, et s'ils vous descendent beaucoup considéreront que la perte n'est pas lourde.

Le sourire en coin de Marius s'accentua. Paradoxalement, le propos venimeux de la baderne le rassura. Il éclairait les allusions des planqués de l'état-major qui, la veille, comparaient finement son futur commandement à celui d'un diable sur son île, ajoutant qu'il aurait un travail de forçat. Il avait entendu parler de bagnards ramenés de Cayenne contre la promesse d'une grâce... s'ils survivaient. C'était sûrement eux qu'il allait commander ! Il imaginait trop bien le jeune bravache planqué à l'état-major, décidant soudain de jouer au guerrier. Ces repris de justice étaient des durs ? Il les materait, en ferait des héros en un rien de temps ! Il avait dû risquer inconsidérément leurs peaux. Malmenés par l'existence, contraints à la férocité pour survivre, habitués à la violence, ils ne lui avaient laissé aucune chance de recommencer.

— Vous allez commander à des disciplinaires condamnés à la première ligne, poursuivit le chef d'escadron confirmant son hypothèse. Des assassins ! Je n'ai pas pu prouver qu'ils avaient tiré dans le dos de votre prédécesseur, sans quoi j'aurais fait fusiller toute la compagnie. Je vous préviens, ce sont...

— Des bagnards, je sais, dit Marius en coupant son effet.

— Un paysan à la tête de forçats, voilà qui est parfait, reprit le chef de bataillon en ricanant.

— Les paysans savent mener les bêtes, répondit le jeune officier en souriant benoîtement. Un *bastardou* pour une chiourme, quoi de plus logique, compléta-t-il à mi-voix.

— *Tardou* quoi?

— Mon surnom en patois, répondit le jeune officier sans répéter ce mot trop explicite.

«Me prends pas pour un con, soudard.» Son mépris fut si manifeste que le visage du commandant se ferma.

— Berthier, la voiture! cria-t-il en tournant la tête.

Son regard revint sur Marius.

— Prenez vos affaires, lieutenant, nous rejoignons vos hommes immédiatement. Ils sont au repos à quatre kilomètres d'ici. Vous les ferez monter en ligne dès cette nuit.

Reconnaissant l'automobile du régiment, les forçats approchèrent d'un pas nonchalant. Beaucoup avaient dépassé la trentaine. Ils avaient le visage marqué, les mouvements vifs, le propos rare. Des fauves. Certes inquiétant, le défi vital posé à Marius le passionna.

— Le lieutenant Malaguet, beugla le commandant, a vingt-deux ans et des états de service qui justifient qu'on le mette à la tête d'une compagnie disciplinaire!

«Joli double sens», apprécia silencieusement Marius tandis que l'autre poursuivait:

— Il vous commandera. Toute exaction, toute désobéissance à ses ordres se traduira par le conseil de guerre. Vous êtes prévenus!

«Il me présente comme un blanc-bec. Il les menace. Aucun doute, il souhaite qu'ils me tuent. Il a dû recevoir des "suggestions" en ce sens. L'armée veut venger ses gendarmes. Elle a beau préférer les morts au ridicule, elle ne m'aura pas!»

Pressé de partir, le chef d'escadron remonta dans sa voiture.

— Je vous les laisse, lieutenant. À vous de jouer.

— Drôle de jeu. Un genre de roulette russe, sans doute ! grinça le lieutenant à mi-voix, tout en saluant réglementairement.

Son supérieur ne répondit ni au propos ni au salut. Il fit un signe négligent au chauffeur et la De Dion-Bouton fit demi-tour.

Marius, comme ses hommes, la suivit du regard. L'automobile disparue, les regards convergèrent sur lui.

— Vous êtes des durs et je suis un gamin, le commandant l'a dit. Sauf qu'aucun de vous n'est aussi vieux que moi. J'ai trois ans ! Trois ans de front et je suis encore vivant. J'ai l'expérience. Si vous voulez survivre à cette putain de guerre, vous m'obéirez. Fin du discours. Des questions ?

Il n'y en eut aucune.

— Bon, lavez-vous et lavez vos fringues. Votre premier ennemi, c'est la vermine, reprit le tout nouveau lieutenant, qui continua : Ce soir, on monte au front. Les sous-officiers, j'ai à vous parler.

Surpris par ce vétéran juvénile, les forçats avaient hoché la tête et obéi.

Ses bagnards, une centaine, étaient cantonnés dans une grande remise à demi détruite. Le lieutenant Malaguet avait réuni les sous-officiers sous ses ordres, ou plutôt avait rejoint leur coin où des caisses servaient de sièges. Un adjudant et deux sergents, personne d'autre. Il les questionna et apprit que la compagnie, formée quinze jours auparavant, avait eu quarante pour cent de pertes lors de son premier assaut. Parmi les morts, le capitaine ainsi qu'un aspirant et un sous-off. Morts suspectes. Le chef d'escadron avait évoqué le premier, mais occulté les autres. La piétaille ne l'intéressait pas.

Les survivants s'étaient repliés.

— C'est vous qui avez ordonné la retraite ? demanda Marius à l'adjudant, un gros homme aux traits veules.

Silence. Les deux sergents eurent des rictus de fauves.

— Pourquoi avez-vous survécu ? reprit le lieutenant d'une voix sourde, comme s'il se parlait à lui-même.

L'homme balbutia, suant la peur.

Dans la voiture, en venant, Marius avait lu leurs dossiers. L'adjudant n'avait aucune expérience du combat. Mobilisé dans sa fonction de comptable, des malversations l'avaient fait muter en première ligne. Un parcours classique d'escroc.

Des deux autres, le premier était passé en conseil de guerre pour refus d'obéissance. Le second avait giflé un adjudant de carrière. Ces deux-là était aguerris. Ils feraient probablement leur boulot. L'adjudant était de la viande à shrapnells. Il crèverait de trouille, fuirait, donnerait le mauvais exemple. Cruellement, comme une chatte qui abandonne un de ses petits trop malade, le tout neuf lieutenant le compta dans les pertes probables.

— Allez vérifier le matériel, les munitions et la bouffe nécessaires en ligne, lui ordonna-t-il. Je veux un état avant notre départ.

Un ordre inutile, histoire de ne pas l'avoir dans les pattes. Le rondouillard s'éloigna. L'officier se tourna vers les sergents.

— Racontez-moi en détail l'attaque du 12 avril. Les faits sans fioritures. Je veux comprendre ce qui s'est passé exactement.

Les deux hommes se consultèrent du regard, puis racontèrent, se complétant l'un l'autre. À un moment, l'un d'eux hésita.

— Parlez ! Tout le monde a peur, tout le monde peut faire des conneries lors d'un assaut ! Je ne cherche pas des coupables. L'encadrement de la compagnie est suffisamment réduit comme ça !

Il apprit tout ce qu'il voulait savoir.

— Ces meneurs, vous les connaissez ? demanda-t-il en conclusion. Amenez-les-moi, un par un.

— Vous comptez vous appuyer sur eux ? demanda le muté pour désobéissance.

— Vous voyez une autre solution ?

L'homme réfléchit.

— Non, dit-il, non, mais ça ne me plaît pas trop. Qu'est-ce que t'en penses ? ajouta-t-il en se tournant vers son collègue qui haussa les épaules.

— Alors, exécution !

Un fanfaron, une brute, un fou furieux, un hâbleur, un reptile, bref, une belle brochette de bannis. Tout en les questionnant, Malaguet observait la troupe. Cette «consultation des grandes gueules» intriguait. Les conversations cessaient, les visages se tournaient vers eux. Une sourde inquiétude naissait, s'étendait. De plus en plus nombreux, les hommes convergeaient vers l'un d'eux, un quadragénaire osseux. Un groupe se formait, vaguement hostile.

Le regard du lieutenant croisa celui du leader.

— Et lui, qui c'est?

— Alayel. Un vieux de la vieille, de Cayenne je veux dire, répondit l'un des sergents.

— Attendez-moi ici, répondit le lieutenant.

Il se leva, se dirigea vers l'ancien bagnard. Le voyant approcher, le petit groupe s'ouvrit car, à l'évidence, il marchait vers leur chef. Celui-ci, le visage neutre, attendait l'inévitable «Garde-à-vous!». Ses yeux étaient verts, son regard résolu, direct, dur. Marius s'arrêta à un mètre, son léger sourire en coin s'accentua. Il adressa un signe de la main à cet individu, l'invitant à le suivre, et se retourna calmement. Il sentait sa présence dans son dos, l'entendit se mettre en marche. L'homme le rattrapa, flanqué de ses compagnons, ses lieutenants sans doute.

— Vous seul, dit-il.

Ils marchèrent en silence. Marius était pensif; son interlocuteur vaguement inquiet.

— J'ai une seule question à vous poser, dit doucement le lieutenant. C'est bien vous qui avez ordonné la retraite?

Pris de court, le soldat hésita. Il affronta le regard soucieux du jeune officier, ne répondit pas tout de suite, réfléchissant à la signification de sa réponse et à ses conséquences.

— Oui, finit-il par dire avec un grand calme.

Ils s'étaient arrêtés, face à face. L'officier semblait heureux comme un gamin. Alayel sourit à son tour.

— Vous ferez fonction d'adjudant, dit Marius, jusqu'à ce que je puisse vous faire nommer officiellement.

Ils se serrèrent la main sous les regards de biais de la troupe. Marius revint vers les sous-officiers. Alentour, les poilus avaient repris leurs activités.

*

C'était son troisième jour à la tête des mobilisés de Cayenne. Marius sortit de sa cagna en bras de chemise, sa vareuse à la main. Il faisait encore frais en cette fin avril. Il enfila son vêtement. Le front était calme. Quelques grondements de canon retentissaient au loin.

— Du café, Malaguet?

L'adjudant à titre provisoire l'avait appelé par son nom et non par son grade. Marius devait-il relever? Son vis-à-vis perçut son hésitation.

— Ça m'est venu comme ça, mon lieutenant. Rassurez-vous, personne n'a entendu.

Le jeune officier éluda d'un geste, puis saisit le quart d'aluminium, goûta le jus.

— Pas fameux, mais chaud, dit-il. Vous, c'est bien Johannes, n'est-ce pas?

Alayel leva les sourcils, perplexe à son tour.

— On trouve beaucoup de Johannes par chez moi, expliqua le lieutenant.

— Et de Marius!

— Vous aussi, vous êtes du Velay?

— Du Puy-de-Dôme.

— Alors on est voisins. Et d'abord, comment savez-vous mon prénom?

— Le bagnard observe, écoute, s'informe. Question de sécurité.

— Y a plus de bagnards ici, mais des hommes qui saignent et crèvent aussi bien que les autres. On est deux ou trois millions à croupir dans la même merde, sur les quinze cents kilomètres de front.

— Si vous le dites… Mais le bagne, c'est comme une maladie. Ça laisse des séquelles.

Marius avait réfléchi avant de répondre.

— S'apitoyer sur le passé est dangereux dans les tranchées. Ça fait baisser la vigilance, donc augmenter les risques. Survivre est un travail à plein temps.

Ils parlaient doucement pour ne pas réveiller les autres. À vingt pas d'eux, des deux côtés, des sentinelles, embusquées derrière leurs créneaux de sacs de sable, observaient les lignes adverses, tout près, trop près, à deux cents mètres en léger contrebas. Une position dominante malgré tout.

Ils l'avaient conquise l'avant-veille.

Dès son premier jour en ligne, la compagnie avait compté un mort. Un malheureux qui s'était fait crever le crâne par un tireur d'élite. La tranchée, en avant-poste, offrait une bien piètre protection. La troupe grondait. Les hommes semblaient des loups en maraude. Marius décida de réunir ses sous-officiers dès le lendemain matin.

— La situation est intenable, avait-il dit, et aucun repli n'est envisageable. Il faut agir.

— Vous voulez attaquer, avait conclu Alayel.

Les visages étaient sombres. Tous avaient encore à l'esprit la charge aussi meurtrière qu'inutile de la quinzaine passée.

— Je préfère dire que nous allons investir la tranchée d'en face, ces trois cents mètres d'avant-poste boche qui coiffent la crête.

— Avec les deux mitrailleuses qui nous prennent en feux croisés? Impossible de sortir de la tranchée sans se faire descendre! objecta un second gradé.

— Il faut donc neutraliser ces mitrailleuses, répondit Malaguet. On les détruira cette nuit. Deux hommes pour chacune d'elles, à la grenade. Pas de droit à l'erreur. Il faudra les lancer à moins de dix mètres!

— Vous êtes allé y voir? ironisa un bagnard.

— La nuit dernière, oui. Alayel et moi. N'est-ce pas, adjudant?

Alayel tomba des nues.

— Vous n'êtes pas le seul à avoir de bonnes idées, enchaîna ironiquement le lieutenant. La prochaine fois, parlez-moi de vos projets. Je vous ai vu sortir de la tranchée sur votre secteur, au moment où j'allais le faire moi-même. Vous avez repéré celle de droite, alors je suis allé vers l'autre.

Une lueur admirative passa dans les yeux verts du nouvel adjudant ; cette seconde mitrailleuse semblait inexpugnable.

— Que dira le bataillon ? demanda l'un des deux sergents vétérans.

— Que nos patrouilles ont eu de la chance !

— Quelles patrouilles ?

— Deux groupes de vingt gars qui, sitôt les mitrailleuses anéanties, sauteront dans la tranchée ennemie et la nettoieront à l'arme blanche.

— C'est risqué, dit l'adjudant-bagnard.

— Pas tant que ça, et puis, on n'a pas le choix. Cette nuit, ce sera la relève en face, comme toutes les semaines à la même heure. Ce ne sont pas des Teutons pour rien. Ils penseront à autre chose. Sitôt la tranchée occupée, un fusil-mitrailleur neutralisera le boyau qui y accède. Qui est volontaire pour commander les patrouilles ?

— Vous ! dit l'adjudant que ses hommes observaient.

— Et vous, compléta le lieutenant. Ceux qui ont reconnu le terrain. La pleine lune se lève à 2 h 03. À 2 h 02, les mitrailleuses sautent, nos patrouilles sortent de notre tranchée et suivent dans le plus grand silence l'itinéraire que nous avons exploré et dont nous avons cisaillé les barbelés la nuit dernière. Dès l'apparition de la lune, les patrouilles devront être à pied d'œuvre. À 2 h 05, la tranchée sera prise

— À 2 h 05, on sera surtout morts, dit un ancien bagnard.

— Toi, peut-être, mais pas moi, rétorqua sèchement l'adjudant.

Il n'y eut que quelques blessés dans ce coup de main bien préparé. Sitôt la tranchée conquise, toute la compagnie creusa avec rage. Dès l'aube, un passage profond joignait la nouvelle position à l'ancienne, tandis que l'accès de l'ennemi était comblé sur plusieurs dizaines de mètres et surmonté d'une mitrailleuse.

— Encore un peu ? demanda Alayel, en levant la cafetière au cul noirci par le feu.

— Oui, merci.

Marius se sentait mieux après sa longue nuit d'un sommeil bien mérité, qui succédait à quarante heures de veille. La journée n'avait pas été de trop pour consolider la nouvelle position. L'adjudant à titre provisoire semblait moins frais. Il venait d'assurer la permanence de nuit. Marius avait pris un risque en lui déléguant si vite ses pouvoirs. Cet accueil matinal prouvait la justesse de son jugement.

— Allez dormir, intima le lieutenant à l'homme épuisé.

— Je n'ai pas sommeil. Mais je vous ennuie avec mes discours.

— Pas du tout. Parler du pays, ça fait du bien, à condition de ne pas s'attendrir sur le présent, répondit Marius en patois.

Alayel sourit. Ce fut une conversation chaleureuse et lente, entre deux hommes plutôt réservés. Le lieutenant en éprouva une grande sérénité. Il avait apprivoisé le meneur de Cayenne, celui qui, très certainement, avait fait exécuter ses chefs incapables. Il avait obtenu son estime, ce qui n'était pas rien. L'adjudant était-il son ami? Il était beaucoup plus: un compagnon de guerre qui méritait sa confiance.

Le lieutenant minimisa l'opération lorsqu'il en référa à sa hiérarchie. Il tenait à avoir la paix. Quant à ses hommes, ils le regardaient maintenant avec ce qui ressemblait bien à du respect.

*

Lyon s'éveillait quand il sortit de la brasserie. Il faisait déjà chaud. Soucieux de fraîcheur, Marius se dirigea vers la Saône, dont il comptait arpenter les berges jusqu'à son confluent avec le Rhône, à la pointe de la «Presqu'île».

Ses chaussures de ville lui comprimaient les pieds. Il avait tellement marché dans sa vie, pieds nus, en galoches, puis avec les lourds godillots militaires, qu'il n'y prit pas garde. Il eut un sourire nostalgique en songeant aux *éclots* de sa petite enfance.

*

Avant son entrée à l'école, ses trajets étaient courts et ses sabots de hêtre, même troués ou étriqués, le gênaient peu. Ils n'étaient jamais neufs, en tout cas. Il les recevait de Jeanne, son aînée d'un an. Quand il en cassait un, il se faisait d'autant plus réprimander par Marie que madame Adèle, qui n'était pas encore phtisique mais déjà fort avare, retenait le prix des *éclots* usés sur son maigre salaire.

Jeanne. Quel âge avait-elle lors de « l'histoire du rat » ? C'était avant sa fugue et sa rencontre du Gallu. Elle venait d'avoir cinq ans, lui en avait quatre. Elle avait une fossette, Jeanne, une seule, au coin de la bouche, à gauche. C'est ce jour-là qu'il l'avait remarquée. C'était une fillette blonde, sérieuse, mince et vive, toujours en mouvement, toujours à vouloir s'amuser à des jeux où il était le bébé. Lui ne le voulait pas. Alors, elle faisait les gros yeux, ce qui lui faisait peur parce qu'elle était plus grande, mais elle souriait très vite, disait qu'elle le « grondait semblant ».

À cette époque, ils ne s'éloignaient pas de la ferme. Le bout du monde, c'était le tournant du chemin ou le fond du potager. Il existait pourtant des univers interdits dans les étables et les remises, des endroits que les deux gosses exploraient clandestinement, comme le hangar où l'on rangeait les chars à foin, les tombereaux et le char à banc. La charrue également, graissée pour l'hiver ou rangée après les labours du printemps. Il y avait aussi la petite pièce où l'on serrait les outils aratoires – serfouettes, pioches, râteaux, faux – ainsi que les instruments pour couper le bois, cognées, égoïnes, haches, planes, merlins et passe-partout. Toutes ces lames pouvaient les éventrer s'ils tombaient dessus, les effrayant. Ils avaient peur du verrat aussi, mais ils allaient tout de même le voir. Il ne fallait pas entrer dans sa soue, car les grands cochons mâles avaient la réputation de manger les bébés. Celui de la ferme était plus méchant encore que Malvier, puisque même lui s'en méfiait. Il pouvait mordre et dévorer. L'« histoire du rat » en fut la démonstration exemplaire.

Équipé d'un croc dont sa mère avait scié le manche à sa taille, Marius, comme tous les jours, retirait les litières d'Artémis et Cunégonde, les deux chèvres, lorsque la frimousse de Jeanne apparut dans l'étable.

— Viens voir Gaston, dit-elle.

Les prénoms donnés aux animaux de la ferme résultaient de longs débats entre Marie et les deux enfants tandis qu'Adèle levait les yeux au ciel et que Malvier, nul ne savait pourquoi, se renfrognait. Même les volailles avaient le leur. Le coq avait été appelé Aldebert et une grosse poule goguenarde Emma. Elle amusait la servante, ce qui lui valut une assez longue vie, jusqu'à ce que le sort inéluctable réservé aux gallinacés la rattrapât. Elle finit comme les autres, en bouillon.

— J'ai pas fini, avait répondu Marius à la petite. C'est défendu d'arrêter.

— Viens, je te dis ! Après, il sera trop tard. Il l'aura croqué !

— Quoi ?

— Ben, tu vas voir.

Les deux gamins coururent vers la bauge, puis grimpèrent sur le vieux tombereau qui la dominait.

— Regarde, dit Jeanne.

Marius en eut le souffle coupé. Sous le groin du grand cochon, un énorme rat, acculé, tremblait. Il montrait ses dents jaunes, couinait. Il essaya de partir vers la droite, mais l'une de ses pattes arrière était raide, et le verrat n'eut aucun mal à lui couper la route de son sabot bifide.

— Le rat, je l'ai vu venir ! dit Jeanne. Il voulait manger la pâtée de Gaston, qui l'a aperçu. Crac, il l'a mordu ! Le rat, y s'est sauvé, mais il avait la patte cassée. Alors je suis allée te chercher parce que le cochon va le bouffer et c'est bien fait. Il avait qu'à pas manger sa soupe.

Un mouvement vif propulsa l'énorme bête sur le rongeur. Un coup de dent, et la tête du pillard disparut dans sa gueule. Le verrat fit un effort pour mordre, comme quand on casse une noisette. Il y eut un craquement, ténu mais audible. Il avait broyé la tête de son ennemi. Le corps du surmulot, toujours hors du groin de Gaston, s'agita en spasmes désordonnés. Le cochon secoua la tête et le corps décapité tomba dans la fange. Le vainqueur mâcha placidement, un peu de sang sur les babines. Une fois la tête avalée, il dévora le reste en trois ou quatre bouchées. Perchés en retrait sur leur char, serrés l'un contre l'autre, les deux gamins regardaient, passionnés, le festin du grand porc.

— Il aurait pu manger ta main tout pareil, dit Jeanne perfidement. Le rat, il était plus gros qu'elle.

Marius se mit à pleurer. Elle le consola, l'appelant son «tout petit». Elle ne jouait pas à la maman et au bébé ce jour-là. La détresse du bambin l'avait sincèrement émue. Elle le serra dans ses bras. Pleurer quand on vous câline est si délicieux qu'il laissa durer son chagrin. Il s'arrêta enfin et elle sourit. Il remarqua alors le petit trou plaisant qui se formait au coin de sa joue.

À partir de cet instant, il s'efforçait souvent de faire sourire Jeanne pour voir sa fossette.

*

Jeanne.

Il ne pouvait l'aimer et avait dû la fuir. Depuis quatre ans, il avait obscurci son souvenir, créant dans son esprit une zone d'oubli cadenassée. Et voici qu'il rouvrait la boîte de Pandore.

Pourrait-il la revoir, pourrait-il de nouveau faire apparaître cette fossette sur son doux visage? Son cœur battait aussi fort qu'avant un assaut, et il avait tout aussi peur. Il n'aurait jamais dû revenir. Pourquoi s'était-il laissé influencer par Alayel?

*

La guerre somnolait en ce dimanche d'août 18. Marius écoutait l'adjudant.

— Pourquoi ne pas retourner chez vous, pour votre perme, lieutenant Malaguet?

«Lieutenant Malaguet», pas «mon lieutenant». C'était de la part du bagnard en sursis une sorte de reconnaissance. Le grade qui précédait n'était qu'une concession, une sorte de courtoisie familière. Marius l'appelait «adjudant». C'était, depuis longtemps déjà, son titre officiel, amplement mérité d'ailleurs. En fait, même au front, sa promotion avait été fulgurante. Cet usage des grades maintenait entre eux un minimum d'apparence. Il affirmait aussi un rapport d'homme à homme, de complémentarité, d'estime réciproque, surtout.

Alayel avait respecté la réflexion de Marius. Il attendait. Le jeune officier releva la tête, observa son interlocuteur, s'étonna de sa gravité, une gravité qui adoucissait son regard vert habituellement masqué par des sourcils toujours froncés.

— Moi, si jamais j'avais une permission, je retournerais là-bas, compléta lentement Johannes Alayel.

Les forçats mobilisés dans des régiments disciplinaires n'avaient pas de permissions. C'était dans leur contrat d'engagement.

— Là-bas, dans le Puy-de-Dôme, s'enquit Marius, mais où précisément?

L'adjudant resta évasif.

— Chez moi, tout simplement. Il y a si longtemps que je n'y suis pas retourné.

Marius n'osa pas lui demander depuis combien de temps. Cela revenait à évoquer la durée de sa condamnation et, à travers elle, son motif. Sujet tabou. Marius savait que les hommes le toléraient, certains même l'estimaient précisément parce qu'il occultait leur passé, les traitait comme les autres poilus, s'attachant au présent qu'il voulait vigilant afin de leur éviter le destin des charognes pourrissant entre les lignes.

La lente conversation se poursuivait. Alayel questionnait le jeune lieutenant par ses silences. Il en était presque mal à l'aise, et pourtant, la présence de son aîné le rassurait.

Une détonation sourde, suivie d'un sifflement caractéristique, les interrompit…

— Marmite ! hurla Marius. À plat ventre !

Tout autour, les hommes se jetèrent au sol. L'explosion fit un bruit géant d'assiettes cassées. Un second départ tonnait. Finies les confidences. Les Allemands bombardaient au lance-mine de 205. L'obus de cent kilos mettait six à sept secondes pour arriver. Une attente terrifiante. Le demi-quintal d'explosif ouvrait des cratères de trente mètres de diamètre et dix de profondeur – de quoi faire disparaître un bâtiment entier. Ceux qui se trouvaient près du point d'impact étaient enterrés instantanément, s'ils n'avaient pas été pulvérisés. Les mains pressées sur les oreilles, les hommes restaient collés à la terre comme s'ils voulaient s'y fondre. Préparation d'artillerie. Tout présageait d'une attaque. Les obus passaient au-dessus de leurs têtes. Leur position en extrême avant-poste les protégeait. Entre deux marmites, Marius se jeta dans sa cagna, décrocha le téléphone de campagne, tourna frénétiquement la manivelle en espérant que son foutu fil ne serait pas coupé une fois de plus. Une nouvelle explosion l'assourdit malgré les deux mètres de terre au-dessus de sa tête. Il lui fallut dix bonnes secondes pour entendre les appels du standardiste qui, lui-même secoué par la déflagration, se demandait si son correspondant était mort ou vif.

— Prévenez les artilleurs ! cria Malaguet. Nous sommes en avant-poste, dit-il en donnant les coordonnées de sa tranchée, qu'ils ne nous tirent pas dessus !

Les marmites boches étaient dans l'ordre des choses, pas les obus français !

*

Une détonation fit sursauter le flâneur. S'était-il déjà déshabitué du canon ? Le moteur d'un remorqueur faisait des siennes. Marius s'agaça de ces machines frénétiques qui perturbaient la sérénité du travail, le vidaient de sa vertu de patience. Il préférait cette péniche qui remontait la Saône tirée par un percheron. Le chaland ventru avançait dans le froissement doux de l'eau sous son étrave, ponctué par le choc des sabots sur la terre tassée de la berge. Jambes ployées puis raidies, corps tendu vers l'avant, encolure courbée, le lourd cheval avançait puissamment. Quel poids tirait-il? Vingt, cinquante tonnes? Malgré son train de sénateur, le bateau devait parcourir une douzaine de lieues par jour. Dans un box, derrière la cabine, une seconde bête de trait, le museau plongé dans un sac, mangeait paisiblement en bougeant ses oreilles.

*

Malvier aussi avait un cheval. Un hongre doux et massif à la robe baie, aux sabots de la taille d'un plat à barbe. Marie ne put le nommer à sa fantaisie, car l'animal répondait déjà au nom de Pompon avant son acquisition. Il remplaçait une jument dont Marius avait peur. C'est énorme, une jument, quand on n'a que trois ans. Un jour, un marchand de bestiaux était venu la chercher. Marius le savait, même s'il ne s'en souvenait pas. En revanche, il se rappelait parfaitement l'arrivée de Pompon.

C'était jour de marché. Le fermier devait prendre livraison de l'animal. Il avait décidé d'emmener sa fille. Marius aurait bien voulu être du voyage, mais la question ne se posait même pas. Jeanne était la fille du maître. Elle avait regardé avec commisération les poings serrés du gamin, la crispation de son visage. Ses grognements de colère l'avaient fait rire. Et quand Jeanne riait, Marius enrageait encore plus.

— Je vais demander à papa de t'emmener, dit-elle enfin.

Il sourit de bonheur, bien qu'il sût confusément que le paysan refuserait, qu'il le laisserait à sa mère.

Il asticotait un bousier avec un brin de paille quand, deux heures plus tard, le tintement ténu d'un sabot ferré sur une pierre l'alerta. « Ils » débouchaient au tournant du chemin. Il se précipita.

Mouseuh Malvier trônait sur le cheval, les jambes pendantes. Assise devant lui, Jeanne dominait le monde. La bête était gigantesque. Marius s'arrêta à une distance raisonnable, contempla le spectacle, se retourna et revint en criant :

— Maman, ils arrivent ! Le *chaval* est rouge ! Le *chaval* est rouge !

Marie sortit, attendit les mains sur les hanches, puis s'avança vers le cavalier qui lui lança les rênes.

Elle tint la bête qui la regardait de ses gros yeux doux. Alors elle caressa son museau. Marius était ravi. Sa mère « parlait » au cheval sans ouvrir la bouche et celui-ci comprenait. Il sut aussitôt que, malgré sa masse – son garrot était plus haut que la tête de sa mère –, il n'en aurait pas peur.

— Moi aussi je veux le caresser, osa-t-il.

Le fermier s'était laissé glisser au sol.

— Tu le rentreras, dit-il à la servante.

Marie acquiesça tout en prenant son fils dans ses bras. Il eut un instant de frayeur. La tête du hongre semblait plus grande que lui.

— Regarde, dit sa mère, il a des cheveux blonds, comme toi.

C'était étonnant cette crinière de lin qui se prolongeait en une grande mèche sur le front, une couleur qui tranchait sur le pelage bai du puissant animal. Marius trouva cela très beau.

Il avança une main hésitante quand la bête encensa. Il la retira vivement, l'avança de nouveau. Pompon accepta sa caresse.

Jeanne, toujours perchée, observait la scène.

— Viens avec moi, cria-t-elle au gamin.

Marie le souleva à bout de bras et le déposa devant la petite, qui l'entoura aussitôt d'un bras protecteur, avant de saisir la bride du cheval. Elle souriait. Malvier s'était arrêté pour regarder. Il esquissa un geste d'humeur quand la servante assit son fils sur le percheron, mais se ravisa. « Ces deux-là travailleront ensemble, maugréa-t-il. Autant qu'ils s'apprivoisent ! » Il rentra dans la maison.

Consciente de mener le palefroi d'un couple princier, Marie fit faire deux tours de la cour à l'équipage avant de rentrer à l'écurie. Elle cueillit son garçon sur l'échine de Pompon, le posa dans la mangeoire, un peu sur le côté, où bientôt le rejoignit Jeanne. Elle défit le harnais de la bête, lui passa un licou, l'attacha, lui donna une bonne mesure de grain où il plongea aussitôt son museau. Enfin, elle le bouchonna avec des poignées de paille. Blottis l'un contre l'autre, les enfants suivaient l'opération avec ravissement. Pompon s'arrêta de manger, souffla doucement, puis reprit son repas. Marius, le cœur battant, s'était cramponné à la main de Jeanne, immédiatement secourable.

— Il a trois ans, dit Marie à son fils, comme toi.

Les deux petits en furent émerveillés.

*

Pompon.

Les dimanches étaient bénis pour Marius. Dès qu'il eut huit ans, il fut chargé, en vue du départ à l'église, d'atteler le cheval au char à banc le matin vers dix heures. Il en fut très fier. Il lui fallait d'abord l'harnacher. Une caisse lui servait d'escabeau pour lui passer le collier à grelot, plus léger que celui destiné au tombereau ou à la charrue. Pour serrer la sous-ventrière, il se calait un pied contre le flanc du cheval et tirait à deux mains de toutes ses forces, ce qui ne troublait pas le grand bai. Il enfilait alors les brancards dans les manchons de la sangle, fixait les deux chaînettes de traction au collier. Alors seulement il mettait le mors, non sans une certaine appréhension, car parfois le cheval soufflait. C'était sa manière à lui de grogner. Alors il le calmait de la voix et recommençait. Enfin, il faisait coulisser les rênes dans les anneaux du collier. Venait alors son moment de gloire. Gloire discrète, ô combien, puisqu'il était à la fois l'acteur de l'exploit et son unique témoin : il montait à la place du cocher, donnait une légère secousse aux rênes.

— Hue Pompon! s'exclamait-il.

Docile, la grosse bête s'ébranlait pour s'arrêter d'elle-même devant la porte. Alors *Mouseuh* Malvier sortait, puis, sans un regard pour le gamin qui dégringolait hâtivement du char, s'installait sur le siège. Il attendait «les femmes» et s'impatientait. Marius admirait discrètement son habit du dimanche: un feutre noir, un costume sombre un peu étriqué, une chemise blanche dont le col rebiquait, une cravate comme une ficelle et de gros souliers bien graissés par Marie. Pour Marius, petit sauvage des bois, le fermier était alors l'incarnation du «monsieur», donc de l'élégance; seulement, il sentait mauvais. Une tenace odeur de pieds moites le précédait. Elle avait toujours indisposé Marius. Non qu'il sentît bon lui-même – sa toilette était succincte bien que sa mère tînt son linge propre –, mais Malvier puait. Le Gallu, lui, se lavait. Son odeur de savon était presque aussi suave que celle de sa mère qui fleurait la lessive propre.

Après le maître du domaine, venait Jeanne, avec ses robes claires à dentelle et son chapeau à fleurs. Chaque fois qu'il la voyait ainsi, Marius se sentait intimidé. Elle, chipie, montait sans un regard sur le malheureux, mais sitôt assise à côté de son père, elle lui jetait une œillade pour constater l'effet de son élégance. Enfin, petite, maigre, chafouine, grise, arrivait l'Adèle. Marius, Dieu sait pourquoi, ressentait toujours le même dégoût pour ses mitaines de filoselle. Soutenue par Marie, elle montait à l'arrière et s'installait sur son coussin. Alors, Malvier faisait claquer son fouet et Pompon, qui n'aimait pas ça, démarrait brutalement.

Mère et fils les regardaient disparaître au tournant du chemin.

— Pourquoi on n'y va pas, nous, à la messe? demandait Marius à sa mère, qui haussait invariablement les épaules.

— Les curés, ils aiment ni les filles mères ni les bâtards! répondit-elle un jour.

C'était vrai. En cela, ils n'étaient pas meilleurs que les autres, comme Marius ne tarderait pas à le découvrir.

Les Malvier partis, les lieux leur appartenaient. Marie préparait le repas, Marius l'aidait ou musardait.

Le Gallu lui non plus n'allait pas à la messe. Le clergé se méfiait de lui. À force d'évoquer le Diable, il le voyait partout et soupçonnait le solitaire d'être son incarnation, mais cela, le gamin, petit païen s'il en fut, n'en savait rien. Le dimanche matin, il filait donc souvent dans les bois, à la recherche du colosse qui lui montrait toujours des choses merveilleuses ; comment construire un petit moulin à eau, siffler avec des herbes, imiter la chouette en soufflant dans ses mains réunies en caisse de résonance, ou choisir une branche dans laquelle tailler un bâton.

Déçu, il en fit le tour. La charrette était sous le hangar et l'âne paissait au bord de l'Ance. Le Gallu courait les bois. Il prit alors la sente en amont de la rivière quand, soudain, il sentit une présence. Il se retourna. À un mètre derrière lui trottinait en silence le grand bas-rouge du sorcier qui le regardait de ses yeux dorés.

Bien qu'il restât un peu méfiant, l'apparition de l'animal le rassura. Il ne s'éloignait jamais vraiment de son maître. Le gamin eut l'impression que le chien venait le chercher. Il le suivit sur une pente raide en sous-bois. Les aiguilles de pin étouffaient le choc de ses sabots et ils allaient sans bruit. Embusqué derrière une grosse touffe feuillue, le sorcier observait quelque chose, au-delà de la crête. Une brindille craqua, l'homme se retourna, vit l'enfant, mit un doigt sur ses lèvres et lui fit signe d'approcher. Il le rejoignit, se courba derrière le buisson pour se mettre à hauteur du géant accroupi, et scruta ce qu'il lui désignait.

Devant eux le bois s'éclaircissait. Une coupe des années précédentes ne laissait que les jeunes pins qui, en cette saison, prenaient la couleur vert vif de leurs nouvelles pousses. Marius ne remarqua rien, puis il entendit un grognement. Un cochon se serait sauvé ? Il regarda plus attentivement, vit bouger ce qu'il avait pris pour une touffe de feuillage sec. Un marcassin au pelage rayé, de la taille d'un chat, trottinait, puis disparut derrière le buisson, et un autre apparut. La mère vint à son tour fouir la terre de son groin, un groin beaucoup plus long que le museau courtaud des porcs. Elle creusait à coups de tête, labourait la terre de ses défenses jaunes aussi longues qu'une main. Elle déterra quelque chose qu'elle se mit à dévorer, puis cinq petits l'entourèrent pour participer au festin qui s'accompagna de lapements et de grognements.

— Vous allez les tuer? chuchota le gamin.

— Pour quoi faire? répondit le Gallu.

— Ben ch'sais pas, les sangliers, on les tue. Ils déterrent les pommes de terre. *Mouseuh* Malvier, il dit qu'il faut leur foutre un coup de fusil à ces sales bêtes. *Et pi* on les mange.

Le colosse l'avait longuement regardé.

— Ils sont beaux et ils sont vivants, dit-il enfin.

Avait-elle entendu leurs voix? La laie leva la tête, huma l'air et s'éloigna au petit trot, aussitôt suivie de sa ribambelle de bébés.

*

«Ils sont beaux et ils sont vivants», avait dit le Gallu. Le propos hantait le lieutenant Malaguet, assis sur un banc à contempler le flot lent de la Saône. Que restait-il de beau et de vivant dans le quotidien des quatre années qu'il venait de vivre? Au front, le printemps se réduisait à l'herbe et à quelques rameaux isolés qui s'acharnaient à pousser sur des moignons d'arbres noircis. La vie sauvage, c'était les rats. Le beau? Il n'existait plus. Si. Peut-être. Il arrivait à Marius d'admirer des chevaux quand, après trois semaines de front, ils étaient au repos à l'arrière. Plus que les animaux de selle, il aimait ceux qui tiraient canons et charrois. Il repensa à Pompon. Avait-il été réquisitionné? Peut-être pas; l'armée ne mobilisait pas les vieillards, même ceux à quatre pattes... Vingt-trois ans, cela commençait à être un bel âge, et Malvier le pingre ménageait sa bête pour mieux la faire durer. Un percheron coûtait plus cher que jamais avec la guerre qui en était vorace. Marius soupira. Combien en avait-il vu gisant les pattes raides et le ventre gonflé par la putréfaction? Il en ressentait toujours un pincement au cœur.

Les chevaux tués. Les tués. Les morts. Contrairement au front, à Craponne, on trépassait dans son lit, mais on trépassait tout de même. Ainsi il était peu probable qu'Adèle, qui crachait le sang, fût encore en vie.

Dans ses lettres désormais réduites à un bulletin de santé de Marie, Jeanne n'en avait rien dit. Dans ses réponses, Marius se contentait d'écrire qu'il était vivant ou qu'un chandail de bonne laine serait le bienvenu pour l'hiver. Froideur et distance réciproques régissaient leurs courriers. Paysans des terres pauvres, cette dureté était leur ultime partage. Regrettait-il sa propre attitude? Il en éprouvait, aujourd'hui, un sourd malaise. Jeanne avait dû souffrir autant que lui de leur séparation. Plus, peut-être. Il avait mis des mois pour envoyer un premier courrier aussi bref que froid. Il avait été injuste. Elle l'aimait depuis leur enfance. Son amour égalait le sien. Quant à Marie... Il lui en voulait vraiment quand il l'avait quittée. Pourquoi avait-elle couché avec Malvier? Il ne la détestait plus. Sa douleur s'était enkystée dans la guerre. Mille fois il s'était répété que sa mère n'avait que dix-sept ans à sa naissance, donc seize lors de sa conception. Le fermier, lui, dépassait la trentaine. Il avait abusé de la petite. Le jeune officier eut une bouffée de haine. Il allait le massacrer. Ça ne ferait qu'un de plus. Combien d'hommes avait-il tués depuis quatre ans? Des dizaines peut-être. Des Allemands, certes, mais quelle différence entre un poilu et un boche dans la boue de la Somme ou de l'Aisne? Il y avait autant de braves types et de salauds dans les deux camps.

Tuer Malvier.

Il pourrait le faire sans hésitation ni remords. La guerre l'avait souvent obligé à commettre des vilenies. Nul n'en revenait innocent. Il avait abandonné des blessés hurlant de douleur. Il avait ordonné des charges, les sachant pourtant aussi mortelles qu'inutiles. Qu'il courût à leur tête n'y changeait pas grand-chose. Si lui, dans son désespoir, se foutait de mourir, ça ne condamnait pas les autres pour autant! Plus tard, combien de fois avait-il laissé des jeunes recrues qui se croyaient futées prendre des risques fatals en les lui évitant? On appelait ça l'expérience. Ce n'était que mensonges par omission. «C'est la règle du jeu», disaient les survivants. Belle hypocrisie pour désigner une loterie dont les prix, généreusement distribués, étaient des croix de bois! Beau divertissement pour les spectres!

Comparé à ces réalités-là, exécuter un Malvier n'était que peccadille.

Il était le père de Jeanne. Il les avait nourris, lui et sa mère.

L'exploitation était riche, ça ne lui avait pas coûté grand-chose et ils avaient péniblement gagné leur pain.

Il l'avait laissé partir en pension. À son corps défendant! Sa mère s'était battue pour ça. Pourquoi n'avait-elle pas quitté la ferme? Il ressentit une bouffée d'amertume. Même avec un enfant naturel dans ses jupes, elle aurait pu trouver une autre place ou même un mari!

Elle ne savait pas lire. Elle était vaillante. Malvier était intelligent, manipulateur.

Il la tenait.

Marius s'était levé. Il ramassa un galet plat, un peu plus grand qu'une pièce de monnaie. Un parfait projectile. Il s'imagina gamin avec cette pierre dans sa fronde, visant le fermier, le frappant au front. David et Goliath. Il soupira. Jamais, avant sa demande en mariage, il n'avait osé s'élever contre lui, de peur qu'il s'en prît à sa mère.

Une pierre? Une décharge de chevrotines dans le ventre serait plus conforme aux pratiques du fermier!

Il y avait deux chiens au Bois noir. Le premier pour la chasse. Enchaîné les trois quarts du temps, il était devenu méchant. Malvier lui prouvait son affection à coups de bâton. Mais plus le fermier le battait, plus l'animal rampait à ses pieds. Cette obéissance gémissante comblait la brute. Il y avait aussi Berger, le second chien, un corniaud qui ramenait opiniâtrement les génisses attirées par les blés verts ou les pommes du verger. Lancé à la poursuite d'un chat, le malheureux Berger était passé sous le tombereau qui lui avait écrasé une patte. Marius voulut le soigner. Le fermier refusa. Il prit son fusil, passa une corde au cou du chien et le traîna vers le bois proche. Une détonation précéda le hurlement de l'animal. Malvier n'avait pris qu'une cartouche. Laissant sa victime agoniser, il rentra. Ce n'était qu'un bâtard, après tout, comme Marius, qui avait couru vers le bosquet. À son arrivée, le chien était mort.

L'idée d'abattre Malvier égaya le flâneur, jusqu'à ce qu'il se souvienne que Lucas avait poussé l'Enragé dans les eaux glacées de l'Ance. Allait-il reproduire ce modèle détestable? Il regarda la pierre plate qu'il avait encore en main et la lança d'un geste vif. Elle ricocha quatre fois sur l'eau calme.

*

Les appels désespérés de Trésor rappelèrent à Marius le chien fusillé.

Trésor était un bagnard, un dur, l'un des rares qui résistaient à Alayel. Dès qu'il râlait, ses camarades l'approuvaient, le suivaient. Le jeune commandant de compagnie était sans illusion. L'autorité réelle sur sa troupe, c'était l'adjudant qui en disposait. Cela constituait un danger. Il avait confiance en son adjoint, mais celui-ci pouvait toujours se faire descendre. Toute occasion d'accroître son ascendant sur la troupe était donc à saisir.

Cette histoire remontait à douze ou quatorze mois. Un jour d'été, en tout cas. Le bagnard, un grand « nègre des Fortifs », avait été touché par une balle lors d'une banale patrouille d'avant l'aube. Le lieutenant en organisait souvent car, à ces heures-là, la fatigue réduisait la vigilance des guetteurs adverses. Trésor était en serre-file. Quelqu'un heurta un piquet. Une des boîtes de conserve accrochées aux barbelés pour piéger l'ennemi tinta. Prenant peur, le servant de la mitrailleuse allemande tira en direction du bruit. Trésor s'effondra. Les autres revinrent en courant, pliés en deux. Le bourdonnement des balles donne le pied léger. Il leur fallut moins de dix secondes pour sauter dans la tranchée. On ne voyait pas le blessé, sans doute tombé dans un trou d'obus proche, à trente, peut-être cinquante mètres de là.

— Bande de salauds, me laissez pas crever! Je vous revaudrai ça! Au secours! J'peux pas marcher!

Ses cris agacèrent l'ennemi, qui tira une nouvelle rafale.

On entendit une longue plainte qui s'estompa avant de s'éteindre. Les appels des copains blessés étaient insupportables quand on ne pouvait pas les secourir ; leur silence était pire. Marius eut le cœur serré. Un de plus. La journée s'étira, ponctuée de rares coups de fusil.

La nuit tombait quand Alayel poussa Marius du coude.

— Vous entendez ? demanda-t-il.

Le lieutenant tendit l'oreille. Quelqu'un sifflait « Les Chevaliers de la Table ronde ».

— Des gars qui picolent, dit Marius.

— Oh que non, rétorqua l'adjudant.

— Quoi alors ?

— « Compagnon de luttes et de chaînes, entonna Alayel, essayons du sort ou du fer, unissons nos bras et nos peines et fuyons de ce trou d'enfer, et fuyons oui-oui-oui, et fuyons non-non-non, et fuyons au Venezu'la ! » C'est comme ça qu'on chantait la « Belle » à Cayenne, à défaut de se la faire...

Le siffleur se tut aussitôt que l'adjudant se mit à chanter. Alentour, les hommes aussi firent silence. Tout le monde écoutait. Le sifflement reprit, se termina par un trille.

— C'est Trésor, dit quelqu'un.

— Quand ils ont tiré, il a crié comme s'il était atteint. Il a fait le mort toute la journée, murmura l'adjudant. Y a pas à dire, c'est un malin.

— Les hommes de la patrouille de ce matin, qu'on aille les chercher, dit Marius.

Ils vinrent, situèrent leur position au moment où la « Maxim » avait ouvert le feu, dix-huit heures plus tôt.

— Alayel, dit Marius, tous les hommes sur le chemin de ronde, prêts à tirer, surtout sur les servants des deux Hotchkiss.

— Vous voulez y aller ? C'est pas votre rôle !

— Si !

— C'est une folie. N'y allez pas. J'irai s'il le faut absolument.

— J'ai mes raisons.

— Lesquelles ?

— Je vous les dirai après.

Marius sortit en rampant tandis que des tirs anarchiques partaient de la tranchée française. Des tireurs éparpillés sur deux cents mètres canardaient les guetteurs d'en face et leurs mitrailleuses. Les intentions obscures des Français devaient inciter les boches à se terrer.

Le jeune officier avait tellement observé le terrain depuis une demi-heure qu'il avait repéré chaque motte de terre, chaque volute de barbelé, malgré la pénombre. Sans se faire repérer, il atteignit le trou où se trouvait Trésor.

Il était assis, la jambe gauche raide et ensanglantée. Dans l'obscurité du trou, son sourire et ses yeux semblaient luminescents.

— Alors? chuchota l'arrivant.

— Peux pas marcher, mon lieutenant. Pas même ramper. Dès que je bouge, la douleur est terrible et je tombe dans les pommes, mais ça saigne plus. Ça n'a pas beaucoup saigné.

À la ferme, Marius avait appris à porter cent kilos, voire plus. Il avait même fait des concours où il fallait gravir une échelle, un sac de grains sur le dos.

— Combien tu pèses?

— Quatre-vingt-quinze...

— Je vais te porter.

— Je suis trop lourd, murmura le grand Noir.

— Ta gueule! Serre les dents. Si je t'entends gémir, je te laisse tomber et je fonce à l'abri.

L'autre acquiesça.

— Et si tu crois en quelque chose, prie.

Appliquant la technique des brancardiers, Marius empoigna la main du grand Noir, se pencha, genoux fléchis, tira l'homme qui grimaçait de douleur, le fit basculer sur son épaule, assura sa charge en serrant contre lui la jambe et le bras droit du blessé. Alors il se redressa d'un terrible effort et partit d'un pas lourd vers les lignes françaises tandis que, dans une pétarade ininterrompue, une pluie de balles se déversait sur la position ennemie. Le sauveteur courait presque. Malgré cela, les vingt-cinq secondes qu'il mit pour rejoindre la tranchée lui semblèrent autant d'heures. Il eut encore la force de sauter dans le boyau. Il n'en atteignit pas le sol. Trente bras s'étaient emparés des deux hommes. Déjà on emportait Trésor à l'infirmerie.

Le cœur de Marius cognait à deux cents pulsations par minute. Pendant la fuite, il était resté aussi discret que ses douleurs musculaires qui l'empêchaient, maintenant, presque de bouger. Ça le fit rire. Il avait réussi. Une fois de plus, il avait nargué la camarde.

Les hommes le soutinrent, le félicitèrent, l'embrassèrent. On lui tendit à boire, il avala une gorgée, s'étrangla à demi, en but une seconde, repoussa le quart en remerciant. Il se sentit ragaillardi par l'explosion d'alcool dans son estomac. C'était du rhum, et du bon.

Les hommes s'étaient dispersés. Alayel le regardait avec sa gravité coutumière. Non, cette fois-ci, c'était différent. Malaguet lisait une colère sourde dans ses yeux.

— Alors, vos raisons pour cette folie?

L'euphorie de la réussite, l'alcool. Il ne s'offusqua pas du ton comminatoire.

— Vous, Alayel! La raison, c'est vous. Vous tenez la compagnie. Ça ne me gêne pas, mais si vous vous faites tuer, à la moindre faute de ma part, les hommes feront les cons. Pour l'état-major, ma mort, comme celle de dix ou cinquante bagnards, ne sera qu'une sorte de vengeance.

— Ça ne me suffit pas!

La voix de l'adjudant avait claqué, pourtant elle tremblait sur la dernière syllabe.

Marius le regarda durement.

— Trésor. C'est un meneur. Il me fallait prendre barre sur lui.

L'effet de l'alcool lui donna une envie fugitive de battre son interlocuteur avant de comprendre que leur hargne était le contrecoup de leur angoisse.

— Merci de vous inquiéter pour moi, soupira Malaguet.

— Merci d'être vivant! répondit l'adjudant qui se retourna brusquement et s'en alla.

«Merci d'être vivant.» De qui parlait-il? De Marius ou de lui-même? Le jeune officier devait-il s'offusquer du propos? Il haussa les épaules. Ça n'avait aucune importance. Les bons sentiments sont dignes des bigotes. Au front, il fallait regarder la réalité en face sous peine de mort. Il se sentit tout à coup épuisé.

— Vous voulez des nouvelles de Trésor?

Il était encore tôt et Marius regardait, étonné, le soldat Vavin, un homme discret, qui s'adressait à lui.

— Il sera sur pied dans trois jours et béquillera quelques semaines. Si tout va bien. Je l'ai opéré hier. La balle était littéralement plantée dans son tibia. Quand je l'ai retirée, l'esquille qu'elle tenait écartée s'est replaquée d'elle-même. En fait, l'os était fendu mais pas vraiment brisé. Il a eu beaucoup de chance.

— Vous êtes médecin, Vavin!

— Chirurgien. Il y a de tout à Cayenne, vous savez.

— Et vous avez le matériel pour une opération?

— Tout ce qu'il faut. Les gars sont débrouillards et n'ont confiance qu'en moi. Et ce n'est pas d'hier, reprit-il fièrement. J'ai appris à me débrouiller là-bas.

— Les hôpitaux de campagne manquent de médecins! Vos compétences...

— Sont parfaitement bien utilisées ici, merci. Je ne manque pas d'ouvrage...

Marius avait acquiescé, puis regarda l'homme repartir. Sa présence en première ligne n'était pas réglementaire, naturellement. À l'évidence, il ne lui avait révélé sa compétence qu'avec la bénédiction des autres. C'était là une belle preuve de confiance. Songeur, il reprit l'inspection de sa position. Ainsi sa troupe avait conservé l'organisation souterraine du bagne!

Même après plusieurs mois, il ignorait presque tout de ces hommes avec lesquels il partageait la soupe et la guerre. L'uniforme bleu délavé, les casques Adrian qui ombraient les visages, gommaient les différences. Ce chirurgien, qu'avait-il fait pour être là? Il se secoua. Réveiller le passé fangeux de ses hommes serait une belle saloperie. Il devait respecter leur espoir de réhabilitation. La moitié d'entre eux, plus peut-être, payeraient ce rêve de leur peau. En fait, ses «assassins» n'égalaient pas le tireur embusqué fusillant un à un les pauvres bougres d'en face, ou le général satisfait du nombre «normal» des tués de sa division.

Dix jours plus tard, Marius rédigeait un rapport, quand on l'interpella.

— Mon lieutenant, mon lieutenant!

Il leva les yeux. Trésor, une béquille bricolée sous chaque bras, le contemplait, l'air résolu.

— Je ne vous quitte plus, dit-il très vite. Avec les voyous qui traînent ici, quelqu'un pour vous protéger, ça s'ra pas du luxe.

Beau paradoxe que cet estropié s'offrant solennellement comme garde du corps. Marius ne se trompa pourtant pas sur la gravité de l'instant. Il ne répondit pas immédiatement.

— Il a raison, mon lieutenant, compléta Alayel qui accompagnait le grand Noir. Vous avez besoin d'une ordonnance et Trésor a une dette d'honneur envers vous. Son offre ne se refuse pas.

Marius approuva. Devait-il réellement se réjouir de cet arrangement?

*

Lyon, 1918.

Il flânait, depuis près de deux heures. Il avait fait le tour de la presqu'île, avant de remonter le Rhône. Il quitta le chemin de halage à la hauteur du pont La Fayette, longea la place des Cordeliers, poursuivit en direction de la pâtisserie de Fourvière qu'il apercevait entre les falaises des immeubles. La ville était maintenant éveillée. Des fiacres doublaient des camions attelés de lourds chevaux. Leurs roues plus larges qu'une main rebondissaient en sonnaille sur les pavés bombés. Quelques autos conduites par des «martiens» à grosses lunettes pétaradaient avec conviction. Des tramways se croisaient en ferraillant et miaulaient dans les courbes. Devant ce grouillement, Marius eut un instant de vertige. Il voulut traverser, hésita, prit peur, recula, avança à contretemps. Malgré son bond en arrière, il fut frôlé par un «sapin» dont le cocher réussit à éructer, dans ce court laps de temps, une bordée quasi exhaustive des insultes propres à sa profession. Le jeune officier en resta ébahi. Planté sur le trottoir, il se demanda presque s'il ne préférait pas charger sous la mitraille plutôt que de traverser la rue Grenette à Lyon.

Il n'était plus fait pour la paix. Pour la ville, plutôt. Il lui fallait aller au sud, vers la place Bellecour et la gare. Bien qu'il eût encore des heures à perdre, il voulut s'en rapprocher. Envie de partir? Besoin de retrouver ses racines? Il appréhendait ce retour. Pourquoi diable revenait-il? Déterminisme? Fatalité? Destin? Les mots qu'il murmura lui parurent si grandiloquents qu'il en sourit d'autodérision. Lui, le vétéran de la guerre, que pouvait-il craindre de son passé? Pourquoi, bizarrement, le ressentait-il comme une faiblesse? Un bâtard était-il à jamais un coupable? Cette pensée l'agaça.

Il avait tourné dans la rue de la République. Les passants étaient nombreux dans cette voie achalandée où les boutiques se touchaient. Les vêtements d'hommes derrière les vitrines lui semblaient très chers. Ceux des femmes évoluaient. Les jupes dévoilaient les chevilles. Fanfreluches et dentelles diminuaient. Les volières et potagers sur les chapeaux cédaient la place à de petits bouquets de plumes ou de fleurettes. Les femmes qu'il croisait avaient-elles déjà adopté cette mode? Il s'enchanta à regarder les minois féminins. Prestige de l'uniforme et des galons? elles étaient nombreuses à le regarder, certaines en coin, d'autres franchement. En d'autres temps, ces regards directs eussent immanquablement désigné des putes, mais veuvage et solitude changeaient les mentalités.

Et Jeanne?

Qu'elle fût sa sœur l'enrageait. Le souvenir de son corps souple et musclé, son odeur de foin, sa bouche gourmande le mettaient en émoi. L'inceste l'habitait. Sa raison l'interdisait, tout son être niait cette interdiction. Son orgueil en était laminé. S'il était un homme mûri par la guerre, il n'avait que vingt-trois ans, et outre ses marivaudages avec son amie d'enfance, son expérience des femmes se réduisait à quelques visites aux bordels à soldats. Les officiers bénéficiaient de claques de meilleur aloi. Il les avait peu fréquentés. La «pénible affaire» évoquée par son chef d'escadron comme son affectation disciplinaire en faisaient un paria pour les gens de l'état-major, et ses rapports avec ses voisins de tranchées se réduisaient au service.

Il allait, regardant les femmes. Elles lui faisaient envie tout à coup. Sans doute une réaction de vivant ayant trop côtoyé l'horreur. Il lui répugnait cependant de trouver un bobinard ou de chercher une rue chaude, même s'il y en avait toujours aux alentours des gares…

Il finit par atteindre la place Bellecour. La circulation grouillait sur son pourtour mais son esplanade de terre battue, traversée par quelques passants hâtifs, restait quasi déserte. Il vit de nouveau dans ce grand espace entouré d'immeubles pompeux une sorte de no man's land. Dans ses pensées, la guerre, toujours, revenait en ressac.

Il traversa en diagonale. À l'angle d'une rue, un gamin «criait» les journaux. Une musette énorme pendue à son épaule le faisait fléchir en contrepoids. Il allait le corps de biais, brandissant sa marchandise.

— *Le Temps*, braillait-il, lisez «L'offensive franco-anglaise»! Nos troupes avancent!

Marius leva le bras et reçut son exemplaire. Le galopin lui demanda quatre sous, alors que l'en-tête du quotidien affichait dix-huit centimes.

— C'est marqué dix-huit, dit-il.

— Oh lui, hé! s'exclama le drôle. Il tombe de la lune, le lieutenant! C'est dix-huit à Paris, mais à Lyon y a le transport en plus! Il a qu'à lire, là. Qu'est-ce qui est marqué, hein?

À l'appui de sa diatribe monétaire, l'enfant désignait d'un doigt vengeur le cartouche à droite de l'en-tête. Marius y lut effectivement «un numéro (départements) 20 centimes».

La gouaille du gone, sa vivacité enchantèrent l'officier. Son accent n'était pas celui du Velay, mais il s'en rapprochait. C'était comme s'il arrivait à Usson, à dix kilomètres de chez lui. Il donna cinq centimes de plus à son contradicteur.

— Voilà le tarif, plus une prime d'intégrité, dit-il. Avec mes excuses.

Le garnement s'en alla, la bouille fendue d'un immense sourire.

Marius s'assit à une terrasse de café, commanda un bock et commença sa lecture. «Cinquante-huitième année – n° 20875.» Suivait la date du jour: dimanche 1er septembre 1918. Il parcourut les titres. «Bulletin du jour», «Charles Ier chez Louis III»... Sur la nouvelle d'une rencontre entre l'empereur d'Autriche et le roi de Bavière, le journaliste supputait tout ce que les deux souverains avaient pu se dire au détriment des Prussiens. Il concluait à l'inverse qu'ils jouaient les va-t-en-guerre et qu'ils détenaient les clés de l'intégration de troupes polonaises à l'armée allemande. Tout cela était bien alambiqué. En bas de la première colonne se trouvaient comme toujours les «dépêches télégraphiques». Le lord-maire de Sheffield, condamné pour «avoir enfreint les lois de défense du royaume», avait été déchu de son titre de noblesse. Le consul du Japon avait quitté Moscou, chassé par les Soviets. Les champignons vénéneux avaient tué onze personnes à Vienne et «cette étrange épidémie démarrait à Budapest». Bref, les populations de l'Empire austro-hongrois crevaient de faim et bouffaient n'importe quoi. Un service postal reliant New York à Washington par avion venait d'être inauguré. Il allait diviser par deux le temps d'acheminement du courrier. Enfin, en Argentine le ministre de la Guerre venait de démissionner pour poser sa candidature comme gouverneur de Cordoba. Où diable se trouvait Cordoba? Suivait un article sur «la réparation des dommages de guerre dans les régions envahies». L'État renâclait à tenir ses promesses. Les responsables du budget rognaient, rapinaient, pinaillaient. D'abstraites, les réparations devenaient concrètes et Marius y vit avec satisfaction un signe prometteur de la fin du conflit. Restaient les informations officielles. Pendant toute la guerre de position, les communiqués étaient restés laconiques. Ils laissaient désormais place à des articles détaillés. À la une, des cartes décortiquaient les combats autour de Noyon. Le reportage d'un correspondant de guerre complétait le papier militaire. Les choses changeaient. Les combats, toujours meurtriers, aboutissaient à des avancées. Il osait à peine y croire. Enfin des assauts efficaces ! Il avait souffert à Craonne. C'était vieux, maintenant. Seize mois. Une éternité. Combien y avait-il eu de morts quotidiens dans ce sale coin ? Quelques dizaines les jours calmes, des centaines souvent, des milliers lors des grands assauts inutiles sur ce long plateau sans intérêt. Incompétence criminelle de Nivelle. On aurait dû le fusiller lui, à la place des poilus qui avaient mis la crosse en l'air. Il se surprit à chanter l'hymne des mutins d'avril 17 :

Adieu la vie, adieu l'amour,
Adieu toutes les femmes
C'est bien fini, c'est pour toujours,
De cette guerre infâme
C'est à Craonne sur le plateau
Qu'il faut laisser sa peau
Car nous sommes tous condamnés,
Nous sommes les sacrifiés...

Il avait oublié les paroles centrales, mais se souvenait de la fin :

Ce s'ra vot' tour, messieurs les gros,
De monter sur le plateau
Car si vous voulez faire la guerre,
Payez-la de votre peau.

Un bourgeois l'avait écouté, l'air réprobateur. « Vieux con belliciste ! », grogna-t-il en le dévisageant. Outré, l'autre se leva avec une dignité de dindon offensé et s'éloigna. Aussi irrité par sa colère latente que par l'attitude bornée du fuyard, Marius feuilleta nerveusement son journal. En page trois, des titres retinrent son attention : « Les bombardements aériens de villes allemandes. » À Mannheim, on déplorait quarante morts dans la population civile. La guerre venait d'effectuer un nouveau pas dans l'horreur. Plus loin, il était question de la « nouvelle carte d'alimentation » et de « tickets de charbon ». C'était déprimant. Parmi les faits divers, la noyade d'un général anglais, emporté par le courant. Mourir ainsi en temps de guerre avait quelque chose de grotesque ; il ne put s'empêcher de sourire. La rubrique nécrologique annonçait les funérailles de plusieurs sous-lieutenants et aspirants. Combinaison de malchance et d'inexpérience, compte tenu de leur âge. Issus des classes dix-sept et même dix-huit, ils étaient tous plus jeunes que lui. Démoralisé, le lieutenant ferma les yeux et laissa tomber le journal.

Un mouvement les lui fit rouvrir. Une jeune femme blonde, tout de noir vêtue, venait de le ramasser et le lui tendait. Elle était d'une beauté évanescente et le regardait, les yeux noyés de larmes. Sans réfléchir, il prit sa main gantée et la fit asseoir. Elle se laissa faire comme une petite fille désespérée. Jeanne souffrirait-elle ainsi s'il se faisait tuer ? Car à l'évidence, l'inconnue pleurait un mort au combat, son mari sans doute.

— Une fine, commanda-t-il au garçon en long tablier blanc.

Il la laissa pleurer sans rien dire. Le garçon la servit.

— Buvez, dit-il.

Il se sentait dans un état second. Ce qu'il vivait était parfaitement impossible. On n'aborde pas une femme ainsi.

Elle but d'un trait le ballon de cognac qu'il lui tendait. Son visage reprit des couleurs. Elle leva sur lui des yeux pervenche.

— En vous voyant, j'ai cru que c'était lui, dit-elle. Il vous ressemblait...

Une bouffée de révolte la submergea.

— Pourquoi êtes-vous vivant et lui mort ? questionna-t-elle âprement.

— Parce que je n'aime pas la guerre !

Il avait répondu par réflexe, étonné de son propos. Elle ouvrit de grands yeux d'où jaillirent de nouveau les larmes.

— Vous... Vous êtes un lâche ! balbutia-t-elle.

— Comme vous le voyez ! dit-il avec une hargne égale à la sienne.

Elle ne pouvait ignorer sa Légion d'honneur, sa croix de guerre avec étoiles.

Ils se mesurèrent du regard en une sorte de duel où la douleur l'emporta. Elle baissa les yeux.

— Excusez-moi, dit-elle, excusez-moi.

— Ce n'est pas vous la responsable, dit-il, mais l'acharnement des puissants, l'idéalisme imbécile des bien-pensants. Il n'y a aucune gloire à tuer. Aucune.

Elle releva les yeux, le regarda, éperdue...

— Alors, pourquoi est-il mort?

— Je ne sais pas, dit-il, je ne sais plus. Je ne sais plus du tout.

— Je veux... Je veux le venger!

— Le venger de qui? Des boches? On les tue et ils nous tuent! Ça non plus, ça n'a pas de sens, répondit-il, la voix sourde.

— Alors vous allez déserter! dit-elle en défi.

— Non. J'y retournerai. Dans cinq jours exactement.

— Pourquoi? Mais pourquoi donc?

— Pour mes hommes! Pour qu'il en meure le moins possible. Parce que je sais faire.

— Vous savez faire quoi?

— Survivre!

— Lui, il ne savait pas, bégaya-t-elle.

— C'est dur à apprendre. Souvent on n'a pas le temps. De toute façon, il faut de la chance.

— Vous n'espérez plus rien, alors. Plus rien...

— Si. Tenir. Un mois, trois mois. Nos canons sont maintenant plus nombreux, plus puissants. Les Américains sont plus d'un million sur le front et les boches sont terrifiés par les tanks. La paix arrive enfin.

— Qu'est-ce que ça veut dire, la paix, maintenant?

— Ça veut dire boire un café tous les jours à une terrasse de bistrot. Ça veut dire ne plus sortir en hurlant des tranchées pour courir sous les balles. Ça veut dire ne plus sentir l'odeur de charogne des cadavres entre les lignes.

— Vous dites des horreurs.

— Je dis la vérité. Derrière les communiqués glorieux de ces torchons, c'est la grande boucherie!

Il avait crié, brandissant le journal. Autour d'eux les gens s'agitaient. Il laissa de la monnaie, se leva, s'éloigna. Désemparée, elle le suivit. Il s'en rendit compte, l'attendit. Elle vacillait. Il la saisit par la taille pour la soutenir. Elle mit la tête sur son épaule, fut de nouveau secouée de sanglots.

— Remettez-vous, dit-il bêtement. Tout ça s'arrêtera bientôt.

— Oui, parvint-elle à murmurer. Vous reviendrez vainqueur et moi, veuve, je resterai toute seule. Toute seule.

Les larmes brouillaient son regard.

Il l'écarta d'elle, plongea ses yeux dans les siens.

— Tout s'oublie. Les morts s'estompent. Tous. Toujours, dit-il.

— Comment osez-vous ! se révolta-t-elle.

— J'ai enterré tellement d'amis, de frères d'armes. Je ne me rappelle même plus leurs visages.

— Vous êtes vieux ! Vous êtes un vieillard !

— Vous croyez ?

— Oui, vous avez sûrement trente ans !

— Alors les années au front comptent triple. Je n'en ai que vingt-trois.

— Moi, vingt-deux, et je suis veuve !

— Nous sommes des enfants perdus, conclut-il.

Il avait prononcé ces mots avec une infinie tristesse. Elle le regarda, stupéfaite. Il semblait désemparé. Elle ne pouvait savoir que, parfois, il était de nouveau le *bastardou*.

— Je veux vivre ! Vous êtes un officier, un lieutenant comme lui. Nous devons vivre ! Vivre !

Les larmes sourdaient toujours de ses yeux, et pourtant elle souriait.

Elle l'entraîna le long des rues. Ils passèrent sous une porte cochère, pénétrèrent dans une large cour pavée déserte où s'ouvrait un bel escalier de pierre à claire-voie. Ils montèrent. Il n'y avait qu'une porte, à double battant, par palier. Elle ouvrit celle du second, l'invita à passer. Il entra dans un hall, très haut, où de lourdes tentures masquaient les huisseries. Il sut aussitôt que le lieu était vide. Elle lui prit la main, l'entraîna. Ils suivirent un long couloir, parvinrent à une chambre aux rideaux tirés. Dans la pénombre, un grand lit défait montrait l'empreinte d'une seule personne. Elle l'y entraîna, lui prit la figure à deux mains, l'embrassa à pleine bouche. Elle avait fermé les yeux et pleurait de nouveau. Elle n'était pas avec lui mais avec l'autre, ce lieutenant mort, qui lui ressemblait. Il songea à s'enfuir mais, pris de vertige, se sentit entraîné dans une ronde d'oubli. Les gens, le temps, l'avenir n'existaient plus. Il était dans le manoir irlandais d'Abel Trewalny, l'archéologue de Bram Stoker, il venait de tomber dans le piège de la princesse Tera, la fille d'un pharaon de la XIIIe dynastie. Envoûté, il restait prisonnier. Cette femme qui pleurait et déboutonnait sa vareuse l'embrassait. Il cessa de survivre pour vivre enfin. En lui coexistèrent le jeune mâle en rut et un homme de compassion qui avait les silences du Gallu et l'attention d'Alayel. Il fut lent, doux, passionné. Il la caressa longtemps, la dévêtit avec une terrible patience, la pénétra avec détermination et lui fit l'amour sans hâte, inexorablement, jusqu'à ce que tous deux agonisent de plaisir. Le silence sépulcral de l'appartement accapara leurs cris. Elle se recroquevilla en chien de fusil, posa la tête sur son épaule et ne bougea plus.

Ils ne s'étaient pas dit un mot.

Il se réveilla. Elle dormait toujours. Il regarda sa montre-bracelet, se dégagea délicatement, quitta le lit, ramassa ses vêtements et sortit sans un bruit. Il trouva un cabinet de toilette, se lava, s'habilla. Au moment de partir, il hésita, chercha dans sa poche un bout de papier, y inscrivit son nom et son secteur postal aux armées, le laissa en évidence.

Dehors, le jour l'éblouit.

Nul remords ne l'habitait, juste un sentiment ambigu entre la bonne action et l'abus de pouvoir. Il se secoua. C'est elle qui avait décidé de tout. Les femmes sont fortes. Ils avaient échangé un bonheur d'autant plus intense qu'il était éphémère.

À aucun moment il n'avait pensé à Jeanne.

Il se retourna pour regarder l'immeuble dont il sortait, comme s'il voulait un jour le reconnaître. Une façade de pierre austère et orgueilleuse, digne de notables lyonnais. Il reprit sa marche vers Perrache. Il n'avait plus tellement de temps. Il s'en voulait d'avoir laissé son adresse, mais retourner là-bas l'eût rendu importun. Il devait la laisser en paix afin qu'elle puisse se pardonner cette parenthèse de plaisir. Lui avait-il redonné un peu de goût pour la vie?

Un brouhaha de cris aigus le surprit. Une ribambelle d'enfants sortait d'un porche sous le regard sévère d'un instituteur à besicles. Tous portaient des sarraus gris ou noir et des galoches à semelle de bois qui résonnaient sur le pavé.

*

Il avait eu le même tablier gris pour son premier jour d'école, mais il était en sabots, des *éclots* hérités de Jeanne qui avait encore grandi. Il avait six ans et demi. Bien sûr, la gamine, qui avait déjà un an d'expérience, lui avait expliqué à quoi s'attendre, mais tout restait diffus et il avait le trac.

La rentrée avait lieu à 8 h 30, ce 2 octobre 1901. Marius était levé depuis deux bonnes heures. Malvier avait exigé de Marie qu'il s'occupât des chèvres et des cochons avant de partir. Ça le contrariait que le *bastardou* rentre en classe, à croire qu'il le considérait comme une malédiction ou un danger potentiel. Quand Jeanne vint le chercher pour partir, le fermier tressaillit.

— Et son travail? grogna-t-il.

— J'ai fini, *Mouseuh* Malvier. Je m' suis dépêché.

— On va voir ça.

Il avançait la main pour saisir le bras du gosse et le traîner vers l'écurie. C'était en général le prélude à une rossée.

— Il va à l'école! dit sèchement Marie en s'interposant entre la brute et son garçon. C'est la loi!

— Comment tu sais ça, toi, rugit le fermier, ignorante comme tu es!

Marie s'était campée face à lui, poings sur les hanches.

— L'instituteur est venu me voir pour que le petit aille à l'école. C'est lui qui me l'a dit.

— L'instituteur n'est qu'un voyou, un communard! Qu'il revienne et je le recevrai à coups de fusil!

— Il m'a dit aussi que si vous empêchiez mon Marius d'aller à l'école, il vous enverrait les gendarmes!

On craignait les pandores dans ces campagnes. Titulaires de l'autorité, ils n'étaient pas du pays et ne respectaient pas les hiérarchies traditionnelles. Malvier s'écarta, outré que cette souillon pût lui tenir tête. Il lui trouvait soudain un esprit bien égalitaire. Il partit, furieux comme d'habitude. Elle soupira en passant sur l'épaule de son Marius la sangle de la besace qu'elle lui avait cousue pour y mettre ses affaires. Pour l'instant, elle ne contenait qu'une tartine pour la récréation de dix heures. Malgré les explications de Jeanne, l'enfant n'avait pas bien compris ce qu'était une récréation. N'ayant jamais connu l'école, sa mère n'avait pas davantage pu lui en parler.

Les prés étaient secs. Il n'avait pas plu depuis l'été, mais ce matin-là, la brume diluait les arbres et les bois, effaçait les collines.

— Ça va se lever, dit Marie sur le pas de la porte. Il va encore faire chaud aujourd'hui. Une belle arrière-saison. Va, galapiat, poursuivit-elle, et *tâche moyen* d'être le premier en classe!

La servante soupira. Elle aurait voulu emmener son fils pour son premier jour, mais l'ouvrage ne manquait pas et avec cette mauvaise bête de Malvier, il lui fallait faire attention. Elle avait peur aussi. Elle ignorait tout de l'école et, femme sans mari, se sentait comme un paria. Elle fuyait les autres. La ferme était son univers avec tout ce qu'il lui fallait, même quelqu'un à haïr, car elle haïssait le fermier de toute son âme.

Elle regarda s'éloigner les deux petits, main dans la main, sur le chemin pierreux qui descendait vers Pontempeyrat. Ils allaient seuls, même le jour de la rentrée. Elle leur avait simplement recommandé de faire attention en traversant la grand-route. Les Russel, le médecin ou son cousin le dentellier, passaient leur vie sur les chemins, chacun pour sa tournée et fonçaient comme des fous dans leurs cabriolets attelés de demi-sang rapides.

Le village de Pontempeyrat était né des siècles auparavant à hauteur d'un gué sur l'Ance, complété depuis bien longtemps par un pont. À cet endroit, le torrent se calmait avant de reprendre sa furie dans des gorges qui allaient jusqu'à Saint-Julien, deux lieues en aval. L'église trapue, comme accroupie au bord de la route, était romane, mais personne ne prêtait attention à ce genre de détail. Elle était très vieille, c'est tout ce qu'on savait. À côté, au fond d'une cour, se trouvait l'école, un petit bâtiment banal construit quinze ans auparavant, au moment des lois sur la scolarité obligatoire. En 1901, elle n'avait plus qu'une classe, mixte, au grand scandale des bien-pensants. Le village ne comptait que deux douzaines d'enfants entre six et neuf ans. L'Éducation publique avait donc soumis à la population un choix drastique : ou bien pas d'école, ou bien une seule classe de petits, garçons et filles mélangés. Les plus grands allaient à Craponne chez « les frères », chez les « sœurs-saint-Joseph » ou à « la Laïque » jusqu'au « certif ». Trois bons quarts d'heure par les raccourcis, à l'aller comme au retour, par tous les temps.

Arrivé dans la cour, Marius, ne sachant que faire, collait Jeanne, qui s'envola rapidement pour rejoindre ses copines de l'an passé. Le petit resta là, à observer. Les enfant criaient et couraient autour de lui. Toutes les deux secondes il cherchait Jeanne des yeux. Elle riait et jouait sans s'occuper de lui. Il n'osait pas la rejoindre, même s'il connaissait ses compagnes pour les avoir croisées chez le boulanger ou au marché du chef-lieu. De toute façon, il était un garçon, et à l'école, les garçons ne jouaient pas avec les filles. C'était un principe absolu. Mais voilà, il connaissait à peine les garnements qui s'agitaient en tous sens. Les dimanches, les mères parlaient sur le parvis de l'église, les pères allaient boire un canon au café et les gosses s'observaient en coin. Marius n'avait jamais parlé à ceux de son âge et encore moins aux autres.

Bien campé dans ses sabots, il ne bougeait pas. Il vit un homme décidé sortir de l'école, s'approcher et tirer vigoureusement la chaîne de la cloche accrochée au mur. Les jeux cessèrent, les gamins se mirent sur deux rangs devant le maître. Marius resta sur place, indécis.

— Qui c'est çui-là ? demanda un gamin en patois.

— *Lou bastardou* du Bois noir.

— Hou-hou, *bastardou*, hululèrent les galopins alentour.

Marius serrait les poings, le visage fermé. Le maître l'interpella.

— Malaguet, en rang comme les autres.

Il comprit mal. À la ferme, tout le monde parlait patois. Le français, il l'entendait, mais n'en avait pas la pratique. Il obéit avec retard. La petite troupe se mit en marche sur un signe du maître, dans un grand raffut de sabots. Dans la classe, les enfants s'égaillèrent pour choisir leur place. Marius ne savait où aller. Une gamine était nouvelle, elle aussi. On les installa côte à côte, à un pupitre au premier rang. Marius se tournait sans cesse pour jeter des regards désespérés à Jeanne, qui ne le voyait pas. Elle riait avec un gros joufflu qu'il détesta aussitôt. Il le vit fouiller ses poches, en sortir un bonbon et le donner à la petite. Il en fut mortifié. Jamais il n'avait possédé la moindre sucrerie. Il se tourna vers sa petite voisine.

— Comment tu t'appelles ? demanda-t-elle.

— Marius Malaguet, répondit-il fièrement.

— Ah oui, *lou bastardou* !

Il se renfrogna, l'ignora. Autour de lui, les autres l'observaient, goguenards. Il y eut une petite explosion. Le maître venait de faire claquer sa règle sur son bureau.

— Silence, dit-il sèchement.

— *Lou bastardou*, dit à mi-voix le voisin de Jeanne qui pouffa, mal à l'aise.

— Joseph Mastafier, tu resteras après la classe. Tu commences bien, toi.

Le grand – il allait sur ses neuf ans – jeta un regard meurtrier à Marius, qui le lui rendit bien. Il n'était pas assis depuis dix minutes qu'il avait déjà un ennemi deux fois plus gros que lui. Conscient que le temps en classe n'était pas celui du danger, il décida de ne pas quitter le maître des yeux pour *tâcher moyen d'être le premier*. Il s'installa, bras croisés comme les autres, et écouta avec une attention épuisante. Comprendre était difficile. En français, il ignorait la moitié des mots et ceux qu'il connaissait évoquaient souvent des choses qu'il n'avait jamais vues. À la récréation de 10 heures, il sortit la tête en feu, heureux de ne plus réfléchir. Le soleil avait évaporé la brume et il faisait chaud. Fatigué, il alla s'asseoir dans un coin de la cour et ferma les yeux.

— *Lou bastardou ! Lou bastardou !*

Il rêvait. Un mauvais rêve. Il voulut se retourner dans son lit, mais il n'était pas dans son lit. Il était à l'école et trois ou quatre gamins scandaient son surnom détesté. Il se leva.

Face à lui, Joseph Mastafier le dépassait d'une tête. En retrait, Jeanne le regardait, l'air malheureux. L'inquiétude de son amie lui donna du courage. À un ultime *bastardou* éructé par le gros garçon, il rétorqua en le traitant de *caïou* et agrémenta son propos des grognements aigus du porcelet. L'assistance rit, son interlocuteur rougit. Une gifle claqua, imprévue, brûlante. Scandalisé, le petit se rua sur le grand, fut repoussé, recommença, frappant en aveugle de toute sa force et de toute sa maladresse. Plus âgé, Joseph faisait mal. Les larmes avaient jailli des yeux de Marius, mais il continuait au mépris des coups, poussé par sa dignité offensée. Sa main agrippa la joue ronde de son tortionnaire. Il s'y cramponna, tira un bon coup sans desserrer les doigts. Quatre griffures apparurent où le sang suinta. Le gros Joseph s'effondra en pleurant tandis que le *bastardou*, bien qu'il souffrît de plusieurs bleus, heureusement discrets, torchait ses yeux du dos de sa main gauche et redressait la tête, l'air triomphant. C'est alors que le maître intervint.

— Il m'a traité de *caïou*! beuglait le Mastafier. *Lou bastardou* m'a traité de *caïou*!

Le maître les regarda et tonna.

— En classe ! On va en reparler !

Les sanctions tombèrent.

— Joseph, tu resteras après la classe et tu me feras cinquante lignes.

C'était exorbitant. Il se tourna ensuite vers Marius :

— Viens ici, ordonna-t-il.

Le gamin obéit.

— Mets-toi comme ça.

Il avait rejoint les doigts de sa main gauche en pointe. L'enfant l'imita. Le premier coup de règle le saisit. Il chuinta de douleur. Les quatre autres, il serra les dents, les yeux agrandis de souffrance, mais il ne pleura pas.

— Retourne à ta place!

— Ton fils est un mauvais sujet, dit ce soir-là Malvier à Marie. Dès son premier jour d'école, il s'est battu comme un voyou.

Comment l'avait-il appris? Tout se savait au village; le fermier, descendu acheter du tabac, avait bu un canon avec le maquignon. Un certain Mastafier.

Marie se tourna vers le petit:

— C'est vrai? demanda-t-elle sèchement.

— C'est Joseph, s'exclama Jeanne avant que Marius n'ait pu répondre. Il lui a dit «*bastardou*» et puis il l'a battu. Mais le *bougrassou* il lui a «gratigné le museau» même que le Mastafier, il a pleuré comme une fille.

La main de Marie, levée pour gifler son garçon, retomba.

— Je veux pas qu'on m'appelle *bougrassou* non plus, grogna Marius, l'air buté.

La petite haussa les épaules.

Ce soir-là, Marius, épuisé, s'endormit comme une masse.

*

L'express quittait Lyon pour Saint-Étienne. Marius voyageait de nouveau en première. Le luxe du wagon contrastait avec celui de cet appartement momifié où il venait de passer deux heures. Il en dissociait la jeune veuve dont la détresse le hantait malgré leur jouissance partagée. On ne pare pas le désespoir de lampions. Ils n'éblouissent que le temps d'habituer ses yeux. Alors la douleur paraît encore plus sombre. Elle avait fait l'amour comme on se suicide. Ses traits, brouillés par les larmes, s'inscrivaient en pastel dans sa mémoire.

Il évoqua Jeanne, revit une jeune femme aux chairs drues, au teint coloré. Une fille décidée qui ne craignait ni le soleil ni l'ouvrage. Elle était gourmande de vie, Jeanne, qui lui restait interdite. Pourrait-il la retrouver en tant que «sœur»? L'idée, bien qu'insupportable, lui tournait dans la tête.

Il avait cru entreprendre ce voyage pour retrouver sa mère, et voilà que Jeanne envahissait ses pensées. L'évidence s'imposa : il revenait aussi pour elle.

Le train croisa les hauts fourneaux de Chasse-sur-Rhône, mêlant brièvement sa fumée à la leur. Les gares se succédèrent : Givors, Rive-de-Giers, Saint-Chamond. Les tuiles des maisons devenaient noires, les façades poussiéreuses. Dans les rues qui défilaient devant la fenêtre, les femmes de mineurs allaient dans leur tenue grise. C'était un univers triste et familier qu'il connaissait pourtant mal. Il avait vécu à proximité de Saint-Étienne pour ses études, mais n'était jamais descendu dans la mine.

À Chateaucreux, il se libéra de ses bagages, sortit faire quelques pas. Il avait une demi-heure à tuer avant sa dernière étape. La vitrine d'un photographe exposait un portrait de jeunes mariés, un militaire à moustache en croc et une belle blonde. Il les contempla, songeant à son éphémère compagne lyonnaise. Il eût voulu que ce fût son portrait à elle, avec son mari, car déjà son visage pâlissait.

Des photos…

Il en ramenait à sa mère.

*

Elles étaient l'œuvre de Trésor, son ordonnance. Où diable celui-ci avait-il trouvé cette chambre à soufflet du dernier modèle? Fidèle à son habitude, Marius n'avait posé aucune question. L'optique Zeiss évoquait une origine allemande. Il savait que certains de ses hommes allaient «faire leurs courses» chez l'ennemi. Depuis dix-sept mois qu'il commandait la compagnie, il avait vu beaucoup d'objets étonnants apparaître, mais s'était toujours gardé d'enquêter sur leur provenance, pas toujours germanique.

Il gardait un excellent souvenir des prises de vue.

Une dizaine de jours avant sa permission, Alayel s'approcha de Marius, l'air mystérieux. Le lieutenant, qui s'apprêtait à boire un quart de vin en attendant la soupe, lui jeta un regard interrogatif. L'adjudant sourit. D'un geste tranquille, il saisit le récipient qu'il portait à sa bouche et le vida par terre. Interloqué puis amusé, Marius attendit la suite. Elle se concrétisa sous forme d'un poilu portant dignement un plateau. Six verres de cristal taillé y entouraient une vénérable bouteille cachetée.

— Château Cheval Blanc 1906, la meilleure année depuis le début du siècle, dit Alayel, tandis que le soldat disposait un couvert sur le bat-flanc de la tranchée.

Extrayant de sa poche un tire-bouchon, il ouvrit religieusement le grand cru et en renifla le bouchon avant d'en verser une goutte dans un verre qu'il tendit à l'adjudant. Respectant le cérémonial, ce dernier le huma, le mira et enfin le goûta avant d'engager d'un geste l'ordonnance à servir.

— Un cadeau des hommes pour vous, Malaguet, dit-il, goguenard, en tendant le premier verre au lieutenant.

Les présents souriaient et, comme par hasard, apparurent Trésor, les sous-offs de la compagnie et les «notables» du bagne, Vavin, le chirurgien, et Perdonnet, «le juge», en particulier. Le serveur déboucha une deuxième puis une troisième bouteille.

— Vous en avez beaucoup comme ça? demanda Marius avec un sourire en coin.

— Secret de Cayenne, répondit le poilu, digne comme un maître d'hôtel.

— Alors, on fête quoi? reprit le jeune officier.

— Mais notre survie jusqu'à ce jour! Et notre espoir de liberté, répondit Alayel. La guerre s'achève, vous ne croyez pas?

Les deux hommes levèrent leur verre face à face.

— Parfait! dit Trésor.

Il avait sorti de sa besace sa chambre à soufflet, l'avait calée soigneusement pour les photographier. D'un geste précis il remit une seconde plaque.

Son garde du corps lui offrit les tirages la semaine suivante. Ils étaient d'excellente qualité.

*

Pour tuer le temps avant le départ du train, Marius sortit les photos de son portefeuille. La plus remarquable les représentait face à face, Alayel et lui, choquant leurs verres. Cet homme le couvait. Parce qu'il lui avait fait confiance ? Parce qu'il lui avait évité des ennuis après le meurtre présumé de son prédécesseur ? Il suffisait d'observer la centaine de bagnards pour comprendre qu'Alayel gardait toute son autorité. Le jeune lieutenant n'était-il pas, lui aussi, sous son influence ? Et alors ? Jusqu'à présent il n'avait pas eu à s'en plaindre. Le sauvetage de Trésor avait renforcé l'estime des hommes à son encontre. Ils lui avaient tous manifesté leur attachement lors de la dégustation de ce grand cru bordelais, car c'est à leur survie commune qu'ils avaient bu, le but annoncé dans son bref discours, lors de leur première rencontre.

Il tressaillit en songeant à un détail qu'il n'avait alors pas remarqué. Après qu'ils eurent trinqué, l'un de ses hommes, dont il ignorait jusque-là les talents de ténor, avait poussé la chansonnette :

Sur le talus renverse la bergère,
Sur l'ennemi renverse les remparts,
Dans les boyaux fous-toi la gueule par terre,
Mais ne va pas renverser le pinard.

La compagnie avait enchaîné d'une seule voix :

Le pinard c'est de la vinasse,
Ça réchauffe par où que ça passe.
Vas-y, Bidasse, remplis mon quart,
Vive le pinard ! Vive le pinard !

Il ne s'agissait plus du spleen des forçats, mais bien de l'esprit goguenard des poilus qu'ils avaient chanté en chœur. Une antienne d'appartenance. Ils avaient changé. Les déportés de Cayenne rentraient dans le rang, devenaient des mobilisés comme les autres, presque des citoyens libres. Marius en fut ragaillardi, puis il se rembrunit. Où donc se nichait la liberté, au front?

*

La fête avait duré jusqu'au crépuscule. La grande peur de la nuit mettait toujours fin aux réjouissances. L'obscurité cachait des attaques d'envergure ou celles de simples patrouilles, car on retrouvait parfois, à la relève, une sentinelle ou des dormeurs égorgés. Alors les guetteurs s'arrachaient les yeux à percer l'obscurité hostile dès qu'un nuage la rendait impénétrable.

Les hommes étaient repartis surveiller l'ennemi ou tenter de dormir. Le sommeil, on s'efforçait de le stocker pour rester en forme et conserver sa vigilance.

Adossé au parapet, Marius fumait son brûle-gueule. Il regardait le ciel calme d'une nuit sans lune où scintillaient des milliers d'étoiles. Il devinait Alayel près de lui. Plus loin dans l'ombre, bien calé sur des sacs de sable, Trésor était installé, les jambes tendues, la tête renversée, masse noire immobile d'un homme endormi. Pas si endormi que ça. Une allumette illumina le bas de son visage sur lequel la cigarette blanche contrastait. La flamme s'éteignit et seule subsista la lueur mouvante de la minuscule braise que chaque inspiration régénérait. Trésor fumait sans le perdre de vue.

— Vous allez partir en permission, Marius, dit Alayel en patois; vous retournez chez nous?

L'interpellé ne répondit pas tout de suite.

— Je ne sais pas encore.

— Personne ne vous attend là-bas?

Il hésita.

— Ma mère, finit-il par dire.

— Depuis quand n'êtes-vous pas allé à Craponne?

Nouveau silence.

— Depuis le début de la guerre, répondit enfin l'officier.

— Quatre ans! Vous n'avez donc jamais eu de perme?

— Pas eu envie de retourner là-bas.

Il devina qu'Alayel hochait la tête. Le respect du secret, une règle de vie au bagne reprise dans la compagnie.

— Vous avez raison, la guerre mûrit les hommes. J'arrive pas à croire que vous n'ayez que vingt-trois ans. Votre mère doit avoir... quoi? Quarante-cinq ans, cinquante ans...

— Trente-neuf. Elle m'a eu à dix-sept ans...

— Si elle est dehors, elle voit les mêmes étoiles que nous.

— Elle dort la nuit. Il faut bien qu'elle se repose. Elle commence dès l'aube à s'occuper des bêtes et de la maison.

— Elle est fermière? demanda l'adjudant.

— Servante, répondit Marius plus sèchement qu'il l'aurait voulu.

— Elle va être fière de vous. Le fils d'une domestique, officier à vingt-deux ans, c'est rare par chez nous. Laissez-lui une chance de vous féliciter.

Marius avait-il entendu?

— Elle ne sait pas lire, reprit-il en poursuivant sa pensée, mais elle m'a poussé à l'école. J'ai étudié jusqu'à dix-neuf ans sans jamais redoubler.

Marius se passionnait, il défendait sa mère sans même s'en rendre compte. Il la protégeait.

— Vous avez appris un métier, alors. Un métier où on ne se salit pas les mains, supputa Alayel.

— Pas si sûr. Dans ma profession, le travail manuel est intéressant.

— Oui?

— Je suis forestier. J'ai un diplôme des Eaux et Forêts.

— Tout le monde est un peu bûcheron en Haute-Loire.

— C'est vrai, ça. Au fait, Alayel, quel était votre boulot?

— J'en ai eu plusieurs au bagne. J'ai travaillé en forêt moi aussi. Mais le travail des bois de là-bas n'est pas celui du pays. La chaleur, les moustiques, les serpents, l'humidité le rendent dangereux et on y attrape toutes sortes de maladies. Alors dès qu'on peut s'en aller…

— Comment sont les arbres?

— Magnifiques, plus grands que nos sapins. Quarante, cinquante mètres de haut. Leurs bois sont jaunes, rouges, noirs, violacés. Parfois ils alternent ces couleurs comme le palissandre superbement veiné. Certains sont incroyablement légers, le balsa par exemple, d'autres sont aussi durs que le fer. L'acajou, le courbaril ou le teck, on a du mal à les scier. J'ai appris à les connaître au bord du Maroni.

— Qu'est-ce que vous ferez après la guerre, Johannes?

Le prénom de l'adjudant lui était venu spontanément. Heureusement qu'ils parlaient en patois.

— Je ne sais pas. J'ai oublié la liberté. Je pourrais retourner en Guyane et devenir marchand de bois.

— Pourquoi pas chez nous?

L'adjudant hésita.

— Oui, pourquoi pas? finit-il par dire.

Lui aussi avait ses secrets. Marius dévia la conversation.

— Vous avez un talent, adjudant. Vous êtes un meneur d'hommes. Des gens comme vous, tout le monde en aura besoin après la saignée de la guerre. Toutes les fabriques, je veux dire.

— Peut-être. Vous l'avez aussi, ce talent, et vous avez presque vingt ans de moins que moi.

Ils se turent un assez long moment.

— Et vous, demanda Marius. Vous retourneriez à Craponne si vous le pouviez?

— Parler de la région, ça réveille des souvenirs. Mais tout ça est si déroutant: la guerre, l'amnistie en fin de conflit… Il faut s'adapter. Je commence juste à réaliser, à oser y croire. Retourner là-bas? Ça fait si longtemps que personne ne me reconnaîtrait. Et les gens… Est-ce qu'ils seraient comme dans mon souvenir? Est-ce que je ne serais pas déçu? De toute façon, ça m'est encore interdit. Alors si vous y allez, ce sera comme si vous partiez en éclaireur.

— Mais y a-t-il des gens que vous voudriez que j'aille voir?

— Non, non, personne de précis.

Il avait répondu très vite.

— C'est un climat, une ambiance que vous me rapporterez, conclut-il.

Ils fumèrent en silence.

— Au fait, demanda Marius, qu'est-ce que c'est que cette histoire ? Ce macchabée qu'on a sur les bras…

— Une bagarre au couteau après un vol.

— De quoi ?

— D'une bouteille de cognac.

— Perdre la vie pour ça !

— Mort au champ d'honneur, dit Alayel.

— Évidemment ! Personne dans la compagnie n'a besoin que la hiérarchie vienne fouiner dans nos affaires. C'est quand même une mort stupide.

— Les bagnards sont des salopards, vous savez. Certains sont capables de saigner un gars comme un lapin pour un mot de travers.

C'était vrai. Marius frémit. Ses ordres ne plaisaient pas toujours à ses hommes et il croisait souvent des regards haineux. Ses yeux se posèrent involontairement sur la petite lueur rouge qui illuminait par instants le visage noir de Trésor, toujours vautré, tranquille mais vigilant, sur ses sacs de sable.

Il leva la tête vers les étoiles. Au loin, des canons tonnaient. La paix, ce serait un ciel pur sans grondement d'orage.

*

En bon fils de terriens, les bourgeois de Haute-Loire montaient rarement en première. Un billet de seconde convenait amplement à leurs porte-monnaie constipés et les isolait de la plèbe réduite à la troisième classe. Du coup, Marius occupait un compartiment vide, et dans ce wagon sans couloir, personne ne viendrait le déranger, du moins entre les gares. Il venait de quitter Saint-Étienne et attendait l'arrivée à Bonson avec l'impatience oubliée du pensionnaire revenant chez lui pour les vacances.

Jusqu'à ce nœud ferroviaire, la voie était double. On roulait dans la plaine et l'on n'avait pas complètement quitté la ville. Après l'embranchement, elle devenait unique et vous préparait sagement à la montagne en traversant une campagne verdoyante. Quatre kilomètres après Saint-Marcellin, commençaient la pente et les bois. À partir de là, Marius se sentait chez lui. Jamais la différence entre cette ligne de chemin de fer et les autres ne lui parut si évidente. Les convois, tirés par deux locomotives dès qu'ils dépassaient cinq wagons, montaient régulièrement, opiniâtrement. Dans la descente, des serre-freins grimpaient dans leur petite guérite surélevée pour empêcher le train de s'emballer dans la succession quasi ininterrompue des courbes. Une nouvelle fois Marius avait ouvert grand les fenêtres et s'enivrait de vent. Il passait sans cesse d'un côté à l'autre du compartiment pour se gaver de ce paysage familier.

*

Le train passait à un kilomètre du domaine du Bois noir et, dans le calme de la combe, on l'entendait parfaitement. Son grondement, la respiration de sa locomotive résonnaient différemment suivant qu'il roulait sur le plateau, dans la tranchée menant à la gare ou sur le viaduc. Son passage rythmait le quotidien, et quand il avait du retard, on ressentait une gêne, une sorte d'anomalie du temps.

Marius avait deux ans et demi quand, le 1er août 1897, un dimanche, on avait ouvert la ligne. Cette date, il l'avait recherchée beaucoup plus tard pour situer son plus vieux souvenir. L'inauguration s'était faite en grande pompe. Dans chaque gare, notables et édiles locaux attendaient les préfets, députés et autorités diverses, qui avaient eu l'immense privilège de monter dans le premier convoi. Gendarmes, gardes champêtres et agents du PLM, dans leurs uniformes tout neufs, empêchaient la foule d'atteindre les quais, de peur qu'un spectateur enthousiaste ne se fît happer par les énormes bielles de la machine.

Sitôt les Malvier partis à la messe à Craponne, Marie avait pris son marmot par la main et l'avait emmené dans les bois. Un kilomètre, c'est très long pour des petites jambes, mais Marius avait bien compris l'aspect exceptionnel de cette expédition. Il allait voir « le train ». Jeanne, qui allait sur ses quatre ans, l'avait vu en dessin dans l'Almanach Vermot, et lui avait expliqué qu'il s'agissait de chars à bancs, attachés les uns aux autres et tirés par une « locomotive avec des chevals-vapeur » – il s'agissait à l'évidence d'un harnais géant destiné à des chevaux non moins géants. Le petit était content, car ce train était certainement un monstre, tout comme ceux des légendes qui faisaient *peur semblant*.

S'appuyant d'une main au tronc des pins, tenant fermement son fils de l'autre, Marie avait descendu la pente raide jusqu'à un bouquet de genévriers dominant le haut mur de pierre de la tranchée. Un endroit stratégique d'où l'on voyait sans être vu. Le lieutenant se souvenait du propos de sa mère : « Un pas en avant et tu te casses la tête sur les rails. » C'était là une éventualité aussi imprécise qu'inquiétante.

Sur le quai, devant la petite gare de Pontempeyrat, le maire, sa belle écharpe tricolore en bandoulière, faisait nerveusement les cent pas. Le conseil municipal au grand complet l'entourait. Le curé en soutane était là, lui aussi. Il s'essuyait le front, car il avait dû courir tout le long de la côte. Il avait même quelque peu écourté la grand-messe pour arriver à l'heure. Des tréteaux supportaient une belle nappe blanche, sur laquelle six bouteilles au garde-à-vous toisaient une piétaille de verres à pied. Le *Chabret*, ainsi nommé à cause de sa barbe de bique, attendait, l'air inquiet. Clairon lors de son service militaire, il avait été réquisitionné avec son instrument pour faire la fanfare à lui tout seul. Il devait sonner le « réveil », un des seuls morceaux dont il se souvenait.

Depuis leur poste d'observation, Marie et son galapiat découvraient la sortie du tunnel, le viaduc qui le prolongeait, la gare, et la tranchée qu'ils dominaient. Après un temps qui parut fort long à Marius, on entendit un grondement étouffé. De la fumée sortit du tunnel précédant une bête à carapace aussi grosse qu'une maison. La chose soufflait des jets de vapeur qui rythmaient un ample roulement de fer. La mère et l'enfant ouvraient les mêmes yeux ronds devant cette gigantesque chenille. Derrière la tête noire et fumante, surgirent les anneaux verts de gros wagons aux fenêtres miroitantes. Le convoi ralentit puis s'arrêta en gare. Le *Chabret* corna, mais on l'entendit à peine. Marius avait oublié les *chevals-vapeur*, il avalait ce spectacle avec fascination. Le vacarme des roues s'était tu. Les énormes soupirs de la bête hachaient le discours que le maire proférait à pleins poumons à l'intention des officiels cachés dans les wagons. Les deux clandestins n'en comprirent pas un mot. Puis le train repartit, et Marius se cramponna à sa mère en le voyant passer à quelques mètres à peine. Ils furent instantanément noyés dans une fumée à l'odeur de charbon, qui se dissipa très vite. L'omnibus s'éloigna ensuite dans la courbe, et le tout jeune Marius en ressentit une étrange nostalgie.

*

La nostalgie.

Elle l'étreignait depuis qu'ils avaient atteint Saint-Bonnet. Il venait de franchir une frontière. À partir de là, les bois de pins et de sapins défilaient, les prés d'herbes jaunies par l'été, les chaumes des seigles moissonnés et quelques champs de patates. Çà et là, les hautes fermes de granit surveillaient la campagne. De grosses pierres étaient posées sur les bords des toits afin d'empêcher les grandes bises d'hiver d'emporter les tuiles.

Le vent soufflait sans cesse sur le plateau. L'été, il s'assagissait en brise, ou bien portait l'orage. À l'automne ou au printemps, il avait ses humeurs et se faisait bourrasque pour un oui, pour un non. L'hiver, la neige poussée par la bise coupait souvent les routes, et même la voie ferrée.

Marius se souvenait qu'une fois, tout le village était allé voir le train bloqué par une congère aussi haute que la locomotive. Il avait fallu faire venir le wagon chasse-neige de Sembadel pour le dégager. L'été suivant, le PLM avait fait installer des kilomètres de pare-neige qui barraient des pans entiers du paysage. Et le froid ! La température descendait à moins vingt degrés presque chaque hiver, à moins vingt-cinq et même moins trente tous les cinq ou dix ans. Un pays rude. Pourtant, même quand il allait à l'école en culottes courtes face au vent glacé, même quand, dans la classe, le gros poêle à sciure chauffait au rouge sans arriver à faire fondre les fougères de givre sur les vitres, il n'avait jamais eu aussi froid qu'au front, en février 17…

La voie ne montait plus. Le train filait plus vite. Marius avait clos les fenêtres, s'était calé dans les coussins et avait fermé les yeux. Il arrivait. Il allait retrouver sa mère et en était tout ému. Et Jeanne ? Elle s'imposa à son esprit et son cœur s'emballa.

*

Bien sûr, c'était défendu. Sauf que le Gallu l'avait encouragé. Marius avait trouvé une minuscule crique de l'Ance, où l'on accédait en grimpant des rochers envahis de ronces. Il s'y baignait tout nu par les grandes chaleurs.

Les foins étaient finis, la moisson n'avait pas commencé. Bien installée sur un pliant à l'ombre d'un bouquet de frênes, sa mère gardait les vaches, son carreau à dentelle sur les genoux. Elle y passerait l'après-midi. Malvier était parti « en ville » pour ses affaires. Adèle languissait sur son lit. Quant à Jeanne, elle était Dieu sait où. Marius décida d'aller nager. Arrivé à son oasis, il se déshabilla, plia ses vêtements rapiécés après les avoir époussetés, puis rentra doucement dans l'eau fraîche où il troubla son image, celle d'un long gamin de treize ans, qui avait une ombre de moustache et trois poils follets au-dessus d'un zizi qui, à l'instar de son nez, avait grandi dans des proportions étonnantes. Bref, s'il n'était plus tout à fait un enfant, il n'était pas encore un homme.

Il se prélassait dans l'eau fraîche quand un froissement de feuillages l'alarma. Sur la berge rocheuse, les buissons s'écartèrent et le charmant minois de Jeanne apparut. Elle souriait. Marius, aussi ravi qu'inquiet, avait mis ses mains en conque pour cacher son sexe et l'avait courageusement interpellée.

— Viens, elle est bonne !

— Tu es fou ! avait-elle répondu en le regardant effrontément.

— Mais si, déshabille-toi et viens ! Avec cette chaleur, c'est délicieux !

Oubliant sa primitive pudeur, il fit de grandes éclaboussures. Il avait de l'eau presque jusqu'aux épaules et son corps pâle n'était qu'une forme mouvante dans le courant de la rivière.

— Allez viens, quoi...

Elle était tentée, il le voyait bien. Depuis, lui tout nu et elle habillée, il se sentait en infériorité.

— J'ai rien pour me sécher, et si je me baigne en chemise, elle sera mouillée.

— Mets-toi toute nue. Personne ne vient ici, c'est mon coin secret !

— C'est pas secret, puisque je l'ai trouvé...

— Oh la tricheuse, elle m'a suivi, hé !

C'était vrai. Ça la rassura.

— Tourne-toi, ordonna-t-elle.

Il entendit le froissement de tissu, ébaucha un mouvement vers elle.

— Tourne-toi, j'ai dit !

Il y eut une éclaboussure, elle était à l'eau. Il se retourna.

— Ne me regarde pas, cria-t-elle.

— Non, non. T'inquiète !

Mais furtivement il admirait dans l'eau sa silhouette sans cesse brouillée par le courant. Elle était aussi blanche que lui, longiligne, mais avec des hanches arrondies, des tétons impertinents et un triangle d'ombre en haut des cuisses. Alors il l'éclaboussa en riant, trempa sa tête sous l'eau pour qu'elle ne remarque pas ses joues en feu.

Elle riait, elle aussi. Trop fort, bien entendu. Tous deux souriaient, se dévisageaient, incertains, un peu affolés. Marius n'osait baisser le regard, de peur de rencontrer ses seins, sa taille, son ventre, ses jambes. Même troublé par l'eau, ce charmant paysage le fascinait. Elle devinait qu'il n'était plus un petit garçon et que ce que racontaient ses yeux, une autre partie de son anatomie l'explicitait aussi. Elle aurait eu du mal à qualifier l'émotion qu'elle ressentait, cet étrange sentiment d'ivresse. C'était quelque chose de diffus, aussi diablement que parfaitement effrayant.

— Tourne-toi, je sors, s'exclama-t-elle, s'arrachant à l'instant.

Il obéit d'autant plus vite que cela lui permit de cacher son propre trouble, bien trop visible, dont l'eau fraîche finit par avoir raison. Quand il se retourna enfin, elle n'était plus en vue. Oh, elle n'était pas loin... Elle avait trouvé un coin d'herbe derrière les buissons où, de ses mains mouillées, elle lissait les gouttes sur sa peau enluminée de soleil. Il ne la voyait pas, mais faisant de même, il l'imaginait parfaitement. Il n'était pas bien sec quand il s'habilla. Une fois vêtu, il se sentit à la fois rassuré et déçu. Il venait de gommer les ultimes traces de ce moment merveilleusement trouble.

— Tu es habillée? Je peux venir?

Elle l'était. Marius s'émerveilla de ses cheveux mouillés, ses joues rosies, son corsage qu'elle terminait de boutonner. Elle le perçut, et ses regards en coin vers ce gamin qui n'en était plus un n'étaient pas non plus ceux d'une petite fille...

Ils rentrèrent en se tenant la main avec une ferveur nouvelle.

*

Marius avait fermé les yeux pour revivre la scène.

Jeanne, il l'avait aimée comme une femme lorsqu'elle avait sauté dans l'Ance; peut-être même avant, dès l'instant où il avait entendu le froissement de ses vêtements.

Ni l'un ni l'autre n'avait clairement compris ce qui leur arrivait, mais le monde des adultes s'était entrebâillé et une petite flamme s'était allumée. Elle n'avait cessé de grandir jusqu'à ce terrible dimanche de l'été 14.

Il eut soudain très peur de la revoir.

Le train entra dans le purgatoire du tunnel pour déboucher deux minutes plus tard sur la voie aérienne du viaduc, dans la splendeur du couchant. Marius se leva, descendit sacs et paquets, et attendit l'arrêt de Pontempeyrat... où le train passa sans ralentir ! Le voyageur se souvint qu'il n'avait pas demandé l'arrêt au contrôleur. Il filait vers Craponne. Ce contretemps retardait des retrouvailles qu'il craignait autant qu'il les souhaitait. Il en éprouva un vague soulagement et contempla ce paysage si familier dont il reconnaissait chaque arbre. Combien de fois l'avait-il parcouru ! Il ressentit pourtant le besoin de s'en imprégner. Sur un sifflement éperdu, le train franchit la dernière courbe en tranchée et, dans un concert de jets de vapeur et de grincements de freins, s'arrêta le long du quai. Plongé dans ses souvenirs, Marius descendit le dernier et resta un moment sur le quai à tout observer ; le pont sur lequel passait la route derrière lui, les entrepôts devant, les billes de pins empilées en tronçons de deux mètres pour le boisage des mines, la grue à manivelle qui lui avait toujours fait penser à une girafe... Tout un décor commun à des centaines de petites villes. Mais cette banalité était la sienne, celle de son enfance, celle d'avant la guerre.

Il soupira, saisit ses bagages et se dirigea vers la sortie. Le cheminot de service prit son billet, leva les yeux sur lui, sembla étonné de ne pas le reconnaître et le suivit des yeux tandis qu'il s'éloignait. Sur la placette, il s'arrêta. Trente pas devant lui, deux gendarmes s'en allaient. Dans toutes les gares de quelque importance, ils guettaient l'arrivée des trains pour contrôler les permissionnaires et repérer les déserteurs. Il eut un rictus. Il les considérait comme des hyènes. Aujourd'hui, leur départ hâtif lui rendait service. Les permissionnaires devaient pointer à la gendarmerie à leur arrivée et à leur départ. Ces enregistrements dataient le début et la fin de leurs permissions. Bon nombre de poilus allaient jusqu'à descendre à contre-voie pour ne pointer que le lendemain matin et gagner ainsi vingt-quatre heures. Marius estimait cette petite combine indigne d'un officier, mais si les gendarmes négligeaient leur travail, ça n'était pas son affaire. Il sourit, il irait les voir demain et ne soulèverait pas la question. Le hasard lui offrait une discrète vengeance de cette chiourme qu'il avait de bonnes raisons de détester.

*

— C'est vrai que vous avez ridiculisé les gendarmes, au Chemin des Dames?

Le lieutenant et son adjoint venaient de traiter les questions de routine. Le front était calme et les heures allaient se traîner tout au long du jour. La guerre, c'était avant tout «l'attente et les poux». On avait tellement le temps de parler qu'on s'était tout dit. Sauf les secrets, peut-être. Quand l'adjudant passa du français au patois, le lieutenant dressa l'oreille.

— C'est vrai que vous avez ridiculisé les gendarmes?

Marius regarda Johannes Alayel et soupira.

— D'où vous tenez ça?

— D'un autre sous-off du régiment.

— Ici, personne n'a de passé, vous le savez bien, répondit Marius.

— De passé d'avant, d'accord, répliqua l'adjudant. Mais les coups d'éclat militaires, ça regonfle le moral.

— Il n'y a rien d'héroïque là-dedans, rétorqua Marius.

— Oh si! Moucher ces salauds qu'on ne voit jamais en première ligne, ça, c'est une action d'éclat! Bien plus que de déquiller des bonshommes d'en face qui n'vous ont rien fait. Allez, Marius, je vous écoute.

Il l'appelait par son prénom. Allait-il porter atteinte à son autorité en le laissant faire? Il scruta son interlocuteur. La curiosité soucieuse d'Alayel le rassura. Il comptait vraiment pour le bagnard. Son attention, son regard lui rappelaient le Gallu. Il n'avait pas tellement d'amis, et des amitiés d'une telle qualité étaient des merveilles.

— C'est déjà vieux, dit-il en soupirant. Ça date d'avril 17, au début de la « reprise en main ».

Son interlocuteur semblait perplexe.

— C'est vrai, vous n'étiez pas au front à ce moment-là. Les offensives imbéciles de cet incapable de Nivelle ont fait tellement de morts inutiles, au Chemin des Dames, que beaucoup d'hommes ne voulaient plus se battre. Des unités entières ont mis la crosse en l'air, des fraternisations ont eu lieu de tranchée à tranchée, des centaines de gars ont déserté... Pétain a fait le nécessaire pour redonner le goût du sang aux poilus. On a décimé des compagnies mutinées, au sens propre du terme : un fusillé sur dix poilus. Dans certains coins, les officiers ont envoyé des gars sans armes entre les lignes, en plein jour, attachés deux par deux. Au pire moment, autour du 20 avril, les gendarmes, en arrière des lignes, fusillaient des déserteurs sans jugement.

— Ça leur ressemble pas, s'étonna Alayel. Ils sont plutôt procéduriers, d'habitude. Service-service, pas d'âme, pas de tripes, peut-être même pas de haine. Des machines à obéir. Le pire, quoi.

— À condition qu'on ne les touche pas directement. Ils sont devenus enragés quand des mutins ont pendu deux d'entre eux. Drôles de prothèses pour les arbres de Craonne, mutilés par les obus.

— Alors, votre histoire ?

Marius raconta.

Il remontait en ligne après une visite à l'état-major. Comme les autres, il avait dû écouter les sempiternelles directives de durcissement des combats proférées par la baderne étoilée qui commandait la brigade. Le général avait conclu sur une envolée patriotique dérisoire. Marius n'avait cru en ce genre de discours qu'en août 14, quand, désespéré, il s'était engagé. Dès la fin septembre, ses illusions étaient déjà mortes au champ d'honneur.

Cible permanente de l'artillerie allemande, la route se détériorait à l'approche du front. Assis à côté du chauffeur de la Clément-Bayard 1912 attribuée à son régiment, le sous-lieutenant Malaguet rejoignait les tranchées. Au fur et à mesure de son avancée, la voiture avait laissé, dans l'ordre décroissant du nombre de leurs barrettes, les autres officiers du secteur. Comme d'habitude il se retrouvait le dernier et le ciel de ses pensées se peuplait de cumulus, tandis que la plaine se muait en chaos de cratères et les arbres bourgeonnants en troncs mutilés. Le front était là, à deux petits kilomètres.

En ce printemps 1917, le seul devoir que s'imposait Malaguet était de ne laisser tuer qu'un minimum des quelques dizaines de poilus qu'il commandait. Ils tenaient un épaulement dominant le squelette d'un village, agenouillé autour de son église au toit crevé. En face, vingt mètres en retrait de la falaise crayeuse ombrant les ruines, les tranchées ennemies tenues par des Allemands de la Hanse. Des gens aussi civilisés qu'eux, puisque en quatre mois aucun coup de fusil n'avait été tiré. Marius considérait chaque jour sans mort comme une victoire.

Des gendarmes les arrêtèrent. L'air important, négligeant le chauffeur, ils contrôlèrent son ordre de mission. Les crétins! Comme si on montait au front sans instruction expresse! Ils étaient deux, armés de mousquetons, sous les ordres d'un adjudant hargneux, un de ces vieux sous-offs que seule la guerre avait pu promouvoir. Ils faisaient le tour du véhicule, comme pour dresser un procès-verbal, et parvinrent vite à irriter Marius, qui réussit à rester calme. Un tombereau mené par deux nouveaux gendarmes les rejoignit. Il contenait des cercueils.

Alayel écoutait dans une immobilité totale. Son visage crispé disait sa rage montante. Marius poursuivit:

«Leur côté charognard m'a agacé. Contrairement à mes principes, je les ai interpellés:

«C'est bien de ramasser les morts pour les rendre à leur famille, ai-je dit avec un bon sourire.

«— On fusille les déserteurs. Ordre de l'état-major, m'a répondu l'adjudant d'un ton rogue.

«— Sans jugement?

«— En flagrant délit. C'est la "reprise en main" du général en chef.

«— Vous êtes sûrs que c'est bien légal, adjudant? ai-je demandé en sachant bien que ça ne l'était pas.

«— Et les mutins qui pendent des gendarmes, c'est légal?

«— Ils ont été jugés et exécutés!

«— Ceux qu'on a attrapés, oui, mais tous ceux qui courent... Les déserteurs qu'on attrape, ils payent pour les autres.»

«J'ai retenu un commentaire acerbe, poursuivit Malaguet. Ça prenait mauvaise tournure et il valait mieux calmer le jeu. Ma résolution dura peu car deux nouveaux pandores arrivaient, encadrant Béchu, un de mes gars.

«— En voilà un autre, jubilait un des arrivants, un gros sanguin à mufle porcin.

«— Fusillé comme les autres, aboya l'adjudant.

«— Non», dis-je sèchement.

«Foudroyant le prisonnier, je poursuivis:

«— Béchu, dix jours de corvée! Je t'avais dit de venir m'accueillir, mais pas de sortir du périmètre du front! Tu m'as compris! Monte dans la voiture.

«— Pas question, c'est un déserteur, beugla le ventripotent qui voulait son gibier.

«— Je n'ai pas vu votre salut, maréchal des logis, ni le vôtre, adjudant!» dis-je d'une voix cinglante.

«J'avais un galon de plus, il obtempéra; le réflexe avait joué. Dès lors, il était en infériorité, mais n'abandonnait pas.

«— J'ai des ordres, clama-t-il dans un salut impeccable. Gendarmes, à mon commandement...»

«Je le coupai sèchement:

«— Vous êtes sur mon territoire!»

«Les mousquetons de la gendarmerie s'étaient levés sur moi.

«— Ordonnez à vos séides de me tirer dessus, adjudant; allez-y!»

«J'avais ouvert ma capote. Dessous, ma tenue de sortie, mise pour ma visite à l'étoilé, exhibait mes décorations. Il hésita suffisamment pour réfléchir; je revenais de l'état-major. Jamais on ne me prendrait pour un déserteur. Il risquait les pires ennuis, d'autant que deux cents mètres plus loin, quatre fantassins en corvée de soupe s'étaient arrêtés et nous regardaient.

«— Je vais faire un rapport et ça vous coûtera cher ! On ne bafoue pas la gendarmerie, élite de l'armée française.

«— Certains se battent, d'autres font des rapports. Quant à l'élite, elle est en première ligne. Vous a-t-on jamais vus à l'assaut, messieurs les gendarmes ? Faites votre rapport, adjudant. Maintenant, rompez ! »

« D'un geste brusque, Béchu s'est dégagé de la poigne des gendarmes. Il est vivement monté derrière moi. J'ai fait un signe à mon chauffeur. La Clément-Bayard est repartie, a fait trois cents mètres, s'est arrêtée. Nous sommes descendus tandis que la voiture faisait demi-tour. Quand je me mis en marche, mon cœur battait à tout rompre et mes jambes flageolaient, reprit le jeune officier. Béchu me regardait, penaud.

«— Voilà, tu viens d'être fusillé. Tu es mort. Tu as compris ? »

« Oh oui, il avait compris. Il était aussi pâle que le cadavre qu'il aurait dû être.

«— Tu expliqueras aux autres les nouvelles pratiques des gendarmes, et si un seul de tes camarades déserte, de toi à moi, je t'en tiendrai pour responsable.

«— Oui, mon lieutenant », balbutia-t-il.

— Et le guignol a fait un rapport ? demanda Alayel.

— Bien entendu. C'était ma parole contre la sienne, mais je savais bien qu'en haut lieu, on favoriserait la maréchaussée.

— Même contre un officier ?

— S'il n'est pas de carrière, évidemment. Des gens capables de fusiller des pauvres diables, fous de peur et de misère, sont fiables pour l'armée.

— Et alors ?

— Que pouvaient faire mes chefs ? Me muter en première ligne ? J'y étais déjà. Eh bien, ils ont trouvé et j'ai été muté disciplinaire.

— Pour commander des bagnards, conclut Alayel.

— Le pire qu'ils aient pu trouver », compléta Marius en souriant.

*

Il souriait aussi en quittant la gare de Craponne. Il partit sur la gauche, vers la rampe qui montait au pont en franchissant la voie. Il tourna dans le chemin de Malaveille. Le gramophone qu'il apportait à sa mère l'encombrait. Il était lourd comme un âne mort et il avait en plus son sac militaire. Il faisait chaud. Il enleva sa vareuse, la fixa à son bagage, passa son ceinturon d'uniforme dans la poignée métallique fixée au carton et chargea le tout sur son dos. Il n'avait que trois ou quatre kilomètres à marcher. Combien en avait-il parcouru depuis quatre ans avec tout le barda, durant des nuits entières? Trois mille, cinq mille? Aujourd'hui, c'était de la rigolade. Il repartit d'un bon pas. Le soleil d'été baissait sur l'horizon, mais il restait encore une grande heure de jour. Dans les prés, des femmes gardaient les vaches en faisant de la dentelle au carreau, comme avant. Elles s'arrêtaient pour le voir passer, hésitaient à le reconnaître. Lui les saluait d'un bref signe de tête sans ralentir. Il découragea ainsi des gens qui cherchaient à l'approcher, sans doute pour lui demander s'il n'avait pas croisé Maurice ou Robert, comme si « la guerre » était un lieu où on les avait tous envoyés et, par conséquent, où ils devaient se rencontrer de temps en temps. Parfois, des visages furieux ou désolés lui reprochaient d'être vivant, alors que des fils ou des maris étaient morts. Une vieille qui rentrait ses bêtes pour la traite l'interpella. Il ne répondit pas. Il n'avait pas envie de parler, pas envie de se donner en pâture, pas envie de livrer ses pensées, ses avis sur le front à ces gens qui, à l'instar de ceux de la ville, n'avaient en tête que des images d'Épinal.

Au fur et à mesure qu'il approchait de domaine du Bois noir, on le reconnaissait et on s'étonnait que ce chemineau fût bien Marius Malaguet. C'était lui et plus tout à fait lui. Ça se devinait à la silhouette, à la façon de marcher, à toute une assurance qu'on ne connaissait pas au *bastardou*. Celui-là était un homme fait, bien habillé avec sur la tête le képi d'un monsieur, d'un sergent, peut-être même plus. Certains regards se faisaient respectueux. Peu avant d'arriver, il vit un gamin d'une dizaine d'années partir en courant, envoyé par la fermière voisine. Au dernier tournant du chemin, il s'arrêta, contempla le vallon. Le gamin y arriva, rentra dans la maison, en jaillit aussitôt pour filer à l'étable. Marie en sortit. D'un geste machinal, elle remonta une mèche blonde qui lui tombait dans les yeux et regarda la direction indiquée.

— Marius !

Elle se précipita vers lui. Ayant posé son bagage, il courut lui aussi. Il la saisit dans ses bras sans ralentir sa course, la fit tourbillonner, avant de la poser en riant.

— Maman !

— Te voilà enfin ! J'ai eu si peur ! J'espère que tu vas rester longtemps…

— Très longtemps, au moins quatre jours.

Des larmes coulèrent sur son visage. Elle avait la gorge si nouée qu'elle ne parvenait plus à parler. Le gamin qui l'avait prévenue les regardait les yeux ronds.

— T'es adjudant ? demanda-t-il.

— Laisse-le, Jeantou. Va chercher ma brouette et ramène ses bagages, au lieu de l'embêter, dit Marie.

Le gamin fila en courant. Eux marchaient sans rien voir. Ils se sentaient comme ivres.

— C'est dur, hein, très dur, dit-elle. Ceux qui en reviennent racontent des choses terribles…

Fidèle à sa résolution de silence, Marius biaisa :

— Oublions la guerre. Parlons de toi. Laisse-moi te voir.

Il la prit par les épaules, l'écarta pour l'admirer. Ses yeux noisette s'ornaient de pattes-d'oie qui, pour l'instant, riaient. Son visage coloré par le grand air s'était-il durci ? Sa silhouette restait fidèle à son souvenir. Quatre ans, dans le temps immuable d'ici, c'était un coup de vent. On ne vieillit pas entre trente-six et quarante ans. Pourtant il la trouvait petite, presque menue. Elle qui, pour lui, avait toujours incarné la force.

Elle le dévisagea à son tour. C'était son Marius, son tout-petit, même si elle contemplait un homme fait, au visage marqué, à la silhouette puissante. Son regard se perdit et durant un instant elle ne le reconnut plus. Lorsqu'il sourit, elle le retrouva et prit conscience de l'énorme vide que son retour comblait soudain. Comment avait-elle pu supporter son absence?

— Viens, je vais te servir la soupe.

Elle n'exprimait pas la détresse fugace qu'il avait lue dans ses yeux. Concrète, taisant ses sentiments, elle restait semblable à elle-même. On doit taire certaines choses, il en était conscient. Mais les non-dits revinrent rôder. Il décida une trêve pour ne pas gâcher leurs retrouvailles et l'embrassa.

Ils arrivèrent à la cuisine. Le Jeantou posa les bagages de Marius sur le sol et attendit, curieux comme un écureuil.

— Tiens, dit Marie en lui tendant un biscuit de sa fabrication. Sauve-toi, ta mère t'attend!

Le gamin s'éloigna à regret.

— Monte ta valise pendant que je termine la traite, dit Marie.

Qu'elle le quittât pour reprendre sa tâche quelques instants seulement après l'avoir accueilli ne l'étonna pas. Les bêtes étaient toujours prioritaires dans les fermes. Il saisit son barda, grimpa dans sa soupente. Le lit était fait avec des draps propres, bien qu'il n'eût pas annoncé sa venue. Tout était donc prêt en permanence, au cas où... Il sentit les larmes lui monter aux yeux. Il avait été trop dur avec elle.

Et Jeanne? La maison exhalait un manque, un vide. Elle était définitivement partie. Il en eut l'absolue certitude. Au diable Jeanne. Ce soir, il retrouvait sa mère.

Depuis toujours, Marie lui avait appris la rigueur. Il défit son sac, rangea ses affaires, redescendit. Le carton du tourne-disque trônait sur la grande table de ferme. Il déballa le «Pathéphone», en ouvrit le coffret sur la maie, remonta la manivelle et attendit.

Quand sa mère revint, il posa l'aiguille de saphir sur le disque. Elle faillit lâcher son pot de lait de saisissement.

Il sourit. Elle écoutait, émerveillée. La magie dura cinq minutes, le temps d'un soixante-dix-huit tours.

— Tiens, maman, je t'ai apporté douze disques. Tu me diras ceux que tu préfères et je t'en achèterai d'autres.

Le regard de sa mère le quitta soudain pour se fixer derrière lui. Marius se retourna. Malvier, évidemment...

Il le salua d'un signe de tête. Il était en chemise. Seules ses leggings de cuir et les bandes plus sombres sur le côté de son pantalon signalaient le militaire.

— Qu'est-ce que c'est que cette musique? demanda-t-il.

— Ça vient de s'arrêter, dit Marie. Je vais monter cette machine, là-haut.

— Non laisse-la là. Toi, remets un disque.

Il ordonnait, comme toujours. Marius obéit avec un sourire en coin. La musique redémarra. Du classique, à nouveau.

Le jeune officier avait entouré les épaules de sa mère d'un bras protecteur, mais l'arrivant ne manifestait aucune hostilité. Il écoutait, le visage changé, presque méconnaissable, à cause de ses sourcils qui n'étaient pas froncés comme d'habitude, mais levés d'étonnement. Le morceau achevé, il reprit son visage buté, s'installa à sa place habituelle, attendit. Marie mit trois couverts. Marius ne dit rien mais son regard se fit lointain. Non seulement Jeanne était partie, mais il réalisa que tout ce qui évoquait Adèle avait également disparu de la cuisine. La tuberculose l'avait emportée, depuis longtemps sans doute. Il soupira, étonné de sa tristesse. Certes indifférente, l'épouse du fermier n'avait jamais maltraité le *bastardou.* Il s'assit tandis que sa mère servait. Comme les femmes du pays, elle resta debout pendant que les hommes mangeaient, avala rapidement son assiette. Elle revint ensuite vers son fourneau. Tout en savourant sa soupe au goût d'enfance, le permissionnaire regardait sa mère retirer les ronds du foyer et poser un poêlon sur la flamme rouge et jaune. Un feu de pin dont la résine crépitait. Il la vit avec plaisir couper trois tranches de lard qui bientôt grésillèrent dans la poêle, tandis qu'elle cassait des œufs, les battait dans une jatte, y ajoutait de la crème et de l'oseille coupée en lanières.

— Ton omelette était délicieuse, maman, dit-il. Il y a longtemps que je n'ai pas mangé quelque chose d'aussi bon.

Elle rosit tandis qu'il se répétait en silence le mot «maman». La sienne, là, était très jeune pour être la mère d'un homme fait. Pourtant, le rapport entre eux s'était inversé. C'était maintenant à lui de la protéger et non l'inverse. Rien que pour cela, il devait survivre à la guerre.

— Cette omelette, tu la paieras par ton travail, dit Malvier.

Marius sourit.

— On verra ça demain, répondit-il, regardant le fermier d'un air amusé.

Le croque-mitaine de son enfance n'était désormais qu'un homme vieillissant à l'autorité désuète.

— On va écouter la musique sous les étoiles de cette belle fin d'été, décida Marius un moment plus tard.

Le fermier grommela, mais ni le fils ni la mère n'y prirent garde. Ils installèrent une petite table dehors, y portèrent le gramophone et les disques, puis s'assirent sur le banc de pierre devant la porte. Il y en a toujours un devant les hautes fermes de granit du pays. Malvier se fit sortir une chaise par Marie, qui obéit distraitement avant de revenir près de son fils. Ils partagèrent le plaisir de l'écoute la main dans la main. Le fermier dut se sentir exclu. En réalité, le mépris ironique de Marius le vexait moins que l'indifférence de Marie. Sa servante ne le méprisait même pas. Simplement, elle ne le voyait plus. Aussi furieux qu'impuissant, il se leva bruyamment après le deuxième disque et monta se coucher. Ses sabots martelèrent hargneusement les marches de bois. Le silence revint et la musique reprit. Facétieuse, Marie donna un léger coup de coude à son fils. Juste au-dessus d'eux, la fenêtre venait de s'ouvrir en grand.

Plus tard, quand ils eurent écouté tous les enregistrements, Marius rentra le gramophone et sa mère rapporta religieusement les disques. Ils firent peu de bruit, aussi entendirent-ils l'hypocrite refermer sa fenêtre.

*

La nuit s'avançait. La chandelle éclairait d'une lumière douce leurs visages tournés l'un vers l'autre. Marius était assis sur le lit. Sa mère avait pris place sur l'unique chaise de sa mansarde. Elle rassurait son fils :

— Malvier ? Oh, ça va. Il ne se voit pas tout seul dans la ferme. Il ne se voit pas non plus ailleurs. Alors il grogne, mais je fais ce que je veux et il me laisse à peu près en paix.

— C'est la mort d'Adèle qui l'a calmé ?

Marie hésita.

— Oh, il est toujours aussi méchant, mais il fait moins attention aux choses. Depuis le départ de Jeanne, c'est comme si elles avaient perdu leur importance.

Le cœur de Marius se mit à battre malgré lui.

— Elle est partie quand ?

— Quelques mois après l'enterrement de sa mère. L'Adèle est morte en mars 1915. Tu sais bien, le redoux du printemps et les premiers froids d'automne, ça tue les faibles et les vieux. Jeanne, elle a déménagé à la Fête-Dieu d'il y a trois ans. Alors, son père s'est racorni. Il n'était déjà pas bien gai, mais depuis son départ, c'est encore pire. Pourtant, elle vient le voir de temps en temps, mais rien n'y fait. Sans son amour des sous, sûr qu'il se serait détruit. Même qu'un jour je l'ai vu triturer la bride de Pompon avec un drôle d'air. Il a regardé plusieurs fois le crochet sur la grosse poutre de l'écurie. J'ai bien cru qu'il allait se pendre.

— Tu l'aurais empêché ?

— J'sais pas.

Ils restèrent silencieux. Marius s'imaginait le bras sur l'épaule de sa mère, tous deux les yeux fixés sur le fermier qui, lentement, pesamment, tirait un tonneau vide sous le crochet, grimpait dessus, attachait le licou, préparait un nœud coulant avec soin, y passait brusquement sa tête ; son mouvement déséquilibrait son perchoir qui oscillait… Alors, il battait des bras, accentuant involontairement le mouvement ; le tonneau se renversait, roulait avec un son creux ; inquiété, Pompon relevait la tête de sa mangeoire, contemplait les soubresauts du pendu de ses gros yeux doux et, paisiblement, se remettait à broyer son avoine…

— Ça aurait fait une mauvaise bête de moins, commenta Marius en sortant de sa rêverie. Enfin, il aime la musique, et ça, je n'en reviens pas!

— Moi non plus. Je ne savais pas.

Il restèrent silencieux, méditatifs.

À son grand étonnement, Marius découvrait qu'il ne craignait plus le fermier, qu'il ne le haïssait même plus. C'était étrange. Il ne l'aimait pas pour autant. Non, il le considérait juste comme une araignée qu'on ne tue pas parce qu'elle mange les mouches. Ainsi Malvier n'était-il pas totalement nuisible, puisqu'il nourrissait sa mère. Était-il son père? Est-ce que ça avait vraiment de l'importance? Cette question, qui l'avait bouleversé tout au long de son adolescence, le laissait aujourd'hui indifférent, pour ne pas dire vide. Oui, vide…

— Tu as aimé la musique? demanda-t-il, fuyant ses pensées.

— J'ai jamais rien entendu d'aussi beau. Ça me faisait tout drôle dans le dedans. J'avais presque envie de pleurer.

— Je t'apporterai d'autres disques, dit-il avec ferveur. Tu pourras les écouter autant que tu voudras!

Elle sourit puis, tandis qu'elle l'observait, son visage se fit soucieux.

— Tu as mauvaise mine. Tu n'es pas malade?

Il rit.

— Deux jours de train. J'ai pas beaucoup dormi. Même en première.

— Tu voyages en première? Mais c'est trop cher! Même Russel, le dentellier, ou son cousin, le docteur, ne voyagent qu'en seconde. Les compartiments de première sont toujours vides.

— C'est l'armée qui a payé, dit-il. C'est bien normal qu'elle câline un peu les pauvres poilus! ajouta-t-il, le regard facétieux.

Elle opina gravement.

Ça lui revint pendant son insomnie.

Elle s'était réveillée dans la nuit. À la qualité du silence, elle avait su qu'on avait passé minuit depuis longtemps. Par la fenêtre ouverte, elle entendit Pompon bouger. Une chouette hulula. La nuit d'été bruissait. Son garçon voyageait en première. Pourquoi? Elle ne lui avait presque rien demandé, et maintenant les questions se chevauchaient dans sa tête. C'était toujours comme ça. Au moment de parler, elle ne trouvait rien à dire. Elle se leva dans la pénombre, ouvrit la porte qui communiquait avec la soupente de son gamin. La lune l'illuminait. Il était devenu un homme. La barbe assombrissait son menton, sa stature avait perdu la sveltesse de l'adolescence, ses traits affirmés n'avaient plus rien de juvénile. Il avait l'air d'avoir vingt-huit ou trente ans. La guerre vieillissait les combattants. On lui avait dit qu'au front, c'était l'horreur. Plusieurs gars de par ici en étaient revenus fous. Et les morts! Sur les six communes du canton, on en comptait plus de cent, deux cents peut-être. Et ce n'était pas fini! Depuis quatre ans, elle redoutait l'arrivée des gendarmes, porteurs d'une lettre officielle qui serait pour elle du chinois, mais qui annoncerait sa mort. Elle retint un sanglot, de peur de réveiller Marius. Il était là, son garçon. C'était bien lui qui dormait comme un ange. Reculant doucement sur le plancher qui craquait, elle revint vers son lit, se coucha, épuisée par l'émotion de l'instant, par celle des retrouvailles et de la musique.

Dans sa tête, elle entendait Mozart.

Elle se réveilla à l'aube, se leva en silence. Comme elle entrait dans la pièce à vivre, le soleil rasant du matin l'embrasa. Elle fut émue aux larmes par cette lumière, par l'été, par son garçon qui dormait à l'étage. Elle se remit en mouvement, commença à ranger. Un vêtement clair traînait sur une chaise paillée. Étonnée, elle le saisit, le défroissa, le tint par les épaulettes, l'observa. La veste de Marius, bleu horizon comme on disait, était semblable à celle des mobilisés en permission qui se faisaient photographier en uniforme avec leurs parents. Cette vareuse l'étonna. Elle en avait déjà vu avec des grands chevrons rouges sur les manches. Sur celle-là, il n'y avait que deux petits rectangles étroits et dorés, l'un au-dessus de l'autre, en bas des manches. Sur chaque pointe du col, le nombre 127 était cousu. Même si elle pouvait lire les chiffres, elle ne savait pas très bien ce qu'ils signifiaient. Le numéro du régiment, sans doute ; mais qu'est-ce que c'était exactement, un régiment ? Plus étonnant, sur le devant, deux médailles étaient épinglées. Celle de gauche pendait à un bout de ruban rouge. Elle lui rappela ces minuscules flocons de neige qui tombent par grand froid et qui ressemblent à de petites étoiles. La seconde, en forme de croix, était traversée de deux épées croisées en diagonale. Celle-là tenait par un ruban vert rayé d'étroites lignes rouges. Deux étoiles d'argent y étaient cousues.

Son fils était décoré. Il était un héros. Elle en fut d'abord très fière, puis aussitôt inquiète. Quelles imprudences avait-il commises pour mériter ces médailles ? Il avait sûrement risqué de se faire tuer. Elle devait lui parler, lui dire qu'il avait assez de breloques comme ça, qu'il avait fait son devoir et qu'il devait être prudent. Elle épousseta la veste, se demanda s'il ne fallait pas la laver, la posa et revint à ses occupations coutumières. Bientôt le feu flamba dans la cuisinière noire. Elle sortit prendre de l'eau à la pompe dans la cour, revint la mettre à chauffer. Les craquements grondants du moulin à café durent réveiller Malvier, ou plutôt l'inciter à se lever. Il apparut, les bretelles pendantes, enfilant de ses mains rugueuses les longs pans de sa chemise dans son pantalon de grosse toile rapiécée.

— Pas encore descendu, ton *fainiant* de fils ? grogna-t-il en guise de salut.

— Il dort. Il est en permission et c'est pas moi qui le réveillerai. Et c'est pas un *fainiant* mais un héros, ajouta-t-elle en désignant sa veste d'uniforme.

— Ils en ont tous, des décorations, dit-il, dédaigneux.

— Pas la rouge et pas avec des étoiles, se rengorgea Marie.

Il haussa les épaules, plongea le nez dans le café qu'elle lui avait servi.

Marius descendit peu après, vêtu de son pantalon bleu et d'une chemise propre. Ses souliers et ses guêtres luisaient. Il tenait à la main un baudrier de cuir fauve où était accroché l'étui d'un pistolet.

— Tu vas travailler en tenue militaire ? demanda le fermier.

— Écoutez bien, *Mouseuh* Malvier. Je n'ai aucune intention de travailler pour vous. C'est fini, ce temps-là. J'ai d'autres choses à faire pendant ces quelques jours.

Le fermier s'empourpra.

— Je vais pas te nourrir pour *rin*, tu vas travailler, tu entends !

Alarmée, Marie, qui lavait des bols sur la pierre d'évier, se retourna vivement. Le Lucas, debout, les poings serrés, toisait Marius tranquillement assis. Il fit un petit signe d'apaisement à sa mère.

— Mais je ne mangerai pas pour rien. Le logement d'ici est médiocre, mais la nourriture est excellente. Je paierai le même prix qu'à l'Auberge du Donjon à Craponne, pour le temps que je resterai.

— Si je veux ! hurla l'autre.

— *Mouseuh* Malvier, répondit Marius, narquois, vous voulez que je revienne avec un bon de réquisition ?

Le fermier accusa le coup. Il craignait la paperasse et l'autorité.

— Tu peux pas faire ça ? Tu n'en as pas le pouvoir ?

— Peut-être, peut-être pas, sourit le jeune homme, mais à votre place, je ne jouerais pas à ça.

— Ah ben, j'voudrais bien savoir pourquoi ?

— Mais à cause de ça...

Marius sortit un louis de sa poche, qu'il fit tourner entre son index et son majeur.

— Une avance, ajouta-t-il en claquant la pièce sous le nez de son interlocuteur qui, bien que louchant dessus, n'osa pas l'empocher. Il est encore tôt pour les pommes de terre, par ici, à ce que j'ai vu. C'est une période calme. Vous n'avez pas besoin de Pompon ni du char à bancs aujourd'hui. Il me faut aller en ville.

Malvier hésita, mais la cupidité l'emporta. Il ramassa la pièce d'or et grommela :

— Prends-les, mais tu les paieras.

— Au prix de l'auberge, je vous l'ai dit, et vous m'en donnerez le reçu.

Rossier, qui sortait, marqua le pas puis repartit sans se retourner.

Marie avait suivi le dialogue avec inquiétude. Marius lui fit un clin d'œil. Elle le lui rendit.

Le jeune homme redevint sérieux.

— Dis-moi maintenant, Jeanne, qu'est-elle devenue?

— Elle s'est mariée. Que voulais-tu qu'elle fasse?

— Avec qui?

Le nom du mari, c'est tout ce qu'elle consentit à lui dire.

*

En fin de matinée, il attela Pompon. Le grand bai le reconnut et frotta sa longue tête contre son épaule. Caressant son museau soyeux, Marius se souvint de sa peur devant l'énorme bête lors de son arrivée, de sa mère guidant sa petite main vers les naseaux de l'animal. C'était maintenant un vieux cheval. Il ne risquait pas la réquisition, même s'il semblait en bonne forme. Lui aussi, à la façon des bêtes, était son ami. Il n'eut pas besoin, comme jadis, de poser le pied en appui sur sa panse pour serrer la sangle, mais il éprouva la même joie secrète à grimper sur le siège et à secouer les rênes.

Admirative, Marie l'avait vu s'installer bien droit, son képi bleu sombre cerclé de deux galons d'or légèrement de biais, un petit sourire goguenard au coin des lèvres. Ce sourire, elle ne le lui connaissait pas. Elle l'avait remarqué la veille sans y prêter attention mais ce matin-là, quand il avait tranquillement mouché Malvier, elle avait compris qu'il traduisait une nouvelle façon d'être, une irrévérence à l'égard de la destinée. « De la mort plutôt », songea-t-elle avec effroi. Qu'avait-il affronté, qu'avait-il dominé pour que le fermier qui le terrorisait jadis et qu'elle-même craignait toujours ne fût plus pour lui qu'un objet de sarcasmes? Son Marius n'avait que vingt-trois ans. On est encore un gamin, à cet âge-là! Pas lui. Elle comprit que les gamins ne survivaient pas à la guerre. Si elle ne les tuait pas tout de suite, elle broyait leur innocence. Son cœur se serra.

De nombreux regards le suivirent lorsqu'il traversa la petite ville. Il y eut quelques saluts d'anciens condisciples, mais aussi de passants qu'il ne reconnut pas. Il y répondait, se sentait étranger à eux. Il n'appartenait plus à ce pays. Y avait-il seulement appartenu un jour?

À la gendarmerie, le planton claqua des talons et le salua dans les règles. Il répondit sobrement. Son principe d'insolence à l'égard de la maréchaussée eut été de mauvais goût à Craponne. On l'annonça immédiatement à l'adjudant Marquet, qui commandait la brigade. En poste depuis longtemps, il connaissait tout le monde.

— Asseyez-vous, Malaguet, dit-il, je suis à vous tout de suite.

Le ton était bref mais sans sécheresse. L'homme n'avait pas cessé d'écrire. Il posa son porte-plume, saisit son buvard pour sécher l'encre et leva la tête. Marius ressentit un plaisir fugace quand, les yeux ronds, son interlocuteur se leva d'un bond pour se mettre au garde-à-vous.

— Mes excuses, mon lieutenant, dit-il précipitamment.

— Repos, répondit-il.

Le gradé sourit, lui fit signe de s'asseoir.

— Ça me fait plaisir de vous revoir, dit Marius en s'installant face au bureau.

— Permettez-moi de vous féliciter, mon lieutenant. Vous m'épatez. Deux ficelles, la Légion d'honneur, la croix avec étoiles d'argent... Vous avez fait du chemin!

— La guerre est une horreur, adjudant.

— À qui le dites-vous! Ils m'ont jugé trop vieux pour le front, mais pas pour porter les avis de décès. Encore un aujourd'hui sur le canton; et à chaque offensive, on reçoit une douzaine de ces foutues lettres. «Le soldat machin est tombé héroïquement...» Mais vous allez me trouver défaitiste. Que puis-je pour vous?

— Simplement viser ma permission, comme le prévoit le règlement.

— Tout de suite.

Il se saisit des papiers que lui tendait Marius, mit la date du jour, tamponna le document et le lui rendit.

— C'est la première fois qu'on vous voit en permission depuis votre départ, mon lieutenant. Vous étiez sur le front d'orient?

Marius hésita, puis, persuadé que son interlocuteur connaissait son histoire, puisque son métier consistait à tout savoir, dit lentement:

— Je me suis engagé en août 14. Pour moi, c'était une façon de fuir. Quatre ans au front estompent beaucoup de choses. Je suis un survivant, adjudant. La guerre s'apprend. Et j'ai eu de la chance. Un jour, j'ai eu envie de revenir.

— Je comprends, mon lieutenant. Pendant votre perme, si vous avez besoin de quoi que ce soit, n'hésitez pas à me le faire savoir.

Ils se levèrent ensemble, se serrèrent la main.

Afin d'éviter la grande rue et les rencontres que sa tenue militaire ne manquerait pas de provoquer, il s'évada par les ruelles de la vieille ville. Il avait mis Pompon au trot. Le char passait de justesse entre les bâtisses de granit à l'alignement fantaisiste. Il aspirait à retrouver le calme des bois et les bords de l'Ance.

Il maintint le cheval au grand trot dans la descente douce du «kilomètre tout droit». Il avait hâte d'arriver, de s'asseoir à table, de se faire servir un bon petit plat par sa mère tandis que le Lucas, l'air sombre, le regarderait de travers. Sa présence malveillante, mais désormais impuissante, le purgeait d'années de brimades et de mépris. Marius avait tant vécu de situations extrêmes, avait eu tellement peur, avait été si fou, lui qui avait plusieurs fois volontairement couru sous la mitraille, que la méchanceté du paysan n'était comparable qu'à une attaque de poux ou à une invasion de souris.

Malvier était une nuisance, certes, mais avant tout un homme. Un primate, plutôt. Un mâle dominant chassé de la meute, mais qui pouvait encore nuire. Les hommes préhistoriques chassaient leurs chefs déchus? En réalité, le fermier l'intriguait. Il avait poussé l'Enragé dans l'Ance, mais il avait aimé la musique, bien qu'il voulût s'en cacher.

Cet être, qui depuis toujours rudoyait tout le monde, se maltraitait lui-même !

De toute façon, ce n'était qu'un détail. Inutile de gâcher sa compassion pour ce malfaisant. Il avait vu agoniser trop de copains pour ça.

Pour le Gallu, c'était autre chose. Dire que les paysans prenaient cet être lumineux pour un sorcier ! Il irait le voir dans l'après-midi. À lui, il parlerait de Jeanne, qui s'était mariée à un imbécile. Il chassa cette pensée. Marie lui avait appris depuis toujours à bien faire ce qu'il avait à faire et à mettre le reste entre parenthèses, jusqu'au moment opportun. Ça s'appliquait au travail, mais aussi aux peines dont on ne doit s'occuper que lorsqu'on peut les soulager, ne serait-ce qu'en pleurant un bon coup. Cette pratique l'aidait à vivre depuis son enfance.

Le Gallu, Alayel. Le premier lui fit penser au second. Face à face, que se diraient-ils? En fait, ils avaient des points communs. Tous deux savaient écouter. Ils lui portaient une amitié sincère, étaient du pays, avaient quitté la France pour des pays du bout du monde pendant des dizaines d'années. Des dizaines d'années ? Pour le colosse des bois, c'était sûr. Pour l'adjudant, il n'avait aucune certitude, que des présomptions. Son autorité était ancienne sur les hommes, il était manifestement un vétéran du bagne. La fin de la guerre le libérerait. Reviendrait-il au pays ? Il avait certainement été condamné à une longue peine. Peut-être y avait-il eu mort d'homme. Dans cette contrée que les grands froids rendaient rude, sans parler de la terre peu fertile et des sombres forêts, on avait, d'habitude, la rancune tenace. Mais, tant de sang avait coulé, tant de jeunes hommes étaient tombés, tant de strates de douleurs s'étaient accumulées qu'une victime enterrée depuis vingt ans ne devait plus beaucoup marquer les mémoires. Pauvres morts ! Ils avaient toujours tort. De plus, les temps changeaient. Sitôt la paix revenue, on voudrait oublier, reconstruire sa vie.

Il avait ramené le cheval, l'avait dételé et nourri. Il était en retard pour le dîner. Le voyant arriver, Malvier avala sa bouchée de fromage qu'il poussa d'un canon de vin hâtif et décampa. Marie installa son fils, lui servit des pommes de terre en *tatoïlle* et une cuisse de lapin qui mitonnaient sur le fourneau.

— Tu l'as tué ce matin, celui-là? demanda-t-il.

— Faut bien que tu manges. La soupe là-haut, paraît qu'elle est pas trop bonne.

— Quand elle est chaude, ça va, mais c'est pas toujours. Pour le lapin, l'autre rapiat, il a rien dit?

— Si, bien sûr, mais je lui ai rappelé que tu payerais. Il a maugréé dans sa barbe et c'est tout.

Elle avait un grand sourire en disant cela. Elle participait à la dérision où Marius enfermait peu à peu le fermier. Il en eut une bouffée de bonheur.

— Et ce lapin, tu l'avais appelé comment?

— Je les appelle plus beaucoup depuis que tu es grand. Sauf les vaches, pour les reconnaître. Mais celui-là, pendant que j'aiguisais le couteau, je me disais que Lucas, ça lui irait bien...

— Oh mais, le Malvier, faudrait pas que tu le saignes! Ça ferait un tas d'histoires, les gendarmes viendraient, tu n'en sortirais plus... Attends l'hiver! Un jour où il aura trop bu, paf! Tu le pousses dans le bief, juste avant la grande roue. S'il ne se noie pas, elle l'attrapera et le fera craquer comme une noix, et ce sera pareil.

Il avait parlé à voix basse comme un conspirateur; elle pouffa:

— Comme il a fait à l'Enragé, commenta-t-elle quand son fou rire se calma. Tu savais ça, toi, qu'il l'avait poussé dans l'Ance, un jour de gel?

La question de sa mère cassa sa bonne humeur. Tout se savait dans le pays. Il n'existait pas de secrets. Sauf celui de sa naissance, et sa mère ne voulait pas le lui révéler.

Elle ne comprit pas pourquoi il partit brusquement alors qu'il devait se changer avant d'aller voir le Gallu.

*

Confortablement installé dans un fauteuil de rotin, des lunettes à monture d'acier sur le nez, il lisait devant sa maison.

— Je t'attendais, dit-il en regardant par-dessus ses verres; le chien m'avait prévenu.

— Il ne vous avait pas dit que c'était moi.

Marius chercha l'animal qui, comme s'il avait compris, sortit de derrière son maître. C'était toujours un mâtin noir, mais l'arrivant ne le reconnut pas.

— Hé oui, c'est un nouveau. Un bas-rouge, un beauceron si tu préfères, un descendant de l'autre. Je le prêtais souvent pour des saillies. L'éleveur m'en avait promis un quand l'autre mourrait. Le voilà. Tu venais de t'engager. Alors je l'ai appelé Marius! Tu trouves pas que ça lui va bien? Il est taiseux comme toi!

Le jeune homme sourit.

— Il va sans bruit, sans qu'on le voie, comme son père. Je l'ai dressé pour ça. Je l'ai pris à peine sevré. C'était pas le plus costaud, mais le plus malin de la portée. Je l'ai vu tout de suite. Il y a dix minutes, je l'ai vu filer. Il est revenu vers moi, trente secondes avant que tu ne sortes du bois. Tu veux boire quelque chose?

— Rien, merci. Je sors de table et ma mère me gâte. À ce train-là, je vais devenir gras.

Le colosse vieillissant hocha la tête.

— Alors va chercher l'autre fauteuil dans la maison et viens t'asseoir.

Marius tenait négligemment sa vareuse sur son épaule, qu'il posa avant d'obéir. Le regard du Gallu se porta sur le vêtement. Quand Marius revint, il lui dit:

— Tu es officier. Tu as même eu la Légion d'honneur! C'est pas rien, ça.

Marius se rembrunit.

— Que valent les décorations? Après quatre ans de guerre, je n'en sais plus rien. J'ai pris beaucoup de risques en 14. Par désespoir. Avec le temps, je me suis attaché à mes compagnons. Alors je suis allé plusieurs fois chercher des blessés dans des coins impossibles. Ça plaît à l'armée, quand on ramène un officier. Un jour, sans faire attention à son grade, j'ai ramené un colonel. Ça s'est fait comme ça. C'était pourtant pas souvent qu'un cinq ficelles montait à l'assaut. Voilà pour la belle rouge. Quant à ma montée en grade, c'est Verdun. Y avait tellement de tués qu'on donnait des commandements aux survivants et qu'on repartait. J'ai été nommé sous-lieutenant au feu. Mais la guerre, c'est une saloperie, une vérole. À tel point que parfois, j'ai peur de l'avoir attrapée.

— Je sais. Moi aussi, j'ai fait des guerres. Moins terribles que la tienne, d'après ce que j'en sais, mais déjà passablement immondes. Tu m'as fait peur avec tes décorations et ton képi d'officier.

— Pourtant, le deuxième galon m'a fait grand plaisir.

Le Gallu parut alarmé. Alors Marius lui raconta sa mutation disciplinaire qui s'était traduite par une nomination au grade supérieur.

Ils rirent, puis redevinrent sérieux.

— La guerre, je la finirai, dit Marius. Vivant, j'espère. De toute façon, j'ai pas le choix. Et puis j'ai un devoir là-bas...

Il parla de ses bagnards, de leur rédemption, se tut, puis contempla un instant les reflets du soleil sur l'eau de l'Ance.

— Il y a parmi eux un gars de par ici, un nommé Alayel...

Le colosse sursauta. Marius, qui regardait ailleurs, ne le vit pas.

— Il m'a beaucoup incité à venir. Sans doute parce qu'il ne le pouvait pas lui-même. Les bagnards n'ont pas de permission. L'armée pense qu'ils déserteraient. Ce serait sans doute vrai pour beaucoup. Je crois qu'il rêve du pays, Johannes Alayel. En tout cas, il m'en parle souvent, ou plutôt il m'en fait parler. C'est sa façon à lui de s'évader. C'est curieux, j'ai l'impression qu'il veille sur moi. Peut-être parce qu'il a plus de quarante ans et que j'en ai vingt-trois.

Le Gallu se taisait. Il regardait l'eau vive. Après un temps son interlocuteur reprit :

— J'ai un autre ange gardien, un « nègre de la barrière ». Un gars que je suis allé chercher entre les lignes. Oh, pas comme les autres. Je suis de moins en moins héroïque.

Je calcule tout. Au début, c'est ce Johannes Alayel qui avait en fait le commandement des bagnards. Trésor, mon nègre, était une grande gueule et un meneur. Aller le chercher, c'était lui sauver la vie, mais aussi asseoir un peu mieux mon autorité. Maintenant il dit partout qu'il a une dette de sang envers moi et il ne me quitte plus. Il a décidé qu'il était mon garde du corps. Il me protège. Pas des balles allemandes, ce serait trop beau, mais des autres forçats. Il y a de franches crapules parmi eux, qui vous couperaient la gorge pour un oui ou pour un non.

Ils se turent, jouissant du soleil, de la brise qui émouvait le sommet des sapins.

— Il y a beaucoup de temps morts dans les tranchées, reprit le jeune homme. Alors on parle et, contrairement à la coutume, Trésor m'a raconté son histoire. C'était un caïd des Fortifs. Un jour, il est tombé sur quatre apaches qui violaient une de ses gagneuses. Il était seul. Il les a tous tués au couteau. Le dernier en lançant son « surin », comme il dit. Faut dire que l'autre se sauvait. Un ou deux, la justice aurait peut-être été indulgente. Mais quatre, ça faisait beaucoup. La fille était une putain. Alors violer une putain, les magistrats ont considéré ça comme de la grivèlerie, un délit mineur. En tout cas, Trésor, maintenant, il se ferait hacher menu pour moi.

Le Gallu écoutait sans rien dire. Il était ailleurs. Tout comme Marius, du reste. Il se saoulait d'histoires du front pour ne pas parler de Jeanne. Il souhaitait pourtant l'avis de son ami sur elle, sur son besoin et sa crainte de la voir.

Ils restèrent silencieux. Le solitaire des bois se leva, regarda le ciel où flottaient quelques cumulus floconneux, et alla verrouiller la porte de sa maison. Marius était perplexe mais son homonyme-chien frétillait. Il avait compris l'imminence d'un vagabondage dans les bois. Un peu déçu par leur conversation, par l'inattention de son aîné, Marius songea à prendre congé.

— Si tu dois t'en aller, reprit le colosse qui avait saisi son hésitation, alors sauve-toi. Je pensais marcher en ta compagnie. Ça aide à réfléchir.

— Je croyais que je vous dérangerais, dit le jeune homme.

— Parce que tu crois que moi, je me laisse emmerder? Allons, viens, je vais te montrer quelque chose.

Marius eut un sourire rayonnant. Il était de nouveau le gamin parcourant la forêt en compagnie de son mentor.

Le chien vagabondait devant eux. Il filait dans les buissons, revenait s'assurer de leur présence, repartait.

Les deux hommes allaient sans bruit, comme des prédateurs. Ils remontèrent le chemin le long de l'Ance, s'enfonçant dans les montagnes douces vêtues de sapins noirs. Au bout d'un moment, Marius éprouva un malaise diffus. Son compagnon ne rayonnait pas de son habituelle sérénité. Il ruminait. Marius l'avait vu ainsi parfois. Il fallait attendre qu'il parle. Le jeune homme le guetta. Bien entendu, la fine mouche s'en rendit compte.

— Je voudrais te parler de Jeanne, dit-il.

Le cœur de Marius se mit à battre. Il savait qu'elle avait épousé Joseph Mastafier, son ennemi de l'école communale, devenu maquignon.

Ils marchèrent une bonne centaine de mètres. N'y tenant plus, Marius demanda:

— Que pensez-vous de son mariage?

— Aussi fripouillard que son père, le Joseph, répondit le colosse des bois. Il y a des choses qu'on apprend dès l'enfance. Être riche, c'est un métier; avoir été éduqué tout petit à être malhonnête, ça aide.

— La guerre ne l'a pas rattrapé, celui-là?

— Oh, il a été mobilisé. Dans l'intendance, naturellement. Il a été muté récemment. On m'a dit qu'il était quelque part dans l'Aisne.

Le Gallu se tut à nouveau. Le mariage de Jeanne ne l'intéressait pas. Ce n'est pas de cela qu'il voulait parler. Marius le comprit à ses réponses. Alors qu'avait-il à lui dire sur... sa sœur?

Il parla enfin.

— Quand tu es parti, elle a cru devenir folle. Elle était seule, entourée de trois personnes mutiques. Sa mère se mourait. Malvier, têtu comme un âne rouge, ne manifestait qu'une éternelle hargne. Quant à ta mère, elle est depuis si longtemps emmurée dans ses secrets qu'elle n'a le souci de personne, toi excepté. Or, tu venais de partir et elle était plus renfermée que jamais. As-tu jamais pensé à la chance que tu avais, comparé à Jeanne? Un univers d'oubli et de drames s'ouvrait à ton désespoir: la guerre. Elle, quelle place lui restait-il, quel avenir? Elle avait perdu son repère.

— Son repère?

— Toi. Avant ton départ, avant le refus de Malvier et surtout celui de Marie, elle vivait dans cette ferme perdue au fond d'un vallon. La seule rumeur d'ailleurs était celle des trains qui trompettent sur le viaduc, grondent dans la tranchée ou s'étouffent subitement dans le tunnel. Des monstres casaniers passant toujours aux mêmes heures et qui, de temps à autre, te ramenaient. Chaque convoi t'appelait dans sa pensée. Elle vivait dans l'attente de ton retour. Tu es venu et tu t'es déclaré. Elle a connu un bonheur foudroyant. Jusqu'à ce que son monde s'écroule.

— Comment savez-vous tout cela?

— Tu sais que j'aime les bêtes des bois. Une buse blessée, un marcassin perdu ou un enfant de cinq ans parti vivre sa vie pour fuir un tortionnaire, toutes me parlent. Un jour d'octobre 1914, la bête perdue se nommait Jeanne.

Marius sentit les larmes lui monter aux yeux. Il regarda le Gallu dont le regard, lui aussi, se vernissait d'eau. Le jeune officier en fut bouleversé.

— Mon chien m'avait prévenu. Il sait reconnaître la faiblesse et me la signaler. Une divinité sylvestre souffrait. L'automne est court chez nous. Les premiers gels arrivent entre le 15 octobre et la Toussaint. Il n'avait pas encore gelé, les feuillus rutilaient d'or, de cuivre et d'émeraude. Je me suis approché en silence, comme on va le faire tout à l'heure. J'ai écarté les branches et j'ai vu Anna, la déesse-mère des Gaulois, la protectrice des vivants et des sources.

Il était comme ça, le Gallu, parfois son lyrisme l'emportait.

— Elle était blessée et en larmes, poursuivit-il, au bord de l'eau bien entendu, près de ce creux caché de la rivière où vous alliez nager. Tu vois?

Marius acquiesça. Sa gorge nouée l'empêchait de parler. Bien sûr qu'il voyait! Anna, la déesse de la vie et des fontaines, avait les traits de Jeanne et se cachait dans leur coin secret.

— Elle était blessée? parvint-il à dire.

— Elle s'était tordu le pied et ça avait déclenché son chagrin. Oh, elle ne pleurait ni de douleur ni d'être perdue dans les bois... Elle pouvait revenir en boitillant et connaissait le chemin. Non, simplement, sa douleur à la cheville rameutait toutes ses peines et elle me les a dites.

Il se tut. Tous deux allaient de front sur le chemin sec, le regard perdu au fond de la sente, faille nette tranchant le couvert des sapins. Le Gallu s'était tu. En réalité, il racontait toujours. Marius savait bien qu'il ne disait que le principal, que le reste transparaissait de son attitude quand on le connaissait. Il reconstitua la scène sans le moindre risque d'erreur.

Le chien avait débouché en silence, s'était figé à deux mètres en fixant la jeune fille éperdue de ses yeux brun-rouge. Elle non plus n'avait pas bougé. Tous deux se connaissaient et maintenaient l'un vis-à-vis de l'autre une neutralité respectueuse. Dès que le grand bas-rouge s'était installé, elle avait su que le Gallu approchait. Elle devait être assise sur le rocher où ils s'étaient si souvent séchés au soleil. Elle était seule. L'instant suivant, le Gallu la dominait de sa silhouette massive. Soucieux, il s'accroupit devant elle, tendit la main gauche.

— Montre ton pied, dit-il.

Il avait su trouver le ton juste. Elle sourit à travers ses larmes, puis releva sa jupe.

Il avait délacé son brodequin de cuir. Remontant à son genou, il avait doucement retiré son mi-bas de laine tricotée. Ses gros doigts effleuraient à peine la peau sensible. Sur le cou-de-pied, vers l'extérieur, une enflure de la taille d'un œuf coupée dans la longueur gonflait l'articulation.

— Une belle entorse, Jeanne, dit-il. Je vais soigner ça.

— Vous avez une bande? s'était-elle étonnée.

Il avait décroché sa besace de son épaule.

— J'ai toujours ma pharmacie de secours pour courir les bois, dit-il. Au cas où je rencontrerais quelque bête à soigner. Tu vois que c'est une bonne idée!

Depuis quand ne s'était-on pas ainsi occupé d'elle? Tandis qu'en des gestes sûrs il l'immobilisait, Jeanne avait de nouveau senti les larmes chaudes envahir ses joues. Il la rechaussa ensuite sans serrer son lacet.

— Tu vas pouvoir marcher.

Jeanne songea qu'avec le Gallu, tout était simple. Parlant peu, allant à l'essentiel, elle réalisa soudain à quel point Marius lui ressemblait. Il l'aida à se lever, lui prit la taille, la portant à demi. Le chien, conscient de son importance, leur ouvrit la voie d'un pas de sénateur.

— Marius, demanda-t-elle, il est parti à la guerre à cause de nous, de lui et moi je veux dire?

Il acquiesça.

— Et il était désespéré? poursuivit-elle d'un ton angoissé.

— Oui. Mais sa colère était plus forte que son désespoir. Il a des comptes à régler avec l'existence. Il a dû méditer et calmer sa folie. Parce que c'est un terrien, il survivra.

— Il reviendra?

Le colosse des bois hocha la tête.

— Bien sûr, mais quand?

— À la fin de la guerre. Il paraît que ce sera à la Noël.

Le Gallu eut une moue dubitative, mais garda le silence.

— Il était en colère contre qui? demanda-t-elle d'une toute petite voix.

— Contre le ciel, contre la fatalité, contre ton père. Contre sa mère, surtout. Contre ce fichu secret de sa naissance qu'elle garde en elle comme un cancer. Contre lui-même, aussi.

— Contre lui?

— Il ne se pardonnait pas d'être englué dans son histoire comme une mouche dans une toile d'araignée.

Ils avancèrent en silence. Jeanne reprit:

— Tout est la faute de mon père. C'est une brute, il laisse crever ma mère, estimant que le médecin est trop cher. Il y a vingt ans, il a couché avec Marie et la traite plus mal que

Pompon, son cheval. Marius, il l'a fait travailler comme un esclave dès qu'il a su marcher. Marie a dû le défendre, s'opposer à lui un nombre incalculable de fois, et Adèle, ma mère, ne disait rien. Elle lui a toujours obéi sans rien dire, sans rien oser, complice permanente de sa brutalité, se contentant de geindre comme une roue mal graissée.

— Et pourtant, tu l'aimes, ton père...

— Je n'y arrive plus. Personne au monde ne m'a fait autant de mal.

— Et lui? Il t'aime, non?

— Il en est incapable. Je crois qu'il ne sait pas faire.

— Tu as entendu parler des bouddhistes, Jeanne?

— Oui, un peu. Dans la classe du brevet, on a étudié l'Asie.

— Ils sont plus philosophes que religieux. Ils préconisent une étrange vertu, la compassion. Tout le monde mérite qu'on se mette à sa place, qu'on partage ses douleurs secrètes. Même Malvier. C'est ça, la compassion.

— Il est méchant jusqu'au fond de l'âme. Il avait bien vu notre amour. Il durait depuis des années. Il nous a broyés, écrasés, alors qu'il est sans doute notre père à tous les deux. Marius, il l'a toujours traité comme un chien qu'on n'aime pas. C'est pourtant son fils.

— Qu'en sais-tu? Tout ce qu'on peut déduire du refus de Marie c'est, comme tu l'as dit, qu'ils ont couché ensemble il y a une vingtaine d'années. Est-ce là son grand secret? Ce serait trop simple. Non, il y a autre chose. Elle a peut-être, elle a sûrement connu un autre homme à cette époque, peut-être même plusieurs. Qui peut le dire à part elle... ou eux?

— On ne fait pas de romans par chez nous. Marius est mon frère, voilà la vérité.

— La vérité? La probabilité, tout au plus...

— Vous n'y croyez pas vous-même! avait conclu Jeanne avec véhémence.

À l'écoute de ce récit, Marius avait eu la même réaction. Le Gallu sourit.

— Homme de peu de foi, disait le Christ. La vie apporte d'insolentes surprises à qui lui fait confiance. Appelle ça le destin, la chance ou même la grâce. Nul ne sait pourquoi, nul n'en sait l'origine, et pourtant, des événements improbables se produisent. Reste ouvert, Marius. Sois disponible au monde.

— Vous avez dit ça à Jeanne? demanda Marius avec rancœur. Ça l'a pas empêchée d'épouser le Joseph Mastafier, ce fanfaron malhonnête!

— C'était sa façon de fuir. Elle n'avait pas tellement de possibilités et celle-ci n'est pas pire que celle que tu as choisie.

— Je lui dois ma compassion, ironisa amèrement le jeune officier.

— Tu lui dois beaucoup plus : ta tendresse, ton amour, et qu'importe qu'il soit fraternel ou non!

— Que voulez-vous dire?

Le colosse ne répondit pas. Marius s'empourpra. En une fraction de seconde il passa par tout le spectre des sentiments, la colère se mêlant à l'affection, la haine à l'admiration la plus profonde.

L'œil du « sorcier » pétillait d'ironie.

Le chemin qu'ils suivaient se perdait, mais le Gallu continua sans hésitation. Ils marchèrent à travers les hauts fûts rougeâtres des sapins. Leurs têtes vert sombre formaient un couvert dense, trente mètres au-dessus d'eux. Il faisait frais dans ce sous-bois. Le tapis uniforme des aiguilles tombées étouffait leurs pas.

La chanson de l'eau se fit plus forte et le guide ralentit l'allure. Il approcha doucement d'un buisson près de l'eau, s'accroupit. Silencieux comme un Sioux sur le sentier de la guerre, Marius le rejoignit.

L'Ance dévalait une pente sur une trentaine de mètres.

— Elles sont là! murmura le Gallu.

Marius scrutait la rive mais ne « les » voyait pas. Qui d'abord? À force d'écarquiller les yeux, il perçut un mouvement. Une forme glissait dans les rapides comme sur un toboggan. Une bête à fourrure. En bas du raidillon, à l'endroit où l'eau se calmait, elle grimpa sur une grosse pierre et regarda derrière elle. Un second spécimen filait en souplesse dans l'eau et atteignit le rocher; alors, la première loutre s'enfuit sur la rive qu'elle remonta prestement, aussitôt poursuivie par la seconde.

— En latin, *Lutra lutra*, un joli couple, murmura le Gallu.

Marius opina. Il avait bien identifié les museaux camus, les silhouettes fluides, les pattes courtes et surtout l'aisance des joueuses. Il avait entendu dire qu'il en restait dans le pays mais n'en avait jamais vu. Elles batifolaient dans le rapide, glissant, nageant, sautant avec une souplesse diabolique. Elles sortaient de l'eau, remontaient à la course, s'attrapaient, se mordillaient, s'enfuyaient et reprenaient leur jeu. Leurs bouilles moustachues étaient comiques. Il était évident qu'elles riaient.

Ils contemplèrent la sarabande des loutres un bon quart d'heure. Un spectacle de fête et d'amour. Conscients d'être des intrus au paradis terrestre, les deux hommes reculèrent sans bruit et rejoignirent la forêt.

Ils progressèrent l'un derrière l'autre dans le sous-bois, retrouvèrent le chemin où ils pouvaient marcher de front. Le Gallu allait parler. Il jeta un coup d'œil sur son compagnon. Le voyant en pleine nostalgie, il différa son propos.

Marius songeait à l'Ance, aux loutres joueuses, au trou d'eau où, en temps de canicule, Jeanne et lui s'éclaboussaient, eux aussi. Leur amour était né là, leur tendresse bien avant. Deux sentiments forts. Traumatisé par l'assassinat du premier, la seconde hibernait au fond de lui. Il ne demandait qu'à s'éveiller. Marius décida qu'il redonnerait sa tendresse à Jeanne. Il n'eut plus peur de la revoir. La magie du Gallu venait une nouvelle fois d'opérer. Une bouffée de joie l'envahit. Le colosse, alors, sourit et parla.

— J'ai autre chose à te dire, mon garçon. La guerre ne durera plus très longtemps.

— À cause des Américains.

— Exactement. Les Allemands ont fait une énorme faute avec le *Lusitania*. Couler un paquebot est déjà une monstruosité. Là, en plus, il y avait trois cents citoyens des États-Unis. Les Boches vont se faire écraser. Je suis allé en Amérique, tu sais. Ou plutôt tu ne sais pas. Je ne te l'ai jamais dit. Les gens de là-bas sont des pionniers. Quand ils entreprennent quelque chose, ils vont jusqu'au bout. Depuis mai 17, il en débarque cent mille chaque mois. Bref, la guerre va s'arrêter. C'est une affaire de semaines. La paix revenue, que feras-tu ?

— Si je ne me fais pas tuer.

— Dans ce cas, je ne te parle plus.

Le colosse souriait en coin, mais l'inquiétude de son regard bouleversa Marius.

— Je travaillerai. J'rentrerai aux « Eaux et Forêts ». Je serai fonctionnaire, voilà tout. Et je sortirai ma mère du Bois noir.

— Fonctionnaire, c'est l'ennui. Il te faudra une aventure. Une vraie.

— Je peux aller aux Colonies. Ils ont sûrement besoin de bons forestiers, là-bas. C'est ce que vous avez fait, non ?

— Les voyages ? Ouais, c'est vrai, c'est souvent passionnant. Parfois aussi c'est très triste. Ton aventure, je suis sûr qu'elle peut être ici.

— Ici ? Mais il n'y a rien, à Pontempeyrat !

— Crois-tu ? Depuis dix-sept ans que je suis revenu, je n'arrête pas de découvrir des choses durant mes promenades, et je peux te dire qu'il y a une place pour toi. Tu as une formation de forestier. Bon. Du bois, y en a plein par ici. Tu ne crois pas qu'il y a mieux à faire que de mettre des *buttes* sur le train et de les envoyer étayer les mines à Saint-Étienne ?

— La scierie, dit Marius qui venait de comprendre. La scierie hydraulique sur l'Ance.

Le Gallu acquiesça.

— Je l'ai bien regardée, cette scierie. La roue fait tourner des axes qui transmettent la force de l'eau aux machines par des courroies. Tout ça est archaïque. Tout ça vivote. Comment tu moderniserais ça, Marius ?

— Vos yeux pétillent. Vous le savez déjà.

— Dis-le-moi.

— Une turbine sur le bief, c'est à ça que vous pensez ?

— Oui, une turbine à courant continu. Des moteurs électriques. C'est pas cher, les moteurs électriques. Un par machine, pour qu'elles tournent plus vite, qu'elles travaillent mieux.

— Et on les remplacerait peu à peu, on en mettrait d'autres. Pourquoi pas une machine à parquet !

Marius était un terrien, un pragmatique. Il brida son enthousiasme.

— Un joli rêve. Mais la scierie, elle appartient au Paul Trioulaire. Pas à vous... ni à moi.

Son ton avait sonné avec dérision sur ces derniers mots.

— Il n'a pas de successeur, le vieux. Je suis sûr qu'il serait bien content de vendre.

— Vous achèteriez ?

— Pourquoi pas...

Le visage de Marius s'éclaira.

— Vous me prendriez ? Comme contremaître, par exemple ?

Le Gallu sourit.

— Pense à tout ça, Marius. Ça t'aidera à faire attention à toi, et essaie d'oublier Jeanne, même si tu n'en as pas envie.

— Non, vous avez raison. Je dois penser à l'avenir. En fait, jusqu'à aujourd'hui, je limitais mes prévisions à un futur court : le front, mes bagnards... Maintenant, c'est vrai, un après-guerre devient possible. Peut-être même un après-guerre sans épouser Jeanne.

Il se tourna vers son aîné.

— Même si elle se vend pas très cher, la scierie, elle va coûter beaucoup de sous...

— Tu me demandes si je suis assez riche pour l'acheter ? Je sais pas. Mais je sais que l'argent – ça va t'étonner –, on peut l'inventer. Et c'est pas lui qui fait le succès. Il n'est qu'un facteur parmi d'autres. De toute façon, j'ai quelques semaines pour y penser. Fallait quand même que ça t'intéresse.

Marius avait retrouvé l'enthousiasme de son âge.

— Si ça m'intéresse ? La scierie !

*

Il en rêvait justement. Il courait partout pour remettre en marche les machines, dont les courroies sautaient sans arrêt. Une scie circulaire à grande vitesse heurta une ferraille incrustée dans une grume et explosa, projetant des shrapnells qui lui firent rentrer la tête dans les épaules.

Soudain, Jeanne apparut. Elle avançait d'un pas glissant, des larmes rondes roulant sur son visage lisse. Au fur et à mesure de son approche, les mécaniques disparaissaient de l'énorme hall qui s'effaçait à son tour. Il voulut aller vers elle, mais ne put esquisser le moindre geste. Elle ne le voyait pas, le dépassait, s'éloignait. Le violent effort qu'il fit pour se jeter à sa suite le réveilla. Il était en nage. Le soleil tapait sur les tuiles. Leurs interstices généraient des barres de lumière oblique où dansait la poussière.

Il devait être tard. Il s'assit sur sa paillasse, se gratta la tête, ébouriffant sa tignasse drue, tâtonna pour trouver sa montre. Neuf heures et demie. Depuis quand n'avait-il pas dormi aussi tard? Il eut un sourire narquois, en dérision de lui-même. Une telle question n'avait de sens qu'en temps de paix. Sa soupente retrouvée avait un instant gommé quatre années de guerre. Combien de fois, depuis août 14, avait-il passé des nuits blanches ou sombré dans des sommeils diurnes dans des endroits et des situations invraisemblables!

Il se leva, fit une toilette hâtive et se vêtit en civil. Sa mère sourit en le voyant:

— Je vais en ville ce matin, dit-il.

— Tu peux pas y aller comme ça. Tu as trop «mauvaise façon». Viens que je t'arrange.

Elle ôta sa veste étriquée et ouvrit son gilet, dont les boutons tendaient le tissu en laissant voir la blancheur de la chemise. Son pantalon ne fermait plus.

— Voilà, dit Marie. Tu mets une ceinture pour cacher le bouton manquant de ta culotte et tu vas sans veste, le gilet ouvert. C'est encore l'été. Tu ne vas pas prendre froid.

— Viens avec moi. Il faut que j'achète de nouveaux habits.

— Mais Malvier, qu'est-ce qu'il va dire?

— Rien, ou bien il me le dira à moi. Ne t'inquiète pas. J'en ai vu beaucoup, des grandes gueules. Il m'a bien fallu en mater quelques-unes sous peine de crever. Alors lui… Et d'abord, où il est passé, le Lucas?

— Il bine le potager.

— Je vais le voir.

Elle monta se changer, puis revint vêtue d'une robe claire, qui descendait aux chevilles et mettait en valeur des bottines à talons en forte toile renforcée de cuir. Son chapeau s'ornait d'un petit bouquet de fleurs de couleur vive. À son bras, un sac assorti à ses chaussures. Une dame. Marius n'avait jamais vu sa mère aussi bien vêtue. Il la siffla.

— Veux-tu bien te taire! s'exclama-t-elle.

— Tu es superbe dans ces beaux atours.

— Ça me vient de la pauvre Adèle. Ça n'allait pas à Jeanne. Elle est trop grande, alors elle me les a donnés quand elle a trié ses affaires.

Il avait attelé Pompon.

— Tiens, prends les rênes, dit Marius.

— Tu crois…

Elle avait déjà saisi les brides. Ils passèrent devant le fermier, qui grattait ses plates-bandes. Il ne leva pas le nez mais, sitôt passé, Marius crut sentir son regard sur ses épaules.

Ils s'arrêtèrent devant la vitrine d'un imposant magasin. «Au Costume du Dimanche», proclamait son enseigne. Avant d'entrer, ils jetèrent un coup d'œil intéressé à la large vitrine en lames de verre verticales, séparées par des cornières métalliques. Le «fils Malaguet» fut bientôt vêtu d'un pantalon clair, d'une veste légère sur une chemise à haut col qu'agrémentait une cravate subtilement rayée. La vendeuse et Marie s'extasiaient. Marius subissait. Mais bon, il lui fallait une tenue correcte. C'était le moment. En fin d'été, la boutique avait baissé ses prix pour alléger ses stocks.

— Il te faut aussi un chapeau, décréta Marie qui s'empara d'un feutre et le lui mit sur la tête.

— Avec cette chaleur? Pas question! Ou alors, un chapeau de paille.

Le futé avait bien inspecté le magasin. Le stock des couvre-chefs n'en contenait aucun. Ô profonde naïveté que d'imaginer que deux femmes complices baisseraient aussitôt les bras! Juliette Gardet, la vendeuse-retoucheuse, fouilla dans sa mémoire, puis dans son arrière-boutique, dont elle revint triomphante avec un superbe panama blanc. Marius, qui dut l'essayer, le trouva seyant. Il n'était pas pour autant au bout de ses peines.

— Le ruban est tout passé, dit sa mère.

— Une minute, répondit la vendeuse.

Déjà elle décrochait une large bobine de passementerie dont elle déroula un bon demi-mètre.

Trois coups d'aiguille et la coiffure de paille fine s'orna d'un galon brun brillant du meilleur effet. Marius coiffa fièrement son ultime acquisition, l'inclina légèrement sur le côté et adressa aux deux femmes un sourire conquérant.

— Tu as une tête de bandit calabrais! Il faut te raser.

Juliette Gardet opina. «De quoi je me mêle?», pensa Marius avec amusement. Elle l'avait connu tout petit, alors...

— Bonne idée, je vais passer chez Julot.

— Tu en profiteras pour te faire couper les cheveux, conclut sa mère.

Il acquiesça, l'air faussement résigné.

Il paya, estima le prix de sa nouvelle tenue raisonnable et en fut satisfait. Il n'était pas rapiat, Marius, mais il avait été pauvre et un sou est un sou. Il sortit au bras de sa mère, découvrit en elle une jolie femme malgré son teint coloré par le grand air et ses mains usées par le travail.

Elle souriait, fière de son garçon vêtu comme un monsieur. Trois coups sonnèrent à l'église, trois autres suivirent. L'angélus. Il était midi.

— *Bou Déu*, jura-t-elle. Et le dîner! Il faut rentrer. Le Lucas va être en colère.

— Il ne dira rien. Tu lui expliqueras que c'est ma faute et c'est tout. De toute façon, Pompon te ramènera en vingt minutes, si tu le mets au trot; ce qui lui fera grand bien. Ça descend presque tout le temps pour rentrer. Hein, Pompon.

Il flatta les naseaux du cheval, qui hennit doucement. Elle était déjà sur le siège du cocher, les rênes en mains.

— Hue, dit-il.

Le cheval s'ébranla. Marie tourna vers son rejeton un visage un peu inquiet.

— À tout à l'heure, cria-t-il, lui envoyant un baiser du bout des doigts.

Elle sourit et secoua ses brides. Docile, le cheval accéléra.

Julot, le coiffeur, balayait son échoppe cachée au fond des « Petites Rues », les venelles de la vieille ville. Il y avait toujours du monde chez Julot, sauf à midi. Dans le pays, la soupe, c'était sacré. D'ailleurs, l'arrivant avait eu de la chance de ne pas trouver porte close.

— *Té*, Marius ! Bon, la barbe... et les cheveux aussi ! Je connais ta mère.

Tous deux sourirent.

— C'est midi, dit Marius, vous pouvez quand même me prendre ?

— Le frichti attendra.

Il le rasa au coupe-chou. Trésor faisait de même. C'était doux à la peau. Songeant à son garde du corps, qui avait dû en raser quelques-uns d'une oreille à l'autre, Marius fut parcouru d'un petit frisson. Là, il ne craignait rien. Quoique, sait-on jamais...

Quand Marius voulut payer, le coiffeur refusa.

— Mon lieutenant, dit-il, je t'emmène à côté pour manger et tu me raconteras, tes médailles, tout ça.

Il dut s'exécuter, édulcora son récit, garda les anecdotes, minimisa les abominations qu'il suggéra tout de même. En fait, Marius savait très bien que se confier à Julot revenait à publier un article dans la presse locale. Mais le coiffeur racontait si bien qu'il ferait de son récit une épopée inoubliable. Finalement, ça ne lui déplaisait pas tellement, cette apologie probable. Une satisfaction d'amour-propre, un petit bonheur fugace. Et, qui sait ? ça arriverait peut-être aux oreilles de Jeanne ?

Au café-restaurant voisin, on lui fit fête. La blanquette était délicieuse, et le vin n'avait pas la perfidie du pinard militaire. Il réussit à payer mais on lui offrit un coup de verveine. Pas la tisane, la liqueur. À Paris, on parlait de la verveine du Puy. Ici, cette dénomination passait pour un scandaleux détournement. Elle était distillée à Craponne, la verveine qu'on buvait, pas à la préfecture.

La séance chez le coiffeur, le déjeuner avaient formé une parenthèse. Tandis qu'il marchait tranquillement dans la vieille ville, ses pensées revinrent à Jeanne. Dès son départ en permission, il savait qu'il irait la voir. Il lui devait bien ça. Il leur fallait mettre les choses au clair. Frère et sœur, ou plutôt demi-frère et demi-sœur, c'était un lien fort. Ce désir de se revoir, l'éprouvait-elle aussi ? Il n'y avait qu'un moyen pour le savoir. Mais où la trouver? Le père Mastafier, à force de barguigner sur les prix des bêtes qu'il achetait et de maquiller comme des cocottes celles qu'il vendait, avait fait sa pelote. Il avait quitté Pontempeyrat pour Craponne, où il avait acquis la maison bourgeoise d'un Libanais venu s'installer comme dentellier et ruiné par ses concurrents autochtones. Ses bêtes en transit, le maquignon les avait installées dans une ferme située à la périphérie de la petite ville, non loin de la gare.

Mais Jeanne ? Joseph, son mari, son ennemi de la petite école, était parti à la guerre comme tous les hommes, et il était peu probable que la jeune femme se fût installée chez ses beaux-parents. Où était-elle? Le Gallu, Marie, l'un et l'autre l'ignoraient. La gendarmerie! L'adjudant Marquet le saurait.

— Bonjour, Malaguet. Maintenant que vous voilà en civil, je peux m'adresser à vous comme avant.

— Bonjour, adjudant. Ça me fait plaisir. Avec la paix, mon grade ne sera plus qu'un souvenir.

— Le front se fissure, mais c'est pas encore gagné.

— Avec les Américains et les tanks, c'est l'affaire de quelques semaines, deux, trois mois au plus.

— Vous croyez vraiment?

— C'est ce que dit le Gallu et il a du jugement.

L'adjudant hocha la tête.

— Ce vieil original? C'est vrai que c'est votre ami...

— Un ami cher.

— Je l'aime bien, moi aussi. Il dérange personne à courir les bois, et tout ce qu'on peut lui reprocher, c'est de braconner quelques truites.

— Pour la bonne cause, sourit Marius. C'est lui qui m'a appris comment faire.

— Je n'ai rien entendu, Malaguet. Rien du tout, rétorqua le gendarme.

Ses yeux souriaient. Ils se firent sérieux quand il demanda :

— Que puis-je pour vous ?

— Jeanne Malvier. Il faut que je la voie. Je ne sais pas où la trouver, dit le jeune homme.

Son interlocuteur soupira :

— Je ne sais pas si c'est bien sage, mais j'imagine que vous y avez longuement réfléchi. Elle habite au Puy, sur le Breuil, attendez, dit-il tout en feuilletant un gros cahier où il notait tout. C'est au 36. Elle vient souvent à Craponne. Elle a toujours une grosse serviette de cuir et se rend chez ses beaux-parents. Une histoire de comptabilité, sans doute. Elle a la tête bien faite, Jeanne. Mais j'y pense ! Je l'ai aperçue aujourd'hui. D'habitude, elle repart par le train de cinq heures. À Sembadel, elle attrape l'express de Clermont et elle est chez elle pour le souper.

— Je... Je crois que je vais aller au Puy ce soir. Pourriez-vous prévenir ma mère que je ne rentrerai pas ?

— C'est faisable. J'ai deux gars qui vont par là-bas. Ils lui laisseront un petit mot.

— Si ça ne vous ennuie pas, j'aimerais mieux qu'ils préviennent la fermière des Pâtureaux. Elle enverra le Jeantou, son gamin, la prévenir. C'est que ma mère ne sait pas lire. La vue de vos collègues risquerait de lui donner un coup au cœur tellement elle craint de vous voir apparaître un matin, une lettre à la main.

Marquet hocha la tête.

— D'accord, dit-il. Je comprends d'autant plus que, je vous l'ai déjà dit, je déteste jouer ainsi au porteur de deuil.

— Plus que quelques semaines et ce sera fini.

— Dieu vous entende !

Marius se promena dans la ville pour tuer le temps. Il connaissait chaque rue, chaque maison, chaque pierre. Tout semblait immuable. Pourtant, en quatre ans, une foule de détails avaient changé. Leur observation lui offrit un bonheur doux. Il alla ensuite acheter un ticket pour Le Puy. Il restait une demi-heure avant l'arrivée du train. Il s'installa à la terrasse du Café du Commerce, sur la placette face à la gare, paya immédiatement sa consommation et attendit.

De très loin, il sut que c'était elle. Son cœur s'était accéléré avant même qu'il l'ait formellement reconnue. Elle lui apparut comme une jeune femme de la ville, élégante, mince, la démarche souple. Quand elle se fut rapprochée, sa pâleur le frappa. Elle n'atténuait pas sa beauté, la rendait simplement un peu fragile. Cette Jeanne-là n'était pas la belle fille pleine de santé avec laquelle il avait déchargé un char de foin à une folle cadence. Elle passa sans le voir, plongée dans ses pensées, entra dans la gare. Il ne la suivit pas. Il attendit que siffle la locomotive au passage à niveau de Sainte-Reine, une minute avant d'arriver en gare, pour se mettre en route. Le train s'arrêta, en gémissant, puis se mit à haleter comme un chien exténué. Les portes des compartiments s'ouvraient, les arrivants descendaient, se retournaient, tiraient leurs bagages sur le quai tandis que ceux qui partaient manifestaient de l'impatience. Jeanne monta en seconde, s'installa au fond du compartiment. Joseph Mastafier, si radin fût-il, avait l'orgueil des nouveaux riches et sa femme devait exhiber son aisance. Marius l'avait prévu. Après une hésitation paysanne, lui-même avait pris un billet de seconde. Il grimpa dans le compartiment voisin, s'installa dans le coin fenêtre, en sens inverse à la marche. Il lui plaisait que, sans qu'elle le sût, elle fut dos à dos avec lui, simplement séparée par une mince cloison de bois.

L'employé du PLM siffla, le convoi s'ébranla.

La lumière blonde de fin d'après-midi glorifiait la campagne. Les quelques feuillus, frênes, sycomores ou trembles se paraient d'or. Les pousses des conifères avaient viré au vert foncé, comme si une couleur plus sombre allait les aider à affronter la bise et le gel prévus six ou huit semaines plus tard.

Le convoi mit dix minutes pour atteindre la minuscule gare de Julliange, et un quart d'heure de plus pour arriver à son terminus.

Il descendit le dernier. Une douzaine de voyageurs attendaient l'express en provenance de Clermont. Jeanne était là, toute droite, méditative. Il regarda autour de lui les voies de garage, le hangar des locomotives, un entrepôt et, tout autour, la forêt de sapins. Face aux bâtiments du chemin de fer, trois maisons récentes, dont deux cafés, constituaient la totalité de Sembadel-Gare. Le village originel était à plus de deux kilomètres. Son regard revint sur la jeune femme.

— Jeanne, dit-il doucement en s'approchant d'elle.

Elle le scruta d'un regard direct au fond duquel l'émotion le disputait à l'émerveillement.

— Il fallait que je te voie, que je te parle. On peut... On peut encore avoir de l'affection l'un pour l'autre. J'ai eu peur de ne pouvoir te voir...

Elle le regardait. Il comprit que ses propos étaient inutiles, qu'il proférait des évidences qu'elle s'était répétées mille fois.

— Parle-moi de toi, dit-elle. De ta vie. Tu es officier, tu as la Légion d'honneur, la croix avec étoiles d'argent... Tout Craponne en parle. Tu es un héros.

— Il n'y a pas de héros. Ils sont morts. Bêtement le plus souvent. La guerre est une abomination qui hantera mes rêves pour toujours. Mais toi... Pourquoi as-tu épousé le Mastafier?

— Je ne pouvais plus supporter de vivre avec mon père. Je suis restée pour soigner ma mère jusqu'au bout. Mais tu le sais, Marie te l'a dit, bien sûr. Joseph, il me voulait. Il me désirait. Il était pour moi le moyen de partir. Lui ou un autre...

— Mais es-tu heureuse avec lui?

La question le dévastait. Quelle qu'elle puisse être, la réponse serait douloureuse pour l'un des deux.

— Il est hâbleur, radin, volage. Il m'exhibe comme une jument pur-sang et me trompe. Cela m'est vite devenu indifférent puisque je ne l'aime pas. Il a été mobilisé au Puy, dans l'Intendance, pour acheter des bêtes. Tu dis que la guerre est une horreur. Lui la qualifiait de bénédiction. «Jamais on a gagné tant d'argent, disait-il, on leur vend de la carne au prix du charolais. Quelques pots-de-vin et le tour est joué.»

— Tu parles à l'imparfait...

Il ne termina pas sa phrase. Le train de Clermont arrivait.

Assis côte à côte, ils conversaient à voix basse.

— Non, il n'est pas mort. Il est au front. Muté disciplinaire. Un jour, l'armée a découvert que son premier fournisseur, c'était son père, et qu'il lui offrait des tarifs trop avantageux. Ça ne datait pas d'hier, mais son supérieur venait de changer. Ou bien il ne lui avait pas assez graissé la patte, ou bien ce dernier était honnête. C'est peu probable, mais possible. Il ne faut pas désespérer de la nature humaine.

Ils rirent. Quatre ans de front, trois ans d'un mariage raté, ils partageaient une valeur nouvelle : le cynisme.

— Mais toi, demanda Jeanne, ta vie de tous les jours, tes amis ?

Il lui raconta tout, son sauvetage de Béchu le déserteur, la haine réciproque entre les gendarmes et lui, sa mutation disciplinaire, sa première rencontre avec les forçats.

— Ce sont des durs, des voyous ?

— Des durs, certainement. Des voyous, pas tous. Il y a de franches canailles parmi eux. L'autre jour, y en a un qui a poignardé un autre pour une bouteille de cognac. Pourtant, quand tu creuses un peu, quand ils parlent de leur passé, ces gars du milieu, c'est toujours la même histoire. Des enfants mal-aimés, la misère, l'échec à l'école. Ils tournent mal dès l'adolescence, deviennent des apaches, voleurs ou maquereaux, assassins à l'occasion. Des durs, mais des gens blessés, souvent émerveillés quand tu les traites comme les autres, sans les stigmatiser. Il y a aussi les autres, ceux qui, un jour, ont commis un crime par vengeance, cupidité, colère ou désespoir d'amour. Il y a même des grands bourgeois. Ceux-là, au bagne, s'ils ne s'effondrent pas, deviennent des autorités.

— Des autorités ?

— Ben, par exemple, Vavin. Un chirurgien remarquable – bon nombre de mes gars lui doivent la vie –, ou Perdonnet, l'ancien magistrat. Il a un petit peu tué sa femme infidèle à coups de hache. Ça a fait désordre. Tu sais quel est son rôle dans la communauté des bagnards ?

— Il est juge ?

— Exactement. Ils ont une justice parallèle et règlent leurs comptes entre eux.

— L'armée accepte ça ?

— Qui va le lui dire ? Pas moi, en tout cas. Leur impartialité est largement supérieure à la nôtre. En avril 17, lors de mutineries, les conseils de guerre ont été immondes. Mes bagnards, ils savent ce que Justice veut dire.

— Des mutineries en 17 ? C'est pas possible. Aucun journal n'en a parlé.

— La censure. On cache tout à la population civile. Elle ne croirait pas les atrocités qu'on vit tous les jours. Elle serait scandalisée, demanderait la paix à cor et à cri.

— Et ces forçats, Vavin, Perdonnet, ce sont tes amis ? Ils t'aiment ?

— Certains se feraient tuer pour moi.

— Pourquoi ?

Il lui raconta l'histoire de Trésor.

— Il considère qu'il me doit la vie et se ferait tuer pour moi, sans hésiter.

— Bref, ce sont des anges, sourit Jeanne.

— Ils ont quand même trucidé mon prédécesseur, mais leur chef réel, leur autorité incontestée est en fait mon meilleur ami là-bas. Un certain Alayel.

— C'est un nom de par ici. Il est de Craponne ?

— De Viverolle ou de Médeyrolle, il n'a jamais été précis là-dessus. Il n'a pas envie d'en parler.

— Pourquoi ?

— C'est son secret. Il n'est pas allé au bagne pour rien, hein…

— Si c'est ton ami depuis plus d'un an, tu as dû apprendre pourquoi il a été condamné ?

— Non. On ne pose pas ce genre de question dans la compagnie. Leur passé leur appartient. Tous sont volontaires. Ils se battent bien et paient le prix du sang, alors ils ont droit au silence.

— Tu les aimes ?

— Je veux les voir en hommes libres.

— À quoi ils ressemblent ?

— Tiens, regarde.

Il lui tendit une photo. Un grand Noir souriant avait passé un bras protecteur sur l'épaule de Marius, qu'il dépassait d'une bonne demi-tête.

— Il est gigantesque !

— Trésor ? Il fait presque deux mètres et il est lourd ! Je l'ai porté sur mon dos pour le ramener dans la tranchée. Bon Dieu, le temps m'a paru long pour faire ces cinquante mètres.

— Montre l'autre.

Elle contempla Alayel et Marius, face à face, choquant leurs verres. Elle eut un sourire lumineux. Il en fut émerveillé. Jusqu'alors elle avait affiché un visage empreint de tristesse.

— On parle patois tous les deux. C'est notre langage secret.

— Il s'appelle comment ? Son petit nom, je veux dire.

— Johannes, mais quelle importance ?

— Elle est bien, cette photo, dit Jeanne. Je peux la garder ?

Il hésita et la lui tendit. Dès qu'elle l'eut prise, il éprouva un sentiment de manque. On lui enlevait quelque chose. Si l'adjudant se faisait tuer, il oublierait son visage. Comme ceux des autres, de ses dizaines d'amis, de frères de misère tués dont il retrouvait parfois un sourire, une expression ou un regard sans savoir à qui l'attribuer. Il ne voulait pas perdre celui-là, pas même en effigie. Il soupira. Il demanderait à Trésor de lui faire un nouveau tirage, mais ce ne serait pas nécessairement simple. Il la regarda enfouir son cadeau dans sa sacoche. La fossette de sa joue gauche se creusa. Elle eut cet air malicieux et un peu condescendant de l'aînée envers le tout petit frère. Une expression retrouvée qui l'attendrit.

— Dis-moi, sur cette photo, vous trinquiez dans des verres en cristal ? Ça existe, ça, au front ?

— Et le vin était un grand cru. On trouve des tas de choses au front, tout se vend, s'achète, se troque ou se vole; et mes gars ne sont pas les derniers pour la débrouille. L'autre jour...

Il ne put continuer. Le train entrait en gare du Puy. Dans la rue il s'empara de sa serviette. Elle lui donna le bras. Il faisait beau, le soleil se couchait et une douce chaleur régnait. Sur le Breuil, le grand boulevard en courbe de la préfecture, la foule déambulait d'un pas nonchalant. Ils ne déparaient pas parmi les promeneurs, et Marius imagina que la guerre n'avait jamais existé, ni le *bastardou*, ni Malvier, ni la tribu Mastafier. Il était un quidam au bras de sa femme dans une vie qui ressemblait à cette fin d'après-midi radieuse. Ils rentraient chez eux pour profiter de la sérénité du soir.

— J'habite là, dit Jeanne.

— Je vais te dire au revoir, répondit Marius, désemparé.

— Mais non, t'es bête!

Elle rit.

— Tu vas t'installer à l'hôtel en face et je te retrouve dans une demi-heure dans ce café. Tu m'invites à dîner, tu le savais pas?

Elle s'envola. Il resta interdit. Heureux comme un imbécile.

Elle avait changé de robe, s'était maquillée légèrement. Elle n'était plus la même. Elle était comme avant, la fille du char de foin. Sa tristesse s'était envolée. Elle lui prit le bras.

— Je t'ai envoyé à l'hôtel parce que je ne peux pas t'accueillir dans l'appartement. À cause de la bonne. Elle m'espionne pour le compte de Joseph. Il me trompe, il m'ignore, mais il est jaloux comme un tigre. N'empêche que j'ai le droit de sortir avec des copines. Viens.

*

La décoration de la brasserie venait d'être refaite. Tout n'était que volutes et fleurs stylisées. Des banquettes de cuir rouge bordaient les murs. Dans les trumeaux, au-dessus d'elles, des odalisques alanguies mais pudiquement vêtues manifestaient un spleen ambigu. Des tables de marbre aux pieds de fonte tourmentés peuplaient la salle de carrés blancs.

Dès leur entrée, un maître d'hôtel en frac glissa vers eux, les installa avec une courtoisie glacée. Il soupçonnait ce bourgeois – il avait remarqué son élégance – d'être un « embusqué », situation intolérable pour le père d'un poilu. Quand il entendit la femme s'inquiéter de la permission de son compagnon, de son retour au front, il fut pris de remords et les plaça à sa meilleure table.

— Je repars après-demain, dit-il. Profitons de cette soirée.

Ni l'un ni l'autre ne sut ce qu'il avait mangé, mais ce fut un festin. Peut-être le dernier bon dîner de Marius. Jeanne n'avait pas l'habitude de boire, et le saint-émilion 1906 – une petite fortune – la mit en gaieté. Lui, il apprécia le nectar sans qu'il lui fît grand effet. Le pinard, au front, était une institution. Il vous fouettait dans les moments difficiles. Avant les assauts, il n'était pas du luxe. En quatre ans de guerre, il s'y était accoutumé.

Ils riaient. Ils étaient passés au patois, langue dans laquelle les histoires drôles sont tellement plus savoureuses. Le maître d'hôtel en était médusé.

Ils partirent dans la nuit douce. Jeanne titubait un peu. Marius la soutint. Elle folâtrait. Lui avait le sentiment de vivre un moment d'autant plus rare qu'il serait sans lendemain. On ne jouait pas aux amants entre frère et sœur. Il la raccompagna à sa porte. Elle ne lui proposa pas d'entrer, mais, toute sa gravité retrouvée, lui prit le visage dans ses mains et l'embrassa longuement sur la bouche. Il résista, puis sombra. Quand il reprit son souffle, il recula, le regard affolé.

— Nous nous sommes déjà embrassés ainsi, tu ne te souviens pas?

Elle avait parlé d'un ton léger que démentaient ses yeux attristés par l'imminence de leur séparation.

Bien sûr qu'il se souvenait.

— Qu'avons-nous fait de mal, tous les deux, là, maintenant ? À qui avons-nous nui ?

— Mais..., bêla-t-il.

— Écoute-moi, Marius Malaguet. Écoute-moi bien. Je vais t'envoyer des lettres. Ce sera comme si je te communiquais les pages d'un roman, comme si j'étais en train de l'écrire. Tu me répondras en en faisant la critique. Du moins en apparence, à cause de la censure. Tu as bien compris ?

Eh bien, non, il n'avait rien compris, et la dévisageait, les yeux ronds. Elle n'avait plus du tout l'air ivre. À la lueur du bec de gaz qui éclairait le boulevard, elle le regarda au fond des yeux. Une force nouvelle l'habitait. Cette exaltation lui fit un peu peur parce qu'il ne se l'expliquait pas. Il acquiesça malgré tout.

Cette passion étonnante le hantait encore quand, le surlendemain à l'aube, il prit le train pour Saint-Étienne et le front.

Il avait laissé à sa mère les deux livres de Delly achetés pour Jeanne, avec mission de les lui remettre. Quel rustre il était ! Il n'avait cessé de penser à elle et avait oublié son cadeau.

*

Quelques jours plus tôt, Marius avait laissé sa compagnie au repos, lequel durait d'habitude une semaine. Il la retrouva en première ligne vingt bons kilomètres plus à l'est.

Finie, la guerre de position. Le front craquait.

La supériorité des Alliés en matériel et en hommes donnait des résultats. Ils avançaient. Non sans pertes. Les contre-attaques des troupes d'élite du Kaiser étaient dévastatrices. Parfois aussi, ils avaient face à eux les nouvelles recrues des classes 17 et même 18, appelées au combat par Ludendorff. Ils affrontaient alors des gamins terrorisés et affamés qui se rendaient en masse.

Comme toujours, Marius et ses bagnards se retrouvaient en première ligne dans un sale coin, au sud de l'Ailette, pas très loin du plateau de Craonne enfin contourné.

*

Après dix jours de durs combats, on les releva enfin. Au repos en arrière des lignes, les hommes dormaient ou discutaient en petits groupes, quand une pétarade les fit accourir. Le vaguemestre arrivait. Marius avait reçu deux lettres. Une belle enveloppe ocre rose à l'écriture inconnue dégageait un léger parfum. Elle était bien adressée au «Lieutenant Marius Malaguet». À ses côtés, Alayel qui, lui, n'avait jamais de courrier, regardait l'enveloppe d'un air amusé.

— D'où elle sort, celle-là? demanda Marius.

— Une marraine de guerre quelconque, dit l'adjudant, ou «l'œuvre de soutien aux pauvres lieutenants esseulés»...

Marius sourit, hocha la tête, regarda la seconde lettre. Un pli épais de la grande écriture de Jeanne. Son cœur se mit à battre. C'était là le «roman» promis.

Il l'ouvrit.

«Cher "petit frère", écrivait-elle. Je t'avais parlé lors de ta permission de mon projet d'écrire un roman. Je voudrais me fonder sur l'histoire de "l'oncle" Johannes...» Il regarda autour de lui. Discret, l'adjudant s'éloigna. À l'évidence, elle parlait de lui. Qu'avait-elle donc en tête?

Durant la journée, il lut et relut cette lettre. Elle racontait une étrange histoire.

Le soleil se couchait et la température chutait. Un vent aigre s'était levé et il commençait à faire froid. L'été était bien fini. Il se leva. Le village était à trois ou quatre cents mètres. Il s'y dirigea, s'arrêta bientôt. L'enquête de Jeanne le passionnait, même s'il n'en comprenait pas le motif. Un «ami journaliste» à *La Haute-Loire,* le principal quotidien du Puy, intervenait à tout moment «pour l'aider à écrire»... Euphémisme pour expliquer sa découverte dans la presse des faits qu'elle décrivait.

Il partit vers les bois. Leur feuillage vert virait doucement au noir avec le crépuscule. Il lui fallait leur calme un peu inquiétant pour reconstituer cette histoire d'un jeune bandit vieille de vingt-quatre ans.

Vingt-deux juin 1894; comme d'habitude, le dentellier Pierre Russel mène à vive allure son cabriolet à capote de cuir vert. À côté de lui, Jean Chabasnel, son comptable, tient d'une main son melon sur sa tête et, de l'autre, l'accoudoir de fer de l'unique banquette. Une tournée comme les autres. Partis en début de matinée, ils se sont déjà arrêtés à Saint-Jean-d'Aubrigou où tout s'est bien passé.

Dans chaque village, le rituel se reproduit. Le fabricant, un garçon solidement charpenté, le visage barré d'une moustache blonde en crocs, entre avec autorité dans le principal café. Le chétif Chabasnel le suit avec déférence. L'arrivant serre la main du bistrotier, lui commande du café et se dirige vers l'arrière-salle où l'attendent les leveuses, chacune avec son baluchon.

— Adieu Marie, ça va mieux, le petit? Bonjour, Berthe. Alors, ce bâtiment, il avance? Noémie, votre mari ne vous bat plus, j'espère? S'il recommence, il aura affaire à moi...

— Ah! Monsieur Pierre, ça fait plaisir de vous voir. Alors, toujours jeune homme? Y a plein de belles filles par chez nous! Qu'est-ce que vous attendez?

Il a vingt-quatre ans, Monsieur Pierre. Il a repris la fabrique à la mort de son père un an auparavant. Depuis, il l'a développée en augmentant la qualité de ses produits. Il vend ses guipures dans toutes les cours d'Europe. Il lui faut donc la dentelle la plus fine. Son tarif horaire est bien supérieur à celui de ses concurrents, dont son propre oncle, qu'il déteste. Il est jovial, se souvient de tout, se mêle de tout. Il donne volontiers des conseils de droit car il a une licence et en sait plus que le notaire. C'est le patron, Pierre Russel. Il apporte la prospérité au pays, à travers les trois mille vachères qui travaillent au carreau, pour lui. Il fait la pluie et le beau temps. Il paye bien et en or, tient sa parole et masque de bonhomie son autorité. Toute la campagne l'apprécie.

Les leveuses sont des sortes de contremaîtres. Elles redistribuent chacune le travail à une trentaine de femmes qu'elles encadrent, contrôlent et payent. Gare à celle qui fait mal son travail ou abuse de son pouvoir. Le dentellier la brise, et c'est bien fait.

L'une après l'autre, elles sortent de leur baluchons les pièces de dentelle fabriquées au cours des deux derniers mois. Un travail d'une finesse incomparable, que le jeune industriel inspecte minutieusement avant de l'accepter. À la fabrique, deux cents ouvrières à plein temps les assembleront en somptueuses parures, tandis qu'une équipe de créateurs invente en permanence de nouveaux motifs, que les cartonniers transforment en guides préperforés adaptés aux carreaux des dentellières en champs.

Aux côtés du dentellier, Chabasnel compte les sous d'or du prix convenu. Tout ça dure une paire d'heures et plus. Outre le contrôle de l'ouvrage et la paie, il faut donner le travail pour les huit semaines à venir. Chaque fois, Monsieur Pierre apporte de nouveaux cartons, qu'il explique avant de les distribuer.

Bref, Pierre Russel fait cinq tournées tous les deux mois et part chaque fois avec de quoi payer cinq à sept cents femmes pour soixante jours d'ouvrage ; c'est-à-dire qu'il emporte avec lui quelque cent mille francs-or dans un sac de cuir. Une fortune ! De quoi faire naître les convoitises – même si, dans la région, la dernière attaque remonte à trente ans et s'est produite à 130 kilomètres de là, au fin fond du Cantal. Il n'empêche que le jeune fabricant porte à la ceinture un pistolet à barillet, système Le Faucheux, très capable d'occire un bandit de grand chemin à cinquante mètres. Il est d'ailleurs bien persuadé qu'il ne s'en servira jamais.

La jument trotte sur une route empierrée, descend à travers les bois de pins. La voiture passe des courbes qui épousent les épaulements. En contrebas, on aperçoit

Saint-Julien agrippé au versant de la vallée abrupte. De Pontempeyrat à ce village, l'Ance se fait torrent et son eau patiente a creusé le granit en gorges vertigineuses. C'est la prochaine étape des deux hommes. Ils verront les leveuses avant de déjeuner.

Il fait grand beau et le jeune dentellier se sent léger. Alors, il enlève sa bête en un ample galop et le vent de la course fouette son visage heureux. À ses côtés, terrifié, Chabasnel n'ose rien dire.

De l'obstacle soudain, il ne voit qu'un grand éclair blanc. Affolée, la jument fait un brusque écart et tout l'attelage bascule dans le ravin planté de pins espacés. Retenu par un arbre, le cabriolet se bloque. Empêtrée dans son harnais, la bête gît sur le flanc et agite les jambes en hennissant désespérément. Elle n'a aucun secours immédiat à attendre. Lors de l'arrêt brutal de la voiture, les deux passagers se sont envolés pour atterrir dans la pierraille quelque vingt mètres plus bas. La tête de Chabasnel repose sur un oreiller de granit.

Les yeux étonnés et la bouche grande ouverte, on dirait qu'il rêve éveillé, mais son crâne s'auréole de pourpre. À quelques mètres de lui, M. Russel commence à bouger.

Un grand adolescent au regard de braise se jette dans la pente. Il doit faire vite. Il a lâché le drap qu'il a brandi, en jaillissant du fossé, pour effrayer le cheval. Sans s'occuper des deux gisants, il grimpe dans la voiture au risque de la faire basculer, fouille les effets des deux hommes sans trouver ce qu'il cherche. Il regarde vivement autour de lui : « elle » est là, à quelques mètres.

Dans le pays, tout le monde connaît la sacoche en cuir fauve de Monsieur Pierre, marquée de son chiffre et fermée d'une forte serrure. C'est elle qui contient l'or. Le jeune homme se jette dessus, la saisit et commence à remonter. Ses sabots glissent dans la caillasse et il peine à gravir la pente.

— Laisse cette serviette !

Le dentellier est à genoux, son pantalon déchiré, son front tuméfié, tout son corps lui fait mal, mais il n'a pas perdu connaissance et il a l'esprit clair. Ce gamin veut le dévaliser. Le voleur tourne vers lui un visage traqué, mais il accélère sa course.

— Arrête ou je tire, braille l'industriel en brandissant son pistolet.

Le gamin est comme fou, il va atteindre la route. L'arme aboie, le gamin se cambre, bascule en arrière et roule dans la pente. Il passe à portée du tireur qui l'accroche par sa chemise, mais elle se déchire et dévoile une tache sanglante. À la fin de sa chute, le fuyard se retrouve sur ses jambes et dévale la fin de l'escarpement. Il n'a pas lâché la serviette de cuir. Une grande éclaboussure alerte Pierre Russel qu'il a atteint la rivière en contrebas. Il s'est redressé, perclus de douleur, le fringant dentellier. Il lui est impossible d'entreprendre une quelconque poursuite. Touché à la poitrine, le gamin n'ira pas loin. Il range son revolver dans son étui de ceinture.

Parer aux urgences.

Chabasnel. Un regard suffit pour comprendre qu'il est mort. Son crâne éclaté s'est à moitié vidé. La jument. Elle a cessé de hennir, roule des yeux terrifiés, mais ne bouge plus. Russel la calme de la voix.

— Là, là, c'est fini, je vais te dételer.

Sans cesser de la rassurer, il remonte vers elle, l'atteint et détache très doucement son harnais. La tenant par la bride, il parvient à la mettre debout. Tous deux remontent précautionneusement sur la route. Il souffre de multiples contusions, Monsieur Pierre, mais il n'a rien de cassé. Il monterait bien la jument, mais elle n'est pas en meilleur état que lui. Rien d'autre à faire que d'aller à Saint-Julien pour chercher du secours et prévenir les gendarmes.

Tout d'abord il n'a rien senti, Johannes Alayel, sinon un violent coup de poing dans les côtes qui lui a fait perdre l'équilibre et rouler dans la pente. Mais il est parvenu à retomber sur ses pieds et à sauter dans l'Ance. Il va remonter les gorges. Dans l'eau, les chiens qu'on mettra sûrement sur sa piste n'arriveront pas à le suivre. Il parviendra à s'enfuir. Il tient toujours la sacoche à la main. Elle pèse lourd, de tout l'or qu'elle contient. Il va pouvoir changer de vie. Il sourit et gonfle la poitrine de fierté, et un fer rouge le poignarde. Il porte la main au point douloureux et la retire, pleine de sang. Il se remémore les sommations et le coup de feu. Il a été touché en pleine poitrine. Il se sent faible soudain. Il serre les dents, se met en marche. Sa chemise déchirée s'englue de pourpre. Il doit se panser. Pour arrêter le sang, les bergers bourrent de mousse les plaies des bêtes blessées. C'est ce qu'il fait. L'opération le tétanise, mais l'hémorragie s'arrête. Il reprend sa pénible marche dans l'eau.

Plus tard, il se sent mal. Le soleil se couche. Il cherche un coin calme pour se reposer, trouve une petite crique cachée par les falaises abruptes des gorges. Il s'appuie contre un grand frêne, la sacoche bien serrée dans sa main, puis ferme les yeux.

Tout le village de Saint-Julien s'est mobilisé en voyant arriver Monsieur Pierre en si misérable équipage. Malgré ses vêtements déchirés, ses contusions, la coupure ensanglantée de son front, il n'a rien perdu de son allant ni de son autorité.

On est allé chercher le malheureux Chabasnel. Les gendarmes sont arrivés. Ils sont retournés sur les lieux, ont fouiné alentour. Des villageois ont descendu la rivière à la recherche de traces. En aval, l'Ance, assagie, coule entre des prés dégagés. Aucune des gardeuses de vaches n'a vu le voyou-assassin.

Il n'aurait pu passer inaperçu.

Il est dans les bois, ou alors il a remonté le courant. Une battue d'une trentaine d'hommes ratisse les pentes. Aucune trace. On sait pourtant qu'il est blessé, que Pierre Russel a fait mouche. On a trouvé des traces rougeâtres sur le sol et le bout de chemise arraché au voleur est lui aussi ensanglanté.

Il n'ira pas loin.

Quand Johannes se réveille, il fait jour. Il a de la fièvre. Dans sa poitrine, deux cœurs battent à l'unisson, mais celui de droite, là où il a bourré la mousse, cogne comme un sourd. Il se met quand même en marche, parvient après un long calvaire à la sortie des gorges, se faufile sous le couvert, remonte au-dessus de Pontempeyrat.

Des aboiements proches éclatent. Une coupe de bois a dénudé un flanc de vallée jusqu'à la rivière. Des silhouettes d'hommes s'y profilent. Il reconnaît l'uniforme d'un gendarme. Des cris. On l'a vu. Il trouve la force de se mettre à courir. Il va vers l'amont. La sacoche, il l'a coincée dans sa chemise, pour avoir les mains libres afin de s'agripper aux branches.

De là-haut, le dentellier, qui participe à la traque, a remarqué avec une grimace qu'il n'a aucun bagage. Il a dû cacher son trésor. Les gendarmes le feront parler. Oh il survivra, même s'il ne récupère pas son or, mais il souffrira dans son orgueil. Jules Russel, sa crapule d'oncle, ce concurrent qu'il est en train de ruiner, pavoisera. Il est furieux, le dentellier, et il n'est pas bon d'être l'ennemi de cet être d'apparence bonhomme.

Les hommes dévalent la colline, encerclent le gamin. Il est blême, les yeux soulignés de cernes bruns. Il les regarde avec un sourire idiot, ses yeux se révulsent, puis il s'effondre.

On avait ramené le blessé dans le petit hôpital de Craponne, où le docteur Auguste Russel, le cousin du dentellier, avait immédiatement extrait la balle. Une forte fièvre le terrassa une bonne huitaine. Dès qu'elle fut retombée, les gendarmes rappliquèrent. Pierre Russel, informé par on ne sait qui, arriva très vite. Il dut attendre devant la porte de la chambre.

L'or? Le gamin prétendit l'avoir caché dans un tronc creux au milieu des gorges, la veille de son arrestation. Ensuite, il avait marché. Combien de temps? Cinq minutes ou deux heures, il ne savait plus. La fièvre et la fatigue l'assommaient. Il ne se rappelait même pas s'être couché. Il s'était réveillé au grand jour, si malade qu'il avait décidé de sortir rapidement des gorges pour se rendre et ne pas mourir. La raison de son geste? Le visage buté, il n'avait rien répondu.

Le jeune dentellier paya des dizaines d'hommes pour chercher un tronc d'arbre creux dans les gorges. Ils en trouvèrent plusieurs, mais aucun ne contenait la sacoche. C'est ce qu'il déclara au procès, un an plus tard, et des témoins le confirmèrent.

Johannes, ébahi, regarde la salle solennelle des assises. Le président en robe écarlate, ses deux assesseurs en noir, toisent sévèrement ce gamin de dix-neuf ans emprisonné depuis sept mois. Il est poursuivi pour agression, vol, tentative de meurtre, violence ayant entraîné la mort et une foule d'autres chefs d'accusation auxquels il ne comprend rien.

Qui est cet accusateur, vêtu de rouge comme le président, qui le traite comme son ennemi intime? Et ces avocats de la partie civile qui lui en veulent! Et d'abord, qu'est-ce que c'est, la partie civile? Peut-être ces hommes en rang d'oignons qui le dévisagent comme un pestiféré. «Messieurs, les jurés», leur dit le président...

Le juge d'instruction l'a cuisiné des heures, et maintenant, tout recommence... Il a un défenseur commis d'office. Comme il n'est pas payé, celui-là, il ne se fatigue pas. Qu'est-ce qu'il va lui arriver? La mort du comptable est un accident. Il ne l'a pas voulue. Il en est désolé. C'est la faute de ce bourgeois qui mène sa bête comme un fou sur toutes les routes du canton! L'or, on ne l'a pas retrouvé, et pour cause. Le préjudice de Monsieur Pierre n'est sûrement pas bien grand. Regardez-le. Il est toujours aussi prospère. Lui, Johannes, avait pour tout matériel un drap blanc. Ce n'est pas une attaque à main armée.

Qu'est-ce qu'il risque? Trois ans au minimum, a mollement prévenu son avocat, avant le procès. Trois ans? Le premier est déjà bien avancé.

Qu'est-ce qu'il raconte, le procureur? Qu'il est ouvrier agricole, qu'il n'a pas d'emploi fixe, que c'est un vagabond, un traîne-savates, qu'il a toujours créé des difficultés partout où il est passé. Et son avocat ne dit rien.

Voilà la veuve du comptable. Elle pleure. Elle le regarde comme s'il était le diable. Il ne l'aime pas, même s'il est désolé que ce pauvre type se soit cassé la tête. Il ne manifeste pas la compassion qu'il éprouve, garde l'air chafouin du paysan qui fait l'âne.

Simples d'apparence, les faits s'agglutinent contre lui. Il y a eu mort d'homme. On n'a pas retrouvé l'or caché. Le voyou n'a toujours rien avoué. La défense de son avocat est sans conviction. On n'aime pas les voleurs, dans les petites villes. Il est intolérable qu'un paysan abruti dérobe une fortune à un notable.

Le jury, composé de petits-bourgeois du Puy, s'est cru revenu au temps des chauffeurs qui grillaient les pieds des honnêtes propriétaires pour connaître la cache de leur argent. À défaut de sa tête, leur verdict tranche son avenir. Trente ans. On a retenu meurtre avec préméditation. C'est aussi insensé qu'exorbitant. Johannes est écrasé. Jugement définitif. Pas d'appel aux assises. Le peuple souverain a jugé. Il n'entend plus rien, assommé par la sentence. Tandis qu'on l'emmène il songe à l'or. Pourra-t-il un jour aller le chercher? Car sa cachette est bonne. Ils ne l'ont pas découverte!

Marius leva son visage vers le ciel. Pauvre Chabasnel, qui s'était brisé le crâne en tombant! Il haussa les épaules. Il en avait tant vu, des têtes explosées... En revanche, il se sentait triste pour ce gamin à la vie foutue. Il l'accompagna en pensée. Un jour, on était venu le chercher. On l'avait emmené, enchaîné, dans un train pour Clermont. Il avait traversé la France entre deux gendarmes, changés à chaque étape. Quelques-uns lui parlaient, les autres l'ignoraient. Les passants le dévisageaient avec réprobation. Depuis La Rochelle, un bateau l'avait emmené au pénitencier de l'île de Ré, où de nouveaux condamnés arrivaient chaque jour. Il s'était rempli peu à peu de ce bétail maudit. On l'avait vidé d'un coup au retour du vapeur de Cayenne, qui était aussitôt reparti. Ses compagnons étaient la lie de l'humanité. Il était jeune, vulnérable, même s'il s'était endurci depuis un an. Il ne possédait rien. Il s'était quand même fait rosser plusieurs fois par des anciens qui voulaient l'asservir. Dans sa tête, la révolte avait sans doute cédé la place à la rancune et à la vengeance. Il avait appris à faire le dos rond pour survivre.

Combien d'années pour transformer le jeune révolté en une autorité reconnue par ses pairs? Marius n'avait jamais ainsi songé au calvaire de son ami. Il pensait avoir vécu toutes les facettes de l'horreur depuis quatre ans. Il prit alors conscience que son horreur personnelle avait constitué un réel espoir pour les damnés du bagne. En s'engageant, les fauves redevenaient des hommes. La mort frappait fort à Cayenne; les bêtes venimeuses, les épidémies, les rixes souvent mortelles, les condamnations internes au bagne... On dressait même la guillotine presque chaque année pour décapiter les assassins récidivistes. Marius comprit soudain sa chance lors de son arrivée: sa promesse de survie convergeait avec leur espoir de dignité et de liberté...

Alayel avait payé. Assez, bien assez. Mais pourquoi avait-il volé l'or du dentellier? Sans se l'avouer, il était impatient de le savoir et il espérait que Jeanne lèverait le voile sur ce mystère.

Elle s'était lancée, enthousiaste, dans cette découverte d'Alayel. Qu'avait-elle donc en tête?

Il ressortit la lettre. Dans la nuit, elle n'était qu'un rectangle pâle qui venait de sa «sœur» aimée. Il la porta à ses lèvres, puis la rangea dans sa poche de poitrine.

*

Les combats avaient repris. La compagnie se clairsemait. Les effectifs fondaient. La moitié des bagnards d'avril 17 avaient disparu, morts ou estropiés. Les tranchées conquises les protégeaient parfois. La plupart du temps, ils devaient s'enterrer en hâte, de peur des contre-attaques. La soupe arrivait mal. Les roulantes avaient deux, trois jours de retard sur les troupes en flèche. Marius avait maigri, tout comme ses hommes. On eût dit des loups aux yeux fiévreux. La compagnie recevait des renforts, cinq ou dix hommes à la fois, toujours des disciplinaires.

Un groupe venait d'arriver, au sein duquel on remarquait un individu épais et sans-gêne.

— Je veux voir le lieutenant Malaguet ! cria-t-il. Je veux voir le lieutenant Malaguet, c'est un copain.

Les vrais copains de leur officier, c'étaient eux, les bagnards ; pas ce braillard prétentieux. Dans le doute, ils s'écartèrent malgré tout.

Marius avait reconnu le mari de Jeanne avant que ce dernier ne l'eût repéré. Sa grimace n'avait échappé ni à Johannes, ni à Trésor. L'homme approchait.

— Marius, beugla-t-il, Marius !

Le lieutenant revit son premier jour d'école et le même joufflu qui scandait : « *Lou bastardou* », et rigolait. Son visage se ferma, son corps entier se raidit.

— Adressez-vous à l'adjudant Alayel, votre chef de section, soldat, dit-il sèchement, il me fera part de votre requête s'il l'estime nécessaire.

Alayel s'avança. L'arrivant l'écarta.

— Marius, c'est moi, Joseph, Joseph Mastafier ! J'ai su que tu commandais ici, alors j'ai voulu être avec toi. En souvenir du bon vieux temps. Je vais me faire tuer sinon, je ne connais rien au combat.

Bousculé, Alayel avait pâli. Marius cligna des yeux en signe d'assentiment.

— Garde-à-vous ! hurla l'adjudant. Nom, grade, matricule.

Le maquignon obtempéra, vert de trouille.

— Mastafier Joseph, maréchal des... deuxième classe. Matricule 630 322 54 !

— En punition de votre geste envers un gradé, vous serez de patrouille dès ce soir. Rompez !

Mastafier eut un haut-le-corps. Marius ne dit rien.

— Ce salaud de bagnard m'envoie à la mort ! hurla-t-il. Protège-moi...

— Soldat Mastafier, dit tranquillement Marius, sachez qu'il n'y a pas de bagnards ici, mais des combattants qui font leur devoir. Des hommes dont je suis fier. J'attends que vous soyez digne d'eux. Maintenant, rompez.

S'adressant à Alayel, il poursuivit :

— Adjudant, vous me rendrez compte du comportement de cet homme demain matin.

— À vos ordres, mon lieutenant, répondit Alayel en saluant.

Depuis quand n'avait-il pas salué Marius? Le lieutenant eut un sourire qui se figea sur ses lèvres.

— *Bastardou fili putana*, avait dit à voix très basse le maquignon.

Dans l'ombre, Alayel tressaillit. Lui aussi avait entendu. Et compris. Il se tourna vivement vers le lieutenant, lequel ne manifestait rien. Intrigués par l'incident, les hommes alentour s'étaient rapprochés, mais rien ne se passa. Ils se dispersèrent.

La patrouille ne rencontra personne cette nuit-là. Mastafier en revint vivant. Il évita Marius. Alayel le tenait à l'œil. Le maquignon trafiquait avec la lie de la compagnie, mais restait discret. Marius s'en désintéressa. L'arrivant était l'un de ses hommes parmi d'autres. Il serait traité comme tout le monde. Bien sûr, il le détestait, et il n'était pas le seul dans la compagnie. Et s'il se faisait tuer? Jeanne serait libre. Elle serait tout aussi libre en divorçant. Alors, que le Mastafier vive sa vie et tente sa chance. Mais si un jour il l'insultait en public, en le traitant de bâtard par exemple, il le traduirait devant la justice militaire.

*

Cher Marius,

Souffrez que je vous appelle par votre prénom. Notre brève intimité m'y incite. Ma vie de veuve, un court moment embellie par notre rencontre, a repris son cours morne et triste. Pourtant, un soleil va renaître, qui m'empêchera de vous oublier. Vous reverrai-je un jour? Souhaiterai-je vous revoir? Je tenais en tout cas à vous dire que j'espère que vous survivrez à cette guerre.

C'était signé « Uranie Saint-Just ».

Il remit le billet parfumé dans son enveloppe, qu'il retourna. Elle portait l'adresse de l'expéditeur, 18, rue de la République, Lyon.

Alayel avait observé sa lecture. Marius se demanda quelle expression il avait eue pour provoquer son sourire complice. Il lui tendit la lettre. L'adjudant la lut et hocha la tête.

— Je ne l'ai pas fait exprès, se justifia Malaguet. Je ressemblais à son mari, lieutenant lui aussi. Il venait de se faire tuer. Ce n'est pas avec moi qu'elle a baisé, mais avec lui. Un agréable souvenir quand même.

— Vous allez répondre ?

— Je ne crois pas.

— Pourtant elle vous écrit d'étranges choses, vous ne trouvez pas ? Ce soleil qui va renaître, cette envie de vous revoir sans vous revoir... Ça ne vous intrigue pas ?

Perplexe, Marius chercha à retrouver la beauté tragique d'Uranie. Il construisit une image pastel de son visage et une autre, bien plus précise, de son corps alangui. Il fronça les sourcils en reprenant la lettre.

— Un seul soleil me suffit pour l'avenir. Qu'elle garde le sien !

— Vous allez donc couper les ponts avec cette jeune beauté et jeter aux orties cette missive débordant d'espoir et d'amour ?

— Que je la jette ou non n'a aucune importance, soupira le jeune homme. Uranie Saint-Just, 18, rue de la République. C'est gravé dans ma mémoire. C'est terrible de retenir comme ça n'importe quoi.

Alayel ouvrit la bouche, puis la referma, préférant se taire. Mal à l'aise, Marius crânait. Une femme chassa l'autre. Ses pensées revinrent à Jeanne. Oserait-il comme elle mépriser la menace d'inceste qui pesait sur eux ?

Il se secoua. Son regard se porta de nouveau sur la position qu'ils occupaient. Il aperçut Mastafier en conversation avec le Sicilien, l'une des pires canailles de la compagnie. Il faudrait le garder à l'œil, celui-là.

— Alayel ? demanda-t-il à mi-voix.

L'adjudant, jumelles aux yeux, observait les lointains.

— Oui, mon lieutenant.

— Alors?

— Ils sont là-bas, à sept ou huit cents mètres. Ils creusent.

— Nombreux?

— J'ai pas l'impression.

— Ils sont là pour nous ralentir. Ils ont sûrement des retranchements plus sérieux à dix ou vingt kilomètres. Des mitrailleuses?

— Une tous les cent mètres. On se les fera au lance-grenades. J'ai un bon stock de munitions.

— Les gars?

— Rien à dire.

— Même Mastafier?

— Un combinard. J'ai dû lui botter le cul l'autre jour. J'ai mis à jour sa combine. À chaque assaut, c'est pareil. Il sort en hurlant, fait vingt pas, se jette par terre et ne bouge plus. Les autres le dépassent. Il se fait oublier et rapplique quand tout est terminé. Je lui ai expliqué qu'ici, on achevait les blessés qui tombaient trop tôt en sortant des abris. Il a très bien compris, mais il va trouver autre chose. Qui est cet individu? Vous le connaissez?

Marius hésita à livrer un souvenir intime, mais Alayel était son ami.

— Lors de mon premier jour d'école à Pontempeyrat, il m'a traité de *bastardou*. Je lui ai cassé la figure. J'ai eu plus mal que lui parce qu'il était plus grand et tapait plus fort, mais c'est lui qui s'est effondré en larmes devant les autres. Nous nous sommes toujours détestés. Il m'a pris pour un con, l'autre jour. Il a pensé que le fils d'une servante fille mère n'oserait pas résister à un nouveau riche du pays. Il ne mérite aucun régime de faveur, mais il a le droit d'avoir sa chance.

Alayel eut un sourire sinistre.

— Il n'a pas intérêt à tirer au flanc de nouveau. Je vais le faire « doubler » par un gars fiable qui restera derrière lui pour l'aiguillonner. C'est un salopard et...

— Un de plus, Johannes. Ce n'est pas le premier dans la compagnie.

L'adjudant hocha la tête.

*

— Quoi? demanda Malaguet.

Il se tourna vers Alayel. «On parlera plus tard», suggéra son geste désabusé.

L'orage des canons les empêchait de s'entendre. Les Français bombardaient l'ennemi en profondeur pour ruiner ses arrières désormais vulnérables. Les vert-de-gris se rendaient en masse. Ils n'y croyaient plus. Brandir le drapeau blanc, c'était finir la guerre. Restaient les divisions d'élite et la garde du Kaiser, des Prussiens fanatisés qu'une vision imbécile de l'honneur conduisait à la mort.

L'assaut était imminent. Le grondement continu des 155 et des 120 Schneider était ponctué chaque minute par l'explosion sourde d'obus de 240. De façon sporadique, l'artillerie allemande répondait sans conviction. Marius grimaça. Ni char Renault ni tank à l'horizon. Ils allaient charger sans leur protection.

Le silence implosa. Tous les tirs s'étaient tus au même instant. La rémanence de l'apocalypse sonore assommait les poilus. En réflexe, Marius vérifia l'heure à sa montre. Il savait bien qu'il était 12h33, puisque c'était l'heure prévue pour l'attaque. En un rituel bien établi, il avala le coup de gnôle préparé par Trésor, lui fit un clin d'œil, puis il dégaina son pistolet d'ordonnance et attendit l'immense clameur des hommes qui chargeaient sur une ligne de plusieurs kilomètres. Alors seulement, il gravit en deux bonds les barreaux d'une des échelles frustes posées sur le parapet de la tranchée. Ces cinq secondes de retard sur les compagnies voisines étaient une astuce de survie que ses bagnards connaissaient. Ils sortaient très vite, rattrapaient en quelques instants leur retard, mais les mitrailleuses allemandes s'étaient déjà orientées vers les premiers attaquants.

À droite et à gauche, ses chefs de section menaient simultanément la vague de leurs hommes et se précipitaient vers les entonnoirs d'obus préalablement choisis pour les tirs de grenades. Marius y parvint, lorsqu'un grand choc dans le dos le jeta à terre. Il resta étourdi quelques instants. S'assit. Trésor atterrit à côté de lui. Il constata avec étonnement que son garde du corps tenait le Sicilien colleté comme une belette.

— Vavin arrive, mon lieutenant, dit le grand noir. Accrochez-vous!

— Vavin? répondit le blessé, à demi hébété. Ah, oui, notre toubib… Mais j'ai pas grand-chose, poursuivit-il en bougeant son bras blessé.

L'autre regardait, horrifié, sa vareuse s'engluer de sang clair.

Deux hommes les avaient rejoints. Dans un brouillard, Marius reconnut le chirurgien et son assistant.

— Dégage la plaie, dit le premier au second. Vite, il se vide!

L'infirmier découpa rapidement la vareuse, le pull et la chemise du blessé, que le chirurgien avait redressé. Marius avait un petit trou dans le dos au niveau de l'omoplate et une plaie plus importante sous la clavicule.

— Pansement compressif sur le dos, dit le chirurgien en enfilant des gants stériles. Maintenant, couchez-le.

— J'ai pas grand-chose, dit Malaguet, je peux bouger. Il faut que je reparte. Les hommes ont besoin de moi.

— Fermez-la. Pour l'instant, c'est moi qui commande. Détendez-vous et écartez votre bras.

Vavin avait déroulé en un geste précis une sorte de trousse qui contenait tout un assortiment d'instruments chirurgicaux.

— Chloroforme! ordonna-t-il à l'intention de l'infirmier.

— Y en a plus, répondit ce dernier.

Vavin soupira. Deux poilus de la compagnie rejoignirent le petit groupe.

— Qu'est-ce qu'on peut faire? demanda l'un d'eux.

— Tenez-lui fermement les bras et les jambes, dit le chirurgien.

D'une main, il saisit une boule noire de la taille d'une prune; de l'autre, un petit couteau acéré.

— Mordez ça, très fort.

C'était une balle de caoutchouc dur. Marius obéit. Il faillit la couper en deux quand une douleur terrible explosa dans tout son côté droit. Vavin taillait dans ses chairs en gestes sûrs. Malgré les jets de sang écarlate qui pulsaient toutes les demi-secondes, il mit très vite à nu l'artère lésée.

— Écarteurs, dit-il.

L'infirmier avait déjà planté dans la peau les petits crochets permettant d'ouvrir la blessure, élargie au bistouri.

— Clampe.

Vavin avait bloqué l'hémorragie en serrant l'artère avec ses doigts. Il posa la pince que lui tendait son aide.

Le flot de sang se réduisit à un suintement. Les yeux exorbités, la mâchoire crispée sur sa poire d'angoisse, le visage blême et emperlé de sueur, le lieutenant grognait comme un chien.

— Catgut!

Il saisit l'aiguillée que lui tendait son aide, sutura l'artère, puis il referma la plaie.

L'opération avait duré moins de dix minutes. Un enfer pour Marius, charcuté à vif. La douleur, devenue sourde, était désormais supportable. Marius cracha le leurre qu'il avait mordu avec rage et respira comme un plongeur resté trop longtemps sous l'eau. Son répit dura vingt secondes tout au plus. On le redressait. Une violente brûlure dans le dos le fit hurler. Il serra les dents. Quelques points refermèrent l'entrée de la balle.

Alors, alors seulement on le posa sur une civière.

— J'ai soif, dit-il tandis que sa douleur se faisait fiévreuse, que ses paupières s'alourdissaient.

Quatre gourdes se tendirent.

— Pas de vin, de l'eau, dit le chirurgien en essuyant le sang sur sa vareuse avec un linge propre. Qu'il boive tout son saoul. En fin d'attaque, vous me le ramènerez. Trésor, tu restes avec lui?

Le grand Noir opina.

— Et lui, qu'est-ce qu'il fait là? demanda Vavin. Faut le soigner.

Il désigna le Sicilien qui gisait, l'air affolé. Plusieurs doigts de sa main gauche étaient retournés.

— C'est lui qui a tiré sur le lieutenant, répondit Trésor. Il vient de tout m'avouer.

— Tu es mort, dit tranquillement le chirurgien à l'assassin.

Ce furent les derniers mots qu'entendit Marius avant de sombrer. À demi inconscient, il se demanda si c'était à lui qu'on parlait, mais ça n'avait plus guère d'importance.

Il se réveilla au milieu de ses hommes. On ne l'avait pas évacué. Alayel, Trésor et Vavin discutaient à mi-voix. Un instant il se demanda pourquoi il était couché. Avec le souvenir revint la douleur. Elle lui parut supportable tant qu'il ne bougeait pas l'épaule. Il se leva, se rassit précipitamment, pris de vertiges.

— J'ai faim, dit-il. J'ai soif aussi.

— C'est bon signe, commenta Vavin.

Trésor s'éloigna sans rien dire. Il revint très vite avec une boîte de singe, du pain blanc, une bouteille de vin bouché.

— Commencez par ça, mon lieutenant. Je fais chauffer de la soupe.

Marius regarda autour de lui. Ils étaient dans un petit bois au sommet d'une colline, vaguement abrités par une hâtive levée de terre qui se prolongeait en une ligne. C'était le matin. Les hommes avaient le visage fatigué.

— On a progressé? demanda-t-il en commençant à manger.

— Huit kilomètres…

— Dieu que c'est bon! s'exclama le blessé en dévorant.

Un énorme sourire illumina le visage de son garde du corps.

— Quel jour on est?

— Le 12 octobre.

— J'ai dormi combien de temps?

— Presque vingt heures.

Il dégusta plus lentement le bol de soupe que lui apporta le grand Noir.

— Vous m'avez torturé, Vavin, dit-il en souriant au chirurgien. Je n'avais jamais autant souffert.

— Pas étonnant, dit Trésor, il vous a opéré sans vous endormir, sur place, dans un trou d'obus!

En retrait, Alayel, pensif, se taisait.

— Je me souviens, dit Marius. Mais je n'avais rien de cassé. Qu'y avait-il de si urgent?

— Votre artère sous-clavière droite était perforée. Vous vous vidiez de votre sang. Cinq minutes de plus et vous étiez mort! Quant à savoir si vous n'avez rien de cassé, il faudrait faire une radio. Au minimum, votre omoplate gauche a été perforée par la balle.

— Huit millimètres, pistolet d'ordonnance français 1892, dit Alayel.

Marius tiqua.

— Un de nos gars m'a tiré dessus? Par-derrière? C'est pas possible!

— Le Sicilien! dit Trésor.

— Mais pourquoi?

Trésor, Alayel et Vavin se regardèrent.

— Ça lui a pas porté chance, biaisa l'adjudant. Il a été enterré par un obus.

Marius se tut. Il n'était pas dupe. Ayant manqué son coup, le Sicilien avait été exécuté. La loi des forçats. Les raisons de son geste? Les trois hommes qui le regardaient, soucieux, les connaissaient. Le lieutenant gardait le souvenir de Trésor tenant le voyou par le cou. Il avait parlé avant d'être occis. Il n'y avait rien à faire, ni même à dire. Marius se rembrunit.

Rassasié, il se sentit bien, se leva sans aide, fit quelques pas. Son bras en écharpe le faisait modérément souffrir.

— Alayel, demanda-t-il, comment vont les hommes? Quelle est notre situation?

— Les gars s'inquiètent pour vous... Et personne ne pleure le Sicilien, répondit-il lentement. L'offensive est momentanément arrêtée. Non pas que l'ennemi soit très fringant, mais il faut que l'arrière suive et que les troupes reprennent leur souffle. On n'a rien bouffé depuis avant-hier, sauf le pain noir des boches ramassé dans la musette des morts, moisi la plupart du temps.

— Et ce que je viens de manger?

— Les combines de Trésor. Vous n'allez pas vous en plaindre.

— Et pour moi, qu'est-ce que vous avez dit aux autorités?

— Que vous aviez été blessé à l'épaule sans grande gravité et que les infirmiers vous ont mis le bras en écharpe pour accélérer la cicatrisation. Le régiment s'est contenté de ça. Ça arrange tout le monde de ne pas avoir à vous remplacer.

Marius se sentit fatigué, le sommeil pesait de nouveau sur ses paupières.

— Je crois que je vais me reposer un peu, dit-il.

Il s'étendit sur son brancard et s'endormit très vite.

*

La nuit tombait quand il se réveilla. Alayel était là, le visage fermé.

— Les roulantes ne sont pas arrivées?

— Si, si. Ce n'est pas ça.

— Quoi alors?

— Cette lettre.

Il lui tendit une enveloppe qu'il reconnut instantanément.

— Vous l'avez lue? demanda Marius.

L'adjudant se décida.

— Vous avez fait faire une enquête sur moi, dit-il d'un ton rogue. Je croyais qu'ici, le bagne n'existait plus. Je vous faisais confiance.

Son interlocuteur réagit vivement:

— Vous avez lu mon courrier? C'est indigne!

Ils se dévisageaient, aussi furieux l'un que l'autre.

— Trésor me l'a remise pour vous. Elle était tombée de votre poche quand l'infirmier a découpé votre vareuse. Je ne voulais pas la lire, mais un mot m'a sauté au yeux: Johannes, mon prénom.

Marius se radoucit.

— Je comprends. Vous avez raison, ça mérite une explication. Une longue explication. Sinon, vous ne croirez jamais que je n'y suis pour rien. Tout est la faute de Jeanne.

— Jeanne?

— Ma demi-sœur.

Pour la première fois, le lieutenant raconta son histoire.

— Je comprends, maintenant ! Quand Mastafier vous a traité de « *bastardou fili putana* », c'était bien plus qu'un mouvement de colère, conclut Alayel.

— La pire insulte qu'il ait pu trouver, mais ça n'avait plus d'importance. Je ne suis plus le *bastardou*. La guerre m'a libéré de cette malédiction

— Oui, c'est comme nous. Elle nous a sortis du bagne.

— Ça aussi, j'ai fini par le comprendre…

La nuit était d'un noir d'encre. En des gestes quasiment identiques, les deux hommes, assis sur un tronc d'arbre, avaient tiré leurs brûle-gueule, les avaient bourrés soigneusement et allumés. Tout était tranquille, nul canon ne tonnait, pas de moteur, aucun coup de fusil, simplement le bruissement des hommes endormis, des veilleurs parlant à voix basse.

— Quel calme, dit Marius. On dirait une nuit des bois, chez nous.

Alayel ne répondit pas. Il ruminait le récit du lieutenant. Il y revint.

— Êtes-vous vraiment sûr que Jeanne est votre sœur ?

— Tout concorde, hélas, même la rumeur. Vous savez comment ça se passe chez nous.

— Ce soir du mois dernier, quand vous avez dîné ensemble au Puy, pourquoi a-t-elle décidé tout à coup d'enquêter sur moi ? Elle a dû avoir une bonne raison. Laquelle ?

— Je ne sais pas.

— Réfléchissons. Elle vous a embrassé à pleine bouche, m'avez-vous dit. On embrasse pas son frère ainsi.

— Ce n'était pas la première fois. Nous étions fiancés officieusement lorsque ma mère m'a refusé son consentement.

— C'est bizarre, quand même. Elle vous a fui quand elle a pensé que vous étiez le fils de Malvier, donc son frère. Et pendant votre rencontre, elle change du tout au tout. Au début, elle est triste, et soudain, la voilà enjouée et heureuse ! À quel moment ça s'est produit ? Pourquoi ?

Marius réfléchit. Secoua la tête.
— Je ne vois pas, dit-il. Je ne vois vraiment pas.

*

La matinée s'avançait quand Marius, le bras en écharpe, vit arriver des gendarmes. Ils encadraient Mastafier.
— Lieutenant Malaguet? demanda le plus gradé des deux, en saluant.
— Lui-même, répondit Marius.
— D'après vous, cet homme a-t-il déserté ou non? Il prétend s'être perdu au cours de l'avance, mais nous l'avons interpellé très en arrière des lignes.
— Mais sûrement plus près du front actuel que de notre ligne de départ, intervint Alayel. Cet homme appartient à ma section. Il était devant moi, assez loin. Il obliquait vers la droite. Je voulais le rappeler quand une Maxim nous a pris sous son feu. Ensuite, je ne l'ai plus vu.
— On l'a récupéré à quinze kilomètres d'ici. Vous êtes vraiment sûr que ce soldat ne désertait pas?
— Je l'ai vu pour la dernière fois avant-hier. Depuis, on a avancé de presque vingt bornes. Pour moi il a simplement tourné en rond. Dans le bordel ambiant, ça n'aurait rien d'étonnant.
— Vous êtes sûr?
— Oui, assura Alayel. C'est un bon élément.
— Vous confirmez, mon lieutenant, évidemment.
« Toujours aussi rancuniers... et informés, les pandores », songea Marius en confirmant.
— Il est à vous, conclut sèchement le maréchal des logis.
Il salua, fit un demi-tour réglementaire et les deux hommes partirent.
— Rompez, Mastafier, dit Marius.
Le maquignon se retourna sans saluer et partit vers les hommes de sa section. Ni lui ni Marius ne remarquèrent que Trésor le suivait à distance.

La nuit était tombée depuis longtemps. Malaguet, convalescent choyé, dormait. Pas Mastafier. Étendu, dans le noir, il se tournait et se retournait sans trouver le sommeil. Il était inquiet. Ses copains, même ceux qu'il nourrissait de ses colis de charcutaille, le battaient froid. Aucun ne lui avait adressé la parole. Aucun ne lui répondait. Ils agissaient comme s'il n'existait pas.

Des craquements ténus l'alertèrent. Des hommes approchaient furtivement. C'était pour lui ! Il fallait fuir, recommencer et réussir sa désertion. Il se leva d'un bond, fit deux pas, se trouva face à un poilu menaçant. Il soupira de soulagement en reconnaissant Mertens, un ch'timi, grand fournisseur des troupes de l'arrière en oreilles prélevées sur les morts. Ce gars-là, il allait l'acheter, Mastafier, avec les pièces d'or cousues à l'intérieur de sa ceinture.

— Tu m'as fait peur, chuchota-t-il. Écoute, il faut que je parte. Cinq louis pour toi si tu ne donnes pas l'alerte.

Déjà il dégrafait sa ceinture.

— Non, dit Mertens.

— Pourquoi ? Tu es mon ami… Avec cet argent, tu pourras t'acheter…

Son interlocuteur regardait derrière lui. Il se retourna vivement, laissa échapper un cri. La silhouette gigantesque d'un poilu casqué le dominait. Seuls ses yeux luisaient à la lumière de la lune. Terrorisé, il reconnut Trésor.

— Allons-y, dit ce dernier.

Le maquignon tenta de fuir, mais deux hommes l'arrêtèrent et l'immobilisèrent. On l'entraîna. Il geignait.

— Tais-toi ou on te bâillonne, dit Trésor.

Ils marchèrent cinq cents mètres dans la nuit noire, rejoignirent un village en ruine, parvinrent à l'église dont ne subsistaient que des pans de mur. Derrière l'autel s'ouvrait un escalier. Ils descendirent une vingtaine de marches dans l'obscurité, s'arrêtèrent devant la poterne d'une crypte. Trésor frappa, deux coups brefs, un long, deux brefs à nouveau. La porte s'ouvrit. Ils entrèrent. Le vantail se referma sur eux.

Ébloui, Mastafier ne vit rien. Bientôt ses yeux s'accoutumèrent à la lumière des lanternes à pétrole. Il se trouvait face à une table où siégeaient trois hommes. Vavin et

Alayel encadraient Perdonnet. Le maquignon connaissait à peine ce petit homme discret, mais tout le monde le respectait et il avait bien compris qu'il était une autorité chez les forçats.

— Joseph Mastafier, dit-il, vous êtes devant un tribunal.

— Vous n'êtes pas la cour martiale! Vous êtes qui? Je ne comprends pas.

— Justice du bagne. Vous sortirez d'ici mort ou libre.

— Mais qu'est-ce que j'ai fait?

— Vous êtes inculpé de désertion et de tentative de meurtre.

— Je n'ai jamais tué personne! Et en quoi mon... départ vous concerne-t-il?

— Nous respectons les lois de la guerre.

— Ne me faites pas rire, vous êtes des bagnards.

— Avons-nous l'air de rire?

Mastafier regarda autour de lui. Tous les présents le regardaient, le visage sévère.

— Avez-vous des commentaires à faire sur les faits qui vous sont reprochés?

— Je ne désertais pas, hasarda Mastafier. Je repartais chercher des affaires oubliées quand les gendarmes m'ont attrapé.

— Quelles affaires, soldat? demanda le président de cette étrange juridiction.

— Mon argent que j'avais caché avant l'assaut.

— Fouillez-le, ordonna le président.

Un portefeuille bien garni et un porte-monnaie furent posés devant les juges.

— Je... j'avais..., bafouilla Mastafier, qui cherchait désespérément une explication. Je venais juste de le récupérer, quand les cognes m'ont serré.

Ni la logique de son propos, ni sa pauvre tentative d'argot ne parvinrent à contredire l'aveu de son attitude.

— Taisez-vous, accusé. Comme le prévoient les règles, vous parlerez en dernier.

Il se tourna vers l'assistance.

— Des commentaires? Des témoignages? demanda-t-il.

Mertens s'avança :

— Il désertait, dit-il.

— Nous le savons. Les gendarmes l'ont ramené.

— Non, tout à l'heure. Quand Trésor est venu le chercher. Il a dû l'entendre. Il se sauvait. Je me suis mis devant lui. Il m'a proposé cinq louis pour le laisser filer.

— C'est pas vrai ! Vous n'allez pas croire un type qui coupe les oreilles des cadavres, tout de même ! s'exclama Mastafier, affolé.

— Vous le jurez, Mertens ? Je vous rappelle que le parjure est puni de mort par nos coutumes.

— Je le jure.

Les épaules du prévenu s'affaissèrent. Le président échangea des regards avec ses assesseurs. L'un et l'autre acquiescèrent d'un battement de paupières.

— Second chef d'accusation, reprit Perdonnet. Meurtre et tentative de meurtre sur la personne du lieutenant Marius Malaguet.

— Il n'est pas des vôtres, s'exclama le prévenu. Il ne dépend pas de votre justice.

— Il est des nôtres ! Nous l'avons accepté comme chef, car il nous respecte.

— Ce n'est pas moi qui ai tiré sur lui. Et d'ailleurs, sa blessure était bénigne.

Le président se tourna vers Vavin, qui prit la parole.

— Blessure mortelle en quelques minutes, dit-il. Artère sous-clavière perforée. J'ai dû l'opérer sans anesthésie. On n'avait plus de chloroforme. Il a dégusté.

— C'est pas moi qui ai tiré, c'est pas moi ! hurla Mastafier.

— Nous le savons, dit l'ancien magistrat. Vous avez payé le Sicilien pour qu'il tue le lieutenant au cours d'un assaut. Il a avoué avant de mourir.

— Ce bâtard de Malaguet m'a volé ma femme. J'ai les preuves.

Il sortit des lettres de sa poche et les brandit.

— Donnez ! ordonna Perdonnet.

Les trois juges lurent les lettres, Alayel hocha la tête. Vavin les parcourut sans rien dire.

— Monsieur Mastafier, dit le président, la cour constate que vous avez apporté la preuve d'un différend avec le lieutenant. Toutefois, dans nos pratiques du bagne, ce type de situation se règle d'homme à homme, face à face, et non par le recours à un tueur à gages. Qu'avez-vous à ajouter?

Le maquignon semblait éteint, épuisé. Il ne répondit pas.

— La cour va délibérer. Faites sortir le prévenu.

Deux hommes le saisirent et l'entraînèrent dehors.

Quand on le ramena un moment plus tard, les trois juges se levèrent. La douzaine de poilus de l'assistance, tous des anciens du bagne, tous des autorités reconnues par leurs pairs, se levèrent à leur tour. Ils affichaient une profonde gravité. Mastafier se crispa.

— Messieurs, la sentence, dit le président. Concernant la tentative de meurtre, le soldat Mastafier est coupable; cependant, il s'agit d'une dette d'honneur. Concernant la désertion, l'accusé est également coupable. Malgré sa récidive, nous lui donnons une nouvelle chance. Accusé, vous pouvez partir.

Le maquignon ouvrit des yeux ronds, poussa un énorme soupir de soulagement, se retourna et se dirigea vers la porte.

— Mastafier!

Il se retourna. Lancé de main de maître, le poignard de Trésor lui perfora le cœur. Il resta debout, l'air étonné, la bouche ouverte, puis s'effondra. Aucun des bagnards n'avait bougé. Tous savaient que le mot « coupable » signifiait peine de mort. Les paroles apaisantes concluant le verdict n'avaient qu'un but: rassurer le condamné. Cris et coups de feu étaient inopportuns au front. Qu'il mourût sans le savoir était l'ultime mansuétude de cette terrible justice.

*

Marius se réveilla, reposé. Son épaule ne le faisait plus souffrir tant qu'il ne bougeait pas trop. Tout au plus le tiraillait-elle. Il avait repris son commandement.

Après plusieurs jours d'une progression ininterrompue, la compagnie fut rééquipée. Ce n'était pas du luxe. Les assauts étaient à peine moins meurtriers, mais au moins le front avançait.

— Je ne vois plus Mastafier, s'étonna Marius, un matin.

— Mort au champ d'honneur ! commenta Alayel.

— Sans blague ?

Alayel eut un mince sourire.

— On l'a retrouvé poignardé, il y a quelques jours. Sa ceinture cachait des pièces d'or, un danger pour lui. Un déserteur n'est pas une perte…

— Allons, Alayel, ne me prenez pas pour un con. Vous l'avez fait exécuter.

— Qui, moi ?

— Non, votre tribunal interne au bagne. Je me trompe ?

— Non, c'est vrai. Il a été condamné parce qu'il avait déserté.

— Je ne comprends pas ; vous l'aviez blanchi devant les gendarmes…

— Moins l'armée intervient dans nos affaires, mieux on se porte. Vous le savez bien, Marius. Nous ne tolérons pas plus que vous la désertion. C'est laisser crever les copains. Et puis, nous tenons à notre réputation de bons combattants. La fuite d'un seul peut nous renvoyer au bagne. La guerre se termine et l'amnistie qu'on nous a promise, plutôt crever que de la perdre ! On l'a prouvé, non ?

— Voilà pourquoi, contre toute vraisemblance, il n'y a pas eu de déserteurs dans la compagnie… Vous les avez tués.

— Ne soyez pas injuste, Malaguet. Tout le monde peut s'affoler. Les gars qui fuyaient et que nous avons jugés ont eu une seconde chance.

— Mastafier aussi ?

— Outre la désertion, il était coupable d'une tentative de meurtre. Contre vous, lieutenant Malaguet.

— Il avait payé le Sicilien, c'est ça ? demanda-t-il, le regard perdu vers l'horizon.

— Exactement. C'est ce qu'il a avoué avant… d'être enterré par son obus. Mastafier a forcément su que l'autre avait manqué son coup, alors il a déserté. Comprenez bien, Marius. Dans la compagnie, qu'on le veuille ou non, nous, les bagnards, sommes tous solidaires.

— Cette tentative de meurtre, c'était mon affaire, dit sèchement Marius.

— Non, c'était celle de tous. Vous êtes des nôtres. La loi du sang devait s'appliquer. Le Sicilien a payé et jamais les gars n'auraient accepté que ce fumier s'en tire. Moi le premier. Vous ne comprenez pas, Marius. Vous êtes dur, injuste parfois. Vous avez vos têtes et vos humeurs. Mais vous nous avez toujours considérés comme les autres poilus, jamais comme des réprouvés, des bagnards. Ça ne nous était pas arrivé depuis des années, voire des dizaines d'années. Ça a compté plus que tout. Nous, ceux de Cayenne, on tient à vous. Vavin s'est battu comme un diable pour vous sauver. Opérer ainsi à vif, dans un trou d'obus, c'était fou. Trésor m'a dit qu'il tremblait comme une feuille après l'intervention, quand la tension s'est relâchée.

— Vavin, mais pourquoi?

— Parce qu'au mépris des directives militaires, vous l'avez conservé parmi nous. Voilà pourquoi. Autre chose. Mastafier a été entendu, il a pu s'exprimer, se défendre malgré les témoignages accablants qui pesaient sur lui. Enfin, si nous ne l'avions pas condamné, Trésor l'aurait tué.

— Je le lui aurais interdit.

— Vous ne le connaissez pas, Marius. Pendant que Vavin vous charcutait, il a fait parler le Sicilien. Dès qu'il a su le rôle de Mastafier, il a juré qu'il le tuerait. Il avait failli à sa mission de vous protéger. Sa dette envers vous s'était accrue. En plus de la sienne, il vous devait la vie de vos assassins. Il les a prises. Le Sicilien a payé. Pour le maquignon, c'est lui qui a exécuté la sentence. Par surprise. Il a pas eu le temps de comprendre, Mastafier, ni de souffrir. De toute façon, sa condamnation avait été unanime.

— Il m'aurait écouté, Trésor. Il aurait bien fallu qu'il m'écoute! insista Malaguet, têtu.

— Personne n'aurait pu le convaincre. Je lui en ai parlé. Il a été très clair: s'il ne tuait pas Mastafier, il vous devrait sa vie. Il se laisserait égorger par vous ou bien se couperait la gorge lui-même. C'est ainsi qu'il conçoit l'honneur.

— Pourquoi a-t-il fait ça? Mastafier, je veux dire. Qu'il me déteste, c'est pas nouveau, mais de là à me faire tuer, c'est incompréhensible.

— À cause de ceci, je pense, répondit l'adjudant en lui tendant deux lettres. La première, de la main de Jeanne, lui annonçait qu'à la suite de la condamnation qui le dégradait elle allait demander le divorce.

— Elle l'obtiendra aisément, commenta Alayel quand Marius replia la lettre. Personne n'aime les profiteurs de guerre. Mais lisez l'autre.

Elle était d'une écriture presque enfantine, pleine de fautes d'orthographe et rédigée dans un français maladroit.

... Et madame Jeanne est ressortie après avoir mis ses beaux affiquets. Et je l'ai suivie, comme c'est les ordres. Et elle a dîné joyeusement avec un monsieur bien habillé, même que j'ai pas reconnu tout de suite lou bastardou, *le petit de la Marie Malaguet. Et ils se sont embrassés devant votre maison, même que c'était pas correct.*

Votre dévouée, Émilie Marquet.

— Émilie Marquet... Oui, bien sûr... C'était elle, la servante de Jeanne, murmura Marius. Pas étonnant qu'elle m'ait reconnu. Quand j'étais galapiat, elle travaillait déjà chez les parents Mastafier. Elle nous a donc suivis. Joseph s'est fait affecter à la compagnie, pour se venger.

— Et aussi pour tirer au cul, si vous voulez mon avis. Il est tombé des nues quand vous l'avez éconduit.

*

La Bulgarie, la première, signa un armistice le 29 septembre. L'Autriche était sur le point d'en faire autant. La progression restait très dure malgré le soutien de chars et des bombardiers Bréguet. La guerre n'en finissait pas de finir. Il devenait plus que jamais nécessaire de survivre. Une attaque au gaz moutarde avait failli tuer Marius. Son ange gardien noir lui avait collé son propre masque sur la figure, fermant les yeux et arrêtant de respirer jusqu'à ce que le lieutenant lui eût donné le sien. Il avait subi des brûlures, mais ses yeux et ses poumons étaient sauvés. Toute la compagnie n'eut pas cette chance. Marius perdit d'un seul coup le quart de ses hommes. Malgré les horreurs subies depuis quatre ans, il en fut malade.

— Remettez-vous, Marius, lui dit Alayel quand survint une accalmie. Ce n'est pas votre faute. Les gars le savent bien. Pensez à autre chose. À Jeanne, par exemple. Avez-vous reçu un nouveau chapitre de... son «roman»? Je parie que je n'en serai plus le héros, ce coup-ci.

— Ah bon? Vous pouvez préciser votre pensée?

— Trop tôt pour en parler.

Marius eut une moue de dépit ironique, puis répondit.

— Non, pas de lettres. Vous savez bien que le courrier ne suit pas. On avance trop vite pour la bureaucratie militaire.

L'adjudant hocha la tête.

— Vous m'ôterez pas de l'esprit que cette fille, Jeanne je veux dire, avait une idée derrière la tête en enquêtant sur mon passé.

— Oui, mais laquelle?

— Quand vous l'avez rencontrée, lors de votre perme, vous m'avez dit qu'elle était soudain passée de la tristesse à l'enthousiasme. Il s'est nécessairement passé quelque chose à ce moment-là. Je sais pas, moi, un mot, un geste?

Rendu sévère par son effort de mémoire, le visage de Marius se détendit soudain.

— J'ai sorti les photos pour les lui montrer! s'exclama-t-il.

— Quelles photos?

— Celles de Trésor. Vous savez bien, ce soir où nous avons bu ce merveilleux bordeaux, comment s'appelait-il déjà? Ah oui, du Château Cheval blanc; nous avons beuglé en chœur une chanson à boire.

— Elles représentaient quoi? Vous vous en souvenez?

— Très bien. J'en avait emporté deux. Sur la première, Trésor me tenait par l'épaule et on souriait tous les deux. La seconde nous représentait, vous et moi, face à face. On trinquait. Elle a gardé celle-là.

— Vous et moi, répéta Alayel, comme s'il se parlait à lui-même.

Il médita. Au bout d'un moment, il reprit:

— Votre mère s'appelait bien Malaguet?

— Oui, bien sûr. C'est son nom de jeune fille.

Il sembla déçu.

— Et son prénom? reprit-il.

— Marie. Je ne vous l'avais jamais dit?

— Non, jamais.

L'adjudant se perdit de nouveau dans ses réflexions. Soudain, il se tourna vers le jeune officier:

— Je vous souhaite bonne nuit.

Il partit sans rien ajouter.

Interloqué, le lieutenant le regarda s'éloigner. Il était perplexe. La lettre de Jeanne avait profondément troublé l'adjudant. Sa longue confidence avait-elle accru son inquiétude? Ce n'était pas le genre de Marius de se raconter ainsi. Le découragement le saisit. Il eut envie de tout oublier. Son histoire, Alayel, la guerre, tout. Il alluma sa pipe pour se calmer. À vingt pas de lui, Trésor, qu'on devinait aux pansements blancs sur sa figure, alluma une énième cigarette en le couvant du regard.

*

À quelques jours de là, une offensive les poussa une fois de plus en avant. Une attaque presque banale où des FT-17, ces petits blindés Renault, leur ouvraient la route. Les tirs allemands, nourris durant le premier quart d'heure, se firent vite sporadiques. Les boches se repliaient, fuyaient.

Quand la ligne des fantassins se stabilisa, Marius passa en revue ses effectifs pour compter les blessés et les morts.

Alayel manquait à l'appel. Les hommes autour de lui le regardèrent avec inquiétude.

— Quelqu'un a vu l'adjudant? A-t-il été touché?

— Moi, dit un caporal. Je l'ai vu tomber.

— Loin d'ici?

— Un ou deux kilomètres.

— Est-ce que quelqu'un sait ce qu'il est devenu? Est-ce que les infirmiers l'ont ramassé?

Les présents restèrent muets. Le témoin, un nommé Cuvier, finit par répondre.

— Je ne sais pas. Un obus a pété pas loin. Juste après on a foncé. J'ai plus vu l'adjudant.

— Allez me chercher Vavin, ordonna Marius. On va aller voir. Vous, vous nous guiderez.

— Oui, mon lieutenant!

Le médecin arriva.

— Alayel a été touché, lui dit Marius. Le caporal l'a vu.

— On me l'a dit. J'ai pris mon matériel. Mon assistant fera le nécessaire avec les quelques blessés à soigner. Rien de vraiment urgent.

Ils partirent dans le soir, guidés par Cuvier qui portait un brancard roulé sur l'épaule. Il retrouva assez vite l'endroit. Ils cherchèrent alentour. Une jambe dépassait d'un tas de terre remuée. Ils creusèrent en hâte. Le corps se dégageait. Le cœur du lieutenant sonnait le tocsin. On dégagea la tête. Ce n'était ni Alayel ni personne de la compagnie. Marius reprit son souffle et se remit à fouiller, suivi des deux autres. Un objet sous son pied lui fit baisser les yeux: une pipe qu'il crut reconnaître, malgré l'obscurité montante.

— Quelqu'un a de la lumière? demanda-t-il.

— Attention, mon lieutenant, dit Cuvier. On n'est pas très loin des lignes.

— Je m'en fous, répondit le lieutenant.

Vavin avait une lampe électrique. Il la tendit à Marius qui l'alluma contre lui en tournant le dos au front.

— C'est son brûle-gueule, dit-il dans un souffle. Éclairez-moi, poursuivit-il.

Cuvier prit la lampe, l'orienta vers l'objet. Il était maculé de terre. Marius le frotta. Ses doigts se teintèrent de rouge.

— Éteignez, dit-il. On regarde dans le coin s'il n'est pas par là.

— Si vous voulez, mon lieutenant, dit Vavin. Mais si sa pipe est maculée de sang, c'est qu'il a fumé en attendant du secours. Il a sûrement été ramassé par les brancardiers.

Leur ultime exploration du secteur ne donna rien.

— Qu'est-ce qu'on peut faire?

Contrairement à son habitude, Marius était désorienté.

— Il faut envoyer quelqu'un de chez nous à la plus proche ambulance, dit le chirurgien, voir s'il y est, et veiller à ce qu'on le soigne en priorité.

— Vous pourriez y aller, Vavin?

— Pas moi. Nos blessés m'attendent et je ne tiens pas à corroborer la rumeur que la compagnie a son propre chirurgien.

— La rumeur?

— Les infirmiers, les blessés, ça parle. Ne réveillons pas le chat qui dort. Surtout maintenant.

— Et vous, Cuvier?

— Il me faudrait un ordre de mission pour aller en arrière des lignes.

Marius réfléchit.

— Je vais envoyer Trésor, dit-il. Avec ses bandages, tout le monde lui fichera la paix. Je lui ferai un papier comme quoi il faut refaire ses pansements.

Le grand Noir partit dès leur retour. La nuit était tombée et Marius rédigea un rapport à la lumière tremblotante d'une bougie. Il demandait une citation à l'ordre de la division pour Alayel. Il le porta lui-même au commandant de son régiment, un quadragénaire grisonnant au visage doux.

— Depuis que je suis sur ce secteur, votre compagnie s'est toujours bien comportée, lieutenant, dit ce dernier. Je ferai suivre votre demande avec un avis favorable. Vous buvez un verre?

Il accepta.

— C'était un bagnard, votre sous-off?

— C'était un poilu. Si tous nos gars étaient comme lui...

— Mais il venait de Cayenne?

Malaguet s'assombrit.

— Il était avec moi depuis avril 17. Mon meilleur chef de section.

— Ne vous alarmez pas, mon garçon. Ma question est une simple curiosité professionnelle. Je ne suis pas militaire de carrière, mais officier de réserve. Dans le civil, je suis avocat à Lyon.

Ils devisèrent un long moment. Plus exactement, le commandant écoutait et Marius parlait. Il avait besoin de se confier. Il évoqua ses bagnards, leur histoire, leur espoir de rachat, leur courage aussi. Il expliqua, argumenta, démontra.

— Vous feriez un excellent confrère, conclut l'officier supérieur. Vous avez superbement plaidé pour vos gars. Je ne l'oublierai pas. Au plaisir de vous revoir... en temps de paix, lieutenant Malaguet.

— Mes respects, mon commandant.

Il salua et prit congé.

Il marchait seul sous les étoiles, abandonné, perdu. Une sensation d'humidité lui fit porter machinalement la main à son visage. Il ruisselait de larmes silencieuses. Depuis qu'il avait quitté le poste de commandement, depuis que la nuit l'avait happé, il pleurait. C'était la première fois depuis le début de la guerre.

Trésor réapparut le lendemain avec une nouvelle d'importance. Alayel était vivant. Il avait été opéré dans une antenne chirurgicale près du front, puis très vite évacué vers un hôpital de l'arrière. Malheureusement, on n'en savait pas plus.

*

« Ce 1er novembre 1918, comme hier, comme demain, l'armistice annoncé joue les arlésiennes. Les assauts se poursuivent et de pauvres types se font tuer. Ils auront l'honneur insigne d'être les derniers morts de la guerre... »

Ainsi songeait le lieutenant Malaguet.

Debout sur le parapet de la tranchée hâtivement creusée, il se crevait les yeux à tenter de percer la brume. La visibilité retrouvée amènerait une contre-attaque. Du moins le craignait-on au PC du régiment. Les hommes, tendus, savaient que cette partie du front adverse était tenue par la Garde prussienne. Bien que démoralisée par l'abdication imminente du Kaiser, elle restait dangereuse, comme tout prédateur acculé.

Le brouillard se leva au milieu de la matinée. En face, rien ne bougeait. On eut bientôt confirmation d'un nouveau repli ennemi. La tension tomba d'un coup. À l'exception des guetteurs, la troupe reprit sa vie ménagère. Marius se retrouva seul avec ses pensées. Ces moments-là, il les passait habituellement avec Alayel. Il lui manquait terriblement. L'absence de nouvelles était insupportable. Peut-être se prélassait-il dans un lit aux draps frais en attendant que sa jambe ou son bras brisé se ressoude, à moins qu'il n'ait été amputé de l'un ou de l'autre. Ou des deux ! Non, c'était impossible. Cuvier l'avait vu sursauter et s'écrouler à l'instant même où un obus explosait. Il avait donc reçu un éclat. Il était rare de recevoir deux shrapnells à la même seconde. Avait-il été atteint à la tête, au visage ? L'adjudant était-il entré dans l'horrible cortège des gueules cassées ? Impossible à savoir. Le lieutenant se consumait l'âme, ce qui désolait son garde du corps.

— Café, mon lieutenant ?

Marius acquiesça, regarda son ordonnance. Son visage s'ornait maintenant de cicatrices qui rendaient son apparence plus inquiétante que jamais, sans pourtant nuire à sa prestance. Trésor le couvait, s'inquiétait de son moral, lui cuisinait des « petits plats » dans des conditions invraisemblables. Le lieutenant sourit. Il avait eu grâce à lui l'occasion d'accueillir à dîner l'avocat lyonnais – comment se nommait-il, déjà ? Gouy, le commandant Gouy – qui, fine gueule, avait apprécié.

Il but son quart de jus quand un mouvement agita la troupe. Le courrier, enfin ! Trésor le précéda et revint, triomphant, une lettre épaisse à la main.

L'écriture de Jeanne. Le pouls de Marius s'accéléra.

Cher «petit frère»,

J'ai une grande nouvelle à t'apprendre. Je vais demander le divorce.

Elle n'avait donc pas encore reçu la solennelle missive républicaine annonçant la mort glorieuse du maquignon Mastafier... Il poursuivit sa lecture.

Quelle que soit ma vie, je ne la passerai pas avec ce personnage grossier, malhonnête et égoïste. Ma décision est prise. J'attends la fin de la guerre, qu'on dit très prochaine, pour mettre en œuvre la procédure. Question de dignité vis-à-vis de Joseph, même si je sais parfaitement que lui n'aurait pas eu ce genre d'égard pour moi.

Assez parlé de ce personnage. Je voudrais maintenant te raconter la suite de mon «roman». Elle met en scène Jeanne, la fille du fermier, et son voisin, un individu bizarre soupçonné d'être sorcier.

Comme précédemment, Marius reconstitua les événements et les rumina, en bon paysan qui laboure son champ en profondeur.

*

Jeanne était revenue à la ferme du Bois noir. Malvier, étouffant sa joie, l'avait accueillie froidement.

— Alors, tu viens voir si ton père est encore vivant, grinça-t-il. Ça ne te fait pas perdre trop de temps?

— Je m'installe ici, papa. Tu me verras tout ton saoul. Et tu n'as pas intérêt à être désagréable.

— Tu reviens? Et ton mari?

— Au front, je te l'ai déjà dit, muté disciplinaire après dégradation. Je vais divorcer. Joseph est un voyou, un ignoble profiteur de guerre. Il m'a trompée tant et plus. Pour couronner le tout, je ne l'aime pas.

— Mais lui, il t'aime.

— Moins que sa jument et plus que son chien, comme une belle fille qu'on peut exhiber. Il me fait honte quand je pense à quelqu'un comme Marius, au front depuis quatre ans et devenu officier !

— Ne me parle pas de ce bâtard ! N'y pense plus. C'est comme s'il était mort.

Marie avait entendu. Malvier ignora son regard meurtrier.

— Oh si, j'y pense. Plus que jamais ! rétorqua Jeanne, aussi furieuse que la servante.

Le paysan se leva, prêt à la battre. Elle ne bougea pas.

— Frappe-moi, une seule fois, je dis bien une seule fois, et tu ne me reverras plus jamais.

Malvier hésita, puis laissa tomber son bras. Jeanne était la seule personne au monde qu'il eût jamais aimée. Il était déchiré entre cet amour, incompréhensible pour cet infirme des sentiments, et sa haine de l'esclave révolté qu'était le *bastardou*.

— Et la dot ! Il faudra rembourser la dot, grogna-t-il.

Jeanne mit les deux mains sur ses hanches et le toisa.

— Ainsi, tu as vendu ta fille au maquignon, exactement comme une vache ! Plus cher, j'espère !

Elle partit d'un fou rire qui le décontenança.

— Tu as bien assez de sous comme ça, papa. Tu les gardes dans ta cachette que tout le monde connaît ici, et tu ne t'en serviras jamais.

Il la regarda, stupéfait, avant de reprendre :

— Alors tu vas divorcer. Un si beau mariage !

Il était catastrophé.

— Tu n'as pas fini de t'étonner. J'ai d'autres projets.

— Au point où on en est, vas-y.

— On verra ça quand Marius reviendra !

Malvier et Marie se figèrent.

— Si vous voyiez vos têtes, dit Jeanne, reprise par son fou rire.

*

Marius, la lettre à la main, avait le cœur battant. Que voulait-elle dire? Il reprit sa lecture.

Figure-toi, Marius, que le lendemain, j'ai rencontré le Gallu par hasard. Autrement dit, il a fait en sorte que je le rencontre. Tu le connais...

Elle marchait dans les bois, ayant pris les traversières pour descendre plus vite au village. Se sentant suivie, elle se retourna. Le grand bas-rouge trottait silencieusement vers elle. La bête familière la dépassa, s'arrêta et regarda vers le haut de la pente. Alors elle attendit le Gallu.

— Adieu Jeanne, dit-il. Me voilà bien surpris de te voir!

— Bien le bonjour, *Mouseuh* Gallu. Et pourquoi donc?

Si quelqu'un ne se laissait pas surprendre, c'était bien le colosse des bois. Il avait manifestement une idée derrière la tête. Elle décida de l'écouter. Comme toujours, il commença par se taire. La finaude n'en dit pas plus. Alors il parla.

— Tu as quitté cette mauvaise bête de Mastafier, hein?

Comment savait-il cela?

Oh, il ne le savait pas, il l'avait senti, comprit Jeanne.

— Il me trompait, vendait des bêtes malades à l'armée. Le pire est que cet imbécile s'est fait prendre.

Le Gallu hocha la tête.

— Il était pas fait pour toi, de toute façon. Aucun regret. Viens je vais te montrer quelque chose.

— Les loutres?

— Ah, il t'a parlé de ça, Marius? Non, pas les loutres. Elles ont filé Dieu sait où. J'espère seulement qu'aucun abruti de chasseur n'a tiré dessus. Non, je vais te montrer l'avenir.

L'emphase provoqua une moue ironique chez la jeune femme, mais elle le suivit. Il faisait sec et froid en ce début novembre. Ils marchèrent d'un bon pas pour se réchauffer, remontèrent vers la voie de chemin de fer, la longèrent au-delà de la gare, atteignirent le viaduc et s'arrêtèrent en son milieu.

— Regarde, dit-il, l'œil pétillant, en désignant la direction de Pontempeyrat, l'avenir est là.

— Quel avenir?

— Celui de Marius et, pourquoi pas, le tien...

Elle rit.

— Oui, pourquoi pas!

Le sourire du colosse s'épanouit.

— Toi, tu me caches quelque chose. Écoute, je vais te dire mon secret et après tu me diras le tien. D'accord?

— D'accord.

— Regarde l'eau, dit-il.

Elle contempla l'Ance trente-six mètres plus bas. Son regard descendit le courant. Elle ne vit rien de particulier. Alors elle observa du coin de l'œil le Gallu, suivit son regard et remarqua un bief à demi bouché par les broussailles, en amont de celui qui canalisait le flot vers la roue de la scierie.

— Tu savais qu'il y avait deux biefs? demanda-t-il.

— Je n'avais jamais fait attention.

— Observe-les bien. Tu ne remarques rien?

Elle scruta la rivière.

— Celui qui est bouché est plus court, mais il va vers la gauche du bâtiment. C'est l'autre qui fait tourner la roue placée sur sa droite. C'est évidemment plus commode pour faire tourner les poulies et les courroies des scies.

— Qu'est-ce que tu en conclus?

— Ben, que l'autre bief, celui de l'ancien moulin, je veux dire, il était plus court pour plus de pente. Il était donc plus puissant.

— On pourrait installer une plus grande roue? hasarda le Gallu d'un air benoît.

— Elle serait mal placée. Il faudrait modifier tout le système d'arbres et de transmission pour faire fonctionner les machines. Sauf que... si on remplaçait cette grande roue par une turbine électrique, la scierie triplerait sa puissance.

Elle dévisagea le Gallu. L'air satisfaite, elle poursuivit:

— Marius vous a parlé de « sa » turbine, hein? Combien de fois il m'a rebattu les oreilles avec ça!

— Ton idée est meilleure que la sienne. Il n'avait pas pensé à l'ancien bief. Il songeait simplement à remplacer la roue actuelle. Toi comme moi pensons qu'il faut installer une turbine plus puissante.

— Il veut faire ça, le vieux Trioulaire?
— Pas lui, le nouveau propriétaire.
— Vous!
— Moi, Marius, toi.
— Mais, mais...
Jeanne fondit en larmes.

La lettre tomba des mains de Marius. Le Gallu avait acheté la scierie! Le jeune officier leva les yeux, regarda autour de lui. La guerre s'était assoupie. Une journée d'automne un peu fraîche, mais ensoleillée... Des guerriers aguerris autour de lui, discrètement vigilants... Il les aimait, il était leur chef. Tout était calme. Il eut un sentiment étrange. Il venait de gagner la guerre et son futur s'illuminait soudain. La pluie drue qui brouillait son histoire venait de cesser. Les nuages s'effilochaient. Debout au sommet d'une montagne, il dominait l'infini des possibles. Il en eut le vertige.

Et Jeanne?

À défaut de sa femme, elle serait sa sœur et son associée. Le Gallu aussi. Il travaillerait comme un fou. Il y aurait tellement à faire, avec le bois, pour reconstruire dans les mois et années à venir! Les poutres en sapin étaient solides, durables, bon marché. Il inventerait et vendrait des charpentes prêtes à assembler, des parquets en pin et en sapin à des prix imbattables. Il gagnerait beaucoup d'argent. Ce n'était qu'une question d'organisation. Il aurait des correspondants dans des villes à reconstruire comme Reims, Saint-Quentin, Arras et même Paris. Il donnerait leur chance à certains de ses bagnards. Bien entendu, Alayel travaillerait avec eux.

Alayel! Où était-il, celui-là, et dans quel état? Il ne parvenait pas à le savoir...

Il rêva un moment, réalisa qu'il n'avait pas fini de lire la lettre de Jeanne, s'y replongea aussitôt.

Reste vivant et reviens vite. Marie, ta mère, a des révélations à te faire. Celles que j'ai faites moi-même au Gallu. C'était normal, il m'avait dit son secret. Je lui devais le mien. Celui de Marie, en fait. Elle m'a fait promettre de ne rien te dire, de la laisser tout te raconter.

Il en eut les membres coupés. S'il avait été debout, il serait tombé. Les révélations de sa mère ? Le secret de sa naissance, l'identité de son père qui n'était pas Malvier. Sinon, où serait la révélation ?

*

Dix jours passèrent, analogues aux précédents. Avance comme résistance s'amollissaient. La guerre s'étiolait. Enfin !

Il dormit mal cette nuit-là. Pourtant il ne plut pas et la toile de tente dans laquelle il s'était enroulé l'avait protégé de la rosée. Dans cette logique confuse des rêves, toutes ses préoccupations s'entremêlaient : son père inconnu, sa mère, la scierie, la guerre, Jeanne, Alayel et le Gallu qui, étrangement, n'étaient qu'un seul et même homme… Il se réveilla avant l'aube, se lava soigneusement, mit une tenue propre. Il s'était efforcé de ne pas faire de bruit pour ne pas réveiller Trésor qui dormait à portée de « surin ». Peine perdue, le grand Noir se matérialisa soudain, sa cafetière noircie à la main. Ils partagèrent le jus insipide mais chaud. Autour d'eux des poilus s'agitaient dans leur mauvais sommeil.

Marius avait observé les guetteurs les plus proches, cherchant à deviner les incidents de la nuit. Comme chaque matin depuis l'évacuation de l'adjudant, dont il était toujours sans nouvelles, il fit le tour complet de la position. Les hommes le saluaient d'un geste de main ou d'un clignement d'yeux. Il n'en demandait pas plus et répondait d'un sourire. Trésor marchait dans son ombre, plaisantant avec ses copains, menaçant ses « ennemis » d'un serrement de poing. Attentif, il gardait le pouce de sa main gauche, celle qui lançait si bien le poignard, passé dans son ceinturon contre la gaine de cuir, fort peu réglementaire, qui y était fixée. Tout le monde savait que, en une fraction de seconde, la lame pouvait frapper n'importe où, avec une précision mortelle.

Pas d'ordre, pas d'assaut en vue. Malaguet surveilla le remplacement des sentinelles, s'inquiéta de l'arrivée prochaine de la soupe, fit le tour de ses chefs de section, prêcha la vigilance. Avant l'armistice, c'était encore la guerre et la mort restait en embuscade. Ce matin-là, il s'occupa de la chose militaire comme jamais. Au fond de sa poche dormait la lettre de Jeanne. Il mourait d'envie de la relire mais, simultanément, redoutait cette lecture. Le temps passant, son avenir radieux lui semblait incertain. Pour ne pas se perdre, Marius se cramponnait au présent.

Lumière froide sous un ciel voilé, le jour s'affirmait. La brume se lèverait en fin de matinée. Un temps identique à celui de la veille.

Le téléphone de campagne le fit sursauter. Il n'aimait pas cet instrument qui vous sonnait et n'apportait en général que les ordres d'assaut du poste de commandement. Il consulta machinalement sa montre et décrocha. Il était 9 h 04.

— Malaguet? Paul Gouy à l'appareil.

— Vous avez retrouvé Alayel, mon commandant? demanda-t-il, plein d'espoir.

— Non, mais vous allez pouvoir faire les recherches vous-même. J'ai une sacrée nouvelle à vous annoncer. Écoutez bien: «Armistice signé ce matin cinq heures. Cessation hostilités onze heures. Délai d'évacuation de la rive gauche du Rhin six jours.» Voilà! C'était le télégramme que je viens de recevoir de la division. C'est fini, Malaguet!

La voix de l'officier supérieur s'altéra sur la fin. Marius balbutia, aussi ému que lui:

— C'est... C'est vraiment fini?

Les larmes lui montèrent aux yeux. C'était la seconde fois qu'il pleurait en quelques jours. Si cette putain de guerre s'était poursuivie, il serait devenu une fontaine. Gouy continua:

— Non, Malaguet. Pas encore. À onze heures précises, je vous l'ai dit! Dans deux petites heures. Je ne veux pas un seul mort d'ici là. Si l'ennemi tire, faites beaucoup de bruit mais sans prendre aucun risque. C'est compris?

— Bien entendu, mon commandant. C'est l'ordre le plus merveilleux que j'aie reçu depuis deux cent seize semaines !

— J'attends tous mes officiers à onze heures trente. Soyez présent, Malaguet. Sans vous, le tout jeune père des bagnards, la fête serait incomplète. Je n'aurai jamais plus si belle occasion d'immoler quelques bouteilles de champagne rapinées par mon ordonnance !

— J'y serai, mon commandant.

Marius raccrocha. Il se leva, tituba tel un boxeur groggy. Trésor se précipita.

— Ça ne va pas, mon lieutenant.

— C'est fini, Trésor. La guerre est finie.

Devant les yeux ronds et le sourire émerveillé de son garde du corps, il ajouta :

— Ne le criez pas sur tous les toits. Le cessez-le-feu n'interviendra qu'à onze heures. Je ne veux ni mort ni blessé ! Ce serait trop bête. Alors, restons discrets jusque-là.

Peine perdue. Une immense clameur venait de naître sur l'ensemble du front, dans les deux camps. Tout autour de Marius, les hommes se dressèrent, brandissant leur fusil, croyant à une attaque. Puis, comme un vent qui se lève, un mot fusa, s'amplifia, repris par des milliers de bouches : « L'armistice ! L'armistice est signé ! » « L'armistice est gagné ! »

— Du calme ! hurla Marius, aussitôt relayé par ses gradés. On reste à couvert jusqu'à onze heures. Le risque de mort existe encore pendant deux heures. Ce serait trop con de prendre une balle...

*

Les cent vingt minutes suivantes parurent éternelles. Mais cette éternité, comme d'autres avant elle, finit par s'épuiser et à 11 h 01 précises, trois millions d'hommes sortirent des tranchées, sans arme et vociférant de joie. Américains, Allemands, Anglais, Canadiens, Australiens... et Français. Une liesse générale.

Et il y eut les premiers morts de la paix. Des soldats enthousiastes coururent dans les champs de mines ou heurtèrent des obus non explosés. Personne n'y accorda d'importance. Ces morts, enfin, n'étaient qu'accidentelles...

Marius rejoignit Gouy et ses officiers. Ils sabrèrent le champagne dans une formidable allégresse. Les appelés, Gouy en tête, osaient enfin parler d'avenir, de métier à reprendre, de filles à séduire, d'affaires à conclure, de chantiers à ouvrir, d'enfants à naître ou à élever. La joie des militaires professionnels était plus mitigée. Pour eux, gloire et promotions s'éloignaient. Marius en éprouva une furtive jouissance.

Il eut très vite envie de retrouver ses hommes, ses bagnards. Il lui restait un combat : leur rédemption. Il alla saluer son chef d'escadron. Ils se serrèrent longuement la main, aussi émus l'un que l'autre.

— Mon commandant, ou plutôt maître, il reste une cause à plaider. Mes bagnards. En êtes-vous ?

Gouy sourit.

— Nous en parlerons demain. L'armée ne va pas nous relâcher tout de suite, vous savez. J'espère simplement que nous serons rentrés chez nous à Noël.

Marius sourit. Ils se séparèrent. Gouy se rendait à l'état-major pour des mondanités plus huppées. Marius, heureux, revenait vers les siens.

À son retour, des tables faites de bric et de broc se dressaient sur l'ancien no man's land. La « débrouille » des poilus était toujours aussi efficace. Au menu du gueuleton, la soupe de l'ordinaire, chaude et grasse pour une fois, des boules de pain frais, des boîtes de singe en ragoût « made in Chicago », des victuailles disparates récoltées dans des fermes abandonnées, et du vin. Celui de l'ordinaire, mais aussi des bouteilles d'origine inavouable mais de qualité supérieure. Il y eut des rires, des chants, des toasts. Beaucoup roulèrent sous la table dans une ambiance de noces villageoises. Des interprètes aux talents insoupçonnés poussèrent des goualantes dramatiques qui déclenchèrent des pleurs d'ivrognes pacifiques, des pleurs de la paix.

Marius avait peu bu. Trop de pensées le hantaient. La paix instillait en lui une sourde détermination. Le but commun, le but ultime de ces bagnards, la victoire qui les liait, était atteint. Comme un lutteur, il se préparait à son combat à venir, celui de leur liberté.

Il eut envie de marcher.

Il se leva de table, s'avança de quelques centaines de mètres dans le no man's land. Il observait les lignes adverses. C'était étrange de ne plus les craindre. Il s'arrêta, alluma sa pipe. Sa présence fut-elle perçue comme un signal? Une dizaine de vert-de-gris apparurent et se dirigèrent vers lui. Leurs lourds casques ombraient leurs visages. Ils n'avaient pas d'armes. Ils avançaient d'un pas hésitant. À deux pas, ils le saluèrent, rigides comme des Prussiens. Il leur rendit leur salut, les regarda. Ils semblaient très jeunes. Il leur sourit, tendit la main au premier. Il la serra avec une timidité empressée, ne bougea plus, inquiet sans doute. Alors Marius avança les mains vers le plus jeune, dégrafa son casque, l'enleva doucement et le soldat redevint le gamin qu'il n'aurait jamais dû cesser d'être. Ce fut comme un signal. Tous se décoiffèrent. Ils avaient le visage creusé, le teint pâle. Aucun ne dépassait vingt ans.

— Vous avez faim? demanda Marius.

— Oui, dit l'un d'eux en français avec un accent alsacien marqué. Ça fait des mois qu'on se serre la ceinture.

— Suivez-moi, dit Marius.

Ils revinrent vers les tables. Les poilus débraillés se turent en les voyant. Il y eut un flottement. Tous se tournèrent vers Malaguet.

— À boire et à manger pour mes hôtes! tonna-t-il. Pour eux aussi, la guerre est finie!

— C'est des Boches, dit l'un des hommes.

— Pas tous.

Le lieutenant désigna le garçon qui lui avait parlé.

— Celui-là est français depuis ce matin onze heures. Il est alsacien.

Un bref silence se fit, que brisa un hurlement collectif de joie. Un poilu se poussa sur la planche qui lui servait de banc, attrapa le gamin, l'assit d'autorité à côté de lui et lui donna à boire.

Les autres Allemands restaient debout, inquiets et défaits.

— Et ceux-là, demanda un poilu aviné, c'est bien des Boches, non?

— Et vous, vous êtes quoi? rétorqua Marius.

— Des bagnards bientôt libérés, dit Perdonnet, s'adressant à la cantonade.

— Eux aussi vont être libérés, dit Marius. Ils ont vécu ce que l'on a vécu. Bienvenue aux hommes libres! hurla-t-il en brandissant un quart de vin dont il avait dépossédé un buveur.

Tous les poilus se levèrent et trinquèrent.

— Aux hommes libres!

Les gamins furent intégrés dans le groupe et choyés comme des enfants par ces hommes, ces futurs ex-bagnards qui auraient presque tous pu être leurs pères.

Le lendemain, l'armée réinventa la caserne.

*

L'armistice était signé depuis douze jours. *Le Temps* acheté par Marius titrait sur l'entrée triomphale, la veille, des troupes françaises dans Strasbourg. Il était arrivé gare du Nord à cinq heures du matin, avait acheté son journal dès l'ouverture du kiosque, avant d'affronter la cohue mal réveillée du métro. Il partait en permission.

Le climat de Paris avait changé. La bise glacée balayait la ville, mais ce n'était pas ça. Il comprit soudain: cette fièvre inquiète des combats, que tous partageaient, avait disparu. Elle avait quitté l'actualité et, au quotidien, l'oubli avait été instantané. La tenue militaire du jeune officier n'attirait plus l'attention. Il en ressentit un pincement d'amertume et regretta de ne pas porter de vêtements civils. La guerre était aussi un cocon pervers dont il avait perdu la protection. Dans les tranchées, il fallait obéir et répercuter les ordres. La paix, c'était la liberté sans filet. Il avait quitté avec regret ses hommes agressés par l'ennui et les démons du passé. Pour la première fois depuis quatre ans, il se retrouvait face à lui-même. Depuis quatre ans? Depuis toujours, en fait. Jusqu'à ce samedi 23 novembre 1918, il avait toujours obéi, à sa mère, à Malvier, au maître d'école, à ses professeurs, à la hiérarchie militaire... Ne plus avoir de chef l'étourdissait.

Il se sentait vidé. Aux fatigues accumulées pendant les cinquante mois de front, s'ajoutait une longue nuit où les trains n'en finissaient pas d'arriver, puis de bringuebaler à une vitesse d'escargot. Le doute, la vacuité étaient-ils pires qu'une charge sous la mitraille? La paix revenue, il peinait même à retrouver la grande angoisse qui précédait l'attaque. Il en fut décontenancé. Cette angoisse semblait irréelle, à croire qu'elle n'avait jamais existé. La grande guerre était bel et bien révolue. Sa litanie d'horreurs s'enfouissait désormais dans les bas-fonds de sa mémoire.

Le jour allait se lever. Il lui fallait prendre le premier train pour Lyon, rejoindre Saint-Étienne et, de là, attraper la correspondance vers Pontempeyrat et Craponne. Comme en septembre, il remontait à ses racines et redoutait son retour. La peur du vide supplantait sa rancœur de bâtard. Si lourd fût-il, le secret de sa naissance nourrissait sa rage de vivre. Sa révélation l'effrayait. Il allait perdre toute pesanteur. Il n'existerait plus...

Impatient de rejoindre la tendresse de sa mère et l'amour de Jeanne, il n'avait pas pris le temps de leur acheter de cadeaux. Elles le lui pardonneraient.

Il avait laissé tuer le mari de la jeune femme. Il se fit violence. Malgré sa haine du maquignon, il n'était pas responsable de sa mort. En revanche, Mastafier avait programmé et failli réussir son assassinat. C'était une fripouille, et justice était faite, car Alayel était un juste. Dès la fin de sa permission, il remuerait ciel et terre pour le retrouver.

Mastafier. Le grade, l'autorité légitime de Marius l'avaient protégé de ce malfaisant. Il avait pu l'écraser de son indifférence. À Craponne, le maquignon aurait appuyé son attaque sur son bagout, ses relations et surtout son argent. Il ne l'aurait pas tué, certes, mais aurait tout fait pour le détruire. « Morte la bête, mort le venin. » L'exécution de ce criminel les libérait, Jeanne et lui. Elle lui épargnait un combat à venir. Étonné de sa propre férocité, il savoura cette oraison funèbre, dont il garderait à jamais le secret. Il eut un rictus de loup. Un léger effort et il retrouvait sa force de guerrier. Il avait humanisé ses bagnards. Eux l'avaient rendu implacable. Il en fut apaisé.

Il regarda sa montre. Ses doutes ne l'avaient taraudé que quelques minutes. Le *bastardou* s'était transformé en un homme coriace, retors et responsable. La paix serait la poursuite des combats par d'autres moyens.

Il était prêt.

Il voyageait encore une fois en première. Ça ne lui arriverait plus avant longtemps. Il devrait atteindre ses ambitions et faire de la scierie une affaire prospère afin de pouvoir à nouveau accéder à ce luxe. Il rit. La première classe en chemin de fer, il n'en avait rien à foutre.

Ainsi le Gallu avait racheté la scierie… S'en occuperait-il ? L'homme des bois ne changerait pas de vie. Plutôt que de s'enfermer dans un bureau, il irait jouer de la flûte dans les bois. Il était un solitaire, un homme libre.

Jeanne travaillerait avec lui. Il la définissait comme une associée solide, rien de plus. C'était se mentir à lui-même, bien entendu, mais il ne voulait pas préjuger des révélations de sa mère. Il espérait tellement la renaissance de leur amour que la possibilité d'une déception le terrifiait. Nier cet espoir, l'enfermer dans l'improbable lui permettait de garder la tête froide, de raisonner, de préparer l'avenir. Jeanne, donc, serait son associée. Elle avait le sens des chiffres. Elle tiendrait les livres de compte, surveillerait l'argent qui rentre et celui qui sort : la trésorerie, la caisse, le compte en banque, les investissements…

L'esprit de Marius vagabondait.

Trésor. Que deviendrait le grand Noir ? Se sentirait-il encore son garde du corps ? Resterait-il avec lui ?

Le permissionnaire se saoulait de considérations qui n'étaient en fait que fumées destinées à masquer l'anxiété de son avenir.

Il tenta plusieurs fois de lire. Mais au-delà de deux lignes, le journal lui tombait des mains. Rien ne parvenait à le distraire. Le rapide filait vers Lyon à plus de cent à l'heure. Il ne mettrait que six heures pour atteindre Perrache. Elles s'éternisèrent. Il retrouvait cette intolérance des choses qui durent trop, comme l'attente de l'armistice, par exemple.

Perrache, Châteaucreux, Bonson enfin.

La nuit tombait quand le convoi quitta la plaine pour la montagne. Derrière les fenêtres rectangulaires défilaient des feuillus dénudés. Enfin, les conifères apparurent, eux vêtus pour affronter le rude hiver du plateau. Leur manteau vert foncé se fondait dans la nuit tombante. Plus tard, la vitre ne fut plus qu'un miroir d'un noir opaque. Le wagon de première était vide, comme toujours. Il ne faisait pas chaud malgré le chauffage. Marius referma son lourd manteau militaire, le boutonna jusqu'en haut, mit ses gants, se cala dans le coin de la banquette et ferma les yeux. Le train s'arrêta, des voix résonnèrent, des portières claquèrent, puis l'ample souffle de la locomotive emporta le convoi, qui prit de la vitesse. Cette cacophonie familière, répétée à chaque arrêt, ne pénétrait pas sa torpeur, mais la réverbération assourdissante des sons dans le tunnel le réveilla. Dressé précipitamment, il colla son visage au carreau et contempla les plaintes aiguës et sombres de la vallée de l'Ance se découpant sur le ciel plus clair. On passait le viaduc. Cette fois, il n'avait pas oublié de demander l'arrêt à Pontempeyrat. Il n'avait pas non plus omis d'annoncer son arrivée par télégramme.

Sur le quai, saisi par le froid, il remonta le col de sa capote.

Les deux femmes et le Gallu l'attendaient. Il regardait du mauvais côté, il ne les vit pas, resta indécis tandis que le train repartait. Deux mains fraîches se posèrent sur ses yeux. Il se retourna, enlaça Jeanne qui écrasa sa bouche sur la sienne. Il laissa tomber sa valise pour mieux l'étreindre. Maintenant, le temps passait trop vite. Ils se séparèrent, essoufflés. Alors seulement Marius vit sa mère. Il l'embrassa. Elle était si émue qu'elle ne pouvait parler. Il la garda longtemps contre lui, persuadé que l'impatience et la terreur de l'aveu la bouleversaient. C'était plus simple et plus lourd.

— Mon petit, j'ai eu si peur, dit-elle enfin. J'ai cru mourir quand ils sont venus. Je les ai vus au tournant du chemin ; Marquet, tu sais, l'adjudant, et un nouveau que je ne connais pas. Dans la main du jeune, je voyais l'enveloppe. Tout le pays les connaît, ces enveloppes. Je ne pouvais pas bouger. Marquet m'a dit bonjour. Alors il a demandé si Jeanne était là. Il ne semblait pas triste, pas inquiet non plus. C'était Mastafier, le Joseph, qu'était mort ! J'avais les jambes coupées. Pour la première fois de ma vie, en offrant la goutte aux gendarmes, j'en ai bu un coup !

Ses yeux brillaient de larmes contenues. En un geste familier, il l'écarta de lui pour l'admirer, puis l'embrassa de nouveau avec toute la tendresse du monde. Déjà elle le lâchait, s'emparait de son bagage. Il s'était tourné vers le Gallu. Le coureur des bois ressemblait à un ours dans ce long caftan de fourrure qui avait intrigué tout le pays. Ni l'un ni l'autre ne parla. Ils se sourirent en même temps. Jeanne remarqua que tous deux avaient la même lumière dans les yeux, le même émerveillement de se retrouver. Elle en fut presque jalouse.

Marius se remit tout naturellement en marche, remontant la voie en direction de Craponne, pour couper vers la ferme. La jeune femme l'arrêta. Ils sortirent de la minuscule gare. Le grand poitevin du coureur des bois, au chaud sous son épaisse toison d'hiver, attendait, placidement attelé à sa charrette de rotin. Marius lui flatta le museau, tandis que le Gallu allumait les lanternes de la voiture.

— Toujours bon pied bon œil, toi ! Tu devrais être vieux, pourtant…

— Ça vit jusqu'à trente-cinq ans, ces bêtes-là, répondit le Gallu dont c'étaient les premiers mots. Montez, mesdames, poursuivit-il. Toi aussi, mon garçon.

— J'irai à pied avec vous.

Elles s'installèrent. D'un geste ample, le colosse enleva la valise de Marius et la posa dans la malle derrière le siège. Il prit la bride de l'âne et, chacun d'un côté de la tête de l'animal, les deux hommes ouvrirent la route.

Ciel couvert, bise glacée, ténèbres denses. Le petit groupe, transi de froid, avançait dans le halo des lanternes qui repoussaient l'obscurité à une vingtaine de mètres. Cela suffisait, puisque tous quatre connaissaient chaque pierre du chemin. Marie tint le frein serré dans la pente que l'âne descendait d'un pied sûr.

Quand ils obliquèrent, Marius ouvrit de grands yeux. On n'allait pas plus vers la maison du Gallu que vers la ferme. S'il connaissait le grand atelier de la scierie où l'on allait chercher les planches, l'arrivant n'avait jamais visité la bâtisse qui en bordait la cour, et ignorait qu'elle contenait un logement.

La charrette la contourna, éclaira une porte pleine entre deux fenêtres éteintes. Le Gallu l'ouvrit, laissa passer les femmes. Marius le fit entrer puis, d'un geste courtois, le suivit avant de refermer le vantail. L'obscurité, plus profonde que la nuit, instaurait une ambiance chaude comme un sommeil douillet. Il faisait bon. L'agréable tiédeur était renforcée par une savoureuse fricassée d'odeurs familières : la résine de pin dans le feu, la soupe au lard qui mijotait, un vague remugle de grenier pimenté de l'effluve ténu des bestioles furtives ; enfin, une délicieuse fragrance de viande rôtie. Le jeune homme retrouva une sensation oubliée. Tout enfant, les soirs d'hiver, il se réfugiait dans un coin discret près du feu, espérant qu'on l'oublie. Jeanne venait subrepticement s'asseoir près de lui et, côte à côte, heureux de ce contact immobile, les deux petits, fatigués par une journée de grand air, se chauffaient en écoutant les propos mystérieux des adultes. Ils étaient si bien ainsi, alors que le vent hurlait au-dehors.

Une lumière blonde ramena la réalité. À tâtons, Jeanne venait d'allumer une lampe à pétrole, qui révéla une table mise pour quatre. Une bouteille de vin cachetée y trônait.

— On mettra bientôt l'électricité chez toi, dit le Gallu. J'te dis pas le temps passé par Jeanne et Marie pour nettoyer et installer tout ça. Trente ans au moins que le logement n'avait plus d'occupants.

La pièce était spacieuse. Un fourneau de fonte y crépitait. Le «Sorcier» retira son étrange pelisse, l'accrocha à une patère du mur, imité par les femmes. Marius les admira. Une même minceur musclée, une même grâce brute faite de gestes efficaces les animaient... Sitôt libérées de leurs épais manteaux, elles s'étaient mises à l'ouvrage. Marie coupait en tranches une couronne de pain bis. Jeanne touillait la soupe, ouvrait et refermait le four dévoilant un instant la silhouette d'un poulet doré. C'était repas de fête.

— Je vais rentrer, dit le Gallu, soudain intimidé.

— Oh non, s'exclama Marius.

— Vous avez des choses à vous dire qui ne me concernent pas.

— Vous êtes ici chez vous, dit Jeanne.

C'était vrai. N'avait-il pas acheté la scierie? Le colosse hésita :

— Dois-je rester, Marie? demanda-t-il.

— Oui. Je n'ai plus honte de mon amour.

Un grand silence se fit, moins pesant qu'indispensable à l'accueil d'un formidable événement. Ces mots, dans la bouche de Marie la taiseuse, étaient inconcevables. Il avait fallu deux décennies pour qu'elle puisse les prononcer. Ils desséchaient dans l'instant la bête malfaisante du secret. Une émotion intense bouleversait les quatre protagonistes. Marius avait pâli. Jeanne, qui savait, avait les larmes aux yeux. Sa main chaude se posa sur celle de Marius. Le Gallu ressemblait à une statue de pierre. Marie, restée debout, se dirigea vers la cuisinière, écarta la soupe du rond le plus chaud, entrouvrit le four pour que le poulet ne brûle pas. Elle se réfugiait dans des tâches banales pour retarder l'instant de la révélation.

— Marius, dit-elle d'une voix enrouée en lui tournant le dos. Marius, il faut maintenant que tu saches... Je... Je ne peux pas... Jeanne, dis-lui. Toi, tu es allée à l'école. Tu sais parler. Dis-lui, Jeanne.

Elle pleurait, se tamponnait les yeux dans le pan de son tablier. La jeune femme pressa la main de Marius, la lâcha et se leva. Il sentait qu'une boule sèche menaçait de l'étouffer. Le Gallu était comme en apnée, pour garder la maîtrise de sentiments contradictoires : enthousiasme, désarroi, affection.

Jeanne prit son aînée dans ses bras. La joue contre son épaule, les yeux fermés, Marie, plus petite, semblait soudain fragile. Elle ne bougeait plus. Dévisageant Marius, la jeune femme commença d'une voix hésitante.

— La photo. Celle que tu m'as donnée ce soir où nous avions soupé ensemble au Puy, tu te souviens ? Tu faisais face à Johannes Alayel. J'ai eu un choc. Tous deux, vous étiez de profil, et ce profil était le même. C'était incroyable. J'ai ressenti une extraordinaire bouffée de bonheur. Je ne t'ai rien dit, Marius, car à ce moment-là l'hypothèse était folle. J'écartais toute tentation de certitude pour me contenter d'un formidable espoir. Il me fallait enquêter sur ce Johannes Alayel. Il était du pays. Il avait quarante à quarante-cinq ans. Il venait de Cayenne. Si… S'il était ton père, il avait rencontré Marie en juin ou juillet 1894. Il avait ensuite disparu. Avait-il commis un méfait justifiant le bagne ? Ça aurait expliqué sa disparition. Un délit ou un crime dans la région, suivi d'une lourde condamnation, les quotidiens du Puy en avaient nécessairement parlé. Peut-être même ceux de Saint-Étienne ou de Lyon. J'ai trouvé très vite. Johannes Alayel avait fait verser la voiture de Pierre Russel, pour dérober son or. Il y avait eu mort d'homme. Le dentellier avait tiré et sérieusement blessé son voleur. L'affaire était sinistre, mais j'étais folle de joie. Je l'ai été encore plus en apprenant qu'on l'avait capturé le lendemain, tout près de la ferme du Bois noir. Il revenait vers Marie.

Cette évocation fit tressaillir la mère de Marius. Elle se dégagea des bras de Jeanne pour regarder son fils. Sa gorge se noua.

— Je l'aimais, parvint-elle à dire. Je l'ai reconnu tout de suite sur la photo, quand Jeanne me l'a montrée. Alors j'ai su, comme je l'espérais depuis toujours, que Johannes était ton père, et pas le Lucas.

Marie, des larmes plein les yeux, le menton vibrant d'une douloureuse colère, dévisagea l'un après l'autre ses trois vis-à-vis, puis poursuivit :

— Malvier, il nous avait vus, Johannes et moi. Ça l'a rendu fou... Je ne voulais pas... Il a commencé à m'étrangler...

Le désespoir la submergea. Elle reprit, la voix altérée :

— Johannes, pourquoi ne m'a-t-il jamais écrit ? J'aurais trouvé quelqu'un pour me lire ses lettres ! Il m'a abandonnée !

Le silence s'appesantit de nouveau. Marius s'était levé. Il avait rejoint les femmes, les embrassait toutes les deux. Le Gallu tisonnait le feu, y remettait des bûchettes.

— Non, je ne crois pas, dit enfin Marius. Je connais Johannes aussi bien que je vous connais tous trois. C'est un homme juste malgré sa faute passée. Je crois savoir pourquoi il n'a pas écrit.

Il ne pouvait plus se taire, s'échauffait. Comme un tonneau débondé, il se vida de sa grande peur du secret. Il parlait de son père.

— La guerre, c'était l'horreur au quotidien. Nous la partagions. J'avais confiance en lui et lui en moi. Nos vies dépendaient de nos décisions, à l'un ou à l'autre. Le patois était notre langage secret. Il ne parlait jamais de lui. Il me questionnait. Il était d'une curiosité insatiable me concernant. En dix-huit mois de guerre, il a tout su de moi. Je me rends compte maintenant qu'il s'intéressait à moi, non seulement par amitié, non seulement parce que nous étions solidaires, mais aussi parce qu'il avait recoupé mon histoire, ton histoire, maman, et la sienne. Il espérait, il pensait que j'étais son fils. Oh, tout ça ne s'est pas dit en un jour, mais ça me paraît lumineux maintenant. C'est lui qui m'a poussé à revenir fin août...

L'attention était totale. Tout le monde avait oublié la soupe et le bon dîner. Marius était debout. Les deux femmes s'étaient réinstallées à table. Elles se tenaient la main. Le Gallu avait reculé sa chaise dans l'ombre.

— Il t'a écrit, maman, j'en suis sûr, je le sais. Un soir, il m'a demandé si tu t'appelais bien Malaguet. Je le lui ai confirmé. Il a été si déçu qu'il m'a quitté sur un salut sec. Je n'ai pas réagi. La vie était suffisamment dure pour qu'on laisse aux autres le droit au silence et à la solitude. En fait, maman, il ignorait ton nom.

Marie ouvrit de grands yeux, d'où les larmes jaillirent.

— Je n'avais pas voulu lui dire que je n'étais qu'une servante et que je ne savais pas lire. Je me suis fait passer pour la fille du fermier. Voilà.

— Il a cru que tu t'appelais Marie Malvier. Il t'a sûrement écrit à ce nom...

À l'évidence, le maître du Bois noir avait volé les lettres. Les lèvres et le nez de Jeanne vibraient de désespoir. Elle éclata en sanglots. Son père était le pire des salauds. Un constat terrible pour la jeune femme. Marius la prit dans ses bras, tandis que Marie se levait.

Elle souriait.

Les hommes la regardèrent, médusés. Jeanne aussi, qui essuya ses larmes. Ce bonheur discret les subjuguait. Marie fit ce qu'elle savait si bien faire. Elle les servit et, restant debout, les regarda manger en silence. Après la soupe elle coupa le poulet, remplit leurs assiettes. Son visage heureux reflétait le bonheur qu'elle revivait. Comme une graine emportée par le vent du désert, il s'était desséché pendant vingt ans. Il venait de recevoir l'eau de sa renaissance. Eux mangeaient en silence, conscients d'un merveilleux qui leur échappait, mais les gratifiait cependant.

Marie avait immédiatement aimé Alayel.

C'était la Saint-Jean, le premier jour de l'été. Il faisait un temps radieux. Marie venait d'arriver à la ferme. Ses parents, des journaliers, étaient morts de l'épidémie de diphtérie. Elle s'était réfugiée chez un oncle et une tante, métayers misérables vivant à Saint-Julien-Chapteuil. Son oncle buvait. Quand elle devint femme, il s'intéressa à elle. Beaucoup trop. Un jour au marché, elle entendit parler d'une place à Pontempeyrat. C'était au-delà du Puy, de Bellevue-la-Montagne et de Craponne, à soixante kilomètres au moins. Pas de danger que l'ivrogne la pourchasse si loin. En sabots, portant son maigre avoir dans un baluchon, elle fit le trajet à pied.

Les Malvier étaient des paysans aisés. Elle n'aurait jamais faim chez eux. Elle fut acceptée. Le travail était rude, mais elle ne plaignait pas sa peine, Marie. Elle trimait depuis toujours. Adèle lui laissa très vite le ménage, la maîtrise de la cuisine. Elle s'organisait comme elle le voulait. Malvier était exigeant, il aboyait les ordres, mais parlait peu. Si le travail était bien fait, il ne disait rien. L'oncle, lui, parlait tout le temps, faisait des allusions grivoises, ne la laissait jamais en paix. Malvier était un silencieux, comme elle. Pour un patron, elle n'en demandait pas plus. Elle remarquait bien ses regards furtifs, mais ses attentions s'arrêtaient là. Il n'était pas le premier. Au village, au marché, les gars la regardaient, la convoitaient. Elle avait l'habitude. C'était comme ça. Les hommes étaient comme les chiens, excités par toute femelle en chaleur.

Pas Johannes. Lui, il vagabondait comme journalier et s'était loué pour les foins au paysan voisin. Il fanait dans le champ d'à côté. Marie l'avait remarqué. Il était beau. Il riait. Il abattait le travail avec bonne humeur. Comme elle le regardait, il lui sourit.

— Tu es belle ! cria-t-il. Comment tu t'appelles ?

— Marie.

Elle n'osa pas lui demander son nom. Son visage s'était empourpré. Elle avait baissé les yeux.

— Tu as chaud, avait-il crié. Je finis mon andain et je t'offre à boire. J'ai ce qu'il faut.

C'est vrai qu'elle avait chaud, et soif. Elle avait oublié la cruche de terre à bouchon de liège qui gardait la fraîcheur et elle n'osait perdre dix minutes pour retourner la chercher. Tout en menant le cheval et le char, Malvier la surveillait du coin de l'œil. Il vit le gamin donner à boire à sa servante. Il interpella Marie, sans souci d'être entendu.

— Perds pas ton temps avec ce bon à rien !

Alayel réagit.

— Je lui donne juste à boire ! C'est qu'il fait chaud et qu'elle travaille dur.

Son propos était courtois, son regard un peu moins. Le fermier n'avait pas répondu. Il s'était remis à sa tâche. Marie aussi.

Sans cesser de faner, elle contemplait le garçon chaque fois qu'elle le pouvait et, chaque fois, comme si son regard le caressait, il levait les yeux vers elle en souriant. En fin de matinée, au moment de rentrer pour la soupe de midi, il lui avait chuchoté en la croisant :

— Ce soir, on se retrouve au feu de joie sur la place…
Disant cela, il avait noyé son regard dans les yeux saphir de la petite, qui avait battu des cils.

— Oh oui ! avait-elle répondu avec un candide enthousiasme.

Elle avait trimé toute la journée comme une forcenée pour que le fermier ne trouve rien à redire. Elle se demandait comment elle pourrait filer vers le village. La chance lui sourit. Après la traite vespérale, elle vit son patron atteler le char à bancs pour aller chercher Adèle ainsi que leur bébé, une petite fille de trois mois nommée Jeanne. Eux aussi s'en allaient à la fête du solstice. Elle finit en hâte son travail, mit sa robe propre et fila comme une flèche. Il faisait grand jour. Elle se hâtait sur le chemin quand jaillit devant elle un escogriffe souriant qui lui prit la main.

— Tu m'as fait peur !

— J'espère bien ! clama-t-il en l'entraînant dans un tourbillon de danse.

Ils rirent.

— Tu es encore plus belle que ce matin, dit-il, heureux.

— Toi aussi, tu es beau, répondit-elle avec une énorme sincérité.

Il en fut ému et la serra contre lui. C'était si imprévu, si naturel qu'elle se blottit dans ses bras. Personne, jamais, ne l'avait tenue ainsi. Ça dura un temps infini. Ni l'un ni l'autre ne bougeaient. Quand ils s'écartèrent, tous deux tremblaient. Émotion, tendresse, fièvre, désir ; l'amour, en somme.

Ils descendirent au village en se donnant la main, sérieux comme des papes.

— On va manger ? demanda Johannes.

— Je ne sais pas. Non…

Il l'entraîna. Jamais elle n'avait pénétré dans un tel endroit. Ça n'était qu'une auberge de campagne, mais la plus belle table de Paris ne lui aurait pas paru plus merveilleuse. Elle qui n'avait pas faim dévora comme quatre. Lui aussi était affamé. Ils se regardaient et riaient sans autre raison que le plaisir d'être ensemble…

La nuit tombait tout doucement. Les yeux vert sombre de Johannes reflétaient l'or du couchant. Elle l'aimait de tout son être. Ce bonheur incroyable, elle voulait qu'il dure à jamais.

Quelqu'un avait allumé le feu sur la place. Un grand feu qui faisait presque peur. La foule les entourait. Ça riait, ça chantait. À un moment, Johannes la quitta en lui disant de ne pas bouger. Il faisait nuit noire. Les gens sortaient de l'ombre en approchant du brasier. C'était beau comme à l'église. Soudain, le jeune homme jaillit des flammes plus hautes que lui pour la prendre dans ses bras. Il avait été le premier à sauter par-dessus la fournaise. À ce moment-là, le vielleux commença à jouer, les entraînant dans un tourbillon serré. Elle était… Cendrillon ! Après, ce fut comme une fièvre. Ils s'étaient retrouvés dans une grange. Le monde n'existait plus, il n'y avait qu'eux dans la folie, le rêve et le plaisir. Ils s'étaient réveillés avec la fraîcheur, juste avant l'aube. Il l'avait raccompagnée jusqu'à la ferme du Bois noir.

Les convives avaient fini. Marie le vit, débarrassa, s'immobilisa, les regarda et dit, poursuivant son rêve :

— Il m'a promis qu'il viendrait me chercher pour m'emmener en Amérique. C'est pour ça qu'il a volé l'or du dentellier.

Elle regarda son fils avec une détresse soudaine.

— Est-ce que… Est-ce que je le reverrai, Johannes ?

— Tu le reverras, dit Marius après une brève hésitation.

Marie fondit en larmes. Elle se frottait les yeux du revers de ses mains, comme une petite fille désespérée. Marius se leva, s'approcha de sa mère. Jeanne le suivit. Ils se retrouvèrent tous embrassés. Même le Gallu. Il semblait les protéger tous, les envelopper.

Ils finirent par se séparer. Seuls Jeanne et Marius, les yeux fermés, restaient enlacés.

Le Gallu prit Marie par l'épaule.

— Tu le verras demain, ton garçon, dit-il. Je te reconduis à la ferme.

Le colosse des bois regarnit le feu et ouvrit la porte. Marie sortit avant lui. Il referma doucement. Dehors, l'âne du Poitou dormait debout sur ses pattes velues.

*

Ils étaient seuls. Jeanne pleurait doucement dans les bras de Marius. Sans cesser de la serrer contre lui, il se dirigea vers une porte au fond de la salle. Elle avait mis le front sur son épaule et se laissait conduire. La chambre dans la pénombre était presque entièrement occupée par un grand lit aux draps blancs qui sentaient la lavande. Il y porta la jeune femme et tous deux y sombrèrent.

Quand il se réveilla, un rayon de soleil illuminait Jeanne. Elle ouvrit les yeux. Un sourire heureux creusa sa fossette tandis qu'il l'enlaçait.

Épilogue

Marius contemplait le paysage. À ses pieds, en bas de la pente boisée, le viaduc. Sur la gauche, dans l'oasis vert clair des prés, la ferme du Bois noir. En remontant l'Ance, il aperçut la tache blanche de la maison du Gallu dans son écrin de grands sapins. Dans la lumière pure de l'altitude, les pilastres et balustres en stuc étaient parfaitement visibles malgré la distance. En aval, la scierie et Pontempeyrat. Il respira une grande bouffée d'air froid, souffla une vapeur blanche par le nez. Le ciel avait ce bleu glacé des jours de gel.

Il partait le lendemain, après six jours merveilleux. Il n'était pas triste. Obus et mitraille étaient entrés dans l'histoire de la « der des ders ». Jamais une telle horreur ne pourrait se reproduire. Songeant au danger disparu, il éprouvait une sérénité non dépourvue d'une pointe de regret. Oh, pas de la mort rôdante, mais de la solidarité dans la peur avec ses voyous apprivoisés. Soucieux, le jeune homme plissa le front. Il avait encore de l'ouvrage là-bas, dans l'Aisne, où campait sa compagnie. L'amnistie de ses bagnards était son prochain défi. Trésor et les autres, il ferait tout pour leur liberté. Même les « intellectuels » comme Vavin ou Perdonnet avaient besoin de lui.

Et Alayel ? Son spectre avait été présent, tout au long de ces derniers jours. Son absence, ou plutôt l'incertitude sur son sort, était la seule ombre à son bonheur.

Il avait travaillé toute la semaine à la scierie. Au front, Marius avait appris à apprivoiser les hommes. Tout d'abord méfiant, le vieux Trioulaire avait découvert ses connaissances de forestier. Il manifestait désormais un grand enthousiasme à l'idée de lui confier « sa » scierie, car le Gallu avait été très clair. Il aimait la forêt pour la voir vivre. L'exploitation forestière, il s'en foutait. Il avait acheté la scierie pour Marius et Jeanne. Avec quel argent ? Tant qu'il n'en parlait pas, Marius n'en parlait pas non plus et, sur ce point, son mystérieux ami ne se livrait pas plus que d'habitude. Il s'était pris d'affection depuis presque vingt ans pour un gamin perdu et avait décidé d'assurer son avenir, « pour le croiser de temps en temps dans les bois ».

Ces quatre années terribles avaient marqué et transformé Jeanne, elle aussi. Son mariage raté, la disparition de sa mère, la découverte de l'incroyable brutalité de son père étaient des blessures qu'il devrait soigner à l'onguent de sa tendresse. Amants passionnés la nuit, associés le jour à la scierie où elle s'occupait des écritures, les jours avaient filé en un éclair.

Il l'épouserait dès sa démobilisation.

Marie, sa mère, n'était plus la même. Elle avait rajeuni. Elle avait quitté Malvier. Le lendemain de l'arrivée de son fils, elle avait attelé Pompon et chargé son maigre bien dans le char à bancs, sous les vociférations du fermier. Alors, elle s'était calmement approchée de lui.

— Les lettres d'Alayel ! avait-elle exigé d'un ton cinglant.

D'abord interloqué, Lucas, la lippe mauvaise, avait répondu sourdement :

— Je les ai brûlées !

Elle l'avait giflé avec une telle force qu'il avait failli tomber. Sous son regard bleu glacier, la colère de la brute se mua en angoisse.

— Tu ne vas pas partir ? avait-il demandé, d'une voix soudain changée.

Il avait écarté les bras pour lui barrer le passage.

— Si jamais tu me touches, Lucas Malvier, avait-elle dit froidement, mes hommes te tueront !

Marius se souviendrait toute sa vie de son arrivée à la scierie. Au pas du cheval, au grincement des roues, aux grelots du harnais, il avait reconnu l'attelage. Il était sorti à l'instant où elle sautait lestement du siège du cocher. Rajeunie de vingt ans, elle était redevenue la reine que, petit enfant, il voulait épouser. Saisissant son bagage, elle s'adressa à Jeanne, sortie à la suite de son fils.

— Tu me donnes l'hospitalité? Je ne dérangerai pas. Dès le retour de Johannes, on ira en Amérique, ou peut-être à Saint-Étienne, dit-elle avec un petit sourire.

Plus que jamais, Marie avait les pieds sur terre. Elle souriait en songeant à l'or du dentellier. Son homme était trop malin pour l'avoir caché dans une souche creuse. Il dormait toujours dans sa cachette. Prospère comme il était, «Monsieur Pierre», son «premier» propriétaire, n'en avait pas besoin, tandis qu'Alayel, lui, l'avait payé par vingt-quatre ans de bagne.

Elle se rembrunit et regarda Marius.

— Quand reviendra-t-il, ton père? conclut-elle en butant un peu sur le dernier mot.

Il lui avait avoué que l'adjudant, blessé, avait été évacué, et que, dans la cohue de l'offensive, il avait perdu sa trace. Elle était forte, Marie. Elle s'était immédiatement enquise de la gravité de la blessure, affrontant le risque du pire que suggéraient les hésitations de son fils. L'aveu de son ignorance, sa décision de le retrouver en priorité l'avaient un peu rassurée…

Et ce matin de fin novembre 1918, le facteur était passé. Il apportait une lettre que Marius tourna dans ses mains, avant d'observer les sapins sur les pentes.

— Je vais faire un tour, avait-il dit.

Jeanne connaissait cet air un peu perdu. Elle respecta son besoin de solitude.

Il contempla ce pays austère qu'il aimait malgré tout, soupira, puis tira de sa poche la lettre arrivée le matin même. Au dos de l'enveloppe était écrit le nom de l'expéditeur : Johannes Alayel.

LA REVANCHE DU BÂTARD

1

Zone interdite

Du village de Guerbigny, seule l'église restait debout, malgré son toit effondré et les béances crevant ses murs. Chaque matin depuis un mois, sa vue étonnait le lieutenant Marius Malaguet au sortir de son trou. Ces ruines étaient absurdes sans l'orage lointain des canons.

Et sans les canons, il n'avait rien à faire ici.

Il logeait dans la cave d'une maison qui, comme les autres, se réduisait à un tas de gravats. Par endroits, des pans de mur avaient survécu, dépassant le mètre cinquante.

L'armistice, signé le 11 novembre 1918, était vieux de dix semaines. On parlait beaucoup de la démobilisation, mais elle tardait à venir. Tout comme Malaguet, ses hommes n'aspiraient qu'à foutre le camp. Il avait du mal à maintenir un semblant de discipline.

Patience…

Les tirs d'artillerie ne tranchaient plus les fils et le téléphone fonctionnait. Malaguet venait de recevoir un appel du sous-lieutenant Genlis, de l'état-major, lui annonçant une inspection surprise dans la matinée du lendemain. Comme toute l'infanterie, sa compagnie était censée faire de l'exercice plusieurs heures par jour. Imposer la marche au pas et le maniement d'armes à des hommes qui s'étaient battus au Chemin des Dames et dans la Somme était grotesque. Résultat : les gars désobéissaient tranquillement et Marius n'avait pas la moindre envie de les rappeler à l'ordre.

Il songea à cet ami qui venait de le prévenir. De deux ans son cadet, ce dernier n'avait connu qu'un court trimestre de guerre. Il s'était certes trouvé sur le front, mais placé bien au chaud en tant qu'aide de camp du colonel. En fait, Genlis admirait en Malaguet le vétéran durci par quatre années en première ligne; il faisait tout pour lui rendre service.

Songeant à la revue annoncée, le lieutenant soupira.

— Trésor! appela-t-il.

— J'arrive!

Un grand Noir surgit de l'escalier de la cagna. Sa stature comme les terribles cicatrices de son visage le rendaient inquiétant. Ordonnance de Malaguet, il lui vouait une affection authentique, car le lieutenant lui avait sauvé la vie au péril de la sienne. Trésor lui avait depuis rendu la pareille, mais n'estimait pas sa dette éteinte pour autant. C'était pour lui une irrécusable question d'honneur.

— Comment ça se passe? demanda Marius.

— C'est drôlement dur, mon lieutenant, mais ça avance. Je vous rendrai mon devoir tout à l'heure.

Le lieutenant sourit. Le commentaire du colosse l'enchantait.

Marius Malaguet commandait des forçats ramenés de Cayenne, tous volontaires et nourrissant l'espoir d'une remise de peine. On l'avait nommé là en avril 1917 pour le «punir» d'avoir empêché les gendarmes de fusiller l'un de ses hommes, déserteur. Ridiculiser les gardes-chiourme de l'armée relevait du sacrilège, un crime abstrait dont la sanction, certes non officielle, était l'expédition en première ligne... Marius s'y trouvait déjà. Que faire de pire? Confier à ce gamin de vingt-deux ans le commandement d'une toute nouvelle compagnie de bagnards qui, dès leur premier assaut, avaient occis leur bravache de commandant. On n'avait rien pu prouver, mais les présomptions étaient fortes.

L'armée vouait Malaguet à un sort analogue. Durci par trente mois de front, le jeune vétéran n'avait pas cherché à mater ses forçats, mais à les séduire. «Survivre pour la liberté! »: sa devise lui avait valu, au fil des jours, le respect de ses hommes. Cependant, malgré leur fidélité, les retards de démobilisation les rendaient intenables.

Trésor n'était pas le moins remuant. Marius avait trouvé de quoi l'occuper, lui et quelques autres. Dans les ruines de l'école de Guerbigny, un placard éventré avait livré ses trésors: des manuels scolaires en bon état. Notre homme avait donc organisé une classe. À son grand étonnement, l'assiduité d'une douzaine d'ex-poilus avait été immédiate. Très vite, des forçats lettrés – il y en avait – avaient proposé de donner des leçons. Ces étranges écoliers, la plupart meurtriers notoires, apprenaient à lire avec enthousiasme... et difficulté.

Trésor, qui, quinze ans plus tôt, avait suriné quelques apaches sur les fortifs, était bon élève. Il avait d'abord participé pour faire plaisir à Malaguet, puis, très vite, il avait entrevu l'univers de la lecture.

— Je verrai ton travail tout à l'heure, Trésor. Pour l'instant, demande aux sous-offs de rassembler tout le monde. J'ai une communication à faire.

Le bonhomme sourit.

— Concernant la visite de l'état-major demain matin vers 10 heures? demanda-t-il d'un air candide.

— T'as toujours l'ouïe aussi fine, répondit le lieutenant.

La compagnie fut bientôt regroupée. Les hommes, mains dans les poches, discutaient, la cigarette au bec. Taisson, un «juteux» de carrière récemment arrivé de l'intendance, vociféra dans le but téméraire de les mettre en rangs. Ils ne le regardèrent même pas. Un roquet ne peut dominer des loups. L'adjudant déprimait: son chef, le lieutenant Malaguet, cassait toutes ses punitions.

— Soldats! brailla Marius. Vous voulez quitter l'armée? Moi aussi. Vous avez fait votre devoir et vous attendez votre libération. Moi aussi. Tout va lentement et tout avance. La survie, on l'a gagnée, on approche maintenant de la liberté. C'est le moment d'être patient. Savez-vous que vous avez ordre de faire de l'exercice six heures par jour?

Tous grognèrent.

— Alors, j'ai une bonne nouvelle. Demain à 9 heures, exercice en tenue impeccable. J'attends de vous la perfection. Vous m'avez compris ?

Ils acquiescèrent. Ils connaissaient leur chef. Ils étaient vivants en bonne partie grâce à lui. Depuis l'armistice, la loi était simple : Marius leur foutait la paix à condition qu'ils ne l'emmerdent pas. Ils lui obéiraient, car il devait avoir une bonne raison de donner de tels ordres.

— Vous avez la fin de la journée pour vous laver, vous raser et faire votre lessive. Rompez.

Il les regarda s'éloigner en soupirant. Combien de temps durerait encore ce commandement imbécile ? Quand seraient-ils enfin libérés ?

Découragé, le lieutenant Malaguet contempla la morne vallée, un marais inondé par les hautes eaux d'hiver. L'adjudant Taisson, cet abruti, avait certainement signalé à l'état-major la trop grande liberté laissée aux hommes de cette compagnie ! Plus que jamais, Marius regretta son prédécesseur, Johannes Alayel. Un compagnon de guerre, un ami disparu dans le labyrinthe des hôpitaux militaires. Il l'avait cherché en vain. Avec le début de la démobilisation, le désordre était tel qu'il n'avait pas réussi à retrouver sa trace. Alayel était vivant, c'est tout ce qu'il savait. Mais dans quel état ? Demain, après la revue, il inviterait Genlis à boire un cognac ou à déjeuner et évoquerait cette affaire.

Alayel était l'autorité morale des bagnards ramenés au front, et ce depuis leur embarquement à Cayenne. Lorsque Marius avait pris leur commandement, il avait choisi de s'appuyer sur cet homme. C'était osé : à l'évidence, Alayel en savait long sur l'exécution du prédécesseur de Malaguet et était donc un ennemi potentiel… Pourtant, ce pari s'était révélé payant. L'adjudant avait été un compagnon de guerre irremplaçable. Comme Marius, il était originaire du Velay ; tous deux se parlaient en patois : un langage secret… Cet homme l'avait assisté, mais au fond, on ne pouvait dire lequel avait secondé l'autre.

*

Il pleuvait, une sale petite pluie d'hiver, froide et sans fin. Les nuits dans la boue des tranchées appartenaient certes au passé, mais dans l'ancienne «zone de front», les logements restaient précaires et le confort était inexistant. Ce mardi 7 janvier 1919, les hommes avaient dû fournir un effort certain pour se présenter, dès 9 heures, en tenue impeccable. Abrités sous des toiles accrochées à des pans de mur et haubanées par des bois de récupération, ils attendaient l'alerte pour reprendre l'exercice.

Sur le plateau dominant la vallée creusée par l'Avre, des hommes surveillaient l'arrivée de l'état-major. Bien entendu, Malaguet ne leur avait rien demandé, mais il savait que ses hommes avaient parfaitement interprété ses ordres de la veille et que certains faisaient le guet. Les sous-offs avaient fait répéter la manœuvre et la compagnie aurait une bonne minute pour se mettre en place.

Vers 11 heures, deux autos venant de Roye furent signalées, cahotant sur la route incertaine. La terre comblant les entonnoirs, tassée par la pluie opiniâtre, formait des cuvettes molles où l'on risquait de s'enliser. En raison de la multitude d'obus non explosés, la traversée de la région demeurait interdite: les arrivants ne pouvaient être que des militaires. Le signal, un long coup de sifflet, provoqua un mouvement immédiat des hommes. Quand les deux voitures, une imposante Chenard-et-Walker suivie d'une petite De Dion-Bouton, s'arrêtèrent sur la place de l'église, les bagnards rasés de frais paradaient en bon ordre.

Le colonel descendit de sa berline aussitôt que son chauffeur lui eut ouvert la porte, opération que sa dignité l'empêchait d'accomplir lui-même. Suivirent le capitaine et le chef d'escadron de Marius. De la petite voiture sortit Genlis.

Le lieutenant salua, tandis que le juteux gueulait: «Présentez-zarmes!» Ensuite, la demi-douzaine d'officiers, gants beurre frais, moustache en croc et col empesé, passa dans les rangs, ne trouvant rien à redire. Le lieutenant en fut soulagé. La hiérarchie nourrissait de tenaces préjugés à l'égard de ses bagnards, forcément indisciplinés et vicieux.

— Merci, lieutenant, dit le colonel.

Le commentaire sec annonçait la fin de la revue.

— Reprenez l'exercice, brailla Malaguet.

Les sous-officiers aboyèrent et la troupe obéit docilement.

— Une boisson chaude, messieurs? demanda civilement le jeune officier.

Le petit groupe se dirigea vers une table nappée de blanc, sous une bâche. Trésor apparut aussitôt, une cafetière cabossée à la main. Il la posa puis se figea au garde-à-vous. Sa tenue militaire irréprochable s'agrémentait d'un tablier d'une blancheur immaculée.

— Le café est prêt, mon lieutenant.

Ils le burent dans des quarts réglementaires, astiqués comme de l'argenterie. D'où a-t-il sorti ce café grillé de frais? songea Marius. Mieux valait ne pas le savoir et, justement, le colonel posait la question…

— Un envoi familial, mon colonel, inventa Malaguet.

— Et vous pourriez m'en avoir?

Il n'eut pas à répondre: Genlis s'éclaircissait la voix pour attirer l'attention.

— Oui? grogna le colonel.

— Je crains que le lieutenant ne soit plus là lors de notre prochaine visite. J'ai là son ordre de démobilisation.

— Il n'y a pas de démobilisation, lieutenant, jusqu'à ce que la paix soit signée.

— Pardon, mon colonel, je voulais dire sa mise en congé illimité, effective à partir de demain matin.

Le colonel dévisagea Malaguet d'un air mécontent, sembla hésiter, puis dit:

— Une bonne décision.

Marius sentit son cœur cogner dans sa poitrine. Il avait tellement espéré ce moment, qu'il se sentit désemparé.

— Et mes hommes? demanda-t-il enfin. Seront-ils bientôt mis, eux aussi, en congé illimité? Tous volontaires, tous vétérans, ils ont trente-cinq ans et plus et appartiennent aux classes qu'on libère.

— Des bagnards, rétorqua l'officier supérieur, condescendant.

— Ils ont payé chèrement notre liberté, mon colonel, objecta Marius d'un ton lourdement neutre.

— Leurs états de service sont excellents, renchérit le sous-lieutenant Genlis.

— Encore une tasse de café, mon colonel? demanda courtoisement Trésor, les yeux fulgurants de colère.

Marius se demanda si ce dernier allait servir, ébouillanter la baderne, ou plus simplement lui écraser la cafetière sur la tête. Il connaissait les chiourmes. Elles étaient toutes semblables. Le grand Noir se contenta d'accaparer un instant l'attention du groupe et ravala une remarque qui aurait pu être préjudiciable à son supérieur. Ce fut comme un signal. Le ventru moustachu avala hâtivement sa seconde tasse, sortit un oignon de son gousset et regarda l'heure. Un oignon! Objet mortel au front: trop long à consulter, trop de gestes à faire. On offrait ainsi une belle cible fixe. La montre-bracelet s'était généralisée. Manifestement le colonel n'était jamais allé au feu, sans doute en raison de ses cinq ficelles...

— Il faut que je parte, dit ce dernier, je déjeune avec le général Rivière-Boudrou. Un grand soldat.

Une belle vache, ouais, songea le lieutenant, qui bouillait intérieurement. Pour ce poireau étoilé, les hommes n'étaient que des chiffres. Son seul souci: respecter le quota de morts «autorisés».

— Vous venez, Genlis?

— Je dois régler quelques questions administratives avec Malaguet, mon colonel. Avec votre permission, je vous rejoindrai plus tard avec la seconde voiture.

— Si vous voulez, mon garçon. Vous êtes libre de vos relations.

Le jeune officier rougit et répondit d'un ton réglementaire:

— Oui, mon colonel.

L'officier supérieur tiqua. Ce «oui» signifiait-il «à vos ordres» ou «oui, je suis libre de mes relations»? Ce Malaguet, d'origine paysanne, issu du rang et muté disciplinaire en 1917, n'était pas de leur «milieu». Le saint-cyrien Genlis se compromettait en le fréquentant.

Pour la première fois, Marius se demanda si Genlis était réellement fait pour l'armée... en temps de paix, s'entend.

Il observa le colonel, assis, la nuque raide, sur le siège arrière de la grosse auto. Celle-ci fit demi-tour devant les hommes en manœuvre, puis grimpa la falaise crayeuse avant de disparaître derrière la crête pour rejoindre le plateau.

— Viens, Jean-François, dit-il à son cadet. Allons boire un coup.

Se tournant vers sa troupe, il beugla, au mépris des procédures militaires :

— Rompez les rangs !

L'adjudant Taisson, croyant enfin revenu le temps des parades, s'en étrangla. Les bagnards s'égaillèrent. Les deux officiers se réfugièrent dans l'antre du lieutenant, bien au chaud.

— Tu déjeunes avec moi ? demanda Marius au jeune bourgeois. Trésor, t'as quelque chose de bon ?

Le colosse noir sourit.

— Du gigot grillé avec un peu de piment – de Cayenne bien entendu – qui devrait faire passer les fayots du fourrier. Trente heures qu'ils trempent. Ça devrait aller. Avec ça, deux bouteilles de passe-tout-grain un peu rude mais tonique.

Le sous-lieutenant ouvrait de grands yeux.

— Trésor, vous étiez restaurateur ?

— Je cuisine pour le lieutenant, répondit-il... et ses amis, bien sûr, ajouta-t-il après un court délai servant à marquer une touche d'insolence.

Il s'éloigna dignement.

— Ils sont comme moi. Ils en ont marre, dit Malaguet. La liberté, ils l'attendent depuis dix ans et plus.

— Dix ans ?

— Deux de front plus leur temps à l'île du Diable ou sur le Maroni. Il faut les libérer. Ce sont des fauves en cage. Ils auront leur chance dans la vie civile. Dans une armée inutile, ils vont finir par faire des conneries. Ils ont trop tué de Boches, vu trop de leurs copains étripés. Partir en les laissant ici me désespère ; rester me terrifie.

— À ce point ?

— Ils m'ont fait confiance et ils m'ont obéi. J'ai un peu le sentiment de les trahir.

Matois, il enroba son discours d'un brin de nostalgie pour mieux évoquer le sujet qui lui tenait à cœur.

— Tiens, au fait, l'adjudant Alayel, mon bras droit, mon frère d'armes, mon ami... Il a été blessé fin octobre et évacué. Où? Je n'arrive pas à le savoir. Par l'état-major, tu pourrais essayer de te renseigner?

Le gigot fut excellent. Marius omit de dire à son visiteur qu'à quelques lieues de là, un fermier devait très certainement pleurer la disparition d'un agneau amoureusement engraissé depuis sa naissance.

Café, cognac, cigares... un ravitaillement auquel Trésor n'était pas étranger. Marius se rembrunit. Qu'allait devenir ce grand gaillard? Oh, il aurait vite les poches pleines, mais n'allait-il pas se retrouver rapidement à Cayenne? Cette idée lui était insupportable.

— Que vas-tu faire dans le civil? demanda Genlis.

— Retourner chez moi, en Haute-Loire. Retrouver ma fiancée et ma mère. Respirer l'air léger, admirer le ciel clair au-dessus des pentes de sapins et me consacrer enfin à mon vrai métier.

— C'est quoi?

— Après mon brevet élémentaire, je me suis inscrit à l'école de forestiers. Je vais m'occuper d'une scierie. Avec la reconstruction, on va pas chômer.

— Tu es content d'être libéré?

— Ma vie n'était pas dans la guerre. Elle est encore moins dans cette énorme caserne qu'est devenue la zone de front. C'est toi qui m'as fait libérer?

— Je n'ai rien freiné, au contraire, mais c'était dans l'air. On ne t'aime pas à l'état-major.

— C'est pour ça qu'on me libère?

— Tout juste.

Une fois de plus, les arcanes militaires stupéfiaient Marius.

— L'armée devrait m'aimer! J'ai tout fait pour éviter à mes hommes d'avoir des problèmes... Nous sommes irréprochables.

— Je sais, mais depuis avril 1917, on te guette. Tu passes régulièrement entre les gouttes: un sans-faute.

Tiens, cette inspection. Que m'as-tu donc fait que je me sente le devoir de t'en informer?

Il rigolait.

— Le colon était furieux. Tu l'emmerdes, reprit-il. Les autres compagnies du front suivent ton exemple pour tirer au cul. Et moi je me fais ton complice!

— Tu as compris que traiter des anciens de Verdun, du Chemin des Dames ou des offensives de la Somme comme des conscrits à la caserne est inepte.

— Oui, mais on ne peut pas démobiliser deux millions d'hommes en trois semaines. Il paraît même qu'on pourrait arrêter.

— Pourquoi diable? La guerre est finie.

— Erreur. L'armistice n'est pas la paix. Maintenir les troupes sous les armes nous placerait en meilleure position pour négocier le futur traité.

Il y eut un court silence.

— Bref, on me démobilise parce que je suis un emmerdeur trop adroit, dit enfin Marius.

— C'est exactement ça.

— Et tu crois que ça cessera avec mon départ?

— Certainement pas. Tes hommes continueront de mépriser l'armée, à terroriser les autres et à trafiquer. Ils se tiennent les coudes et n'obéissent qu'à toi. Tu sais en quels termes on parle de toi dans le régiment?

— Non.

— On dit «Malaguet et ses mercenaires». Tu es un guerrier, Marius, que tu le veuilles ou non. En temps de paix, l'armée se méfie des guerriers.

Marius se tut, pensif.

— Fais libérer mes hommes le plus vite possible, sinon il y aura des drames.

— J'essaierai, promit Genlis. Je jouerai sur la disparition des emmerdeurs. Ça marchera peut-être.

Plus tard, Marius Malaguet raccompagna le sous-lieutenant. Quand la voiture de ce dernier eut disparu, il décacheta son ordre de démobilisation. Le motif inscrit l'éblouit: «Mise en congé illimité d'instance de réforme.» Il éclata de rire. Pour se débarrasser de lui, on le décrétait malade. De quoi? Il réfléchit: la «rage casernophobe» sans doute… Elle sévissait vigoureusement dans l'ancienne zone de front. Il ricana.

Il rentrait se mettre au chaud quand il croisa l'adjudant-chef Taisson, trempé, hagard et claquant des dents.

— Que vous arrive-t-il, adjudant?

— Ces voyous, ces assassins m'ont jeté à l'eau et empêché de remonter. Je me noyais quand ils m'ont sorti de l'eau. Je… Je les ferai fusiller… Je leur foutrai une balle dans la tête… Je…

— Oui, j'imagine très bien. Le front explose dans un jaillissement rouge et, si vous vous trouvez là, vous recevez des bouts de cervelle rosâtre sur votre bel uniforme. Quant à votre figure, elle est soudain grêlée de gouttes de sang. Encore heureux si vous n'en avez pas pris une dans l'œil.

— C'est dégueulasse, ce que vous dites!

— Le pire, poursuivit le lieutenant sans répondre, c'est quand le copain à côté de vous en prend une. Tout à coup, il a un trou rouge à la place du front et ses yeux qui vous regardaient s'éteignent… Un jour, au détour d'une tranchée boche où je viens de sauter, apparaît un gamin terrifié. Pan. Sa silhouette en vert-de-gris s'effondre. Il avait quoi? Dix-sept ans! Mais voilà, il avait un fusil à la main et tellement peur qu'il allait tirer.

— Pourquoi vous me dites ça à moi?

— Pour vous dire que les gars qui vous ont foutu à l'eau, s'ils avaient voulu vous tuer, vous seriez mort, voilà pourquoi. Des hommes, ils en ont massacré des dizaines et c'est pour ça qu'ils sont vivants. Vous avez beaucoup de chance. Vous vous seriez noyé par accident et… terminé.

— Mais pourquoi ont-ils fait ça? balbutia le sous-off offusqué.

— Parce que vous passez votre temps à les emmerder! Durant des mois, depuis avril 1917 exactement, ils ont vu la moitié de leurs potes crever à côté d'eux. Et vous? Vous aviez le cul sur une chaise dans un bureau chauffé! Pendant que vous aligniez des colonnes de chiffres et comptiez des sacs de farine, ils bondissaient, crevant de trouille, sous le feu des mitrailleuses. Ils ont tué des Boches pour ne pas crever ! Et ces Boches, c'était de la chair à canon comme eux. Vous pigez ?

Il s'échauffait. L'autre, dépassé, se récria :

— Il faut bien une intendance pour l'armée.

— Ils ne vous en veulent pas pour ça.

— Je ne comprends pas.

— Vous les emmerdez avec vos exercices, vos saluts et vos corvées imbéciles. Vous les insultez. Vous bafouez leur courage, leur passé, leurs copains morts ! Aujourd'hui, ils ont voulu vous donner une leçon. À votre place, je n'aurais garde de l'oublier.

— Ce sont des voyous. On ne peut rien en faire.

— Faux, ils ont parfaitement manœuvré ce matin.

— Parce que la surprise de l'inspection était éventée. Ils étaient préparés et vous…

— Moi ?

— La formation des soldats passe par la discipline et l'obéissance, éluda le juteux.

Il ne comprenait toujours pas.

— Deux choses, adjudant, dit sèchement Marius : quand je leur ordonnais de sortir sous la mitraille, ils obéissaient, et d'une. Ensuite, ce sont des soldats infiniment plus compétents que vous ne le serez jamais, et de deux. Alors foutez-leur la paix.

— Mais il faut occuper les hommes. Ce sont les ordres de…

— Les ordres, c'est moi qui les donne ici, coupa Malaguet. Et je vous conseille de demander votre mutation dans l'intendance, où vous étiez planqué !

L'adjudant baissait la tête, mais son regard en dessous disait sa fureur de voir niée sa petite autorité statutaire. Marius soupira et l'adjudant reprit :

— Si vous avez raison, pourquoi m'ont-ils jeté à l'eau, aujourd'hui plutôt qu'hier ?

Il commençait à réfléchir. Le lieutenant reprit espoir.

— Ils vous ont foutu à l'eau, parce que vous les prenez pour des cons et moi avec. Vous vous êtes plaint en haut lieu. Vous avez dénoncé la compagnie à l'état-major. Cette inspection surprise, on vous la doit.

— Co… comment ? s'offusqua-t-il.

Il crut deviner la vérité.

— C'est le sous-lieutenant Genlis qui m'a trahi.

— Pas besoin de ça, Taisson. Suffit d'un peu de jugeote. Survivre à des années de guerre et «avoir des états de service exceptionnels» comme cette compagnie, ça implique beaucoup d'astuce et d'envie de vivre. Regardez autour de vous. Qui d'autre que vous aurait voulu se venger de leur indifférence pour votre galon? N'emmerdez plus mes bagnards. Faites-vous discret. Inspirez-vous de vos collègues sous-officiers: eux savent très bien ce qu'il faut faire et ne pas faire. Eux aussi ont su se faire obéir lorsqu'il a fallu mener l'assaut. Au fait, savez-vous que je suis démobilisé?

L'adjudant opina.

— Vous ne m'aimez pas, Taisson, et je m'en fous. Mais sachez que je les contiens. Ils seront plus durs encore quand je serai parti. Cassez-en un, les autres vous tueront. Allez vous changer.

— Si je comprends bien, il n'y aura pas de sanction contre mes agresseurs.

— Qui sont-ils?

— Ils étaient masqués, mais je connais les meneurs.

— On apporte des preuves quand on demande justice!

Le juteux s'était cambré comme un coq.

— Je proteste et...

— Rompez, Taisson, et suivez mes conseils si vous voulez survivre, soupira le lieutenant.

Le sous-officier partit furieux.

Marius se sentit désespéré. Si même un militaire ne comprenait rien à la souffrance des poilus, jamais elle ne serait reconnue chez eux, à leur retour...

— C'est un con, dit doucement Trésor qui s'était approché.

— Oui, dit Malaguet. Les autres et toi, ne le laissez pas vous emmerder.

Il venait d'acquiescer à son élimination en cas de récidive. Il ne parvint pas à en éprouver du remords. Si cet imbécile persistait dans sa bêtise, tant pis pour lui.

Marius avait rendu ses hommes plus humains, mais il n'en sortait pas indemne. Ils avaient fait de lui un dur, un loup.

Il rentra dans sa cagna et oublia Taisson. Avant de préparer ses bagages, il devait écrire à Jeanne, sa fiancée. Lui annoncer son retour.

2

Démobilisation

— La voiture est là, mon lieutenant. Elle vient de déposer votre successeur, lui dit Trésor.

Marius était prêt. Il sortit, salua un capitaine blanchi sous le harnais, qu'il ne connaissait pas. Toute la matinée, il lui transmit les consignes. L'arrivant ne semblait pas ému par l'attitude des hommes et l'indifférence des gradés. Il fumait sa bouffarde, écoutait sans interrompre. Malaguet en fut rassuré.

Vint le moment du départ. Le temps de rejoindre la voiture, les hommes, par petits groupes, s'étaient rassemblés autour de lui. Il dut leur faire un discours d'adieu.

— Soldats, vous avez appris à survivre avec moi. Vous gagnerez votre liberté sans moi. Mon successeur, le capitaine Doisy, est un vétéran. Il a droit à votre respect. Moi, j'ai une faveur à vous demander: votre serment solennel de respecter cette compagnie en ne commettant ni crime ni délit jusqu'à votre démobilisation. Après, chacun de vous conduira enfin sa vie comme il l'entend. C'est ça, la liberté. On peut la brûler et périr, ou la choyer pour ne plus jamais la perdre. Promettez-moi d'éviter les conneries et d'obéir à mon successeur. Levez la main si vous êtes d'accord.

Une main apparut, puis une autre, puis une autre encore. Enfin, tous levèrent le bras. Ces hommes avaient été maquereaux ou médecins marrons, voleurs ou escrocs, tueurs à gages ou vendeurs de drogue... Des durs. Pourtant, Marius remarqua des yeux trop brillants, tandis que lui-même peinait à retenir ses larmes.

— J'ai votre parole. Je pars heureux. Bonne chance aux hommes libres!

Ils l'acclamèrent.

Trésor l'accompagna jusqu'à la voiture.

— Toi non plus, ne gâche pas ta liberté, dit Malaguet en lui donnant l'accolade.

— Vous en jugerez, mon lieutenant.

— Comment ça?

— Pour cette scierie à Pontempeyrat, là-bas, en Haute-Loire, il vous faudra des costauds, hein? Pourquoi pas moi?

Marius, la gorge nouée, ne put rien dire. Il acquiesça. C'était une règle, avec ses bagnards, de ne jamais parler de leur vie d'avant. Pourtant, Trésor connaissait la sienne. Comment?

Alayel! L'adjudant disparu avait certainement parlé de lui avec Trésor. Ces deux hommes, avec la même vigilance, l'avaient sans cesse protégé. Alayel, originaire du même coin que lui, avait-il reconnu sur le visage du jeune officier les traits familiers de Marie, sa mère?

Trésor, Alayel. Marius espérait, sans oser y croire, que ces deux hommes le rejoindraient dans ce Velay sauvage qu'il allait regagner.

*

Le Velay: Malaguet mit six jours avant de l'atteindre et encore n'en vit-il rien en arrivant. Le train entra en gare du Puy bien avant l'aube. Voyageant en première classe, apanage des officiers, il avait pourtant dormi d'un mauvais sommeil, à cause du froid. Il descendit lourdement les hautes marches de la voiture, se fit happer sous la marquise par un immense courant d'air. La grande horloge du quai, chichement éclairée par des ampoules fatiguées, marquait 5h55. Le jour ne se lèverait que dans deux heures. Frigorifié et d'humeur morose, Marius gagna la sortie.

L'employé du PLM regarda vaguement son titre de transport et le laissa passer. Derrière lui attendaient les gendarmes. Les déserteurs se comptaient en milliers depuis l'armistice. Les gars rentraient chez eux sans autorisation et les pandores étaient sur les dents.

Comme tous les poilus, Marius les détestait. D'un geste sec, il leur tendit son attestation de mise en congé illimité. Ils l'inspectèrent, commencèrent à poser des questions. Marius les coupa.

— Dites-moi, brigadier, y a-t-il un café ouvert, par ici?

— Il n'est pas question de ça, mais de vos papiers.

— De vos papiers, *mon lieutenant*, le reprit Marius d'une voix neutre. Un café afin que ni vous ni moi n'attrapions froid.

— Pas pendant le service.

Tranquillement, Marius arracha son document des mains du gendarme, le plia soigneusement, le rangea sous le regard médusé de ses interlocuteurs, puis il empoigna son barda.

— Eh bien, si nécessaire, nous poursuivrons cette conversation au centre démobilisateur, conclut-il. Merci, brigadier.

— Mais, mais, mais, bêla l'argousin.

Marius s'éloignait. L'autre le rattrapa.

— Holà! s'exclama-t-il en le tirant par la manche.

— Vous avez une voiture? C'est pour ça que vous me retenez? demanda Marius, imbattable dans l'art de déstabiliser les molosses militaires. Dans ce cas, je vous demanderai de me déposer à la caserne Romeuf.

Le brigadier le regarda sévèrement et se heurta à un regard fixe. Il battit en retraite.

— Un cinglé, c'est pour ça qu'on le libère, dit-il à son collègue.

Marius avait l'ouïe fine. Il sourit. «Mise en congé illimité d'instance de réforme», avait lu le sbire sur son ordre de mission. Or, il n'était apparemment ni blessé, ni estropié. Donc il était fou! Voilà qui dévoilait des horizons. L'armée avait horreur des dingues.

Devant la gare ouvrait un premier café. Marius s'y rendit pour se réchauffer et commanda un jus. Accoudé au zinc, il vit les gendarmes approcher de la porte vitrée, l'apercevoir et faire demi-tour. Il en fut enchanté. Des cheminots arrivèrent, lui jetèrent un vague coup d'œil, puis se mirent à parler locomotives. La guerre et les poilus n'étaient plus d'actualité. On le lorgnait presque de travers, avec sa tenue d'officier moins grossière que celle des bidasses. Justement, trois d'entre eux, débraillés et braillards, entrèrent et s'approchèrent du bar. Sans un regard pour le lieutenant qu'ils eussent dû saluer, ils commandèrent des cafés-rhum.

La discipline militaire foutait le camp, mais Marius ne se sentait pas concerné. Le maintien des mobilisés sous l'uniforme provoquait en permanence des incidents. Un des bidasses aux yeux rougis et à l'haleine chargée le bouscula en s'étalant. Malaguet le repoussa calmement.

— Qu'est-ce qu'y veut, celui-là? articula le poivrot. Il veut p'tét que j'le salue, l'officemar...

— Il s'en fout que tu le salues, répondit le lieutenant, ce soir il sera en civil et bien content. C'est pas une raison pour le bousculer.

L'ivrogne fronça les sourcils.

— *Lou bastardou*, c'est bien toi.

Ce surnom, stigmate du doute pesant sur ses origines, Marius l'avait toujours détesté. Il scruta durement l'importun, identifia l'un de ses condisciples de la classe du certif, à l'école communale de Craponne, une brute nommée Chabeuil qu'il n'aimait pas.

— *Lou bastardou* est mort dans les tranchées, dit-il calmement. Salue plutôt Marius Malaguet, ce sera mieux.

L'autre le fixa. Lui aussi avait appris des choses à la guerre. Il savait qu'on n'affronte pas certains regards. Il hocha la tête et se tut.

— Je suis content que tu t'en sois tiré, reprit Malaguet, apaisant.

— Moi aussi... moi aussi je suis content que tu t'en sois tiré... Marius.

Le lieutenant tendit sa tasse, heurta celle de Chabeuil. Ils trinquèrent.

— Aux survivants et aux copains morts, dit l'officier.

L'autre, devenu grave, répéta la phrase. Les deux autres bidasses levèrent aussi leurs tasses. Tous burent.

Un consommateur, manifestement un paysan enrichi, les observait.

— Vous ne trinquez pas à la victoire? demanda-t-il d'un ton de reproche.

— Vous achèteriez un cheval trois mille francs? demanda Marius.

— Vous êtes fou, c'est trop cher!

— La victoire aussi, c'est trop cher payé.

— Comment ça?

— Des millions de morts et d'estropiés, c'est un prix exorbitant.

Le bourgeois rural, outré, allait rétorquer. Ce qu'il lut dans les yeux du lieutenant l'en dissuada. Il piqua du nez et se tut.

*

La caserne Romeuf se trouvait à une demi-heure de marche. Laissant ses bagages aux bons soins du cafetier, Malaguet sortit dans le froid humide. Il allait d'un pas vif à travers la ville déserte quand une ombre lui fit lever la tête. Par-delà les maigres réverbères, un pain de sucre géant, surmonté d'une petite église, se découpait sur le ciel plus clair: le mont Aiguilhe, lieu sacré depuis des millénaires.

Il avait gravi des dizaines de fois les deux cent quatre-vingt-six marches menant à ce sanctuaire; sa pénombre habitée l'avait toujours plongé dans une sérénité qui incarnait pour lui tous les mystères de l'au-delà. Il ferma les yeux, revit ses voûtes romano-byzantines, ses ouvertures étroites inégalement réparties, son déambulatoire courbe aux colonnettes graciles. Une soudaine vérité le combla: il était chez lui. Sa carapace de fange guerrière se fissura d'un coup. Ce fut comme une délivrance. Son mal-être s'estompa. Les rumeurs de la vie, occultées par sa colère sourde, resurgirent comme un parfum de printemps. Un charroi lointain sonna sur les pavés, un cheval hennit dans une cour. Des voix indistinctes se firent entendre. Un moteur ronfla. Il croisa des ouvriers, la musette à l'épaule, vit des fenêtres s'éclairer. Tout un éveil paisible et immuable.

Il était bien.

La caserne ressemblait à toutes les casernes. Salué par la sentinelle, il en franchit les grilles, puis s'arrêta dans l'immense cour carrée. Pas un brin d'herbe, des arbres dénudés le long des bâtiments à quatre étages sous des toits à la Mansart. Il se dégageait du lieu un formidable ennui.

Toute la matinée, il passa de salles d'attente en bureaux. De multiples scribouillards remplirent des questionnaires, des fiches, des formulaires, lui remirent des papiers, en reprirent d'autres. À midi, au mess, il répondit froidement aux saluts des officiers et déjeuna seul. Il avait déjà quitté leur monde.

Dans l'après-midi, on l'orienta vers l'infirmerie. Il y était le seul ingambe. Dans des fauteuils roulants, sur des brancards ou, comme lui, sur une simple chaise, estropiés et gueules cassées attendaient, leurs blessures masquées par des bandages. Marius songea à Alayel. Dans quel état était-il ?

On l'appela. On le fit se dévêtir. Un major l'examina, s'étonna de ses cicatrices sous la clavicule et au milieu de l'omoplate gauche. Atteint au cours d'un assaut, il avait été opéré sur place par un de ses bagnards, ancien chirurgien, mais n'avait pas quitté sa troupe.

— Vous avez été transpercé par une balle et opéré. Cette blessure ne figure pas dans votre dossier. C'est étrange…

— Une égratignure, répliqua Marius, revêche.

Il n'avait aucune envie de s'épancher.

L'autre l'observa, effaré. C'était le moment de jouer au fou. Son regard se fit dur, fixe. L'air absent, il ne répondit à la question suivante qu'à la troisième sollicitation du médecin, troublante absence qui amena le major à suspendre l'examen. Il lui donna l'ordre d'attendre et sortit. Il revint un moment plus tard.

— On prépare vos papiers, dit-il. Ce soir, vous serez chez vous.

Marius prit l'air malheureux du héros rejeté aux oubliettes civiles. Il jubilait discrètement. Dès cet instant, un sous-lieutenant et un capitaine vinrent l'encadrer, le suivirent dans les ultimes bureaux où on lui tamponna un dernier document, puis ils le raccompagnèrent à la porte de la caserne. Là, ils le regardèrent s'éloigner avant d'oser rentrer.

Il garda son sérieux le temps qu'ils disparaissent, puis partit d'un grand rire. Étanche à toute autorité, le fou offusquait depuis toujours la routine militaire.

Des taxis et des fiacres amenaient et ramenaient les invalides. Le Centre départemental de démobilisation, dit CDD, était une mine d'or pour cochers et chauffeurs. Il héla l'un d'eux.

À 16 heures, Marius était de nouveau à la gare, à temps pour le train. En changeant à Sembadel, il arriverait à Craponne vers 17 h 30. Pontempeyrat ne serait plus qu'à cinq kilomètres. Il trouverait bien un char à bancs ou une voiture pour l'y conduire. Le front, univers de contraintes permanentes, appartenait maintenant au passé. La liberté l'enfiévrait. Il avait hâte de retrouver Jeanne.

*

Le train attendait, déjà formé, à la gare de correspondance. Quatre vieilles voitures et un fourgon étaient attelés à une locomotive assoupie qui lâchait des flocons de vapeur dans un bruit métallique répété. Les vitres latérales des voitures, en arcs de cercle, convergeaient en direction de la portière, évoquant les diligences d'antan. La pénurie avait fait réapparaître du matériel antique sur les lignes lentes. Pas de première classe. Il s'installa sur l'une des banquettes en velours rêche des secondes, s'amusa à l'idée que la gratuité en classe de luxe, apanage des officiers, était probablement le seul avantage qu'il perdait. Payer double ou triple tarif pour voyager en première n'avait pas de sens pour un vrai terrien, soucieux de ses sous.

Venant du Puy comme lui, deux bourgeoises le rejoignirent dans le compartiment. Il les salua d'un bref signe de tête. Elles répondirent, l'observant du coin de l'œil sans parvenir à l'identifier. Pourtant, à Craponne, tout le monde se connaissait. Les éclairer eût provoqué l'une de ces conversations convenues qu'il détestait.

Le train démarra et Marius put alors se concentrer sur le paysage. Une profonde paix l'envahit à la contemplation des épicéas. Des bourrasques rabattaient la fumée de la locomotive, masquant fugacement les bois. Le vent, dont Marius imaginait les sifflements rudes, faisait ployer les grands conifères. Le ciel se plombait, amenant un précoce crépuscule. Le froid s'accentuait. La campagne s'appesantissait dans l'attente de la neige.

C'était son pays en hiver. Il était revenu vivant.

Passé La Chaise-Dieu, le point culminant de la ligne, on allait descendre d'une centaine de mètres sur quinze kilomètres. Les pins, de plus en plus nombreux, remplaçaient les épicéas. Un arrêt à Jullianges, puis ce serait Craponne. Le convoi s'arrêtait là. À l'aube, il repartirait pour Bonson.

Depuis un moment déjà, le train glissait en roue libre. Se succédèrent bientôt des images familières : le passage à niveau sur la route de Soulage, les voies de triage, les courtes billes de pin entassées pour les mines de Saint-Étienne, les entrepôts, la grue en fer avec son cou de girafe, ses énormes manivelles et son réducteur à grandes roues dentées, la gare enfin, atteinte dans un miaulement de freins. Il descendit de voiture, jeta un coup d'œil à l'auvent grisâtre, au chariot à quatre roues tractant les bagages, à la grosse horloge à cadran émaillé. Il soupira d'aise. Il se sentait encore davantage chez lui.

À la sortie, Jules Armandon, l'indéboulonnable chef de gare, collectait les tickets. Deux pandores attendaient en retrait. Derrière eux, Marius crut deviner une silhouette…

Au regard interrogatif du gradé, il répondit en masquant son impatience.

— Ah, maréchal des logis, dites à mon ami l'adjudant Marquet que le lieutenant Malaguet passera le voir demain à la brigade.

L'homme s'écarta en portant deux doigts à son képi. À Craponne, les relations avec la maréchaussée relevaient de la tolérance mutuelle.

Il n'avait pas rêvé : Jeanne l'attendait. Il la rejoignit, la serra dans ses bras. Enlacés, yeux fermés, ils se mirent à tournoyer lentement. Sans savoir comment, ils se retrouvèrent dehors. Tournant toujours, ils s'embrassaient à pleine bouche, à en perdre le souffle.

Une auto corna bruyamment. Ils s'écartèrent en riant. Marius vit la charrette d'osier attelée du grand poitevin. Il s'approcha, caressa le museau incroyablement doux de l'animal qui, satisfait, secoua ses énormes oreilles en ciseaux.

Le barda jeté dans la caisse arrière, le couple s'assit sur la banquette. Jeanne lui tendit les rênes.

— Conduis, c'est bien, dit-il. Tu m'attendais. Je n'osais pas l'espérer.

Elle eut une mimique faussement dépitée.

— Ton télégramme t'annonçait aujourd'hui ou demain. Venant du Puy, il n'y a que deux trains par jour. C'est vrai que, ce matin, tu m'as fait venir pour rien. Première déception. Faudrait pas que ça devienne une habitude !

Ils rirent, puis se turent. Ils allaient, blottis l'un contre l'autre. Marius, le taiseux, aimait les silences de Jeanne. Ils étaient bien sous ce ciel sombre, bercés par le roulement des sabots de l'âne, sur la route empierrée. Quelques flocons apparurent. L'un d'eux se posa sur le col de la jeune femme.

— Une étoile de cristal, dit-il, minuscule.

Elle rit.

L'averse de neige s'installa, tramant le paysage. Les amants se regardaient. Dans la nuit tombante, ils voyaient luire le blanc de leurs yeux, puis les fermaient pour s'embrasser à nouveau. Ils s'enivraient l'un de l'autre dans leur cocon ouaté, tandis que l'âne trottait avec certitude. Leurs mains caressantes, pleines de tendresse, s'enhardirent, s'affolèrent.

Quand l'animal s'arrêta, ils furent surpris d'être arrivés. Pourtant, on devinait la maison et le grand hangar des machines où Jeanne, bientôt, l'entraîna. Elle ouvrit la petite porte en fer; à l'intérieur, il faisait tiède. Sans allumer, elle le guida vers la lueur presque obscure d'un poêle à sciure chauffé au rouge dont ils sentirent la chaleur. Jeanne reprit sa bouche, enleva sa capote bleu horizon, déboutonna sa vareuse, puis sa chemise. Il la dévêtit à son tour, lentement. Bridant leur impatience, ils accroissaient leur fièvre. Elle l'attira au sol. Il fut surpris d'y trouver une toile rêche sur un matelas de copeaux bruissants. Le feu les grillait. L'air de l'énorme salle les rafraîchissait par bouffées. Jeanne était forte. Elle le soulevait, roulait sur lui, luttait. Le feu ronflait, les copeaux comprimés crépitaient. Les amants jouirent, puis recommencèrent...

Plus tard, apaisés sur leur lit bruissant, ils reprirent leur souffle. Des odeurs d'huile machine, de bois, de fer chauffé chatouillaient leurs narines. Ils frissonnèrent. Marius sentit Jeanne se lever. Une allumette craqua, éblouissante, puis une chandelle l'illumina de sa blondeur. Il s'emplit les yeux de l'ovale de son visage, admira ses seins drus aux pointes rétractées par le froid ou le plaisir, sa taille fine, son ventre blanc, son pubis doré, ses cuisses pleines, ses bras musclés qu'elle levait dans un geste gracieux pour rassembler sa chevelure claire.

Elle aussi le regardait. Sur son torse très blanc se détachait une étoile violette, élargie d'une cicatrice en arête de poisson qui racontait cette guerre dont il ne parlait jamais. Elle la suivit de l'index. Il en éprouva une sensation électrique, entre douleur et volupté.

Ils se dévisageaient.

— Alors, c'est fini? Vraiment fini?

Il sourit. L'attira contre lui.

— Je ne partirai plus, dit-il, jamais.

Elle avait tout prémédité: les copeaux, la toile, la bougie, cette serviette propre avec laquelle elle l'étrillait, s'étrillait elle-même... jusqu'au poêle, chargé pour tenir la nuit entière. Une femme active, décidée. Elle aurait survécu dans les tranchées. Cette pensée assombrit Marius. Il détesta la guerre qui lui collait à la peau.

Elle aperçut l'ombre dans ses yeux, devint grave puis sourit.

— Habillons-nous, dit-elle, ils nous attendent même s'ils ne le savent pas. Je n'ai parlé ni à Marie ni au Gallu de ton télégramme. Il était si vague. Je voulais être la seule déçue.

Le Gallu... Marius se fit rêveur. Ce coureur des bois avait été son ami, ou plutôt son mentor, durant toute son enfance. D'où lui venait ce surnom? Était-ce une déformation de «Gaulois»? Il faudrait le lui demander...

*

— C'est toi, Jeanne? Tu n'as pas eu froid avec la neige?

Marie, de dos, touillait la soupe sur le fourneau de fonte. N'entendant pas de réponse, elle se retourna. Son fils la contemplait, un sourire attendri sur les lèvres.

— Marius, tu... tu...

C'était toujours pareil. Émue, elle ne parvenait plus à parler.

Il s'avança, l'embrassa, puis, d'un geste commun à toutes les retrouvailles, l'écarta pour l'admirer. Plus petite que Jeanne, les traits fins, Marie était jolie femme. Devenue mère à l'aube de ses dix-sept ans, elle avait à peine la quarantaine. Ses épais cheveux châtains, pâlis aux tempes, les pattes-d'oie de ses yeux et des esquisses de rides donnaient à son visage une beauté un peu douloureuse. Elle rayonnait d'une séduction nouvelle dont Marius fut brutalement conscient. Depuis sa dernière permission, six semaines avant l'armistice, sa mère s'était épanouie comme une fleur du désert sous la pluie improbable... Un miracle s'était produit.

En pleine guerre, Marius avait fait la connaissance de Johannes Alayel, l'amour d'antan de sa mère. Blessé au front, il était vivant et allait revenir. Après vingt-trois longues années, le doute, enfin, avait pris fin.

— Tu es en permission? demanda Marie à son fils.

— Démobilisé. Je ne repars plus.

Elle sourit, puis s'assombrit.

— Et lui ? demanda-t-elle. Tu l'as retrouvé ?

Elle n'avait pu attendre ; la question lui brûlait les lèvres.

— Pas encore, répondit Marius, navré. C'était difficile, avec mes hommes à tenir. Ils devenaient fous à faire de l'exercice après quatre ans de guerre. La démobilisation se fait attendre.

Elle semblait lointaine. Il s'enferrait dans ses explications. Un énorme remords l'étouffait. Il aurait dû rechercher opiniâtrement le blessé. Il se sentit impuissant. Que savait-il des hôpitaux, des mutilés, de leur démobilisation ? Sitôt libéré, il avait fui, sauvant une ultime fois sa peau, abandonnant ses hommes, Alayel en particulier.

Cette culpabilité latente le cabra. L'adjudant disparu était avant tout son ami, son égal, un guerrier solide sur lequel il pouvait compter. Leurs destins, ceux de deux hommes libres, avaient convergé puis divergé ; nulle transcendance n'y pouvait rien changer ! Dieu aussi était mort à la guerre ! Il regarda sa mère. Elle était grave, exigeante, autoritaire. Il résista à lui avouer ses pensées.

— Mon ami Genlis, sous-lieutenant à l'état-major, est bien placé pour le retrouver, conclut-il. Il nous enverra un télégramme. Il me l'a promis.

Elle ne répliqua pas.

Décontenancé, Marius découvrait la passion de sa mère pour cet amant d'une folle nuit de la Saint-Jean, vingt-quatre ans plus tôt. Johannes, elle ne l'avait jamais revu. Pourtant, pour elle, il incarnait désormais l'avenir.

— Je rapporte sa charrette au Gallu, dit Jeanne pour laisser la mère et le fils en tête à tête.

L'ombre de l'absent faisait revivre un lourd passé dont elle se sentait coupable, elle, la fille de Malvier, le tortionnaire de Marie.

— Reviens vite, répondit Marius à la jeune femme.

— Je vais faire une omelette au lard, dit Marie, rompant le silence.

— Laisse, dit-il. Un bol de soupe et un bout de fromage suffiront.

Elle se mit à cuisiner. Gâter son fils l'occupait et l'activité calmait le désordre de ses pensées.

La porte s'ouvrit bientôt sur une silhouette imposante. L'homme tapa ses bottes contre l'huisserie de pierre pour en faire tomber la neige, ouvrit son étonnante pelisse – il était le seul du pays à porter de tels vêtements – et entra, précédant Jeanne.

Après un coup d'œil vif à Marius, il s'adressa à sa mère.

— Pardonnez-moi de vous déranger, Marie. La petite n'a pas su me cacher la nouvelle.

— Vous avez soupé? J'ajoute une assiette.

Elle se remit au fourneau, ravie de cette visite.

Marius, immobile, la gorge nouée, était de nouveau l'enfant rencontrant pour la première fois cet homme massif à la crinière blanche et aux sourcils sombres. On le disait sorcier, parce qu'il hantait la forêt chaque jour, des heures durant. Le Gallu l'avait apprivoisé par la douceur de son regard, imperceptible au premier abord.

Les deux hommes s'observaient. Brusquement, le plus jeune s'avança. Son accolade contenait toute la tendresse d'un gamin perdu. En réponse, l'affection ne fut pas moins vive.

Ils furent quatre à dîner. Le coureur des bois avait apporté du vin cacheté. On parla de l'avenir, de la scierie en particulier. Le Gallu l'avait rachetée au père Trioulaire, qui voulait se retirer. Avec quel argent? Personne autour de la table n'eût osé poser la question, bien que chacun brûlât de le savoir. Il n'empêche que le sauvage des bois l'avait acquise pour Marius et Jeanne! C'était si vrai qu'il ne s'en occupait guère. D'ailleurs, ce fut la jeune femme qui résuma la situation au lieutenant: les affaires cahotaient. Durant le conflit, l'entreprise avait œuvré pour la Défense nationale, fabriquant des caisses pour les fusils de la manufacture d'armes de Saint-Étienne. L'armistice avait tari cette manne et l'entreprise vivotait, répondant aux besoins locaux. Jeanne avait le sens de l'argent. Le conflit avait dévoré une multitude d'hommes et donné leur chance aux femmes. Dans ces circonstances pénibles, elle avait beaucoup appris et, depuis trois mois, elle resserrait les cordons de la bourse. À court terme, il faudrait tout de même trouver de nouveaux débouchés et investir.

— Une turbine, dit Marius. On fera notre courant avec le bief. Des moteurs électriques remplaceront poulies et courroies. Quant aux marchés potentiels, ils existent. On manque de tout dans la Somme. Pour reconstruire, je veux dire. En particulier de bois. Le sapin n'est pas cher et fait d'excellentes charpentes. Le pin est bon pour le mobilier et les aménagements. C'est là-bas qu'il faudra vendre…

Le Gallu écoutait, donnait quelques conseils aux tourtereaux qui, en imagination, venaient au secours de toutes les régions dévastées par la guerre.

Marie servait, desservait, efficace et discrète. L'ouvrage fait, elle sortit de petits verres à cul épais et la bouteille de goutte, puis elle s'assit, le regard perdu. Elle aussi était partie là-haut, en Picardie… Marius le comprit. Ne sachant comment réagir, il se tut. Le Gallu observait cette brave femme. Savait-il le détail de son histoire ? Bien sûr qu'il savait ! Son regard débordait de compassion. Elle y ancra le sien…

Affamés de nouvelles, ils se couchèrent tard.

*

Deux heures après s'être endormi, Marius ouvrit les yeux, comme pour une relève. La fenêtre grande ouverte, il admira la quiétude nocturne avant de se recoucher. Puis, dans le noir, bien au chaud sous le ventre rebondi de l'édredon, il écouta le clapotis de l'Ance et le souffle léger de Jeanne.

Dans le rectangle de la fenêtre, l'obscurité fluide du ciel tranchait avec le noir chaud de la chambre.

La vraie nuit…

Plus jamais il ne souffrirait de la lumière livide des fusées éclairantes, plus jamais il ne subirait ces veilles interminables dans le grondement lointain des canons, ces attentes angoissées d'une attaque à l'aube.

Le calme immense, minéral, intimidant. À Guerbigny, sa dernière garnison, les hommes maintenaient toujours une rumeur dans les ténèbres, une animalité rayonnante. Sur le ciel pur de sa première nuit d'homme libre, dans un silence soudain funèbre, des visages aux traits ravagés et aux regards aveugles surgirent. Cloportes innombrables éclatés sous les pas de titans mécaniques, les tués de la guerre défilaient. Eux étaient morts et lui vivant. Pourquoi? Sur l'immense désert noir hurlait une tempête de larmes. Ses copains disparus avançaient, suppliants. Marius se sentit dévasté, détruit de l'intérieur. Vide.

Il s'assit sur le lit, en sueur. Regarda par la fenêtre avec angoisse: les pentes des montagnes douces, dentelées de grands conifères, masquaient en partie l'infini piqueté d'étoiles farouches.

Bien réveillé, il eut peur. De l'avenir, des décisions à prendre, de l'œuvre à accomplir. Peur de n'être pas à la hauteur, de ne pas savoir faire, de ne plus pouvoir se réfugier dans l'obéissance. Enfant, élève, militaire, il avait toujours été encadré, rassuré par les règles. Aujourd'hui, il était libre, c'est-à-dire sans appui. Le Gallu, son ami, le soutien de son enfance, vieillissait. Après lui avoir tout donné, Marie, forte, travailleuse, obstinée, avait droit à une vie d'amoureuse. Elle avait achevé son œuvre maternelle. Dorénavant, il lui appartiendrait, à lui, d'être son pilier, non plus l'inverse.

Restait Jeanne, son amour de toujours, son aînée d'un an, la compagne de sa petite enfance. Au plus loin de ses souvenirs, elle l'aimait, le soutenait déjà, mais la connaissait-il encore? En juillet 1914, ils avaient voulu se marier. Marie et Malvier, le père de Jeanne, s'y étaient opposés. Trahi par sa propre mère, Marius s'était engagé.

Jeanne, sous la pression de son père, avait épousé le fils d'un riche maquignon. Joseph Mastafier, son camarade de l'école communale, la désirait depuis toujours. Elle avait travaillé pour ses beaux-parents, des gens malhonnêtes et rapaces. Son mari ne valait pas mieux. Il la délaissait et la maltraitait. Sa mort au front l'avait libérée.

En septembre 1918, le secret de sa filiation paternelle avait été levé; il avait pu retrouver Jeanne. Pourtant, ces quatre années l'avaient certainement transformée. Cette femme qui dormait près de lui, qui était-elle?

L'insomnie triturait le passé. Marius s'était longtemps cru le fils de Malvier, le père de Jeanne et le fermier pour lequel travaillait sa mère. Ce doute avait macéré durant des décennies, brouillant ses ancrages…

Un terrible découragement s'abattit sur lui. Lors de sa dernière permission, trois mois auparavant, tout était différent : il avait une guerre à finir. Aujourd'hui, sa carapace de guerrier s'était craquelée. Après une brusque ivresse, il se sentait nu. Il lui fallait se tailler des habits de liberté pour affronter la vie reconquise.

Jeanne bougea. Sa jambe l'effleura. Il revit le moment où, cette nuit même, ils s'étaient blottis tout nus sous les couvertures, enlacés pour se réchauffer. Ce contact le fit sourire. De nouveau, il se sentit bien et ses paupières s'alourdirent. Cette femme était son avenir. Il le construirait pour elle, avec elle…

À l'arrivée du train, sur le terre-plein de la gare, une auto était passée devant eux en cornant. Ni Marius ni Jeanne n'avaient vu le regard meurtrier du couple en grand deuil vautré sur la banquette arrière.

Eugène et Célestine Mastafier, beaux-parents de Jeanne, haïssaient tout autant leur bru, récente veuve de guerre, que Marius, qu'ils jugeaient responsable de la mort de leur fils. L'amour des jeunes gens leur était une insulte insupportable.

3

Le voyage de l'illettrée

À l'aube, Marius était parti à travers bois. Il avait ressenti le besoin de grimper les pentes pour aller saluer le soleil. Une façon de retrouver le pays et de se retrouver.

Marie, après son départ, avait lavé les bols puis s'était accoudée à la fenêtre. Pensive, elle observait le bief au flot lisse et, derrière lui, le bouillonnement de l'Ance grossie de neige lourde. Les mains crispées sur son torchon, elle se tourna vers Jeanne, qui buvait une tasse de café. Levant la tête, la jeune femme lui rendit son regard.

— Je vais le chercher, dit-elle, je vais chercher Johannes Alayel, mon homme !

Un cri du cœur parfaitement déraisonnable. Que répondre ? Jeanne, émue, s'avança vers son aînée et la prit dans ses bras.

La jeune femme savait inutile de contredire Marie. Celle-ci prenait le temps de la décision et ne revenait jamais en arrière.

— Marius va écrire à ce lieutenant Genlis. C'est son ami. Il t'accueillera…

— On a perdu trop de temps. J'arriverai là-bas avant sa lettre. De toute façon, personne ne sait dans quel hôpital il se trouve, ni de quelle blessure il souffre. Moi, j'aurai une seule chose à faire : le localiser. Je serai libre.

— Tu crois que…

— Écoute, Jeanne Malvier. Mon homme, on l'a emmené il y a vingt-quatre ans. Pas un jour sans que je pense à lui. Je ne le perdrai pas une seconde fois. Je pars aujourd'hui.

*

— Je vais le chercher, dit Marie à son fils pendant le déjeuner.

C'est de la folie, songea-t-il.

Il dévisagea sa mère, lut sa détermination. Le sentiment fugace qu'elle allait réussir l'envahit, puis disparut.

Avec ce sourire en coin ramené de la guerre qui affirmait ironiquement que rien n'était sérieux sauf la mort, il s'avança et la prit dans ses bras.

— Tu le trouveras et tu le ramèneras, dit-il.

Il se détacha, lui sourit et sortit.

Elle le vit partir, inquiète soudain, mais il reparut, son portefeuille à la main. Il en tira son pécule touché la veille, sépara la liasse en deux et lui en tendit la moitié.

— Pour ton voyage et tes frais, dit-il.

C'était une belle somme, qu'elle repoussa.

— J'ai de l'or, dit-elle. J'économise depuis toujours. Je dépenserai ce qu'il faut pour le retrouver.

Son refus se manifesta par une raideur de tout son corps. Dans un soupir, Marius reprit son argent.

— Il y a le téléphone à la scierie, dit-il. Appelle quand tu auras besoin de nous. J'irai vous chercher… Alayel et toi.

Les yeux de sa mère s'illuminèrent.

*

Plus tard, Marie prépara ses paquets. Sur son lit, elle déposa ses vêtements de tous les jours, rapiécés mais chauds ; un nécessaire à couture ; un peigne ; un flacon d'eau de Cologne, son seul luxe ; un pain de savon. Elle trouverait toujours un lavoir ou une rivière pour laver son linge au jour le jour. Dans du papier de soie, elle emballa la belle robe et les bottines héritées d'Adèle, la mère de Jeanne. Après une hésitation, elle ajouta ses *éclots* tout neufs. Pour voyager en train et traverser les villes, elle porterait les brodequins de cuir que son fils lui avait offerts en septembre. Dans la fameuse boue du front, elle serait beaucoup plus à l'aise en sabots. Elle contempla ses effets et hocha la tête. Tout ça suffirait à aller au bout de la Terre.

Elle rangea soigneusement sa garde-robe dans deux grandes sacoches en forte toile et se sentit désœuvrée pour la première fois de sa vie. Que pouvait-elle entreprendre avant son départ dans l'après-midi ?

Elle mit un châle, sa pèlerine en gros drap de laine, ses vieux sabots et sortit. N'ayant ni vaches à garder, ni fumier à charrier, ni volaille à nourrir, elle partit sans but, remontant la rivière vers le viaduc. Une promenade ? Une errance plutôt, pour s'imprégner d'un paysage familier qu'elle allait quitter. Elle en ressentit une peur diffuse, elle qui n'avait rien vu du monde, ne s'était jamais rendue dans une grande ville, n'avait pas même pris le train ! Cependant, elle avait appris à corseter son angoisse. Au fond d'elle-même luisait une aurore, un avenir avec l'homme dont elle gardait la photographie contre son cœur.

Remontant l'Ance, elle constata qu'elle se dirigeait vers la maison du Gallu. Elle songeait à toutes ces années passées seule. Jeanne, Marius, elle les avait élevés. Servante et fille-mère, elle s'était occupée de la fille du détestable Malvier comme de la sienne propre. L'épouse de celui-ci, toujours souffreteuse, avait finalement péri de phtisie galopante. Une maladie peu courante dans le canton de Craponne, dont Pontempeyrat était l'une des neuf paroisses. L'air sec de l'altitude faisait des centenaires par ici.

Quand la maison aux pompeux décor de stuc, construite par un fou du passé, apparut au bout d'une allée herbue, Marie ralentit le pas. Elle n'était jamais entrée chez le Gallu. Il gardait secrète sa tanière et seul Marius y avait pénétré. Elle osa frapper à la porte.

Le propriétaire des lieux était absent, mais, par une étrange magie, lorsqu'on souhaitait le voir, il arrivait.

Marie vit débouler le grand bas-rouge de l'homme des bois. Son trot glissé semblait menaçant, sans doute parce qu'il n'aboyait jamais. Il tourna autour de la marcheuse, qui le garda à l'œil. Elle connaissait bien les chiens, mais cette grande bête noir et feu n'était pas d'une race commune dans la région et elle s'en méfiait. Après avoir flairé la visiteuse, il regagna les sous-bois et son maître apparut bientôt.

— *Adiu,* Marie…

Dans son regard, il perçut ce mélange de rage désespérée et de détermination qu'il savait lire dans les yeux de Marius enfant.

— Ton fils n'a pas retrouvé Johannes? C'est ça?

Il savait toujours tout, le Gallu, ou alors il devinait. Il parlait peu, mais souvent de façon prémonitoire. Dans le pays, on lui prêtait des pouvoirs occultes.

— Je pars. Je vais le chercher. Quel que soit son état, je le ramènerai.

Le coureur de bois la contempla sans mot dire. Elle s'accrochait alternativement à chacun de ses yeux en un va-et-vient inquiet. Tout un dialogue en silence.

— Tu connais pas le monde, dit-il, mais tu sais la méchanceté des hommes. Emporte un bâton.

Marie acquiesça. Cet étrange conseil la rassura: les dangers inconnus pouvaient donc s'écarter à coups de trique. De tels propos la rassérénèrent.

— Pas n'importe lequel, ajouta le Gallu. Suis-moi.

Pour la première fois en vingt ans, il fit entrer Marie. Certes, la bâtisse mystérieuse contenait d'étranges sculptures, mais elle était tiède et propre. Ça n'était pas, comme le disaient les villageois, la tanière d'un sorcier: elle le sut dans l'instant.

— Attends-moi là, dit-il.

Il revint bientôt avec un bourdon de bois noir à bout ferré et pommeau de métal bruni. Elle le soupesa, le fit tourner, hocha la tête.

— Il est lourd, dit-elle, mais on l'a bien en main.

— C'est de l'ébène. Un bois très dur. Garde-le toujours avec toi.

Il la dévisagea de nouveau.

— Tu pars pour un long voyage, dit-il. Prends ce qu'il faut, mais ne te charge pas trop. Garde ça comme un trésor, compléta-t-il en lui tendant un papier qu'il venait de rédiger.

Elle le prit, l'ouvrit, contempla la grande écriture régulière du Gallu, hocha la tête. Elle ne savait pas lire. Pourquoi lui donnait-il cette feuille ?

— Si nécessaire, tu iras au bureau de poste, tu la donneras à l'employé du télégraphe et tu dicteras ce que tu voudras me dire. C'est mon adresse. Je serai prévenu en deux ou trois heures.

— Je n'enverrai pas de télégramme, dit Marie sévèrement. Je ne téléphonerai pas non plus à la scierie.

Elle enfourna cependant le bout de papier dans la poche de son jupon.

— Je sais bien, dit-il. Mais ce papier, comme le bâton, c'est bon de les avoir pour ne pas s'en servir !

Elle sourit. C'était la première fois depuis le début de leur rencontre.

— Bien le bonjour, *moussu Gallu*, dit-elle de sa façon abrupte.

Elle se tourna et s'en fut, serrant le bâton contre elle comme un cadeau précieux.

*

Marius avait voulu l'accompagner au train. Le front têtu, elle avait refusé et il n'avait pas insisté. Il l'avait vue partir seule, silhouette élargie par ses deux grosses musettes que recouvrait sa grande cape.

Marie hésitait à prendre le raidillon menant à la gare lorsqu'elle entendit un attelage s'approcher. Le Gallu arrivait dans sa charrette d'osier, tirée par son grand poitevin gris et noir. Il s'arrêta à sa hauteur.

— Monte, dit-il.

Elle obéit : il l'impressionnait toujours. Il était comme un père, un patriarche plutôt. Elle garda ses sacoches pardevers elle et s'assit de biais pour lui laisser de la place.

À la gare, il lui prit ses billets. Un pour Saint-Étienne. Un deuxième jusqu'à Lyon, un dernier de Lyon à Paris.

— C'est Marie qui part? s'étonna l'employé du PLM.

Le Gustou était un gars du pays qui avait réussi à se faire nommer chef de gare à Pontempeyrat, où passaient quatre trains quotidiens. Une sinécure qu'il appréciait à sa juste valeur.

Le Gallu ne répondit pas. Marie lui tendit son porte-monnaie usé, dont il tira trois louis d'or. Il les lui montra, elle hocha la tête, résignée.

— Tu sais lire les chiffres? lui demanda-t-il.

Elle opina. C'était une taiseuse, Marie, comme le Gallu. C'est aussi pour cela qu'ils s'aimaient bien.

— J'écris « 1 » sur le premier ticket, « 2 » sur celui de Lyon et « 3 » pour celui de Paris. Là-bas, il te faudra prendre le métro jusqu'à la gare du Nord.

Elle ignorait tout du métro. Elle verrait bien.

— À la gare du Nord, tu prendras un billet pour Amiens, mais il te coûtera cinq fois moins cher que ceux-là.

— Bon voyage, la Marie, dit le Gustou. Sois prudente, ajouta-t-il, tant cet improbable départ l'étonnait.

Le Gallu l'abandonna sur le quai désert. Depuis toujours, Marie affrontait seule son destin. Elle se sentait plus forte quand personne n'était là pour lui donner des ordres. On l'avait trop commandée dans sa vie, le coureur des bois l'avait compris.

Il arrivait chez lui quand, dans sa rumeur familière, le train déboucha de la tranchée pour se ruer sur le viaduc. Puis le tunnel l'aspira et ce fut le faux silence des bois enneigés. Le Gallu soupira. C'était folie de partir ainsi, mais il aimait trop sa liberté pour ne pas respecter celle des autres, surtout s'il les aimait. Il grimaça. Reconnaître son affection pour Marius, Jeanne ou Marie le gênait. Point de famille, quelle qu'elle fût... C'était son histoire; son secret. Il rentra chez lui se plonger dans les *Mémoires d'outre-tombe*.

*

Partie de Pontempeyrat en fin d'après-midi, Marie avait pris sa correspondance à Saint-Étienne sans difficulté. Là-bas, un employé portant la même casquette que le Gustou avait vociféré : « Les voyageurs pour Lyon, en voiture, s'il vous plaît ! » Elle avait obéi. À Perrache, elle s'était sentie un peu inquiète. Un agent du PLM lui avait indiqué un convoi vide, précisant qu'il partirait une grande heure plus tard.

Elle aurait pu se promener pour tuer le temps, mais que faire de ses sacoches ? Et si elle se trompait de train en revenant ? Ce n'était pas le moment de chercher midi à 14 heures ! Elle s'était installée sur la banquette de bois du train et avait attendu le départ. Le spectacle des voyageurs filant comme des fourmis affairées l'occupa. À un moment ou un autre, tous levaient le nez vers les panneaux indicateurs. Encore une fois, elle regretta de n'être jamais allée à l'école. Dès qu'elle avait su marcher, dès qu'elle avait pu obéir, elle avait trimé aux champs.

Quitter le Velay, ses montagnes douces et son grand vent d'hiver, lui avait pincé le cœur. Dans cette gare grouillante, isolée dans ce compartiment vide, elle se sentit tout à coup perdue, bien plus qu'au milieu des sapins noirs, à la tombée du jour, à des kilomètres de la ferme… un jour de son enfance.

Elle avait passé la nuit rencognée contre sa fenêtre, avait mal dormi, mais qu'importait. L'express de nuit lui avait épargné les sous d'une auberge. Un sou, on peut le dépenser sans remords lorsque ça en vaut la peine, mais ça ne vaut jamais la peine pour soi tout seul. Et puis elle était pressée d'arriver et son confort n'était qu'un détail. Elle ne s'était jamais ménagée et n'allait pas commencer maintenant.

Le train passait en tranchée. Comme à l'entrée de la gare de Pontempeyrat, côté Craponne. Le remblai s'empierrait de grandes voûtes aveugles, toujours plus hautes. Marie compta huit voies ; au cours des cinq dernières minutes, on avait croisé au moins quatre convois. Elle leva la tête.

Au-dessus du mur oblique, les immeubles accolés les uns aux autres étaient beaucoup plus hauts qu'à Saint-Étienne ou à Lyon. Marie, paysanne illettrée, était effarouchée par ces villes entrevues. Elle compara celle-ci à une méduse gigantesque, bien qu'elle ne sache pas grand-chose des méduses, sinon de leur flaccidité vaguement répugnante.

Il émanait de Paris une sensation trouble, oppressante. Elle soupira. La vapeur blanche de son souffle brouilla la vitre. On gelait dans ce train. Le matériel ferroviaire avait souffert de la guerre et les premiers efforts ne bénéficiaient pas aux troisièmes classes. Pis : sur les réseaux nord et est, les plus touchés, les troupes voyageaient encore en wagons à bestiaux. Marie ne se plaignait pas. Le froid, elle en avait l'habitude et s'était vêtue en conséquence. Elle cheminait vers une région blessée, aux maisons détruites. Elle prévoyait des nuits dehors et, en janvier, elles ne sont pas chaudes. Elle pouvait s'attendre à bien pire que ces quelques heures de train. À quoi précisément ? Elle n'en savait rien. Alors elle était prête à tout. Que peut-il advenir d'une paysanne de quarante ans, déterminée, dans une campagne en friche ? Qui irait lui chercher noise ? Le bâton du Gallu découragerait les impudents. Seule sa quête importait. Elle s'en allait chercher Johannes.

La lumière du matin s'assombrit d'un coup quand la locomotive s'enfonça sous une longue marquise encrassée de suie. On entrait en gare de Lyon. Un ultime grincement des freins, puis le faux recul de l'arrêt. Les autres voyageurs du compartiment étaient déjà levés. Ils descendaient leurs valises des filets avec impatience. Marie attendait. « Cocher, doucement, je suis pressé », disait le Gallu. Il avait bien raison. Sortir le dernier n'était pas une perte de temps.

Elle descendit les deux marches de bois épais. Sur le quai, elle croisa les sangles de ses sacs sur ses épaules. Tout le monde allait dans le même sens. Elle suivit le flux, constata avec stupeur l'arrêt de la voie contre des butoirs. Elle n'avait jamais vu une chose pareille. À Pontempeyrat, Craponne, Châteaucreux et Perrache, les rails traversaient les gares. Ici, à Paris, les trains auraient dû traverser la ville. Eh bien non ! Les convois arrivaient, dégorgeaient de leur foule compacte avant de repartir à vide, abandonnant là leur locomotive. Sur des voies voisines, d'autres trains se remplissaient et partaient. Aucun bon sens dans tout ça !

Marie restait bras ballants, les hanches élargies de ses besaces, à contempler cette gare étrange. Ainsi, à Paris, tous les chemins de fer finissaient en cul-de-sac. Cette ville n'était pas une méduse, mais plutôt une araignée au centre de sa toile ! Elle se remit en marche, s'arrêta, se sentit observée. Étonné par son allure et par son immense bâton noir, un employé la dévisageait.

— Je peux vous renseigner ? demanda-t-il, un peu gêné.

— Je vais à Amiens, s'il vous plaît, répondit-elle. Où diable se trouve le train pour aller là-bas ?

Elle avait pris un air sévère. On sentait bien qu'elle maudissait ces grosses chenilles de fer qui encombraient les voies.

— Oh là là, ma brave dame, mais c'est qu'il faut changer de gare. Pour le Nord, c'est à la gare du Nord !

Le Gallu le lui avait dit, elle s'en souvenait à présent.

— Et par où on y va ?

— Ben, faut prendre le métro jusqu'à Châtelet, changer en direction de la porte de Clignancourt et descendre à la gare du Nord. Là-bas, vous suivrez les panneaux « grandes lignes ».

Du charabia. Le métro, c'était un chemin de fer souterrain, d'après ce que lui avait raconté Marius. Marie aimait le grand air, ou au moins l'air libre, mais pas du tout les tunnels. Elle irait à pied, d'autant qu'elle économiserait au moins un franc.

— Et c'est loin ? demanda-t-elle.

— Une demi-heure.

— En marchant, je veux dire. Ça fait combien de kilomètres ?

Il la regarda les yeux ronds, finit par répondre :

— P't'êt' bien une heure, je veux dire quatre ou cinq kilomètres.

Elle le remercia, suivit les gens pressés. La plupart s'engouffraient dans un large dégueuloir.

— C'est le métro, par là? demanda-t-elle à un adolescent dégingandé, sa casquette inclinée sur l'œil.

Il la scruta des pieds à la tête.

— P'tain la bouseuse, é r'connaît même pas l'tromé.

Marie savait que dans le Nord, c'est-à-dire au-delà de Lyon, existaient des patois incompréhensibles. Certaines choses se manifestent cependant par-delà les mots, telle l'insolence d'un voyou. Celui-ci s'était d'ailleurs précipité dans l'escalier et Marie n'en était que plus décidée à traverser Paris à pied.

L'esplanade de la gare grouillait de taxis Renault. Dans l'un d'eux, un chauffeur aux bacchantes en crocs trônait au-dessus d'un capot qui semblait ridiculement petit, en regard de cette machine presque aussi haute qu'un fiacre. Un toit et une vitre frontale le protégeaient du vent et de la pluie, mais pas des courants d'air latéraux. Il ne devait pas avoir chaud. À l'arrière, le client disposait de la moitié d'une berline, douillettement close.

— Un taxi, ma p'tite dame?

Marie, intimidée, n'osa pas refuser. Et puis cette machine éveillait sa curiosité.

— C'est combien pour la gare du Nord?

— Cent sous.

— Oh là là, s'offusqua Marie.

Le moustachu se renfrogna. Pour ne pas avoir l'impolitesse de lui tourner le dos – à Craponne, cela eût constitué un affront –, elle chercha un propos aimable.

— Vous avez sûrement fait la Marne, votre taxi et vous? dit-elle avec un grand sourire.

Le chauffeur se cambra comme un dindon offensé.

— Madame! C'est le modèle 1917!

Faute d'un trou de souris où se cacher, Marie s'en fut à la hâte.

En contrebas, fiacres, charrettes, automobiles, camions à chevaux ou à moteur se croisaient dans une cacophonie assommante. Devant ce flux grondant, plus inquiétant qu'un torrent en crue, Marie resta indécise. Elle devait pourtant bien traverser la rue. Frôlée par un cavalier, elle se recula précipitamment, faillit s'affoler, puis observa les passants. Tous se faufilaient avec aisance entre les véhicules. Elle s'agglutina à un groupe et franchit l'obstacle, puis réfléchit à son itinéraire. La gare du Nord était nécessairement au nord; elle s'en remit donc au soleil. La rue de Lyon, en face, allait à peu près dans la bonne direction. Elle s'y engagea.

Les immeubles l'étonnèrent par leur magnificence. Comme la maison du Gallu, ils étaient décorés de volutes, de corniches, de colonnes, de balcons, mais en beaucoup plus grand. Elle compta six ou sept étages et songea à des maisons empilées les unes sur les autres. Plusieurs familles devaient y loger.

Le bruit l'étourdissait. Elle joua à en dissocier les sources. Les roues cerclées des charrois sonnaient sur le pavé, le chuintement des pneus d'autos se noyait dans le ronflement des moteurs, les klaxons électriques barrissaient, les trompes à poire avaient des flatulences, sans pour autant décourager les poissardes criant leurs légumes derrière leur charrette à petites roues.

Une flopée de gamins jouait sur les larges trottoirs. Marie réalisa que c'était un jeudi et que les enfants n'avaient pas école.

La Bastille l'étonna, avec cet adolescent tout nu, piqué sur une patte au sommet de sa colonne. Qu'est-ce que ce truc pouvait bien signifier? Elle mit en œuvre toute sa ruse pour traverser la place, éprouva un agréable sentiment de victoire en atteignant la rive opposée. À sa demande, un sergent de ville, repéré à son uniforme marine à douze boutons d'argent, lui indiqua la bonne direction:

— Suivez ce boulevard jusqu'à la place de la République. Traversez tout droit vers l'avenue en face et prenez-la. La gare du Nord, ce sera le second grand bâtiment en retrait sur la droite. Le premier, c'est la gare de l'Est. Faudra pas confondre.

Il réfléchit et ajoute, avec une ombre de reproche.

— Ça fait une trotte, quand même! avec une ombre de reproche.

Lui aussi l'observait d'un drôle d'air. Marie était timide et supportait de plus en plus mal qu'on la regardât comme un mouton à cinq pattes. Qu'avait-elle donc de si particulier? Elle fixa les passantes. Leurs jupes s'arrêtaient à mi-mollet, parfois plus haut, et leurs chevilles fines leur donnaient grâce et légèreté. Beaucoup allaient sans chapeau. Elles ne portaient plus leur chignon sur le sommet du crâne, comme avant la guerre, mais bas sur la nuque, ce qui modelait élégamment leur profil. Elle remarqua la coupe très courte d'une jeune Parisienne, un peu comme celle des petits garçons coiffés au bol, mais en plus carré, avec des pointes qui revenaient vers les joues. Cela lui donnait une beauté ambiguë non dépourvue de charme. Étrange lieu que Paris, où une femme pouvait oser une telle parure. Marie se trouva soudain gauche, mal fagotée, grotesque même, avec ces deux sacoches sous sa cape et son grand bâton. Pouvait-elle être belle, elle aussi? Elle fut prise de vertige. Que restait-il de l'éclat de ses seize ans, âge de sa rencontre avec Johannes, qu'elle n'avait jamais revu depuis. Une évidence s'imposa : elle allait changer de coiffure.

Tout de suite.

Elle songea que Jeanne roulait ses cheveux derrière sa tête, ce qui lui donnait un beau port de tête. « Un chignon banane », disait-elle. Marie s'arrêta devant le miroir d'une parfumerie, posa son bâton et ses sacs, farfouilla dans l'un d'eux, en sortit un peigne et une demi-douzaine d'épingles à cheveux qu'elle retint entre ses lèvres. Levant bras et coudes, elle entreprit de se recoiffer. Ce visage inhabituel plairait-il à Johannes? Elle se sentit rougir en repensant à cette nuit de la Saint-Jean, dans l'agréable moiteur de juin, quand elle s'était abandonnée dans les bras vigoureux de ce beau journalier de dix-neuf ans. Brutalement, elle ne fut plus ni servante, ni fermière, ni même mère, mais femme soucieuse de séduire.

Une présence lui fit tourner la tête. Une femme un peu ronde, au beau visage doux, l'observait avec bienveillance.

— C'est beaucoup mieux, dit la parfumeuse. Cette coiffure met en valeur votre visage, un peu coloré pour la mode actuelle, mais qui évoque la bonne santé et le grand air. Il vous manque une pointe de rouge à lèvres et un peu de mascara, et vous serez transformée.

Une nouvelle fois, Marie rougit. Cette femme l'admirait ! C'était incroyable. Elle la regarda avec de grands yeux.

La commerçante sourit.

— Venez, je vais vous maquiller.

— J'ai pas de sous, dit-elle par précaution.

L'autre marqua une seconde d'arrêt, puis haussa les épaules.

— Venez quand même.

La fatigue atténua la méfiance paysanne de Marie. Empoignant ses sacs et sa trique, elle la suivit. Un parfum à la fois suave et subtilement amer régnait dans la boutique, déserte à cette heure matinale. De petites boîtes, toutes différentes, s'empilaient sur des rayonnages, un peu comme chez le pharmacien de Craponne, mais en plus sophistiqué. Au sol, une mosaïque à volutes évoquait des plantes et des fleurs inconnues. Sur les murs, entre des miroirs, des figures de mode paradaient, plus séduisantes encore que celles des catalogues. L'hôtesse la fit asseoir, prit un mouchoir blanc très fin, y versa le lait nacré d'une bouteille à col de cygne et lui nettoya le visage. Le linge fut vite souillé et Marie en fut mortifiée.

— Je viens de passer la nuit dans le train, se justifia-t-elle.

La parfumeuse fit un geste vague et prit un petit pinceau.

— Fermez les yeux, dit-elle.

Marie obéit. Elle sentit une caresse étroite au bord de ses cils, puis un frôlement sur ses paupières qu'elle n'osait ouvrir. Elle éprouvait un étrange bien-être. Non que son fauteuil fût particulièrement confortable, mais on s'occupait d'elle avec douceur. C'était inattendu. La réalité sembla s'éloigner, le temps ralentir. Le brouhaha du boulevard s'était réduit à une rumeur lointaine sur laquelle se détachaient les sons ténus des objets pris puis reposés par la maquilleuse. Marie sentit qu'on lui peignait les lèvres.

— Admirez-vous.

Elle ouvrit les yeux. Dans la glace, une étrangère aux grands yeux saphir un peu tristes la dévisageait gravement. Sa beauté rappelait celle des élégantes affichées au mur, sans atteindre toutefois leur perfection éthérée. Des pattes-d'oie, des tempes blanchies l'humanisaient. Le dessin des lèvres donnait à son reflet une étonnante douceur. Qui était cette inconnue?

— Ce n'est pas moi, dit-elle. Ce n'est pas moi!

Elle criait presque, prise d'inquiétude, comme dépossédée d'elle-même.

La parfumeuse rit, lui saisit les mains, la fit lever du fauteuil et l'embrassa. Son corps doux pressa celui de Marie une seconde de trop, puis s'écarta tandis qu'elle exhalait un soupir.

— J'avais bien vu que vous aviez un visage de madone, dit-elle. Je ne m'étais pas trompée.

Les senteurs douceâtres et musquées des parfums et cosmétiques formaient un bouquet obsédant. Marie eut besoin de respirer l'air froid d'un jour d'hiver en altitude.

— Je dois partir! s'exclama-t-elle. Je dois prendre un train.

La femme la regardait, son souffle était un peu rapide, ses narines palpitaient. Elle semblait répugner à s'écarter pour lui laisser le passage.

— Je vous prends le rouge à lèvres, cria Marie comme on appelle au secours.

La commerçante s'écarta, passa derrière son comptoir en ramassant d'un geste mascara, rouge et pinceau.

— Cinquante sous, dit-elle.

Jamais Marie n'avait dépensé un liard pour des futilités. Payer lui parut le seul moyen d'échapper au sortilège. Elle chercha son argent. La parfumeuse s'attendrit de son trouble. Elle eut un sourire triste et, d'un geste spontané, ajouta produits et pinceaux de maquillage dans la pochette de papier.

Marie posa ses sous, rafla le sachet, ramassa ses besaces et quitta en hâte l'antre trop doux dans lequel elle s'était aventurée. Dehors, elle marcha d'un pas vif. Son malaise décrut avec l'éloignement. Essoufflée, elle ralentit. Du seuil de sa boutique, la parfumeuse la suivit des yeux puis regagna sa boutique. Immédiatement, elle aperçut le bâton oublié. Elle le prit, le serra un instant contre elle en fermant les yeux.

Marie allait d'un pas régulier. Elle avait dépassé la gare de l'Est et atteignait son but. Les gens la regardaient toujours, mais plus comme une bête curieuse. Les hommes l'observaient dans un demi-sourire, tandis que les femmes, surtout les plus belles, la toisaient brièvement. Ni les uns ni les autres ne comptaient, mais se savoir belle la réjouissait. Oh, pas pour elle, pour Johannes ! Elle sourit en pensant à lui. Une ultime étape en train la mènerait à Amiens, une ville dont elle ne savait rien, sinon qu'elle n'était plus très loin.

4

Convergence

« Mademoiselle » la battait et son papa la laissait faire. Il semblait même l'approuver. Eugénie s'assit, haletante. Tout était noir, mais elle sut qu'elle n'était pas à la ferme. Dans la pénombre, près d'elle, d'autres petites filles dormaient dans des lits en fer pareils au sien. C'était donc vrai ! Elle était dans un orphelinat et son papa était mort. Ses yeux s'emplirent de larmes et elle regretta son horrible rêve, car il y était vivant. Depuis cinq mois, la vie d'Eugénie avait basculé dans le malheur d'une grande maison épargnée par la guerre, située dans le bourg de Glisy, à quelques kilomètres d'Amiens.

Couchée, elle sanglota en silence et mit au moins dix minutes à retrouver le sommeil. On s'endort vite à sept ans, même quand on a du chagrin, même à l'orphelinat.

Plus tard dans la journée, une gifle la replongea dans son cauchemar. Elle regarda Mademoiselle avec une haine profonde. Sa joue cuisait. La garce – c'est ainsi que son papa appelait les femmes méchantes – l'avait battue parce qu'elle s'était éloignée des rangs pour ramasser une jolie feuille de sycomore. De tout son cœur, elle souhaita sa mort. À la ferme, elle avait vu plusieurs fois son père tuer le cochon. Si seulement elle pouvait saigner Mademoiselle ! Un couteau affûté, un geste vif pour le planter dans son cou gras et c'en serait fini. Eugénie réfléchit. Elle était prisonnière et savait très bien ce que ça voulait dire. Des prisonniers boches, elle en avait vu des dizaines. On les surveillait tout le temps avec des fusils pour qu'ils ne se sauvent pas. Pourtant, c'est ce qu'elle allait faire : se sauver. Depuis longtemps, elle en avait envie. Maintenant, c'était décidé. Dès qu'elle le pourrait, elle s'enfuirait.

Son malheur avait débuté quand l'obus était tombé sur la maison. Elle avait entendu le hurlement aigu de la marmite, avait couru sur dix mètres vers le potager et s'était jetée à plat ventre comme on le lui avait appris. Le vieux mur de clôture l'avait protégée. Il s'était à moitié écroulé, mais la chute des blocs ne l'avait pas atteinte. Elle s'était relevée, hébétée, couverte de poussière. Ses oreilles sifflaient. Puis ça s'était calmé. Elle avait retrouvé sa vivacité et s'était dirigée vers la maison pour y être consolée par papa.

Il n'y avait plus de maison, rien qu'un tas de ruines qui fumait. Alentour les obus continuaient d'éclater. Terrorisée, elle s'était réfugiée dans le bois et cachée sous un arbre. Il faisait chaud, en août ; sous l'arbre, la mousse était tiède de soleil. Frottant ses yeux avec ses poings, elle avait pleuré à chaudes larmes jusqu'à la fin du bombardement. Une éternité ; en fait quelques minutes. Un simple tir d'arrière-garde des Boches pour couvrir leur retraite. Le silence revenu, épuisée de chagrin, elle s'était endormie.

Depuis qu'Eugénie était toute petite, elle entendait le canon presque tous les jours, surtout quand le vent venait de l'est. Parfois, ça se rapprochait trop. Il fallait quitter la ferme. On chargeait le char à bancs et on allait à Braches. Là, elle retrouvait sa mémé adorée et fréquentait l'« autre école ». Quand les Boches reculaient, on revenait et elle retournait en classe à Cachy, où un soldat faisait l'instituteur. Dans la maison, on ne disposait que du strict minimum : le reste des effets familiaux avait été déménagé chez sa grand-mère. « *Des fois* qu'on perde tout, ce serait moins grave », avait dit son père.

Et puis sa mémé était morte. Oh ! pas comme les soldats. Elle n'avait pas reçu une balle ou un éclat de shrapnell, mais son cœur s'était cassé. Alors Eugénie était restée tout le temps avec son papa.

Presque toutes les semaines, des poilus venaient se reposer à la ferme. C'était jamais les mêmes, mais tous étaient gentils avec elle. Ça se passait toujours de la même façon :

— Comment tu t'appelles ? disait l'un des vieux, ceux des classes 90 ou 95 qui avaient plus de vingt-cinq ans.

— Eugénie d'Andech, répondait-elle.

— D'Andech ? C'est ton nom ?

— Non c'est celui de la ferme.

— Et quel âge as-tu, Eugénie ?

— Sept ans et demi. J'ai eu mon anniversaire à la Pentecôte, répliquait-elle.

Alors les soldats disaient :

— Mon garçon, il a juste un an de moins que toi.

Ou bien :

— Moi aussi, j'ai une petite fille. Elle s'appelle Mélanie. Toi, tu es une blondinette et elle, c'est une brunette.

Leurs enfants, Eugénie s'en fichait comme d'une guigne, mais elle écoutait pour leur faire plaisir. Souvent ils lui donnaient quelque chose : une poupée de bois sculptée au couteau, un bonbon ou un morceau de sucre, une douille en cuivre travaillé qu'elle enfilait sur son doigt et encore beaucoup d'autres trésors.

Eugénie aimait bien les soldats au repos. Quand il n'en venait plus, son père s'inquiétait : ça voulait dire que les Boches avançaient et qu'il faudrait sans doute partir. Une fois, au retour d'une de leurs fuites, le père et l'enfant avaient trouvé le toit du hangar crevé par un obus. Par chance, il n'avait pas explosé. Des sapeurs étaient venus le chercher. On avait changé les liteaux cassés et remis des tuiles neuves, prises dans la petite remise derrière la soue à cochon.

Il y avait aussi les ambulances. Eugénie regardait les blessés avec horreur et fascination. Certains ne bougeaient pas. Ils étaient tout pâles et leurs bandages étaient souvent tachés de sang. Ceux-là étaient moins intéressants que ceux qui parlaient, même s'ils gémissaient et lui demandaient de l'eau. Elle allait remplir un verre à la pompe dans la cour et le leur donnait. Parfois ils souriaient, parfois ça les rendait malades. Alors elle leur demandait: «T'es blessé au ventre?» S'ils acquiesçaient, elle leur expliquait: «Faut pas que tu boives, ça te ferait mourir.» Toutes ces visites créaient de l'animation. Bien sûr, il y avait aussi ceux qui mouraient dans la nuit. La petite fille ne les aimait pas, ils ne sentaient pas bon.

Bref, la vie d'Eugénie était pleine de rencontres et le bonheur avait duré jusqu'à ce que la marmite tombe sur la maison.

À son réveil dans le sous-bois, le soleil descendait sur l'horizon. Au loin, on entendait des grondements, comme toujours. Elle était retournée à la ferme. Elle savait que l'obus y était tombé, mais ce spectacle l'avait malgré tout désolée. Elle s'était assise sur une pierre et avait pleuré de nouveau, puis Mme Lefèvre, la voisine, l'avait emmenée. Le lendemain, une dame à grosse poitrine était venue dans une auto avec un chauffeur à peau de bique. Elle l'avait emmenée «à l'arrière», à Corbie, une ville beaucoup plus grande que Marcelcave ou Villers-Bretonneux. Elle l'avait laissée devant une énorme maison, où Mademoiselle était venue la chercher. On l'avait placée avec d'autres fillettes. Où était-elle? «Dans un orphelinat provisoire», s'étaient fait un plaisir de l'instruire les autres. Eugénie n'avait jamais entendu ces mots-là. C'était là qu'on enfermait les enfants dont les parents étaient morts, lui avaient-elles complaisamment expliqué. Elle s'était révoltée. Son père n'était pas mort. Sûrement pas!

Cette nuit-là, avaient commencé les cauchemars qui la réveillaient sans cesse. Fatiguée et inquiète, elle n'écoutait pas ce que disait Mademoiselle et se faisait tout le temps gronder. Il fallait marcher en rang, vivre dans la promiscuité du dortoir, manger au réfectoire une nourriture peu ragoûtante. Le soir, quand elle pleurait dans son lit, personne ne venait la réconforter. Elle était là depuis trop longtemps. L'hiver s'était installé, au-dehors comme au-dedans.

Mademoiselle lui avait donné la gifle de trop. Dans une jubilation intérieure, Eugénie avait inventé une nouvelle variante du meurtre de sa geôlière. Elle connaissait les armes, savait manier un pistolet d'ordonnance. Un sergent ivre, un jour, l'avait fait tirer sur une bouteille vide et elle l'avait eue. Son père avait piqué une colère, puis il l'avait câlinée en lui expliquant avoir eu très peur pour elle. Depuis, elle se méfiait des armes. Sauf aujourd'hui. Elle se voyait ouvrir l'étui en forme de gigot, sortir le pistolet, viser Mademoiselle entre les deux yeux et, boum ! lui casser la tête. Elle serait tombée par terre et on aurait vu sa cervelle rose. À la ferme, en fouinant un peu, elle aurait trouvé de quoi accomplir sa vengeance ; à l'orphelinat provisoire, elle n'avait rien. Il ne lui restait qu'à fuir pour retrouver son papa. S'il n'était pas à la ferme, elle l'attendrait. Elle savait faire la soupe et mangerait les légumes du potager. Son père avait planté des chicons, des choux, des poireaux, toutes sortes de légumes pour l'hiver. Elle mettrait la nasse dans l'étang en contrebas, en la jetant du petit pont, et mangerait les poissons. Pour dormir, elle se ferait une cabane contre le vieux mur du potager.

*

Sous la surveillance de Mademoiselle, les petites orphelines étaient en promenade. Elles traversaient le bois, dos au soleil. Eugénie fermait son rang. Elle se baissa, fit semblant de lacer sa chaussure et se laissa dépasser. Elle se redressa alors, sauta prestement le fossé et s'enfonça dans les taillis.

À l'école, elle avait appris les points cardinaux et savait que le soleil de l'après-midi descendait vers l'ouest. La veille, elle avait demandé, mine de rien, la direction de Villers-Bretonneux, la ville la plus proche de la ferme. On lui avait indiqué le sud-est. Quand elle s'estima assez loin du chemin, elle obliqua dans la direction opposée au soleil.

Constatant son absence, Mademoiselle avait vite ramené ses pupilles à l'orphelinat et rameuté la maréchaussée. Les gendarmes suivirent une des gamines qui avait vu fuir Eugénie et la battue s'engagea vers le nord-ouest, direction abandonnée par la fugueuse une bonne heure auparavant. Mademoiselle et ses sbires rentrèrent bredouilles.

La petite avait avancé vaillamment, dépassant Fouilloy et Villers-Bretonneux. Elle se trouva bientôt face à une étendue où se dressaient quelques troncs brisés et une multitude de piquets de fer reliés par des buissons de barbelés. S'y étant engagée, elle atteignit une tranchée aux bords effondrés, dans laquelle traînaient des trésors : une toile de tente allemande en particulier, qui, d'après les conversations des poilus entendues à la ferme, était parfaite pour s'abriter. Elle s'en couvrit et poursuivit sa route. Les ruines d'un village sur sa gauche l'effrayèrent, elle prit à droite. Un réseau de barbelés infranchissable l'arrêta. Elle le longea, mais sa progression fut stoppée net par une rivière. Elle fit demi-tour, contourna un énorme trou d'obus, rencontra un marécage infranchissable. La lumière baissait. Elle voulut revenir sur ses pas, au risque de retrouver Mademoiselle et d'être battue. La grisaille s'épaississait. Elle se mit à courir…

*

Marie Malaguet errait dans la gare du Nord. Les uniformes des agents n'étaient plus ceux du PLM et ça la désorientait. Personne ne lui avait dit que les trains roulaient pour des compagnies différentes selon les régions traversées.

— Ah, voilà le train d'Amiens !

Elle se tourna vivement. Un soldat à bandes molletières et calot à deux pointes bavardait avec son voisin, en uniforme lui aussi. Elle les suivit. Ils se racontaient leur séjour en famille. Des permissionnaires donc, qui rejoignaient leur affectation dans l'ex-zone de front. Bientôt, Marie fut la seule femme et la seule civile dans un flux bleu horizon. Des wagons de marchandises. Pauvres gars ! Depuis plus de quatre ans, on les traitait comme du bétail. Elle décida pourtant de prendre ce train. D'abord, il allait à Amiens ; ensuite, elle savait les poilus retors et combinards. Leur expérience lui serait utile. Enfin, tous ces appelés voyageaient gratuitement. Avec eux, elle ne paierait pas de billet.

Un attroupement se formait : quatre gendarmes contrôlaient les papiers des permissionnaires. Indécise, elle s'arrêta. Le flux lent l'encerclait, la dépassait. Un grand costaud sentant la vinasse passa près d'elle en titubant. Devant la maréchaussée, il posa son sac, fouilla ses poches en balbutiant. Un gars le bouscula, mais l'autre lui décocha un direct sur le nez. L'impatient s'effondra, creusant un trou dans la cohue.

— T'as compris, maintenant ? Fallait pas m'pousser !

Un gendarme le saisit par le bras, mais un superbe crochet du gauche le souleva de terre. Deux de ses collègues se ruèrent sur le fauteur de troubles, brandissant leur matraque. Les coups plurent sur l'agresseur, dont le cuir chevelu se fendit et le visage s'inonda de sang. La foule observait la scène, invectivant les pandores :

— Vas-y Mimile, fais-en de la chair à pâté !

— Z'avez vu ! Ces salauds de gendarmes sont en première ligne pour la première fois depuis la Marne !

— Botte-leur le cul, à ces connards !

L'ivrogne apprécia les encouragements. Avec un large sourire niais, il leva les bras pour saluer. Fatal orgueil. L'ultime argousin, prenant son élan, assena un formidable coup de trique sur la tête du forcené. Celui-ci sentit ses jambes fléchir, porta la main à son crâne sanglant et se tourna vers son agresseur.

— Tu tapes par-derrière, toi, dit-il d'une voix hésitante. C'est pas bien. Tu vas voir, mon cochon !

Le matraqueur pâlit, ouvrit de grands yeux, mais le balèze tourna soudain de l'œil et s'effondra.

Marie se trouvait déjà au milieu du quai. Elle remarqua deux gars avec de bonnes têtes de paysans moustachus, debout dans un wagon à bestiaux. Ils interpellaient leurs connaissances et repoussaient les bidasses inconnus, histoire de rester entre eux.

— Vous montez avec nous, ma p'tite dame ? demanda l'un d'eux.

Elle opina du chef. Ils lui tendirent chacun la main et la hissèrent d'un seul élan. À bord, ils étaient une vingtaine à discuter, assis par terre contre les parois du wagon.

— Bienvenue au 114e d'infanterie! s'exclama un barbu. Venez par là, y a les meilleures places.

Elle s'installa dans le sens de la marche, au fond du wagon. Les gars étaient assis sur leur paquetage, elle fit de même. On n'était pas si mal, après tout.

— C'est loin, Amiens? demanda-t-elle.

— Cent quarante kilomètres, répondit un homme.

— Alors on va mettre une heure et demie, peut-être deux?

Les hommes rigolèrent.

— Avec un bon express, oui. Pas avec un convoi militaire. Il va s'arrêter à toutes les gares pour laisser passer d'autres trains, ou pour rien laisser passer du tout! En tout cas, on n'est pas arrivés...

Bientôt le convoi s'ébranla.

— 10h12, s'exclama un troufion en consultant son bracelet-montre.

Marie s'étonna qu'il fût si tôt. Elle avait vu tant de choses depuis son arrivée à Paris qu'elle se croyait en plein après-midi.

*

La pénombre régnait dans le wagon dont on avait fermé la grande porte. Le vent de janvier était glaçant et il convenait de rester au chaud.

— Vous montez avec nous au front? demanda son voisin à Marie. Qu'est-ce que vous allez foutre là-bas?

— Faut pas y aller! ajouta un autre. Y a plus rien à faire. Pas même se faire tuer, juste à s'emmerder en attendant la quille...

— Alors, pourquoi vous y allez? s'exclama un troisième.

Elle les regarda gravement. Elle n'avait pas prononcé un mot, mais son regard, qui passait de l'un à l'autre, avait capté l'attention de tous.

— Je... je vais chercher mon homme, dit-elle timidement.

Son audace tranquille, sa sincérité les figèrent dans un silence que seuls troublaient le ferraillement des roues et les expirations lointaines de la locomotive.

Enfin, le barbu qui l'avait accueillie, manifestement une autorité, posa la question que tous avaient en tête.

— Il est vivant ou il est mort, votre homme?

— Vivant. Il a été blessé à la tête, mais personne ne sait dans quel hôpital il est... ni dans quel état. De toute façon, je vais le ramener.

Ils hochèrent la tête. Les journaux populaires publiaient souvent des photos de «gueules cassées», ces pauvres gars monstrueusement défigurés. Tous les poilus du wagon compatirent en silence. Marie sentit sa détermination vaciller.

— Faudra vous armer de patience, dit le barbu, on ne fait pas ce qu'on veut avec l'armée.

— Ils ne m'auront pas, dit Marie, dont la voix était pourtant incertaine. Je ramènerai mon Johannes.

Ils sourirent, attendris.

— Ma petite dame, vous allez en voir de vertes et de pas mûres, même si, en général, l'autorité militaire est moins vache dans les hôpitaux. Et d'abord, savez-vous où il est, votre homme?

— Sa compagnie est à Guerbigny, un village du côté de Montdidier. Je vais là-bas.

— Faudrait peut-être passer d'abord à la caserne Stengel, à Amiens, dit un bidasse à lunettes. C'est le siège administratif des armées pour toute la région. Ils pourront sans doute vous renseigner. On y tient des registres pour tout. Doit bien y en avoir un pour les blessés et on y trouvera sûrement votre gars.

— Et elle est où cette caserne? demanda-t-elle.

— Oh, c'est pas compliqué, c'est dans le centre. N'importe qui vous l'indiquera.

— Faudra être patiente avec les bureaucrates!

— Vous feriez p't'êt' mieux d'aller directement à Gueri... Guerbi... ce bled près de Montdidier, commenta un titi pessimiste.

Le silence se fit.

Prise d'une sorte de vertige, Marie se sentit trembler. Elle avait vécu trop d'événements depuis la veille. Découragement? Froid? Fatigue? Son malaise s'apaisa enfin; à sa propre surprise, elle se sentit de nouveau forte. Elle avait tant subi, tant fait le dos rond dans sa vie que son initiative la portait. Elle réfléchit. Bientôt, il allait lui falloir ruser, peut-être mordre. Pour l'instant, apprendre lui suffisait.

— Ben, l'armée, vous la connaissez, osa-t-elle en poussant sa voix pour masquer son trouble.

Ils rirent.

— Si on connaît l'armée!

Ils en pleuraient.

— Alors vous avez appris les astuces, les combines, tout ça?

— Un peu qu'on les a apprises, acquiescèrent plusieurs permissionnaires.

— Alors il faut me donner vos tuyaux, pour m'aider à retrouver mon homme et à le ramener. Je r'viendrai pas sans lui. Pas sans lui.

Elle répétait ces mots de manière lancinante, en une sorte d'incantation, de prière.

Tous prirent part à la discussion, qui se transforma rapidement en colloque antimilitariste. Marie buvait les paroles de ces hommes. La grande stupidité militaire, les obstacles à contourner et la règle absolue de désobéissance discrète: tout y passa. Elle avait la mémoire des illettrés et retint tout, mais se sentit dépassée comme au pied d'un gigantesque rocher à gravir. La crainte de l'échec l'étreignit. Ils le sentirent, s'évertuèrent à la rassurer. Le fait de s'être confiée, elle, la taiseuse, à cette vingtaine d'hommes, mais aussi le mauvais sommeil de la nuit, les émotions de la journée, le froid de ce train transpercé de courants d'air la firent soudain grelotter. Les gars se regardèrent. L'un d'eux tira une bouteille de son sac.

— C'est de la bonne, pouvez m'en croire, s'exclama-t-il. C'est mon vieux qui la distille.

Il roulait les «r», Marie le remarqua, mais elle ne connaissait pas cet accent. L'homme tendit le litre. Le poilu qui le prit commençait à le déboucher.

— Hé, c'est pour elle! Elle en a plus besoin que toi.

On lui servit un demi-quart, qu'elle accepta avec gratitude. Elle but une grande rasade. Sa gorge s'incendia, des larmes lui vinrent. Enfin, cette grande brûlure se calma, devint un doux feu intérieur.

— C'est de la goutte! dit-elle. J'ai pas l'habitude.

— Du marc de Bourgogne, et du meilleur! brailla le donateur.

Elle sourit, le remercia encore. Ses paupières s'alourdirent. Les hommes la regardaient, attendris et perplexes, mais elle n'en sut rien. Elle s'était endormie.

*

Des heurts métalliques réveillèrent Marie. Le train ralentissait sans douceur. Deux poilus ouvrirent la grande porte sur la rase campagne. Sur le ballast, des hommes regardaient le convoi. L'un d'eux les interpella :

— Où c'est que vous allez? Savez pas que la guerre est finie?

— Toi, tu le sais, mais l'armée, personne lui a dit. Alors elle nous fait revenir.

Un rire général souligna le propos.

— Et où qu'on est? reprit le soldat.

L'express militaire roulait au pas et l'homme marchait à côté d'eux.

— Plus très loin de Longueau, répondit-il, cinq kilomètres pas plus.

Comme le train accélérait, le cheminot s'arrêta et salua d'un geste.

— Bien dormi? demanda le barbu à Marie.

— Oui, mais je suis moulue comme si j'avais déchargé deux chars de foins sous l'orage.

Les hommes rirent, certains entreprirent de commenter leurs exploits agricoles.

— Si vous allez directement dans la zone de Montdidier, ma petite dame, reprit le barbu, faudrait descendre à Longueau. C'est plus près et il passe plus de trains. Pas la peine d'aller à Amiens, où des gendarmes nous attendent. Préparez vos affaires.

— Vous croyez? Mais est-ce qu'on va s'arrêter?

— Oh, sûrement! C'est une grosse gare de triage, Longueau. Une bifurcation. D'un côté on va vers Lille, de l'autre vers Abbeville. Il va sûrement y avoir des rapides prioritaires. On va nous mettre sur une voie de garage et on va y rester au moins une heure. Même qu'à pied, on irait plus vite, maintenant qu'on est presque arrivé. Vous n'aurez qu'à descendre.

— Et qu'est-ce que je dirai, si on me demande quelque chose?

— Qu'est-ce qu'on vient de vous apprendre sur les ruses dans l'armée, hein? Allez, sortez-nous un mensonge bien convaincant.

Marie sourit et se concentra.

— Ben, j'dirai que j'suis passée au plus court pour aller de l'autre côté.

— Peut mieux faire, intervint un poilu. Il faut une meilleure raison. Essayez encore.

— Je courais après mon chien qui a traversé les voies! J'veux pas qu'y se fasse écraser.

— C'est mieux, commenta son mentor.

— C'est le métier qui rentre! dit un autre.

— C'est quoi votre p'tit nom? demanda le barbu.

— Marie, répondit-elle.

— Vive Marie! braillèrent les hommes.

On lui porta ses sacs vers la porte restée ouverte. Elle traversa le wagon. Sur son passage, les mains se tendaient, à la fois pour la saluer et pour la soutenir. Elle attendit, les jambes pendant hors du wagon.

*

Finalement, le train ne s'arrêta pas à Longueau et elle descendit en gare d'Amiens.

— Qu'est-ce que vous foutez là? brailla un gendarme.

— Ben, j'voudrais bien le savoir, répondit Marie. Ceux-là sont sortis de partout et m'ont complètement embrouillée.

— Vous savez pas lire? aboya le pandore. Voyez pas qu'y a écrit «zone interdite»!

— Ben non! J'suis jamais allée à l'école. Y avait de l'ouvrage à la ferme et les p'tits à nourrir. Alors...

L'homme la regarda, interloqué. Elle le dévisagea avec la plus grande candeur.

— Foutez-moi le camp! glapit-il.

Elle eut tôt fait de se carapater. Dix mètres au-delà de la frontière militaire, elle se retourna. Mains sur les hanches, le gendarme la surveillait encore. Derrière lui, tous les occupants de son wagon, hilares, mimaient des applaudissements. Elle leur fit un sourire, volontairement niais et, quand le gendarme cessa de la fixer, elle leur adressa un énorme clin d'œil. Sa propre réaction l'étonna : jamais elle n'avait fait de clin d'œil à quiconque.

Y avait-il un départ pour Montdidier? Elle n'aimait pas les trains. Ses compagnons de voyage lui avaient dit que la sous-préfecture se trouvait à une trentaine de kilomètres d'Amiens. Ce n'était pas si loin. Ça faisait quoi? Une journée de marche tout au plus. Mais il était 14 heures, un peu tard pour partir. Arriver en pleine nuit dans un lieu inconnu, probablement dans ce qu'on appelait la «zone de front», n'était pas une bonne idée. Bon, bon, puisqu'elle était là, autant consulter l'administration militaire à la caserne Stengel, comme l'avait suggéré le soldat à lunettes. Dans sa quête indécise, elle se laissait porter par les événements. Cette attitude en valait bien une autre.

Elle sortit et s'étonna de découvrir l'orbite vide du clocheton coiffant le pignon de la gare. Comme à Lyon-Perrache ou à Paris, une grande horloge aurait dû se trouver là. Les fenêtres en arcade des deux ailes du bâtiment montraient des traces de réparation hâtive. Sur l'esplanade elle-même, une zone dépavée et circulaire évoquait un cratère de bombe. Plusieurs maisons, telles des dents arrachées, étaient réduites à un tas de gravats. Ces stigmates de la guerre la troublèrent. Les Allemands n'étaient entrés à Amiens que quelques jours en 1914, mais lors de leur grande offensive de mars 1918, ils avaient bombardé la ville. Elle l'avait su, bien sûr. À Pontempeyrat, comme partout en France, on commentait avec passion les événements du front, mais c'était si loin, si abstrait! Médusée par ces destructions, la visiteuse se demanda comment, même avec d'énormes canons, même avec des aéroplanes, les Boches avaient réussi à détruire autant de maisons. L'après-midi commençait à peine, pourtant la ville baignait dans une lumière terne. Les jours étaient encore courts. Dans le ciel bas couraient des nuages couleur de suie.

Elle demanda son chemin. On lui indiqua la caserne Stengel, une bâtisse austère, vieille d'au moins deux cents ans. Devant une guérite, la crosse de son fusil posée à terre, un soldat s'ennuyait. Elle entra.

— Et où allez-vous? cria-t-il.

Mettant à profit les bons conseils égrainés par les poilus, elle ne répondit pas. La sentinelle n'insista pas. Dans la cour encombrée d'automobiles, de camions et de chars, elle remarqua une porte surmontée d'une inscription au pochoir. Sûrement un bureau. Elle y entra.

— Qui laisse rentrer des civils? beugla un moustachu hargneux. Que voulez-vous?

Elle faillit partir en s'excusant, se violenta.

— Je cherche un blessé. Je voudrais savoir dans quel hôpital il se trouve.

— C'est un bureau militaire, ici. Rien à voir avec les blessés. Sortez!

Ne pas répondre à la provocation. Insister calmement.

— Y faut s'adresser où pour savoir où sont les blessés? insista-t-elle.

— Allez voir dans les étages, au bureau des effectifs, répondit un autre militaire prenant de court la baderne moustachue.

Elle acquiesça, salua d'un signe de tête et sortit. Son cœur battait la chamade; la grossièreté de son premier interlocuteur l'avait secouée. Dans la cour, elle fut attirée par un puissant percheron bai attelé à un camion. Elle s'en approcha, lui caressa les naseaux. Ce simple geste l'aida à réprimer son envie de fuir. Un cheval, c'était la terre, la campagne, la vie qu'elle connaissait. Elle observa les passants, repéra un bidasse coiffé d'un calot à deux pointes dont les manches ne s'ornaient d'aucun galon. Il serrait sur son cœur une imposante liasse de papiers. Celui-là n'était pas un gradé et n'aboierait pas comme un chien.

— Le bureau des effectifs, demanda-t-elle, c'est où, s'il vous plaît?

D'un coup de menton, il lui désigna une porte donnant sur un escalier.

— Au quatrième, grogna-t-il en s'éloignant.

Marie ramassa ses besaces et grimpa jusqu'au dernier étage. Elle entra dans le premier bureau et exposa sa requête à un militaire attablé derrière une pile de registres. Il la fit répéter.

— Alayel? dites-vous. Avec un « h » ou un « a »? demanda-t-il.

— Je sais pas, balbutia-t-elle.

— Comment ça, vous savez pas?

— Ben, j'sais pas lire, dit-elle rouge de confusion.

— Qu'est-ce que vous avez foutu à l'école? répliqua-t-il finement.

Elle ouvrit de grands yeux et quitta la pièce. Dans le couloir, s'ouvraient d'autres portes. Elle soupira, se dirigea vers l'une d'elles et frappa.

— Alayel avec un « a », répéta le nouveau gratte-papier. Il faut voir avec mon voisin de droite. Les « a », c'est lui.

— J'y vais, dit-elle.

— C'est qu'il est pas là. Il est chez l'adjudant. Il va revenir dans un petit moment. Attendez-le dehors, vous le verrez arriver.

Le couloir était vide. Pas de chaises, pas de bancs. Elle posa ses sacs, s'appuya contre le mur et attendit... quarante minutes. Enfin arriva un boutonneux, paraissant dix-huit ans à peine. Il la reçut, l'air maussade.

— Je ne trouve pas, dit-il après consultation d'une dizaines de registres.

— Alayel, répéta-t-elle, adjudant Alayel!

L'air mécontent, il leva les yeux au ciel.

— Un sous-officier! C'est pas ici! Hé! Bébert! hurla-t-il, les sous-offs, c'est toujours au rez-de-chaussée, ou bien y z'ont déménagé?

— Y sont à Friant depuis quinze jours, répondit une voix venant de la pièce voisine.

— Z'avez entendu, sont plus ici. Sont à Friant!

— C'est où, Friant? murmura Marie timidement.

Exaspéré, le boutonneux haussa les épaules.

— La caserne Friant! Vous connaissez pas la caserne Friant? Tout le monde la connaît, à Amiens!

Marie décida dans l'instant d'oublier le mépris imbécile de ce gamin. En vain.

Dans la rue, elle demanda son chemin et repartit vaillamment malgré ses sacoches qui lui sciaient les épaules. Elle marcha un long moment avant de trouver la caserne, en tout point semblable à la précédente. Le planton lui barra le passage.

— C'est fermé, dit-il. Revenez demain!

— Mais il n'est pas tard! objecta-t-elle.

Sans se soucier d'elle, le militaire ferma les lourdes portes.

*

Trouver à se loger. Elle revint dans le centre-ville, où elle repéra ce qui devait être un hôtel. Des gens y entraient avec des valises. Des taxis s'y arrêtaient. Elle entra. Tout était illuminé par des appliques tarabiscotées en forme de tulipe. Il ne faisait pourtant pas nuit. C'était très beau, un palais sans doute.

Derrière un comptoir se tenait un homme en queue-de-pie. Sur son col brillaient de petites clés croisées. Elle s'approcha. Il la salua d'un signe de tête hautain.

— Pour une nuit, c'est combien, s'il vous plaît?

— La moins chère de nos chambres est à trente-deux francs, répondit-il du bout des lèvres.

Presque autant que le train de Pontempeyrat à Paris! Désorientée, elle resta bras ballants.

— Excusez-moi, dit-il en s'avançant vers une grosse femme en manteau de vision qu'il accompagna à l'ascenseur avant de regagner sa place, l'air pincé.

Utiliser ses armes avec ruse. Et si elle essayait son «charme», comme avait dit la parfumeuse. Elle décocha donc un sourire lumineux au pompeux concierge.

— Pourriez-vous m'indiquer un hôtel bon marché? demanda-t-elle, baissant humblement les yeux.

L'homme aux clés d'or se rengorgea, sourit:

— Voyez l'hôtel de Picardie, dans le quartier Saint-Leu. Entre le canal et la Somme, il y a de petites rues bordées de très vieilles maisons. Tout le monde vous l'indiquera.

Dehors, Marie se sentit accablée par une honte diffuse. Ce concierge était un serviteur, comme elle! Pour qui se prenait-il? Elle haussa les épaules. L'injustice, elle la connaissait depuis si longtemps. Pourquoi l'étonnait-elle encore? Pourquoi lui était-elle soudain insupportable?

*

Les bouges se succédaient. Poivrots, putains s'interpellaient dans ce quartier mal famé. Toute une population interlope inconnue de Marie. Elle se sentait pourtant moins mal à l'aise que dans le hall du palace. Nul ne s'intéressait à cette femme de mise modeste portant deux vastes sacoches. Un passant lui désigna l'hôtel de Picardie.

La chambre était petite, mais propre. Sur une commode de bois blanc, un broc et une cuvette de tôle émaillée jouxtaient une serviette soigneusement pliée.

— Les cabinets sont au bout du couloir, dit la souillon qui l'avait précédée sans porter ses sacoches.

Cinq francs rien que pour dormir, c'était cher. Elle posa son bagage et redescendit.

— Où pourrais-je manger? demanda-t-elle.

Accoudée à son comptoir, la patronne sortit un paquet de cigarettes et en alluma une. Examinant Marie, elle ne répondit pas tout de suite. Marie aussi l'observait.

Sa tenue, ses lèvres très rouges, la clope au coin du bec la rattachaient aux putains de la rue. Pourtant ses yeux fardés luisaient d'humanité.

— Vous avez envie de manger, affirma la tenancière, et vous n'avez pas beaucoup de sous, c'est ça?

— J'ai un peu faim, oui.

L'autre hocha la tête.

— Il y a un petit caboulot qui paie pas de mine, au coin de la rue, à gauche sur le même trottoir. Dites que vous venez de la part d'Olga et que vous voulez juste une soupe.

— Merci.

— Laissez, dit Olga. Vous êtes venue chercher un soldat, hein?

Toute rouge, Marie acquiesça.

— Mon homme aussi, il était à la guerre.

Elle avait le regard perdu. Marie, émue, saisit sa main, la serra et se sauva sans se retourner. Elle ne vit pas la larme qu'écrasa furtivement l'hôtelière.

*

Laissant ses sacs à l'hôtel, Marie sortit dès potron-minet. Elle dut gourmander un gendarme pour franchir le seuil de la caserne Friant. Au bureau des sous-officiers, le bidasse trouva la fiche de l'adjudant Alayel.

— Mais c'est un bagnard! s'exclama-t-il.

Marie ne dit rien.

— Alors c'est pas pareil!

— Pourquoi? s'alarma Marie.

— Y z'ont un régime spécial.

Il lui indiqua un autre bureau, où elle n'apprit rien de plus. Elle visita ainsi une douzaine de personnes dans une douzaine de bureaux situés aux quatre coins de l'immense bâtiment. Elle se fit insulter quatre fois, traiter avec indifférence cinq fois, fut accueillie avec courtoisie trois fois. Tout ça sans rien obtenir.

En fin de matinée, on l'envoya au Quartier Gribeauval, le centre de l'administration militaire de la région. Tous les bureaux étaient fermés entre midi et deux. Elle acheta du pain, du fromage et déjeuna sur un banc, en plein vent. Alors, courageusement, elle se présenta à l'entrée.

On l'envoya chez un gradé. Malgré ses préventions, Marie l'aborda et lui déclama une belle romance sur son homme, mise au point à partir des réactions de ses interlocuteurs successifs.

— Moi aussi je suis adjudant, moi aussi j'ai été nommé au feu. Et ça a servi à quoi?

L'attention compatissante de Marie l'incita à poursuivre.

— Les copains… Tous morts… Pourquoi? Pour qu'on pourrisse dans une caserne. Pauvres gars. Ils avaient des femmes, des gosses. Qui se soucie d'eux? Et ceux qui reviennent trouvent un homme dans leur lit, un autre devant leur établi…

Il parla un long moment sans que Marie l'interrompît. Finalement, il écouta sa requête:

— Faut voir son ancienne unité, dit-il. Essayez d'y aller. À mon avis, vous le trouverez plus facilement comme ça.

Marie partit troublée. Celui-là était fou, pourtant il lui recommandait de suivre la piste qu'elle avait tout d'abord choisie. Pourquoi diable avait-elle écouté ce binoclard dans le train?

Elle sortit découragée, se jurant de ne plus jamais remettre les pieds dans une caserne. Le carcan militaire était pire que le joug des bœufs! Pour la première fois de sa vie, elle, l'illettrée, jugea écrits et gratte-papier comme des nuisances et en conçut une profonde détestation de l'administration.

Elle revint vers l'hôtel de Picardie. Marcher sans sac dans la ville lui fut une jouvence. Elle se sentait comme un taulard en liberté.

Derrière son comptoir, Olga feuilletait un journal.

— Vous l'avez trouvé? demanda-t-elle.

Devant le visage atterré de Marie, elle mordit ses lèvres trop rouges.

— Je pars, dit Marie. Je suis perdue dans les casernes. C'est comme un pays sans chemin. J'y arriverai jamais.

— Qu'est-ce que vous allez faire?

— Partir à Guerbigny pour rencontrer ses compagnons. Eux m'aideront.

Olga hocha la tête, dubitative.

À nouveau chargée de ses deux besaces, Marie erra dans le quartier Saint-Leu. Elle déboucha sur une église gigantesque. Ses tours blanches dissymétriques s'agrippaient au ciel. Des saints longilignes soutenaient les ogives de trois porches dont les nervures se peuplaient de personnages incurvés. Elle entra dans la bâtisse et demeura interdite. Quelques buissons de cierges luttaient contre la pénombre. Elle distingua une nef infiniment haute qu'allégeaient, sous la voûte ogivale, d'immenses vitraux aux couleurs pastel. À cet instant précis, un arpège d'orgue ouvrit une période musicale si grave et si belle que Marie dut s'asseoir. Subjuguée par Bach, dont elle ignorait tout, elle ferma les yeux. Quand elle les rouvrit, une petite lumière rouge au fond de l'église lui sembla porteuse d'espoir, puis l'ample grondement se tut sur un ultime accord, ramenant la voyageuse à la réalité.

Depuis deux jours, maladroite et déterminée, elle avait découvert de grandes villes, fait d'étonnantes rencontres… Les poilus l'avaient beaucoup marquée. Elle se sentit sereine, mais ce sentiment fut bien vite éclipsé par un vertige brutal : des millions de gars semblables à ses compagnons de voyage avaient affronté la mitraille. La moitié avaient péri ou restaient estropiés. Elle songea aussi à la parfumeuse au sourire ambigu. La trique du Gallu ! Elle l'avait oubliée chez cette femme ! Elle en fut désolée, puis songea qu'elle la récupérerait en rentrant… avec Johannes ! Rassemblant ses affaires, elle quitta la cathédrale tandis qu'un homme y entrait. Désignant l'instrument qu'elle ne connaissait pas, elle lui demanda à voix haute :

— Comment s'appelle cette machine à musique ?

Surpris, il murmura :

— C'est un orgue, voyons !

Elle remercia d'un signe de tête et sortit. Elle retournerait écouter de l'orgue dans les grandes églises des villes.

Elle gagna un jardin aux arbres dépouillés, près d'une grande rivière paresseuse : la Somme, mais elle ne le savait pas. Il lui fallait maintenant trouver le village détruit décrit par Marius. Elle irait voir Trésor, pensa-t-elle.

— Le front, c'est par où ? demanda-t-elle à un passant pressé.

Sans ralentir, il lui désigna l'est. Elle s'engagea dans cette direction, marchant d'un bon pas. La ville avait disparu quand un char à bancs la rattrapa. Elle fit signe à sa conductrice.

— Excusez-moi, dit-elle, je dois me rendre à Guerbigny, du côté de Montdidier. Vous savez où c'est ?

Elles s'observèrent, se reconnurent. Elles étaient du même monde, celui de la terre.

— Je vais vers Corbie, dit la femme. Montez, en gros, c'est la direction.

À un moment, Marie prit conscience que sa voisine avait froid aux mains.

— Donnez, dit-elle, désignant les rênes, ça vous reposera.

Elle mena l'attelage une bonne heure. Pelotonnée dans son manteau, sa voisine contemplait l'horizon, le regard perdu. Marie respecta son silence.

Quand elles aperçurent des tours jumelles dominant une petite ville, la nuit tombait. La femme tira les rênes.

— Je suis arrivée, dit-elle, je vais à la ferme, là-bas.

Elle désignait un bâtiment que Marie distinguait mal.

— Un *ch'tit* kilomètre à gauche c'est Corbie, mais vous, vot' direction c'est à droite, vers Villers-Bretonneux, puis Hangest-en-Santerre à une douzaine de kilomètres. Guerbigny, ou ce qu'y en reste, est *dans euch'coin-lô.*

Elles n'avaient pas échangé dix phrases en trois heures, mais s'étaient pourtant comprises. Le sourire qu'elles échangèrent fut chaleureux. Les Picardes n'étaient pas bavardes… Marie apprécia ce trait de caractère.

5

Rencontre

Au loin, s'étendait une bande bistre piquetée de troncs ébranchés. Des terres labourées n'auraient pas eu cet aspect chaotique. Marie avançait dans la nuit tombante quand elle entendit une automobile pétarader. Dans ce coin désolé, ça n'augurait rien de bon. Le bruit s'enfla et une trompe à manivelle meugla avec insistance. Pour attirer son attention, bien entendu. Elle se savait en zone interdite. Inutile de savoir lire pour comprendre que les grands panneaux aperçus quelque temps plus tôt interdisaient l'accès à ce chemin. La voiture la dépassa et s'arrêta en travers de la route. Un militaire à képi en descendit, tandis qu'un second en bonnet de police se tenait placide derrière son volant. Le premier se planta devant elle.

— Où croyez-vous aller? s'enquit-il d'un ton rogue.

— À la ferme là-bas, répondit-elle.

Elle désignait un côté de route où nulle construction n'était pourtant visible.

— C'est interdit! Vous ne pouvez pas rester là!

Elle fit un pas vers l'auto, s'arrêta puis, prenant l'air niais, demanda:

— Vous me ramenez?

— Il ne manquerait plus que ça! s'exclama le gradé, méprisant.

Il remonta dans le véhicule sans lui accorder un regard. L'auto fit demi-tour et s'éloigna. Elle la suivit des yeux en souriant. N'eût-elle rien dit, les militaires l'auraient embarquée. Elle les avait roulés.

Tant que la voiture fut en vue, elle rebroussa chemin, puis elle coupa à travers champs. Les guetteurs de l'armée pouvaient en effet remarquer les marcheurs sur les chemins bien tracés. Elle atteignit bientôt la zone brunâtre qui l'avait intriguée et elle comprit : la terre était bouleversée par un piochage géant et anarchique.

Elle fut effarée par le nombre et la taille des cratères d'obus. Ils se touchaient, se superposaient. Elle s'égratigna la main en voulant franchir des barbelés. Prudemment, elle poursuivit sa route et atteignit bientôt un fossé à demi écroulé, où aurait pu tenir un homme debout. Une tranchée ! C'était une tranchée ! Dans de tels boyaux, les poilus avaient passé quatre ans de leur vie. Elle en fut bouleversée. Profitant d'un éboulement, elle y descendit. Tout au long des parois s'ouvraient des niches en forme de sarcophages. Elle comprit que les soldats dormaient dedans, hiver comme été. Avoir fait vivre des hommes dans de tels cloaques était indigne.

Elle gagna une sorte de chemin de ronde qui courait le long de l'ouvrage. Deux ou trois mois plus tôt, les hommes risquaient leur peau simplement en regardant, comme elle était en train de le faire, au-dessus du parapet. À quelques mètres, une demi-sphère avec visière gisait sur le sol, à moitié enterrée : un casque Adrian. Comme tout le monde, elle en avait déjà vu un sur les affiches de propagande.

Elle quitta le boyau par une échelle fruste et s'avança dans l'ancien no man's land, où elle voulut se saisir de son trophée. L'objet résistait ; elle tira plus fort ; il vint. Et avec lui un crâne aux orbites boueuses. Prise d'un haut-le-cœur, Marie lâcha sa trouvaille, faillit s'évanouir. Les tranchées, repaire des rats, étaient un refuge pour les hommes ! Ces soldats terrés dans leur trou, on les obligeait à sortir et on les tuait ! Son fils Marius avait vécu tout ça. Johannes aussi.

Les oreilles de Marie bourdonnaient, son pouls s'emballa. Elle se sentit mal. Les avis de décès livrés par les gendarmes n'étaient que l'épilogue d'un long calvaire.

Marie découvrait une horreur dont seuls les poilus avaient conscience. Elle s'assit et pleura longtemps.

Par expérience, elle savait qu'il fallait brider le désespoir. Marius s'en était sorti. Johannes aussi. Chaque heure de marche la rapprochait de lui. Elle décida d'avancer et tant pis si elle passait la nuit dans ce lieu de cauchemar. Des millions d'hommes l'avaient fait quotidiennement pendant quatre ans…

L'obscurité s'installa. Le vent humide balayait la campagne. Pour s'en protéger, Marie rejoignit une tranchée. Il faisait noir dans le boyau et elle avançait à l'aveuglette, s'enfonçant dans la boue. Sa vue s'acclimata et elle entrevit une ouverture noirâtre. Elle fouilla ses longues jupes, trouva son briquet à amadou, battit la pierre. C'était la porte basse d'une cagna. On y descendait par trois marches, qu'elle emprunta. Soudain, elle découvrit un ameublement rudimentaire fait de caisses de munitions. Miracle ! Sur une étagère, elle trouva une bougie, l'alluma et observa sa tanière. Des pièces de bois brut consolidaient la voûte de terre. L'une d'elles était cassée ; une autre, courbée par le poids de l'argile, paraissait fragile.

Un bat-flanc servait à délimiter un semblant de couchette : ce devait être un logement d'officier. Marius, Johannes avaient sans doute dormi dans un tel abri. Elle posa ses sacs sur le bat-flanc humide, les arrangea en oreiller, se roula dans sa cape et s'endormit. Elle rêva. Un chat de la ferme, grimpé sur son lit, marchait sur elle. Ce n'était pas un chat ! Elle n'osa bouger, terrifiée par la vérité : un rat. Des rats. Un second explorateur se baladait tranquillement sur elle. Elle poussa un cri et alluma son briquet, créant une agitation indistincte. Sa bougie était à terre, portant des traces de masticage. Les yeux de gros surmulots luisaient dans l'ombre.

En toute hâte, Marie chargea ses sacs et sortit. Elle pataugea dans la tranchée, trouva une échelle, regagna vivement le no man's land. Elle n'avait plus sommeil. D'ailleurs, il n'était pas tard, 8 heures du soir peut-être. Elle contempla la nuit, devina les nuages chassés par la bise. Le paysage se limitait à la ligne d'horizon d'un noir d'encre sur le noir sale du ciel. Elle avança à tâtons et finit par gagner une sorte de chemin. Elle l'emprunta, marcha ainsi assez longtemps en espérant rejoindre la civilisation. Elle souffrait le martyre à cause des sangles de ses besaces et elle envisagea un instant de coucher là, mais poursuivit finalement son chemin.

Elle aperçut alors un bloc vaguement cubique. En s'approchant et palpant cet engin métallique, elle identifia d'abord un canon et des mitrailleuses. Cette masse haute de quatre ou cinq mètres, c'était un tank ! Il n'y avait probablement pas de rats dans les tanks. Elle débloqua péniblement la porte de l'engin, située sur son flanc gauche, à plus d'un mètre de haut. Le vantail tourna en grinçant, elle se mit à l'abri. La bougie, qu'elle avait pris soin d'emporter avec elle, illumina un espace exigu.

En dégageant le plancher, elle put s'étendre. Les bouffées froides du vent faisaient danser la flamme de sa chandelle. Elle voulut fermer la porte, mais se ravisa. Et si elle restait enfermée dans ce monstre de ferraille ? Elle ramassa un étrange objet ovale et s'en servit de cale pour maintenir le battant entrouvert. Soudain, elle crut entendre une plainte. La peur l'envahit. Le gémissement reprit, lointain mais net. Elle s'assit et écouta le grand souffle de la bise. Elle se recouchait quand elle distingua un sanglot. Et si… Et si c'était un revenant ! Tant de gens avaient péri ici de mort violente ! Dormir dans ce tank abandonné au milieu du no man's land était comme s'installer dans un cimetière ! Elle se secoua. Jamais elle n'avait été superstitieuse. Elle remit ses sabots et sortit. Évoluant désormais dans le monde des morts, elle craignit de nouveau les fantômes ! Après s'être calmée, elle tendit de nouveau l'oreille. Point d'âmes en perdition ! C'était un enfant qui pleurait ! Elle s'exclama :

— Où es-tu ?

*

Eugénie n'osait plus bouger. Le vent criait. Elle ne voyait plus les barbelés, seulement les piquets qui se dressaient comme les lames de très grands couteaux. Sur sa droite, une forme noire un peu plus grande qu'elle devait être un ogre accroupi. Elle voyait ses cheveux dressés sur sa tête. Elle était encerclée par des fossés qui se tordaient comme des serpents entre les touffes rêches d'une herbe de sorcière. Elle crut y voir nager des anguilles noires, bien plus grosses que celles qu'on attrapait avec la nasse.

— Allez-vous-en ! Laissez-moi tranquille ! lança-t-elle d'une voix qu'elle voulut autoritaire, mais où perçait la terreur.

Elle regarda l'ogre. Il ne bougeait pas. Sans doute dormait-il. Il ne la mangerait pas tout de suite. Apeurée par les anguilles, elle s'élança dans sa direction, mais glissa sur l'herbe et s'enfonça dans la boue. Elle hurla, persuadée qu'une des bêtes aquatiques la happait. Elle se remit à courir vers l'ogre. Sa main reconnut la sensation du bois, mais lorsqu'elle voulut s'asseoir, un moignon de branche accrocha son vêtement. Elle gémit : l'ogre l'agrippait de sa main griffue. Elle tira en vain pour se décrocher et se mit à sangloter. L'ogre l'avait attrapée ! C'est alors qu'elle entendit une voix lointaine l'appeler.

— Je suis là, je suis perdue !

Le cri d'Eugénie se mua en sanglot.

*

— Comment tu t'appelles ? hurla Marie.

— Eugénie, j'ai peur !

— J'arrive, Eugénie. Moi, je m'appelle Marie.

Celle-ci fut guidée par cette voix enfantine. Elle avançait vite, scrutant la nuit, évitant les obstacles et les barbelés. La lune émettait une pâle lueur qui lui permit d'esquiver les grands cratères. Enfin, elle entrevit une masse d'environ un mètre cinquante. La voix de la petite venait de là.

— Je vois un arbre cassé, cria Marie. Est-ce que tu le vois ?

— C'est un ogre, cria Eugénie. Il m'a attrapée. Viens vite, j'ai très peur.

Marie accéléra. Une masse molle s'enfonça sous son pied, libérant une odeur écœurante. Une charogne! songea-t-elle en se mordant les lèvres. Elle l'enjamba, en piétina une autre, poussa un cri. Pauvres morts.

— Qu'est-ce qu'il y a? hurla Eugénie. Qu'est-ce qu'il y a? répéta-t-elle, sa voix montant dans les aigus.

— Rien! Je me suis cognée. J'arrive, répondit Marie.

Elle atteignit le tronc mort, sentit une main agripper sa jupe. Elle s'accroupit près de la silhouette recroquevillée.

— C'est fini, Eugénie. C'est fini.

Elle souleva l'enfant, la serra dans ses bras. La petite se cramponna à son cou et son visage en larmes lui mouilla le cou. Qu'importait. Elles partagèrent un étrange bonheur. Cette enfant perdue dans ce monde de mort légitimait à elle seule sa quête. Certes, la gamine risquait tout au plus de passer une nuit d'hiver dehors. Mais dans cette rencontre ou ces «retrouvailles» – c'est le mot qui lui était étrangement venu – se jouait l'épilogue de cette épouvantable guerre.

Marie posa la fillette à terre, qui se cramponna à ses jupes et s'essuya les yeux.

— Viens, Eugénie, je t'emmène à l'abri. On pourra dormir.

— Je ne veux pas dormir, j'ai peur de la nuit. Y a plein de vilaines images qui viennent me faire pleurer.

— Je serai à côté de toi tout le temps, Eugénie. Tu sais, j'ai un fusil à rêves dans mes affaires.

— Un Lebel?

— Un quoi?

— Un Lebel! Tu sais pas ce que c'est? Alors t'es pas d'ici! C'est le fusil pour tuer les Boches. Si c'est bon pour les Boches, c'est bon pour les rêves.

— Mon fusil, c'est les câlins, rétorqua Marie.

— J'aime bien les câlins de papa, dit Eugénie.

Il faisait moins noir. La course des nuages dévoila la lune un instant.

— Là-bas, un monstre qui court, gémit la petite soudain alarmée.

— Je ne vois rien, dit Marie.

— Si, là. Il s'est arrêté!

L'enfant désignait une silhouette indistincte, une masse accroupie.

— C'est Mademoiselle ! Elle me guette. Ou bien c'est l'ogre de tout à l'heure !

— Les ogres n'ont plus faim. Y a trop de choses à manger par ici.

Marie avait parlé en l'air. La réponse d'Eugénie la consterna :

— Y mangent pas les macchabées. Y puent trop. Y z'aiment que la chair fraîche.

Marie avait l'impression de marcher depuis un grand moment et s'inquiétait de ne pas retrouver le tank. Elle ne l'aperçut qu'au dernier moment et faillit le heurter.

— Voilà notre maison pour ce soir, dit Marie. On va dormir là et demain on tâchera d'avancer.

— Ce *sturmpanzer*-là ?

— Oui, dit Marie.

Elle avait répondu, mais se creusait la tête pour comprendre l'expression employée par Eugénie.

— Ils sont trop vulnérables, reprit la gamine. Paf, un obus d'un p'tit *FT 17* et crac, il est cassé.

— Un *FT 17*? s'étonna Marie.

— Un tank Renault, quoi !

— Ha ! répondit l'adulte, soufflée.

Elle ouvrit la porte de l'engin immobile, fit monter l'enfant.

— Bouge pas, ordonna-t-elle.

Elle alluma la bougie, prit la petite dans ses bras, la déposa dans l'engin, monta à son tour.

Pour la première fois, elles se voyaient l'une l'autre. Eugénie dévisagea une Marie presque intimidée par ce regard inquisiteur. Elle aussi observait intensément la fillette. Son minois était maculé de traces de doigts autour des yeux. Elle avait dû beaucoup pleurer. Marie saisit un mouchoir, cracha dessus et lui fit une toilette de chat. La petite renifla.

— Souffle, dit Marie.

Eugénie se moucha, leva les yeux sur la « dame » et sourit. Un beau sourire qui réduisit ses yeux bleus à deux fentes obliques. Une blondinette avec un petit visage aux yeux cernés. Tout de suite, Marie décida qu'elle devrait bien manger et beaucoup dormir. Il fallait qu'elle ait bonne mine.

L'adulte ne parlait pas, mais ce que disaient ses yeux plut à l'enfant, qui s'épanouit. Émue, Marie prit la petite dans ses bras et ce fut comme une seconde rencontre, une seconde découverte.

— J'ai faim, dit Eugénie, rassasiée de tendresse.

— J'ai du pain et du fromage, dit Marie. Tu aimes le fromage?

— Un peu que j'aime ça. Mais j'suis sûre qu'il est pas si bon que *çui* de mon papa.

Elles mangèrent d'un égal appétit les maigres provisions de la voyageuse.

— J'ai soif, dit la petite.

— J'ai rien à boire. Il te faudrait du lait frais, ou au moins de l'eau.

— Je sais où y a ce qu'y faut, rétorqua Eugénie. Y a des macchabées dehors, tout près, je les ai sentis. Sûr qu'y z'ont encore leurs gourdes. Un coup de pinard nous fera pas de mal. Si y z'ont de la flotte, elle s'ra pourrie. Si c'est des Boches y z'auront du schnaps, alors là, c'est sûr qu'on va bien dormir.

— Tu n'as pas peur des morts?

— Non, pourquoi? Y sentent mauvais, mais y mordent pas.

— Et tu en as vu beaucoup, s'horrifia Marie.

— Ben oui, normalement, quoi! répondit l'enfant d'une voix pâteuse.

Ses yeux se fermaient. Pour elle aussi, la journée avait été pleine d'imprévus. Marie l'assit sur un siège.

— Je prépare notre lit, dit-elle.

La fillette dodelinait de la tête, les paupières lourdes. Marie se hâta de dégager le sol, y posa la toile imperméable de la petite et, prenant l'enfant dans ses bras, la coucha. Comme un chaton, Eugénie se fourra contre elle. Elle la recouvrit de sa cape de grosse laine, la retint dans ses bras et ferma les yeux.

Le jour la réveilla. Toujours nichée contre elle, l'enfant dormait. Marie ne bougeait pas. Elle ne savait rien de cette petite, mais elle soupçonnait un drame et trouva une nouvelle fois la vie bien injuste. Eugénie ouvrit un œil puis se rendormit.

Plus tard, la petite s'assit et, la bouille chiffonnée, regarda autour d'elle. Marie s'apprêtait à ouvrir la porte en dégageant l'objet ovale qu'elle avait coincé la veille entre le battant et l'huisserie.

— Touche pas à ça! hurla la petite.

Marie resta tétanisée.

— Une grenade, c'est une grenade! Touche pas la goupille!

Marie prit l'objet délicatement, écarta le vantail et, ne sachant qu'en faire, le jeta au loin. Elle se tourna alors pour récupérer ses sacs. La détonation la fit sursauter, tandis qu'un souffle chaud renvoyé par la porte d'acier la frappait. La grenade venait d'exploser. Marie s'assit le cœur battant, n'osant plus bouger, la gorge sèche.

— Comme ça, elle ne risquera plus de péter, dit Eugénie d'une voix tranquille.

«Les premiers jours à la guerre sont les plus dangereux... Les bleus se font tuer dix fois plus que les vétérans...» Ces phrases, entendues jadis et retenues, giflèrent Marie comme le souffle de l'explosion. Elle apprenait la guerre et avait soudain hâte de quitter la zone des combats.

Au grand jour, le no man's land n'était qu'une immense décharge morne. Main dans la main, la femme et la fillette partirent vers l'est. Elles rejoignirent une route et Marie fut heureuse d'y découvrir des traces récentes de pneu dans la boue. Au moins, elles ne risquaient pas de marcher sur un obus, une grenade ou un cadavre. Au loin, apparurent bientôt les grands panneaux interdisant la route aux civils. Une sentinelle leur tournait le dos. Lorsqu'elles la dépassèrent, elle s'écria:

— La zone est interdite!

— C'est pour ça qu'on en sort, dit Marie tranquillement.

— Tu vois, dit Eugénie, c'est un Lebel, son fusil à lui.

Elles s'éloignèrent tranquillement, laissant l'homme ahuri.

6

Les «convalescents»

Jeanne observait Marius. Avec une calme autorité, il donnait des directives à Jules Fardier, le vieux contremaître. Il était sûr de lui, mais la belle humeur et l'insouciance du jeune homme d'antan avaient disparu. Cette nuit, son sommeil avait été agité. Il avait gémi, balbutié. Les mots «tués», «attaque», «artillerie» l'avaient frappée. Il faisait sa guerre dans le noir.

Il quitta Fardier, sortit de l'atelier.

Un char arrivait, un paysan en descendit en pantalon de gros velours côtelé et blouse indigo.

— *Lou bastardou!* Va dire à M. Trioulaire que je veux le voir.

Marius reconnut Léon Lanssac, un ancien de la scierie, mi-paysan mi-ouvrier qu'il n'avait pas vu depuis cinq ans.

— Écoute-moi bien, Léon, dit-il sans savoir s'il le tutoyait ou non auparavant, au front, on m'appelait Marius Malaguet, pas *lou bastardou.*

Ce Malaguet-là avait conquis au feu le droit de donner des ordres et personne ne pouvait plus lui en donner sans raison. L'air mécontent, Lanssac s'approcha de Marius. À un mètre, il s'arrêta.

— Ça va, Marius, dit-il apaisant. Alors, tu étais là-bas, toi aussi, et toi aussi tu es revenu. C'était dur, hein.

— La première ligne. Verdun, la Somme, les deux fois... Tu as connu ça?

Léon opina.

— Craonne, l'Aisne, dit-il.
— Alors je n'ajouterai rien. À quoi puis-je t'être utile?
— Je voulais voir Trioulaire, savoir s'il me rembaucherait...
— Trioulaire a vendu la scierie à l'un de mes amis. Désormais, c'est moi qui m'en occupe. Quel poste avais-tu à l'atelier? Viens me montrer.
Tout à coup intimidé, l'homme suivit Marius. Plus tard, Jeanne le vit repartir, ôtant son chapeau pour serrer la main du « patron ». Elle sourit. Son bonhomme avait appris à s'imposer.

Trois chars chargés de billes de pin destinées aux mines de Saint-Étienne gagnaient la gare de Craponne. Marius remplaçait l'un des cochers. Premier jour de travail et il prenait déjà la scierie à bras-le-corps. Procédures, contacts, tâches diverses, il voulait avoir un œil sur tout. Au chef-lieu de canton, les étais de mine furent chargés sur un wagon à plate-forme. Laissant son attelage, le récent démobilisé se rendit à la gendarmerie. Il marchait vite, le visage fermé, peu soucieux de rencontrer du monde. Il répondit à quelques saluts sans ralentir le pas. La vie semblait immuable dans la petite ville. Ici, la guerre n'avait pas eu lieu. Et pourtant si! Il croisait des femmes en noir. Beaucoup trop...
À la gendarmerie, il demanda l'adjudant Marquet.
— De la part de qui? demanda le planton.
— Marius Malaguet.
Sans se donner la peine de vérifier la disponibilité de son chef, il répondit:
— Je ne crois pas qu'il puisse vous recevoir.
Petit chef, petite importance.
— Annoncez le lieutenant Malaguet, dit-il sèchement.
— Un instant, mon lieutenant, s'exclama le pandore.
Mordre, aboyer. Il fallait être chien au milieu des imbéciles!
— Si vous voulez bien me suivre.
Il voulait bien. À son entrée, l'adjudant se leva, l'invita d'un geste:
— Asseyez-vous, mon lieutenant.

— Bonjour, adjudant. Jetez un coup d'œil là-dessus. Vous verrez qu'il n'y a plus de lieutenant.

— Réformé ! Vous avez été blessé ?

— Pas depuis notre dernière rencontre. Simplement, mon colonel, un remarquable officier qu'on n'a jamais vu au feu, ne me supportait pas. Le médecin-major, un ami, lui a suggéré ce motif : « Inadaptation à la vie militaire. » Il a sauté sur l'occasion ! Voyez-vous, quatre ans de guerre m'ont appris à tourner le règlement contre l'autorité. Ce colon me supportait d'autant moins que je donnais le mauvais exemple. Il s'est débarrassé de moi et je lui en sais gré.

L'adjudant aimait bien Marius. Militaire avant tout, il se renfrogna néanmoins.

— Allons, adjudant, admettez qu'ordonner l'exercice à longueur de journée à des gars qui se sont battus au Chemin des Dames ou à Verdun, quand c'est pas aux deux, est insupportable. Ils n'ont qu'une idée : rentrer chez eux ! Et on les comprend !

— La démobilisation traîne, concéda l'adjudant. Les hommes désertent et nous sommes harcelés. Enfin, ça vaut mieux que porter les lettres de deuil. Pourquoi diable garde-t-on ces hommes sous les drapeaux ?

— D'après l'un de mes amis de l'état-major, tant que le traité de paix ne sera pas signé, les troupes en armes auront un effet dissuasif sur les Allemands.

— Je vois. Vivement que tout ça finisse. Pour vous Marius, c'est fait. Euh… mon lieutenant. Excusez-moi, votre prénom est venu tout seul.

Marquet avait la cinquantaine, l'âge d'être son père. De plus, c'était un honnête homme.

— J'en suis honoré, adjudant.

Le gendarme se renversa dans son fauteuil de bois, ouvrit un tiroir de son bureau et en sortit un pot à tabac qu'il tendit à Marius. Tous deux bourrèrent leurs pipes. L'adjudant semblait méditer…

Intrigué, Marius l'observait. Finalement, Marquet se décida à émettre une requête.

— Eh bien Marius, j'ai besoin de vous, en particulier de vos compétences d'officier du front. Si vous le voulez bien, naturellement.

Devant le regard surpris de son interlocuteur, Marquet poursuivit.

— Je vous explique. Vous savez qu'on démobilise par classe d'âge et pour raison de santé. Dès lors, deux types de poilus nous reviennent. Les vieux, des gars dans la quarantaine – ceux-là ne font pas d'histoires – et des jeunes – estropiés ou cinglés. Et là commencent les emmerdements. Les estropiés me tannent pour recevoir une pension. Les cinglés sont imprévisibles, parfois dangereux. Je ne sais quelle attitude adopter.

— Que font-ils, par exemple?

— Je pense à l'un d'eux en particulier. Un homme bien sous tous rapports avant la guerre qui entre désormais dans des rages folles et devient violent, surtout quand il a bu.

— Qu'attendez-vous de moi?

— Que vous lui rendiez visite à l'occasion, que vous fassiez preuve d'autorité, d'autorité morale, s'entend. Quatre ans de front. Officier, vous êtes légitime, vous. Moi, ils me traitent de planqué, d'embusqué… Sévir n'est pas nécessairement la bonne solution.

— De qui s'agit-il?

— Gérard Gibran. Il était forgeron. Vous le connaissez.

— On l'appelait Gégé à la communale, répondit Marius.

— Il habite le Monteil, la dernière maison sur la route du Puy. Tous les soirs, il se saoule au café Bufferne et fait scandale.

— Je vais aller y boire l'apéritif. Une idée comme ça. Quelle heure est-il?

— 18h20. Ça va vous faire rentrer de nuit.

— Un char à *buttes* m'attend à la gare. On l'a vidé tout à l'heure. Les chevaux connaissent aussi bien la route de la scierie que moi et je ne suis pas vraiment pressé.

L'adjudant sourit et Marius prit congé.

Trois minutes plus tard, il poussait la porte du café. Derrière le zinc, la mère Bufferne n'en menait pas large. D'une main fébrile, elle versait un canon de gros rouge à un escogriffe mal rasé et braillard.

— Bande de veaux. Dans les tranchées, les Boches, on leur faisait éclater la tronche pendant que vous, les embusqués, les profiteurs de guerre, vous deveniez gras. Et vous laissez crever de soif les poilus!

— Tais-toi, tu nous emmerdes, rétorqua un habitué accoudé au bar.

En deux pas, Gibran fut sur lui, l'agrippa au col et le projeta contre le mur.

Marius hésita à intervenir. L'incident était déjà clos et l'ancien combattant regagnait le bar. Il but son verre d'un trait et exigea que la malheureuse bistrotière lui servît une nouvelle rasade. La pauvre eut un mouvement de recul.

Marius s'accouda à côté de Gibran.

— Un Dubonnet, demanda-t-il.

Odette Bufferne s'empressa de le servir. Son voisin s'en offusqua.

— On sert n'importe qui avant les gars qui ont donné leur vie pour la patrie, grogna-t-il.

— Tais-toi, Gégé, dit Marius d'une voix douce. Tu n'as pas donné ta vie pour la patrie, puisque tu es là. Et puis, j'ai une bonne nouvelle pour toi : la guerre est finie.

— Qui t'es, toi? T'sais pas à qui tu parles!

Brusquement, Marius émit un sifflement aigu et beugla :

— Marmite!

L'ivrogne se jeta à terre. Alentour, les consommateurs restèrent bouche bée.

— Relève-toi, Gégé, dit Marius. Je viens de te dire que la guerre était finie. La peur aussi, c'est fini! Tu as compris? Fini pour toujours. Pas la peine de boire. Tu ne remonteras plus en ligne. Jamais. Tu m'as compris?

Ce grand échalas observait Marius, les joues soudain gonflées comme celles d'un bébé qui va pleurer.

— Qui t'es, toi?

Répétée à l'identique, la question n'avait plus le même sens. On percevait de l'étonnement dans la voix de Gérard.

— Marius Malaguet.

— Malaguet, oui. T'étais officier, toi. T'étais planqué. Pas comme nous dans la boue et le froid.

— Quatre ans en première ligne, dans la peur. Comme toi. Comme des milliers d'autres. Non, je n'étais pas planqué. Au contraire... Écoutez, poursuivit Marius à voix forte en se tournant vers les consommateurs. Vous devez savoir que le front, c'était l'enfer. Aucun de nous n'en est sorti indemne. Nous sommes les convalescents d'une terrible maladie dont nos copains, vos fils, vos frères sont morts par millions. Nous méritons votre admiration, mais aussi votre compassion. Vous avez compris ? Faites-le savoir !

Les clients écoutaient avec stupeur. Plusieurs hochèrent la tête.

Les tombes en nombre infini, les témoignages ou le mutisme des survivants fissuraient le masque triomphant de la propagande. L'horreur du front irradiait peu à peu sa lumière d'agonie.

— Personne ne nous l'avait dit, murmura un homme, atterré.

— Gégé, poursuivit Marius, quand tu auras peur, quand tu feras des cauchemars, va voir les copains, ceux qui comme toi y sont allés, et n'embête pas ceux-là. Ils n'y sont pour rien.

L'ivrogne avait mis la main sur l'épaule de l'ancien officier.

— Tu as raison, Malaguet, Marius Malaguet, lieutenant Marius. Je t'obéirai. Toi au moins, tu prends soin de tes hommes. À tes ordres, mon lieutenant.

Toujours saoul, mais d'un calme ensommeillé, il semblait libéré d'une tension, heureux sans doute de quitter cette défroque de héros qu'il s'était imposée.

— Je te raccompagne, dit Marius. Tu habites toujours au Monteil ?

Il se tourna vers la tenancière pour payer.

— Laissez, monsieur Malaguet, dit-elle, c'est ma tournée.

Avant de quitter les lieux, Marius dut attendre que son compagnon enfile sa vieille capote de l'armée. Il fut tout étonné de le voir décrocher un casque Adrian du portemanteau.

— Qu'est-ce que tu fais avec ça ? demanda-t-il, agacé.

— Il est à moi. On me l'a donné quand on m'a démobilisé.

C'était vrai. On les distribuait en même temps que le pécule. C'était ridicule. L'ex-lieutenant haussa les épaules.

Quand les deux hommes sortirent, les buveurs les saluèrent presque timidement.

Dehors, ils marchèrent en silence.

— Enfin Gégé, la paix, ça a du bon, finit par soupirer Marius. Dormir dans un bon lit, manger correctement. Et puis on peut faire des projets d'avenir. Quand rouvres-tu ta forge ?

— Pas de sous pour racheter ce qui manque. Mon père m'a laissé des dettes. J'attends ma pension pour m'équiper.

— Ta pension ?

— J'ai été trépané, souffla Gégé, changeant de sujet. Parfois j'ai mal. Tellement mal que je m'enferme dans un trou noir jusqu'à ce que ça passe. Ça dure des heures. Ça me rend enragé.

— Le temps arrangera tout ça, dit Marius platement.

Refusant courtoisement de boire la goutte, il quitta le pauvre bougre devant sa maison.

En rentrant à la scierie au rythme du pas des *cargnes*, les seules bêtes que l'armée n'avait pas mobilisées, Marius méditait. Jamais on n'en finirait avec le front. Chaque combattant en gardait les blessures. Le Gégé en était le triste exemple. Il se força à penser à son ouvrage. Il fallait acheter des arbres sur pied, les couper avant fin mars et les mettre à sécher, ou bien on manquerait de matière première dès l'été, période de demande forte si l'on parvenait à gagner les marchés de la reconstruction.

Et pourquoi ne pas expédier les billes pour les mines ou les bastaings sciés directement de Pontempeyrat ? Un wagon par jour. Il faudrait en discuter avec le Gustou, l'employé du PLM. La route était raide vers la station de chemin de fer. Charger et décharger un char prenait du temps, des hommes et des chevaux. Il faudrait atteler à quatre pour le raidillon. Est-ce que ça valait le coup ? La gare de Craponne était beaucoup plus commode, mais cinq kilomètres pour un charroi, c'était au moins une heure et quart de route et autant pour le retour !

Le mieux serait d'avoir un camion, à moins d'installer un câble, comme dans certains coins des Vosges... La turbine et les moteurs électriques représentaient un gros investissement. Il faudrait un mécano-électricien débrouillard pour leur installation et leur maintenance. Et combien ça coûterait? Combien avait-on en caisse? Le Gallu était le propriétaire officiel. Qu'en penserait-il? Avait-il encore de l'argent? Investirait-il? Que pouvait-on faire sans dépenser? Même si le stock de grumes baissait, il en restait. L'urgence était de vendre. Plus le bois était transformé, plus il se vendait cher. L'usiner mieux nécessiterait des outillages supplémentaires. Une machine à parquet par exemple. Dès qu'il aurait remis l'atelier en ordre, il « descendrait » à Saint-Étienne, peut-être même à Lyon, afin de prospecter les gros marchands de bois. Mais pour offrir quoi? Quelle quantité? Quelle qualité? Sous quelle forme? Pourrait-il régulièrement fournir?

Il n'était pas si difficile d'oublier la guerre.

Il arriva à la nuit. Les lanternes fixées au banc du cocher éclairaient chichement la cour de la scierie. On garait les chars dans un grand hangar; il y fit reculer ses chevaux attelés. Ainsi, le lendemain, le char serait dans le bon sens pour sortir. Stupidité que ces manœuvres! Il suffirait de dégager le terre-plein situé derrière le hangar de tout un fatras inutile pour que les chars puissent sortir des deux côtés. Plus de manœuvres, du temps gagné. Il sourit: cet esprit pratique lui venait... du front! Se protéger des balles, de la pluie, du froid, des rats, aménager les nouvelles positions – et Dieu sait si on en changeait souvent –, cela nécessitait débrouillardise et astuce. Manger, dormir, chier, vivre tout simplement était un travail quotidien dans les tranchées. La lessive, la toilette: c'était le luxe du repos. Les fantassins n'avaient-ils pas l'interdiction d'enlever leurs chaussures, afin d'être prêts sur-le-champ en cas d'attaque?

Marius décrocha une lanterne, ramena les chevaux à l'écurie, les bouchonna et les nourrit dans cette lumière sourde. Quand la turbine serait installée, on mettrait partout la lumière électrique. Il sortait, sa lampe à la main, quand apparut une silhouette familière, drapée dans un châle.

— Je t'ai entendu arriver, dit Jeanne.

Il la serra contre lui d'un bras, l'autre écartant la lanterne pour ne pas la brûler.

— Rentrons vite, dit-il.

Une lampe à pétrole brillait sur la table. La cuisinière de fonte ronflait, dégageant une agréable chaleur. Une odeur de soupe au lard imprégnait la pièce. Enivré par cette douce atmosphère, charmé par le contact de la fille qu'il aimait, Marius eut un éblouissement. Tout était de nouveau normal. Normal ! Un mot longtemps dénué de sens ! Il ferma les yeux, se sentit vaciller. Les bras de Jeanne le maintinrent, le bercèrent. Une vague d'émotion l'étreignit, venue de très loin. Il rouvrit les yeux : Jeanne le dévisageait ; une ombre d'inquiétude passa sur son visage doux.

— Tu étais parti, dit-elle. Je ne savais plus où tu étais.

— Une sorte de vertige. Je... je me sentais petit enfant, comme quand ma mère me câlinait. C'était pas souvent. Elle n'avait pas le temps.

— On est tous les deux, dit Jeanne. Tous les deux. Tu te souviens des veillées à la ferme du Bois noir, l'hiver, quand la bise soufflait et que la flamme des fagots était notre seule lumière.

— On était bien. Maintenant aussi.

Dans cette ancienne remise transformée en logis, la chambre jouxtait la pièce principale. Sans l'avoir décidé, ils se retrouvèrent nus, enlacés sous l'édredon avec l'étrange sentiment de n'avoir pas bougé, de ne pas s'être dévêtus. Ils ne bougeaient pas, redevenant les deux gosses cachés dans un coin et écoutant les grands parler de choses étranges : les emblavages de seigle ou les cochons atteints de la « maladie »...

Dix minutes ? Une heure ? L'éternité courte des instants heureux.

Bien sûr, ils firent l'amour. Pourtant, au-delà du désir, l'essentiel résidait dans ces réminiscences de leur enfance partagée, l'ivresse de cette tendresse intacte.

Le pétrole s'épuisa dans la lampe, la chaude pénombre céda la place à l'obscurité. Le fourneau s'éteignit. Ils se recroquevillèrent sous l'édredon, toujours enlacés. Heureux comme jamais, sans même savoir qu'ils s'étaient endormis.

Dehors, ailleurs, pas très loin, un chien hurla.

7

L'héritière

Le même chien, sans doute enchaîné, aboyait toujours le lendemain matin. Jeanne, occupée à la tenue des livres, eut un soupir de soulagement quand enfin il se tut. Aussitôt, un nouveau bruit attira son attention : des roues bruissaient sur le gravier.

Ce n'était pas le bruit lent et familier des charrois de grumes. La jeune femme jeta un coup d'œil par la fenêtre. Un cabriolet mené par une petite jument fringante s'arrêta. Un melon, un manteau à col de fourrure râpée, une redingote trop étroite et une cravate en ficelle sur une silhouette rondouillarde signalaient l'arrivée de maître Sarot, huissier à Craponne. Un individu à l'honnêteté élastique, viscéralement importun, unanimement haï. Que voulait ce blaireau gras ?

Elle sortit, l'accueillit froidement. Il lui tendit un papier bleu, une assignation devant le tribunal pour abandon de domicile conjugal adressée à Jeanne Malvier, épouse Mastafier. Ça n'avait aucun sens. Seul son mari aurait pu entreprendre une telle action contre elle et elle avait quitté leur logement plusieurs jours après sa mort… À l'évidence, ses beaux-parents ne supportaient pas que leur fils Joseph, glorieusement mort pour la France, fût cocu *post mortem* du fait des exploits de Marius Malaguet.

Depuis le 1er octobre 1901 très exactement, Eugène Mastafier et sa femme Célestine détestaient cet enfant né d'une servante illettrée et de père inconnu. Lors de son premier jour d'école, le jeune Marius, traité de *bastardou* par Joseph Mastafier, lui avait vigoureusement mis son poing dans l'œil. L'insulteur était un «grand» de huit ans, l'insulté un «petit» de six. Bien entendu, le premier avait rossé le second, mais le Joseph avait subi l'avanie d'un coquard durant dix jours. Et les Mastafier avaient la rancune tenace...

Cette mésentente de village avait pris des dimensions tragiques lorsque Eugène Mastafier, maître en l'art de graisser les pattes, avait fait affecter son fils au Puy, dans l'intendance. Pour ravitailler l'armée, Joseph achetait quantité de vaches malades et de chevaux cagneux à son père. Et ce au prix fort. La rapacité du sergent Mastafier l'avait mené sur une mauvaise pente: il exigeait des pots-de-vin de ses autres fournisseurs. L'un d'eux l'avait dénoncé, preuves à l'appui.

Cassé de son grade de sergent, Mastafier avait été envoyé en première ligne. Souvent, les hommes d'une même région étaient affectés au même régiment. Rien de surprenant à ce que Joseph soit parachuté dans l'unité de Marius... d'autant plus qu'il avait fait des pieds et des mains pour se trouver sous le commandement de son ex-camarade. Une bonne planque, avait-il pensé.

Au mépris des fortes sommes d'argent offertes et de leur prétendue amitié, le lieutenant Malaguet avait traité Joseph comme n'importe lequel de ses hommes. Et Joseph était mort. Pour les parents Mastafier, Marius était responsable de la disparition de leur enfant.

Cette assignation était donc le fruit d'une haine prévisible. Cette absence de calcul humanisait presque les maquignons. Illusion! L'huissier surprit la jeune femme en lui proposant l'arrêt immédiat des poursuites contre l'abandon à ses beaux-parents adorés de la succession de son défunt mari. De sa serviette, il sortit une renonciation toute prête et la brandit fièrement.

Jeanne éprouva une satisfaction sauvage en songeant aux clauses pécuniaires de son mariage raté. Afin d'accaparer sans risque sa dot, âprement négociée par son père, les Mastafier avaient fait établir une communauté des biens entre les époux. Oubliant sans doute ce détail, ils avaient, plus tard, transféré une grande partie de leurs biens au nom de leur fils, dans un but d'évasion fiscale.

Jeanne sourit à l'huissier ; l'homme se réjouit. Cruelle méprise : la jeune femme songeait à la tête de ses beaux-parents le jour où ils avaient appris que leur bru héritait au premier rang de feu son mari. D'où cette procédure. La prenant pour une dinde, ils l'insultaient. Par malice, elle évoqua d'un air candide le remboursement de sa dot. L'huissier en resta sans voix. Il se reprit bientôt, affirmant sans vergogne que le compromis tenait compte de tout cela et agitant son papier comme une lame tranchante.

Indifférente à ses simagrées, Jeanne réfléchissait. Cet héritage imprévu viendrait réparer les outrages subis par le clan Mastafier quatre années durant. Joseph l'avait désirée pour sa beauté, comme une pouliche de course ou une chienne de race. Un jouet de plus pour cet enfant gâté. Pendant quarante-cinq mois, il l'avait négligée, méprisée et même battue. Elle était pourtant restée dans leur appartement du Puy où, en qualité de bru, elle occupait les fonctions de comptable dans l'affaire familiale.

Logé à la caserne, son mari fréquentait heureusement fort peu le domicile conjugal. De toute façon, elle ne pouvait fuir : elle n'avait nulle part où aller. À la ferme du Bois noir, Lucas Malvier et Marie se haïssaient plus que jamais. Il y régnait une atmosphère délétère. Au Puy, elle jouissait d'une relative quiétude.

— Si on entrait pour signer, insista maître Sarot avec un sourire franc comme un écu rogné. Une simple formalité.

Jeanne l'invita à l'accompagner. Dans le bureau, elle lui désigna un siège et s'assit elle-même. Il s'impatientait.

— Vous permettez que je lise, dit-elle sèchement.

Elle lut, signa la remise en mains propres de l'assignation et plaça le reste des documents sous clé, dans son bureau.

— Mes papiers ! s'exclama-t-il outré.

— Je connais vos méthodes, maître Sarot, dit Jeanne. Et celles de Mastafier, qui vous arrose. Cette renonciation amiable va passionner mon avocat. Je vous en remercie.

Elle se leva, lui indiqua la sortie. Il s'était dressé, le meurtre dans les yeux. Jeanne était une grande femme pleine de vie. Lui un nabot gras. La lâcheté fit taire la colère. Il quitta la pièce à grands pas. Elle le suivit.

— Vous vous en mordrez les doigts, la menaça-t-il. Vous perdrez tout ! J'y veillerai.

Dehors, ils croisèrent Marius, qui interrogea Jeanne du regard.

— Mandaté par mon cher beau-père, maître Sarot m'a remis quelques papiers timbrés. Il conteste mon veuvage afin de m'empêcher d'hériter de feu mon époux.

Fouinard systématique, l'huissier jetait un œil dans l'atelier. Marius le prit fermement par le bras et le reconduisit à son petit cabriolet.

— Bien le bonjour, maître Sarot, dit-il en le soulevant presque pour l'installer sur son siège.

Il claqua la fesse de la jument, qui s'enleva. Surpris, l'auxiliaire de justice faillit dégringoler de son siège. Il disparut bien vite, poursuivi par les rires des deux jeunes gens.

— Qu'est-ce que tu vas faire pour cet héritage? demanda Marius. Tu vas y renoncer?

Cette histoire le mettait mal à l'aise.

— Certainement pas ! dit-elle. Ces canailles m'ont maltraitée des années durant et je ne parle même pas de toi. Ils paieront.

Marius hocha la tête. Un sou est un sou. Cet argent serait pain bénit pour développer la scierie. Il fallait faire flèche de tout bois. Ça aussi, il l'avait appris à la guerre. Il eut un sourire méchant : Mastafier et sa femme étaient des gens mauvais. On pouvait les haïr. Leur deuil? Rien que de très banal en 1919…

— Avant toute chose, il faut se renseigner auprès d'un avocat, dit le jeune homme.

— Je ne connais que celui des Mastafier, aussi malhonnête qu'eux.

— J'ai une idée, dit-il.

Il rentra au bureau, empoigna le combiné du téléphone, objet tarabiscoté en acier nickelé et bakélite noire, tourna énergiquement la petite manivelle placée sur le côté du socle en bois.

— Allô, mademoiselle, je voudrais un numéro à Lyon... Oui... Je vous donne le nom: Charles Gouy, c'est un avocat... Le 62674. Je note... Oui, si vous voulez bien nous mettre en relation... Monsieur Gouy? Pardon, madame. Je souhaiterais parler à maître Gouy... de la part du lieutenant Malaguet.

Il se tourna vers Jeanne.

— Elle va voir.

Il fixait le téléphone comme si son correspondant était caché dedans.

— Mes respects, mon commandant... Plus de commandant? Bien, monsieur, ou plutôt maître... Lieutenant Malaguet à l'appareil... Euh, juste Marius Malaguet. Je vous appelle au sujet d'une affaire personnelle passablement embrouillée. Demain à Lyon? Vers 11 heures? Entendu. Je viendrai en train avec Jeanne Malvier, une amie. Je me trouve en Haute-Loire, dont je suis originaire... oui, démobilisé... À demain, maître.

— Il te faut des habits neufs, dit Jeanne, tu ne peux pas aller chez un avocat en blouse de paysan. Deux costumes au moins, quatre chemises, des cravates, des souliers de ville.

— Pourquoi tout ça?

— Pour vendre le bois à la tonne, voilà pourquoi, Marius Malaguet! J'ai repensé à ce que tu m'as dit hier. À Lyon, après l'avocat, on ira voir des grossistes en bois de construction.

*

Depuis toujours, Juliette Gardet tenait le principal magasin de vêtements de Craponne. Elle y cumulait les fonctions de retoucheuse et de vendeuse. Son patron n'apparaissait que les jours de marché, quand toute la campagne convergeait au chef-lieu de canton.

— Cette fois-ci, tu as remplacé ta mère par Jeanne, dit-elle en voyant le jeune couple entrer. Tu as eu raison de venir accompagné. Un homme seul s'habille comme un sac à patates. Vous êtes mignons tous les deux.

Cette dernière remarque était lourde de sens. Cette femme mûre, aux traits ingrats mais à l'œil pétillant, était une des rares amies de Marie.

— Au fait, comment va ta maman? demanda Juliette.

— Bien. Du moins, je l'espère.

— Vous vous êtes disputés? s'alarma-t-elle.

— Non, mais elle est partie par le PLM il y a quelques jours.

— Jamais elle n'avait pris le train! Où diable est-elle allée?

Il réfléchit. Dans le pays, on savait que Marius commandait à des forçats ramenés de Cayenne.

— Johannes Alayel, son amour de jeunesse, était un de mes bagnards. Il est perdu dans un hôpital de la zone de combats, dit-il enfin. Ma mère est allée le chercher.

Juliette, soudain grave, se tut.

— Elle le retrouvera, dit-elle d'une voix altérée.

Jeanne ouvrit de grands yeux.

— Elle le retrouvera, oui, répliqua Marius, le regard lointain.

Mais dans quel état, pensa-t-il pour lui-même.

— Maintenant que tu es redevenu civil, tu veux t'habiller pour l'hiver? reprit la vendeuse avec une jovialité hésitante.

Jeanne répondit avant son compagnon et décrivit la garde-robe idéale.

Affairées, les deux femmes discutèrent, évaluèrent chaque pièce du magasin. On choisit du solide, du classique, du confortable.

Juliette les regarda s'éloigner, Marius se retourna et lui fit un signe de tête optimiste. La vendeuse sourit. Tous deux pensaient à la quête de Marie.

*

À l'aube, les jeunes gens partirent pour Lyon.

Reliant les deux fleuves, le cours Verdun, à la sortie de la gare Perrache, était pris dans les courants d'air. Marius et Jeanne se hâtèrent de le traverser. Lui connaissait peu la ville, mais il était aisé de se repérer dans cette pointe entre Saône et Rhône surnommée la « Presqu'île ».

Rue du Plat, à deux pas de la place Bellecour, l'avocat habitait un immeuble vieux de plusieurs siècles. Au-dessus d'un entresol bas, deux niveaux à hautes fenêtres encadrées de persiennes constituaient les étages nobles. Au-dessus, deux autres étages présentaient des ouvertures plus modestes. La gigantesque porte cochère s'ouvrait sur une cour carrée occupée par un escalier à claire-voie et à large rambarde de pierre. Cette austérité majestueuse abritait des appartements feutrés comme la bourgeoisie lyonnaise. Un cordon de lourde soie tressée, terminé par un considérable gland, jouxtait la porte. Actionné, il mit en branle une cloche lointaine. Une femme aux cheveux courts vint leur ouvrir.

— Maître Gouy? demanda Marius.

— Certainement. Qui dois-je annoncer?

Il se nomma. Elle les introduisit dans un salon aux tentures accrochées à quatre bons mètres de haut. Ils prirent place, se tenant la main, sur un canapé aux pieds tors. Marius n'avait pas souvent vu un tel luxe. Un tapis ancien aux tons pastel figurait des oiseaux fantastiques voletant autour d'une vasque de roses. Il ne recouvrait que partiellement un parquet de marqueterie mariant des essences exotiques allant de l'or pâle au rouge sombre. Un court moment, le *bastardou* écrasa le lieutenant Malaguet de sa timidité. L'arrivée de Charles Gouy dissipa son malaise.

— Lieutenant Malaguet. Quel plaisir de vous revoir. J'espère simplement que votre visite n'est pas motivée par de trop gros soucis.

Il s'avançait vers les visiteurs, qui se levèrent. L'avocat, les tempes grisonnantes, en complet gris sombre d'une coupe épaulée, les prit familièrement par le bras et les entraîna.

— Venez dans mon antre, nous y serons à l'aise.

La pièce, boisée de hêtre à cannelures florales, était superbement Art nouveau. Un large bureau faisant face à trois fauteuils mettait l'avocat dos aux fenêtres et ses visiteurs en pleine lumière. Dans l'autre partie de la pièce, quatre fauteuils club en cuir entouraient une table basse. L'avocat les conduisit là, les fit asseoir. Il parla le premier :

— Alors, vos hommes ? Excusez-moi, dit-il à Jeanne, mais le passé récent nous hante.

— Marius en parle peu, mais il en rêve la nuit et il parle.

Elle se tut, rougissante, consciente d'avoir révélé leur vie commune. Gouy sourit.

— Ils sont toujours là-bas, répondit le jeune homme sans relever le commentaire de sa compagne. J'ai le sentiment de les avoir trahis.

— Votre ordonnance... ce grand Noir vous couvait comme une mère poule...

— Je crois savoir, dit Jeanne, que Marius l'a récupéré entre les lignes, alors qu'il était grièvement blessé. C'est par ailleurs un excellent photographe.

Marius sourit, puis aussitôt s'assombrit.

— Les hommes s'ennuient à mourir, ou plutôt sans mourir, ajouta-t-il. Après l'armistice, j'ai créé une école pour occuper mes bagnards. Certains faisaient office de professeurs ; les autres écoutaient. Il y avait bon nombre de gens instruits au bagne, vous savez. Trésor apprenait à lire quand je suis parti. Cela le passionnait.

— Que fera-t-il après la guerre ? Quel métier exerçait-il avant ?

— Il avait des filles sur les fortifs. Il a pris dix ans de bagne pour avoir suriné quelques maquereaux concurrents. Il devrait être amnistié pour sa conduite au front. Il m'a promis de me rejoindre après sa démobilisation. Mais le fera-t-il ?

— Et votre adjoint blessé ? s'enquit l'avocat.

Les amants se regardèrent.

— L'adjudant Alayel était... comme un père pour moi, dit Marius tout à trac.

Après cet aveu, il sembla perdu. L'avocat le regarda avec perplexité. Jeanne serra la main de l'ex-lieutenant dans la sienne. Fixant l'avocat dans les yeux, elle dit d'une voix claire :

— Il nous faut vous raconter notre histoire, maître. Elle commence il y a vingt-cinq ans, un 21 juin, fête de la Saint-Jean, le premier jour de l'été. Elle concerne une certaine Marie Malaguet, alors âgée de seize ans...

Il l'écouta sans l'interrompre. Plusieurs fois, il tressaillit. Jeanne retraçait le passé avec brièveté et clarté.

— Notre amour semblait impossible. Marius s'est engagé pour se faire tuer et, par désespoir, j'ai épousé Joseph Mastafier, un voisin, conclut-elle. Ce fut une catastrophe. Ses parents m'en veulent à mort d'avoir rejoint l'amour de ma vie après le décès de leur fils. Cela explique cette assignation et cette renonciation qu'ils veulent me faire signer. Ces documents, les voici, conclut-elle.

Il les parcourut.

— Rien, dit-il. Cette procédure n'est pas recevable. Et ce compromis est la manifestation flagrante de leur volonté de vous déposséder, chère madame. Qui plus est, votre huissier, mandaté par vos beaux-parents, ose parler en son nom propre, ce qui, en sa qualité d'« auxiliaire de justice », le compromet.

— Que doit faire Jeanne ? demanda Marius.

— Si vous le voulez bien, je vais rédiger deux belles lettres recommandées. La première amènera votre huissier à se méfier de vous comme de la peste. La seconde calmera vos beaux-parents. Puis-je vous suggérer de laisser ces gens faire le deuil de leur fils. Dois-je les accabler ?

Jeanne se leva d'un bond.

— Mon mari était un voyou. Je pourrais essayer d'oublier qu'un soir de beuverie, il a cherché à me livrer à des chevillards lyonnais, mais pas qu'il a payé un tueur à gages pour assassiner Marius au cours d'un assaut. Il a bien failli réussir. C'est impardonnable.

Marius la regarda, éberlué.

— Comment sais-tu ça ? demanda-t-il d'une voix blanche.

L'avocat, concentré, écoutait.

— Dans les effets que l'armée m'a fait parvenir, une lettre signée de mes beaux-parents expliquait à Joseph que, ne pouvant corrompre Marius, il n'avait qu'à soudoyer un bagnard pour lui faire la peau. Ainsi il pourrait acheter son successeur. Joseph a suivi scrupuleusement leur conseil, n'est-ce pas Marius?

— Comment peux-tu l'affirmer? s'enquit le jeune homme d'un ton âpre.

— Tes cicatrices. Celle de ton omoplate, en forme d'étoile, prouve que tu as reçu une balle. L'autre, sous la clavicule, est une plaie chirurgicale. Ces deux blessures, ton livret militaire n'en fait pas état.

Gouy comprenait vite.

— Vos bagnards ont eu vent de cette tentative d'assassinat manquée de justesse, semble-t-il?

Malaguet, le visage fermé, ne répondit pas. L'avocat poursuivit:

— Je ne suis plus militaire, Marius, j'ai repris mon métier et je suis sous le sceau du secret professionnel.

Le jeune homme le dévisagea, puis se tourna vers Jeanne.

— Le tueur a été pris en flagrant délit. Il a tout avoué. Les anciens de Cayenne ont réuni un tribunal et ont condamné Joseph. Ils ne me l'ont dit qu'après.

Gouy se taisait, manifestement troublé. Marius sentit monter en lui une colère désespérée.

— Un de mes bagnards, ancien chirurgien, m'a recousu à vif l'artère sous-clavière. Un enfer. Que croyez-vous, mon commandant? Qu'on mène à l'assaut, à vingt-deux ans, des quadragénaires assassins sans respecter leurs codes, leur hiérarchie? Ils m'ont fait confiance et je m'appuyais sur eux. Ils ont été des exemples pour moi! Oui, des exemples! Ces hommes, je les admirais. Ils étaient et sont toujours mes amis. Vous connaissez l'horreur du front! Ils la préféraient au bagne, parce qu'ils étaient enfin considérés comme des hommes et non plus comme des bêtes perverses. Je suis solidaire de ces hommes et de leur justice!

Ses yeux lançaient des éclairs. Jeanne le regardait, fascinée. Gouy était pensif.

— Au régiment, nous ne voulions pas savoir, dit-il sourdement. L'armée profitait de leur passé pour leur refiler le boulot le plus dur. Votre compagnie était toujours aux avant-postes, dans les plus sales coins. Je… je crois malgré tout que vos hommes ont gagné leur rédemption. Oui, je le crois.

— Vous m'aviez dit un jour que vous les aideriez…

— Je suis avocat. Je serai leur défenseur si vous me le demandez, Marius.

Un silence se fit. Le jeune homme se sentait sonné comme un boxeur mis K.-O. En homme du monde, Gouy préparait un propos plus léger, lorsque parut une jeune bonne en tablier blanc.

— La table est servie, monsieur, dit-elle.

— Nous avons été très longs, dit Jeanne. Excusez-nous, maître, nous allons prendre congé.

Elle se levait, remettait déjà son chapeau.

— Il n'en est pas question, chère madame. J'ai prévu de vous retenir à déjeuner. Je dois un de mes meilleurs repas au lieutenant Malaguet… au front! Je me devais de lui rendre la pareille. Mon épouse nous attend.

Mme Gouy était une femme mince, au visage doux. Marius observait avec appréhension la nappe blanche, les couverts en argent, le petit pain rond sur une soucoupe flanquant chaque assiette. Jeanne était plus à l'aise. Au Puy, pendant la guerre, elle avait assisté à bon nombre de dîners de nouveaux riches dont la prétention outrait jusqu'au ridicule le savoir-vivre conventionnel.

Quatre ans de guerre, de dépassement de soi, d'adaptation incessante permettaient désormais à Marius d'envisager toutes les situations méthodiquement. Et d'affronter plus sereinement le rituel d'un déjeuner bourgeois, dont il ignorait pourtant les usages. Tout d'abord il observa, ensuite il imita, enfin il décida d'être lui-même. Il n'hésita pas à demander tranquillement à quoi servaient cette fourchette à trois dents larges et cette spatule qui doublaient les couverts «classiques».

La bonne passait les plats, les présentant d'abord à Jeanne. Le vin en carafe était un mâconnais frais. Sitôt les verres vides, Gouy les remplissait et Jeanne regardait boire Marius avec une inquiétude bien injustifiée. Au front, le pinard était l'anesthésiant de la peur, le complice de la convivialité. Quatre ans de vinasse militaire avaient blindé l'estomac du lieutenant.

— Vous commandiez des bagnards? demanda l'épouse de l'avocat. Ce devait être terrible.

— La guerre était terrible, pas les hommes, rétorqua Marius. Ceux-là savaient que leur libération définitive dépendait de leur courage. Ils ont été admirables.

— Mon ami Malaguet les avait apprivoisés, Émilie. Il en a tiré le meilleur.

— C'est maintenant que j'ai peur pour eux, dit l'ex-lieutenant. Sauront-ils s'adapter à la paix? À la vie civile? Retomberont-ils dans la délinquance ou le meurtre? Les leaders, comme disent les Anglais, étaient pour la plupart des gens «évolués». J'avais sous mes ordres un chirurgien et même un ancien magistrat.

— Des escrocs, aussi, j'imagine, dit Gouy.

— Quelques-uns dont je me méfiais. Beaux parleurs et hypocrites, ils étaient les moins fiables de mes hommes.

— Que voulez-vous, Marius, un escroc qui n'est pas séduisant n'a aucune chance de succès. C'est l'avocat qui vous parle.

La conversation resta centrée sur la guerre, mais s'orienta vers les commerces et petits trafics des soldats. La gravité céda le pas à l'anecdote. Laissant son uniforme, la camarde se déguisa en poissarde de marché. Les femmes rirent. Gouy et Marius échangèrent un regard. Eux n'étaient pas dupes…

En début d'après-midi, Marius et Jeanne prirent congé de leurs hôtes. Maître Gouy refusa de toucher quelque honoraire que ce soit. Pour des contentieux professionnels, il serait bien temps de parler d'argent. À la porte, Charles Gouy retint Marius.

— Vous avez la croix avec étoile et la belle rouge, n'est-ce pas?

— Ce sont des hochets dérisoires, répondit Malaguet avec rancœur.

— Je sais, mais les grossistes et industriels du bois que vous allez rencontrer ne le savent pas. Vous les impressionnerez en les portant, surtout à vingt-trois ans! Ça vous aidera.

L'après-midi, les amants coururent la ville pour visiter trois chefs d'entreprise contactés par téléphone. Les deux premiers ne semblèrent guère intéressés ; le troisième, en revanche, dressa une oreille attentive. Comme Marius, il rentrait de la guerre et avait conscience des besoins liés à la reconstruction. Et les rubans qu'ils arboraient tous deux finirent de briser la glace.

Jeanne à son bras, Marius regagnait la gare. Une jeune femme en deuil les croisa. Malgré la voilette masquant ses traits, Marius devina des yeux pervenche et reconnut la jeune femme. Comment s'appelait-elle ? Uranie Saint-Just ! Comme le faubourg de Lyon dominant Perrache. Elle habitait rue de la République, à deux pas.

Lors d'une permission, fin septembre, Marius était attablé à une terrasse lyonnaise, entre deux trains, et goûtait le soleil de la fin d'été. Une femme en grand deuil s'était tout à coup postée devant lui, en larmes. Il ressemblait à son mari, avait-elle dit. Un lieutenant comme lui, tué quelques jours plus tôt. Il avait commandé une fine pour elle. Ils avaient parlé. Elle l'avait invité chez elle. Elle était belle. Lâchement, il s'était laissé entraîner dans cette mystification, car il savait bien que ce n'était pas avec lui qu'elle allait faire l'amour, mais avec l'autre, le mort, en se mentant à elle-même. Marius gardait de ce moment un souvenir voluptueux doublé d'un lourd malaise. Il songea à la rattraper, trop tard. Il eût fallu agir dans la seconde. Contrarié, il trouva des excuses à sa lâcheté : leur histoire n'était qu'une passade, à un moment où son amour pour Jeanne semblait impossible.

Pourquoi était-il ainsi tourmenté ? Elle lui avait écrit un mois plus tard, fin octobre ! Il avait lu sa lettre dans la tranchée, sous l'œil goguenard d'Alayel. Une phrase ambiguë lui revint : *« Un soleil va renaître, qui m'empêchera de vous oublier. »* Qu'avait-elle voulu dire par là ? Il n'avait jamais répondu à cette missive. Son malaise s'accrut. Un détail de l'apparence de la passante avait attiré son attention. Il tressaillit : malgré son manteau d'hiver, il avait remarqué sa taille épaissie. Elle était enceinte ! Leur rencontre datait de septembre, cinq mois auparavant… Était-il le père de l'enfant qu'elle portait ? Lui, *lou bastardou*, tolérerait-il de renouveler son malheur en laissant son enfant sans père ?

Jeanne marchait à ses côtés sans remarquer son trouble. Uranie Saint-Just l'avait-elle reconnu ? Il en fut tout à coup certain. Lors de leur brève aventure, elle n'était veuve que depuis quelques jours. Alors ? Alors, l'enfant ne serait pas un bâtard, mais un fils ou une fille de héros de guerre ! Et si lui, Marius, était le père biologique de l'enfant, jamais il ne serait reconnu comme son père légitime... À moins que la belle Lyonnaise ne le souhaite. Un vague à l'âme et une profonde indécision le taraudèrent. Souhaitait-il cet enfant ? Devait-il oublier cette heure de plaisir accidentelle, cette passade ? C'était la sagesse, mais il sut immédiatement qu'il n'y parviendrait pas. Douleur ? Espoir ? Les deux sentiments se mêlaient. Pourquoi ne dit-il rien à Jeanne ?

*

La lettre dactylographiée portait l'en-tête d'un avocat lyonnais. Eugène Mastafier la fixait avec méfiance, comme s'il se fût agi d'un serpent venimeux. Ses yeux revenaient toujours sur la même phrase : « Votre protocole, écrit et signé, d'abandon des droits de succession de ma cliente, madame Jeanne Mastafier, veuve de monsieur Joseph Mastafier, votre fils, constitue, par sa rédaction même, une tentative dolosive qui nous conduirait immédiatement, en cas de maintien de vos prétentions sur le plan judiciaire, à déposer une plainte devant le procureur de la République pour tentative d'escroquerie. »

— Tu as téléphoné à maître Rossier ? demanda son épouse alarmée.

Il acquiesça.

— Qu'est-ce qu'il a dit ?

— Que ce maître Gouy a raison. Qu'une action de notre part serait catastrophique.

Elle hurla :

— Tu aurais pu m'en parler avant de faire cette connerie !

— C'est pas moi, c'est Sarot, se défendit-il, l'air penaud.

— Cet huissier est un imbécile et toi un crétin ! Jeanne, c'est moi qui l'ai formée. Elle est loin d'être bête ! T'es pas en train d'acheter une vache à un *pagu* misérable. Mastafier, t'es un connard !

Il s'était levé, le visage cramoisi, ses gros poings serrés. Elle l'affrontait, lourde elle aussi, les traits convulsés par la colère. Manœuvre ? Rupture ? Elle fondit en larmes.

— Mon Joseph, mon tout petit.

Il s'effondra sur son fauteuil, anéanti lui aussi, puis soudain, il se redressa, de nouveau ivre de rage.

— Cette salope de Jeanne ! cracha-t-il. Elle nous le paiera. Les avocats, tout ça, c'est de la merde. On ne peut quand même pas la laisser nous prendre notre argent et le donner au *bastardou* qui a tué notre fils. Il y a d'autres moyens.

Célestine leva son visage gras, inondé de larmes, vers son mari. La bouche tordue de haine, elle éructa :

— Oui, on va se venger. Ils vont payer le prix maximum. Ils pleureront des larmes de sang.

Après cet éclat, tous deux restèrent longtemps prostrés. La nuit d'hiver s'appesantit sans qu'ils allumassent leur lampe.

8

Errance

Marie Malaguet, la petite main d'Eugénie serrée dans la sienne, progressait sur la route depuis plus d'une heure. Le no man's land n'était plus qu'une lointaine bande sombre. Signe de fatigue, la démarche de l'enfant se faisait plus maladroite, mais Eugénie ne se plaignait pas. Cinq mois de torgnoles lui avaient appris à taire ses petits malheurs. Durcie par quarante ans d'une vie d'esclave, Marie ne s'en étonna pas. Perdues au milieu de nulle part, elles n'avaient d'autre choix que d'avancer. Elles avaient bu l'eau d'un ruisseau, mais leur dernier repas était loin. Il leur fallait trouver un village pour se restaurer.

— C'est par là, dit soudain Eugénie d'une voix joyeuse. Tu vois, là-bas, ce truc comme un crayon avec une mine cassée, c'est le clocher de Cachy, il a reçu un obus qui l'a fendu en deux.

— Cachy?

— Le village où j'allais à l'école. Et la ferme d'Andech, c'est sur le côté.

— C'est là que tu habitais?

— Oui. Avant qu'on m'emmène à l'orphelinat provisoire.

— Et tu t'es sauvée, constata Marie d'une voix tranquille.

— J'allais pas rester! Mademoiselle me battait tous les jours et j'avais pas de revolver pour la tuer.

Marie la dévisagea, les yeux ronds.

— Ben quoi, s'exclama la petite, les Français, y tuaient tout le temps des Boches parce que c'étaient des méchants. Mademoiselle était une méchante ! Alors !

Marie hocha la tête.

— Mais toi, t'es gentille, hein ? demanda Eugénie, soudain inquiète.

— Peut-être bien, répondit Marie.

Elles sortaient de la zone du front. Malgré l'hiver, la végétation réapparaissait.

— C'est bien de voir de l'herbe après toute cette boue, dit Marie, se parlant à elle-même.

— Normal ! répliqua l'enfant. C'est l'arrière ici. Tu vois, ce bosquet ?

— Je vois.

— Ben c'est là que se planquaient les gendarmes pour attraper les déserteurs. Après, ils les emmenaient pour les fusiller.

— Et tu les prévenais ? Ceux qui s'enfuyaient, je veux dire.

— Ouais. Toujours. Les poilus, c'étaient mes potes. Ils détestaient les gendarmes. Et les déserteurs, c'étaient tous des poilus.

— Et il y en avait souvent.

— Un de temps en temps. Ça dépendait si les lignes étaient loin ou près. Ça changeait tout le temps... On arrive !

Non loin d'un petit bois, des pans de mur subsistaient, nus, désolés, morts.

— La ferme d'Andech, claironna Eugénie. C'est là que je vais attendre mon papa. Il va revenir. C'est pas son genre de tout laisser en plan. Faudra bien qu'il revienne pour semer le blé de printemps, après le gel qu'il a fait.

Marie écarquilla les yeux pour empêcher ses larmes soudaines de déborder. Eugénie la regarda et son visage s'assombrit.

— Il va revenir mon papa, hein ? Je ne veux pas rester toute seule.

La gorge nouée, Marie s'accroupit et la serra dans ses bras.

— Tu ne vas pas rester toute seule, Eugénie, dit-elle enfin d'une voix enrouée.

— Tu me garderas avec toi ? Toujours ?

Des pleurs silencieux faisaient vibrer le corps fluet de la fillette. Le cœur déchiré, Marie ne répondit pas. Ramener la petite aux autorités, c'était la renvoyer à l'orphelinat. Mais pouvait-elle garder cette enfant ? Voulait-elle la garder ? Elle était venue chercher un homme cher à son cœur et elle tombait sur un chaton perdu… qu'elle ne pouvait plus laisser repartir vers le malheur. Eugénie cherchait son père, mais ne parlait jamais de sa mère. L'avait-elle connue ? Sans doute pas. L'adulte songea à sa propre enfance, à son fils si longtemps privé de père. Elle, au moins, avait été là pour lui. La petite n'avait plus personne…

Toutes deux pleuraient. Marie s'était relevée, l'enfant dans ses bras, avant de s'asseoir pour la câliner. Elle avait fermé les yeux. L'enfant ne bougeait plus. Quand, un grand moment plus tard, Marie voulut écarter Eugénie pour se lever, celle-ci se cramponna. Alors Marie savoura l'instant, un instant merveilleusement triste où, tout à coup, elle incarnait l'espoir. Une voix la surprit :

— Je vous observe depuis un petit moment. Moi aussi je suis émue par le chagrin d'Eugénie. Par votre tendresse aussi.

Elle ouvrit les yeux. Une femme bien habillée la regardait, pleine de compassion. Attendant prudemment la suite, Marie ne répondit pas.

— Vous êtes sa tante, n'est-ce pas ?

Eugénie opina vigoureusement du bonnet. Marie sourit sans répondre.

— Jules, son père, m'avait parlé d'une sœur de sa femme qui habitait loin… La petite a voulu revenir ? interrogea la femme.

— Elle attend son papa, répondit Marie. Il faudrait… que nous allions le voir, ajouta-t-elle hésitante.

— Je vous y conduis, dit la femme.

Eugénie se laissa guider. La femme marchait devant, accompagnée d'un grand setter. Marie suivait, se laissant porter par les événements, bizarrement disponible. Les deux femmes et la gamine arrivèrent au cimetière du village. Il était marqué par des trous d'obus comblés de terre meuble. Une pierre dressée portait le nom de Merey.

— C'est la tombe de ma maman, dit Eugénie d'une toute petite voix.

— Oui, dit la dame au chien.

Puis elle se tut.

— Pourquoi, sur la petite planche, il y a le nom de mon papa ? dit l'enfant d'une voix étranglée.

Les deux femmes se regardèrent. Marie se baissa, encadra de ses mains rêches le minois de l'enfant.

— Parce que ton papa a rejoint ta maman, dit-elle doucement.

— On l'a retrouvé sous les pierres de ta maison, compléta la dame.

— Je ne retournerai plus jamais à la ferme, dit la petite.

Elle éclata de nouveau en sanglots dans les bras de Marie.

Elle le savait, songea la voyageuse, mais refusait d'y croire. Pauvre petiote. Elle aussi pleurait, tandis que la promeneuse de chien tamponnait ses paupières d'un petit mouchoir blanc. Que vais-je faire d'elle ? Une petite fille heureuse, voilà tout. Une réponse évidente.

Elles regagnèrent le village. Glisy avait été partiellement détruit. Plusieurs maisons ressemblaient à des bêtes blessées, pansées à la va-vite. Comme un orage qui passe, le chagrin d'Eugénie s'était éloigné.

— J'ai faim, dit-elle avec un grand sourire.

Marie aussi était affamée.

— Allez donc à l'auberge, Berthot a rouvert. Ensuite, vous passerez voir mon mari à la mairie. Vous êtes venue chercher une attestation pour Eugénie, n'est-ce pas ? Je serai là.

La moitié de l'auberge avait été démolie. Une salle de fortune avait été bâtie à la hâte, dont les cloisons de bois étaient fixées par des pieux plantés dans le sol. Un toit en carton bitumé la couvrait. Sur son plancher en mortier brut, un cylindre de fonte à trois pattes, abondamment nourri de bois de démolition, ronflait comme un ogre endormi. Des tables disparates, des bancs bricolés meublaient la pièce. Il y faisait bon. Marie remarqua un téléphone fixé au mur.

— On vient de l'installer, dit l'aubergiste en arrivant. Comme ça, on n'est plus isolés. J'ai l'agrément des PTT. Tout le village peut l'utiliser. Ça coûte deux sous pour Amiens. Pour Paris, c'est plus cher.

Marie acquiesça d'un air admiratif. Content, l'homme sourit.

— Pour la petite dame, ce sera? demanda-t-il, en léchant la mine de son crayon à encre.

— Qu'est-ce que vous avez?

— Aujourd'hui, c'est pot-au-feu maison.

— C'est parfait, dit Marie.

— Et pour Eugénie?

— Des frites et de la saucisse, dit la petite tranquillement.

— Comme d'habitude quoi, conclut l'aubergiste.

Se tournant vers Marie, il commenta :

— Alors vous avez récupéré la petite? Elle sera mieux avec vous qu'à l'orphelinat. Elle est en permission?

Avant d'avoir réfléchi, Marie se jeta à l'eau.

— Elle n'y retournera plus, dit-elle. Je la garde avec moi.

Son cœur battait la chamade. Elle sentait confusément qu'elle n'avait aucune autorité légale sur Eugénie, que les gendarmes, sitôt prévenus, ramèneraient la petite à « Mademoiselle ». Elle détesta cette idée du plus profond de sa chair.

— Je la garde avec moi, répéta-t-elle, convaincue.

— C'est ma tata, dit la gamine, opportuniste. On va faire les papiers avec Mme Pierret tout à l'heure. C'est elle qui l'a dit.

Elle fit un énorme sourire à Marie.

Pleurer un bon coup donne de l'appétit. Toutes deux dévorèrent. Ensuite, elles se dirigèrent vers la mairie, un bâtiment provisoire lui aussi. Tout était provisoire dans la zone de front.

Un moment plus tard, la promeneuse de chien, également épouse du maire, rédigea une attestation, la soumit à la signature de son époux, puis la tamponna. Ainsi, l'orpheline de guerre Eugénie Merey, née de Jules Merey agriculteur, victime civile, et de Raymonde Favier, antérieurement décédée, fut officiellement confiée à Marie Malaguet, sa parente. Il appartiendrait à ladite Marie Malaguet d'effectuer les démarches nécessaires auprès des autorités de son lieu de résidence en vue de la régularisation du statut de l'enfant.

Ce papier serré sur son cœur, Marie prit vivement congé. Consciente de l'urgence, la gamine ne la lâchait plus. Eugénie et sa famille étaient célèbres dans le village. Qui sait si quelqu'un, connaissant la tante éloignée de l'enfant, ne révélerait pas la supercherie. Le miracle paperassier ne s'accomplirait réellement qu'à quelques lieues de là. Elles reprirent la route, se cachèrent pour éviter les gendarmes à cheval que la petite, fort expérimentée, avait très vite repérés.

*

— Qu'est-ce qui vous amène? s'enquit Gaston Pierret, maire de Cachy, au pandore qui entrait dans son bureau.

— La petite Eugénie Merey. Elle a fugué de l'orphelinat. On la recherche. Elle ne serait point revenue ici, par hasard?

— Elle a rejoint sa tante, venue la chercher depuis la Haute-Loire. C'est pour ça qu'elle s'est sauvée, dit le magistrat municipal. On a régularisé tout ça.

— Vous avez vu l'acte de naissance de la dame et vérifié sa parenté avec l'enfant? demanda le gendarme.

— Non. De toute façon il aurait fallu le comparer avec le registre d'état civil, or il a été détruit dans le bombardement de la mairie.

— Dans ce cas-là, on doit vérifier avec les actes notariés, poursuivit le gendarme têtu.

— Vous savez, tout le monde se connaît ici. Aucun doute sur la personne. Y avait qu'à voir la tendresse de la tante et l'affection de la petite, dit l'épouse du maire.

D'un revers de main, le gendarme classa l'affaire.

— Alors pas de problème. Je transmets à la préfecture que tout est réglé. Une bonne chose de faite. On a du travail par-dessus la tête avec tous ces déserteurs qui ne veulent pas attendre la démobilisation.

— On les comprend, répondit le maire sans lever les yeux de la lettre qu'il rédigeait. En plus, il serait temps qu'on récupère nos terres.

Renfrogné, le gendarme salua sèchement et sortit.

*

Dans l'après-midi, un camion militaire s'arrêta devant les marcheuses.

— Où vous allez? demanda le chauffeur, un caporal à forte moustache.

— À Guerbigny.

— C'est en zone militaire, ça. Vous z'avez pas le droit d'aller là-bas! Z'avez pas lu les panneaux? Mais bon, on y est presque.

— On s'est perdues, dit Marie. Et puis, je ne sais pas lire. C'est pas ma faute.

Le bidasse rigola.

— Ça tombe bien: le coin vous est interdit, mais moi j'ai pas le droit de vous prendre! Allez, montez.

Elles obéirent. Bientôt, la route rejoignit la zone de front et son paysage tavelé de cratères, hérissé de fers tordus, de barbelés buissonnants et d'épaves anguleuses. La boue réapparut, pourtant du vert la piquetait çà et là. Discrète mais déterminée, la nature grugeait la fange. Le camion cahotait à travers les trous d'obus comblés par les gravats des ruines. Ses pétarades défonçaient le silence et contrastaient avec le paysage désertique et délétère alentour. On dépassait des villages détruits, non encore rouverts à la population. Cela dura l'éternité morne d'une quarantaine de minutes.

— On arrive à Erches, ou à ce qu'il en reste, dit le chauffeur. Guerbigny est à trois kilomètres à droite. Je vous laisse au croisement?

Il arrêta sa machine.

— T'as un drôle de chapeau à deux pointes, dit Eugénie après avoir dévisagé le bonhomme.

— C'est un bonnet de police, mademoiselle la curieuse.

— Alors t'es de la police?

Il rit.

— Tu sais, dit la petite, je suis un peu fatiguée. Le camion, c'est mieux que marcher!

Sa rouerie était si naïve que le chauffeur éclata de rire.

— Toi alors!

Avec un effort manifeste, le bidasse pressa la poignée d'un grand levier et la bascula vers l'avant. Il en saisit une autre, terminée par un pommeau, et la déplaça en un grand mouvement angulaire. Dans un ronflement de moteur, le camion s'ébranla de nouveau.

— Je m'arrêterai en haut de la côte. Plus loin, je risque d'être emmerdé par un con de gradé. Il y a un carrefour. Je prendrai à gauche pour rejoindre Roye par Andechy. C'est pas un gros détour.

Eugénie acquiesça. Cinq minutes plus tard, il les déposait. Le soleil baissait sur l'horizon.

— Allez, j'y vais, dit-il. Faut qu'j'arrive avant la nuit, ce camion éclaire trop mal.

Elles le regardèrent s'éloigner et le saluèrent longtemps de la main. Marie n'était pas mécontente de quitter cette machine infernale qui vous disloquait les os. Marcher lui fit du bien. Entaille dans une étroite falaise de craie, la route débouchait sur une vallée douce. Un talus bordait la descente, sur lequel s'alignaient des ruines de maisons. Marie l'emprunta. Sur la route pouvaient passer des autos et dans les autos voyageaient les chefs. À l'armée, ils régentaient tout…

L'église, encore debout, était majestueusement sereine, malgré son toit crevé et son clocher décoiffé. Vieille de cinq cents ans au moins, elle avait résisté aux bombardements grâce à ses épais murs de craie. Marie ne connaissait pas grand-chose à la religion. Baptisée comme tout le monde, elle n'avait assisté qu'à quelques mariages et enterrements. Pourtant, la contemplation de l'édifice l'apaisa et les grands accords d'orgue de la cathédrale d'Amiens rejaillirent. Les marcheuses croisèrent un homme d'âge mûr en uniforme déboutonné, les mains dans les poches et la cigarette au bec. Il dévisagea Marie avec une curiosité vaguement insolente. Mal à l'aise, elle accéléra le pas. L'homme les suivait. D'autres soldats, tout aussi débraillés, le rejoignirent, qui la maquignonnaient comme une génisse, la dévêtaient du regard. Eugénie, pourtant l'amie des poilus, ne disait rien et ouvrait de grands yeux apeurés.

— Qu'est-ce qu'elle veut la petite dame? demanda un maigrichon à l'accent parigot volontairement outré.

— Des nouvelles de l'adjudant Alayel, dit-elle. Quelqu'un peut-il me renseigner?

Graves, silencieux, hostiles, ils furent soudain inquiétants.

— Et pourquoi qu'elle veut des nouvelles d'Alayel? demanda le titi.

— C'est mon homme, répondit sèchement Marie en le toisant du regard.

La curiosité frustrée vira à la méfiance. Ils l'encadrèrent. Elle se sentit prisonnière. Un grisonnant fit un signe de tête à un plus jeune. Ce dernier fila, obéissant à cet ordre implicite. Un paquet de cigarettes circula. Marie, de plus en plus inquiète, fut mortifiée de s'être fourrée dans un tel guêpier et d'y avoir entraîné Eugénie. Dans son dos, une voix de basse demanda soudain:

— Comme ça, vous cherchez l'adjudant Alayel?

Elle se retourna. Un Noir athlétique la dominait. Sa joue gauche portait une terrible cicatrice. Les bras croisés, il toisait l'arrivante. Un colosse.

— Oui, dit Marie avec toute la fermeté possible.

— Venez avec moi, dit-il.

Elles obéirent et descendirent au village. Le groupe d'accueil les suivait, encadrant toujours la femme et la fillette.

— Pas besoin de vous, ironisa le grand Noir. Si la petite m'attaque, j'arriverai à me défendre.

Les hommes s'arrêtèrent, les regardèrent s'éloigner. Le petit groupe s'approcha d'une propriété ceinte d'un muret: les ruines d'une maison de maître et d'une écurie situées en retrait de la rue. Sous les communs passait une petite rivière. Derrière les bâtiments, des chênes à la ramure gigantesque égratignaient le ciel gris. La moitié de leurs grosses branches, brisées par une tempête magistrale, gisait autour d'eux. Une tempête de feu provoquée par des hommes fous... Guerbigny était resté quatre mois entre les lignes.

— Descendez, dit-il.

Une porte vitrée d'un mètre cinquante de haut donnait sur une demi-douzaine de marches conduisant à une cave presque enterrée.

— Il fait tout noir, objecta la petite, j'ai peur.

— Allons Eugénie, on est toutes les deux, dit Marie.

Elles avancèrent d'un mètre ou deux dans la salle. Derrière elles, l'homme craquait une allumette. La clarté douce d'une lampe à pétrole illumina un logement meublé de bric et de broc, mais parfaitement propre. Le colosse bloquait la porte de sa masse.

— Alors comme ça, vous cherchez l'adjudant Alayel? dit-il d'une voix grondante. Et vous dites que c'est votre homme. C'est étonnant. Il ne nous a pas quittés depuis plus de vingt ans.

— Vingt-quatre exactement, rétorqua vivement Marie.

Une réponse surprenante et cependant crédible.

— Asseyez-vous, dit-il d'un ton adouci.

Elle obéit. Eugénie, épuisée, suçait son pouce, les yeux dans le vague. Marie l'assit sur ses genoux. Aussitôt, la petite posa sa tête sur son épaule, comme pour dormir, mais ses yeux mi-clos ne quittèrent pas le grand Noir.

— Vous êtes Trésor, affirma soudain Marie.

Il allait de surprise en surprise.

— Et vous, qui êtes-vous? s'informa-t-il.

— Marie Malaguet.

— Comme le lieutenant! s'exclama-t-il.

— Marius est mon fils, dit-elle.

— Alayel est votre homme et Malaguet votre fils?

Il hocha la tête, perplexe, mais n'insista pas.

— Vous logerez là ce soir. Pour l'adjudant, on verra ce qu'on peut faire demain matin. J'en parlerai aux autres.

Quels autres? Les bagnards? s'interrogea-t-elle. Le sourire lumineux du grand Noir calma son inquiétude. Il se tournait vers Eugénie.

— Et elle, s'enquit-il, c'est la petite sœur du lieutenant?

— Une enfant perdue. Je l'ai ramassée hier dans le *nomanland*.

— Le no man's land ? Mais c'est interdit, surtout aux civils. C'est très dangereux, avec tous les engins non explosés qui y traînent. Qu'est-ce que vous foutiez là-dedans?

— Je vous cherchais, vous êtes bien les soldats de Marius?

Le doute de nouveau, parfaitement irrationnel. Depuis trois jours, tout était si extraordinaire, si étonnant.

— Oui, nous sommes les hommes du lieutenant Malaguet. Et on en est fiers. Moi le premier.

— Je sais, il m'a parlé de vous.

— Et la gamine, qu'est-ce que vous allez en faire?

— Elle s'est sauvée de l'orphelinat, la directrice la battait. J'ai un papier. J'ai le droit de l'emmener.

Elle tendit le papier officiel. Il le regarda, déchiffra le début, le lui rendit.

— Je ne lis pas vite, mais ça vient. Comme on n'a rien à faire, ceux qui savent lire apprennent aux autres, enfin s'ils veulent. Ça occupe et ça peut servir. C'est le lieutenant qui a organisé l'école.

— Vous avez de la chance. Moi j'ai jamais pu m'y mettre.

— Marius, je veux dire le lieutenant, ne vous a pas appris?

— Il a souvent essayé, mais j'avais pas le temps.

Il s'était levé, allumait un réchaud à alcool, y plaçait une poêle.

— Vous devez avoir faim?

Une bonne odeur de viande grillée embauma bientôt la cave.

— Ça sent bon, dit Eugénie. Qu'est-ce que c'est?

— Un lapin attrapé au collet. Il en restait de midi.

— Et comme légumes? demanda la petite d'un air sévère.

— Des patates à l'eau. Si tu les épluches, on les fera sauter dans un peu de saindoux.

— Donnez, dit Marie, tendant la main vers les pommes de terre. Je vais les peler.

— C'est mon travail, objecta Eugénie.

Les deux adultes rirent.

Le dîner parut succulent aux voyageuses affamées. Sa dernière bouchée avalée, Eugénie s'installa sur les genoux de Marie et s'endormit.

— Couchez-la sur une des deux paillasses, dit Trésor. Vous dormirez sur l'autre.

— Je ne veux pas déranger. Je coucherai par terre. Ça sera mieux que la nuit dernière. C'est pas confortable un vieux tank boche. On peut même pas s'allonger. Quand on est fatigué, on dort n'importe où, vous savez.

— Je sais, répondit-il goguenard.

Elle se mordit les lèvres, songeant à ces niches horizontales observées la veille au flanc des tranchées.

— Je suis sûre qu'on vous dérange, reprit-elle. Quelqu'un loge avec vous puisqu'il y a deux lits!

Trésor eut un grand sourire.

— Vous êtes ici chez vous, affirma-t-il.

— C'est gentil, mais il ne faut pas exagérer.

— Mais si, c'était le gourbi du lieutenant. On s'était installés là, tous les deux. J'étais son ordonnance. Son garde du corps en fait. Il n'avait pas que des amis parmi les gars de la compagnie. Vous savez, ils sont un peu... spéciaux.

— Vous parlez des bagnards?

Un éclair passa dans les yeux de Trésor. Marie craignit d'avoir gaffé.

— Alayel en était, dit-elle vivement. Et mon fils admirait leur courage.

Le grand Noir se détendit, puis reprit son sérieux.

— Une chose: sortez le moins possible. Vous parliez des... bagnards. En fait, nous formons une sorte de conseil. Bien entendu, ils savent déjà que vous êtes là et que vous cherchez l'adjudant, mais il va falloir que je leur parle de vous... pour avoir leur accord et qu'ils vous aident à le retrouver. Ils voudront sans doute vous voir.

Marie acquiesça, un peu étonnée, vaguement inquiète. Trésor lui sourit, rassurant.

— Ne vous inquiétez pas, lui dit-il. Ils appréciaient tous le lieutenant. Votre fils, je veux dire.

Ils parlèrent longuement et à mi-voix, pour ne pas réveiller la petite. Marius, bien sûr, était au cœur de la conversation. Ils évoquèrent sa scierie, son rêve d'une turbine électrique en remplacement de la roue à aubes, son envie d'un camion pour porter les troncs à la gare. Vint ensuite la reconstruction des zones sinistrées. On manquait de tout, de bois en particulier. Un énorme potentiel.

— Vous êtes sûr que vous voulez venir à Pontempeyrat ? demanda Marie. Le pays est rude. L'hiver, le thermomètre descend à moins vingt, parfois moins vingt-cinq ou même moins trente !

— J'aurai jamais aussi froid que dans les tranchées. La nuit, quand on était de garde et qu'il faisait bien noir, chaque craquement vous foutait la trouille. On croyait voir les Boches sur le point de sauter dans la tranchée pour nous égorger au couteau de boucher. Ça arrivait parfois. Alors on gardait les mains crispées sur le fusil, sauf qu'on avait les doigts si engourdis qu'on n'aurait pas pu tirer. La trouille augmentait le froid, c'était terrible.

Il se laissa aller à ses souvenirs, évoqua la peur, l'ennui, mais aussi les bons moments, les fêtes parfois. Marie, la taiseuse, écoutait. Une impression étrange l'habitait. Celle d'être en famille. En avait-elle jamais eu ? Marius et Jeanne, qu'elle avait élevés, étaient ses enfants, mais le Malvier, la brute détestable, corrompait tout. Trésor, oui. Il était des siens. Alayel le serait-il aussi ? Un bref instant, le doute l'assaillit.

— Et Johannes ? demanda-t-elle.

Trésor hocha la tête.

— Il est fort. On le retrouvera.

— C'est votre ami ?

Elle était soudain intimidée. Elle connaissait si peu l'adjudant disparu. Elle eut peur. En ce jour merveilleux de la Saint-Jean, elle l'avait aimé à la folie. Elle l'aimait toujours, mais ne savait rien de sa vie, de son histoire, de ses peines, de ses joies, de ses faiblesses. Et pourtant si ! Il lui avait donné sa gaieté et sa tendresse : le meilleur de lui-même. Ils se retrouveraient et ne se quitteraient plus…

— Oui, absolument, finit par répondre Trésor. C'est un chef. Un homme droit. Avant la guerre déjà… tout le monde le respectait et moi je tiens à lui.

Il se tut. Elle n'osa pas le questionner davantage. Le bagne, Marius n'en parlait jamais à ses hommes. C'était là une forme de politesse, lui avait-il expliqué. Elle s'y conforma. Le grand Noir avait le regard vague. Elle respecta son rêve. Le silence s'imposa, celui des gens heureux d'être ensemble. Elle sentit ses paupières s'alourdir.

— Allez vous reposer, dit-il au bout d'un moment. Vous êtes fatiguée...

Elle lui sourit, se dirigea vers la paillasse où dormait la petite. Son visage enfantin était calme, son souffle régulier. Un sourire vague flottait sur ses lèvres.

— Vous allez prendre mon lit, rappela Trésor. On l'a décidé tout à l'heure. Moi, je vais m'installer ailleurs.

— Non, dit-elle. Je partagerai la paillasse d'Eugénie. Quand je l'ai couchée tout à l'heure, elle m'a fait promettre de dormir avec elle. À la guerre comme à la guerre!

Expression inopportune... Marie poursuivit très vite:

— Vous êtes ici chez vous et puis nous n'avons pas le droit d'être ici, la petite et moi. Si vous changez vos habitudes, ça risque d'attirer l'attention.

Il acquiesça.

Sous les couvertures, l'enfant tout contre elle, Marie, épuisée, sentit une vague de chaleur l'envahir. Elle n'avait jamais autant parlé avec un inconnu. Il y avait des choses détestables ici-bas: la guerre, la bureaucratie, les casernes. Mais ce monde regorgeait aussi de merveilles: les cathédrales et la musique d'orgue. Et de gens remarquables: Trésor, par exemple. Que de moments émouvants venait-elle de vivre! La veille, la fillette s'était pelotonnée contre elle, comme un petit animal. Eugénie l'avait choisie pour mère et elle n'avait pas refusé. Bonheur ou inquiétude? Elle sombra sans l'avoir décidé.

Trésor resta longtemps les yeux ouverts. L'arrivée de cette femme et de cette fillette l'avait bouleversé. Un avenir nouveau lui apparut. Avec femme et enfants... À Cayenne, puis au front, la liberté avait été synonyme d'argent facile, de filles légères... Soudain, tout cela lui paraissait creux. De toute façon, il s'était juré de protéger le lieutenant Malaguet jusqu'à son dernier souffle. Une dette d'honneur. Il songea à Marie, réalisa qu'elle avait à peu près son âge et qu'elle était belle. Elle se trouvait là, endormie, à moins de trois mètres de lui. Il eut un énorme soupir. Elle était la « femme » de l'adjudant Alayel, son chef, son frère d'armes et de bagne. La mère du lieutenant aussi. Ce chef qui lui avait sauvé la vie et mené cette racaille de bagnards à la baguette n'était donc qu'un gamin ! Il n'en revenait pas. Il ne l'avait jamais vu ainsi.

9

Le lieutenant Genlis

Trésor n'était plus là lorsque Marie s'éveilla. Une lumière pâle tombait de l'escalier comme d'un soupirail. Prenant garde de ne pas réveiller Eugénie, elle se leva, jeta un coup d'œil dehors. Temps gris, frais, mais sec. Elle empoigna un bouteillon à soupe reconverti en seau, enfila ses sabots et sortit. Elle scruta les alentours, ne vit personne, satisfit aux exigences de la nature, fit une provision d'eau à la rivière et rentra. Elle bloqua la porte, de façon à inciter Trésor à frapper, et fit sa toilette. Deux jours sans ablutions, c'était bien assez ! Se sentant propre, elle se regarda dans un petit miroir accroché à un clou et se trouva mauvaise mine. Elle fouilla dans sa besace et en sortit ses produits de beauté. Elle se mit du rouge à lèvres, un peu de noir sur les yeux et de couleur aux joues.

Pour rencontrer les autorités militaires, elle devait se présenter sous son meilleur jour. Qui sait ? Peut-être retrouverait-elle Johannes aujourd'hui ? Son cœur se mit à battre la chamade. Elle déplia sa belle robe, l'admira… et revêtit ses habits de tous les jours. Il serait bien temps de se changer au moment de partir. Elle contempla Eugénie, toujours endormie. Avait-elle vraiment besoin de se mettre cette gamine dans les pattes au moment de retrouver le seul homme qu'elle eût jamais aimé ?

Elle se rappela leur étreinte unique dans la moiteur de l'été. Banni durant deux décennies, ce souvenir bouleversant la hantait depuis qu'elle avait appris que son amant était vivant... Elle se secoua, alluma le poêle, y fit chauffer de l'eau pour le café. Ces occupations prosaïques lui parurent étranges. Quatre jours seulement depuis son départ. C'était inimaginable. Le grand Noir revint. Un éclair passa dans ses yeux quand il la regarda. Elle ne le vit pas. Il rapportait du pain frais et du lait. Où diable les avait-il trouvés? Le parfum de café le fit sourire d'aise. Ils le burent dans des quarts d'aluminium cabossés, debout et en silence.

— J'ai téléphoné au sous-lieutenant Genlis, dit ensuite l'ex-ordonnance. Un ami de Marius...

— Je sais. Il devait rechercher Johannes, répondit Marie.

— Il vous attend à l'état-major.

— Et où ça s'trouve?

— Au château de Davenescourt. Vous savez faire de la bicyclette?

— J'ai jamais eu de vélo.

— Alors, il faudra y aller à pied. Une bonne heure de marche.

— Moi j'ai mal aux jambes, intervint Eugénie. Aujourd'hui, je me repose.

Elle avait encore les yeux lourds de sommeil.

— Je reste avec les poilus, puisque tu vas courir à l'état-major! poursuivit-elle d'un ton de reproche.

— Je ne sais pas si je peux te laisser, répondit Marie. Trésor n'a sûrement pas le temps de jouer les bonnes d'enfant.

— Justement si! Quand ils ne sont pas en ligne, les soldats n'ont rien à faire. Alors ils discutent avec moi et me gardent. Ce ne sera pas la première fois. Papa me laissait avec eux pour faire des courses. C'est mes potes, les poilus. Je t'l'ai d'jà dit. Et Trésor, c'est mon copain.

Sous le charme, ce dernier ouvrait des yeux éblouis. Elle se tourna vers lui.

— T'es pas saoul, au moins?

Il secoua vivement la tête en signe de dénégation.

— Si t'es pas saoul, on pourra faire du tir si tu veux. Les bouteilles, je les casse du premier coup avec un pistolet d'ordonnance!

— Bah ça promet. Et à la mitrailleuse, tu t'en sors?

— Faudrait que j'essaie, répondit-elle sérieusement.

— Je pourrais vous la laisser? demanda Marie.

— Dis oui, s'il te plaît.

L'air faussement pathétique de la jeune rouée était irrésistible. Il capitula. La vaisselle nettoyée, Marie s'habilla en dame, mit sa grande cape sur sa belle robe, vida une de ses sacoches pour ranger ses bottines et garda ses sabots.

— Vous allez avec ça aux pieds, demanda Trésor. Mais c'est pas commode!

— Si si! objecta-t-elle. On ne craint pas la boue avec des *éclots*. Et puis on n'a jamais froid. Vous devriez essayer.

Il hocha la tête d'un air de doute profond. Elle rit. Il lui indiqua le chemin, le long de l'Avre. Davenescourt était le deuxième village en aval de la rivière, à cinq kilomètres. Becquigny, le premier, était à mi-parcours.

— Au revoir, Eugénie, dit Marie.

C'était la première fois qu'elles se quittaient depuis leur rencontre. La fillette se jeta dans ses bras, y resta blottie une dizaine de secondes, puis gigota. Marie la reposa et la fillette fila retrouver Trésor.

— Bon, on va voir les autres poilus, décréta-t-elle.

— Mais vos chefs? demanda Marie à Trésor.

Eugénie répondit avant lui.

— Oh les gradés, je sais y faire, s'écria-t-elle. Y z'aiment pas trop me voir avec les hommes, mais y peuvent pas y faire grand-chose. Ils seront bien obligés d'attendre qu'on vienne me chercher. Allez, viens!

Elle le tirait, il la suivit. Marie regarda s'éloigner, se tenant par la main, un gigantesque Noir et une toute petite fille. Elle leva sur lui un minois convaincu. Lui se pencha, argumenta, gesticula, puis se calma. De quoi pouvaient-ils parler? Elle ne le saurait sans doute jamais.

En suivant la rivière, Marie songeait à l'enfant. Eugénie ne manquait pas de caractère. Restée seule avec un père manifestement aimant mais fort occupé, la petite avait dû grandir vite, prendre en charge des corvées d'adulte… Faire la soupe par exemple. Elle le lui avait dit la veille. La marcheuse, à nouveau, était perplexe. Devait-elle regretter ou louer cette rencontre? Fataliste, elle haussa les épaules. Elle ne pouvait pas la laisser là, alors…

Le chemin était détrempé. Il lui fallut marcher entre les ornières creusées par les roues des chars, contourner des flaques de dix mètres de long. Sur la droite, luisaient des étangs couleur de mercure. Dans la lumière du matin, la vie semblait renaître. Une ombre au-dessus d'elle attira son attention. Très bas, un grand oiseau gris, à long bec et de large envergure, traversait le ciel d'un vol lent. Un héron. Elle sourit. Elle était ailleurs, une exploratrice en terre inconnue. Elle ne percevait aucun danger alentour.

Elle avait dû sortir de la zone interdite : dans un champ en pente, un paysan s'échinait au labour. Il jurait et sacrait, car sa charrue se prenait régulièrement dans des barbelés. L'homme tirait alors une pince coupante de sa poche et sectionnait le fil. Trente pas plus loin, ça recommençait. Marie s'était immobilisée pour l'observer. Plusieurs fois, il décrocha la charrue pour atteler son cheval à un piquet de fer. D'un coup de collier, la bête l'arrachait et son maître venait le récupérer. On manquait de tout pour reconstruire : les forgerons tireraient parti de cette ferraille. Le laboureur s'arrêta soudain, fit reculer sa bête et déblaya prudemment un obstacle heurté par son soc. Délicatement, il déterra une masse de fer biscornue. C'est alors qu'il aperçut la voyageuse. Laissant sa bête souffler, il s'approcha. Elle le salua d'un signe de tête. Il lui répondit et engagea la conversation. Il avait bien mérité une pause.

— Z'êtes pas d'ici, observa-t-il.

— Non, dit-elle.

— Et qu'est-ce qui vous amène sur cette terre maudite ?

Il sortit de sa poche une blague à tabac et du papier à cigarette. Ses gros doigts agiles eurent tôt fait d'en rouler une. Il la colla d'un coup de langue et l'alluma tranquillement. Poliment, Marie attendit qu'il eût fini pour demander :

— Pourquoi est-elle maudite, cette terre ? Noire comme elle est, lourde mais pas trop, elle doit bien rendre.

— Y a pas qu'aux sabots qu'on voit la terrienne, remarqua-t-il. Pourquoi maudite ? Vous avez bien vu ! Ce morceau de « marmite » que j'ai sorti, ça aurait pu être un obus non pété. Chaque semaine, des agriculteurs se font sauter la gueule en labourant.

— Et vous n'avez pas peur?

— Oh que si! Mais c'est mon champ. Il faut bien nettoyer et labourer pour la prochaine récolte. La guerre est finie.

— Et ce trou, là-bas, comment vous allez le combler?

Elle désignait un cratère de vingt mètres de diamètre.

Il soupira.

— J'sais pas. Pour le moment, je tourne autour. L'hiver prochain, peut-être qu'on y jettera des gravats. Ensuite on repoussera le remblai fait par l'obus. C'était un gros, celui-là, et il a bien pété.

Il ralluma sa clope avant de poursuivre:

— C'était beau par ici, avec les arbres, les étangs et les champs. Un pays de plaine creusé de vallées, avec des rivières et de l'eau.

— Chez moi, c'est la montagne, dit Marie. Avec de grandes forêts de sapins et de pins. C'est beau aussi.

— J'ai bien vu que vous êtes pas d'ici. Et d'où qu'vous êtes?

— Du Velay, de Haute-Loire, précisa-t-elle devant l'incompréhension de son interlocuteur.

— C'est pas à côté, commenta-t-il. Et qu'est-ce qui vous amène.

— Je cherche quelqu'un.

— Un mort?

— Pourquoi dites-vous ça?

— Parce que c'est ce que cherchent les gens. Ils arrivent du Sud, prennent le train jusqu'à Saint-Just-en-Chaussée, puis continuent comme ils peuvent. Ils veulent approcher du front. Des petits malins les transportent en voiture ou en car pour un prix exorbitant. Ils cherchent des disparus, mais les disparus, y sont tous morts, enterrés sous les obus. J'en ai encore trouvé un hier en labourant.

— Un tué. C'est terrible!

— Hé oui. C'était pas le premier, vous savez. J'ai prévenu les militaires et une corvée est venue le chercher.

— Moi, je cherche un blessé. On a perdu sa trace. Il est sûrement pas mort, puisqu'en attendant les brancardiers, il fumait sa pipe. On l'a emmené dans un hôpital provisoire de la région. Il a écrit quelques jours plus tard, puis plus rien. On a perdu sa trace. Alors je viens le chercher.

— Des hôpitaux comme ça, il en reste quelques-uns. Y en a un à Crèvecœur-le-Grand, au nord de l'Oise avec des... des blessés à la tête. Ceux-là on ne les perd pas, sauf quand ils sont touchés au cerveau et qu'y savent plus qui ils sont. Il y a un autre hosto de ce genre dans le même coin, à Saint-Martin-aux-Bois.

— Qu'y savent plus qui ils sont..., murmura Marie.

Elle ne pouvait plus parler. Elle dut attendre que son affolement s'apaise.

— Et on les guérit? demanda-t-elle enfin.

Il la dévisagea gravement.

— Paraît que ça arrive.

Il n'avait pas l'air très convaincu, mais Marie se cramponna à cet espoir.

— Et comment vous savez tout ça? reprit-elle.

— Les chercheurs de disparus, ils parlent. Ils nous apprennent des choses qu'on redit à d'autres. On finit par savoir... Allez, faut qu'j'y retourne, dit l'homme. Y a encore du boulot.

Il s'éloigna. Elle aussi repartit. Johannes défiguré ou gâteux! Les deux peut-être? Elle avait eu tort de venir! Pourtant, il lui fallait savoir. Elle saurait. De toute façon, elle le ramènerait. S'il avait fait vingt ans de bagne, c'était pour elle, pour l'emmener en Amérique. Elle n'avait pas le droit de l'abandonner.

La vallée sinuait, Becquigny apparut au sortir d'une courbe. Pas une maison intacte. Une pointe de toit encore couverte de tuiles penchait dans le vide, en porte-à-faux. Les murs de plusieurs habitations en torchis avaient été soufflés et seuls les colombages restaient debout. Sur le bas-côté, les gravats avaient été repoussés en tas, de façon à ménager un passage aux chars des paysans et aux autos des militaires.

Un homme poussait une charrette à bras chargée de meubles et de tout un bric-à-brac de vie. Derrière lui, trottinait une femme écrasée sous d'énormes baluchons. Ils s'arrêtèrent devant une baraque basse, en fait le rez-de-chaussée épargné d'une maison scalpée par un obus. Un toit en tôle ondulée, vestige d'un préfabriqué de l'armée probablement bombardé, la recouvrait. Les fenêtres de récupération portaient du papier huilé en guise de vitres. Un tuyau de poêle coudé passait à travers le mur. L'inspection de Marie dut gêner l'homme, qui la foudroya du regard. Elle baissa les yeux et fila. L'avait-on vue observer les tanières que réinvestissaient les villageois ? Ceux qu'elle croisa plus loin la dévisagèrent avec l'hostilité vague des ruraux pour les étrangers. Elle dépassa la bourgade.

Elle marchait d'un pas vif. Malgré le froid, la boue et les destructions, elle ressentit un grand calme. À cause du vent. À Pontempeyrat, la bise d'hiver ou la brise de printemps étaient toujours présentes. Elle aimait le vent. Aujourd'hui, il lui apportait des rumeurs lointaines : pétarade d'une auto, grincements d'essieux de char, hennissements de chevaux… Des bruits tranquilles qui rendaient anachroniques les vestiges de la guerre. Les sons portaient loin. La route longeait des étangs bordés d'arbres. Depuis la grande offensive en août dernier, l'herbe avait poussé. Comme la mousse adoucit une statue brisée, elle estompait les blessures de la terre. Un lapin détala. La route déboucha sur des prés chaotiques. Çà et là pointaient des squelettes de ferraille.

À Davenescourt comme à Becquigny, la vie renaissait. L'église trapue était, elle aussi, restée debout malgré les combats. Sa grande porte pendait, dégondée. Marie y jeta un coup d'œil, fit un pas à l'intérieur. Invisible de l'extérieur, la désolation du lieu la stupéfia. Le toit crevé, les ogives flamboyantes privées de leurs vitraux déversaient une lumière excessive dans le sanctuaire construit pour la pénombre. L'autel de pierre était fendu, le tabernacle de guingois. Les poutres de la charpente avaient écrasé bancs et chaises, que les gravats empoussiéraient. Choquée par cette profanation, elle se retourna et sortit. Un gamin en sarrau, le béret enfoncé jusqu'aux yeux, la dévisageait.

— Tu sais où est l'état-major, mon grand ? Lui demanda-t-elle.

— *À l'*château ! *Eu'la* rue y va, cria-t-il en se sauvant.

Effarouché mais curieux, il fuyait l'étrangère. Un gosse comme on en croise dans tous les villages. Marie sourit. Après un virage, un majestueux édifice apparut sur la colline. Deux trous d'obus en façade avaient été bouchés avec des planches. Une partie du toit était recouverte de bâches. En retrait, d'imposantes écuries étaient également rafistolées... À première vue, le château et ses dépendances semblaient avoir peu souffert. Les poilus prétendaient que les belligérants évitaient de détruire les états-majors adverses, généralement installés dans des châteaux. Une sorte de courtoisie entre seigneurs de guerre. Le tout grouillait d'uniformes. Des militaires affairés sortaient et entraient dans les bâtiments. Des automobiles arrivaient et repartaient. Deux douzaines de véhicules disparates stationnaient sur la pelouse. À vingt pas de l'entrée, Marie chaussa ses bottines, rangea ses sabots et sa grande cape dans son cabas et s'avança bravement vers un petit groupe d'hommes qui discutaient avec la sentinelle.

— Interdit aux civils, aboya un militaire malgracieux.

Un juteux, décida Marie. Un gradé, faut le surprendre, évoquer un supérieur qu'il n'osera pas consulter... Ne sachant que faire, il ne fera rien. Elle avait retenu mot à mot la leçon des poilus!

— Je suis la nouvelle cuisinière du général, affirma-t-elle en s'avançant.

Il la fit passer d'un geste. Elle le laissa, se dirigeant d'un pas ferme vers le majestueux perron en demi-cercle qu'encadraient des fenêtres basses. La double porte du château s'ouvrait sur une pièce tout en marbre. Un bidasse en calot attendait derrière une table.

— J'ai rendez-vous avec le lieutenant Genlis, dit la visiteuse.

Le gratte-papier acquiesça.

— Planton! cria-t-il.

Son sosie arriva.

— Le rendez-vous de Genlis. Tu la conduis?

Courtois, l'homme fit passer Marie devant lui. Ils débouchèrent sur un hall éclairé par de hautes fenêtres. Celles-ci donnaient sur un parc dont on devinait la beauté, malgré les stigmates de la guerre. La vue d'un chêne mutilé choqua Marie. Ces arbres gigantesques étaient parés d'une puissance tutélaire. Hélas, la guerre estropiait les hommes, les maisons, les paysages et même les divinités des bois.

Le planton monta les marches de l'escalier quatre à quatre. Au premier étage, un couloir menait à huit pièces. Marie put en admirer le décor par les portes ouvertes. Quatre mètres sous plafond, des boiseries pastel, des parquets cirés : tout un luxe un peu inquiétant. Des militaires circulaient, les uns en bonnet de police et tenue bleu horizon mal coupée ; les autres en veste sombre à boutons d'argent ou d'or, pantalon au pli impeccable et chaussures de ville ou bottes de cavalier parfaitement cirées… les officiers. Plus ils grisonnaient, plus ils étaient ventrus et plus leurs galons augmentaient.

Au fond de cette galerie solennelle, une porte vitrée donnait sur un escalier de bois. Marie y suivit son guide. Toutes les trois marches, ils croisaient des bidasses affairés. À l'étage supérieur, un corridor étroit desservait des chambres mansardées, où des secrétaires pianotaient sur d'étranges mécanismes. Marie n'avait jamais vu une machine à écrire. Sur plusieurs mètres, une bâche faisait office de plafond et empêchait de voir le ciel. Elle faseyait au vent, laissant s'engouffrer des bouffées d'air froid et contraignant les gratte-papier à multiplier les couches de pull-overs sous leurs vareuses. Déjà gras et joufflu, l'un d'eux ressemblait au bibendum Michelin. Les yeux de Marie furetaient. Tout l'intéressait. Elle ne se serait jamais crue aussi curieuse. En fait, elle sortait d'une léthargie de deux décennies. Son guide frappa à une porte. On répondit. Toujours courtois, l'homme ouvrit le battant, s'effaça pour la laisser passer. Elle entra, resta debout face à un jeune officier brun, au regard sérieux. Il se leva.

— Madame Malaguet ? Mes hommages.

Jamais on ne s'était adressé à elle ainsi. Elle eut une seconde de panique, puis sourit. Que faire d'autre ? Lui observait cette femme d'une beauté un peu grave, qui se tenait raide. Sa jeunesse relative, mais aussi quelque chose d'autre, l'étonnait en elle.

— Vous êtes bien la mère du lieutenant? demanda-t-il sans y croire.

— Oui, dit-elle, Marius est mon fils.

Elle n'ajouta rien, trop intimidée par cet élégant jeune homme issu du monde des citadins riches dont elle n'avait qu'une vague idée. Elle se morigéna. D'après Trésor, ce fils de famille admirait son fils. Elle devait cesser d'être craintive.

— Il a été un merveilleux chef, dit-il.

— Trésor aussi est de cet avis, répondit-elle avec une pointe de fierté. Il ne doit pourtant pas admirer grand monde, cet homme.

— Son ordonnance?

— Il dit qu'il est son garde du corps.

— Il n'a plus besoin de garde du corps, maintenant. La guerre est finie.

Fidèle à la tradition des ruraux, elle attendit avant d'aborder le sujet qui lui tenait à cœur. Elle n'osait pas encore parler d'Alayel. Son cœur battait. Elle redoutait de se livrer à ce gamin ou d'apprendre une mauvaise nouvelle. Avec le grand Noir, elle avait tout de suite été en confiance. Avec Genlis, un officier et un monsieur, elle ne savait pas comment faire.

— Et Marius, il ne regrette pas l'armée?

Question surprenante! Y avait-il donc eu des poilus qui aimaient la guerre?

— Il aime les arbres et la forêt. Il s'occupe de la scierie de Pontempeyrat.

— Pontempeyrat?

— Notre village, en Haute-Loire.

— Près du Puy?

— À quarante-cinq kilomètres, tout au nord du département.

— Je suis passé au Puy, dit-il, c'est très beau.

— J'connais pas, dit Marie.

Il la regarda avec étonnement, la détailla. Elle se triturait nerveusement les mains, des mains usées de paysanne. Genlis réalisa tout à coup l'étrangeté de la situation.

— Pourquoi êtes-vous venue? demanda-t-il doucement.

Marie le regarda, les yeux pleins d'effroi.

— Je suis venue chercher Johannes. Johannes Alayel.

Genlis ne put dissimuler sa surprise et Marie ajouta précipitamment :

— C'est un gars du pays. Je l'ai connu il y a longtemps.

Elle sourit. Un sourire lumineux qui la rajeunit. Le jeune officier en fut troublé.

— Alayel ? répéta-t-il. L'adjoint du lieutenant Malaguet, de votre fils, je veux dire...

— Alayel, oui.

Tout à coup, elle s'était fermée. Genlis eut le sentiment qu'elle ne dirait plus rien. Sa détresse le touchait, mais il comprenait mal sa démarche. Il l'observa, retrouva dans son regard cette volonté un peu douloureuse qui l'avait frappé chez Malaguet.

— J'ai fait des recherches. Le jour de son départ, votre fils me l'avait demandé. J'y ai passé un temps fou ! L'administration militaire est impossible.

Il la regarda fixement pour être sûr d'être bien compris, pour qu'elle ait conscience de son dévouement. Elle acquiesça gravement et il parut satisfait. Il se leva, prit un dossier sur une pile et le feuilleta.

— Voyons... Il a été blessé à la tête, tout près de Noyon. Il a rapidement été pris en charge par une ambulance et on lui a recousu une plaie à la tête. Puis il a été hospitalisé. Pourquoi ? J'ai pas réussi à le savoir. Des complications ou une infection, quelque chose comme ça. Il a fait quatre hôpitaux de campagne successifs. Le suivre a été un vrai jeu de piste. On les ferme les uns après les autres, ces hôpitaux. On les regroupe. Aux dernières nouvelles, datant d'un mois à peu près, l'adjudant Alayel était à Crèvecœur-le-Grand.

— Avec les « gueules cassées »...

Elle semblait soudain au bord des larmes.

— Peut-être y est-il encore, dit-il. Peut-être est-il ailleurs, en convalescence.

— Il faut que j'y aille, dit-elle. C'est loin ?

— Une vingtaine de kilomètres.

— En marchant bien, j'y serai dans l'après-midi.

Il la regarda, bouche bée. Cette femme, aux traits délicats mais aux mains abîmées, avec sa silhouette mince et ses bottines de ville, allait marcher quatre heures par les routes boueuses pour retrouver «un gars du pays qu'elle avait connu il y a longtemps». Genlis prit soudain conscience de son ignorance des gens et de leurs sentiments. En fait, il n'était jamais sorti de son petit univers feutré. Cette femme le toucha. Peut-être n'était-elle que l'émissaire du lieutenant Malaguet?

Redevenu civil et se sachant détesté par le colonel, Marius avait peut-être décidé d'envoyer sa mère aux nouvelles? Pourtant, malgré sa beauté un peu douloureuse, cette femme n'avait rien d'une Mata Hari. Et son sourire lumineux, à l'évocation d'Alayel, en disait long sur ses sentiments. Il songea à sa mère, dame élégante et même un peu snob, et tenta de l'imaginer dans une telle situation. S'il était en danger, ou porté disparu, elle ferait également des choses insensées! Sa frivolité mondaine s'effacerait dans l'instant. Il se décida d'un coup.

— Vous n'irez pas à pied, dit-il. Je vous emmènerai en voiture tout à l'heure. Rendez-vous devant l'église à 14 heures, si cela vous convient.

Il se levait, se tenait devant elle. Elle comprit que l'entretien était terminé. Face à un officier, comment devait-on prendre congé? Sans plus réfléchir, elle lui tendit la main. Il la serra, puis la regarda. Cette main rêche était pareille à celle d'une lavandière qui travaillait pour sa famille. De nouveau, le sous-lieutenant Genlis fut troublé. Il sentit qu'il ne savait rien de son ami Malaguet.

10

Fièvre

Loin des préoccupations du sous-lieutenant Genlis, Marius avait eu une matinée fort active à l'atelier. Au bureau, il s'était vite lassé de la paperasse. Accoudé à la fenêtre, il regardait dehors. Le soleil illuminait la vallée ; il devait être midi. Un moment plus tôt, Jeanne était partie faire des courses à Craponne et ne rentrerait que dans l'après-midi. Elle avait attelé une des carnes de la scierie au char à bancs. De bons chevaux étaient pourtant nécessaires pour travailler. Hélas, l'armée avait réquisitionné à tour de bras les bêtes de trait et les camions. Elle serait bientôt amenée à « démobiliser » les uns et les autres, mais en attendant… La vallée ensoleillée lui donna envie d'ouvrir la fenêtre. Aussitôt les stridences du sciage l'agressèrent. Au moins, c'était un bruit de vie. L'omniprésente rumeur des canons s'était enfin éteinte. Les traces de cette orgie de morts subsistaient dans la zone de front, mais six cents kilomètres au sud, elles étaient invisibles, comme les milliers de disparus et d'estropiés. L'oubli et l'indifférence étaient-ils nécessaires pour réapprendre à vivre ? À ces pensées amères, il songea à sa mère.

Il avait presque été soulagé de la voir partir. En pleine lune de miel, nul besoin de témoin. Il sourit : à son grand étonnement, Marie lui avait donné l'exemple de la passion en choisissant d'être amante avant tout. Son départ ne s'expliquait pas autrement. Il en ressentit une petite amertume et, paradoxalement, se demanda s'il l'aurait supportée très longtemps à ses côtés. Il était devenu un homme, autoritaire de surcroît, et n'avait plus besoin d'une mère au quotidien. La voir amoureuse l'étonnait, le choquait presque. Jalousie? Elle n'avait vécu que pour lui pendant une vingtaine d'années et vivait maintenant pour un autre. Avec Alayel, elle avait retrouvé le droit de rêver à des lendemains heureux.

L'adjudant était-il vivant? Marius souhaitait-il qu'il le soit? La question le troubla, la réponse plus encore. Il le souhaitait pour sa mère. Il le souhaitait pour qu'ils vivent heureux et partent ensemble. Pour lui, la page était tournée. Son enfance de bâtard, sa guerre: des périodes transitoires! Sa vie commençait avec la scierie, cadeau du Gallu, l'homme qui l'avait toujours recueilli, sans le juger jamais. Le jeune homme prit conscience qu'il n'avait pas vu le coureur des bois depuis plusieurs jours. Il se leva, empoigna une veste épaisse accrochée au portemanteau et sortit.

La demeure du solitaire apparut bientôt. Vingt ans plus tôt, il l'avait achetée une bouchée de pain. Le notaire désespérait de vendre cette maison rococo, à volutes, frontons, colonnes et bas-reliefs. Au fin fond du Velay, ces décors saugrenus dissuadaient les acquéreurs. Sauf le Gallu. D'où venait ce colosse secret? De quelle contrée lointaine? Quelle avait été sa vie? Même pour Marius, si proche de lui, le mystère n'avait jamais été levé. Le jeune homme était pourtant l'un des rares privilégiés à être entrés chez lui, à avoir admiré ses trésors, en particulier ses antiques statues de dieux hindous. Le bonhomme n'avait donné aucun détail sur leur provenance, encore moins sur sa propre histoire.

La porte, les volets, tout était fermé. Le Gallu devait être en train de courir les bois... mais en s'approchant de la maison, Marius entendit gémir. Il frappa. Un jappement lui répondit, mais personne n'ouvrit. Quelque chose n'allait pas. Inquiet soudain, Marius secoua la poignée de la porte. En vain. Il fit le tour de la maison: l'un des volets bâillait. Glissée dans la feuillure, la lame de son couteau de poche en fit sauter le verrou. Restait la fenêtre. Il la poussa. La crémone mal enclenchée s'écarta en haut.

Une pesée rythmique gauchit de plus en plus l'huisserie, au risque d'en briser les vitres. Avec un claquement, la tringle sortit de sa gâche basse et les battants s'ouvrirent. Il pénétra dans la pièce, referma la fenêtre et se précipita dans l'escalier. Dans sa chambre, son vieil ami gisait, immobile. Sentant la main fraîche de Marius sur son front, il ouvrit les yeux :

— Les fièvres, dit-il.

Il se tut, épuisé. La grippe, songea Marius, cette saloperie de grippe espagnole ! L'épidémie tuait. L'ex-lieutenant eut soudain très peur. Et si le Gallu mourait ! La mort, il l'avait croisée et combattue quotidiennement à la guerre, mais face à la maladie, il ne savait comment lutter. Un gouffre de douleur s'ouvrit devant lui. Pas le Gallu, pas lui ! L'homme des bois était un menhir indestructible ! Hélas, la camarde, aussi scandaleuse qu'au front, était en embuscade... Marius le ressentait au plus profond de son être.

Il devait agir très vite : de nouveau, il posa la main sur le front brûlant du malade. D'abord, faire tomber la température. Il se précipita à la cuisine, y trouva des torchons propres, remplit une cuvette, revint, tamponna les tempes du gisant. Cela ne suffisait pas. Il déshabilla le vieil homme, lui refroidit le corps entier à l'eau froide, et dieu sait qu'elle est froide, l'eau, l'hiver, à Pontempeyrat. Il s'acharna. Enfin, il eut le sentiment que le malade allait un peu mieux. Sa pâleur, sa transpiration s'atténuaient. Marius le cala sur les oreillers, puis il remonta sa couverture.

— J'ai soif, dit le Gallu.

Il était sorti de sa torpeur. Marius se hâta et revint vite, portant une cruche et un verre. Désaltéré, le Gallu soupira. Marius tira un fauteuil, s'assit près du lit et prit la main de son ami entre les siennes. Une émotion brutale le bouleversait. Ils restèrent immobiles. Des souvenirs submergèrent le veilleur. Le Gallu lui montrait les bêtes des bois, lui apprenait à braconner les truites de l'Ance, à les faire griller entre deux pierres. Il se souvenait de marcassins joueurs qu'ils avaient observés ensemble, un jour de printemps, longtemps avant la guerre. Des moments simples où, sans presque parler, cet homme lui avait appris à aimer et respecter les plantes, les animaux... Sans cette passion du vivant, il n'aurait jamais autant lutté pour sauver ses hommes, pour survivre au cours des quatre années passées. Sans l'affection du Gallu, il ne serait pas revenu vivant de la guerre.

Marius avait fermé les yeux un long moment. Il les rouvrit. Le vieil homme dormait et lui avait froid. Il n'y avait plus de chauffage dans la maison. Malaguet ralluma le gros poêle en faïence du hall. Comme presque tout dans cette maison, un tel objet était inconnu dans le pays.

Bientôt, l'air fut dégourdi. Le malade dormait toujours, mais la fièvre allait revenir. Il fallait le soigner mieux et tout de suite. La maison était un modèle de propreté et de rangement. Marius trouva sans mal l'armoire à pharmacie. Quinine ou aspirine? Il lui donna des deux.

— La fièvre va encore baisser, dit-il au malade. Vous serez mieux. Je vais rentrer chez moi et appeler le docteur. Je vous apporterai une soupe chaude.

— Fais ça, mon garçon, répondit le Gallu, mais tu sais, je suis bien mal. Alors reviens vite, avant qu'il ne soit trop tard. J'ai des choses à te dire.

Marius courut à la scierie et se précipita sur le téléphone.

— Mademoiselle, pouvez-vous me passer le docteur Joseph Thévenon, vous connaissez sûrement son numéro...

Par chance, le médecin était là. Il écouta la description des symptômes du malade, promit de passer dans la soirée et d'apporter les remèdes nécessaires.

— Vous savez ce qu'il a? demanda Marius, étonné et inquiet.

— Que trop bien. Ta description est précise et le diagnostic aisé. Le Gallu a la grippe espagnole.

La confirmation qu'il craignait.

— Et c'est très grave?

— Tu as fait la guerre. Je te dirai donc la vérité. Elle a déjà provoqué une douzaine de morts à Craponne. Et ton ami prend de l'âge. Il faut le traiter le plus vite possible. Les complications pulmonaires sont dangereuses.

J'espère qu'il n'est pas trop tard. Toi, fais attention. Ne va pas l'attraper aussi.

Cherchant des raisons d'espérer, Marius rétorqua :

— Mais le Gallu ne voit personne. C'est pas dans les bois qu'il a pu attraper cette saloperie.

— Je l'ai croisé l'autre jour. On le repère facilement avec son grand âne et sa charrette en osier. Il faisait des courses. C'est suffisant pour être contaminé. Excuse-moi, mon garçon, mais je dois te quitter. Je suis sur les dents en ce moment, tu comprends pourquoi.

Marius raccrocha. Les coudes sur le bureau, il prit sa tête dans ses mains. Jeanne lui manquait. Craponne n'était pas loin, une heure de marche et deux fois moins de temps en voiture à cheval. Elle rentrerait bientôt... Pourtant, un terrible sentiment d'abandon l'envahit.

Il redevint le fugueur de cinq ans, l'enfant fuyant Lucas Malvier, le fermier du Bois noir qui le battait. Ce jour-là, le Gallu l'avait apprivoisé... Dans les bois, un grand chien silencieux avait soudain surgi. Habitué aux chiens, mais inquiet tout de même, Marius, sans lui tourner le dos, l'avait détaillé. Il était noir avec des paupières feu. Sa gorge et l'intérieur de ses pattes aussi étaient roux. Sa tête triangulaire aux yeux orange sombre, ses oreilles dressées malgré leurs sommets arrondis lui donnaient un air faussement bonasse. Bientôt, l'animal s'était assis, sans cesser de surveiller son « prisonnier » – c'est ainsi que l'enfant avait ressenti cette garde –, et avait tiré la langue pour se rafraîchir. À cet instant, les broussailles s'étaient ouvertes pour faire place à un colosse inquiétant. Marius avait reconnu le Gallu, qu'on disait sorcier parce qu'il fuyait les gens, avait un chien d'une race qu'on ne connaissait pas et courait les bois sans fusil de chasse. Pour couronner le tout, il avait acheté la maison bizarre, perdue dans les bois de Pontempeyrat.

Marius était debout, fixant les yeux ombrés d'épais sourcils de cet homme effrayant. Le Gallu était sûrement un ogre, mais le petit se sentait si perdu, si abandonné, qu'il lui semblait préférable de frayer avec lui plutôt qu'avec Lucas Malvier. Après un long moment – au moins une minute –, l'ogre avait demandé à Marius s'il avait faim. Le petit avait acquiescé ; le Gallu avait braconné une truite dans l'Ance, l'avait fait cuire sur un petit feu et tous deux l'avaient dévorée en silence…

Marius se rendit compte qu'il pleurait : ce moment partagé, merveilleux et simple, avait changé sa vie. À présent, une détresse immense l'assaillait. Sous les obus, il avait connu la peur, une peur dévastatrice, mais jamais une telle désespérance. Tous les bombardements avaient une fin… Il existait toujours un espoir : l'obus qui sifflait ne péterait pas, il tomberait plus loin. Mais aujourd'hui…

Le jeune homme se secoua, musela sa détresse. Emportant de la soupe chaude, il retourna chez le Gallu et le trouva prostré. Il tenta de le faire boire, mais le vieil homme avala péniblement une gorgée et fut pris d'un spasme.

— Ça ne va pas? ne put s'empêcher de demander Marius.

— J'ai mal dans la poitrine, murmura le vieil homme.

Son teint avait des reflets violacés. Ses lèvres brillaient d'une étrange humidité. Marius les essuya. Son mouchoir propre fut maculé de traînées rougeâtres. L'inquiétude de Malaguet s'accrut. L'angoisse lui serra le ventre. Il s'efforça de n'en rien laisser paraître et s'enquit :

— Quelque chose vous ferait plaisir?

Le malade lui répondit d'un hochement de tête. Il voulait se reposer.

Marius sortit en silence, remit des bûches dans le poêle, puis s'assit en se demandant quoi faire. Les gémissements du chien l'extirpèrent de son angoisse. Depuis quand n'avait-il pas été nourri? Depuis quand le Gallu était-il malade? Furetant dans la cuisine, il trouva de quoi faire une soupe pour le bas-rouge, qui la dévora en quelques secondes. Que deviendrait ce chien si le Gallu mourait? Cette pensée lui fit mal. Il retourna dans la chambre. La fièvre était remontée. De nouveau, Marius épongea le malade à l'eau froide ; de nouveau, il s'assit à son chevet et se perdit dans ses pensées.

Marius gardait de son enfance un souvenir de lutte permanente contre son état de bâtard. Aujourd'hui, assis près de son ami mourant, il découvrait la part illuminée de son passé. Avec le Gallu, jamais il n'avait été *lou bastardou.*

Son vrai père serait toujours l'homme des bois. Un secret entre eux. Cette vérité, à part Jeanne, personne n'aurait à la connaître, surtout pas Marie, sa mère. Comment est-on père? Que doit faire un père? Le Gallu avait-il jamais eu conscience du rôle primordial qu'il avait joué pour ce gamin isolé? La réponse surgit d'une scène oubliée.

Marius avait douze ans. Il travaillait dans les bois. L'air sec et vif de l'altitude le fouettait, mais il n'avait pas froid, bien que le soleil chauffe peu une veille de Toussaint. Une lourde serpe à la main, il ébranchait un pin abattu. Il était seul. Malvier, un voisin et ses fils de quatorze et seize ans étaient partis à midi pile pour le repas. En le laissant. Le Lucas avait interdit à Marius de rentrer avant d'avoir terminé «son» arbre. Au dire du maître, le gamin n'avait pas assez travaillé. Son tas de branches était certes plus mince que celui des deux autres *galapiats*, mais il mesurait trente bons centimètres de moins qu'eux.

— Et si t'as pas fini quand on reviendra, tant pis pour toi. Pas de soupe pour les *féniants*.

Les deux garçons avaient ricané. Maltraiter *lou bastardou* était un droit acquis. Son père ne risquait pas de vous tomber sur le râble. Marius n'était pas *féniant*. Il travaillait sans musarder! Il avait serré les dents et donné libre cours à sa rage. La lourde lame en croc frappait et frappait encore. Elle rebondissait, déviait. Les chocs sur le bois résonnaient douloureusement sur les épaules du gamin et l'ouvrage n'avançait pas. Il lui fallait dix coups pour couper une branche de cinq centimètres et la section n'était pas franche. Les autres y parvenaient en un coup, parfois deux, mais alors le second tombait exactement dans l'encoche du premier. Comme toujours quand le désespoir le prenait, Marius s'acharnait…

Il s'était arrêté pour souffler quand un bruit de buisson froissé le fit sursauter. Un sanglier! Sûrement un vieux solitaire, un de ceux qui chargeaient et dont les défenses, longues et pointues comme des lames, vous éventraient comme un rien. Il serra la lourde serpe: si la bête chargeait, il sauterait de côté et lui planterait la lame dans la tête. Abattue, elle ferait sa gloire et le Lucas le respecterait. Et si ce n'était pas vraiment un sanglier? Si le Lucas s'était lui-même transformé en quartanier?

Pendant les veillées, on évoquait parfois les loups-garous… Une histoire avait particulièrement marqué Marius: celle d'un paysan attaqué par un prédateur qui coupait la patte de la bête d'un coup de faux et apprenait le lendemain que son voisin avait eu le pied amputé… Le sanglier allait charger. Marius fendrait sa tête de cochon noir au long groin poilu et il redeviendrait Lucas Malvier, son tortionnaire de toujours. Sauf qu'il serait mort!

Le bruissement de branches se renouvela et le bas-rouge du Gallu jaillit des buissons. Marius eut un soupir de soulagement. Le coureur des bois, son ami, arrivait. Silencieux comme toujours, le chien décrivit un cercle autour de lui et s'assit sans le quitter des yeux. Alors, Marius lui tendit la main et il vint la flairer, puis se laissa caresser. Son rituel accompli, l'animal se désintéressa du garçon. Marius rit. Ce grand chien noir et feu inquiétait les gens. Sauf lui! Au contraire, il se sentait valorisé d'avoir amadoué chien et maître. Marius guetta les bois… Alerté par un bruit ténu, il se retourna: le colosse était derrière lui. Ils se sourirent.

— Alors, mon garçon, dit le Gallu, Malvier a trouvé que tu n'avais pas assez avancé et t'a privé de soupe. C'est ça?

Pas besoin d'expliquer les choses. Le Gallu comprenait toujours tout.

— Vas-y, poursuivit-il, coupe cette branche.

Naturellement, Marius s'y prit mal, moins cependant que sous l'œil malveillant du Lucas.

— Ta serpe, elle est là pour t'aider. Elle est comme une personne. Il faut que tu l'apprivoises. Si tu l'aides, elle t'aidera. Si tu l'aimes, elle t'aimera.

— Elle est trop lourde.

— Demande-lui d'être légère.

Marius souleva l'outil d'un mouvement lent, qu'il accéléra. Une fois placée au-dessus de sa tête, la serpe s'abattit avec force. La lame, un peu oblique, entailla superficiellement la branche.

— Tu n'as pas aidé ta serpe, Marius, dit le Gallu. Tu l'as poussée dans le dos, trop fort. Elle est partie en biais et a mal frappé. Elle est lourde, mais tu peux la lever plus facilement en dosant ton effort. Pour fendre comme il faut, tu dois profiter de son poids. Tiens-la à deux mains et accélère sa chute. Vas-y.

Ce fut nettement mieux. Marius regarda son aîné avec fierté. L'adulte sourit.

— Écoute bien, dit-il. Les truites, ça nage en souplesse et ça glisse dans l'eau. Ta lame est une truite. Toi, tu es le cerveau de la truite...

L'enfant acquiesça. Il s'installa face à la branche à trancher, un pied de chaque côté du tronc abattu. Tenant sa serpe à deux mains, il la leva calmement, puis la laissa retomber, accompagnant la descente vers la jointure de la branche et la tranchant net.

— Prends ton temps et finis l'arbre, dit le Gallu. Je mets la table.

Il restait une douzaine de branches sur le pin abattu. En moins de trente coups, il fut élagué.

Assis sur une pierre, le Gallu avait sorti des victuailles de sa besace : pain bis, saucisson, fourme, ainsi qu'une gourde d'eau. Il disposa le tout sur un grand mouchoir blanc.

Affamé, Marius avait dévoré. Le Gallu avait mastiqué lentement, en homme des terres pauvres. Ils étaient encore attablés au retour des bûcherons.

— Qui t'a permis de manger avant d'avoir fini ? vociféra Malvier.

— Pourquoi tu cries ? dit calmement le Gallu. Regarde, il a terminé.

— Tu l'as aidé. C'était son travail, pas le tien !

— Je n'ai pas mis la main à la pâte, mais j'ai fait ce que tu aurais dû faire, Lucas Malvier. Tu veux que ce garçon soit efficace ? Apprends-lui à travailler. Je lui ai simplement expliqué comment manier sa serpe et c'est lui qui a coupé les branches.

— Mêle-toi de tes affaires, beugla le paysan en serrant ses gros poings.

Le visage cramoisi, il s'avança menaçant sur le Gallu. Ce dernier, qui fumait sa pipe, ne bougea pas d'un pouce et le furieux s'arrêta.

— Tu es un méchant homme, Lucas, mais tu es plus rapace encore. Réfléchis. Maintenant, Marius travaille plus vite : c'est tout bénéfice pour toi. Ne va donc pas me reprocher de l'avoir aidé.

Chaque affrontement entre les deux hommes se terminait ainsi. Le fermier tournait les talons en grommelant, furieux et frustré. L'homme des bois, qui avait rangé sa besace, l'interpella une fois encore :

— Et n'oublie pas. Si tu cognes ce garçon, tu auras affaire à moi.

Il avait terminé sa période d'une voix tonnante. Les hommes présents, mal à l'aise, osaient à peine respirer. Une seconde plus tard, l'homme des bois s'était enfoncé sous le couvert et l'élagage avait repris. Où le Gallu avait-il acquis une telle force de persuasion ? Ce jour-là, Marius se posa la question pour la première fois. Presque douze ans plus tard, il n'avait toujours pas la réponse, mais il savait maintenant d'expérience que son ami avait conquis et mérité son autorité. Le jeune vétéran regarda ce gisant qu'il aimait, sachant au fond de lui-même qu'il était perdu. De nouveau, il pleura.

Il avait dû s'endormir. La voix du vieil homme le réveilla.

— Marius, dans le secrétaire, tu trouveras une grosse enveloppe. Tu vas la prendre dès aujourd'hui et tu la garderas chez toi. Tu l'ouvriras après mon enterrement. Va la chercher.

Quand il la vit dans les mains du jeune homme, le Gallu sourit et ferma les yeux.

*

Jeanne était rentrée de ses courses. Trouvant le mot de Marius sur la table, elle accourut aussitôt chez le Gallu. L'homme dormait, sous la surveillance bienveillante de Marius. Laissant là les deux hommes, elle prépara un repas hâtif. Les deux jeunes gens dînèrent en silence.

D'abord pâle, la projection de la fenêtre se découpa sur le mur, puis la lumière se fit plus intense, les rectangles jaune vif grandirent en s'élargissant. Les phares d'une voiture. Le docteur arrivait. Jeanne se précipita. Elle aussi aimait le vieil homme, bien que leurs liens se soient toujours limités à de brèves rencontres, à quelques mots lumineux dans les moments de désespoir.

Au chevet du malade, Marius entendit la porte s'ouvrir. Des propos indistincts, puis le pas vif de la jeune femme résonna, doublé de la démarche plus lourde du médecin. Une lumière mouvante illumina l'escalier, gagna le couloir. Dans la blondeur de la lampe à pétrole qu'elle brandissait, apparut Jeanne. Derrière elle, un homme dans la quarantaine, grisonnant aux tempes, le visage souligné d'une épaisse moustache à la gauloise, le nez chaussé de petites lunettes en métal. Installé dans une stupeur inquiétante, le malade ne réagit pas.

Marius appréhendait le premier regard du docteur. Ce fut limpide : le Gallu était foutu. Un froid terrible envahit le jeune homme. Il lui fallut faire un effort massif pour accueillir le visiteur. La gorge nouée, il le salua de la tête puis s'écarta. D'un regard clinique, le médecin observa le malade, son teint, ses yeux, ses lèvres. Avec l'aide de Jeanne, il assit le vieil homme, souleva sa chemise, ausculta sa poitrine. Le visage assombri, il s'écarta enfin pour ranger son stéthoscope, tandis qu'avec des gestes maternels la jeune femme recouchait le Gallu.

Prenant Marius par le bras, le médecin l'emmena hors de la pièce.

— Grippe aggravée d'une pneumonie. On appelle ça une surinfection. Il est très faible. Son cœur bat très vite, trop vite. Je suis pessimiste.

— Il va mourir ?

— Il faut vous y préparer et tu dois l'y préparer.

— Que voulez-vous dire ?

— À toi de le savoir, Marius. Tu es celui qui le connaît le mieux. Tes mots sauront l'apaiser.

— Vous êtes sûr qu'il est foutu ?

— La médecine n'est pas une science exacte. J'ai déjà vu des miracles.

Jeanne le raccompagna.

Joseph Thévenon avait laissé des médicaments, notamment un antifébrile qu'on fit boire au malade. Son cœur se calma, il s'endormit. Jeanne rentra se reposer et Marius finit par s'assoupir, assis dans un fauteuil au chevet de son ami. Un mot murmuré le réveilla instantanément.

— Oui? dit-il en se dressant.

Il alluma le chandelier sur la table de nuit. Le médicament agissait encore et le Gallu le fixait. Marius comprit. Parce qu'il n'avait pas envie de croire à sa fin, le malade demanda:

— Que t'a-t-il dit?

Mentir? Pas au Gallu.

— Grippe espagnole et pneumonie en surinfection.

— Alors c'est le moment.

— Le moment de quoi? s'alarma Marius.

— Le moment de fumer. J'ai très mal dans la poitrine, tu sais.

Propos lourd de sens. Marius se mordit les lèvres. Quand, en août 1914, l'impossibilité d'épouser Jeanne l'avait mené au désespoir, le Gallu l'avait initié à l'opium. Le lendemain, il diluait son suicide en partant au front.

Dans son état et en usant de ce «calmant», le coureur des bois risquait l'accident cardiaque. L'hésitation de Marius n'échappa pas à la lucidité du Gallu.

— Laisse-moi me choisir une mort douce, mon garçon.

— Mais, mais… On a tant à… à se dire, murmura le meneur des bagnards en plein désarroi.

— On s'est dit le nécessaire, tu le sais bien. Tous les détails sont dans l'enveloppe que je t'ai donnée.

Malaguet avait connu des heures terribles, mais jamais sa détresse ne fut plus grande qu'en cet instant.

— Je prépare les pipes, dit-il.

Le Gallu sourit, l'œil pétillant. Il fumait. Marius tenait sa pipe au-dessus de la flamme, chauffait la boulette d'opium piquée par la longue aiguille. Il avait mal à l'âme. Le Gallu, enfin hors de souffrance, dit doucement:

— Fume, toi aussi. Il faut fêter ma mort. De vraies funérailles ne sont pas tristes. Ce soir, l'herbe à rêve est un bienfait. Tu le sais bien.

Marius obéit. Aux premières bouffées, il ressentit une sensation de légèreté familière, puis la réalité s'estompa. La disparition du Gallu se fit fatalité vague. Dans un état second, il alluma plusieurs pipes successives pour le vieil homme, qui s'enfonça dans un rêve doux, revisitant sans doute les bonheurs de son passé. Le jeune homme les connaîtrait-il jamais? Le Gallu était bien capable de les emporter avec lui. Marius et Jeanne hériteraient évidemment de ses biens, mais ce n'est pas ce legs-là que désirait le veilleur. Il voulait connaître l'histoire de son ami, la genèse de ses talents et de sa sagesse. C'est ainsi que continuerait de vivre en lui son père de cœur.

Le temps s'était aboli. Un sourire doux flottait sur le visage du gisant. Sur la table de nuit, les bougies du chandelier étaient réduites à des moignons. Elles aussi allaient mourir. Les fumées de l'opium tramaient leur lumière douce. Marius restait lucide, mais la vie était ralentie.

Une vibration ténue, un relâchement presque imperceptible apprirent à Marius la fin du Gallu. Avec sa discrétion coutumière, il avait tiré sa révérence pour flotter au cœur d'une forêt sans limites, enfin libre. Alors Marius lâcha la main de son ami, souleva son bras inerte et l'allongea près de son corps mort, puis il remonta le drap sur son visage serein. *Lou bastardou*, le vétéran, revint à son fauteuil, ferma les yeux et s'endormit.

Il se réveilla brusquement. On ouvrait la porte et il reconnut le pas de Jeanne. Il alla entrebâiller la fenêtre sur le froid de l'aube pour dissiper le remugle d'opium et l'odeur, légère mais trop familière, de cadavre, puis il s'avança vers la jeune femme surgissant de l'escalier. À la vue de la silhouette drapée du Gallu, elle porta la main à sa bouche, puis se jeta dans les bras de Marius. Ils restèrent enlacés, cramponnés l'un à l'autre comme des enfants perdus. Un peu plus tard, elle s'approcha du Gallu, découvrit son visage, le recouvrit aussitôt.

— Ce n'est plus lui, dit-elle.

— Non, il est parti. Il reste un corps à enterrer. Une charogne.

Elle le regarda, horrifiée.

— C'est ça la mort, dit-il. Je la connais bien, tu sais. Elle vole les personnes et n'en laisse qu'un simulacre pourrissant. L'important maintenant, c'est son souvenir, sa trace.

— Comment est-ce arrivé? demanda-t-elle.

— Insensiblement. Au cœur de l'herbe à rêve.

Il désigna les pipes, la lampe, la petite boîte d'ivoire ouverte sur un contenu sombre à l'odeur terreuse.

— Qu'est-ce que c'est? s'enquit-elle.

— De l'opium. Il en prenait pour oublier les grandes peines ou les douleurs trop vives. Sa pneumonie était douloureuse. Il m'a demandé de l'aider.

— Et toi, tu as fumé aussi?

Il acquiesça.

— Pour la seconde fois avec lui.

— Et la première?

— En août 1914. La veille de mon départ.

— Il est mort et je pleure, mais tu m'as retrouvée, dit-elle en se serrant contre lui.

— Il nous laisse orphelins, dit-il, tous les deux.

Elle le regarda, éperdue, et ses yeux s'emplirent de larmes. Tout à coup, elle ressentit toute l'étrange vérité de ce propos, elle qui pourtant avait eu père et mère.

*

Au retour du cimetière, Marius regardait la grande enveloppe remise par le Gallu. Il la saisit, la retourna en tous sens, avant d'oser enfin l'ouvrir. C'était un testament, ou plutôt sa copie. L'original était entre les mains de maître Jean-Jacques Jullien, notaire à Craponne.

Marius héritait du vieil homme, c'était écrit. Il abandonna là l'exposé détaillé des biens, cherchant autre chose. Quoi? À vrai dire il n'en savait rien. Ou plutôt si. Il y cherchait le Gallu. Le vieil homme avait disparu, ne laissant là que son cadavre. Manquait l'indicible, l'immatériel. La mort avait révélé que cela constituait l'essentiel de son être… En des temps immémoriaux, devant le corps sans vie d'un être aimé, les hommes endeuillés avaient inventé l'âme. Où avait fui celle du Gallu ? Au paradis des gens d'ici, ou parmi les divinités de l'Inde dont les statues peuplaient sa maison ? En quel animal allait-il se réincarner ? Une image vint à l'esprit de Marius et le fit sourire. Le coureur des bois se réincarnerait en loutre !

Nostalgie. Quelques mois plus tôt, le vieil homme l'avait conduit au bord de l'Ance, en amont du viaduc de Pontempeyrat, et lui avait fait observer un couple de ces animaux superbes. Marius avait aisément identifié leur museau camus, leur silhouette fluide, leurs pattes courtes et palmées et leur extraordinaire vivacité. Ces bêtes batifolaient dans des tourbillons d'eau, glissant, nageant, sautant avec une souplesse diabolique. Elles sortaient de l'eau, remontaient à la course, s'attrapaient, se mordillaient, s'enfuyaient et reprenaient leur jeu. Leurs bouilles moustachues étaient comiques. Il était évident qu'elles riaient. Lui aussi riait à travers ses larmes. Il s'essuya les yeux, reprit sa lecture interrompue. Une phrase sibylline lui sauta aux yeux : « Marius Malaguet et sa compagne Jeanne Malvier habiteront ma maison, qu'ils conserveront en l'état au moins trois années et dont ils apprivoiseront les secrets. »

Le Gallu leur léguait donc son mystère, à charge pour eux d'en trouver la clé. Marius aima davantage encore ce merveilleux bonhomme. Jeanne s'était approchée pour lire par-dessus son épaule. Il se retourna et vit qu'elle souriait malgré sa tristesse. Elle aussi avait remarqué l'étrange phrase.

11

Hôpitaux

Marie descendait le grand escalier du château de Davenescourt quand on l'interpella.

— Les cuisines, c'est par là ! aboya le juteux de l'entrée.

Il désignait un étroit escalier de pierre permettant de rejoindre l'entresol. Elle s'y engagea, histoire de donner le change. Sa marche du matin lui avait ouvert l'appétit et une bonne odeur de bourguignon émanait des cuisines. Une demi-douzaine de bidasses s'y affairait.

— Oui ? demanda l'un d'eux, un gros garçon qui transpirait au fourneau.

— Le lieutenant Genlis m'a envoyée ici pour déjeuner, dit-elle, dédiant au cuistot son sourire un peu triste.

Il eut une mimique perplexe, puis soupira.

— Installez-vous là, dit-il en lui désignant un coin de table. Faites vite, j'ai pas trop le droit de m'occuper des civils.

Il prit une assiette sur une pile, lui servit du ragoût, y ajouta une louche de purée, une tranche de pain et posa le tout devant elle. Elle trouva une cuillère et mangea à la hâte. C'était bon. En quelques minutes, elle eut torché son assiette, qu'elle rapporta au cuistot. Sur un clin d'œil, il s'en retourna à sa tâche.

Marie quitta les lieux aussi rassasiée qu'étonnée de sa propre audace. Dehors, elle se dirigea vers la grille et la franchit sans encombre. On contrôlait les entrées, pas les sorties. Le village était plein de vie ; une cave où entraient et sortaient des bidasses devait faire office de bistrot. Elle mourait de soif et s'y rendit, demanda un café et un verre d'eau. Les militaires se succédaient, la reluquant en coin, osant parfois une plaisanterie, un sourire qu'ils voulaient engageant, puis se détournaient et, vieille habitude de poilu, se faisaient servir du pinard. À l'autre bout de la pièce, les paysans du coin, plus très sûrs d'être chez eux, discutaient à voix basse. Ce spectacle simple passionna Marie, prise désormais d'une curiosité insatiable. Le temps fuit vélocement et elle faillit manquer son rendez-vous.

Contempler les gens l'avait distraite. Dehors, elle retrouva son impatience angoissée. Dans quel état serait Johannes?

Marie n'était jamais montée dans une automobile. La petite De Dion-Bouton du lieutenant Genlis fit un départ fulgurant et atteignit très vite quarante à l'heure. Elle fit même des pointes à cinquante! Rien à voir avec l'antique camion de la veille.

— On y sera dans une petite heure, dit-il.

La capote protégeait à peine l'habitacle; le vent obligeait à crier et la conversation s'éteignit. Genlis portait une peau de bique et des lunettes de chauffeur. Marie, pourtant emmitouflée dans sa grande cape, n'avait pas chaud.

Ils avaient quitté la zone de front: la nature avait repris ses droits, on comptait moins de destructions alentour. Marie et Genlis gagnèrent une petite ville alanguie autour d'un château en briques. Des moellons de pierres blanches renforçaient les angles de murs et encadraient les fenêtres Renaissance. Sur la place principale, deux bâtiments étaient séparés par une rue étroite.

— À droite la mairie, à gauche l'hôpital, dit Genlis.

Ici, l'armée était bien moins pointilleuse qu'à l'état-major. Marie entra sans que personne vienne s'en mêler... Il est vrai qu'un officier la précédait.

— Nous cherchons l'adjudant Johannes Alayel, dit le jeune Genlis à une femme de service.

— Voyez l'infirmière en chef à l'étage.

Ils longeaient un corridor quand, tout à coup, Marie s'arrêta. Dans un fauteuil, un homme dormait, la tête renversée sur le mur. Sous sa lèvre supérieure, un trou rougeâtre béait jusqu'à son cou. Une sorte d'énorme bourrelet mauve bordait cette cavité luisante. La vareuse de l'homme était trempée. N'ayant plus de menton, le malheureux ne pouvait s'empêcher de baver. Il dut se sentir observé, car il ouvrit les yeux. L'air horrifié de Marie se refléta dans son regard d'homme ordinaire. Elle eut un soupir de soulagement, s'avança, prit les deux mains du mutilé dans les siennes, lui fit un pauvre sourire tremblant.

— On ne s'habitue pas, dit un homme en blouse blanche qui passait. Eux non plus d'ailleurs, n'est-ce pas, Joseph (l'invalide acquiesça), mais ils sont comme les autres et réapprennent à vivre. Et puis, certains chirurgiens font des miracles et Joseph aura sa chance.

Marie ne sut que répondre. Que ressentirait-elle face à un Alayel défiguré? Leur amour pourrait-il renaître? Le désordre de ses sentiments l'effarait. Elle regarda autour d'elle. Tous étaient horriblement défigurés, l'un d'eux lui dit:

— On nous appelle les «gueules cassées», mais on est comme les autres. Faut pas nous mater comme ça.

Il avait perdu un œil et la moitié du nez. Le trou béant de sa pommette laissait voir ses molaires. Marie se mordit les lèvres. Johannes, oh Johannes! Ce cri désespéré résonnait dans sa tête.

Ils empruntèrent un escalier et finirent par trouver l'infirmière en chef. Veuve d'un officier supérieur, elle affichait une dignité autoritaire quelque peu cassante. Elle ignora Marie pour répondre à Genlis.

— Un adjudant, dites-vous, pas un officier. Ne serait-ce pas un de ces bagnards ramenés au front?

— Johannes Alayel a été promu au combat. Il a la légion d'honneur et la croix de guerre avec étoiles d'argent. Et c'est mon mari, madame, dit Marie, les yeux fulgurants.

Le lieutenant Genlis en resta bouche bée. Il parvint à cacher sa surprise à la dame patronnesse. Il réfléchit. Était-ce la vérité ou un coup de bluff?

— Je vais consulter le registre, dit la soignante, passablement contrariée. Si vous voulez bien me suivre.

Dans le bureau des infirmières, elle ouvrit une armoire, en sortit un épais volume, le feuilleta, suivit de l'index une colonne de noms.

— Le voilà, dit-elle. Il a été envoyé à l'hôpital provisoire de Saint-Martin-aux-Bois.

— De quoi souffre-t-il ? osa demander Marie.

— Obusite.

— Qu'est-ce que c'est ?

— Personne n'en sait rien, madame. Maintenant, si vous voulez bien m'excuser, j'ai à faire.

Elle leur désigna la porte. Ils la saluèrent froidement et sortirent. Dehors, le lieutenant reconduisit Marie à la voiture. Il avait le visage pincé et elle comprit son trouble.

— Monsieur Genlis, dit-elle en prenant son courage à deux mains, Johannes Alayel est l'amour de ma vie.

— Mais, mais comment...

— Marius saurait vous expliquer, lui. Moi je... je ne peux pas.

Elle le regardait, au bord des larmes. Il ressentit sa douleur comme un choc. Cette femme souffrante était si loin de la quiétude confortable où vivaient sa mère et ses proches. Qu'avait-elle vécu ? Et son ami Marius, quel avait été son parcours ? Il tenta de reconstituer leur histoire : Alayel avait disparu une vingtaine d'années au bagne, Marie l'avait connu avant : « Il y a longtemps », avait-elle dit... Son fils portait le nom de sa mère, qui l'avait élevé seule. Le lieutenant et l'adjudant s'étaient rencontrés à la guerre. L'un avait sans doute recherché l'autre. Était-il possible que Marius Malaguet fût le fils de Johannes Alayel ? Cela expliquerait tout !

Quel contraste avec sa propre vie ! Lycéen sage au début de la guerre, Genlis avait préparé Saint-Cyr avec le soutien de ses parents, très fiers de lui. Seuls faits marquants : sa réussite au concours et son incorporation. Son affectation l'avait protégé et maintenu parmi ses pairs, hobereaux ou bourgeois ayant choisi les armes. Il vivait dans un monde de certitudes et de confort qui se suffisait à lui-même. Il regardait cette femme au visage pur, ému par les pattes-d'oie de ses yeux bleus un peu tristes. Il devinait la minceur de son corps durci par le travail. Malgré le froid, elle ne portait pas de gants. Encore une fois, la peau rêche de ses mains le choqua. Quel gâchis ! Cette réflexion signifiait tout son mépris du travail manuel et il en éprouva quelque honte. En admirant la mère du lieutenant Malaguet et en la plaignant ainsi, il l'enfermait dans sa condition de paysanne pauvre et c'était détestable. Tout à coup, il se rendit compte de la pesanteur de l'instant.

— Allons, dit-il. Saint-Martin-aux-Bois n'est qu'à une demi-heure de voiture...

Ils roulaient depuis un petit moment. Marie était sombre, contemplant la campagne. Tous deux se taisaient.

— Une obusite, répéta-t-elle.

N'en sachant pas plus qu'elle, il ne répondit pas.

Le pays se vallonnait doucement. Bientôt se décanta la nef élancée d'une église gigantesque, magnifique, insolite ainsi perdue au milieu des champs. Un village de maisons basses apparut à son tour, dominé par un second bâtiment gothique, moins élevé cependant. Marie semblait fascinée par les deux édifices. Saint-Martin-aux-Bois était une abbaye, comme La Chaise-Dieu située à vingt kilomètres de Pontempeyrat. L'hôpital provisoire était forcément la seconde construction.

« Sauf quand ils sont touchés au cerveau et qu'y savent plus qui ils sont... », avait dit le paysan sur la route de Davenescourt. Les « gueules cassées » de Crèvecœur n'étaient pas touchées au cerveau mais à la face. Alors les autres devaient être là, à Saint-Martin. Et Johannes se trouvait parmi eux.

Le village était tout proche maintenant. Marie se sentait sans force. Son cœur battait la chamade et la peur du malheur l'anéantit. Dans une minute ou deux, la voiture s'arrêterait et il lui faudrait descendre et affronter une réalité effrayante...

*

Johannes se souvenait-il seulement de son nom ? De sa petite chambre dépouillée, il aurait pu voir arriver la De Dion-Bouton du sous-lieutenant Genlis, mais il n'allait jamais à la fenêtre. Il regardait le mur blanc sale. Des taches décrépies y dessinaient des continents fantasmagoriques. Assis sur un lit en fer aux draps douteux, consumé d'un terrible froid intérieur, il attendait. Quoi ? Un châtiment aussi diffus qu'inéluctable. Il était un meurtrier ! Cette idée l'obsédait. Combien avait-il commis de meurtres ? Dix ? Vingt ? Cinquante ? Il avait souvent vu des silhouettes exploser à l'instant où il pressait la détente de son Lebel. Des Boches. La distance, cent à trois cents mètres, les réduisait à des cibles abstraites. Leurs cris de surprise horrifiés, à peine audibles, semblaient futiles. Ces morts incertains ne l'avaient jamais vraiment tourmenté. Qui d'autre alors ? Les poilus qu'il menait à l'assaut ? Dans l'infernal staccato des mitrailleuses, beaucoup trébuchaient. Certains se relevaient, pas tous, loin de là. Ces cadavres-là lui semblaient lointains eux aussi. Il n'empêche... Pourquoi lui, le coupable, avait-il survécu ? Il avait été atteint comme eux, un éclat de shrapnell à la tête, mais ce bourreau du destin avait bâclé l'ouvrage...

Se trouvait-il en taule ? À l'hôpital ? En prison dans sa tête plutôt, car la porte de sa chambre était ouverte. Il n'était pas dangereux. Toute initiative, toute sortie eussent, au contraire, été considérées comme des indices de mieux-être, les médecins le lui avaient dit, mais qu'importait... Il ressassait des souvenirs vagues, soucieux d'identifier ses victimes disparues. En vain : toutes se fondaient en un masque unique aux traits pâteux, neutres, pas même souffrants. Alors il repensait sans cesse à ce comptable qui, par sa faute, s'était éclaté le crâne contre un bloc de granit, sur la route de Saint-Julien-d'Ance, à six kilomètres de Craponne, le 22 juin 1894. De celui-là non plus, il ne retrouvait pas les traits, mais, pour son malheur, il se souvenait de son nom : Jean Chabasnel.

Deux hommes entrèrent. Le premier avait un pantalon gris que venait recouvrir une longue blouse blanche. Le second portait des leggings de cuir cirées sur des chaussures brillantes. Le prostré ne voyait que ses jambes. Sa vision s'arrêtait aux culottes de cheval marine à bandes rouges. Il aurait pu lever la tête. Il ne le fit pas.

— Et celui-là? demanda l'homme aux leggings.

— Obusite, mon colonel.

— C'est-à-dire?

— Traumatisme mental du combattant.

— On m'a parlé de ça. Votre obusite est un diagnostic fourre-tout pour désigner ces trouillards qu'on dit fous sous prétexte qu'un obus leur a pété aux oreilles. L'armée aurait dû les fusiller.

— Ce sont des blessés de guerre comme les autres, affirma le médecin, mécontent. Ces psychoses sont graves.

— Et ces obusites, comment les soignez-vous?

— À vrai dire, la médecine est encore... balbutiante. On fait des essais thérapeutiques, peu convaincants à ce jour. Certains sortent de leur hébétude sans qu'on sache pourquoi.

— Alors les gars comme ça, qu'est-ce que vous en faites?

— On calme les agités...

— Celui-là semble tranquille. Il fait des crises de temps en temps?

— Jamais.

— Alors?

— On s'occupe de lui. On le force à manger pour qu'il ne meure pas d'inanition. On espère que le temps fera son œuvre, qu'il s'en sortira un beau jour.

— Vous n'y croyez pas. Votre gars est foutu.

— Ce n'est pas si simple. Ses propos, quand il veut bien parler, sont sensés. Il entend et comprend ce qu'on lui dit, mais cela ne l'intéresse pas.

— Que faire de cet homme? Il faut en débarrasser l'armée! Foutez-le à l'asile ou renvoyez-le dans ses foyers.

— Son retour chez lui serait sans doute un moindre mal, mais on ne sait même pas d'où il vient. Impossible dans le bor... désordre actuel d'accéder à l'ensemble de son dossier militaire.

— Major, l'armée a des tâches plus urgentes à accomplir que de cultiver pareils légumes.

Le regard ancré dans la tache du mur, le patient subissait ce dialogue. Le crépuscule était tombé sur sa vie. Sa damnation serait quotidienne. Les souvenirs qui lui venaient ne le concernaient plus, comme s'ils n'étaient pas les siens. Il s'éloignait en lui-même, il dérivait sur son Styx personnel.

— Montrez-moi donc plutôt ce héros de guerre dont vous m'avez remis la fiche, reprit le visiteur. Voyons... Ah, voilà ! « Engagé volontaire, quarante-deux ans, trente mois de front, nommé adjudant au feu, légion d'honneur, croix de guerre avec étoiles d'argent. » Un guerrier véritable me changera de vos tire-au-cul cinglés.

— Mais votre héros, c'est lui, répondit le psychiatre, goguenard.

Son interlocuteur, un colonel, en resta bec béant. River son clou à cette baderne : quelle joie pour ce praticien en attente de démobilisation.

— Je ne veux plus entendre parler de ce simulateur, éructa l'officier supérieur en sortant furieux.

Le médecin le suivit. Arrivé à la porte, il se retourna et observa le malade. Son désespoir était poignant comme celui d'un petit enfant.

*

La petite voiture se gara à côté d'une grosse Chenard-et-Walker et Genlis tiqua. Son colonel était là. Comment allait-il justifier sa présence en compagnie de cette femme ? La présenter comme la mère du lieutenant Malaguet était exclu. Le colonel détestait Marius. Genlis haussa les épaules : il improviserait. Courtoisement, il attendit Marie pour monter les quatre marches du petit perron, lui tint la porte et la rejoignit dans un long couloir. Suivi d'un quadragénaire en blouse blanche qui serrait des dossiers sur son cœur, son patron avançait d'un pas triomphant.

— Genlis, qu'est-ce que vous foutez là ? s'exclama-t-il.

— J'accompagne cette dame. Elle recherche l'adjudant Alayel.

Baissant la voix, il poursuivit :

— Elle est recommandée.

Devant l'incompréhension de son chef, il ajouta :

— Vous voyez ce que je veux dire.

Une lueur apparut dans l'œil de son interlocuteur.

— Les francs-maçons, hein ? murmura-t-il.

Le sous-lieutenant battit des paupières en guise d'acquiescement discret.

— Ils ont, hélas, un pouvoir de nuisance, grogna l'officier supérieur. Enfin ! Enfin si cette bonne femme débarrasse l'armée de ce cinglé, ce sera une bonne chose de faite.

Sur ce propos définitif, il s'éloigna. Genlis en fut soulagé. Ayant abandonné son visiteur à l'entrée, le médecin revenait vers eux.

— Mes respects, major, dit Genlis en se raidissant.

L'autre fit un vague salut, puis aussitôt demanda :

— Vous voulez voir l'adjudant Alayel ? Suivez-moi.

Ils gravirent un escalier en colimaçon. Tout en haut, éclairées par des lucarnes, de petites chambres mansardées, nues et chichement meublées, se succédaient. Le praticien s'arrêta devant l'une d'elles. Un personnage osseux et triste était assis, immobile, sur le lit. Il regardait dans le vide. Marie ne reconnut pas son amour de jeunesse. En revanche, cet homme de biais était bien celui de la photo qu'elle portait sur son cœur. Celle où l'on voyait Johannes et son fils côte à côte.

Devant la porte, Marie, angoissée, se tourna vers ses compagnons. Le sous-lieutenant s'était mis discrètement en retrait. Quant au psychiatre, en bon clinicien, il observait la scène avec gourmandise. Prenant sur elle, elle entra dans la cellule.

— Johannes, dit-elle doucement. C'est Marie.

Il tourna lentement la tête. Une minuscule seconde, elle retrouva le regard vif du jeune costaud de ses seize ans. Mais aussitôt ce regard s'éteignit ; le malade se tourna vers le mur.

— Marie, répéta-t-il d'une voix atone.

— Je suis venue te chercher, dit-elle.

Elle lui prit la main. Il eut un soupir désespéré, mais se laissa faire. Ils restèrent immobiles. Marie avait fermé les yeux. Elle lâcha Johannes lorsque le médecin effleura son épaule et la conduisit dans le corridor.

— Il vous a reconnue, dit-il. Il n'avait pas manifesté un tel intérêt depuis des jours et des jours.

— Une obusite, qu'est-ce que c'est? demanda Marie.

— Dans son cas, je dirais une «dépression stuporeuse» d'origine traumatique.

— Et ça veut dire quoi?

— Qu'il est désespéré, infiniment désespéré. Il se sent coupable. Coupable d'avoir tué. À part ça, j'ai envie de dire qu'il est «normal».

— Et qu'est-ce qu'on peut faire? Il y a des médicaments?

Le médecin la dévisagea.

— Pas de médicament connu. On ne sait pas comment soigner ces malades-là. On connaît les symptômes, pas les traitements.

— Est-ce qu'il peut en sortir? demanda-t-elle. Est-ce qu'il peut redevenir «normal»?

— C'est possible. Ça arrive parfois, en cas de choc affectif.

— Il n'est pas dangereux? questionna Genlis.

— Non. Sauf pour lui-même. Ces personnes sont souvent suicidaires.

— Je l'emmène, dit Marie.

— Pourquoi pas? répondit le psychiatre. Il sera aussi bien avec vous qu'ici.

— Sans compter que le colonel sera ravi de le voir partir, dit le lieutenant.

— Ça, c'est probable.

— C'est certain. Permettez-moi de me présenter: sous-lieutenant Genlis. Je suis son aide de camp.

— Alors, si madame me signe une décharge, vous pourriez instruire le dossier, lieutenant.

— Certainement, assura le jeune officier après une hésitation.

Marie la sentit et s'affola, mais n'en laissa rien paraître. Elle suivit les deux hommes. De retour dans son bureau, le médecin chercha un formulaire, en remplit les blancs et le tendit à Marie.

— Signez, madame, dit-il en lui donnant un porte-plume.

— Je... je ne sais pas écrire, dit-elle.

Ce fut pour Genlis une nouvelle découverte. Ainsi cette femme forte, astucieuse, authentique n'était jamais allée à l'école ! D'une abstraction, l'illettrisme devenait une réalité tangible et terrible. La honte injustifiée de Marie lui fit toucher du doigt la véritable infirmité morale dont elle souffrait. L'urgence et le désarroi l'inspirèrent, il intervint :

— Vous avez dit, docteur, que l'adjudant Alayel était normal, en dehors de sa tristesse. Pourquoi ne signerait-il pas lui-même la décharge permettant sa démobilisation ?

Et ainsi, personne ne saura qu'elle n'est pas mariée à l'adjudant, songea-t-il, satisfait d'évacuer le risque de nullité des démarches entreprises.

Le médecin réfléchit :

— En effet, rien ne s'y oppose. Encore faudra-t-il que notre homme veuille bien signer.

— Il signera, dit Marie.

Sa voix avait tremblé, contredisant la certitude affichée.

— Essayons.

Marie s'était assise à côté de Johannes, chaude contre lui. Elle le regardait éperdue ; lui marmonnait :

— Tous ces morts, disait-il, et ce comptable à la tête éclatée... C'est ma faute...

Elle s'interdit de répondre. D'instinct, elle refusait d'entrer dans son jeu.

— Il faut que tu signes, Johannes, dit-elle fermement. Pour que je puisse t'emmener d'ici.

Il arrêta sa psalmodie, fixa le mur en silence. Avec douceur, Marie posa sur ses genoux l'écritoire que lui tendait Genlis, puis elle saisit la plume et la mit dans sa main. Il la prit machinalement et, sans qu'un trait de son visage bouge, signa la feuille.

— Je vais revenir très vite, dit-elle. Alors je t'emmènerai.

Il eut un geste vague. Nul n'aurait pu dire s'il signifiait l'encouragement ou l'indifférence, mais Marie vit bien que le psychiatre semblait intéressé. Elle en fut un peu rassurée.

12

Obusite

— Où voulez-vous que je vous ramène? demanda Genlis.

— Je ne sais pas... à Becquigny sans doute. Je pourrai y loger un jour ou deux.

La libération de Johannes prendrait plusieurs jours. Toujours la paperasse. Genlis le lui avait dit. Difficile de rester longtemps dans la cagna de Trésor. Il lui fallait un logement... Pour la petite surtout. Payer une auberge? En trouverait-elle une? Elle avait épargné ses sous jusqu'alors et n'était pas mécontente de sa débrouillardise, mais il vaudrait mieux trouver un lit chez l'habitant. Elle irait se renseigner. De retour dans leurs villages ravagés, les malheureux ne devaient pas avoir trop de sous. Louer paillasse et couvertures en intéresserait certainement quelques-uns.

Jusqu'à la démobilisation de Johannes, il était sage de rester à proximité de ce lieutenant Genlis et de Trésor. Elle repensait à cette « dépression stuporeuse ». Elle avait bien compris que la médecine ne pouvait rien faire. L'âme de son bien-aimé s'endormait, il fallait la réveiller. Elle s'occuperait de lui comme d'un nouveau-né et lui réapprendrait tout. Elle eut une idée.

— Monsieur Genlis! cria-t-elle dans le vent.

— Oui?

— Pour m'occuper de Johannes, je vais avoir besoin d'aide.

Il ne comprit pas.

— Trésor! Après sa démobilisation, il va venir travailler avec Marius à la scierie. Il vivra avec nous. Ce serait bien s'il était démobilisé en même temps que l'adjudant.

Il la regarda, ébahi, vit une lutteuse souffrant et non une effrontée. Sa détermination contre l'abattement de l'adjudant forçait l'admiration. Elle réfléchissait, s'organisait, ne baissait pas les bras. Elle allait partir avec ce fou désespéré et, pendant des années, le maternerait, probablement sans résultat... À quoi bon lui parler de la toute-puissance de la grande muette, des procédures tatillonnes contre lesquelles un sous-lieutenant ne pouvait rien. Après tout, rien ne l'empêchait de jeter un coup d'œil au dossier de ce bagnard-là.

À Becquigny, elle dégotta un autre bistrot provisoire dans une cave et s'y s'installa. Sa longue course en auto l'avait frigorifiée. Fin janvier, il y avait de quoi attraper la mort. Une grande cafetière bleue en tôle émaillée mitonnait sur le coin d'une cuisinière en fonte. Elle commanda du café.

Un arrière-goût de caramel soulignait l'amertume du jus. Ça n'était pas désagréable et surtout c'était chaud. Elle cessa de grelotter.

La serveuse, une fille souriante, était restée près d'elle.

— Je cherche un coin pour dormir, indiqua Marie. À louer, bien entendu. À partir de demain, pour ma petite et moi.

— Je vais demander, dit la fille.

Sitôt logée, elle filerait à Guerbigny récupérer Eugénie et reviendrait le plus vite possible pour ne pas la coucher trop tard.

Elle ne trouva rien et revint découragée vers la zone interdite. Comment diable y pénétrerait-elle?

La nuit tombante amenait le froid. Elle marcha vite pour se réchauffer. Deux ou trois fois, elle piétina désagréablement dans d'invisibles flaques. Elle se consola en songeant au nombre incalculable de nuits passées par «ses» hommes dans la boue des tranchées. Traverser la futaie aux troncs brisés du bord de l'Avre ne la tourmentait guère. En revanche, à l'approche du village des bagnards, elle craignit les mauvaises rencontres. Certains regards, la veille, l'avaient inquiétée.

Deux ombres surgirent soudain. Elle regretta le bourdon du Gallu.

— Vous êtes la maman du lieutenant? murmura une voix.

— Oui, je suis Marie Malaguet, dit-elle, soulagée.

— Suivez-nous.

Bientôt se dessina la silhouette massive de l'église.

— Accrochez-vous à ma vareuse. On va passer à travers des gravats, puis descendre des marches.

Une lueur rougeâtre apparut au bas de l'escalier de pierre et Marie pénétra dans une crypte. Un grand feu l'illuminait. Par des fissures, la fumée disparaissait dans la voûte. Il faisait bon dans la salle souterraine, du moins quand on venait du dehors. Installés sur des sièges disparates, des hommes discutaient à mi-voix autour du brasier. Face à l'arrivante, trônait Trésor, Eugénie sur les genoux. L'enfant se précipita vers Marie, qui éprouva un immense plaisir à la sentir contre elle, si vivante, si présente, si loin du remords désespéré de Johannes.

On lui octroya un fauteuil. Aussitôt l'enfant se nicha dans son giron.

— Tu sais, les poilus, c'est des copains. Comme je t'avais dit.

— Tu les as fait tourner en bourrique, hein?

— Ben comme d'habitude.

— Enfin vous voilà! dit Trésor. On commençait à s'inquiéter. Messieurs, poursuivit-il, voici Marie Malaguet, la mère du lieutenant. Elle est venue chercher Alayel.

— Vous l'avez trouvé? demanda une voix dans l'ombre.

— Oui, répondit-elle, grâce au sous-lieutenant Genlis.

— Le gamin de l'état-major, le copain du lieutenant, précisa Trésor.

Il y eut un silence. Tous la regardaient avec gravité. Marie comprit qu'une espèce de pudeur inquiète les rendait muets. Elle prit son courage à deux mains et expliqua:

— Il est atteint d'une obusite. Je sais pas bien ce que c'est. C'est dans la tête. Pas une vraie blessure. C'est spychi... psychique, a dit le docteur. Il est assis sans bouger, sans écouter. Tout triste.

Elle se tut.

— T'en penses quoi, toubib? s'informa un homme à la voix douce.

L'interpellé avait l'air d'un poilu comme les autres. Toubib, était-ce un surnom?

— J'ai lu quelque chose là-dessus. Les Anglais appellent ça *shell-shock*. C'est effectivement un traumatisme mental. Un effondrement moral né d'une peur extrême. Une espèce de terreur paralysante qui s'installe.

— Tu dois te tromper, Vavin. Un effondrement moral, ça ressemble pas à Alayel. Vous le connaissez aussi bien que moi.

— J'étais chirurgien, pas psychiatre. Je suis cependant sûr de ce que j'ai lu. C'est comme un coup sur la tête. La personnalité du malade n'a rien à y voir. C'est le propre des traumatismes. Mme Malaguet a peut-être des précisions à nous donner...

— Il marmonne tout le temps qu'il regrette, qu'il a tué trop de gens, des Boches mais aussi un comptable qui s'est cassé la tête sur un rocher il y a longtemps. Le spy... le psychiatre, le spécialiste des fous si j'ai bien compris, dit qu'à part sa tristesse, il est normal.

— Il peut guérir?

Vavin répondit:

— On ne connaît pas de traitement précis. Il semble que certains sortent un jour de leur apathie, souvent en raison d'un choc émotionnel.

— C'est ça, dit Marie.

— Qu'est-ce qu'il va devenir? demanda une voix sourde.

Marie ne voyait pas bien l'orateur, masqué par les flammes rouges.

— Il a signé une décharge, dit-elle. Dès que les papiers seront faits, je pense l'emmener.

— Où? Qui le soignera?

— Chez nous, en Haute-Loire. Je m'en occuperai. Je… je crois qu'il est comme un nouveau-né, qu'il faut de nouveau lui apprendre les choses.

— Je t'aiderai, dit Eugénie. Moi, les blessés, je les faisais toujours rire.

Sa remarque joyeuse amena un étrange silence. Toute l'assistance ressentait tout à coup avec une intense émotion la volonté de cette femme. Marie était forte, tous l'avaient compris. Quant à la fillette, ils l'avaient observée, avaient ri avec elle, s'étaient amusés de sa candeur, de sa connaissance des armes, de sa gaieté. Ce soir, ils prenaient conscience qu'elle avait naïvement, mais consciemment, aidé des blessés et soutenu le moral des combattants.

De son côté, Marie saisit qu'elle était en présence de ce fameux conseil évoqué la veille par le grand Noir. Ceux-là étaient tous des bagnards, les chefs sans doute, et Alayel était un des leurs, leur meneur peut-être. Allaient-ils la juger? Un frisson la parcourut. Une réflexion la rassura: Marius comptait pour eux et elle était sa mère. Elle observa discrètement les membres de l'assemblée. Leur gravité l'inquiéta et elle se demanda comment son fils avait pu forcer leur respect. Un homme se leva.

— Mme Malaguet doit être fatiguée, dit-il, et surtout affamée. Je propose que nous soupions. Nous reparlerons d'Alayel ensuite.

Tous approuvèrent. Quelqu'un alluma des chandelles. Cette crypte était en fait la cagna des bagnards. L'espace parfaitement propre comptait une dizaine de paillasses, des rayonnages faits de bric et de broc, une table de bonne taille et, dans un coin, des bouteillons d'eau. Il y avait aussi une batterie de cuisine.

— Qui est de corvée? s'enquit le chirurgien.

Un homme se leva, empoigna une chandelle et disparut dans l'escalier.

— Je peux vous aider, dit Marie, je n'ai pas l'habitude de rester sans rien faire.

— Venez, dit l'homme.

Ils remontèrent dans l'église au toit éventré. À la lumière du chandelier se dégageait un univers fantomatique. Les lourds piliers se perdaient dans l'immensité d'une voûte où brillaient des étoiles. Les bancs brisés formaient un entassement baroque tout d'angles et de pointes. Marie songea à la peur d'Eugénie dans le marais. Elle n'aurait eu aucun mal à peupler de monstres et de chimères cette nef encombrée et blessée…

Sous ses pieds, dans la tiédeur de la crypte, des hommes durcis par de terribles épreuves regardaient cette enfant comme un miracle. Depuis combien de jours, de mois, d'années n'avaient-ils pas vu une petite fille rieuse ? Marie suivit son guide au confessionnal. Fermé et aéré, il était devenu leur garde-manger.

— Que souhaitez-vous pour souper, chère madame ? questionna-t-il en se tournant vers elle.

Il avait une silhouette longue un peu voûtée, la tête légèrement inclinée, un sourire en coin et des yeux pétillants sous une tignasse grise. Marie sourit, de nouveau surprise d'être traitée comme une dame. Elle le regarda.

— Comment vous appelez-vous, monsieur ? riposta-t-elle doucement.

— Le nom d'un bagnard a-t-il de l'importance ? riposta-t-il avec une pointe d'amertume.

— Vous êtes un ami de mon fils, répondit-elle. Il m'a parlé de ses compagnons de guerre, de ceux qu'il aimait. Il m'a dit qu'il vous devait la vie, à tous. M. Vavin, que vous consultiez tout à l'heure, l'a opéré à vif et empêché de se vider de son sang. Je désire mettre un nom sur les visages des hommes qu'admire Marius. Il m'a tout dit de vous.

— Et il vous a parlé de notre vie d'avant la guerre ?

— Jamais. Il affirme que ce passé vous appartient. Il se souciait de votre survie et, à présent, de votre avenir. Pas de votre passé.

— Je m'appelle Charles Perdonnet.

— Ah oui, le juge.

— Pourquoi disait-il ça ? s'exclama le bagnard d'une voix sourde.

— Parce que vous faisiez l'arbitre quand les gars se disputaient et qu'on suivait vos avis.

— C'est tout?

— Oui, c'est tout.

Il la scruta, levant son bougeoir pour l'éclairer. Il eut envie de se noyer dans ses yeux bleus empreints de tristesse, s'émut de visage ovale souligné par une coiffure en bandeau et chignon. Il la trouva belle avec ses tempes grisonnantes, mais musela son émotion et éteignit son regard. Elle était la compagne d'Alayel, c'était évident. La façon dont elle avait parlé de lui, sa détermination à l'emmener étaient celles d'une amoureuse. Or les exilés de Cayenne n'avaient pas eu de permission pendant la guerre. C'était une des conditions de leur remise de peine. Alayel la connaissait donc avant. Quelle était son histoire? Quel était son secret?

Perdonnet, un jour de folie, avait étranglé son épouse volage. Circonstance aggravante: il était magistrat! Ses anciennes fonctions de juge d'instruction lui avaient appris à observer et à comprendre. Pensif, il contemplait Marie. Cette femme encore jeune, encore belle, était la mère du lieutenant. À quel âge l'avait-elle eu? Sa force discrète expliquait le caractère bien trempé de son fils, mais aussi la survie de son amour pour l'adjudant. Un bref instant, Perdonnet sentit ses yeux s'humecter. La brutalité dans laquelle il vivait depuis trop longtemps l'avait déshabitué de la tendresse. Soudain, ce trop-plein d'émotion l'assommait, comme un alcool fort après des années de sevrage. Quant à Marie, elle attendait, un peu inquiète de ce long silence. Il la rassura:

— Alayel, dit-il, il mérite qu'on le sorte de là.

Elle s'émut.

— Je vais vous faire sauter des patates avec du saindoux et des oignons, dit-elle pour donner le change.

Il acquiesça, remplit son sac de pommes de terre, tandis qu'elle se chargeait d'ingrédients divers.

Ils avaient dîné.

Dehors régnait l'humidité froide. Chez eux, dans cette crypte, devant le feu rougeoyant, les bagnards veillaient. On avait soufflé les bougies. Personne n'avait envie de dormir, sauf Eugénie qui, repue, sommeillait.

Les hommes avaient du vague à l'âme. Le babillage de la petite, la présence de Marie, cuisinant puis servant, avaient ramené ces bannis à une vie de famille dont ils n'osaient plus rêver. La chaîne qui écrasait leur vie devenait d'autant plus pesante qu'approchait leur délivrance. Une certaine gêne en découlait. Ils ne savaient plus comment s'adresser à une femme.

— Parlez-moi d'Alayel, murmura-t-elle.

Ils se regardèrent.

— Comment était-il? Comment vivait-il quand vous l'avez... rencontré?

— Vous le connaissiez d'avant? se hasarda à demander Vavin.

— Oui, dit Marie, rougissante. Oui. A-t-il passé ces vingt années avec vous?

— On ne parle pas du bagne, dit Trésor gêné.

— Elle a le droit de savoir pour Johannes, dit Perdonnet. Elle va l'emmener, le guérir sans doute.

— Il serait peut-être souhaitable que nous la connaissions mieux, objecta Vavin.

Les autres acquiescèrent en silence. Tous les regards convergeaient sur Marie. Son cœur se mit à battre. Le conseil des bagnards voulait l'entendre. C'était prévu, mais elle l'avait presque oublié. Leur gravité, leur attention l'impressionnèrent terriblement. Qu'attendaient-ils d'elle? Qu'elle soit digne d'eux... pour être digne d'Alayel! Une initiation, en quelque sorte.

Marie la taiseuse, Marie qui perdait ses mots chaque fois qu'elle voulait dire quelque chose d'important, Marie, qui, jamais, n'avait parlé devant un public, se sentit paralysée. Pressée par la panique, elle réfléchit promptement. Ces hommes étaient comme les autres, plus sages même pour avoir survécu au bagne et à la guerre. Marius avait raison. Leurs crimes, leurs lourdes peines ne la regardaient pas. Leur passé leur appartenait. Tout au plus, elle voulait en savoir plus sur l'«homme Alayel» qu'elle connaissait si peu. Elle n'avait pas fait tout ce chemin pour échouer. Sa timidité n'avait pas de sens. Pas question d'avoir peur d'eux. Ils devaient l'adopter. Elle allait les convaincre, pour qu'ils l'aident à ramener Johannes, pour Johannes.

Que fallait-il leur dire? Une longue seconde, elle s'affola. Puis elle sut: tous étaient des réprouvés; elle aussi. Sa vie n'avait pas été rose. Ils étaient ses proches, les proches qu'elle n'avait jamais eus. Ils avaient droit à la vérité.

— Il n'y avait qu'une pièce dans la ferme, commença-t-elle. Derrière la cloison de planches, c'était l'étable. Ma mère n'avait que deux vaches. Pas de terre. Alors elle les menait paître sur les communaux et au bord des chemins. Elle est morte quand j'avais huit ans. On m'a placée comme servante. Je trimais de l'aube au couchant pour des paysans à peine plus riches que mes parents. Ils me battaient pour un rien. Quand j'ai eu douze ans, le fermier s'est mis à me regarder d'un drôle d'air, à faire des allusions sales que je ne comprenais pas bien. Un jour, j'ai appris qu'un paysan de Pontempeyrat, à trente kilomètres de là, cherchait une fille de ferme. J'ai plié mes quelques habits dans un grand mouchoir et je suis partie à pied. Je suis arrivée à la nuit. Mon nouveau patron m'a reçue froidement: une soupe, une botte de paille et une vieille couverture de cheval. «Tu travailleras demain. Le soir, je te dirai si je te garde. Tu auras dix sous par jour, nourrie et logée.» C'était misérable, ça m'a paru une fortune... Il s'appelait Lucas Malvier. Comme sa femme était malade, je tenais la maison. Je m'occupais aussi de la basse-cour, des bêtes et j'aidais aux champs. Malvier ne parlait que quand il était mécontent. Il était dur. Je ne l'aimais pas, mais il ne me battait pas. Le temps a passé. Mes patrons ont eu une petite fille, Jeanne, quand j'ai eu seize ans. Cette année-là, il a fait très beau en juin. Je fanais et, dans le champ d'à côté, un beau gars fauchait. Il avait une cruche d'eau fraîche et m'a offert à boire. Il s'appelait Johannes et m'a dit que j'étais belle. Avant lui, personne, jamais, ne s'était soucié de moi...

L'auditoire était suspendu à ses lèvres. Cette histoire si simple évoquait une vie d'esclave sans amour. Elle s'était arrêtée, étranglée par l'émotion. Les bagnards se taisaient, nostalgiques eux aussi, émerveillés par la voix de cette femme, la voix d'une femme si rare dans le désert de leur vie. Une femme qui avait besoin d'eux.

Marie sentit qu'elle devait continuer. Ils voulaient savoir qui avait été Johannes, avant. Pour eux aussi, la vraie vie, c'était avant...

— Le soir, on s'est retrouvés autour des feux de la Saint-Jean. Il m'a invitée à l'auberge. C'était la première fois de ma vie. Puis on s'est plus quittés. On pouvait pas. On s'est allongés dans le foin d'une grange, un moment merveilleux que j'ai jamais regretté. Le lendemain, il volait l'or du dentellier, le plus gros patron de la région, pour qu'on puisse partir tous les deux en Amérique. Il y avait eu mort d'homme dans son attaque. On l'a pris. Je ne l'ai jamais revu, je n'ai plus jamais eu de ses nouvelles...

— Alors le lieutenant Malaguet..., murmura Perdonnet.

— Est le fils de Johannes...

L'ancien magistrat se mordit les lèvres avec le sentiment aigu de son indiscrétion. Marie eut un geste apaisant.

— Vous avez le droit de savoir qui sollicite votre aide, dit-elle doucement.

Puis elle reprit son récit :

— La nuit de la Saint-Jean, Lucas Malvier m'avait vue dans la grange, avec Johannes. Ça lui a chauffé le sang. Deux jours après, il me forçait. Il n'a jamais recommencé. Je suis tombée enceinte sans savoir de qui. Malvier non plus ne savait pas. C'est à cause de ça qu'il m'a pas chassée quand mon fils est né. Le doute a duré vingt-quatre ans.

— Johannes a sûrement écrit, dit un bagnard.

— Malvier volait les lettres. J'en ai jamais vu une.

À nouveau le silence.

— Et puis Marius est revenu, après quatre ans de guerre, à la fin de l'été. Dans ses affaires, une photo a intrigué Jeanne, la fille de Malvier que j'ai élevée comme la mienne. Elle et Marius s'aimaient...

Sa voix s'enroua. Elle resta la bouche ouverte, comme pour chercher son souffle. Ses yeux brillèrent dans la clarté fauve du feu. Ils comprirent qu'elle pleurait. Eux-mêmes sentaient leurs yeux les picoter. Ils la laissèrent partir dans sa digression. La mère prenait le relais de l'amante et le propos concernait leur chef de guerre, leur autre chef de guerre.

— Marius et Jeanne, reprit Marie… Ils voulaient se marier. Ils étaient peut-être frère et sœur, alors c'était impossible. Furieux et désespéré, Marius s'est engagé et n'est pas revenu pendant quatre ans. Jeanne a épousé un nommé Mastafier. Un voyou tué à la guerre.

Plongée dans l'histoire de sa vie, qu'elle n'avait jamais racontée auparavant, Marie ne vit pas leur échange de regards. Il y eut un silence, souligné par le crépitement du feu, puis elle reprit :

— Cette photo, la voilà.

Elle l'avait tirée de son giron et la passa à son voisin. Les hommes l'observaient, l'inclinant pour qu'elle prenne la lumière des flammes, puis hochaient la tête. Elle arriva à Trésor. Il saisit le cliché, l'examina, éclata de rire.

— C'est vrai qu'ils se ressemblent. C'est même extraordinaire, dit-il enfin. Ils étaient toujours ensemble. Deux doigts d'une même main. On les assimilait l'un à l'autre, mais jamais j'aurais cru ça ! Et vous ne savez pas la meilleure ? Cette photo, c'est moi qui l'ai prise ! Je m'en souviens parfaitement. On fêtait nos deux ans de survie. Marius et Johannes ont trinqué. Je les ai pris en gros plan…

— Ils avaient le même profil ! s'exclama Marie. Cette photo, Jeanne me l'a pas montrée tout de suite. Elle a fait une enquête pour vérifier que c'était possible, que Johannes pouvait être le père de Marius. À la préfecture, elle a fouiné dans les journaux de l'époque. C'est que l'attaque du dentellier avait fait grand bruit. C'est comme ça que j'ai su. Alayel était bien le père de mon fils. C'est aussi le seul homme de ma vie. Je suis venue le chercher.

Elle se tassa sur son siège. Sur ses genoux Eugénie s'agita, puis s'immobilisa à nouveau. Les regards convergeaient vers Marie, vers son visage baigné de larmes silencieuses.

— Alors, Alayel, vous le connaissiez à peine ? osa Perdonnet.

— J'ai connu un jeune gars enthousiaste que j'ai follement aimé. Vous, qui avez-vous connu ?

— Je venais d'arriver, commença Perdonnet. Juriste, j'avais tenté de défendre mes droits face aux exactions des gardiens, mais j'ai aussitôt été puni. Je n'avais pas compris tout de suite que le bagne, c'était l'absence absolue de droits pour les condamnés. L'arbitraire était d'autant plus grand que la hiérarchie judiciaire, les avocats, les journalistes étaient à huit ou neuf mille kilomètres de là et que les matons étaient, eux aussi, condamnés par la moiteur, les parasites et l'ennui. Alors les cupides rançonnaient et les aigris devenaient sadiques. Les autres étaient bienveillants ou tatillons, suivant la chaleur ou la pluie. Bref, je m'étais retrouvé « à la route ».

— La route ? s'étonna Marie.

— Oui, la route, vingt kilomètres d'une piste détrempée construite en soixante ans à travers la forêt dense, à travers le *pri-pri*. Le *pri-pri*, c'est le sol en permanence gorgé d'eau, une sorte de marais gluant où l'on s'enfonce jusqu'aux chevilles, parfois jusqu'aux genoux. De ce marais, jaillissent des arbres gigantesques qu'il faut abattre et débiter pour ouvrir la route. Chaque bagnard du chantier doit, chaque jour, faire « le stère ». Malgré son nom, ce n'est pas un mètre cube, mais un cube d'un mètre cinquante de côté. Il fallait six heures à un costaud pour couper ce volume de bois. De ma vie, je n'avais manié une hache ou une scie. J'étais fiévreux, toutes sortes d'insectes nous piquaient, des chiques agressaient nos chevilles, des sangsues nous saignaient. La chaleur était écrasante. Il pleuvait, une pluie fine et chaude que l'on sentait à peine sur la peau, mais qui alourdissait nos sarraus. Alors on les enlevait et les moustiques s'en donnaient à cœur joie. Les copeaux de bois, la sciure se collaient à la peau avec la transpiration, formant une espèce de croûte rougeâtre…

Un autre bagnard reprit :

— Le gardien portait fusil et revolver. Il se perchait sur des troncs abattus et nous surveillait. Le bagnard qui s'éloignait de plus de dix mètres se faisait tirer dessus. Malgré ça, beaucoup de gars s'enfuyaient…

— Ils n'allaient pas loin, reprit une autre voix dans l'ombre. Les plus courageux arrivaient au Surinam, la Guyane hollandaise. Les colons les employaient pour un salaire de misère et, s'ils se plaignaient, ils les dénonçaient aux autorités qui les rendaient aux flics français. Alors ils passaient en justice et on les punissait. C'était la route ou les cages...

— Les cages, on vous y enfermait trois mois. Deux mois dans l'obscurité, un mois dans la pénombre pour ne pas devenir aveugle...

Ils se répondaient, chacun y allant de sa ritournelle porteuse d'une horreur ordinaire. Marie, assise sur son fauteuil, Eugénie contre elle, ressentait un étrange vertige. Distanciée d'elle-même, elle voyait un gars maigre mais musclé, torse nu, dans la moiteur du marais. Il s'acharnait sur des troncs, tranchant des branches, brassant le bois. Il n'avait pas le visage du gamin de dix-neuf ans qu'elle avait connu, mais plutôt celui du guerrier de sa photo fétiche, un étranger familier du nom d'Alayel.

— Au milieu de cette jungle putride, Johannes avait des amis, reprit Perdonnet. Il s'était évadé. Repris, il avait obtenu, grâce à eux, de faire sa punition au chantier de la route. Le danger était plus grand, mais l'enterrement dans les cages pouvait rendre fou. Il coupait les arbres. Il m'a montré et aidé, sans rien demander en échange. Je l'ai remercié. Il m'a simplement répondu qu'il aimait le travail bien fait. Chacun de ses coups de hache tranchait une branche, chacun de ses traits de passe-partout avançait la coupe d'un gros arbre d'un bon centimètre. Il avait le geste économe et efficace...

— Oui, dit Marie, il vient du Velay, comme moi. C'est la montagne douce et les grands bois de sapins ou de pins. Par là-haut, tout le monde est forestier. Tout le monde sait abattre les arbres. Et un épicéa de trente-cinq mètres, ça doit être aussi gros que les arbres de là-bas...

— C'est ce qu'il disait, commenta une voix nouvelle. Sur le chantier, on commençait le travail à 5 heures, dès que la grisaille chassait la nuit. Il fallait quand même y voir clair et puis la chaleur était un peu moins forte. Oh, pas beaucoup, peut-être deux ou trois degrés, mais c'était sensible. On travaillait jusqu'à midi. Sept heures d'enfer, le plus souvent sous la pluie, par une température de trente-cinq degrés. Ensuite on rentrait dans le carbet...

— Le carbet ? demanda Marie.

— La case. Une armature de bois et un toit de palme, des murs de torchis, pas de fenêtre mais des ouvertures carrées de tous les côtés pour faire courant d'air. On dormait là, dans des hamacs, à cause des bêtes qui grouillent sur le sol. On y faisait aussi la cuisine quand on avait piégé un agouti, mais c'était interdit...

— Un agouti, c'est une espèce de gros lapin. On plaçait des collets et, de temps en temps, on en attrapait un.

— Il fallait donner le meilleur morceau au surveillant, sinon on était punis...

Elle chercha l'orateur du regard. Il parlait pour la première fois. À la lueur du feu agonisant, elle le distingua à peine. De courtes flammes bleues intermittentes rampaient sur les braises. Les voix résonnaient, rebondissaient sur la voûte basse de la crypte. Marie se sentait bien, même si c'était l'enfer qu'ils racontaient. Tous l'avaient vécu, Johannes aussi. Justement, ils ne parlaient pas de lui.

— Et Alayel ? demanda-t-elle.

— Il était l'ancien, dit Perdonnet. Le survivant. Vavin et moi étions dans le même convoi. À notre arrivée, il avait déjà dix ans de bagne. Il avait une grande expérience de la Guyane et s'était adapté à la vie de loup des bagnards. Il nous a appris à en déjouer les pièges mortels, ou plus simplement à sauver notre peau.

— Il connaissait toutes les ruses de la forêt, tous les parasites, et savait les contrer, reprit Vavin. Par exemple, il faisait bouillir de l'eau, y faisait infuser des feuilles. Je ne sais pas si c'était l'eau bouillie ou les plantes, mais en ne buvant que cette tisane, on n'attrapait pas l'*ankylostomiase*, une maladie tropicale, qui, en quelques années, tue la plupart des bagnards. Elle est provoquée par des vers infiniment petits qui désagrègent l'intestin. Nous, les amis de Johannes, nous l'avons évitée grâce à lui.

— Il ne demandait jamais rien. Il montrait, il expliquait et chacun faisait ce qu'il voulait, suivait ou non ses conseils.

— Sans que rien soit jamais dit, on formait un groupe solidaire. Les autres mouraient comme des mouches et on est encore là ! Le plus drôle, c'est qu'Alayel m'a formé à la médecine tropicale.

— Il était ouvrier agricole, dit Marie. Où a-t-il appris tout ça?

— Au bagne. Il avait la rage de vivre. Ses armes étaient la prudence, la ruse et le silence.

— Il savait attraper les serpents, reprit l'ex-médecin. Un jour, à deux pas de la case, j'ai été mordu par un serpent corail caché sous les feuilles. J'avais marché dessus. Alayel a attrapé la bête; elle faisait un bon mètre cinquante. Il l'a décapitée, a soigneusement écrasé sa tête dans un mortier. Ensuite, il a débridé ma plaie puis écrasé dessus cette bouillie sanglante. J'étais terrorisé, mais il m'a expliqué que cet étrange traitement était une recette indienne, une sorte de vaccin. Lui-même avait été traité ainsi. Il avait été piqué plusieurs fois depuis, sans autre conséquence qu'un ou deux jours de fièvre.

Le rougeoiement des braises, la résonance des voix, les mouvements diffus des hommes dans la pénombre créaient une atmosphère insolite qui berçait Marie, alanguie de fatigue. La cruelle nostalgie des bagnards venait renforcer l'attirance de Marie pour Johannes. Elle découvrait un inconnu qui émouvait la femme de quarante ans qu'elle était. Son amour serait bien différent de la passion d'une jolie gamine pour un gars déluré. Elle en fut rassurée.

— Vous vouliez connaître Johannes Alayel au bagne, dit Trésor, la tirant de son bref vertige... eh bien moi je ne dirai qu'une chose: quand, en 1916, l'armée a imaginé de faire venir des bagnards de Saint-Laurent-du-Maroni comme chair à canon, c'est lui qui a tout organisé pour que nous soyons choisis, tous ceux d'ici. D'autres aussi, qui ont été tués. Même eux, ils n'ont sûrement pas regretté l'enfer du bagne.

— Comment a-t-il fait?

— Il a mâché le travail au commandant du camp, voilà comment il a fait. Quand ce dernier a cherché des hommes, une troupe était prête, disciplinée et volontaire. Il fait si lourd en Guyane, si moite, les efforts sont si pesants qu'il s'est laissé convaincre. Ça le libérait d'une corvée.

— Il m'a défendu aussi contre deux brutes qui voulaient me violer, dit un petit homme à l'accent parigot...

Marie ouvrait de grands yeux. Elle ne comprenait pas. Sur ses genoux, Eugénie bougea sans se réveiller.

— Il n'y a pas de femme sur le Maroni. Alors les jeunots ont tout à craindre des forts.

— Johannes tolérait ceux qui avaient des petits copains. Il disait que ça ne le regardait pas. Mais le viol, il détestait ça. Quand deux gars m'ont agressé, il a tué vite fait le plus dangereux.

— Comment ça ? s'alarma Marie.

— Quand il m'a entendu crier, il a compris tout de suite. Il a sorti son arme de son panier et il a attaqué. Son arme, c'était une sorte de vipère noire qu'on trouve là-bas. Il la tenait derrière la tête et savait lui faire ouvrir la gueule. Il a planté les crochets de la bête sur les fesses de mon violeur et l'a appuyée d'un coup sec. La poche à venin était pleine. Puis il a relâché le serpent. Quand le gars qui m'immobilisait a vu les yeux de son complice se révulser, puis la bête filer, il a eu une peur terrible et s'est enfui. Il n'avait même pas vu agir Alayel.

— Mais il a tué un homme ! dit Marie, la voix altérée.

— Oui. Et il a bien fait. Après avoir fait leur petite affaire, ils m'auraient tué pour que je ne parle pas.

— Il y avait beaucoup de meurtres à Cayenne, ajouta Perdonnet. C'était si facile de tuer. La moitié des déportés mouraient dans les deux ans. Le palu, le pian, les chiques, les raies d'eau douce qui vous piquaient si vous marchiez dessus dans le marigot. Le plus souvent, une simple blessure vous débarrassait d'un gars. Il suffisait de l'empêcher de se soigner. La fièvre le prenait dès le deuxième jour, puis la gangrène s'y mettait. En plus, y avait la lèpre. Là, ça tuait lentement... Survivre était une lutte quotidienne qui nécessitait de la chance, beaucoup de chance. Alayel en avait. Il l'attirait.

— J'espère qu'elle ne l'a pas quitté, dit Marie d'une toute petite voix.

La fatigue, la nuit imposèrent le silence.

— Que va-t-on faire pour Alayel ? questionna Perdonnet.

— Je vais le prendre chez moi, dit Marie.

— Est-ce une bonne solution qu'il aille chez le lieutenant? demanda Vavin, le chirurgien. T'en penses quoi, Trésor?

— J'y suis d'autant plus favorable que j'irai aussi. Je dois rejoindre Malaguet, répondit le colosse.

— Alors c'est dit. Il ira avec Marie, trancha Perdonnet.

— Je le soignerai, dit gravement Eugénie qui s'était réveillée.

Un éclat de rire souligna son propos.

— Buvons à la santé de l'adjudant, dit un homme.

— Et à celle d'Eugénie, compléta une voix.

Marie but. Le ratafia la brûla agréablement. Pour parachever sa journée, elle venait de passer devant un tribunal et les bagnards l'avaient agréée. Elle en ressentit un profond bonheur. Elle ne serait pas seule dans sa lutte contre l'obusite : ces hommes lui faisaient confiance. Tout à coup, elle se sentit épuisée. Eugénie lui mit les bras autour du cou et l'embrassa.

Elle osa croire à la rédemption de Johannes.

*

Plus tard, en s'endormant dans le gourbi de Trésor, Marie songea encore une fois à ces hommes. Le bagne était pire que le front. Jusqu'à cette veillée, elle croyait pourtant que les poilus avaient vécu la pire des horreurs. Et ces forçats – un médecin, un juge si elle avait bien compris, et d'autres encore – avaient survécu grâce à son Johannes, l'ouvrier agricole, le forestier qui aimait le travail bien fait, le paysan matois qui savait observer et s'adapter. Il avait tenu vingt ans au bagne, trente mois dans les tranchées. Et un jour, la peur l'avait brisé. C'était incompréhensible. Qu'avait dit Vavin le chirurgien? Que l'obusite était comme un coup sur la tête, qu'elle n'avait rien à voir avec la force morale du malade… Comment lutter contre une telle calamité? Elle n'avait pas de réponse. Les médecins non plus. Elle s'endormit en pleurant.

13

Agression

Il était tard. Marius attendait Jeanne. La nuit tombe tôt fin janvier. N'être pas rentrée à 8 heures alors que banque et mairie avaient fermé leurs guichets à 6 commençait à devenir inquiétant. Peut-être avait-elle rendu visite à quelqu'un? Mais à qui? Il avait repoussé la soupe sur un coin du fourneau. La table était mise. Deux couverts pour deux amoureux. Il attendait dans leur modeste logement de la scierie, lassé. L'endroit n'avait pas d'âme. Il songea à la maison du Gallu. Jeanne et lui comptaient d'abord l'explorer avant de s'y installer. Cet univers baroque de dieux indiens les étonnait sans cesse. Ils avaient fouillé la maison tout un dimanche, ouvrant les tiroirs, lisant les lettres, examinant les papiers. Tout objet déplacé était scrupuleusement remis en place. Crainte superstitieuse ou spiritualité? Une présence imprégnait les lieux. Jeanne, fille forte pourtant, parlait à voix basse.

— On dirait que tu as peur, avait dit Marius.

— Je ne sais pas, avait-elle répondu. Cet endroit est tellement inhabituel.

— Le Gallu était un homme bon. Il nous aimait. Son souvenir est dans ses chers objets. Ils ont balisé sa vie. Chacun se rattache certainement à un épisode particulier de son histoire.

— On se croirait dans un temple dédié à un dieu inconnu. C'est un peu effrayant.

Il l'avait prise dans ses bras.

— Ce dieu inconnu, c'est sa trace, son empreinte. Il n'est vivant qu'en nous-mêmes. Je crois que le vieil homme était timide, qu'il n'osait pas se livrer. Pourtant, il ne voulait pas que son passé soit réduit en cendres ; il a fait en sorte que nous le découvrions. C'est pour cela qu'il nous demande d'habiter sa maison, d'en respecter chaque objet.

— Ses aventures, il a dû les écrire. Il a caché son journal quelque part. C'est ça qu'il faut chercher !

— Peut-être, avait répondu Marius, mais je crois qu'on ne trouvera rien en fouillant. Il nous faut simplement être là, disponibles, curieux, et les choses se décanteront d'elles-mêmes. Un jour, on comprendra tous ses messages.

— Mais quand ?

— Dans son testament, il parle de trois ans.

— Il nous faudra tant de temps que ça ?

— Il n'aimait pas l'urgence. Est-on vraiment pressés ?

— Ben, j'sais pas...

Marius avait ri.

— Diable d'homme ! Il s'est débrouillé pour rester avec nous.

— Mais sa présence va nous hanter, ça me fait un peu peur.

— Non, souviens-toi. Il devinait toujours tout, agissait discrètement et efficacement. Présent si nécessaire, il n'était jamais pesant. Eh bien, il continue aujourd'hui.

Jeanne l'avait regardé, émerveillée.

— Je crois qu'il est là et que ses yeux pétillent, dit-elle.

Il l'avait embrassée puis entraînée dans la petite salle aux matelas de brocart où il avait fumé l'opium avec le Gallu en 1914. Là, avec la conscience partagée d'honorer un rite tantrique, ils avaient fait l'amour.

À 9 heures passées, elle n'était toujours pas rentrée. Il eut soudain peur. Rien n'arrivait jamais dans le calme de ce Velay, sauf des drames brutaux. Il réfléchit. Aller à sa rencontre ? S'il la manquait et qu'elle trouve la maison vide, elle s'inquiéterait à son tour. Il se redressa brusquement et gagna la scierie. Mieux valait travailler que se morfondre... Si Jeanne arrivait, elle saurait où le trouver.

Dehors, il leva les yeux sur le ciel clair. Pas de lune, mais des millions d'étoiles. On y voyait assez pour se déplacer.

Il ranima le poêle de bureau, s'installa. Il triait ses papiers, les reposait sans pouvoir se concentrer. Il sortit scruter le chemin menant à la grand-route, tendit l'oreille. Pas de choc de sabots, pas de grelot ni de grincement d'attelage. Il frissonna. Les nuits d'hiver sans nuage, le froid pique. Il culminerait une heure avant l'aube et si Jeanne avait eu un accident, si elle s'était blessée, elle allait geler. Très inquiet soudain, il rentra et décrocha le téléphone.

— Mademoiselle? Pouvez-vous me mettre en contact avec la gendarmerie?

Il entendit les craquements de fiches qu'on branche, puis une voix un peu sèche annonça :

— Brigade de Craponne, j'écoute.

— Marius Malaguet. Auriez-vous eu connaissance d'un accident ce soir?

Il expliqua son inquiétude. L'homme de permanence tenta de le rassurer. Marius insista, décrivit la légère voiture de rotin héritée du Gallu qu'utilisait Jeanne. L'allusion à l'âne, ce grand poitevin unique dans le pays, provoqua une réaction inattendue.

— Vers 20 heures, on nous a signalé un âne et une charrette vides, du côté de Malaveille. C'est pas habituel, un attelage seul sur un chemin de campagne.

— Où exactement? s'enquit Marius, alarmé.

— Tout près de la ferme Sauvagnon.

— J'y vais, s'exclama Marius. Prévenez l'adjudant Marquet.

Son ton impérieux surprit le gendarme, qui finit par dire :

— Je le préviens, mon lieutenant.

Il prépara le char à bancs à la hâte, emportant des couvertures et la trousse à pharmacie de la scierie. Il attela la moins faible des rosses. Fouettée rudement, elle partit au grand trot. Presque aussitôt, il tira les rênes, sauta à terre, courut libérer le bas-rouge du Gallu qu'on enfermait le soir. Silencieux comme toujours, l'animal se mit à tourner autour de lui. Marius rentra ensuite dans le bureau, chercha un objet appartenant à Jeanne. Un foulard était accroché au portemanteau. Il revint vers le char, souleva le chien, une bête d'au moins quarante kilos, et le posa dans la caisse à l'arrière, puis il grimpa sur son siège et relança le cheval. Au plus raide de la côte, la bête ralentit. Il redonna du fouet. Une secousse soudaine le surprit. Le bas-rouge avait sauté sur la route et aboyait après le bidet, qui reprit le galop.

Dans cette nuit sans lune, ce char sans lumière mené grand train par un cheval écumant, menacé par un molosse silencieux, avait de quoi inquiéter, mais à 22 heures, les honnêtes gens sont au coin du feu. La route était déserte. Centaure angoissé galopant dans la nuit noire, Marius allait vers le malheur.

Il mit un quart d'heure pour faire les trois kilomètres séparant Pontempeyrat de la ferme Sauvagnon. La charrette dételée du Gallu se trouvait dans un coin de la cour ; l'âne devait être à l'écurie. On ne laisse pas une bête de trait, même inconnue, dehors par une nuit d'hiver. Il frappa à la porte du bâtiment principal. Alphonse, le chef de famille, ouvrit avec méfiance.

— Ah c'est toi, Marius, dit-il. Qu'est-ce qui se passe?

— Jeanne, dit-il, Jeanne Malvier. Elle rentrait à Pontempeyrat dans la charrette que vous avez retrouvée. Elle a dû avoir un accident pas loin. Il faut la retrouver. Avec le gel, si elle est gravement blessée, elle risque de ne pas passer la nuit.

La Gilotte, l'épouse d'Alphonse, avait pointé son nez.

— Je vais réveiller les gars des autres maisons, dit-elle. Enfin ceux qui restent, ajouta-t-elle, pleine de tristesse.

La guerre en avait tué deux dans ce hameau d'une quinzaine d'âmes.

— Jeanne rentrait. La charrette venait donc de Craponne. C'est vers le nord qu'il faut chercher. J'ai un foulard de Jeanne. On va le faire renifler au bas-rouge.

Le groupe remonta le chemin. Le grand bas-rouge ne trouva aucune piste, il n'était qu'un berger.

— Je vais prendre mon chien, dit un voisin en s'éloignant vers le hameau. Lui, c'est un bon.

Il revint très vite, avec une bête de race indéfinie au bout d'une longue corde.

— Je le garde attaché, sinon on va le perdre dans l'obscurité.

Le chien renifla le foulard et fila comme une flèche. Marius et ses compagnons le suivirent. Passant devant sa demeure, Sauvagnon s'écria :

— Hé, *bastardou*, je vous suis avec ton char à bancs. On peut en avoir besoin.

Le surnom avait été lâché sans aucune malveillance. Marius ne releva pas. Dépassant les maisons, le corniaud les conduisit jusqu'à l'angle d'un chemin menant à une plantation de pins. Il se mit à parcourir des arabesques, puis trouva une piste et s'enfonça sous le couvert. On n'y voyait goutte. Quelqu'un alluma une lanterne et l'on put suivre le chien, qui bientôt s'arrêta et donna de la voix.

Jeanne gisait là, immobile.

Le porteur de lumière levait haut le bras pour éclairer la scène, tandis que Marius se précipitait. Tout de suite, il vit la fracture ouverte du bras de sa compagne. L'os pointait à travers la manche du manteau imbibée de sang noir. Marius prit le visage de Jeanne entre ses mains. La lumière blonde de la lanterne révéla sa pâleur. Elle respirait à peine. Il l'appela. Elle était inconsciente. Autour du couple, on s'agitait. Un nommé Pradon, ex-brancardier au front, improvisa une civière avec deux forts bâtons et deux manteaux. On y chargea la blessée.

Quelqu'un proposa d'installer la blessée sur le char à bancs.

— On la secouera trop, objecta Pradon. Il vaut mieux la porter. On va pas bien loin.

La procession rejoignait le hameau quand des phares illuminèrent la nuit. La voiture des gendarmes précédait celle de Joseph Thévenon, qu'ils avaient par chance croisé en chemin.

Sur les directives du docteur, Jeanne fut posée sur la grande table de la pièce à vivre.

— Dehors tout le monde ! ordonna le médecin, sauf Mathilde.

Il désignait une matrone qui aidait aux accouchements et avait quelques connaissances médicales. Tandis que les hommes traînaient à sortir, le docteur entreprit de couper la manche autour du bras brisé de Jeanne. Le regard de Mathilde disait sa réprobation de voir ainsi *déprofiter* un pardessus de bon drap. Une fois dehors, Marius se demanda pourquoi ce détail mineur l'avait frappé malgré sa détresse.

Au lieu de rentrer chez eux, les paysans du hameau discutaient à voix basse. L'adjudant Marquet vint se poster près de Marius, sans parler. Cette présence silencieuse était la politesse des terriens. Dans les cas graves, la victime et ses proches avaient droit au silence et pouvaient seuls décider de le rompre. L'adjudant n'était pas d'ici, mais il avait adopté le pays et ses coutumes. Il était peut-être, lui aussi, un rural, un paysan fuyant le cul des vaches dans la maréchaussée. Ces pensées parasites occupèrent Marius un court moment, puis il eut besoin de faire quelque chose. Il fouilla ses poches, en sortit son brûle-gueule, vieux compagnon du front, et sa blague à tabac. Marquet devina ses gestes dans l'ombre et lui aussi sortit sa pipe. Ils fumèrent.

— Alors ? demanda l'adjudant.

— Ce n'est pas un accident, dit le jeune vétéran.

— Expliquez-vous.

— Si la charrette avait versé, Jeanne, inconsciente, serait restée au bord du chemin. Elle n'aurait pas pénétré dans les bois sur deux cents mètres.

— Elle aurait pu vouloir prendre un raccourci.

— Elle connaissait le coin comme sa poche. Le premier secours, c'était la ferme où nous sommes. Il suffisait de remonter le chemin tout droit. Le poitevin ne s'y est pas trompé, lui. Il est vrai qu'il est loin d'être bête.

— Le poitevin ? Ah oui, l'âne du Gallu. Je reviendrai demain matin pour examiner les lieux, poursuivit Marquet. Je pense que vous avez raison, Marius. Ce n'est pas un accident. Enfin, on en saura un peu plus quand le docteur aura fait un premier examen.

Leurs yeux s'acclimataient à l'obscurité. Le ciel était toujours aussi pur. Une lueur blafarde sur l'horizon annonçait le lever de lune. Dans le petit groupe des paysans, luisaient les lucioles rouges de quelques cigarettes. Le temps s'étirait. Rectangle de lumière chaude dans la grande masse sombre de la maison, la porte de la ferme s'ouvrit. Tous se précipitèrent. Jeanne était toujours inconsciente. On l'avait couverte d'un drap et d'une couverture. Marius fut frappé par sa pâleur, par les cernes bistre sous ses yeux. Il eut peur soudain. Elle respirait lentement.

— Il faut l'emmener d'urgence au Puy, à l'hôpital. Ma voiture est rapide. Il n'y a que quarante kilomètres à parcourir, j'y serai en une heure. Mathilde m'accompagnera pour veiller sur elle.

— Son bras? demanda Marius.

— Une fracture ouverte que j'ai réduite au mieux. Pas d'artère touchée. Un désinfectant et un pansement compressif, ça ira pour le moment. Ça n'est pas le plus grave.

— Quoi, alors. Elle est touchée à la tête?

— Apparemment non, mais je n'aime ni la taille ni la couleur des grosses ecchymoses qu'elle porte sur le corps.

Marius se tut.

— Je peux venir avec vous? demanda-t-il.

— Non. Pas la place. Avec une personne couchée et deux adultes, la voiture est pleine. Je te tiendrai au courant, bonhomme. J'appellerai à la scierie. Reste près du téléphone.

Le médecin avisa l'adjudant, en léger retrait derrière Marius.

— Ah, Marquet! On va partir. Pouvez-vous appeler mon ami Bossard au Puy? Louis Bossard, le chirurgien. La standardiste des PTT connaît son numéro, sinon réveillez ma femme. Dites-lui d'être en salle d'op' dans une heure, avec tout ce qu'il faut pour des traumas internes. Des traumatismes, précisa-t-il devant la brève incompréhension du gendarme. Mesdames, messieurs, merci de votre aide.

Les deux voitures filèrent. Marius restait dans la cour de ferme, indécis, regardant le chemin où avait disparu Jeanne. Il ne ressentait rien, sinon un grand vide. Tout ça était irréel, incroyable, impossible.

— Tiens Marius, bois.

La Gilotte Sauvagnon lui tendait un petit verre à pied. Il le prit et le vida d'un trait. La goutte l'incendia et il dégringola dans le présent.

— Merci. J'en avais besoin. Vous pouvez garder l'âne et la charrette jusqu'à demain ? Je vais rentrer avec le char à bancs.

Le cheval de la scierie, encore blanc d'écume de sa folle course, tremblait sur ses jambes cagneuses. Nul ne s'était occupé de lui.

Elle va prendre froid, cette cargne, songea le jeune homme en montant sur son siège. Manquerait plus que ça.

Il fit claquer son fouet, mit la bête au petit trot pour qu'elle se réchauffe. Une lune froide illuminait le paysage. Seul, triste et inquiet dans la nuit, il s'imprégnait de cette étendue large et vallonnée qui descendait vers la rivière. Ce pays familier semblait soudain hostile. Un tel calme était anormal. Son cœur commença à battre la chamade. Le choc de l'accident, sans doute. Vaillamment, le cheval maintenait son allure. Au bout d'une dizaine de minutes Marius le mit au pas. Il voyait dans la lumière blafarde les panaches de son souffle. Il devait sûrement geler, pourtant il n'avait pas froid. Il avait même chaud. Il ouvrit son épaisse veste de chasse, porta la main à son front. Il le trouva mouillé de transpiration. Tout ça lui importait peu. Et Jeanne ? Elle roulait vers Le Puy avec le docteur. Il songea qu'il lui devrait plus que des honoraires, à celui-là. Ces pensées se succédaient, rationnelles, organisées mais lointaines. Il n'était même plus triste. Il était ailleurs, au fond de la nuit, au fond de sa fatigue.

Marius réalisa soudain qu'il était arrivé. Il descendit de son banc, détela, rentra le cheval dans l'écurie dont la moiteur lui parut désagréable. La bête n'écumait pas. Il en fut rassuré. De son effort ne subsistaient que des traces blanchâtres et desséchées. Il eût fallu l'étriller, il n'en eut pas le courage. Il ressortit de l'écurie, se traîna jusqu'au bureau de la scierie. Il s'assit dans le fauteuil pivotant, posa les pieds sur une chaise et ferma les yeux. Il avait froid maintenant. Il referma son épaisse vareuse et sombra. L'inconfort et l'angoisse troublèrent son sommeil, le ramenant au temps épuisant des marches et contremarches, des nuits passées dans les fossés sous la pluie.

Un sifflement bizarre résonna dans son rêve. L'obus n'arrivait pas, n'explosait pas. Agacé, Marius attendait la mort, ou l'immense bruit d'assiettes cassées des grosses charges. Il ouvrit les yeux. Il lui fallut de longues secondes pour comprendre que le téléphone sonnait. Lucide d'un coup, malgré un sourd mal de crâne, il se leva, décrocha l'appareil mural.

— Oui ? répondit-il.

La voix de Joseph Thévenon.

— On l'a opérée, disait-il, elle est hors de danger.

— Merci, docteur. C'était grave ?

— Une perforation intestinale. Quelques heures de plus et ça dégénérait en péritonite. Alors tout eût été à craindre. Tout ça est suturé à présent.

— Et son bras ?

— On a profité de l'anesthésie pour lui placer une broche. Il se remettra très bien.

— Elle est vraiment hors de danger ?

— Probablement. Elle a aussi trois côtes cassées. Heureusement sans perforation de la plèvre.

— Des séquelles ?

Il y eut un silence.

— J'espère que non. Les blessures au ventre réservent parfois des surprises…

Les inquiétudes vagues de l'ignorance cédaient le pas aux craintes objectives. La tension de Marius tomba d'un coup. Il claqua des dents. Le médecin s'en rendit compte.

— Toi, ça va pas ?

— J'ai froid. Le poêle s'est éteint dans la nuit. J'ai dormi dans un fauteuil tout habillé, comme des centaines de fois dans les années passées. Ça s'apprivoise.

Joseph Thévenon n'écoutait pas. Il poursuivait le fil de sa pensée.

— Le Gallu, ton ami, est mort quand ?

— La semaine dernière.

— Fais quand même attention. La grippe est mauvaise. Si tu as tout à coup une forte fièvre, mets-toi au lit avec beaucoup de couvertures et appelle-moi. Tu es costaud, Marius, mais reste vigilant. Cette grippe est une vraie saloperie.

Relativement rassuré sur l'état de Jeanne, le jeune homme regagna son logement. Trois côtes cassées, une perforation intestinale… tout ça imposé à la femme qu'il aimait et il était rassuré ! Si la veille, on lui avait annoncé les sévices qui attendaient sa compagne, il serait devenu enragé.

Toute la nuit, dans un demi-cauchemar, il l'avait vue morte. Oui, il était rassuré, mais il retrouverait l'auteur de cette agression. Un instant, il regretta ses bagnards et leur justice de loups. Et puis non. La vengeance, exaltante tout d'abord, pesait ensuite, culpabilisait. Marquet était déjà sur l'affaire. La justice devait jouer son rôle : la sanction serait collective et il n'en porterait pas la responsabilité. Il avait des soupçons, presque des certitudes sur les commanditaires. Il lui manquait l'exécutant. Comment être sûr qu'il s'agissait d'un exécutant ? N'était-ce pas un *a priori* ? Attention aux conclusions hâtives.

Il s'assit lourdement, la tête entre les mains. Il se sentait épuisé, pourtant il lui fallait être là quand les gars arriveraient à la scierie. Il se souvint alors qu'on était dimanche. Il pourrait rendre visite à Jeanne… Inutile d'aller trop tôt à l'hôpital. Il avait le temps de dormir un peu. Après l'anesthésie et l'opération, la journée ne serait pour elle que douleur et semi-conscience. Ça aussi, c'était une expérience de la guerre.

Avec le sentiment de l'abandonner, il se déshabilla et se glissa dans son lit. Il s'endormit très vite. Dehors, la vallée s'illuminait d'un superbe lever de soleil.

À son réveil, il était trop tard pour monter à Craponne et attraper le train du matin. Il prit celui du soir. Marius ne respirait pas la santé, mais il avait connu pire. Un peu de fièvre sans doute, rien de bien méchant.

Au Puy, où il arriva à la nuit tombée, il chercha un petit hôtel près de la gare, puis avala une rapide collation. Deux aspirines pour les courbatures et la fièvre et il se coucha tôt. Le lendemain, il serait en forme. Du moins le décida-t-il. Au réveil, il se sentit mieux. Il ne toussait pas.

S'il avait attrapé la grippe espagnole, elle était bénigne. Et s'il la refilait à Jeanne ? Affaiblie comme elle était, cela pourrait lui être fatal ! Il aviserait sur place...

Un fiacre le mena à l'hôpital. Une religieuse hommasse portant la grande cornette blanche des sœurs de Saint-Vincent-de-Paul lui barra le passage quand il entra d'un pas décidé dans le hall.

— Où allez-vous ? l'interpella-t-elle.

— Je viens voir ma parente hospitalisée d'urgence après un accident, dit-il. Mme Malvier.

— Les visites ne sont pas permises. Repassez dans l'après-midi.

— Elle a été opérée dans la nuit de samedi à dimanche, après une agression. Je viens de loin...

La bonne sœur scruta les rubans de la boutonnière du lieutenant. Dans ce lieu de souffrance où avaient séjourné des centaines de blessés rapatriés du front, l'héroïsme militaire conservait quelque valeur.

— Pas longtemps alors, dit-elle, radoucie. Ne la fatiguez pas. Vous la trouverez au premier, salle Sainte-Clothilde.

En montant l'escalier marron et vert pisseux, il songea à cette grippe espagnole. Elle avait tué le Gallu. Il devait absolument protéger Jeanne.

À l'étage, il croisa une infirmière.

— Je voudrais un masque, lui dit-il fermement et courtoisement.

— Je vous l'apporte tout de suite, docteur, dit-elle en s'éloignant.

Docteur ! Il se garda bien de la détromper. Elle revint et lui noua le petit carré de tissu derrière la tête.

Sainte-Clothilde. L'inscription en demi-cercle couronnait une double porte. Il entra dans la salle : une femme lavait le sol et une forte odeur de grésil s'ajoutait au remugle de sueur fade et de camphre. Un bruissement de conversations étouffées et de plaintes sourdes montait de la trentaine de lits séparés par une allée centrale. Une douzaine de hautes fenêtres laissaient entrer le soleil d'hiver. Il s'avança lentement, regardant à droite et à gauche, cherchant Jeanne. Il la vit, le visage pâle, ses cheveux blonds en soleil sur son oreiller. Elle avait les yeux fermés et semblait dormir. Un tabouret métallique était posé dans l'allée, entre les deux rangées de lits. Il s'en saisit et s'installa au chevet de la jeune femme. Au contact de sa main, elle sortit de sa torpeur, le regarda, le reconnut.

— Pourquoi ce masque, Marius?

— J'ai peut-être la grippe. Dans ton état, inutile de prendre de risque.

Elle acquiesça d'un battement de cil.

— Tu souffres? demanda-t-il.

— Je ne suis que souffrance.

— Tu reviens de loin. Quelques semaines et tu seras guérie.

— J'ai mal quand je respire.

— Tu as des côtes cassées, tu auras mal plusieurs jours, après tout va se calmer.

— Que m'est-il arrivé?

— Tu ne te souviens de rien?

— C'est comme un cauchemar. La nuit était tombée. J'avais pris par Malaveille. J'aime bien ce petit chemin, même la nuit. Un peu après le hameau, un homme s'est dressé devant l'attelage. J'ai arrêté l'âne. Il est venu vers moi. Je ne me suis pas méfiée. Je lui ai demandé ce qu'il voulait. Il n'a rien dit. Il avait quelque chose de long dans la main, il l'a brandi pour me frapper. Par réflexe, j'ai levé le bras pour me protéger la tête. Ça a craqué et j'ai eu atrocement mal. J'ai compris qu'il voulait me tuer avec une barre de fer. Malgré la douleur, j'ai sauté de mon siège et j'ai couru vers le bois. Il m'a poursuivie. Je me suis retournée et, malgré ses coups répétés, j'ai foncé sur lui avec la rage du désespoir. J'avais très peur et pourtant j'étais enragée. Une impression bizarre. De ma main valide, toutes griffes dehors, j'ai attaqué son visage. Quelque chose a cédé sous mes doigts raidis. Comme un gros cuir. C'était mouillé, écœurant. Il a hurlé, puis s'est écarté. Je me suis retournée pour fuir.

— Il te poursuivait de nouveau?

— Je ne sais pas. La terreur m'a submergée. J'étais sûre qu'il allait me tuer, s'il parvenait à me rattraper.

Je me suis jetée sous les feuillages, m'y enfonçant de plus en plus. Puis je me suis sentie mal... Je me suis réveillée ici.

— Tu as réalisé que c'était fini, qu'on te soignait?

— J'ai fini par comprendre où j'étais. La journée d'hier a été une succession de douleurs terribles. Ce matin, j'ai vraiment repris conscience. J'avais très mal, mais pas autant qu'hier. On m'a fait une piqûre. J'ai enfin pu me reposer. Puis j'ai senti ta main.

Elle eut un pauvre sourire.

— Cet homme qui a arrêté l'âne, tu l'as bien vu? Tu l'as reconnu? demanda Marius un peu plus tard.

— Il faisait noir. Je n'ai vu qu'une silhouette.

— Comment était-elle? Tu te rappelles quelque chose?

— Je crois... je crois que c'était un poilu...

— Un poilu?

— Oui, à cause de sa capote longue... Et puis il portait un casque... ce casque à double visière, comme le chapeau de Sherlock Holmes.

— Le casque Adrian, oui.

Elle avait fermé les yeux. Parler l'épuisait.

Marius éprouva le besoin urgent de faire part du récit de Jeanne à l'adjudant Marquet. Son intuition se trouvait confirmée, il la lui exposerait. Il resta un moment encore près de Jeanne endormie.

— Tu t'en vas? demanda-t-elle d'une toute petite voix quand il se leva.

— La scierie. Il faut que je voie les gars avant ce soir.

— Comment vas-tu rentrer?

— Il y a un train pour Clermont dans une demi-heure. Il s'arrête à Sembadel. Maisonneuve, l'hôtelier, a un cabriolet et une petite jument vive. Il me conduira. En une heure je serai rendu.

— Ça va coûter des sous.

Il sourit. En Velay, on ne plaisante pas avec l'argent. Il eût détesté que Jeanne ne fût pas vigilante sur ce point.

— Tu reviendras? reprit-elle.

— Dès que possible. Et dans quelques jours, je te ramènerai. Tes fractures n'ont pas besoin de l'hôpital pour guérir.

En sortant, il rendit le masque à l'infirmière et la remercia.

*

À Craponne, il se fit immédiatement conduire à la gendarmerie. Appelé au Monteil, Marquet était parti une dizaine de minutes plus tôt.

Marius sortit de la gendarmerie et remonta dans le cabriolet de Maisonneuve.

— Prenez la route du Puy, je vous arrêterai, ordonna-t-il à l'hôtelier.

Il était sombre. Ses prémonitions se confirmaient. Où était allé l'adjudant, sinon chez Gégé Gibran? Marius avait cru le calmer lorsqu'il s'était rendu au café Bufferne. Il n'en était rien. Outre l'agression de Jeanne, ce cinglé avait dû faire une connerie grave. Une de plus…

C'était bien ça. La voiture des gendarmes et un attroupement de badauds en témoignaient. Marius descendit de voiture, s'approcha. «Finir comme ça…», «revenu à moitié fou de la guerre…», «dans la forge…»: les conversations murmurées étaient claires, le Gégé était mort. Qu'était-il arrivé?

Le gendarme de faction salua l'arrivant et le laissa passer comme s'il était de la maison.

Dans la salle à manger, sur la table recouverte d'une toile cirée, Marquet rédigeait son procès-verbal.

— Ah, c'est vous, Marius. Qu'est-ce qui vous amène ici?

— Je voulais vous dire, commença-t-il… L'agresseur de Jeanne…

— Je suis sur une autre affaire, Malaguet. Excusez-moi.

Le ton un peu sec ne désarma pas l'ancien lieutenant.

— Non, je ne crois pas.

— Quel rapport entre Gérard Gibran, empalé sur une barre de fer dans sa forge, et l'attentat dont Jeanne a été victime?

— Gégé, il avait une plaie au visage, n'est-ce pas? demanda Marius.

Marquet le dévisagea, surpris.

— Un œil crevé, répondit-il. Je me demande d'ailleurs s'il y a une relation entre cette blessure et son accident.

— Son accident?

— Allez voir si vous voulez. Personne n'y a touché. C'est pas très beau, mais vous en avez vu d'autres.

Marius n'avait aucun goût pour ce genre de spectacles, mais il lui fallait vérifier que le Gégé était bien l'agresseur de Jeanne.

La forge était une salle noirâtre, seulement éclairée par une verrière engluée de crasse. Tout d'abord, il ne vit pas le cadavre, puis il le découvrit tassé derrière l'enclume. Un morceau de fer plat de cinq millimètres d'épaisseur, taillé en biseau, dépassait de son dos. Tué sur le coup. Près du corps flottait un effluve entêtant de mauvais alcool. Marius leva les yeux : une mezzanine construite en poutrelles d'acier le surplombait, pleine de ferraille. Une échelle de meunier y conduisait. Gibran avait dû tomber de là. Volontairement?

Qui avait posé ce fer plat biseauté verticalement contre l'enclume? La coïncidence était pour le moins malheureuse.

Il revint vers la maison. Marquet rédigeait toujours son constat. Il s'assit face à lui et attendit.

— Je rentre du Puy, dit-il quand l'adjudant posa sa plume.

— Comment va Jeanne?

— Aussi bien que possible. Elle m'a raconté son agression. L'assaillant était en tenue de poilu avec un casque Adrian sur la tête. En pleine nuit, elle a pu très nettement distinguer sa silhouette. Il l'a attaquée avec une barre de fer. Elle a paré le premier coup avec son bras, d'où sa fracture, puis a fui dans le bois pour le semer. Il la rattrapait, alors elle s'est retournée, griffe en avant, et s'est agrippée à son visage. C'est Jeanne, en se défendant, qui lui a crevé l'œil.

— Mais encore?

— Voici, mot pour mot, son propos : « Quelque chose a cédé sous mes doigts raidis. Comme un gros cuir. C'était mouillé, écœurant. Il a hurlé, puis s'est écarté. »

Marquet hocha la tête.

— C'est plutôt convaincant. Mais pourquoi Gibran aurait-il attaqué Jeanne? Il savait bien qu'elle était votre... compagne. Il vous respectait...

— Oh, il savait bien qu'il commettait une saloperie. Il a dû se saouler à mort pour remplir cette mission dégueulasse. Pourquoi il a fait ça? Parce que les Mastafier l'ont payé, tiens.

— Que vous ne les aimiez guère, je le comprends, mais l'accusation est grave. Ils auraient voulu la faire tuer, d'après vous?

— Ils en sont capables. Non seulement elle ne pleure pas leur Joseph, mais elle s'est mise avec moi. Ils me détestent; ça leur est insupportable.

— Ils ont quand même perdu leur fils unique, objecta Marquet.

— Comme des centaines de milliers d'autres. Bon, ils sont sûrement désespérés, mais ça ne leur donne pas le droit de maltraiter Jeanne. Ils ne s'en sont pourtant pas privés. Cette agression est la suite logique de manœuvres de harcèlement et d'une longue série de malveillances.

— Il vous faudrait des preuves contre eux.

— On ne trouvera rien. L'argent n'a pas d'odeur, répondit Marius, amer. Gibran était pourri de dettes, vous savez. Il avait besoin d'argent pour rouvrir la forge. Je parie que, dans cette maison, une grosse somme est cachée quelque part.

— Où, d'après vous?

— Sur la mezzanine. Une jolie planque, la ferraille. C'est en la cachant là-haut qu'il a dû tomber.

— Je vais perquisitionner, dit l'adjudant. S'il y a quelque chose, on le trouvera.

Marius acquiesça.

— Le cadavre pue l'alcool, reprit-il. Il est monté sur sa mezzanine, saoul comme un âne. Il avait toutes les chances de se casser la gueule. Et cette barre de fer. Pourquoi était-elle dressée contre l'enclume? C'est peut-être lui qui l'a posée comme ça? Ça ressemble à un suicide, inconscient peut-être, mais un suicide quand même.

— Il faut un sacré motif pour se détruire. Pourquoi aurait-il fait ça, d'après vous?

Marquet restait dubitatif.

— Il était cinglé, ce pauvre Gégé, allégua Marius. La guerre n'avait rien arrangé. Il revenait borgne d'une expédition détestable. Il était Judas et ses trente deniers. C'est suffisant pour perdre la boule.

— C'est possible, mais pas certain. De toute façon, on saura jamais.

Après un silence, Marquet reprit:

— Mes collègues devront interroger Jeanne.

— J'aimerais autant qu'elle ne sache pas qu'elle a crevé l'œil de Gibran.

— J'ai noté la phrase que vous m'avez citée, Marius. Compte tenu de l'état de Jeanne, je demanderai aux collègues de lui faire confirmer que ce sont bien ses propos. Ça suffira. Pour les Mastafier, on verra si on trouve des preuves. Je vous tiens au courant.

En fin d'après-midi, un appel téléphonique de la gendarmerie confirma les intuitions de Marius: on avait effectivement trouvé, sous la ferraille, une assez forte somme d'argent. Malheureusement, rien ne pouvait relier le couple des maquignons à cette affaire…

14

Saint-Martin-aux-Bois

Après son étrange veillée dans la crypte de Guerbigny, Marie rêva du bagne. Ces hommes perdus et retrouvés, ces compagnons d'Alayel qui l'avaient suivi d'un enfer à l'autre étaient dignes des héros de légende. Un pacte de fidélité les liait et ils l'avaient initiée, elle, Marie Malaguet, à leur confrérie. Une famille l'avait adoptée, une famille dont Marius et Johannes étaient les piliers.

Le surlendemain, à l'aube, Trésor l'informa qu'un logement était à sa disposition près de l'hôpital de Saint-Martin-aux-Bois. Il l'y amena. Où avait-il trouvé la petite Renault qu'il conduisait? Manifestement, les bagnards avaient de la ressource. En chemin, elle lui fit part d'une conversation téléphonique qu'elle avait eue avec Genlis. Leur affaire suivait un cours favorable. Dans une dizaine de jours, deux semaines au plus, Alayel serait libre… Et le sous-lieutenant avait peut-être trouvé le moyen de lier la démobilisation de Trésor à celle de l'adjudant! Dès lors, Marie évoqua leur retour prochain vers les montagnes douces et les forêts profondes de son cher Velay. Elle était convaincue que la libération de Johannes, combinée à un retour dans le pays de sa jeunesse, réveillerait en lui cette volonté de vivre qui s'enfuyait comme l'eau d'un réservoir fissuré.

À Saint-Martin, des habitations en brique et pierres blanches jouxtaient le grand mur de l'abbaye. Il se dégageait de celle-ci une sérénité tout à fait analogue à celle de la cathédrale d'Amiens. La guerre n'était jamais arrivée jusqu'ici. Aux pires moments des offensives ennemies, on avait dû toutefois y entendre le canon.

Trésor déposa Eugénie et Marie devant une maison proprette. Il repartit tout de suite. La lumière baissait et il souhaitait rentrer avant la nuit noire. Elles le regardèrent s'éloigner avec une pointe de nostalgie, puis la petite tira la chaînette de la porte d'entrée et une clochette tinta. Le chuintement d'un pas traînant précéda le claquement du verrou. Le vantail s'ouvrit sur une femme un peu boulotte, tout de noir vêtue. Une veuve? La mère d'un poilu défunt? Marie se garda d'approfondir. Le deuil était si banal avec la guerre.

— Madame Dewald? demanda-t-elle, citant le nom donné par Trésor.

— Oui. Vous venez pour la chambre? Fait pas chaud, restez pas là, dit-elle en s'effaçant pour leur livrer passage.

Les arrivantes entrèrent. Une demeure douce. De la cuisine au bout du couloir se dégageait un agréable fumet de soupe. La femme s'y dirigea prestement et revint, un chandelier allumé dans chaque main. Elle en tendit un à Marie. Les marches de l'escalier de bois craquaient, un parfum de pommes, sans doute conservées depuis l'automne, charmait l'odorat. La propriétaire leur ouvrit la porte de leur chambre. Eugénie se précipita dans la pièce, en contempla chaque recoin et, avec un grand sourire, battit des mains. Marie s'avança à son tour, posa son bougeoir de cuivre sur un meuble, se déchargea de ses grandes besaces en regardant autour d'elle. En retrait, la dame Dewald les observait.

La chambre, spacieuse, épousait les pentes du toit. Deux chiens-assis y laissaient entrer la lumière pauvre du couchant. Les poutres brunies par le temps et des lambris en peuplier la réchauffaient presque autant que le large conduit de cheminée qui la traversait. Une sensation de propre naissait du parquet ciré.

— C'est pour moi, clama Eugénie en s'asseyant sur un lit de fer à la belle couverture en piqué rouge.

Elle remuait en rythme pour en faire jouer les ressorts.

— Toi, tu dormiras là, poursuivit-elle en regardant Marie.

Elle désignait un lit bateau aux draps bien blancs sous un gros édredon bleu. Il incitait aux longs sommeils d'hiver et Marie fut tentée par la paresse. Une armoire, une commode où trônaient brocs et cuvettes de faïence, une petite table et deux chaises achevaient le décor.

— Est-ce que cela vous convient? demanda l'hôtesse.

— C'est parfait. Elle est très agréable. Combien en demandez-vous?

La bonne dame ouvrit de grands yeux:

— Loyer et repas sont payés pour deux semaines, madame, vous ne le saviez pas?

— Qui s'en est occupé? l'interrogea Marie.

— Un soldat, plutôt vieux pour un poilu, grisonnant et un peu voûté.

Perdonnet, le juge, songea Marie.

— Il était à bicyclette, poursuivit la femme. Il ne s'est pas attardé. Il m'a dit qu'il avait une longue route à faire pour rentrer.

Marie acquiesça avec un sourire.

— Le dîner sera prêt à 7 heures.

L'hôtesse sortie, Marie s'assit, songeuse. Perdonnet est le trésorier du groupe, songea-t-elle. Il a payé avec leur bourse commune. Pour Johannes. Elle en fut remuée. Eugénie la contemplait avec gravité.

— Ce soir, on va bien dormir, dit-elle, et demain, on ira guérir Johannes.

Marie fondit en larmes. La petite se jeta dans ses bras. Sur la haute table de nuit, la bougie les éclairait de sa douceur blonde.

*

Contrairement à sa visiteuse de la veille, Johannes avait peu et mal dormi. Il ne se souciait guère de son sommeil… De toute façon, ses remords désespérés l'occupaient pleinement. Comme d'habitude, il se fustigeait en marmonnant face à son mur. La porte s'ouvrit ; il ne prit pas la peine de se retourner.

— Vous avez de la visite, dit l'infirmier en blouse blanche.

Sans attendre une improbable réponse, il s'éloigna, abandonnant les visiteuses à l'entrée de la morne cellule. Tout à coup terrorisée par l'effroyable isolement d'Alayel, Marie ne pouvait bouger, ni parler. Eugénie, en retrait, la poussa pour se fourrer dans la pièce.

— Alors, c'est toi Johannes, clama-t-elle, sans montrer le moindre étonnement devant l'homme prostré.

Il s'agita, fixa enfin l'enfant. Ayant capté son attention, la petite déclara :

— Je m'appelle Eugénie. Tu as compris ? Eugénie !

Sa voix fraîche de petite fille était empreinte d'une grande autorité. Lui, dont le regard avait repris sa vacuité, l'observa de nouveau.

— Répète ! ordonna-t-elle, de sa voix flûtée.

— Eugénie, dit-il.

— Pas question que tu l'oublies, conclut-elle. Je vais revenir.

La petite s'en alla, Marie n'y fit pas attention. Elle s'assit à côté du malade et lui prit la main. Il demeura indifférent. Désemparée, elle ne savait que faire. Il avait sur le dos une chemise sale et informe. Sur une étagère, elle en trouva une propre, décida de le changer et le dévêtit. Il se laissa faire passivement. Son torse sec portait des traînées de crasse. Elle ne pouvait pas le laisser dans cet état ! Il lui fallait trouver de quoi le laver. Elle sortit dans le couloir. Un placard entrouvert contenait du linge. Elle hésita, puis prit deux serviettes propres. Plus loin, dans un cabinet de toilette, elle trouva une cuvette en émail et un bout de savon. Il y avait un robinet sur le palier.

Revene près de Johannes, elle le contempla. Il n'avait pas bougé, ne s'était pas couvert. Pourtant, dans ce grand bâtiment mal chauffé, il ne devait pas avoir chaud. Les marbrures grisâtres sur son corps se prolongeaient nécessairement sous sa ceinture. Doucement mais fermement, elle le fit lever, le déshabilla complètement et entreprit de le laver des pieds à la tête, comme elle le faisait pour Marius ou Jeanne enfants. Deux fois, elle alla changer l'eau, le laissant nu. Il se rasseyait alors. Quand il fut propre, elle l'étrilla avec un torchon.

Eugénie était revenue. Où avait-elle trouvé le damier et la boîte de pions qu'elle tenait dans ses mains ? À qui les avait-elle extorqués ? Sans manifester le moindre étonnement, la fillette regardait l'homme tout nu avec sa gravité coutumière. Marie comprit qu'elle avait souvent vu des médecins soigner des blessés et des infirmières plus ou moins bénévoles les laver. Alors elle poursuivit son ouvrage. Une fois Johannes séché et réchauffé, Marie le contempla de nouveau.

Ce corps marqué de cicatrices l'émouvait. Il était vivant, chaud. Sans même s'en rendre compte, elle retrouvait le jeune homme qui l'avait séduite. À ce souvenir, elle lui caressa les épaules. Il tressaillit. Elle recommença. Il eut un soupir, puis ne bougea plus. Elle ne pouvait pas indéfiniment le caresser, surtout sous le regard attentif de la petite. Alors elle se mit à le masser. Jamais auparavant elle n'avait fait une chose pareille, mais elle avait les mains fortes et l'instinct du vivant. Ses gestes étaient efficaces, car elle le sentit se décrisper, se détendre même. Elle s'exalta en silence : il réagissait. Elle le massa longtemps, n'osant briser cet échange de chaleur qui les reliait. Eugénie était allée chercher une chaise, s'y était assise et les contemplait. Enfin, Marie s'arrêta. Demain ou dans l'après-midi, elle recommencerait. Ça faisait du bien à son bonhomme. À elle aussi. Elle le rhabilla, puis noua son linge sale en baluchon pour l'emporter et le laver. Marie s'étant écartée, Eugénie entra en scène.

— Maintenant, Johannes, on va jouer aux dames.

La petite prit place en face du soldat, posa son damier sur ses genoux et entreprit d'y installer les pions.

— Aide-moi, ordonna-t-elle.

Il ne bougea pas, alors elle lui fourra la main dans la boîte. Il prit un pion et le posa.

— Les noirs sur les noirs, dit-elle. Prends-en un autre.

Il posa mécaniquement les jetons.

— Tu sais jouer? demanda Eugénie. Alors, voilà. J'ai les blancs, tu as les noirs. Il faut que je mange tes pions, tandis que tu mangeras les miens. Tu as compris?

Il ne répondait pas, mais écoutait. Elle le surveillait par des coups d'œil vifs, puis revenait au damier.

— Tu as bien compris?

Elle répéta son propos plus fort. Acquiesça-t-il? Elle estima que oui.

— Alors tu commences. Tu avances un pion.

Comme il ne bougeait pas, elle le guida. Il saisit le pion et elle fit glisser sa main jusqu'au carré choisi. Puis elle joua.

— À toi, dit-elle.

Elle avança sa main pour le guider de nouveau. Aimanté par cette menotte, il saisit le jeton; toute la partie se déroula ainsi. Eugénie commentait chaque geste, chaque coup, demandait l'avis d'un Johannes lointain qui semblait l'écouter avec lassitude. Mais il écoutait! L'enfant, elle, ne se lassait pas. Une demi-heure passa, durant laquelle Johannes n'émit aucune plainte et ne cessa de regarder alternativement l'enfant et le damier.

— Tu es fatigué, décida enfin Eugénie. Moi aussi! Alors repose-toi.

Il la regarda ranger le jeu, puis elle tapota son oreiller et l'aida à s'étendre. Il se laissa faire.

— Dors maintenant.

Elle se pencha et lui donna un baiser sur la joue. Midi sonnait: il n'était pas l'heure de dormir. Pourtant il ferma les yeux...

Marie avait observé Eugénie avec un étonnement mêlé d'émotion. L'enfant jouait-elle à la poupée avec cet homme ou avait-elle le talent de soigner et, peut-être, de guérir? Elle était si sérieuse, si attentionnée. Quand Eugénie s'écarta, Marie s'approcha et, avec un sentiment d'audace infinie, déposa un baiser sur les lèvres du gisant.

Avait-il frissonné?

Elle tenta de s'en persuader, tandis qu'elle quittait l'hôpital.

Elles déjeunèrent avec leur propriétaire, Mme Dewald. Eugénie était pâlotte.

— Il faut te reposer, lui dit Marie.

— Je veux bien, dit la petite, si je peux regarder des images.

— Mais voyons ! Toi, tu sais lire ! s'exclama Marie.

L'hôtesse lui jeta un coup d'œil intriguée, mais la gamine accapara de nouveau l'attention.

— J'aime lire surtout quand il y a aussi des images, argumentait-elle.

— J'ai des *Semaines de Suzette*, dit la bonne dame. Elles appartenaient à ma fille quand elle était petite. Si tu me jures d'y faire bien attention, je vais te les prêter.

Elle se leva, sortit de la cuisine tiède où elles avaient déjeuné et revint bientôt avec un carton qu'elle posa sur la table. Ravie, l'enfant découvrit une pile de magazines bien rangés, avec des couvertures en couleur. Marie emporta ce trésor jusqu'à leur chambre. Laissant la petite découvrir avec gourmandise les aventures de Bécassine dans cette revue bien-pensante, elle redescendit, du linge sale sous le bras.

Au baluchon de Johannes s'ajoutaient leurs effets. En fait, elle avait dû déshabiller la petite et la mettre au lit pour disposer de ses vêtements. Il fallait se défaire de la crasse du no man's land et du campement précaire des poilus.

— Où pourrais-je laver mon linge ? demanda-t-elle à Mme Dewald.

L'hôtesse la conduisit à un lavoir de ciment situé dans son arrière-cuisine, puis la regarda s'activer.

— Venez prendre de l'eau chaude, lui dit-elle.

Le fourneau de fonte noire comportait en effet un réservoir.

Marie avait fait tant de lessives dans sa vie que cette tâche mécanique lui laissait le loisir de penser. Elle n'aurait pas dû : des larmes lentes envahirent peu à peu son visage. Johannes était si loin qu'elle doutait de pouvoir, un jour, le ramener…

L'hôtesse s'était absentée. Elle revint un moment plus tard.

— La petite s'est endormie, dit-elle. Vous avez bien fait de la déshabiller.

D'abord, Marie fronça les sourcils. Leur logeuse n'avait rien à faire dans leur chambre. Elle n'y était plus chez elle.

Enfin, l'indélicate l'avait au moins distraite de sa tristesse. Elle soupira. La bonne dame n'était pas méchante : elle s'ennuyait...

— Eugénie, c'est votre fille ? demanda la logeuse tout à trac.

— Ma nièce, mentit Marie. Elle est orpheline de guerre. L'administration me l'a confiée.

— Elle est grandette pour être couchée l'après-midi. Je vois que vous lavez ses vêtements. Vous n'avez pas de linge de rechange pour elle ?

L'agacement de nouveau. Marie ne l'exprima pas. Elle réfléchit. La dame Dewald avait une idée derrière la tête. Elle lui tendit la perche :

— Il me faudra lui refaire un trousseau, dit-elle.

— J'ai gardé tous les habits de ma fille. On va lui trouver ce qu'il lui faut.

— Pourquoi pas ?

Une réponse prudente de la Vellave, tandis que la Picarde se dandinait, ressemblant à un maquignon devant une bête grasse.

— Il lui faudrait une ou deux robes, des dessous, un manteau. Des souliers peut-être ?

— Faut voir, dit Marie. Avec la guerre, on n'a plus beaucoup de sous.

— Je pourrai vous faire un prix raisonnable.

Marie s'arrêta de tordre son linge pour regarder gravement sa logeuse, la laissant volontairement mariner.

— Il faudrait que j'examine ces habits et qu'ils aillent à la petite.

— Je vais chercher ce que j'ai.

La dame Dewald s'en alla. Marie étendit son linge tout en évaluant le coût du trousseau d'Eugénie. En fait, elle avait vécu chichement depuis son départ et pouvait se permettre de dépenser jusqu'à trois pièces d'or pour la petite... Évidemment, si elle trouvait son compte pour deux, ce serait encore mieux.

Elles firent affaire. Eugénie, à son réveil, se prêta avec ravissement aux essayages. Les tissus étaient de qualité, les vêtements sages et leur usure relative.

— Il faudra que tu portes ton bagage, dit Marie à l'enfant.

— Ben oui, si c'est mes affaires, acquiesça Eugénie.
— Tu as tout ce qu'il te faut? minauda l'hôtesse.
L'enfant réfléchit.
— J'aimerais bien des sabots, conclut-elle.
La logeuse trouva des sabots neufs, trop vernis, trop proprets. Des sabots de parade en somme. Eugénie les inspecta, sourcils froncés. Malgré les fleurs pyrogravées qui les ornaient, ils feraient d'honnêtes socques pour aller donner le grain aux poules.
— Vous nous les mettez en prime? dit la petite d'un air matois.
Amusée, Marie sourit. L'hôtesse tiqua puis céda. Eugénie, ravie, lui fit *péter la miaille*. Émue par ce baiser, la bonne dame faillit pleurer. Marie aussi. Quand cette enfant mûrie par les horreurs de la guerre redevenait une toute petite fille, le cœur des adultes fondait. Marie se sentit profondément attachée à cette enfant.
Et Alayel! Un instant, elle l'avait oublié.
— Je vais voir Johannes. Tu viens? demanda-t-elle à Eugénie.
— Je vais lire encore, répondit Eugénie. Pour son traitement, il vaut mieux attendre demain.
Déroutée, Marie n'insista pas. Une fois de plus, Eugénie, cette forte femme de sept ans, l'impressionnait. Elle partit seule vers le grand bâtiment abbatial.
Assis sur sa chaise au seuil de sa cellule, Alayel observait les passants du couloir: infirmières, médecins ou visiteurs. Il était immobile, hiératique, presque minéral. Seule la mobilité de son regard témoignait de son état de veille.
À l'arrivée de Marie, il ne dit rien, mais sembla chercher quelqu'un.
— Eugénie se repose, dit-elle. C'est une toute petite fille, tu sais. Elle a vécu des choses très dures. Elle m'a adoptée et on me l'a confiée. Ce sera notre fille, à toi et à moi.
Un tressaillement de paupières troubla une seconde son immobilité, puis il parut de nouveau se tasser.
Marie s'occupa de lui, veilla à son confort. Évoquant l'avenir, elle eut le sentiment qu'il cessait de marmonner,

comme s'il remisait enfin ses obsessions morbides. Elle le quitta au bout d'une heure, sans qu'il eût proféré un mot.

*

Les jours passèrent.

Au dire du médecin, Johannes revenait à sa psalmodie désespérée dès qu'il était seul. Il n'avait pas de montre, pourtant il s'interrompait à l'heure exacte des habituelles visites de Marie et d'Eugénie et s'agitait si elles étaient en retard. Chaque jour, Marie le lavait et le massait, puis Eugénie le défiait aux dames. L'enfant se passionnait pour le jeu et morigénait son partenaire pour son manque d'intérêt ou sa négligence. Prenant un air malheureux, il faisait alors un effort d'attention aussi louable qu'éphémère. Ces rituels semblaient le rassurer.

La maigreur d'Alayel inquiétait Marie. Elle lui cuisina des petits plats. Il mangeait distraitement. Eugénie s'en irritait et le houspillait avec un certain succès. Craignait-il la fillette ? Elle l'intéressait. Pour lui, ce petit personnage imprévisible, quasi inconnu – depuis quand n'avait-il pas croisé d'enfants ? –, évoquait sans doute un farfadet facétieux. C'est en tout cas ainsi que Marie interprétait ce lien étrange unissant l'homme à la fillette. Cette relation éveillait Johannes, le distrayait.

Chacune d'elles jouait un rôle bien précis : Marie était la femme douce ; Eugénie incarnait la vivacité et arrachait le malade à sa prostration. Un matin, une semaine après leur installation à Saint-Martin-aux-Bois, le médecin-chef de l'hôpital les observa discrètement. Quand elles partirent, il les rattrapa.

— Je voulais vous voir, commença-t-il.

Marie s'émut.

— Il va plus mal ?

— Certainement pas. Vos interventions quotidiennes lui font du bien. Il les attend, il les espère même. C'est bon signe.

— Alors il va mieux ? demanda Marie, le cœur battant.

Le médecin se résolut à se montrer prudent.

— Je dirais que son état n'empire plus. Pour un malade atteint de ce genre de dépression, c'est déjà très bien.

— Est-ce qu'il peut guérir, balbutia Marie, je veux dire complètement?

— Ça arrive parfois, en cas de grand choc émotionnel, mais ça reste imprévisible et très incertain. Je crois vous l'avoir déjà dit.

Il eut une moue d'amertume. La vérité sans fioritures, aussi rude soit-elle, était moins cruelle que les chimères. Marie sentit ses lèvres trembler, ses yeux s'embuer. Elle banda sa volonté pour supporter, pour accepter. Eugénie se serra contre elle, chercha son regard. Marie la souleva, l'embrassa. La petite avait mis son pouce dans sa bouche et posé sa tête sur son épaule. Elle ne bougeait plus. Elles sortirent enfin, leur désespoir tempéré par leur tendresse réciproque.

Devant la maison de Mme Dewald stationnait la voiture du sous-lieutenant Genlis, cette De Dion-Bouton ouverte à tous les vents. À leur arrivée, le chauffeur, un planton de l'état-major, leur tendit une grosse enveloppe.

Marie venait de recevoir l'instruction officielle de débarrasser l'armée d'Alayel. La grande muette l'avait déclaré «guéri» et il était «libéré d'obligation militaire». Elle revint en hâte à l'hôpital pour prévenir Alayel, avec l'espoir un peu fou que cette nouvelle provoquerait le choc espéré. Il manifesta une totale indifférence à son futur départ. «Guéri, libre»: des mots qui n'avaient plus aucun sens pour ce pauvre homme.

Elle sortit, l'âme sombre. Son voyage se révélait une impasse. Aimait-elle cet homme? Cette question non plus n'avait pas de sens. Ce débile était une charge. La sagesse eût été de l'abandonner. Durcie par la vie, Marie était lucide. Elle ne se mentait pas à elle-même. Une fois de plus, le doute l'assaillit. Johannes, elle le voulait intelligent et solide, comme avant.

Elle devait l'emmener deux jours plus tard. La bureaucratie militaire, toute paperasse effectuée, avait encore besoin de ce délai pour quelque mystérieuse raison. C'était ainsi. Mme Dewald promit à Marie de leur trouver un transport jusqu'à Saint-Just-en-Chaussée, où le train les mènerait à Paris.

Au cours de ces deux derniers jours, Marie affronta la hiérarchie hospitalière pour obtenir le pécule de l'adjudant hospitalisé. Elle devait aussi lui trouver des vêtements civils. La logeuse dénicha une veuve trop heureuse de tirer profit des effets de son mari, mort pour la France. Une fois l'affaire réglée, celle-ci évoqua avec jubilation sa pension de veuve de guerre, déclarant avec emphase que cette rente était la seule satisfaction apportée par le défunt.

— Elle a de la chance, commenta Eugénie quand elles la quittèrent.

Marie la regarda les yeux ronds puis, résignée à éviter tout commentaire, soupira.

Au retour de leur ultime visite à Alayel, alors qu'elles musardaient dans la grand-rue du village, un puissant bruit de moteur les fit se retourner. Un camion cahotait sur la chaussée empierrée. Elles se rangèrent pour le laisser passer, mais il s'arrêta. Sous une large casquette plate, un visage couturé et sombre leur souriait.

— Vous montez ?

— Trésor ! s'exclamèrent en chœur Marie et Eugénie.

Déjà la petite se trouvait sur le haut marchepied ; entourant le cou du chauffeur de ses petits bras, elle lui claqua deux bises enthousiastes.

— Par quel hasard ? s'étonna Marie, souriante.

— Ben, je suis venu vous chercher, tiens !

— Et pour aller où ? dit-elle d'un ton léger.

— À Pontempeyrat, bien entendu. On prend Alayel demain à l'aube. Après-demain soir, on y sera !

— Comment savez-vous qu'Alayel sort demain ? demanda Marie.

— Votre logeuse m'a tout raconté. Au fait, je vais coucher chez elle. Elle voulait des sous, mais je lui ai rappelé la somme payée par Perdonnet. Quand je lui ai réclamé le trop-perçu, elle n'a plus parlé d'argent.

Il affichait un sourire lumineux. Avec Trésor, tout était simple.

— Pour vous aussi, la guerre est finie?

— Avec la mission de veiller sur Alayel. J'ai même signé un papier pour ça. Une astuce du petit sous-lieutenant.

Marie opina du chef.

— Et d'où sort ce camion? demanda-t-elle en prenant place sur la banquette.

— Je l'ai acheté. Vous m'aviez bien dit que Marius en avait besoin pour la scierie, non? Je l'ai trouvé lors d'une vente aux enchères des surplus de l'armée.

— Mais ça coûte une fortune, une grosse machine comme ça, s'inquiéta Marie.

— Vous connaissez pas «Trésor la démerde», vous.

Marie lui fit les gros yeux et il eut une moue dépitée, puis lui fit un clin d'œil:

— Il y en avait une centaine à liquider. Je l'ai payé un prix très, très raisonnable. Ce camion, il a quand même grignoté une bonne partie de mon pécule de démobilisation.

— Tu me lis une histoire? demanda ce soir-là Eugénie à Trésor. Elle, dit-elle en désignant Marie, elle veut jamais m'en lire. Elle dit qu'elle sait pas. Mais c'est pas vrai. Tout le monde sait lire!

Honteuse, Marie piqua un fard. La petite s'en aperçut et ajouta précipitamment:

— C'est pas grave, parce que c'est ma nouvelle maman.

La petite rouée, songea Marie émue. Parfois, la maturité de l'enfant l'inquiétait. La guerre lui avait-elle volé son enfance?

Trésor avait saisi un exemplaire de *La Semaine de Suzette*, tandis que la petite grimpait sur ses genoux. En ânonnant, il lui lut les gros titres. Elle le corrigea avec un grand sérieux, puis exigea une «vraie» histoire. Bravement, Trésor inventa. Eugénie, bercée par le récit, mit son pouce dans sa bouche. Son regard s'alourdit. Alors, avec une douceur infinie, Trésor la coucha.

Le lendemain à l'aube, trois adultes bien emmitouflés prirent place dans la cabine ouverte du lourd véhicule.

Trésor était au volant, Marie à droite et Alayel entre eux. Eugénie s'installa d'autorité sur les genoux de ce dernier. Surpris un instant, il prit aussitôt un air douloureux, mais l'entoura de ses bras. Dans un grand ronflement, le camion démarra.

15

Rancune

La route défilait, les villages se succédaient, séparés par les grands espaces d'une campagne à peine vallonnée. Trésor et Marie conversaient en criant, à cause du ronflement du moteur. Elle raconta son périple, les conseils du Gallu qui, en outre, lui avait remis un superbe bâton. Bien sûr, une trique était dérisoire contre un obus non explosé ou quelques individus malveillants, mais la tenir en main lui avait donné du courage... Ça, le vieil homme le savait.

Ils roulaient depuis trois bonnes heures quand Marie remarqua le nombre croissant de gros villages. Ils se nommaient Louvres, Roissy-en-France, La Courneuve, Aubervilliers. La route était de plus en plus fréquentée. Les jardins clos, les demeures bourgeoises se multiplièrent. Bientôt apparurent des lotissements de maisons en meulières, serrées les unes contre les autres. Peu à peu, la campagne fit place à la ville. Une réalité, invisible lors d'un voyage en train, que Marie découvrait à présent. Ils atteignirent bientôt une zone chaotique. De hauts remblais de pierre en étraves et recoins dominaient de larges fossés comblés par une multitude de baraques, où fourmillait une faune disparate.

— Les «fortifs»! s'exclama Trésor. Voilà Paname!

Il consulta sa montre.

— En moyenne, plus de trente à l'heure! triompha-t-il.

Eugénie battit des mains; Marie sourit; Alayel tressaillit sans raison apparente.

— Pour traverser Paris, poursuivit Trésor, on va passer devant la gare du Nord et celle de l'Est – l'idée de parcourir la grande cité l'enchantait et il en citait les lieux avec gourmandise –, puis on obliquera vers la République, la Bastille, le pont d'Austerlitz et la place d'Italie.

— Alors on passera tout près de la gare de Lyon, se souvint Marie. J'ai oublié mon bâton dans un magasin, ajouta-t-elle presque timidement. On pourrait peut-être passer le récupérer?

Trésor acquiesça.

Ils progressaient lentement, au milieu d'un grouillement d'autos, camions, charrois, calèches et tramways. Marie reconnut la Bastille avec son génie folâtre, haut perché. Se retrouver en terrain connu fut pour elle un immense bonheur. Sans doute eut-elle conscience de mieux connaître le monde, de ne plus le craindre.

Ils s'engagèrent dans la rue de Lyon.

— Là, dit-elle.

Le camion se gara devant la parfumerie. Marie y pénétra vivement, aussitôt suivie par Eugénie.

— Ça sent le sucré, s'exclama la petite.

— Eugénie, voyons, on dit bonjour et on ne fait pas de commentaire.

— Ah bon, dit l'enfant. Bonjour, madame. Ça sent drôle chez vous.

La femme ronde les regardait toutes les deux avec de grands yeux. Elle sourit, émue. Marie se sentit mal à l'aise.

— Je suis venue chercher mon bâton, dit-elle d'un ton un peu brusque. Je l'ai oublié chez vous il y a presque trois semaines.

— Oui, oui, répondit la femme, en la buvant des yeux. Comment était-il?

Marie le lui décrivit, tandis qu'Eugénie explorait les lieux, effleurant les étranges objets exposés dans la boutique: petits pinceaux doux, bizarres, crayons courts, à grosse mine, petits pots translucides, boîtes de toutes les tailles et couleurs.

— Voulez-vous vous asseoir? proposa la parfumeuse, je chercherai tandis que vous vous reposerez.

Tout à la contemplation de Marie, cette femme en oubliait Eugénie, que ses investigations avaient conduite dans l'arrière-boutique. La petite remarqua aussitôt la superbe trique d'ébène au pommeau de bronze. Voilà ce que cherchait Marie !

Elle revint triomphante, le bourdon à la main.

— Je l'ai trouvé, je l'ai trouvé.

La boutiquière fronça les sourcils, tandis que Marie se levait, empoignait son bien et se dirigeait vers la sortie. Elle avait pris de l'assurance et, si la passion de la femme ne l'étonnait plus, elle lui pesait toujours.

— Grand merci, madame, dit-elle, cette canne est le cadeau d'un ami. J'y tenais énormément.

Elle remonta dans le camion, tandis que la parfumeuse la poursuivait pour lui dire… pour lui réclamer… Quoi ? Un brin de compassion peut-être… Marie l'avait déjà oubliée. Eugénie, en revanche, la dévisageait avec méfiance. La parfumeuse la foudroya du regard au moment où Marie l'empoignait et l'installait sur les genoux d'Alayel.

— T'as vu, lui dit l'enfant. On a retrouvé le bâton du Gallu.

Il acquiesça, ce qui étonna Marie : il avait suivi leur conversation des heures précédentes. Le camion redémarra pour filer vers le pont d'Austerlitz et la place d'Italie.

En banlieue sud, Marie acheta du pain, du fromage et une bouteille de vin pour les hommes. Ils déjeunèrent dans le camion. À la nuit, ils s'arrêtèrent dans une auberge, non loin de Briare. Alayel mangea peu, mais sans aide. Il jetait des coups d'œil furtifs autour de lui. L'univers familier de l'hôpital semblait lui manquer. Trésor parlait, répondait à Marie, la faisait rire, sans jamais oublier de prendre Alayel à témoin, l'appelant « mon adjudant », ce qui leur valut la sympathie de l'hôtelier. Apprenant leur démobilisation et la « maladie » d'Alayel, il tint à leur offrir une fine. Marie l'apprécia, Alayel l'avala avec une petite moue. Un sourire fugace ? La présence de Trésor le ramenait-elle à d'agréables souvenirs ?

Marie devait dormir avec Eugénie, Trésor avec Johannes.

On coucha d'abord la petite.

— Trésor, demanda-t-elle. Raconte-moi une histoire.

— Tu sais lire. Alors tu vas la lire toi-même, répondit le grand Noir. J'ai une surprise pour toi. Attends-moi cinq minutes.

Il revint très vite avec un paquet rectangulaire enveloppé dans un chiffon, qu'il déplia. La collection des *Semaines de Suzette* de Mme Dewald apparut aux yeux ravis d'Eugénie et horrifiés de Marie.

— Ne soyez pas inquiète, madame Malaguet, rigola-t-il. La bonne dame ne découvrira sans doute jamais leur disparition. Elle a rangé son carton de revues lorsqu'on emportait les bagages. J'ai repéré sa planque et vidé la boîte derrière son dos. Elle ne la ressortira pas de sitôt. C'est bon pour Eugénie d'avoir de la lecture. Elle va apprendre plein de choses.

Trésor avait un air à la fois coupable et goguenard; Eugénie était émerveillée. Marie sourit: le bonheur de la petite excusait ce péché.

Ils repartirent à l'aube.

*

La scierie s'était vidée à la tombée de la nuit. Jeanne à l'hôpital, le Gallu dans sa tombe et sa mère disparue dans la boue de Picardie, Marius Malaguet était seul. Il broyait du noir. La paix, la liberté pouvaient aussi se parer de désespoir. La santé de Jeanne l'inquiétait. On ne lui avait pas tout dit. Quelles séquelles pouvait engendrer une blessure au ventre chez une jeune femme? Jeanne risquait-elle de devenir stérile?

Il eut une bouffée d'angoisse et la calma en décidant d'interroger le docteur Thévenon à la première occasion. Le poêle du petit bureau s'éteignit. Le froid s'installa. Il lui aurait fallu bouger, rentrer chez lui, mettre à cuire quelques patates, ou bien se contenter de pain rassis et d'un bout de fromage. Il se leva pesamment. Tout à coup, il se sentit vieux.

De retour chez lui, à la lumière de la lampe à pétrole, il alluma le fourneau et le chargea jusqu'à la gueule pour faire son repas. Puis il s'assit sur une chaise, se servit un verre de vin, l'examina comme une bête vaguement répugnante, y trempa les lèvres. Un gros rouge médiocre, juste bon à vous tordre l'estomac. Le mauvais vin lui rappelait le « coup de grâce » qu'ils avalaient d'un trait avant de monter à l'assaut. Il se leva pour le vider dans l'évier, se dirigea vers le buffet, l'ouvrit, contempla la bouteille de kirsch. Une gniole honnête, fabriquée artisanalement avec des merises du pays, un alcool râpeux, sauvage, goûteux. Il tendit la main vers la bouteille, se ravisa. Il n'allait pas boire seul ! Il referma le buffet d'un geste rageur. Il allait manger vite, se coucher, parcourir quelques pages d'un roman de Delly que lisait Jeanne avant son… accident et dormir vite. Demain, il se lèverait tôt pour travailler.

Un bruit de moteur naquit. Le vent devait être au sud, sinon on ne pouvait entendre la route. Le ronflement s'amplifia, puissant, proche. Marius alla à la fenêtre. Un lourd Berliet apparut et s'arrêta. Les phares s'éteignirent, le grondement se tut. Le silence se peupla de voix. Marius se précipita dehors. Dans la pénombre, il devina des mouvements. Plusieurs personnes arrivaient. Qui cela pouvait-il être ?

Bientôt, il reconnut sa mère. Elle soutenait un homme maigre dont il n'entrevoyait que la silhouette.

— Maman, s'exclama-t-il. Tu l'as retrouvé !

Il se précipita, mais s'arrêta net. Alayel lui semblait bizarre dans la lumière pauvre de la lampe à pétrole lointaine. C'était lui et ce n'était pas lui. Quelque chose n'allait pas.

— C'est le lieutenant Malaguet? demanda une voix enfantine.

Marius se tourna et sursauta. Un colosse familier tenait une petite fille par la main.

— Trésor ! s'écria-t-il. Trésor ! répéta-t-il, la voix éraillée par l'émotion.

Les deux hommes s'étreignirent, aussi émus l'un que l'autre.

Marius fit rentrer tout le monde dans la maison. Assis, Alayel resta immobile, son visage hâve demeurant inexpressif…

Elle l'a fait. Elle a réussi, se dit Marius en observant sa mère. Cette extraordinaire vérité l'interpella. Il prit soudain conscience des événements qu'elle avait dû vivre, des difficultés qu'elle avait dû affronter, elle qui ne savait pas lire. La volonté, l'opiniâtreté, la ruse déployées par cette femme avaient réussi à ébranler la bureaucratie militaire. Elle avait dû se débrouiller dans la zone du front, où tout était détruit, où l'on manquait de tout. Outre Alayel, elle avait réussi à faire démobiliser Trésor... Il ne pouvait y avoir d'autre explication à cette libération que la volonté de Marie. Son fils devina le stratagème dont elle avait usé. Trésor l'aiderait à soigner Johannes, il convenait donc de le démobiliser en même temps que le convalescent. Humble, secrète, Marie avait gravi des montagnes, alors qu'il l'avait sous-estimée, presque méprisée. Pris de remords, il s'avança vers elle, intimidé. Elle lui ouvrit les bras.

— Maman, dit-il d'un ton d'excuse, presque d'imploration.

La gorge nouée, il ne put poursuivre. Ils s'étreignirent puis, avec ce geste familier entre eux, il l'écarta pour mieux la contempler. Elle n'était plus la même. Sa nouvelle coiffure lui allait bien. Son regard était plus assuré. Elle rayonnait d'une force insolite. Le mot « liberté » lui vint à l'esprit. Sa mère n'était plus, ne serait plus jamais une servante. Il en fut intimement convaincu.

— On a faim, dit l'enfant qu'il avait à peine entrevue.

Il se tourna vers elle. Un minois futé, des yeux bleus qui l'examinaient sévèrement. Elle était menue avec de beaux cheveux blonds et un petit visage pointu.

— Qui tu es, toi? demanda-t-il, intrigué.

— Eugénie, je suis ta petite sœur.

Il ouvrit des yeux ébahis.

— Ben oui. Marie, ta maman, ben c'est ma nouvelle maman. Alors je suis ta petite sœur.

— Où est Jeanne? demanda Marie, interrompant ce dialogue naissant.

— À l'hôpital, dit-il. Hors de danger.

Marie s'alarma.

— Qu'est-ce qui lui est arrivé?

— En rentrant de nuit, sur la petite route de Malaveille, elle a été attaquée par un fou et frappée à coups de barre de fer. Une histoire sordide. Je te raconterai ça plus tard. Alayel, qu'est-ce qu'il a ? continua-t-il à mi-voix.

Elle soupira.

— Une obusite. Une « dépression stuporeuse », a dit le médecin des fous.

— Il s'en sortira ?

— Peut-être. Il lui faudrait un « choc émotionnel ». Je sais pas bien ce que ça veut dire, mais je garde espoir.

Il hocha la tête. La phrase était lourde de sens.

— Et Eugénie ? Alors comme ça, c'est ta fille ?

— Un chaton perdu qui m'a adoptée. Je ne pouvais pas la laisser à l'orphelinat, où on la battait. Elle en a vu de dures, tu sais. Et puis elle est merveilleuse avec Johannes. C'est elle qui réussit le mieux avec lui. Je me suis attachée à cette enfant.

— Elle est futée comme un écureuil, mon lieutenant, compléta Trésor.

— Pas « mon lieutenant », Trésor : Marius. La guerre, l'armée, les grades, on s'en fout. C'est fini, tout ça.

— Oui, mon lieutenant, rigola Trésor.

Marius lui prit le bras.

— Ce camion, il est à toi ?

— Il est pour la scierie.

Marius sembla inquiet.

— Je l'ai pas piqué, mon lieut... Marius, je veux dire. Je ne suis pas fou. Le bagne, une fois suffit pour la vie entière. Madame Marie m'avait dit qu'il fallait un camion pour la scierie. Ici, c'est comme à une fête, pas question d'arriver les mains vides. J'ai eu ce Berliet pour presque rien.

— Laisse-moi deviner. Tu l'as gagné au jeu ?

— Je l'ai acheté aux enchères. L'armée vendait du matériel.

— Il est presque neuf, tu as dû le payer une fortune.

— J'ai graissé la patte à un magasinier. Il a démonté quelques pièces du moteur, la veille de la vente. Classé hors d'état, je l'ai payé au prix de la casse.

Malaguet sourit :

— Je vois, tu as remonté les pièces...

— Et il a démarré du premier coup.

— Alors, tu vas rester avec nous? reprit Malaguet.

— C'était prévu, non? Et puis, il y a Johannes. Lui aussi, c'était mon ami. Et la petite Eugénie, je l'aime bien. C'est comme une famille.

Ils se regardaient avec émotion.

— On va boire un coup, dit Marius. Tu dois être fatigué.

Marie préparait déjà un repas improvisé. Certes, elle avait changé, mais n'en était pas moins une maîtresse de maison efficace. En l'absence de Jeanne, elle avait pris les choses en main.

Trésor s'était attablé, un verre à la main. Eugénie lui expliquait le fonctionnement du monde. Marius, intimidé, s'assit face à Johannes.

— Adjudant, dit-il, c'est moi, Marius.

Le malade le regarda.

— Le lieutenant Malaguet. Vous vous souvenez?

Il avait parlé patois. Johannes sursauta.

— Malaguet, oui, le petit lieutenant.

La lueur dans ses yeux s'éteignit.

— Papa, dit Marius avec effort.

Il avait pris la main de son père, la sentit tressaillir, mais déjà Johannes retombait dans son apathie habituelle.

Tout le monde campa dans le petit logement jouxtant la scierie.

Les yeux ouverts dans le noir, couché sur un lit de fortune, Marius songeait que, dès le lendemain, il irait habiter la maison du Gallu avec Trésor... Et il lui faudrait annoncer la mort du vieil homme à sa mère.

*

Marie pleura en apprenant la nouvelle. Marius eut du mal à contenir ses larmes.

— Il est enterré ici? demanda-t-elle enfin.

— À Pontempeyrat, oui.

— J'irai le voir, dit-elle, je lui parlerai de Johannes. Sûr qu'il me donnera des idées, qu'il m'empêchera de me décourager.

— Il en est bien capable, répondit Marius, souriant malgré sa tristesse.

Après cet échange, Marie la taiseuse se jeta dans les tâches ménagères à corps perdu. Une façon de tenir sa douleur à distance. Marius sortit pour accueillir les ouvriers de la scierie. Quand il revint, Trésor buvait son café et Eugénie reposait son bol de lait. Une tartine à la main, elle s'installa près de Johannes, guettant l'instant où il commencerait à ressasser son meurtre de jeunesse.

— Bon, bon, le morigénait-elle, le comptable s'est cassé la tête sur une pierre, parce que tu avais fait peur au cheval et que la voiture a versé. Tu as pris l'or, mais le « pauvre Chabasnel » est mort par ta faute. Ben depuis, t'es devenu un poilu et tu en as tué bien d'autres. Ton comptable, c'était comme un Boche, voilà tout.

Ce discours stupéfia Marius.

— La guerre, elle la connaît presque aussi bien que nous, dit Trésor. Sa ferme était juste derrière le front. À chaque offensive, son père et elle partaient, puis ils revenaient. Ils accueillaient les troupes au repos. Eugénie discutait avec les hommes, donnait à boire aux blessés. Elle voyait tout, connaissait aussi bien les armes que les blessures ou les combines. Les morts aussi. Elle ne trouvait rien d'anormal à côtoyer la Faucheuse de près. Seule la puanteur des cadavres la gênait. Et puis un jour d'octobre, un obus perdu a rasé sa maison. Son père était dedans…

Marius la considérerait-il comme sa petite sœur ? L'idée l'amusa. Après tout, elle n'était pas si absurde. Il sourit, son compagnon d'armes avait-il lu dans ses pensées ? En tout cas, il sourit à son tour.

— Viens, on va emménager dans l'autre maison, dit Malaguet.

Trésor, son barda sur l'épaule, suivit Marius vers la demeure baroque du Gallu. Ils entrèrent, visitèrent les lieux. Le grand Noir, intrigué, caressa les statues et déclara solennellement que la maison était protégée par les esprits de ses ancêtres et qu'il y serait heureux. Marius eut une grimace ironique: Trésor, né à Aubervilliers, n'avait jamais mis les pieds dans son pays d'origine. Il se choisit une chambre et entreprit aussitôt de ranger ses affaires. Le bagne, l'armée avaient fait de Trésor un homme méticuleux. De son côté, Marius apporta les quelques effets qui restaient encore à la scierie, Jeanne et lui ayant commencé à aménager leur «tanière» avant l'agression.

Tous se retrouvèrent à table. Marie avait fait un repas de fête avec de la cochonnaille, des galettes de pommes de terre râpées puis poêlées au saindoux, du fromage de pays, le tout arrosé d'une bouteille de vin de la cave du Gallu. Les deux hommes sortirent vite de table: ils avaient tellement à se dire. Tout en marchant, ils discutèrent, dépassèrent la maison du Gallu, remontèrent le long de l'Ance. Après avoir souffert et partagé l'horreur au quotidien, ils se trouvaient là, simplement heureux d'être ensemble. Trésor découvrait les pentes boisées, le ciel bleu de ce beau jour de fin d'hiver, la grâce aérienne du viaduc, le bruissement de l'eau argentée.

Au bout d'un moment, Marius évoqua le Gallu. Il aurait tant voulu que Trésor le rencontre... Le vieux sage lui aurait appris à connaître le pays.

— Ici, il m'a appris à braconner les truites. J'avais cinq ans et un chagrin d'enfant. Alors il en a pêché une et l'a fait griller sur un feu de brindilles. Nous l'avons mangée ensemble. Un délice. Il n'avait rien dit, mais mon chagrin s'était dissipé. Je vais te montrer l'endroit où on en attrape de belles, c'est au confluent du Furens, juste après le viaduc.

Ils arrivèrent à l'endroit indiqué. Ledit Furens ne dépassait pas un mètre cinquante de large, mais il était fort vif.

— Ces pierres sont des niches à truites. Elles disposent de deux issues possibles. Il faut placer une main en embuscade devant la première, puis agiter l'eau devant la seconde. La bête fonce dans le piège. À son passage, tu la crochètes par les ouïes. Un coup de main à prendre.

Intéressé, Trésor mit la main dans l'eau.

— C'est glacé, dit-il surpris.

— Ah ça, la température de l'eau ne doit pas dépasser deux ou trois degrés. Tu sais, les truites, on n'les pêche à la main qu'à la belle saison. Tiens, tu vois cette pierre plate juste au confluent. Elle n'est pas bonne pour braconner. Même à deux, on peut pas en boucher toutes les sorties. Quand on a essayé d'attraper du poisson là-dessous avec Jeanne, nos proies foutaient toujours le camp par des issues imprévues. Il faut choisir des pierres moyennes, c'est beaucoup plus sûr. Celle-là est trop grande.

Plus tard, ils parlèrent des essences d'arbres. Trésor les trouvait tous pareils, ne différenciant pas un pin d'un sapin. Marius expliquait, se passionnait. Trésor s'émerveillait. Ils étaient bien ensemble. Soudain, Marius interrogea son ami :

— Trésor, es-tu certain de vouloir travailler avec moi à la scierie ? C'est un pays rude, tu sais. L'hiver, il peut faire très froid.

— Oui, répondit le grand Noir. Ces forêts sont libres, pures. En Guyane, elles étaient peuplées de bêtes grouillantes, on y prenait les fièvres. Ici, y a rien à part la beauté de la nature. Pas de maladie, pas de prédateurs, rien.

— Quelques vipères dans la pierraille, l'été, ironisa Marius. Si tu marches pas dessus, c'est elles qui s'enfuient. Et puis si elles te mordent et qu'on te soigne pas, tu t'en tires avec deux ou trois jours de fièvre, c'est tout. Si t'es piqué, Joseph Thévenon, le docteur, t'injectera du sérum dans l'heure.

— On respire ici. L'air pique comme de l'eau gazeuse. Je me plairai bien. À la scierie, j'ai vu qu'il y avait du bois à charrier. C'est bon pour les muscles.

— On a beaucoup de bois à transporter, compléta Marius. Ton camion aura de l'usage.

— Voilà ! Je conduirai le camion. Comme ça, je découvrirai le pays.

— Alors pour toi, ce sera un salaire de chauffeur, plus une location pour le camion.

— Le camion est à toi. Pas de loyer.

— Si. On commence comme ça. Après, si tu te sens bien ici, on s'organisera différemment.

Marius hésita. En paysan matois, il pensait à l'argent. Sa pulsion était peut-être contraire à ses intérêts. Il les dépassa :

— On est frères, conclut-il. Toi et moi. Et les frères s'associent.

Trésor le regarda surpris, mais ne dit rien. Ils revinrent en silence. Heureux d'aller épaule contre épaule, ne vivant plus dans le passé mais songeant à l'avenir.

Dans la cour de la scierie, s'arrêta une lourde Panhard-et-Levassor. Un homme massif en descendit. Il devait être riche, car son pardessus de bon drap s'ornait d'un col de vison. Il frappa à la porte. Marie sortit de la maison. Après quelques propos échangés, Marius perçut des éclats de voix. Marie sembla interdire l'accès de la maison à l'individu. Marius fronça les sourcils : le bourgeois qui lui tournait le dos lui était vaguement familier... Il pressa le pas. Le visage de Trésor s'était fermé. En sa présence, nul ne maltraiterait « madame Marie ». Elle était le pilier de sa nouvelle famille. Eugénie, Alayel, Marie, Malaguet et Jeanne... Il risquerait sa vie ou tuerait sans vergogne si on s'en prenait à l'un d'eux.

— J'exige de le voir, vociférait le gros homme.

— Qui que vous soyez, vous n'avez rien à exiger ici ! dit Marius d'une voix cinglante.

L'homme se retourna comme s'il avait reçu un coup de fouet. Furieux, rouge comme un coq, il foudroya les arrivants du regard. Ni Marius hostile, ni Trésor menaçant ne l'impressionnèrent. Dieu sait pourtant que le grand Noir pouvait être inquiétant. Marius reconnut alors Pierre Russel, le dentellier. Il ne s'étonna pas de le voir : à l'évidence, le retour au pays de son agresseur d'antan avait dû motiver sa visite. Il n'était pas homme à abandonner son or volé et jamais retrouvé.

— J'attends vos explications, dit Marius sèchement.

Ils s'affrontèrent du regard.

— *Lou bast...*, commença le dentellier. Lieutenant Malaguet, se reprit-il. Vous accueillez un repris de justice, ça vous regarde, mais j'exige qu'il me rende mon or.

— De qui parlez-vous ? reprit Marius toujours aussi tranchant.

— De ce voyou de Johannes Alayel. Il me doit cent cinquante mille francs-or.

— Avez-vous la légion d'honneur, monsieur Russel? rétorqua l'ex-lieutenant d'une voix calme.

Le bourgeois le regarda, décontenancé.

— Non, non, dit-il. Je ne l'ai pas.

— L'adjudant Alayel, nommé au feu et héros de guerre, l'a. Si vous l'insultez de nouveau, je saisis le grand chancelier de l'ordre pour atteinte à cette décoration.

Le bourgeois en resta coi, mais retrouva vite son sang-froid.

— Vous n'étiez pas né, monsieur Malaguet, quand cette malheureuse affaire a eu lieu, reprit-il d'un ton paterne. Je faisais ma tournée. Johannes Alayel était tout gamin quand il m'a attaqué. Une bêtise de jeunesse. Il s'est emparé de ma sacoche, qui contenait le salaire d'un millier d'ouvrières pendant deux mois. Cet argent, c'était celui de leur travail. Il leur revenait.

L'argument spécieux irrita Marius.

— Ah, parce que du coup, vous ne les avez pas payées?

Le bourgeois plissa les yeux pour masquer sa colère. Il se contint.

— Je paie toujours ce que je dois, Malaguet. Je ne vole personne, moi.

— C'est votre voiture? demanda alors l'ex-lieutenant, désignant la grosse limousine.

— Oui, mais ça n'a rien à voir.

— Rien. Je me réjouis pour vous que le vol dont vous avez été victime ne vous ait pas ruiné.

— La question n'est pas là, reprit le bourgeois, hautain. Cet argent était le mien et le droit de propriété est irréfragable.

Il avait volontairement employé un terme juridique pour impressionner son interlocuteur. Depuis longtemps, Marius avait perdu toute timidité et questionnait quand il ne savait pas.

— Irréfragable, dites-vous?

— Qu'on ne peut récuser. Cet argent, vous comprendrez que je souhaite le récupérer. Et la Marie... Mme Malaguet m'interdit de voir Johannes Alayel.

— À juste titre. Alayel est un grand blessé de guerre. Il souffre d'une obusite. Une sorte de folie née d'un choc.

Il ne parle pratiquement pas, reste prostré la plupart du temps. Il s'agite et s'affole quand on le perturbe. Ma mère a eu raison de ne pas vous faire entrer.

Le dentellier n'était pas patient.

— Vous ne m'empêcherez pas de récupérer mon bien. Votre héros de guerre m'a volé mon or et je ne le tiens pas quitte, gronda-t-il. Ni vous, ni vos décorations ne m'empêcheront d'intenter contre lui un procès au civil. Sans compter qu'il y a eu mort d'homme, lors de l'agression.

Marius allait répliquer quand une voix sombre intervint.

— Oui, mort d'homme. Le crâne éclaté. Oui, c'est moi qui l'ai tué.

Tout le monde s'était tu. Sur le seuil, Alayel, le regard plein de compassion, regardait le dentellier.

— Il s'appelait Jean Chabasnel. Oui Jean Chabasnel. Il était marié. Il avait un enfant et je l'ai tué. J'ai effrayé le cheval sur la route de Saint-Julien-d'Ance et le cabriolet a versé. Oui, et vous avez tous les deux été projetés dans le ravin. Lui a eu le crâne éclaté et vous, vous m'avez tiré dessus. Oui. Pauvre comptable. Tout est de ma faute.

Marius avait pris le bras d'Alayel pour le ramener dans la maison.

— Non, dit sa mère, presque suppliante.

Elle espérait quelque chose. La résurrection du passé déclencherait-elle ce choc émotionnel dont parlaient les psychiatres? Marius lâcha le bras de son père.

— Chabasnel est mort il y a plus de vingt ans, dit calmement le dentellier. Sa veuve s'est remariée. Paix à son âme. Tout le monde l'a oublié.

Alayel hocha la tête.

— Pas moi, dit-il. Pas moi.

— Aujourd'hui, il faut penser à l'or, décréta Pierre Russel, doucereux. Où est-il? Où l'avez-vous caché?

— Oh, pas loin! dit Johannes d'une voix lointaine. Pas loin du tout.

Il se tut, tourna la tête pour observer la rivière. Le silence s'appesantit.

— Et plus précisément? relança Russel, bridant mal son impatience.

— Dans l'eau, dit-il. Sous une grosse pierre.

— Où est-elle, cette pierre?

— Par là, je la reconnaîtrai. Elle a une forme de haricot. Une grande, un peu jaune. Difficile à soulever. J'avais mal dans la poitrine. Très mal. Vous m'aviez tiré dessus...

Le dentellier réprima un geste agacé.

— Vous allez m'y conduire tout de suite, ordonna-t-il d'une voix tendue.

— Oui, dit Alayel. Oui. Pour Chabasnel. Je l'ai tué. Le crâne éclaté.

— Oublions les morts et allons-y, conclut Russel.

Il empoigna fermement l'épaule du malade, voulut l'entraîner vers l'amont de la rivière. Avec une force imprévue, Marie l'écarta et il trébucha.

— Ne touchez pas mon Johannes, je le conduirai, dit-elle d'une voix claire, tandis qu'elle le foudroyait du regard.

Il baissa les yeux. Elle soutint son fébrile amoureux d'antan. Depuis maintenant deux mois, il mangeait peu et s'était affaibli. Marius lui prit l'autre bras.

— Va lui chercher un siège, s'il veut se reposer, suggéra-t-il à Trésor.

L'ancienne ordonnance acquiesça et fila vers le logement de Marie.

Le lent cortège remontait l'Ance. Johannes s'essoufflait. Les pauses étaient fréquentes.

— Alors? questionnait régulièrement le dentellier impatient.

— Plus loin, disait Alayel, plus loin.

Après le viaduc, le malade s'écria soudain:

— Là!

Tous scrutèrent l'eau. Sous sa masse cristalline, on distinguait une large pierre jaune.

— Celle-là? demanda le bourgeois en la pointant le doigt.

— Oui, oui, celle-là. La sacoche est dessous. À cause d'elle, le pauvre Chabasnel est mort et c'est moi qui l'ai tué.

Marie eut une sorte de moue de bébé prêt à pleurer. Le choc émotionnel tant espéré n'était pas au rendez-vous.

Ce détail-là, le dentellier s'en foutait. Il avait sauté dans l'eau, glacée qui lui montait à mi-cuisse. Sans même retirer ses gants. Il plongea les deux bras dans l'eau, bascula la pierre et brandit triomphalement une sacoche de cuir dégouttant d'eau puis, gêné par le courant, regagna péniblement la rive.

La sacoche était manifestement lourde. Marie, Marius observaient la scène. Trésor, deux pas en arrière, aidait Alayel à s'asseoir sur sa chaise.

Un mugissement les fit tous sursauter. Le dentellier avait ouvert sa lourde serviette. Rageusement, il en sortait des cailloux. Furieux, il la retourna. Les pierres tombèrent en cascade. Quand la sacoche fut vide, il la secoua. Après un tintement métallique, un unique louis d'or chatoya au soleil. Le bourgeois le saisit prestement et se redressa.

— Vous avez raflé mon or, hurla-t-il en s'adressant à l'ancien lieutenant. Alayel vous avait indiqué la cachette. Vous l'avez pris. Ce voyou joue les débiles pour me duper, pour me ridiculiser.

Ivre de rage, il s'avançait vers Marius, les poings serrés. Le dentellier allait frapper et le jeune homme se retint de faire basculer son adversaire dans la rivière. Il décida d'attendre le premier coup pour riposter. Une nouvelle fois, le bourgeois se contint et se mit à respirer lentement pour se calmer. Alors Marius reprit d'un ton grinçant :

— Votre or, on s'en fout. Notre souci, c'est la maladie de mon père. Vous pouvez comprendre ça ?

Le père du *bastardou*, le dentellier s'en foutait comme de l'an quarante.

— Alors qui ? Qui l'a pris ? glapissait-il.

Pantalons et manches imbibés d'eau glacé l'avaient frigorifié. Il grelottait.

— Venez au chaud, dit Marius en l'entraînant. Vos propos m'irritent, mais je ne souhaite pas votre mort par fluxion de poitrine.

Marius était civilisé et Pierre Russel le suivit. Ils regagnèrent la petite maison de la scierie, marchant d'un pas vif pour contrer le froid. Encadré par Marie et Trésor, Alayel suivait lentement. Du coin de l'œil, Marius les vit entrer dans la maison du Gallu. Sans doute l'ex-adjudant était-il fatigué.

Dans le logement jouxtant l'atelier, Russel quitta ses vêtements mouillés et les essora avant de les remettre. La cafetière mitonnait sur le coin du fourneau. Malaguet servit deux tasses, aussitôt complétées par de généreuses rasades de kirsch. Ils burent. Fouetté par l'alcool, le dentellier s'ébroua et dit :

— Si ce n'est pas vous qui avez trouvé mon or, dit-il, alors, c'est ce sorcier qui vit par ici.

— Le Gallu ? Il est mort de la grippe espagnole il y a peu, dit Marius d'une voix trop douce. C'était un vieil original, mais un honnête homme. Il était mon ami !

Pierre Russel, qui contemplait sa tasse, leva vivement la tête. Le regard qu'il croisa le dissuada de tout commentaire.

— Vous êtes réchauffé, dit Marius d'une voix sourde. Je vous reconduis.

Il regarda partir la grosse automobile avec une rage contenue, puis un sourire cruel sinua sur ses lèvres. Que le dentellier n'ait pas récupéré son or lui mettait le cœur en fête.

16

Gripppe espagnole

Quelques semaines s'écoulèrent.

Après la visite intempestive de Pierre Russel, Marius avait craint un réveil de l'affaire Alayel. Il n'en fut rien. Le dentellier s'était sans doute résigné, car on n'avait plus entendu parler de lui. Il n'était pas homme à verser dans le ridicule.

Trésor s'était intégré sans mal à la vie de la scierie. Son passé de combattant l'avait rapproché des anciens du front, gommant au passage une bonne part de la méfiance paysanne envers l'étranger et, il faut bien le dire, envers le « nègre ». Marius et lui s'étaient installés dans la maison du Gallu. Marie les nourrissait et, en fin de journée, l'ex-lieutenant faisait l'école à son ancienne ordonnance.

— Je ne veux pas d'un associé illettré ! lui avait-il dit par boutade le lendemain de son arrivée.

Trésor n'avait pas ri.

Niant la fatigue de leur journée de travail, il avait imposé à son « instituteur » une assiduité sans faille. Et il subissait chaque soir un contrôle sévère d'Eugénie. Elle exigeait qu'il lui lise l'histoire édifiante que contenait chaque numéro de *La Semaine de Suzette*, ce « cadeau » qu'il lui avait fait.

Eugénie cornaquait « ses » hommes : Trésor bien sûr, Alayel surtout. Installé dans la pièce principale, près de la fenêtre, il semblait observer le mouvement des ouvriers, les chargements et déchargements des *butes*, les manœuvres des attelages et du camion. Il ne manifestait aucune émotion. Pourtant, sitôt le repas fini, il revenait s'installer là. Dès son retour de l'école, à 16 h 30, la petite le défiait aux dames et lui racontait sa journée. Il écoutait, sans qu'un trait de son visage bougeât. Eugénie, acharnée à le faire réagir, en rajoutait... Elle passait ses copines en revue, décrivait les garçons qui embêtaient les filles, les petits qui ne comprenaient rien. Dans ce petit monde rural, elle avait vite fait son trou. Curieuse de tout, elle était bonne élève, mais se faisait gronder pour bavardage.

*

Marius avait passé un intéressant marché avec un grossiste du Puy. Il y effectuerait sa première livraison par la route et en profiterait pour ramener Jeanne de l'hôpital. Ne sachant conduire, il serait nécessairement accompagné de Trésor. Il n'avait pas parlé du Berliet à sa compagne, voulant lui faire la surprise.

Amaigrie mais souriante, elle l'attendait dans le hall de l'hôpital, chaudement vêtue et portant encore le bras en écharpe. Elle se blottit dans ses bras et il s'enchanta de leurs retrouvailles. Ils s'avançaient sur le trottoir, elle lui ceignant la taille de son bras valide, lui protecteur.

— Tiens, fit-elle, regarde ce camion, c'est ce genre-là que tu voudrais pour la scierie, non?

— C'est celui de la scierie, dit-il.

— Mais... mais comment?

— Je te présente son chauffeur, ajouta-t-il. Une nouvelle recrue.

Il fit un geste de la main. En réponse à cette invite, Trésor descendit de son siège et s'avança vers eux avec un large sourire.

— Vous êtes Trésor, s'exclama-t-elle. Alors vous aussi vous êtes libre!

Son sourire s'élargit.

— Vous êtes bien jolie, madame Jeanne, dit-il. Le lieutenant est un homme comblé.

Elle fut charmée du compliment.

— En voiture, poursuivit-il en lui tenant la portière. Dans moins d'une heure et demie, on sera de retour.

En mars, il fait encore frais sur le plateau du Velay. Comme la plupart des véhicules automobiles, le camion disposait de toit et portières, mais il était dépourvu de vitres latérales. Après trois quarts d'heure de route, les passagers, même bien couverts, étaient frigorifiés. Un vin chaud s'imposait. Ils s'arrêtèrent à l'ancien relais des diligences de Bellevue-la-Montagne.

— J'ai accueilli Trésor dans la maison du Gallu, dit Marius.

Jeanne buvait sa boisson chaude à petites gorgées. Elle acquiesça.

— À terme, il aura sans doute envie de se trouver un logement.

— Ou une femme, rigola le grand Noir.

Ils sourirent.

Ni Eugénie ni Alayel ne connaissaient Jeanne. La petite l'observa longuement. Elle dut la trouver convenable, car elle vint lui tendre son museau. En revanche, Alayel l'ignora et la jeune femme en fut peinée. Elle avait de lui l'image du meneur d'hommes dont elle avait exploré le passé lorsqu'elle avait découvert sa photo. Devant elle, n'apparut qu'un pauvre hère désespéré et quasi gâteux. Au fond d'elle-même, elle ne crut pas à sa rémission.

En revanche, elle trouva Marie changée, épanouie. Elle s'en ouvrit à Marius et tous deux convinrent que son «escapade» lui avait été salutaire. Ils rêvèrent pour elle d'un avenir de femme que le pauvre Alayel était bien en peine de lui offrir. Le jeune vétéran songeait souvent qu'il l'eût préféré mort en héros plutôt qu'ainsi amoindri.

*

Jeanne avait repris son travail et gérait la paperasse. Active, comme toujours, Marie avait organisé une cantine pour la poignée d'ouvriers qui ne rentraient pas chez eux le midi : douze personnes à table chaque jour, en comptant Johannes et Eugénie. La langue bien pendue de la petite enchantait tout le monde et égayait les repas.

La cohabitation avec Trésor se révéla d'autant plus facile qu'il découchait de plus de plus souvent. À quarante ans, il était fort bel homme et les cicatrices de son visage régulier lui donnaient un air délicieusement inquiétant. Une veuve de guerre dans la trentaine avait cédé à son charme. Elle habitait du côté d'Usson, à sept kilomètres de la scierie et, une fois Eugénie endormie, le grand Noir prenait le camion pour rendre visite à sa douce.

*

À la mi-mars 1919, un événement désagréable vint troubler le quotidien jusqu'alors fort tranquille de Marie. Elle faisait son ménage la porte grande ouverte, quand une grosse voiture s'arrêta devant la maison. Le couple Mastafier en descendit, cauteleux. C'était un jeudi et Eugénie n'allait pas à l'école. Marie les connaissait depuis toujours et les trouva plus antipathiques que jamais. Pourtant elle les fit entrer. Question de politesse. Marius l'avait informée du rôle probable joué par les maquignons dans l'attentat contre leur ancienne bru, mais elle peinait à y croire et leur offrit même un café. Leur visite était peut-être importante. Une conversation molle s'installa. On parla du temps, des saisons qui n'étaient plus ce qu'elles étaient. On tournait autour du pot.

La maquignonne crut bon de s'intéresser à la gamine :

— Bonjour, mademoiselle, dit-elle avec un sourire exhibant ses dents en or.

Eugénie, le visage fermé, ne répondit pas.

— Tu me fais une bise, minauda la grosse femme.

Sur un regard de Marie, elle s'exécuta. La politesse toujours.

Le Mastafier crut malin de rentrer dans le jeu.

— Et à moi? dit-il d'un air enfantin démenti par ses petits yeux porcins.

Elle obéit, mais trouva que cet homme gras ne sentait pas bon. Cette double corvée exécutée, elle se réfugia derrière Alayel. Est-ce qu'il ressentit le climat d'hostilité de la pièce? Sans que se modifiât l'expression neutre de son visage, il posa une main protectrice sur l'épaule de l'enfant.

— Jeanne est remise, commentait la Mastafière. Nous passions sur la route et souhaitions l'embrasser. Nous avons tant de choses à nous dire. Elle a une dette envers nous. Oh, peu de chose. Quelques souvenirs de Joseph, notre héros de guerre, voilà tout.

— Si vous alliez la chercher, suggéra le maquignon.

Marie n'était plus l'humble servante d'antan. Un mois plus tôt, elle n'aurait su résister à cette autorité sournoise. Aujourd'hui, l'infernal culot de cet homme venu réclamer à Jeanne un sordide héritage après avoir tenté de la faire exécuter la révolta. Sous leur regard étonné, elle se leva et empoigna une forte canne noire à pommeau de bronze, puis, la tenant à la façon d'une fourche, s'avança dans leur direction. Alarmés, ils se levèrent et se dirigèrent précipitamment vers la porte. Eugénie suivit Marie, le regard farouche. Passant devant la table, elle s'empara d'une fourchette, qu'elle darda sur le couple comme un poignard. Elle n'aimait pas ces gens et se réjouissait de la volée de coups de bâton qu'ils allaient recevoir. Les Mastafier étaient déjà dehors quand Marie hurla :

— Jeanne! Une dette envers vous! Comment osez-vous prétendre une chose pareille? Honte à vous qui avez payé ce crétin de Gégé pour l'assassiner! Quittez ma maison ou je vous assomme.

Étranglée d'une rage sauvage, cette femme menue avança d'un pas et brandit le bourdon du Gallu. Il allait enfin servir! Les maquignons, deux fois plus gros que Marie, se carapatèrent. Gras, rouges et suants malgré le froid, ils se jetèrent dans leur voiture, qui démarra en trombe. Vibrant d'une rage comme elle n'en avait jamais ressentie, Marie les regarda partir. La tension retombée, elle fut prise de tremblements incoercibles. Elle se calma enfin. Avait-elle jamais osé se mettre dans un état pareil?

— Des méchants, dit Eugénie. C'est fini, ils sont partis.

Émue, Marie la serra contre elle.

*

Le lendemain de cette importune visite, Eugénie rentra de l'école pâlotte et fiévreuse. Une toux rauque la secouait; elle mangea peu. Marie décida de la garder à la maison. Elle traîna tout l'après-midi, commença sa coutumière partie de dames avec Johannes sans pouvoir l'achever. L'homme prostré s'agita, alarmé par cet abandon, puis revint fougueusement à sa psalmodie morbide. Marie s'en inquiéta, ce qui détourna son attention de la petite. Le pouce dans la bouche, elle s'était recroquevillée dans un coin. Quand on l'appela pour souper, elle ne répondit pas. Trésor vint la chercher: elle brûlait de fièvre. Marie la coucha, un cataplasme à la moutarde sur la poitrine. La petite geignait doucement. Bientôt, elle sombra dans un sommeil lourd.

On avait rajouté un petit lit de fer dans la petite chambre de la modeste maison. Marie l'occupait. Alayel avait droit au grand lit. Cette marque de déférence lui était parfaitement indifférente. Il y dormait aussi mal qu'ailleurs. Dix fois par nuit, un cauchemar récurrent l'arrachait au sommeil. Il s'asseyait brusquement, en sueur. Malgré l'éveil, l'horreur perdurait. Les premières nuits, Marie s'était levée, affolée, l'avait sermonné doucement. Ensuite, devant l'inefficacité de ce traitement, elle s'était contentée de le rafraîchir d'une serviette froide. Enfin, elle ne s'était plus réveillée du tout.

Dans ce rêve toujours semblable, un immense cheval se cabrait puis basculait dans un ravin, tandis que deux hommes s'envolaient, exactement comme si une «marmite de 400» avait pété près d'eux. L'un des hommes venait s'exploser la tête aux pieds de Johannes. Tandis que s'étalait une flaque sanglante, parsemée de morceaux de cervelle rosâtres, ce mort, un de plus dans la guerre, se tournait vers lui, le dévisageait de ses yeux vides et l'accusait d'une voix aigre: «Tu m'as tué pour de l'or et maintenant, tout est ta faute.» «Tout» désignait le front chaotique sous un ciel plombé. Sur l'horizon, des éclairs blêmes accompagnaient des grondements terrifiants. Des vagues immenses de silhouettes bleues couraient en hurlant dans la boue, gravissant un no man's land en pente où les explosions d'obus faisaient d'énormes ravages, projetant en l'air un nombre incalculable d'hommes qui s'écrasaient et le regardaient, lui, Johannes, en le maudissant. Leurs plaintes balayaient la plaine comme une bise d'hiver. Tout était sa faute. Le crâne écrasé du comptable avait déclenché la guerre. Ployant sous le poids du remords, Johannes attendait son châtiment, un néant qui le libérerait enfin.

Le rêve était apparu dès son arrivée à l'hôpital. Il avait voulu le raconter, mais jamais n'y était parvenu. Impossible d'en parler, impossible d'être compris. Au bout d'un moment trop long, le cauchemar s'effaçait sans pourtant disparaître. Réciter dix ou cent fois sa confession atténuait l'épouvante d'Alayel. Les battements de son cœur se calmaient. Il se recouchait, rigide dans son lit, et le sommeil le reprenait pour une heure ou moins.

Cette nuit de mars 1919, il se rendormait après sa première terreur nocturne quand un gémissement, puis un râle répété vinrent le tourmenter. Il s'assit, le cœur battant, s'attendant à revoir ce cheval cabré, ces hommes projetés en l'air, cette tête morte qui parlait. Rien. La nuit. Le calme. On respirait tout près de lui, mais ça c'était normal. Il ne savait pas pourquoi, mais ça n'était pas inquiétant. Ce n'était pas ça qui l'avait réveillé. Quelque chose de grave se produisait! Il tendit l'oreille. Une respiration sifflante, des gémissements résonnaient dans le noir, hors de la pièce. Le cauchemar de nouveau? Non, justement à cause de l'obscurité. Le no man's land était toujours zébré d'éclairs. Le noir et la plainte, c'était autre chose.

— Papa!

Une petite voix; pas le timbre croassant de Chabasnel, le mort vivant. Un appel angoissé. Alayel s'agita.

— Papa, reprit la voix enfantine avec désespoir, avant de se noyer dans une toux sèche, douloureuse.

Alayel, assis sur son lit, posa les pieds par terre, attendit aux aguets. Il se sentait au bord d'un monde inconnu, attirant, angoissant. D'où venait cette douleur d'enfant? D'une petite fille! À cette évocation, une douleur soudaine lui perça le crâne.

Ça s'arrêta. Il soupira, soulagé. Ce nouveau spectre né dans sa tête venait d'être carbonisé. Il se rasséréna, reprit, en exorcisme, sa confession: «Oui, Chabasnel, le comptable, c'est moi qui l'ai tué...» L'incantation morbide commença son anesthésie torpide, mais très loin, reprit le cri:

— Papa, papa j'ai mal...

Il se débattit contre une peur informe:

— Papa!

Le cri s'était fait aigu, présent, proche. Alayel restait assis, tout vibrant.

— J'étouffe, j'étouffe, reprit la voix affolée. Johannes! Johannes!

Il se leva d'un bond.

— Eugénie, cria-t-il. Eugénie, j'arrive.

Il se précipita dans la chambre de la petite, s'approcha d'elle, la prit dans ses bras, la serra contre lui. Elle ne dit rien, ne soupira même pas. Un terrible sentiment le bouleversa.

— Elle meurt! gémit-il. Elle étouffe.

Brusquement, il la retourna et lui enserra la cage thoracique. Un râle naquit dans la gorge de l'enfant. Il continua avec frénésie à comprimer en cadence le torse menu d'Eugénie. Soudain elle expectora une masse baveuse, qui englua les mains d'Alayel. Elle respirait. D'un souffle rauque, angoissant, mais elle respirait! Il la recoucha dans une position presque assise, le dos bien calé contre les oreillers.

Il avait agi dans le noir. Il fallait de la lumière. Il se précipita dans la pièce principale, chercha une chandelle, des allumettes. Cette pièce lui était familière. Il la voyait en rêve depuis des jours. En rêve? Une autre réalité. Il alluma la chandelle, revint dans le galetas aménagé en chambre pour Eugénie. La petite cligna des yeux:

— Tu es venu, tu es revenu pour moi, dit-elle d'un ton rauque.

— Revenu?

— De là où t'étais tout seul. J'ai mal.

— Où as-tu mal, Eugénie?

Il avait mis la main sur son front, le trouva brûlant.

— J'ai trop chaud.

— Je reviens.

Il fila à la cuisine, revint avec un linge mouillé et épongea la petite. Il réalisa alors qu'il avait froid. Il était à demi nu. Il saisit le chandelier et voulut aller s'habiller.

— Non, non, laisse la lumière! J'ai peur, dit Eugénie suppliante, j'ai fait plein de mauvais rêves. Un ogre me serre. Il veut m'étouffer.

Il reposa la bougie sur la table de nuit, caressa le visage de l'enfant qui le dévisageait.

— Johannes, dit-elle.

Ses yeux émerveillés et craintifs le bouleversèrent. Il l'observa. Son visage avait une vilaine teinte violacée. Aux commissures de ses lèvres, une humidité trouble suintait. Les «fièvres», diagnostiqua Alayel. Il les avait souvent affrontées au bagne. Des remèdes, de la quinine en particulier, étaient indispensables. Il fallait aussi réchauffer ou rafraîchir le malade, réguler sa température. Y avait-il seulement des médicaments dans cette maison? Il revint dans la pièce à vivre. Il n'y faisait pas chaud. Il alluma la lampe à pétrole, remplit un verre d'eau qu'il porta à la petite. Elle but avidement, soupira.

— Tu as encore mal? demanda-t-il.

— Oui, dit-elle d'une toute petite voix.

— La pharmacie, les remèdes, je veux dire, tu sais où on les range?

— Sur le dernier rayon du buffet, dit-elle dans un soupir.

Il se précipita, lut les indications, identifia plusieurs médicaments adaptés à la grippe, s'étonna même de cette richesse.

Il lui administra potions et cachets, puis vint ranimer les braises mourantes au fond de la cuisinière. Enfin il s'habilla. Ensuite, il vint placer son fauteuil, habituellement installé près de la fenêtre, au chevet de l'enfant. Il s'assit, décidé à veiller. Cette nuit-là, Johannes Alayel n'avait plus à craindre l'obscurité, l'ennemi furtif, ou la violence de la canonnade. Il devait simplement surveiller la respiration d'une petite malade. Peut-être malade à en mourir.

Chaque fois que son râle s'affolait, il la prenait contre lui et l'aidait à respirer. En fait, dès qu'une situation l'exigeait, Alayel devenait extrêmement lucide. Au bagne et à la guerre, cela l'avait aidé à survivre...

La nuit s'avançait, lente, infinie, angoissante. Il avait éteint la bougie et laissé allumée la lampe à pétrole sur la table de la pièce voisine, de façon à voir la petite sans l'éblouir. Plusieurs fois, dans sa torpeur, elle cria : « Papa... Johannes. » Ce dernier ne répondait qu'au second appel. Au cœur de la nuit, sa première rencontre avec l'enfant lui revint, puis leurs bavardages et parties de dames. Tout cela semblait lointain, des traces diffuses dans une conscience viciée.

Cette enfant ne devait pas mourir. Cette vie, il la sauverait. Elle rachèterait une vie perdue par erreur vingt-cinq ans auparavant. La folie résonna en un tocsin épineux dans son cerveau, à tel point qu'il faillit crier. Une sorte d'ultime rupture, puis tout se calma. La mort du comptable appartenait à un passé aboli ! La survie d'Eugénie était d'une actualité brûlante et rien ne les reliait, rien ! Il n'était pas un démiurge négociant les cadavres ! Épuisé par tant de bouleversements, Johannes Alayel s'assoupit.

Il se réveilla brusquement. À son grand soulagement, son cauchemar n'était plus là. Le réel était autrement plus sérieux que ce fantasme morbide : Eugénie gémissait. Elle avait mal. La fièvre était remontée. À la lumière douce de la lampe à pétrole, il la bassina, lui parla, la rassura. Il lui donna à nouveau de l'antifébrile, une dose relativement faible, et la petite se calma. Alors il poursuivit sa veille, décidé, coûte que coûte, à ne pas dormir. Le temps s'allongeait. Sa fatigue était liée au manque de sommeil, non à l'obusite. Il songea aux mois précédant son « accident ». Il en retrouvait le souvenir.

L'offensive, enfin victorieuse, se prolongeait, jour après jour. Les Alliés progressaient. La guerre tirait à sa fin. Il avançait, entouré de ses hommes, prudemment mais vivement. Ils se savaient à découvert. L'artillerie ennemie tirait. Des tirs banals, presque familiers. Un sifflement s'enfla, s'enfla. C'était pour lui ! Une certitude ! Il lâcha son fusil, se jeta à terre, se boucha les oreilles, entendit quand même le hurlement de l'obus. La panique le saisit. Il allait être projeté, comme une poupée fracassée, comme le comptable oublié, tué lors de son attaque du dentellier...

L'explosion formidable le balaya. Il se retrouva dans la boue. Il s'assit, la tête lourde. Il porta la main à son front. Du sang, une plaie. Il se sentait comme dans un rêve. Autour de lui, les hommes avançaient, le dépassaient sans le voir. Fatigué, il aperçut un tronc d'arbre, s'y assit, sortit sa pipe. La bourra. L'alluma. Il avait l'impression dérangeante de se regarder fumer, d'être ailleurs. Le temps semblait aboli. Il avait envie de pleurer. Le sifflement continuait dans sa tête, pourtant il entendit un infirmier lui demander :

— Vous pouvez marcher? Je vais vous emmener. Comment vous vous sentez?

— Je me sens drôle, comme si j'étais ailleurs, dans un cauchemar.

— Vous êtes blessé à la tête, vous êtes sonné, mais ça n'a pas l'air trop méchant. Appuyez-vous sur moi.

Il se rappelait un hôpital, des médecins. Les jours passaient, mornes, ennuyeux. L'explosion de la marmite le hantait, surtout ce vertige d'envol. L'image longtemps occultée du comptable venait le torturer, rendant son cauchemar plus terrifiant.

Une dame lui avait dit d'écrire aux siens, de les prévenir qu'il était vivant, d'expliquer où il se trouvait. Il se demanda à qui écrire, se souvint de Malaguet, ce jeune lieutenant avec lequel il avait fait alliance pour sauver ses compagnons, pour qu'il les guide dans la guerre. Marius Malaguet. Le fils de Marie. Son fils. Il s'en souvenait maintenant.

Il regarda l'enfant endormie. D'où sortait-elle? Elle seule était parvenue à écarter son rêve. Lorsqu'il s'éloignait d'elle, le cauchemar revenait.

Eugénie.

Elle devait vivre, ou il redeviendrait fou.

Il n'était plus fou.

La mémoire des « temps d'absence » lui revenait. « Incurable », ou encore « un choc émotionnel violent », se souvenait-il avoir entendu de la bouche des médecins. C'était fini. Il était redevenu lui-même.

Où était-il ?

À Pontempeyrat.

Marie était partie à sa recherche. Marie ? Celle des feux de la Saint-Jean ? Et Marius, Trésor, Perdonnet, Vavin et les autres ? Tous étaient autour de lui dans son enfer ! Ils n'existaient donc pas, ils n'existaient plus. Bien présents dans son marasme, ils n'habitaient sans doute pas la vraie réalité ! Pourtant il avait besoin d'eux ! Il fut pris de panique.

La petite était bien là. Alors Marie aussi. Marie et leurs amours d'une nuit. L'amour de sa vie ? Elle n'avait jamais répondu à ses lettres ! Pourtant elle était venue le chercher dans cet hôpital du front. Marie, il l'avait idéalisée, puis réinventée. Enfin, il avait voulu l'oublier. Était-elle réelle ? Cette interrogation lui serra le cœur. Si elle n'était pas réelle, comment était-il arrivé à Pontempeyrat ? Était-il vraiment à Pontempeyrat ? Il se leva et ouvrit la porte. L'air vif de la nuit, les pentes sombres des sapins, le ciel étoilé et le chant de la rivière : tout était là.

Alors Marie ?

Marie aussi !

Il entra dans la maison, revint au chevet d'Eugénie. Elle dormait ; il prit sa main dans la sienne. Elle bougea. Il la fit boire. Elle soupira, heureuse, serra sa main et se rendormit. Il pouvait la laisser un instant. Marie devait être là, dans sa chambre.

Et si elle n'y était pas ?

Il rechargea le fourneau de bûchettes, chercha une chose urgente à faire. Il retardait l'instant. Il se décida enfin, empoigna la lampe à pétrole et entra dans la chambre. Une silhouette dormait sur un étroit lit de fer. Son cœur se mit à battre. Il leva la lampe.

Marie ! Un visage familier. Elle ressemblait à l'autre, celle de son souvenir. Son visage n'avait plus le flou de l'adolescence. Ses traits réguliers s'étaient accusés, affinés. Il remarqua les pattes-d'oie de ses yeux, ses tempes blanchissantes. Il la contempla un moment. Elle était belle en femme accomplie. Elle l'avait ramené. Elle aurait des choses à lui raconter à son réveil.

L'aimait-il ? Il la contempla, incertain, désemparé. La belle fille de ses dix-neuf ans était la seule femme qu'il eût jamais aimée. La seule qu'il eût serrée dans ses bras. Pas d'épouse, pas d'amante au bagne pour les forçats. Au front, les bordels de campagne lui avaient répugné comme une indignité. Dieu qu'il avait rêvé d'elle ! Combien de milliers de fois avait-il revécu de toutes ses forces cette nuit de la Saint-Jean où, porté par une allégresse étrange, il avait eu toutes les audaces, toutes les certitudes du bonheur. De leur bonheur.

En cet instant, en cette nuit de mars 1919, ici, dans cette petite maison de Pontempeyrat, cette femme endormie, la désirait-il ? Il ne savait pas. Il ne savait plus. Il se sentait faible, épuisé, presque anéanti. Sa volonté, mince corde usée, était sa seule force et elle était tout entière tendue vers une petite fille malade. Il revint au chevet d'Eugénie. Marie s'effaçait derrière elle.

Pourtant, c'était elle qui avait recueilli l'enfant comme un chaton perdu. Eugénie ! Elle était la fille « choisie » de Marie et il étouffait de tendresse à son endroit. De reconnaissance aussi. Elle seule avait pénétré son cauchemar. Retrouver Marie n'était pas l'urgence de l'instant. Quand Eugénie serait hors de danger, quand lui-même aurait repris des forces, alors se poseraient les questions d'avenir. Un immense soulagement le transporta. Les cauchemars, l'obusite, mais aussi les drames du bagne et de la guerre étaient derrière lui. Il ne lui restait qu'à guérir l'enfant. Une ultime bataille.

Il fronça soudain les sourcils. Pourquoi Marie ne s'était-elle pas réveillée à l'appel d'Eugénie ? Pourquoi avait-il été le seul à intervenir ? Il se dressa d'un coup, revint vers Marie endormie, la scruta. Elle était pâle, trop pâle. Ses cheveux étaient collés de transpiration. Son front était brûlant : elle aussi avait la grippe. Cette tueuse de grippe espagnole ! Assommée par la fièvre, elle n'avait pas entendu Eugénie. Il fallait qu'il la soigne, elle aussi. Tout chancelant, il revint vers la petite, vérifia qu'elle dormait tranquillement, retourna dans la salle de séjour, prépara les médicaments de Marie, revint avec un verre d'eau.

— Marie, dit-il doucement. Réveille-toi. Il faut que tu boives, que tu prennes des remèdes.

Il la découvrit, l'assit en la soutenant. Hagarde, elle ouvrit des yeux vagues.

— Il faut prendre ces cachets, dit-il, et boire. Tu es malade.

Elle but. L'eau la rafraîchit, lui fit du bien. Elle le regarda. Ses yeux s'agrandirent.

— Johannes, dit-elle. Oh Johannes, murmura-t-elle.

Elle se cramponna à lui. Ne sachant pas bien quoi faire, il la serra dans ses bras. Elle pleurait. Lui sentit ses yeux le piqueter, malgré la confusion de ses sentiments. La rassurer. Cette décision le rasséréna.

— Je suis là. Je veille. Dors. Tu as une fièvre de cheval. Repose-toi.

— Johannes, c'est toi… Toi comme avant?

Il la dévisagea.

— Oui, comme avant, dit-il.

Elle voyait un spectre, d'une maigreur effrayante, mais ses yeux brillaient d'intelligence. Le miracle s'était produit. Un bonheur indicible balaya les douleurs qui l'écrasaient, qui l'étouffaient. Elle s'endormit, un sourire aux lèvres.

Bouleversé, il la regarda longtemps. Sa vie était comme une fleur du désert, desséchée des décennies, qu'une pluie improbable était venue épanouir en un instant. Il retrouvait un avenir, une femme qu'il apprendrait peut-être à aimer. Il se découvrait en prime une paternité qu'il pourrait vivre pleinement, celle d'une toute petite fille… Il retourna vers Eugénie. Elle avait une nouvelle poussée de fièvre. Il la rafraîchit, la câlina. Lui parla. Elle entendait, esquissait des gestes.

— Lutte, Eugénie, lui dit-il. Tu m'as guéri. Tu dois guérir aussi. Il faut être forte. Je compte sur toi. J'ai besoin de toi!

— Oui, répondit-elle d'une voix faible. Tu sais, j'ai moins mal, poursuivit-elle au bout d'un court moment.

— Parce que je suis là et que tu n'as plus peur, dit-il.

Elle se détendit, rassurée. Il aurait aimé l'être aussi. Il la veillerait jour et nuit et la sauverait. Curieusement, il n'était pas inquiet pour Marie. Elle était forte, qui l'avait retrouvé.

*

Ce matin-là, Marius se leva vers 6h30, comme d'habitude. Jeanne dormait encore. Dans sa petite maison, Marie devait s'habiller. Elle allait rallumer son fourneau, mettre de l'eau à chauffer, préparer une grande cafetière pour ses hommes et du lait pour Eugénie, avant de la réveiller au dernier moment pour l'école. Alayel avait certainement mal dormi, il était dans son fauteuil, mutique et immobile.

Sa toilette faite, Marius sortit. Il allait être 7 heures et les hommes embauchaient. Le temps de démarrer l'atelier et il ferait jour. Une journée comme les autres. Chez sa mère, la lampe était allumée. Il était en retard. Il irait déjeuner après avoir accueilli les gars. Un grondement de moteur se fit entendre. Trésor était à l'heure. Il sourit. Ils iraient boire leur jus ensemble.

— Trésor, tu viens prendre un café?

— Merci, non, répondit le grand Noir, j'en ai déjà pris un et il faut charger.

Le temps de tout mettre en place et de distribuer le travail et il était 7h30. Marius se dirigea vers le logement de sa mère. Il frappa à la porte et, sans attendre, entra.

— Bonjour, tout le monde, s'exclama-t-il.

— Chut, elles dorment.

Il resta bouche bée.

— Adjudant, balbutia-t-il. Qu'est-ce qui vous arrive?

Alayel sourit:

— Un «choc émotionnel brusque», cette nuit, mon lieutenant. Il me semble bien être guéri.

— Il n'y a plus de lieutenant, répondit machinalement Marius.

— Alors faut-il dire Marius et Johannes?

Il hésita.

— Marius et son père?

— Je n'ai pas eu de père, Johannes. Ou peut-être que si...

Il se tut. Alayel, son père? Il n'avait pas besoin de père! Surgie brutalement du fond de sa conscience, cette vérité le consterna. Elle s'imposa pourtant. Cette fonction paternelle, le Gallu l'avait remplie. Lui seul. Chaque fois que Marius avait eu vraiment besoin du soutien d'un homme, il avait été là. Il lui devait sa rage de survivre!

Alayel était l'amoureux de sa mère et ça suffisait bien. Pourtant, sans cet homme, il n'aurait jamais pu tenir sa compagnie de bagnards. Pourtant, avec cet homme, il avait partagé une amitié totale. Celle-ci était-elle désormais morte? Alayel était-il pris d'une réelle pulsion paternelle à son égard? Marius le souhaitait-il? Il était désorienté. Il se raccrocha à une réalité tangible: Alayel et lui avaient gagné la guerre, ensemble. Elle était finie et ils étaient vivants.

Johannes avait accusé le coup. Marius, avec la tendresse discrète de l'amitié, reprit d'une voix lente:

— Dans mon enfance, tu n'étais pas là. En revanche, j'ai eu un ami à la guerre. Un ami qui comptait plus que tout. Un homme dont la disparition m'a assommé.

Ils se regardèrent et s'embrassèrent. Marius ferma les yeux, puis, fuyant l'émotion, poursuivit:

— Où sont les femmes? La grande et la petite?

L'ex-adjudant se fit grave:

— Eugénie a failli mourir cette nuit. Je crois que c'est la grippe espagnole. Elle étouffait. J'ai dû la ranimer. C'est ça, le choc qui m'a ramené.

— Et ma mère? Marie, je veux dire.

— Elle n'a rien entendu. Elle a au moins quarante de fièvre. La grippe elle aussi. Les fièvres, je connais, Marius. Souvenirs du Maroni. Je ne la crois pas en danger. Je l'ai soignée. Il y avait plein de remèdes adaptés dans la pharmacie. Ça m'a même étonné.

Marius se mordit les lèvres. Les médicaments du Gallu, il les avait rapportés après son inhumation. Au moins avaient-ils sauvé l'enfant. Il n'en parla pas.

Johannes continuait.

— La petite dort calmement, mais elle a de nouveau été prise d'étouffements dans la nuit. Il ne faut pas la laisser seule.

— Je vais faire venir le médecin.

— Oui, il faut tout faire pour elle, tu comprends ?

Le tutoiement le surprit. Retrouver Alayel tel qu'il l'avait connu au front l'avait ramené à la guerre, à la hiérarchie militaire, à un formalisme et à une morgue maintenant dépassés.

— Je l'appelle tout de suite.

Il retourna au bureau et appela Joseph Thévenon. Le praticien promit de venir dans la matinée.

Le travail ne manquait pas, mais Marius décida de retourner chez sa mère. Alayel avait repris sa place au chevet d'Eugénie. Il semblait abattu. Le jeune homme craignit une rechute. L'ex-adjudant leva la tête. Son regard était vif, il avait compris l'expression de son fils.

— Je suis épuisé, dit-il, rien de plus. Dès que quelqu'un pourra me remplacer, je tâcherai de me reposer.

— Je fais le café, dit Marius. Tu en boiras une tasse avec une bonne tartine. Ça te fera du bien. Jeanne va arriver. Elle veillera la petite et soignera Marie. Juste retour des choses. C'est elle qui nous a élevés, Jeanne et moi. Tu le savais ?

Il acquiesça.

— Bonjour, Jeanne, dit Alayel.

La jeune femme laissa tomber sa sacoche, se précipita sur Alayel et faillit le renverser en l'embrassant.

— Johannes. Je suis si contente de vous retrouver. Je vous connais si bien.

Enroué par l'émotion, il finit par dire :

— Je te dois ma... mon retour, Jeanne. Sans toi, Marie n'aurait pas cru à ma survie. Rends heureux... mon fils Marius. Il n'a pas besoin de moi, mais de toi. Aujourd'hui... j'ai besoin de votre aide. Eugénie est très malade, tu sais.

Jeanne se précipita au chevet de l'enfant, reconnut les symptômes du Gallu, revint vers Johannes.

— Il faut appeler le médecin tout de suite, dit-elle vivement.

— Marius s'en est chargé. Peux-tu la veiller pendant que je dors un peu ?

— Marie n'est pas là ?

— Elle est au lit avec une forte fièvre. La grippe, elle aussi, mais je crois qu'elle va mieux.

Marius leur servit du café, puis Alayel, ravagé de fatigue, alla se reposer.

Deux heures plus tard, Marie se leva. Immédiatement, elle se dirigea vers le lit d'Alayel. Il dormait sans ce masque de douleur qui, auparavant, ne le quittait jamais. Elle sourit, radieuse. Le miracle s'était produit. Eugénie avait guéri Johannes.

Il fallait maintenant qu'elle survive.

*

Alayel veilla Eugénie trois nuits consécutives et la moitié des journées. Il ne voulait laisser sa place à personne, pas même à Marie convalescente. Une sorte d'ascèse en hommage à sa rédemption. Deux fois, il craignit pour la vie de la fillette. Joseph Thévenon, en médecin averti, décida de ne pas l'hospitaliser. Le voyage l'aurait fatiguée ; qui plus est, il savait que le moral des patients compte pour beaucoup dans leur prompte guérison. À l'immense compassion de l'ancien bagnard répondait la confiance de l'enfant. Il les laissa ensemble, mais leur rendit visite chaque matin.

Le quatrième jour, la fièvre tomba. Eugénie retrouva l'appétit et défia Alayel aux dames. Accusant le coup de ses veilles successives, il faillit s'endormir pendant la partie. Enfin, Joseph Thévenon décréta Eugénie guérie ! La ténacité de la demoiselle et les soins constants d'Alayel avaient vaincu la surinfection pulmonaire.

Hélas, la vilaine grippe espagnole s'était brutalement déclarée chez Eugène et Célestine Mastafier… Alourdis par des décennies d'excès de table, ces deux-là étaient en grand danger.

*

Eugénie avait repris l'école. Johannes dormait beaucoup et mangeait avec une lenteur appliquée. Il se remplumait.

— Tu deviens gras, dit un jour Trésor, rigolard.

— Elle m'a mis à l'embouche, répondit-il en désignant Marie.

Elle rougit. Johannes en fut amusé. Une petite lueur dansa dans ses yeux. Elle en fut immédiatement troublée. Un instant, elle se sentit chaude, fondante, un soir d'été… Elle se laissa gagner par le souvenir.

La rumeur de la fête leur parvenait atténuée. Éloignés du feu, ils flânaient sous la pleine lune. La terre rayonnait du soleil emmagasiné tout le jour. Sans qu'il la touchât, elle avait senti une étrange force émaner de lui, avait levé les yeux, un peu effrayée. Sur son visage, pâli par la lumière nocturne, jouaient des reflets chauds venant du brasier. Quelque chose dans son regard l'engourdit délicieusement. Le cœur affolé, elle abdiqua toute volonté contraire à celle de ce jeune mâle. Le désir de Johannes l'incendia.

Revenue dans le présent, immobile, éperdue, elle contemplait Johannes. Il ne la regardait plus. L'étincelle s'était éteinte. Elle en fut désolée. Elle avait souvent songé au moment où ils referaient l'amour et cela l'angoissait. Elle craignait l'échec, ou pire, l'ennui. Elle avait été mère, si peu amante… Elle n'allait pas baisser les bras ! Le désir, elle le ferait renaître, mais à sa façon, pas comme une gourgandine. En éveillant l'émotion de son homme, sa sensibilité. Cette sensibilité qu'ils avaient dû tous les deux brider pour survivre, lui au bagne, elle à son esclavage. Elle serait à l'écoute et la vie s'ouvrirait. Elle avait le temps.

Un matin, la nature triomphante donna au convalescent l'envie de sortir. Marie le vit enfiler péniblement ses gros souliers à clous de l'armée. Sur une impulsion, elle se mit du rouge à lèvres, une ombre de fard sur les yeux, refit hâtivement son chignon, ôta son tablier et chaussa ses belles bottines. Tant pis si elle les salissait sur les chemins boueux.

Johannes était sorti sans vêtement chaud. Elle saisit une grosse veste de velours côtelé oubliée par Marius et le suivit. Il n'était pas très loin; elle courut, l'appela. Il se retourna, la regarda venir. Sa jupe mi-longue volait, dévoilant une jambe élégante affinée par ses chaussures à talon. Sa cape dansait autour d'elle. Son visage coloré par le vent, ses yeux bleus, rendus plus lumineux par l'artifice du maquillage léger, lui souriaient. Il la vit soudain, elle, telle qu'elle était en ce début de printemps 1919, sans plus chercher à travers elle l'adolescente de ses dix-neuf ans.

Sagement, elle marcha à côté de lui. Quand il trébucha sur une pierre du chemin, elle le retint, puis le lâcha.

— Donne-moi le bras, lui dit-il.

Ils repartirent. Marie le guidait, regardant droit devant elle.

Depuis sa guérison, il n'avait plus le visage tourmenté, mais ses traits restaient graves. Elle souhaitait le voir s'épanouir, imaginait son regard glissant sur la nature en éveil, sur les minuscules pousses vert pâle des sapins, sur les bourgeons éclatants des frênes, sur l'herbe du chemin piquetée des dernières perce-neige. Elle savait qu'il goûtait la caresse rude de ce début de printemps. Ils traversèrent le village sans prêter attention aux mines intéressées des quelques passants, prirent le chemin qui montait vers la gare. Tout à coup il parla.

— Trésor m'a parlé de mes amis, dit-il. Toi, tu les as vus. Comment… comment ça s'est passé? Que t'ont-ils demandé? Que t'ont-ils dit?

— Oh, ils ont été polis, c'est sûr, mais ils voulaient tout savoir.

— Et quoi donc?

— D'abord comment tu allais. Ta «dépression stuporeuse», l'obusite quoi, ils voulaient comprendre comment ça avait pu t'arriver, à toi. Ils t'admirent tous.

— Pourquoi ils m'admirent?

— Parce que tu n'étais jamais découragé. Parce que tu savais survivre. Parce que tu n'avais pas perdu ton âme dans la pourriture du bagne. Parce que tu étais un paysan, un gars de chez nous, opiniâtre, têtu, fidèle. Voilà pourquoi.

— Ils ne voulaient pas croire à ma... «dépression stuporeuse»?

— Ça ressemblait à un découragement de trouillard. Alors Vavin a expliqué que l'obusite était comme un coup de bâton sur la tête et que même les plus courageux pouvaient être assommés.

Elle devina qu'il acquiesçait.

— Ensuite, ils m'ont parlé du bagne, poursuivit-elle.

— C'est pourtant interdit. C'est notre secret. Personne n'avait le droit de savoir, pas même le lieutenant, le seul qui l'aurait mérité.

Marie se raidit. Il le comprit et tourna vers elle un visage attentif, alors elle le regarda et son cœur se mit à battre plus vite. Son visage maigre, aux traits creusés par la maladie et les épreuves, était empreint d'une douceur, d'une inquiétude naïve qui, tout à coup, le rendait vulnérable. Sous sa carapace de courage et de volonté, elle le devina très sensible.

— Je venais te chercher. Ils n'avaient plus vu de femme depuis bien longtemps. Perdonnet, Trésor, j'ai senti leurs regards. Des regards d'hommes... mais j'étais la mère du lieutenant, la «femme d'Alayel». Le deuxième soir, je me suis retrouvée devant le cercle des forçats. Tu étais l'un d'eux par ma faute. C'est pour moi que tu as voulu voler cet argent.

Il se raidit contre elle.

— Alors je leur ai demandé de me parler de toi au bagne, reprit-elle.

— Ils ne l'ont pas fait.

— Si!

De nouveau, il la regarda d'un air perplexe, à la fois hostile et émerveillé. Il vit son double: une Marie au visage de granit, toute de volonté farouche.

— Pas tout de suite... Après t'avoir reçue, jaugée, initiée. À Cayenne, avant d'accepter un nouveau dans notre groupe, on faisait comme ça.

— Oui, dit-elle. Trésor m'avait déjà admise, peut-être à cause d'Eugénie qui l'avait mis dans sa poche. Il m'avait prévenue de la tenue de ce conseil. C'est surtout Vavin qui me questionnait, mais tous écoutaient.

— Et alors?

— Alors je leur ai tout dit.

— Nos...

Il hésita, reprit:

— Nos amours?

— Bien avant. Comment comprendre notre rencontre sans comprendre mon passé, sans savoir qu'à six ou sept ans j'étais une petite servante battue. Qu'avant toi, personne, jamais, ne m'avait aimée. Je leur ai tout dit. Pour qu'ils comprennent. Pour qu'ils m'adoptent, pour qu'ils m'aident à te trouver. Personne ne savait dans quel hôpital tu étais. Personne!

— Et après?

— Après je leur ai demandé de me parler de toi.

— De moi?

— Oui, de toi. Nous nous sommes aimés un soir de la Saint-Jean, le plus beau jour de ma vie. Puis tu as disparu. Je voulais te retrouver, mais je ne te connaissais pas. Eux te connaissaient. Ils m'ont dit leur admiration, leur désarroi à leur arrivée au bagne, ta présence silencieuse et rassurante, ta modestie. Tu les protégeais, leur donnais l'exemple. Ils m'ont parlé de ta débrouillardise et de ta curiosité. De ta fidélité aussi. Tu leur as appris la survie.

— Comme le lieutenant nous a appris à survivre à la guerre.

— Le lieutenant, c'est ton fils, notre fils.

Il resta silencieux.

— Je crois que nous, les anciens bagnards... lui devons la vie.

De nouveau, les souvenirs l'emportèrent.

— Quand même, les gars, mes compagnons de chaîne, n'en ont jamais dit autant, à personne! Comment as-tu fait?

— Je voulais te trouver. Je m'attaquais, seule et faible, à l'administration militaire. Sûr que ça leur a paru plus héroïque que charger sous les bombes.

Il sourit.

— Tu es une sacrée bonne femme. Je l'avais deviné le jour de notre rencontre.

Il se rembrunit.

— Tu n'as jamais répondu à mes lettres...

— Je les espérais, mais je ne sais pas lire, ne l'oublie pas. Jamais j'ai eu le temps d'apprendre. Tes lettres, je ne pouvais pas savoir qu'elles venaient de toi... Malvier les brûlait et je le regardais faire sans comprendre...

— Ce salaud... Je vais le tuer!

— C'est un vieux, abandonné de tous. Il se tuera bien tout seul.

Il la regarda, hocha la tête.

— Tiens, justement, regarde-le, le Lucas Malvier, reprit-elle.

Ils avaient débouché sur la ferme du Bois noir, où elle avait servi tant d'années. Un paysan voûté poussait sans conviction une brouette à fumier et rentrait dans l'étable. Johannes acquiesça:

— Que le passé reste où il est, dit-il.

— Pas tout. Il y a eu de bons moments, répondit-elle, viens.

Ils grimpèrent une colline douce, débouchèrent sur d'autres prés, s'arrêtèrent. Marie regardait Johannes. Il ne manifestait aucune émotion. Elle en eut le cœur serré.

— Allons nous asseoir sous cet arbre, dit-il un peu plus tard, désignant un fayard d'apparence dénudé mais qu'une multitude de feuillettes blondes paraient d'une aura dorée... et je te donnerai à boire, conclut-il dans un sourire.

Elle éclata en sanglots. Il la serra contre lui. Sur son visage ruisselant de larmes, s'épanouit un sourire. Il avait reconnu l'endroit de leur rencontre.

À partir de ce jour, la convalescence de Johannes s'accéléra.

Leurs promenades se firent quotidiennes. Ils disparaissaient des heures. Jeanne et Trésor jouaient à ne pas les voir, mais échangeaient des coups d'œil complices. Marius restait impénétrable. Il reprochait presque à son ami de guerre d'être son père. Il avait été *lou bastardou* et s'en était sorti seul. Johannes l'avait aidé, mais c'était lui le chef ! Cette filiation tardive, il la vivait comme une dépendance. Il s'en était ouvert à Alayel, qui avait fait mine de comprendre, non sans une discrète douleur. Deux durs qui avaient tu leurs sentiments, leurs frustrations, leurs peines.

Johannes exerçait sa paternité sur Eugénie. Peut-être pour compenser. Ce lien entre la petite et son sauveur, Marius en était presque jaloux. Il n'avait pas connu ça, il n'avait pas eu droit à ces tendresses de chaque instant. Marie, esclave de cette brute de Malvier, travaillait dur ; elle n'avait pas le temps de le câliner. Quant au lien qui l'unissait au Gallu, il devait rester clandestin. Le Gallu. Lorsqu'il songeait à lui, la tristesse l'envahissait. Puis il songeait à son héritage, au mystère qu'il recelait.

Le bonheur de sa mère, il le souhaitait de tout son cœur. Le bonheur de Johannes, il le voulait de toute sa raison.

Un jour de grand soleil, où la chaleur avait soudain été celle de l'été, Marie était rentrée de leur promenade le visage rosi et le corps nonchalant. Jeanne avait remarqué les brins d'herbe accrochés à sa cape. Trésor avait suivi son regard : ils étaient tous deux partis d'un grand rire joyeux.

*

Un matin, Firmin, le vieux facteur, remit une lettre à Marie. Le cachet militaire était bien visible.

— C'est pour Marius ? demanda-t-elle

— Non, dit-il. Pour l'adjudant.

C'est ainsi qu'il appelait Johannes, en raison des lettres officielles faisant état de ce grade. Elle remit la missive à son destinataire et s'écarta. Il ne lui en dit rien, resta pensif toute la matinée, presque sombre. Elle s'inquiéta, réussit cependant à l'entraîner dans ces longues marches qui leur nettoyaient l'âme. Sans qu'elle eût demandé quoi que ce soit, il parla de la lettre. Il avait perçu son inquiétude.

— C'est Vavin, dit-il. Il donne des nouvelles des copains. Ils seront libérés bientôt, en juin sans doute. La plupart voudraient quitter la France, aller loin, sous les tropiques, démarrer une vie nouvelle ailleurs.

Il posa la feuille sur ses genoux, ferma les yeux. Marie sentit son cœur se serrer. Il avait envie de partir lui aussi. Sans elle? Sans elles? Elle eut peur.

— Tu vas t'en aller?

Il la regarda, sentit sa crainte, sourit.

— Pas tout seul.

— On partira avec toi?

— Vous êtes ma famille, non?

Elle le regarda, ses grands yeux bleus luisants de larmes.

— J'irai où tu voudras. En enfer si tu veux.

Il rit.

— L'Afrique noire, l'Extrême-Orient suffiront.

— Découvrir le monde avec toi et Eugénie, dit-elle. À condition que je sois armée.

— Armée?

— Oui.

— Je ne comprends pas?

— Il faut… Il faut que tu m'apprennes à lire!

Un cri du cœur hurlé à voix basse. Il en fut bouleversé.

— Oui! Oui, je vais t'apprendre à lire. Tout de suite! Tu as le droit de savoir lire. Tu en as le droit!

Il la regardait au fond des yeux. Ils se remplirent d'étoile.

*

Un soir, lors du souper, Marius fit part à toute la maisonnée d'une intéressante nouvelle. À l'hôpital du Puy, Eugène Mastafier était mort de la grippe espagnole. Célestine était entre la vie et la mort.

Marie sourit.

— Un *caïou* de crevé. L'autre suivra ! Tout ça, c'est grâce à Eugénie, dit-elle. La veille de sa première fièvre, ils sont passés ici. Ils m'ont tenu la jambe un moment. En bonnes chattemites, ils ont voulu apprivoiser la petite. Elle a dû leur faire la bise. Ils voulaient te voir, Jeanne, parce que tu leur devais soi-disant beaucoup ! Après avoir tenté de te tuer, ils revenaient à la charge sans vergogne ! Je les ai foutus dehors à coups de bâton.

La tablée entière applaudit. Marie en fut décontenancée.

— Cette grippe est terrible, car on est contagieux avant les premiers symptômes, dit Jeanne, la joie retombée. Alors personne ne se méfie.

— Je savais bien qu'Eugénie était venimeuse, dit Alayel en regardant l'enfant avec un grand sourire.

— C'est pas vrai, s'offusqua-t-elle. Je ne t'aime plus.

L'air boudeur, elle grimpa sur ses genoux et lui mit les deux bras autour du cou.

Épilogue

Guéri, Alayel avait repris du poids dans tous les sens du terme. Marie s'adapta avec aisance à son autorité ; Marius la supportait moins. Chacun des deux hommes se méfiait de l'autre, se montrait irritable. Ils se ressemblaient... comme père et fils. Leurs chamailleries tournaient à l'affrontement.

Alayel n'avait pas fait part à Marius de son intention de partir. Les projets, il savait depuis longtemps qu'il faut les taire jusqu'à ce qu'ils se réalisent. Une annonce dans les journaux offrit enfin l'opportunité souhaitée. On recherchait des pionniers pour les colonies. Une aide substantielle était proposée aux anciens combattants pour partir. Comme ses compagnons de chaîne, l'ancien bagnard avait l'étrange nostalgie des tropiques et de la forêt primitive. S'il n'imaginait pas un retour à Cayenne, il rêvait d'Indochine. Il fit les démarches nécessaires et fut agréé. Marius en fut paradoxalement soulagé.

La veille du grand départ, un beau jour de juin, Jeanne organisa une fête. On se séparait pour vivre son propre bonheur et on se retrouverait, fortune faite. Le repas, fort joyeux, s'éternisa. Marie coucha Eugénie, épuisée, avant la fin. Au moment de la goutte qui achevait le souper, Johannes se leva, fit signe à Marie, qui vint le rejoindre.

— Nous avons une nouvelle à vous annoncer. Nous nous marierons dès notre arrivée à Saigon. Nous n'avons que vingt-cinq ans de retard.

Les convives applaudirent, tandis que les «fiancés» se rasseyaient. Alors Trésor se leva.

— Toutes mes félicitations, dit-il.

De nouveau, l'assistance manifesta son enthousiasme. D'un geste de la main, le grand Noir calma l'assistance.

— Marie, Johannes, reprit-il avec emphase, c'est aussi pour moi l'occasion de vous raconter une belle histoire. Il y a quelque temps, Marius m'a expliqué comment braconner les truites. Il m'a montré les bonnes pierres, puis il m'a désigné du doigt un gros pavé jaune, une pierre plate trop large pour pouvoir y piéger les poissons. Quand ce bourgeois, ce Pierre Russel, nous a tous entraînés vers la cachette de Johannes, «une sorte de dalle en forme de haricot», j'ai eu un éblouissement. C'est alors que Marius m'a envoyé chercher une chaise pour que tu puisses te reposer en chemin, Johannes. Je me suis décidé d'un coup. Vous marchiez lentement. J'ai couru à travers bois. Quand je suis arrivé, vous étiez encore loin. J'ai sauté dans le ruisseau et fait basculer la pierre…

Tout en parlant, il avait ramassé un sac de jute, le brandit.

— Ma chère Marie, mon cher Johannes, pour votre nouveau départ dans la vie, voici l'or du dentellier!

Dans un geste théâtral, il renversa le sac. Alors coula sur la table une superbe cascade dorée.

Une belle somme! La moitié de celle revendiquée par le dentellier. Marius le remarqua tout de suite. Il sourit en songeant au Gallu. Du fond de sa forêt funèbre, il lui faisait signe.

LA FILLE
DU BÂTARD

Prologue

La voiture enchaînait les virages sans le moindre flottement. La traction avant Citroën, sortie deux ans auparavant, était exceptionnellement stable.

La conduite accaparait Jeanne sans pourtant occulter son désespoir latent. À sa solitude à deux, à son amour agonisant, s'ajoutait cet appel de détresse venu la poignarder.

Se griser, vivre l'instant !

Un virage à droite. Elle allait très vite. Sans ralentir, elle calcula sa trajectoire. La voiture passa avec élégance. Devant elle, à cent mètres, le dernier tournant avant la ligne droite. Elle l'avait pris mille fois et allait le couper. Quelqu'un en face ? Un petit, tout petit risque qui l'excita : elle avait vu la route de loin, une voiture cachée serait déjà passée… À moins d'être arrêtée hors de vue.

On avait refait la chaussée. Terminée depuis peu, elle crachait encore des gravillons sur les bas-côtés. Seules les fondations du parapet étaient terminées. La vue était superbe sur la vallée de l'Ance.

La courbe se précipitait à sa rencontre. Elle sourit, tendue et passionnée. Elle tourna le volant. Trop ferme, il tarda à répondre. Sous la force centrifuge, l'automobile dérapa puis bascula dans le vide. Jeanne vit le viaduc se jeter sur elle. Ultime poussée d'adrénaline, plaisir fugace, elle s'envolait vers l'ailleurs.

La traction tenait remarquablement la route. On la considérait cependant comme sous-vireuse à grande vitesse.

1

La lettre cachée

Marius Malaguet ne ressentait rien. Jeanne, sa femme, était morte ; et lui, vide. On venait de la porter en terre.

Après les funérailles et les témoignages de sympathie, sincères ou de circonstance, après la collation d'usage, les visiteurs venaient de se disperser. Il était anesthésié, indécis. Sa vie ? Comme avant, nécessairement : la scierie, son travail... En fait : rien, plus personne à aimer...

Marise, la femme de ménage, sa tâche accomplie, était partie. Il l'avait croisée en rentrant après avoir raccompagné Trésor. Son compagnon de guerre, son associé, indéfectible ami, était resté le dernier. Même cette présence l'avait peu réconforté, à peine l'avait-elle touché. Il était perdu, au-delà de la douleur.

Tout le jour, il s'était recroquevillé en lui-même, offrant un visage de pierre, comme lorsqu'il était enfant et qu'on le traitait de bâtard, par habitude. Il était soulagé d'être seul. Il pressentait pourtant le sens désormais écrasant de ce mot.

Il s'arrêta pour contempler la bâtisse baroque qu'il habitait. Un original l'avait construite quatre-vingts ans plus tôt, dans le style italien, avec stucs, corniches et frontons, sans aucun rapport avec le granit sobre des fermes du pays. L'aimait-il ? Elle avait abrité son mentor, un vieux sage, coureur de bois, qui lui avait appris la dignité. Le Gallu, qu'on disait sorcier, avait succombé seize ans plus tôt à la grippe espagnole. Marius avait hérité de sa maison. Jeanne et lui avaient gardé les trésors accumulés par cet aventurier, en particulier de hautes statues de dieux hindous qui impressionnaient les visiteurs.

Il se tourna vers l'allée bordée de grands frênes qui menait au village. À sa gauche, chantait l'Ance. Les pentes de la vallée, boisées de pins, répandaient une subtile fragrance de résine chaude. La canicule s'atténuait avec le soir. En ce 30 juin 1936, il avait trois bonnes heures de jour devant lui avant de pouvoir sombrer dans le néant du sommeil. Qu'en faire? Désœuvré, il entra dans la maison. Jeanne et lui la trouvaient trop grande car nul enfant ne leur était venu. Aux yeux des autres, ils semblaient résignés. Illusion: cette damnation s'était enkystée en une douleur sourde qu'ils partageaient sans jamais en parler.

Il erra de pièce en pièce, finit par s'asseoir devant un secrétaire, meuble hors d'âge en merisier patiné dont il aimait la silhouette à la fois élégante et solide. Il le caressa. Il appartenait à Jeanne. S'installer à sa place l'aiderait-il à la retrouver? Il l'espérait vaguement. Pour l'instant, lui, elle, les autres n'étaient que des silhouettes diffuses.

Il ouvrit l'abattant du dos-d'âne, en soutint le plateau par les tirettes de cuivre, y posa ses mains. Il contenait des papiers qu'il contempla. Nulle indiscrétion, désormais, à fouiller les affaires de Jeanne: cette pensée le troubla. Il sortit les documents, les lut. Ils n'étaient pas d'elle. L'un après l'autre, il tira les petits tiroirs étagés, fouillant sans conviction. L'un d'eux s'ouvrait mal. Il voulut le débloquer, le manœuvra de droite et de gauche, sans forcer, pour ne rien casser. Le coin blanc d'un pli apparut en dessous: c'était lui qui coinçait. Un coupe-papier dépassait d'un pot à crayons. Il s'en servit comme d'un levier, extirpa le tiroir, saisit la lettre et fronça les sourcils. Elle lui était adressée.

Le cachet de la poste datait de quelques jours à peine. La bande gommée, intacte sur une bonne moitié du rabat, évoquait la hâte, la clandestinité. On n'avait pas pris le temps de vérifier sa fermeture. Jeanne n'avait pas résisté à cette enveloppe qui bâillait. Était-ce vraiment une indiscrétion? En tout cas, elle avait lu la lettre. Pourquoi l'avait-elle cachée? Qu'avait voulu lui épargner Jeanne, qu'avait-elle voulu s'épargner?

L'enveloppe contenait une feuille pliée en quatre. Il la déplia. L'écriture était ronde, féminine. Il lut:

Comment vous appeler? Monsieur? Père? Papa?

Je m'appelle Diane. Ma mère va mal, sa famille la dit folle. Mon tuteur, oncle Hyppolite, le beau-frère de ma mère, dit que je suis illégitime. C'est vrai: mon père... pardon, le mari de ma mère a été tué dans la Somme à la mi-août 1918. Je suis née fin mai 1919. On m'avait caché la première de ces dates.

Ma mère gardait ses secrets dans un semainier verrouillé. Il y a quelques jours, elle a oublié la clé sur la serrure. J'ai lu ses papiers et j'ai vu ces dates. Il y avait aussi plusieurs lettres qu'elle vous avait écrites et jamais envoyées. J'ai commencé à lire la première, elle disait que vous étiez mon père! Je n'ai pas pu poursuivre, je pleurais trop, mais j'ai relevé votre adresse sur les enveloppes...

Lou bastardou, devenu le lieutenant Malaguet, vétéran de quatre années d'horreurs, n'avait pas pleuré depuis trente ans. Assommé par deux chagrins de femmes, il fondit en larmes. Jeanne, qui n'avait pu avoir d'enfant, lui découvrait une fille; Diane, sa bâtarde, l'appelait au secours. Il sanglota comme un tout-petit, puis se reprit. La douleur de Jeanne serait à jamais son remords. Quant à Diane, elle accaparait déjà son avenir. Il reprit sa lecture.

... je ne sais plus que faire. Bientôt, une ambulance emmènera ma mère chez les fous et, pour que je ne reste pas toute seule, mon tuteur va me prendre chez lui. Il me fait peur quand il me regarde. Je ne le suivrai pas. Je partirai avant.

Je ne sais plus quoi dire. Je voulais que vous sachiez tout ça. Voilà. Que puis-je mettre comme formule de politesse? S'il vous plaît, répondez vite à cette lettre que je jette à la boîte comme une bouteille à la mer.

La signature, « Diane », était suivie du nom « Saint-Just », puis d'un point d'interrogation.

Uranie Saint-Just ! Fulgurant, ce nom jaillit de sa mémoire. La fille d'Uranie ! La sienne aussi ? Marius le ressentit de tout son être. Les dates concordaient. Il lui fallait vivre pour quelqu'un, sinon il n'avait plus qu'à disparaître.

Uranie...

Il se souvint. La date, d'abord : le 1er septembre 1918. Il partait en permission et tuait le temps entre deux trains à une terrasse de café lyonnaise. S'était-il assoupi ? Une belle fille blonde, tout de noir vêtue, les yeux emplis de larmes, était soudain apparue devant lui. Une veuve de guerre. Toute jeune. « Il vous ressemblait, avait-elle dit. Lui aussi était lieutenant. » Ému par sa détresse, il l'avait invitée à s'asseoir, lui avait commandé un cognac...

Dès le début des hostilités, Marius Malaguet s'était engagé pour fuir un amour brisé. Jeanne, déjà... Mûri, durci par quarante-huit mois de front, nommé officier au combat, il osait enfin affronter son passé et, pour la première permission en quatre ans, il revenait dans son village natal, Pontempeyrat, dans le Haut-Velay...

Du fond de sa douleur, Uranie lui avait reproché d'être vivant, lui avait demandé des comptes. Il avait tenté de lui expliquer la guerre : l'acharnement des puissants, le patriotisme imbécile des bien-pensants, l'incurie des chefs et, à l'opposé, la misère des poilus, les charges inutiles, la multitude des morts, la gloire dérisoire chantée par les journaux. Désespérée, révoltée, tragiquement ironique, elle l'avait traité de défaitiste et l'avait incité à déserter. « J'y retournerai, avait-il répondu, dans cinq jours, exactement. » Comme, méprisante, elle s'étonnait, il avait précisé : « Pour mes hommes ! Pour qu'il en meure le moins possible, pour qu'ils survivent. Le front craque, les alliés avancent. La paix arrive enfin. » Elle lui avait demandé avec rancune sa définition de la paix. « C'est boire un café tous les jours à une terrasse de bistrot. Ça veut dire ne plus sortir en hurlant des tranchées pour courir sous les balles. Ça veut dire ne plus sentir l'odeur de charogne des cadavres entre les lignes. » Il avait été dur avec cette femme désespérée. Il n'en pouvait plus d'occulter l'horreur. Accablée par cette vérité écrasante, elle s'était écriée : « Vous reviendrez vainqueur et moi, veuve, je resterai toute seule. Toute seule[1]. »

« Toute seule. » Comme lui aujourd'hui. Il regretta sa dureté d'alors. L'orgueil de sa survie, de la survie de ses hommes l'avait fait triomphant. Lucide, certes, mais triomphant. Il avait cependant partagé sa tristesse. « Nous sommes des enfants perdus », avait-il dit... Alors, en révolte contre sa peine, au nom de la vie, Uranie avait triché avec elle-même et avait entraîné chez elle cet homme qui ressemblait à celui qu'elle avait aimé. Libre, il s'était laissé faire. Rien n'est plus contagieux que le désir d'une jolie femme, surtout à vingt-trois ans.

Il en avait quarante et un maintenant, grisonnait aux tempes et s'était épaissi...

Il se souvint des tentures, de la haute chambre, du lit en désordre. Il revit le corps d'Uranie, blanc, presque nacré, ressentit ses chairs fermes, sa vaillance. Entendit sa plainte de femme comblée. Il revécut son amertume lorsque la décrue du plaisir ramena chacun dans son réel. Il l'avait laissée endormie. Dormait-elle ou se cachait-elle derrière ses paupières closes pour le fuir et se fuir ? Orgueil et compassion : avant de refermer doucement la porte de l'appartement, il avait écrit sur un bloc, près de l'entrée, son nom et son secteur militaire... Elle avait dû enquêter pour retrouver son adresse à Pontempeyrat.

Marius se sentit laminé de remords. Cette femme, il l'avait fuie, mais que pouvait-il faire d'autre ? L'écouter. Simplement l'écouter.

Six semaines après leur rencontre, au front, il avait reçu d'elle une lettre ambiguë : « Un soleil va renaître qui m'empêchera de vous oublier », écrivait-elle. Phrase troublante qu'il n'avait pas voulu décoder. Ayant retrouvé Jeanne, il avait réduit cette passade lyonnaise à un moment fugace. Il n'était pas un grand bourgeois, n'appartenait pas au monde d'Uranie. Leurs chemins s'étaient croisés sans converger.

1. Voir *Le Bâtard du Bois noir.*

Ce « soleil » renaissant s'était incarné en une fille, sa fille qui, affolée, implorait son aide...

Il aurait dû connaître son existence. Un jour de janvier 1919, dans une rue, à Lyon, il avait reconnu Uranie. Elle avançait vers eux. Sans doute parce qu'il était avec Jeanne, elle ne l'avait pas abordé. Lui n'avait rien dit. Un épais manteau masquait sa silhouette, l'empêchant de comprendre, sur l'instant, qu'elle était enceinte.

La chaleur adoucie de ce soir d'été entrait par la fenêtre ouverte. Assis devant le secrétaire, dans le calme désertique de sa maison, Marius comprit que sa rencontre avec Uranie enceinte n'avait rien d'une coïncidence. Il n'avait jamais oublié son adresse. Il n'avait aucune raison, ce jour-là, de passer rue de la République. Pourquoi avait-il marqué le pas devant le 18? Les boutiques chic, concentrées dans cette artère lyonnaise, n'avaient été qu'une excuse destinée à Jeanne.

Il relut l'appel au secours de la jeune fille, regarda sa montre, chercha une feuille de papier, écrivit un message puis sortit. Il marcha d'un pas vif vers le village, obliqua vers la scierie, cette scierie qui avait été sa vie depuis la guerre, et laissa un mot sur le bureau pour Trésor. Puis il rentra chez lui.

Demain, il prendrait le premier train pour Lyon et irait tout droit au domicile d'Uranie.

Les émotions du jour l'avaient épuisé, pourtant il n'avait pas sommeil. Assis devant sa maison, il contemplait la nuit tombante. Bientôt s'y superposa l'image de Jeanne morte.

À son arrivée sur les lieux, elle était encore au volant, la tête renversée sur le dossier. Un filet de sang barrait son front, suivait le nez et contournait la lèvre supérieure, soulignant son sourire léger. Lors du drame, il n'avait qu'entrevu ce sourire. Dans ce crépuscule, il revenait le hanter. Sa vie brutale de bâtard, la cruauté de sa guerre en avaient fait un homme terriblement lucide. Sur ce visage mort, il lisait la sérénité, presque le bonheur de mourir.

Diane. Sa lettre avait tué Jeanne. Les lambeaux de leur passion d'antan, cet amour d'habitude où ils s'engluaient depuis dix-sept ans avaient volé en éclats devant sa trahison à lui : il avait eu une fille... Il sanglota dans le noir comme un enfant. Il avait trahi la femme de sa vie. Pourtant, sa passade avec Uranie Saint-Just s'était produite à un moment où Jeanne et lui, désespérés, avaient renoncé à leur amour, à cause du doute planant sur sa bâtardise : il existait de fortes chances qu'ils fussent frère et sœur.

Il était innocent et à jamais coupable. Jeanne aussi. Évidemment, elle avait fait le calcul : Diane avait été conçue avant leurs retrouvailles. Cacher la lettre était une trahison, comme sa paternité imprévue. La douleur de Jeanne, aussi irrationnelle que brutale, avait dû être immense, elle qui souffrait tant d'être stérile.

S'était-elle suicidée ? Non. Non ! Il la connaissait depuis toujours. Ils avaient été élevés ensemble. Simplement, elle avait poussé la traction, cette superbe mécanique, à ses limites, jouant avec sa vie, comme lui-même l'avait fait à dix-neuf ans, quand, désespéré de leur mariage impossible, il s'était engagé dans la guerre et avait pris tous les risques... Il comprenait si bien son acte, son mutisme aussi. Elle n'avait rien dit. Lui non plus n'aurait rien dit en d'analogues circonstances. Ce silence avait délabré leur amour et il venait de tuer Jeanne.

Après un temps indéfini, ses paupières s'alourdirent. Il se coucha. Ses pensées se diluèrent en une vision diffuse. Il était debout, ailleurs. Derrière lui, une béance de solitude. Quelque part, une silhouette incertaine hurlait. Damnation ou appel? Il ne parvenait pas à le savoir. Il peina à s'endormir.

*

Dès l'aube, il sortit dans l'air tonique de l'altitude, quitta l'ombre fraîche des grands frênes pour offrir son visage au soleil levant, agréablement tiède. Son soupir d'aise se brisa sur son deuil resurgi. Jeanne s'était tuée en voiture. Une douleur presque physique le fit chanceler, puis il songea à Diane. Il n'avait pas de fille, ce n'était pas possible. Il avait rêvé cette lettre.

Il rentra à la maison, se précipita vers le secrétaire. Elle était là. Il en fut à la fois bouleversé et soulagé. Il la relut, retrouva le sentiment d'urgence de la veille. Sa montre lui donnait une grande heure avant le train.

Dans l'axe du viaduc, la petite gare de Pontempeyrat surplombait le village. Marius, un sac de voyage en cuir usé à la main, la rejoignit à travers bois. Les insectes s'éveillaient en un bruissement estival. La pente était raide. Il commença à souffler mais s'astreignit à l'effort. Il mangeait trop, devenait gras. Il décida de retrouver une relative minceur pour sa fille. C'était dérisoire, mais il voulait faire bonne figure pour Diane.

Et Uranie? Il appréhendait leur rencontre, mais ne l'éviterait pas. Il devrait la ménager, l'aider si possible. Était-elle vraiment folle? Le mot lui faisait peur, mais protéger Diane imposait de protéger sa mère, irremplaçable pour la gamine. Et lui, Marius, saurait-il l'être pour cette jeune inconnue? Peut-être que rien ne passerait entre eux! Peut-être qu'elle – ou lui – ne ressentirait rien! L'angoisse n'était pas son fort. Pourtant elle le submergea. Il ignorait tout du «métier» de père. Bâtard méprisé toute son enfance, il était un vétéran de guerre quand il avait appris que Johannes Alayel, son adjoint au front, était son père.

En avril 1917, pour avoir ridiculisé les gendarmes, sa hiérarchie avait nommé le lieutenant Malaguet à la tête d'une compagnie de bagnards, soupçonnés d'avoir occis leur précédent chef. C'était à l'évidence le sort qu'elle lui souhaitait. Au lieu de s'opposer à ses hommes, Marius s'était appuyé sur eux. Il avait même fait nommer adjudant leur meneur, un nommé Johannes Alayel. De compagnon de combat, il était devenu son ami. Dix-sept mois plus tard, Marius avait appris qu'il était l'amour de jeunesse de sa mère et son géniteur[1]. Il avait gardé l'ami et refusé le père. Johannes arrivait trop tard... Diane

1. Voir *Le Bâtard du Bois noir.*

l'accepterait-elle dans ce rôle? À dix-sept ans, elle était une chrysalide de femme, vulnérable et, si sa mère se perdait, totalement isolée…

Il entendit le train avant de le voir. L'engin déboucha de la tranchée pour s'arrêter avec d'énormes soupirs. Sa locomotive à vapeur semblait souffler après l'effort. Les wagons de troisième classe ferraillaient bruyamment.

Marius monta en seconde. Il avait choisi ce confort pour être tranquille. Calé dans le coin fenêtre du compartiment vide, il guetta le viaduc, la vue sur la scierie, se revit avec Jeanne, devant le même paysage en compagnie du Gallu. De nouveau, il eut mal à l'âme. Jeanne, Diane… De la morte, sa pensée basculait sans cesse vers la vivante. Une impatience inquiète le posséda.

Le train montait en un effort puissant, les montagnes douces, couvertes de sapins ou de pins, se succédaient. Dans les prés, des vaches rousses aux cornes en lyre paissaient placidement. Il commençait à faire chaud. Empoignant la sangle de toile épaisse, Marius déboîta la fenêtre et la fit glisser à l'intérieur de la portière. Une bouffée de fumée tourbillonnante s'engouffra dans le compartiment, apportant l'odeur familière du charbon.

La rumeur géante du convoi se calma après la gare de Saint-Bonnet-le-Château, le point le plus haut de la ligne. Le convoi se laissait ensuite glisser pendant trente kilomètres jusqu'à la vallée de la Loire et Saint-Étienne.

Bouleversé par les événements récents, le voyageur révisait sa vie. Il songea à Marie, sa mère. Servante, ferme illettrée, se saignant aux quatre veines, elle avait fait de lui un homme instruit. Enfant, il avait souffert de sa bâtardise. Elle avait enduré bien davantage – un amour perdu, aggravé d'un terrible doute : son fils était-il de son amoureux ou de son patron qui, l'ayant vue céder à un beau journalier un soir de la Saint-Jean, s'était permis de la violer quelques jours plus tard. Une brute qui l'avait fait trimer toute sa vie pour un salaire médiocre. Lucas Malvier, le père de Jeanne… Jeanne, l'amie de sa petite enfance, l'amour de sa vie, maintenant couchée sous la terre à l'ombre de l'église sans grâce du village.

Ses yeux le piquèrent, son visage se crispa en un sanglot. Son enfance resurgit en bouffées de malheur. De bonheurs aussi : il se revit marchant avec le Gallu, son mentor, sous les pins aux frondaisons légères qui projetaient sur le sol un puzzle d'ombre et de soleil. Il se revit se baignant clandestinement avec Jeanne dans un creux de l'Ance...

Il regretta l'absence de sa mère, rude mais aimante, sans concession mais présente, attentive, patiente. Elle était loin. Si loin. En juin 1919, Marie était partie pour l'Indochine avec Alayel, son amour retrouvé. Elle y était toujours, vieillissant doucement avec son homme et Eugénie, une petite orpheline qu'ils avaient adoptée.

Après quatre ans de fureur, l'orage s'était assoupi à l'armistice, mais, lors de leur rencontre, c'était toujours une zone morte, parsemée d'obus non explosés qui, parfois, mordaient dans une embardée de fureur, telles des vipères effrayées. Elle avait sept ans à l'époque[1]. Elle devait en avoir vingt-quatre, aujourd'hui ; plus qu'Uranie quand il l'avait connue. Il avait eu régulièrement de ses nouvelles. Elle leur écrivait sous la dictée de Marie. Jeanne répondait, lui parfois. Ils n'avaient pas revu ses parents. Eugénie, venue faire des études à Paris, leur avait rendu visite l'année précédente. Marie, Johannes, Eugénie étaient sa seule famille, maintenant que Jeanne était morte...

Il était seul, irrémédiablement seul ! Non, il y avait Diane aussi. Diane surtout. Lui ressemblait-elle ? À quoi ressemblait-elle ?

Arrivé à Lyon, il partit à pied dans la touffeur du cours Verdun dont la nudité poussiéreuse réverbérait le soleil proche du zénith. Il rejoignit la place Bellecour, sa veste sur le bras, son col ouvert et sa cravate en berne. Il marchait vite. Rue de la République, les voitures se suivaient pare-chocs contre pare-chocs. Il remarqua une traction toute neuve. La même que celle qu'ils s'étaient offerte,

1. Voir *La Revanche du bâtard.*

Jeanne et lui. Jeanne… À chaque instant, un détail de la vie matérialisait son absence.

Devant le 18, il ralentit le pas. Une femme sortait de l'immeuble, une bourgeoise en robe à fleurs avec un chapeau de paille à ruban. Sur le trottoir, elle s'arrêta. Une ménagère en sarrau et savates sortit derrière elle, un balai à la main.

— Alors? demanda la bourgeoise.

— Ils l'ont emmenée en début de matinée.

— Elle les a laissés faire?

— Elle semblait calme.

— Ils ont dû lui faire une piqûre. C'est l'habitude. Mon neveu, vous savez, celui qui est docteur, me l'a expliqué.

La concierge opina.

— Et la gamine? Elle est là-haut toute seule?

— Oui, mais pas pour longtemps. M. Hyppolite va venir la chercher. Il a dit qu'il passerait vers 11 heures.

Absorbé par la contemplation d'une vitrine, Marius tournait le dos aux bavardes. Il consulta sa montre. Moins cinq. Il se décida instantanément. La bourgeoise commençait à s'éloigner. Traînant ses chaussons éculés, la bignole lui faisait un brin de conduite. Malaguet se glissa dans leur dos. Deux secondes pour vérifier le tableau des résidents et, sans attendre l'ascenseur, il se précipita dans l'escalier, sonna au palier du troisième.

— Je n'ouvrirai pas et n'irai pas avec vous, dit une voix juvénile, déterminée.

Le cœur de Marius battit à tout rompre et sa véloce ascension n'y était pour rien.

— Vite, ouvre! Je suis Marius Malaguet…

Il y eut un silence et le vantail s'entrebâilla. Il distingua mal ses traits dans le contre-jour. Elle eut une exclamation puis referma. Un bruit de chaîne et la porte s'ouvrit en grand. On entendit du bruit en bas, l'aigre sonnerie de la concierge, enfin une voix masculine, autoritaire.

— Elle est là-haut?

La gardienne dut acquiescer d'un signe de tête car la voix masculine reprit:

— Bon, alors je monte la chercher.

La machinerie de l'ascenseur se mit en marche.

2

Journaliste stagiaire

— Eugénie Merey, monsieur le directeur.

Vêtue d'austérité, la secrétaire avait claironné agressivement son nom avant de s'effacer. L'arrivante n'y prit pas garde. Vautré derrière son grand bureau, le gros Albert Punais l'inquiétait davantage. Son costume clair était marqué d'humidité sous les bras. Il exhibait un gilet beige barré d'une considérable chaîne de montre en or. Sa tête chauve, ses joues vaguement tremblotantes, son cigare éteint, ses yeux rétrécis par des lorgnons qu'un ruban de velours rattachait à son col en faisaient un personnage rance. Il régnait sur *La Sentinelle*, le grand quotidien de Lyon. Le digne portrait d'un maigrichon de l'autre siècle, regard perdu vers des lendemains glorieux et la Légion d'honneur fleurissant sa boutonnière, surplombait l'homme assis. Physiquement très différent du crapaud embusqué derrière son énorme table, il évoquait pourtant la même perfidie. Eugénie le détesta cordialement, puis son regard revint sur l'actuel patron du journal.

La lippe de Punais béait d'admiration devant cette fille élancée dont la robe fluide dansait au moindre mouvement. Visage hâlé, menton pointu, chevelure blond sombre, panama canaille n'étaient qu'apparence. Sa présence était dans son regard bleu et son sourire un peu narquois qui n'étaient pas ceux d'une pensionnaire du Sacré-Cœur. Une telle aisance était incompatible avec l'éducation d'une jeune bourgeoise lyonnaise. Elle n'était pas des leurs.

Il ne lui dit pas de s'asseoir. De la rue montait une cacophonie d'avertisseurs. Elle approcha de la fenêtre, jeta un coup d'œil puis se retourna d'un geste vif. Poisseux de concupiscence, le regard du cagot se hâta de remonter vers son visage. Il la maquignonnait. Elle eut une moue ironique. Ce genre d'individu l'inquiétait peu. N'avait-elle pas fait la guerre?

— Pourquoi souriez-vous? demanda-t-il, piqué.

Sa voix graillonnait de tabagisme.

— Je songeais à la peur et à la guerre, dit-elle.

— Vous deviez être bien petite.

— J'avais trois ans en 14, sept et demi au moment de l'armistice, mais j'étais sur les lignes.

— Comment ça?

— Mon père avait une ferme dans la Somme, en limite du front. Les poilus y venaient en repos. Je leur apportais à boire, je leur parlais. Ils me racontaient leur vie, leurs combats. Ils m'aimaient bien, je leur rappelais leurs enfants.

— Pourquoi parlez-vous de ça? questionna-t-il, méfiant.

— Parce qu'ils m'ont appris la notion du danger et que je prévois généralement les moments où j'aurai à me battre.

— Contre moi?

Elle eut un sourire ironique. Il se renfrogna.

— Pourquoi avez-vous demandé à me voir? grogna-t-il.

Elle revint face à lui, droite sur ses longues jambes qu'il ne put s'empêcher d'admirer. Il eût dû regarder ses yeux. Ils fulguraient d'une colère rentrée.

— Je souhaite devenir journaliste.

— Ce n'est pas un métier de femme, trancha-t-il. Dactylo et secrétaire, oui. Journaliste, non.

— Il faut un début à tout.

Il se cambra, l'air dubitatif, saisit un briquet sur la table et ralluma son cigare.

— Il faut avoir fait des études supérieures, dit-il pompeusement.

— Lesquelles? demanda-t-elle.
— Lettres ou droit public, des choses comme ça.
— C'est parfait, dit-elle, je suis sortie dans un bon rang de l'École des sciences politiques.
— Ce n'est pas possible!
— Il y a une copie certifiée conforme de mon diplôme dans le dossier que j'ai remis à votre secrétaire.
— Ah oui, se rappela-t-il.
D'un geste rageur, il frappa sur le bouton d'un timbre sur son bureau. La revêche de l'antichambre entra.
— Le dossier de Mlle Méry, ordonna-t-il.
— Merey, corrigea Eugénie.
Il eut l'air mécontent. Elle soutint son regard. La secrétaire au tailleur triste revenait, une chemise de carton à la main. Elle jeta un regard aigu sur la visiteuse. La souris grise était une belle fille que dévorait la haine. Les pressentiments de la visiteuse en furent confortés. La suite serait intéressante, son avenir dans les lieux beaucoup moins. Le gros homme feuilletait son dossier.
— L'Indochine, dites-vous...
Elle n'avait rien dit.
— Le Cambodge. J'y ai passé la fin de mon enfance et mon adolescence. Je ne l'ai quitté que pour faire des études à Paris.
— Un pays de sauvages.
— Le pays des temples d'Angkor, une civilisation millénaire.
— Mais notre civilisation occidentale...
— ... aurait beaucoup à apprendre des érudits de ce pays, le coupa-t-elle, souriante mais passionnée. Certains professeurs du collège français de Stung Treng pratiquaient le khmer. Ils nous commentaient des textes vénérables. C'était passionnant.
— Vous savez, les écrits en chinois..., répondit-il d'un ton dégoûté. Je préfère les gravures...
Il eut un petit rire sale.
— Les Chinois ont réalisé, il est vrai, des dessins au pinceau absolument magnifiques. Certains sont effectivement érotiques, commenta-t-elle d'un ton neutre. Au fait, le khmer ne s'écrit pas en caractères chinois.

— Bien entendu. Les jésuites qui ont civilisé les Indochinois leur ont appris l'alphabet latin, il y a deux cents ans.

— Les Vietnamiens, effectivement, utilisent l'alphabet latin. Les Khmers pratiquent l'alphabet sanskrit, dit Eugénie, l'air de ne pas y toucher.

— Vous parlez et écrivez leur langue, bien entendu, affirma le gros homme hargneusement.

— La plantation familiale est à quatre heures de Stung Treng en voiture, deux jours à dos d'éléphant. Mes parents et moi étions les seuls Européens à des lieues à la ronde. Les gens sont courtois et souriants. Je n'ai pas eu trop de difficultés à apprendre leur langue.

Il la regardait étrangement. Le mépris sous-jacent aux propos de la jeune fille semblait l'exciter. C'était agaçant. Il replongea dans le dossier, soupira.

— De temps en temps, le métier de journaliste est dangereux. Ce n'est pas la place d'une femme. Il faut parfois savoir se défendre physiquement. Comment feriez-vous?

Elle sourit.

— Aucun problème. Et puis, les dangers ne sont pas si grands, si j'en crois M. Albert Londres. J'ai lu toutes ses enquêtes. *Terre d'ébène* et *La Guerre à Shanghaï* m'ont passionnée. Il a bien compris les colonies et les indigènes.

— Feu Albert Londres était un progressiste qui contestait abusivement nos belles valeurs civilisatrices.

Il s'était levé, s'approchait d'elle, cauteleux.

— Mais laissons là ces sujets beaucoup trop sérieux. Votre culture et votre… prestance feraient de vous une parfaite secrétaire pour un patron de presse comme moi.

«Nous y voilà, songea Eugénie avec un sourire rentré. Dans une minute, cet homme me détestera. Ses ennemis – il ne doit pas en manquer – seront sûrement bienveillants à mon égard, c'est déjà ça.»

Le gros Albert se dandinait.

«Ce vieux dégoûtant va me saisir le bras et m'attirer contre lui. S'il fait ça, il aura la surprise de sa vie.»

Sûr de lui et de son pouvoir, le bonhomme la prit par la taille et se retrouva à genoux, hoquetant de douleur.

Eugénie lâcha son petit doigt. Sans même le tordre, elle avait serré la troisième phalange contre la première.

— Voyons, le gourmanda Eugénie, le regard fulgurant, vous avez déjà une charmante secrétaire qui, j'en suis sûre, satisfait tous vos désirs.

Le patron de presse s'était relevé. De pâle, il virait au rouge brique. Elle prévint les probables hurlements d'un doigt sur les lèvres.

— Cher monsieur, reprit-elle, je viens de décider de ne pas travailler dans votre journal. Oubliez ma démarche. J'espère seulement que vous aurez acquis un peu de respect pour les sauvages du Cambodge qui m'ont appris leur méthode de « self-défense », comme disent les Américains. Je vous épargne le nom, imprononçable pour un Occidental, de leur art de combat : vous ne le retiendriez pas. Je vous souhaite une bonne journée.

Tranquillement, elle prit le dossier la concernant sur le bureau, l'enfourna dans son sac et s'éclipsa. Passant devant la secrétaire, elle lui dédia un sourire lumineux. L'autre en resta bouche bée, puis se précipita dans le bureau de son patron.

Eugénie riait en sortant au grand soleil. Elle se retourna vers le siège de *La Sentinelle*, le trouva vieillot et antipathique. N'ayant aucune attirance pour la droite compassée que défendait le titre, elle n'était pas franchement mécontente de son échec. La mentalité étriquée de ces possédants héréditaires était pire que ce qu'elle imaginait. Jamais elle n'aurait pu y réaliser son rêve de journaliste. Elle décida de ne jamais y remettre les pieds.

Elle marcha, désœuvrée, dans les rues grouillantes du centre-ville et, pour réfléchir, alla s'asseoir à la terrasse d'une brasserie. Elle commanda un filtre et grimaça : elle buvait trop de café. Une mauvaise habitude de sa vie d'étudiante.

Ressasser sa conversation avec le gluant Punais lui fit venir une bouffée de nostalgie. Il y avait maintenant trois ans qu'elle n'était pas retournée au Cambodge. Marie et Johannes lui manquaient, la jungle aussi, les traces de tigres qu'elle pistait avec les chasseurs, les éléphants dont la lourde démarche vous balançait, la moiteur de la saison humide, le grand soleil de la saison sèche. Elle revit les villages, leurs maisons au toit de chaume avec leurs cloisons en cannage qui laissaient passer un courant d'air permanent, de sorte qu'en y entrant on avait toujours une impression de fraîcheur. Sous les maisons, entre les pilotis, vivaient poulets et cochons, parfois aussi une vache et son veau – de petits bovins beiges avec de courtes cornes noires. Elle songea aux buffles ronds et puissants. Eux aussi étaient cornus. Une lourde lune d'un bon mètre cinquante ornait leur chef. Combien de centaines de kilomètres avait-elle parcourues à travers les rizières sur le dos de ces grosses bêtes placides que cornaquaient des gamins de son âge...

Elle songea aussi à la Picardie de sa petite enfance, à son père tué en 18 par un tir d'artillerie qui avait détruit leur maison. Elle était retournée dans l'ancienne zone de front. La reconstruction avait gommé le passé. Les ruines de leur ferme avaient été rasées, le terrain remis en culture... Seule subsistait une tombe dans un cimetière jouxtant une église anguleuse en béton qu'elle trouva laide. Elle y avait lu les noms de ses parents. Sa mère dont elle n'avait aucun souvenir, son père aimant qu'elle n'oublierait jamais. Rien, dans ce pays rebâti sans âme, ne la ramenait au bonheur de la guerre. Au bonheur, oui. Son enfance entourée de poilus avait été heureuse jusqu'à ce drame, jusqu'à cet obus perdu qui avait détruit sa vie d'alors. Ensuite, il y avait eu l'orphelinat, d'où elle s'était enfuie. Elle frissonna en songeant à cette nuit horrible dans le *no man's land*. Elle s'y était perdue au cours de sa fugue. Ses pleurs avaient guidé Marie, égarée elle aussi... qui ne l'avait jamais ramenée à l'orphelinat. Marie Malaguet, épouse Alayel, était la seule mère qu'elle eût connue[1].

Elle sortit sa carte d'identité, lut son nom : Eugénie Merey-Alayel. Merey comme son père, Alayel comme ses nouveaux parents. Marie et Johannes l'avaient adoptée. Cette adoption n'occultait pas ses origines mais faisait quand même d'elle leur enfant.

---

1. Voir *La Revanche du bâtard.*

Elle se leva, rejoignit son minuscule appartement lyonnais et décrocha le téléphone qu'on venait de lui installer. Une folie, mais la dernière lettre du Cambodge l'informait que la plantation, depuis peu, en était équipée. Elle regarda sa montre-bracelet. C'était le soir en Indochine. La nuit équatoriale, très noire sans doute car la saison des pluies commençait. Obtenir la liaison fut ardu, mais ils purent parler un court moment. Ce fut merveilleux. Rassurer ses parents sur sa vie la rassura elle-même. Là-bas, la vie suivait le rythme serein de la nature.

Le combiné raccroché, elle grignota quelques restes, s'étendit sur un transat pour faire la sieste, une coutume cambodgienne, respectée tout au long de ses études. Vingt minutes de vrai repos épargnaient une heure et demie de sommeil. Elle ferma les yeux, le présent s'éloigna. Son réveil lui fit prendre conscience d'avoir sombré. Elle repensa aux événements de la matinée. Fière de s'être fait un ennemi de ce cloporte de Punais, elle décida d'aller voir immédiatement son concurrent direct.

*

Rien à voir avec la Presqu'île et ses immeubles vénérables. À Vaise, en limite nord de la ville, les usines alternaient avec les immeubles populaires et les maisonnettes modestes. *La Liberté* y occupait un bâtiment industriel avec des bureaux en façade et en arrière un entrepôt abritant les rotatives.

Elle entra, tout sourires.

— Je souhaiterais voir M. Milan, dit-elle.

— Vous avez rendez-vous ?

— Non, mais donnez-lui ce petit mot et dites-lui que notre entretien durera au plus cinq minutes.

La réceptionniste, clope au bec, la dévisagea avec ironie. Celle-là ne manquait pas d'aplomb. Il est vrai qu'elle n'était pas ordinaire. À l'évidence, elle n'était pas une Lyonnaise. Une Américaine ? Elle était beaucoup trop élégante pour ça, même si elle en avait l'audace. Elle haussa les épaules. Marcel Milan, le directeur du journal, était assez grand pour savoir s'il la recevrait ou non.

— Un instant, dit-elle. Soyez aimable de dire aux éventuels visiteurs de m'attendre. Ce ne sera pas long.

Elle revint bientôt, regarda Eugénie avec un rien d'admiration.

— Montez à l'étage, c'est la porte au bout du couloir. Elle est ouverte, mais frappez quand même.

— Ouais, disait une voix grave. « Les grèves de la joie. » Un beau titre pour la première.

Eugénie s'arrêta, hocha la tête, approbative. Le Front populaire venait de gagner les élections et Léon Blum serait président du Conseil dans quelques jours. Dans tout le pays, ouvriers et employés en liesse s'étaient mis en grève pour faire la fête. Elle frappa.

— Ouais ! aboya le baryton-basse.

Debout derrière un grand bureau devant une maquette du journal, deux hommes en chemise, les manches retroussées et la cravate sur le nombril, la dévisageaient, une lueur d'admiration dans l'œil.

— Comment êtes-vous parvenue à faire souffrir Punais ? demanda le plus vieux, un costaud grisonnant, en brandissant le papier griffonné à son intention.

L'autre, un grand maigre qui fumait comme une locomotive, la regardait, les yeux ronds.

— Une prise de *bokator* l'a mis à genoux, blême et transpirant de souffrance.

— Une prise de quoi ?

— Un des arts martiaux indochinois. Très efficace contre les peloteurs intempestifs.

— Tu vois ce qui t'attend si tu te livres à tes bas instincts, dit Milan, goguenard, à l'échalas qui haussa les épaules. Continuez, mademoiselle, poursuivit-il.

— Je m'en suis fait un ennemi définitif, reprit Eugénie. Il m'a paru aussitôt qu'il ne pouvait être votre ami. Dès lors l'idée m'est venue de venir vous voir.

— Oui ? Pourquoi ? Il vous reste trois minutes.

— Je suis diplômée de Sciences Po depuis huit jours et je souhaite devenir journaliste.

— Vous êtes de gauche?

— En tout cas, je ne suis pas et je ne serai jamais du même bord que ce Punais. Il m'a dit des conneries racistes sur les Cambodgiens et il a traité Albert Londres de destructeur de «nos belles valeurs civilisatrices».

— Deux minutes.

— Prenez-moi comme débutante à *La Liberté*. J'adore les chiens écrasés.

Le grand maigre fumait, l'air pensif. Un coup d'œil interrogatif de Milan lui fit hocher la tête.

— Vous avez trois quarts d'heure pour faire le compte-rendu de votre visite de ce matin. Trois mille caractères. Après on verra.

Se tournant vers son compagnon, il continua:

— Bernard, mets-la devant une machine et empêche les autres de tourner autour. Je ne veux pas qu'on se retrouve avec trois ou quatre estropiés ce soir.

Elle suivit le nommé Bernard dans une sorte de hall à verrière, bruissant d'activité. Une quinzaine de rédacteurs téléphonaient, tapaient à la machine, se levaient, se déplaçaient. On la regarda en coin. Il y eut des sourires entendus.

— Vos papiers dans une heure maxi pour le bouclage, trancha le prénommé Bernard. Vous materez la demoiselle plus tard.

Il l'installa à un petit bureau au fond de la salle devant une vieille Underwood. Il n'y avait pas de papier. Elle le lui dit.

— Démerde-toi, ma grande. C'est la première règle du métier.

Il s'en alla. Elle chercha autour d'elle, son regard croisa celui d'un rouquin qui, souriant, lui tendit quelques feuilles. Au moment où elle les prenait, il les retira prestement.

— Ton nom, exigea-t-il.

Elle lui adressa un regard condescendant, s'écarta légèrement. Il tendit à nouveau les feuilles. D'un geste fulgurant, elle les lui arracha des mains. Il grimaça. Elle sourit.

— Merci, dit-elle.

Elle revint à sa place. La scène avait été suivie avec intérêt par la douzaine de mâles de l'assistance…

*

Bestiaire

Gramou trône à contre-jour derrière son grand bureau de la Presqu'île. L'arrivée de la jeune femelle allume son regard myope, fait béer sa lippe luisante et découvre ses dents jaunies de nicotine. Riche, Gramou s'offre des havanes. Fesse-mathieu, il les fume jusqu'à n'avoir en bouche qu'une chique noirâtre, imbibée de bave. Son haleine s'en ressent. Il frétille et ses bajoues vibrent d'ondes molles. La gazelle va réveiller, du moins l'espère-t-il, une virilité anémiée par l'âge et la bonne chaire. Qu'importe, grand patron il peut récompenser la complaisance féminine par un emploi. En temps de chômage, c'est un moyen de corruption économique pour lui. Dans son entreprise, les femmes n'ont que des emplois subalternes, aussi, qu'importe les prétentions de l'arrivante. Qu'elle ait étudié et vu le monde, il s'en fout. Elle lit à livre ouvert dans son esprit reptilien. Elle a visité, aux colonies, des fermes de crocodiles. En vieillissant, un vieux mâle atteint quatre bons mètre. Son ventre mou s'étale sur le sol. Ils ne bouge pas, semble avoir du mal à se soulever sur ses courtes pattes. Pourtant il attaque à une incroyable vitesse. Celui-là n'est pas véloce. Ce n'est pas un véritable crocodile, il est métissé de python et tente d'hypnotiser sa proie. Elle évoque sa formation, annonce ses amvitions, argumente sur ses compétences, pose une candidature à un poste responsable, mais elle n'y croit plus. La réponse patronale est sans surprise. Il la veut proche de lui, disponible sans limite et immédiatement. D'ailleurs, il s'est levé et approche en se dandinant sur ses courtes pattes. C'est bien un crocodile, finalement. Elle l'attend. En proie résignée? Gramou en est persuadé.

Dans l'antichambre voisine, à portée de sonnette, disponible à tout moment pour taper une lettre ou tailler une plume, la secrétaire s'inquiète. Son patron sans vergogne vient d'offrir sa place à l'aventurière. Bien évidemment, elle l'a entendu. Elle se regarde dans la glace surmontant la cheminée. Elle se sait belle et s'agace que Gramou, à cause des visiteurs, lui impose ces tenues strictes, ces tailleurs ternes. Que penserait prélats et préfets d'une collaboratrice aguichante? Jolie, soit, mais effacée. Alors les apparences sont sauves. Gramou la néglige depuis quelque temps. Elle ne s'en plaindrait pas, sauf qu'une favorite négligée approche sa fin de règne. Elle connaît son patron. Elle sait qu'il s'approche de la donzelle. Il va la saisir, la culbuter sur le canapé du coin salon de sa tanière et le fait que sa fidèle secrétaire entende leur conversation ne fera qu'ébaudir son éminence. Elle espère sans y croire le claquement d'une gifle, craint des grincements de ressorts. Aucun bruit. Elle fronce les sourcils, entrebâille la porte. Gramou est aux genoux de la belle, le visage blême de souffrance. La gazelle lui a tordu la patte et le maintient prostré d'un geste désinvolte. Comment a-t-elle fait ça? En tout cas, la souris grise gardera son poste jusqu'à une prochaine visiteuse. Quant à l'intrigante, elle explique à Gramou replié derrière son bureau que, somme toute, il n'existe rien d'intéressant chez lui et qu'elle ira voir du côté de ses enemis dans l'espoir d'y trouver des gens bien.

— C'est Punais tout craché, dégueulé plutôt! rigole Milan en tendant les feuillets à Bernard.

Il lit à son tour, à une vitesse qui ébahit Eugénie.

— Des fautes d'orthographe, dit-il en la regardant sévèrement.

— De frappe, rétorque-t-elle, opportuniste. Je manque un peu de pratique.

— Bon, tranche Milan, si Bernard est d'accord, on te prend à l'essai.

Elle a un sourire lumineux. Bernard fait une moue résignée.

— Tu commences demain matin. D'ici là, va voir Louis aux archives et lis les dix derniers numéros du journal.

— Merci, monsieur.

Il grimace.

— Tout le monde l'appelle « patron », rigole Bernard. Quand on lui dit « monsieur », il croit qu'on parle à quelqu'un d'autre.

Euphorique, elle s'envole. Elle trouvera bien les archives toute seule.

Dans le bureau de direction, Milan scrute Bernard.

— Tu crois qu'on fait une connerie ? demande-t-il.

— Ce ne serait pas la première, répond l'échalas. De toute façon, on verra bien.

3

Fugue

— Par ici, chuchota Marius en gravissant silencieusement l'escalier vers l'étage supérieur.

Désespérée de partir avec son tuteur détesté, Diane avait cependant préparé une énorme valise. Dopée par l'adrénaline, elle l'enleva sans effort pour se précipiter derrière l'inconnu. Ils s'immobilisèrent à l'étage supérieur, entendirent s'arrêter l'ascenseur. L'arrivant hésita devant la porte ouverte, puis entra dans l'appartement.

Les fugitifs descendirent. Marius demanda dans un souffle :

— Tu as les clés?

Elle les lui tendit. Posant la lourde valise, il verrouilla la porte.

— J'espère qu'on ne peut pas ouvrir de l'intérieur, dit-il, goguenard.

Elle fit signe que non et sourit, heureuse de cette complicité. Hyppolite, le tuteur concupiscent, était neutralisé pour le quart d'heure à venir. Un délai largement suffisant pour disparaître.

— Passe devant, dit Marius, et dis au revoir à la concierge qui doit guetter ton départ. Embrasse-la, fais-la tourner sur elle-même. Je passerai discrètement. Moins elle me verra, mieux ça vaudra. Je t'attends dehors, vers la droite.

Elle le rejoignit au bout de trente longues secondes.

— On avance vite, dit Marius, mais sans courir.

Ils tournèrent dans la première rue à droite, puis dans une seconde à gauche, arrêtèrent un taxi en maraude.

— À Perrache, ordonna Marius.

Le trajet en voiture leur offrit un moment de calme. Ils purent enfin se contempler.

— Vous êtes bien…

Il lui sourit, chercha son portefeuille, l'ouvrit et lui tendit sa carte d'identité, puis sa propre lettre. Elle reconnut la seconde, lut la première et se mit à sangloter. Il ouvrit les bras, elle s'y jeta.

— Diane, dit-il d'une voix altérée, ma petite fille.

Elle pleura tout son saoul, puis leva la tête vers lui. Leurs yeux se ressemblaient. Ils en furent simultanément conscients : même vert turquoise étonnant, mêmes cils, même forme. Leur tracé était net chez elle, brouillé de ridules chez lui. Elle lui trouva une gravité sage. Il découvrit un visage d'enfant et sa tendresse s'en accrut. Pourtant, à dix-sept ans… Que savait-il des filles de dix-sept ans ?

Blottie contre cet homme massif au visage doux, aux tempes blanches et au regard émerveillé, elle se sentit bien. Il était venu la chercher à l'instant même où son oncle détesté venait se saisir d'elle. Avoir un père était un rêve. Elle ne sanglotait plus, mais ses larmes coulaient doucement, la vidant d'une angoisse qui la rongeait depuis des mois, tel un capricorne dans du bois.

Au guichet de la gare, il prit deux billets pour Saint-Étienne. Comme s'il les attendait, le train partit aussitôt. Il était juste midi. Ils ne dirent rien pendant l'heure de trajet. C'était trop tôt, trop compliqué. Ils étaient bien ensemble et savaient leur bonheur fragile comme une coupe de cristal.

Ils arrivèrent à Châteaucreux en tout début d'après-midi. Marius déposa les bagages à la consigne et l'emmena. Elle n'était jamais venue à Saint-Étienne et s'étonna des rues noires.

— C'est la poussière du charbon. Il y a des puits de mine jusque dans la ville.

Elle acquiesça gravement. À l'entrée d'une brasserie 1900, une pancarte annonçait :

PLATS GARNIS À TOUTE HEURE.

Ils entrèrent. Voyant cette jeunette pendue au bras d'un quadragénaire prospère, le maître d'hôtel en queue-de-pie lui proposa un « coin tranquille ».

— Un endroit calme suffira, dit-il ironique, ma fille et moi avons beaucoup de choses à nous dire.

L'air pincé, le pingouin les installa au centre de la brasserie, visibles de partout.

— Je n'ai pas faim, dit Diane. Il s'est passé trop de choses aujourd'hui. Ils… ils l'ont emmenée chez les fous, ce matin !

— Tu crois qu'elle n'est pas folle ?

— J'sais pas. J'sais vraiment pas.

Elle se tordit les mains.

— Écoute, Diane. Aujourd'hui, c'est ton jour. Tu écriras à ta mère ce soir. En attendant, je vais t'apprendre un truc qui marche toujours. Tu vas ouvrir une cachette dans un coin de ta tête, une oubliette, et tu vas y enfermer ton inquiétude pour elle. Tu la ressortiras tout à l'heure, au moment de faire ta lettre. Alors tu lui donneras de la tendresse, de l'espoir et du rêve. En attendant, oublie ta peine. Une vie nouvelle commence pour toi.

— Avec vous…

— Avec toi !

— Avec toi… Papa ?

— Oui.

— Tu es sûr d'être mon père ?

Il la regarda. Une réponse objective imposait le doute. Marius, le terrien réaliste, l'homme de la survie au combat, n'avait ce jour-là aucune envie d'être rationnel. Cette enfant perdue lui ressemblait. Elle avait besoin de sa force et lui tellement peur de la solitude !

— Oui ! Oui, je suis sûr d'être ton père. Tellement de choses concordent. Il y a eu des signes que je n'ai pas su voir, des choses que ta mère n'a pas osé me dire. Ces lettres qu'elle ne m'a pas envoyées… Les as-tu prises?

— Elle les a emportées en partant ce matin. C'est grave?

Tout de suite elle s'inquiétait. Il sourit, la regarda :

— Non. Rien n'est grave puisque nous sommes ensemble. Il faut simplement nous organiser, avoir un peu de temps pour agir dans les meilleures conditions.

— Agir? Comment? Pourquoi? Vous… tu m'emmènes où?

Elle prenait peur. Il sourit, mit sa main sur la sienne.

— Diane, dit-il, tu ne veux plus vivre dans la famille Saint-Just, n'est-ce pas?

— Je ne veux pas aller chez l'oncle Hyppolite. Son regard sale me fait peur. Il me dégoûte et ma grand-mère est trop vieille, trop rigide. Pour elle, seul compte « ce qui se fait » ou « ne se fait pas ».

— Alors, pour l'instant, je t'emmène avec moi… si tu le veux bien, naturellement.

— Oui, mais après?

— Je ferai le nécessaire pour que tu sois reconnue comme ma fille. Je m'occuperai de toi, jusqu'à ce qu'un jour tu t'envoles.

— Je ne veux pas me marier!

Il rit.

— Ça, tu verras dans cinq ans ou plus. Tu as le temps.

Il redevint grave pour dire :

— Tu es adulte. Ton avenir, je t'aiderai à le construire, mais… tu seras toujours libre avec moi. Libre de tes choix fondamentaux, de tes décisions importantes.

Il se fit violence pour poursuivre :

— Tu seras libre de partir.

Sa voix s'était altérée sur ces derniers mots. C'est elle qui serra sa main. Ils se dévisagèrent, se parlèrent avec les yeux. C'est ainsi qu'ils se découvraient, se rassuraient. Elle sourit.

— Tu crois vraiment qu'on se ressemble? dit-elle.

Elle était assise sur une banquette surmontée d'un grand miroir, lui occupait la chaise en face.

— Viens à côté de moi, dit-il.

Elle obéit. Ils se tinrent debout l'un à côté de l'autre, contemplant leur reflet. Leur commune gravité les frappa. Une attitude analogue les réconforta, malgré la masse de l'un et la sveltesse de l'autre. Leurs visages, leurs yeux, surtout leurs yeux, clamaient leur parenté. Ils se tenaient par la main. Lequel, laquelle avait pris celle de l'autre ? Ils se séparèrent sans un mot, au même instant, après les mêmes constats. Elle retourna s'asseoir sur la banquette. Il la sentit rassérénée comme un chiot tremblant qu'on a réchauffé.

— Voici le programme, dit-il. D'abord, on déjeune bien. C'est bon, ici, et tu dois avoir faim. Et moi aussi. Ensuite...

— Je ne pourrai pas manger, dit-elle. Pas aujourd'hui.

— Même un filet de bœuf grillé, des grosses frites, le tout avec une bonne sauce au poivre vert?

Il avait parlé d'un plat qu'il aimait et il s'émerveilla de voir luire ses yeux, de constater qu'ils avaient les mêmes goûts. Tous deux sourirent. Il appela le garçon.

Encore intimidés, ils parlèrent peu en déjeunant. Levant les yeux de son assiette, Marius contemplait le joyeux appétit de la jeune fille. En attendant des profiteroles commandées pour elle, il expliqua :

— Tout à l'heure, nous reprendrons le train. Très vite, il va s'enfoncer dans les montagnes du Forez. En fin d'après-midi, on atteindra le Velay. Ce soir, on dînera et on couchera chez mon ami Trésor. On sera en famille avec sa femme et ses enfants. Jean, l'aîné a seize ans.

Elle fit la moue.

— Je sais, je sais, il est plus jeune que toi, mais il va t'admirer et fera tout pour te faire rire. Jean est mon filleul. Tu seras en vacances, tu vas découvrir un pays superbe. Des grands bois de résineux, de la brise qui chante, des torrents pressés, des églises romanes aussi. Ils te montreront tout ça. Je reviendrai le soir après mon travail.

Elle hésita, puis questionna.

— Et toi, tu as des enfants?

— J'aurais bien voulu. Mais non, tu... tu es la seule.

Il la sentit se raidir et enfin oser la question qui lui brûlait les lèvres :

— Et ta femme?

Il s'assombrit.

— Elle s'est tuée en voiture, dit-il.

— Je suis désolée... Je ne sais pas ce qu'on dit dans ces cas-là.

— Ne dis rien. Les morts sont morts. Ils appartiennent à notre intimité, à chacun d'entre nous. Ils sont des...

Il chercha ses mots.

— ... des présences intimes, des souvenirs personnels. Presque des secrets.

— Comme mon père tué début août 1918, dit-elle avec un mélange de provocation et d'amertume.

Surpris, il planta son regard au fond de ses yeux désespérés. D'une voix douce, il avoua :

— Moi aussi, j'étais officier. J'étais en uniforme quand elle m'a vu, à Lyon, le 1er septembre 1918, à une terrasse de café. Une jeune veuve engloutie dans son chagrin. Nous avions le même âge. Elle était belle. « Vous lui ressemblez », a-t-elle dit...

Il se tut, regrettant presque son propos. Et puis non. Les circonstances de sa naissance, de sa conception plutôt, devaient la hanter. C'était normal. Elle poserait d'autres questions. Il ferait comme aujourd'hui : il répondrait simplement. Il distillerait la vérité, à la demande, progressivement. Peu à peu, elle apprendrait à comprendre sa mère, à ne pas la juger... et lui non plus. Était-elle trop jeune? Elle souffrirait de savoir, mais les non-dits seraient pires. Et puis, il avait toujours assumé ce qu'il était. Il ne changerait pas avec elle. Ainsi seulement il aurait son affection, une affection sans ambiguïté.

Elle avait baissé les yeux, l'air coupable.

— Non, dit-il. Tu n'as pas à avoir honte. Tu as le droit de savoir. Mais l'histoire des gens n'est jamais simple. Il faut d'abord comprendre et ne pas se presser de juger. Jamais.

Elle vit la tristesse de son père.

Son père. Elle commençait à y croire. Devenant réalité, le rêve s'épaississait, se compliquait cependant que sa vie se transformait, son univers s'ouvrait. Son père l'écoutait, s'inquiétait d'elle, sans démonstration, simplement, tout simplement. Elle n'avait pas l'habitude d'une telle présence, attentive et bourrue, s'étonnait de cet intérêt désintéressé, ne savait pas encore que la tendresse existait aussi chez la gent masculine.

Elle s'endormit dans le coin du compartiment. Ses traits détendus dans le sommeil l'émurent. Il y décelait l'enfance. Une enfance féminine. La seule petite fille qu'il eût observée, admirée, aimée, était Jeanne. Il compara la toute jeune femme assoupie et la disparue. Elles ne se ressemblaient pas. L'une ne remplaçait pas l'autre, ne la remplacerait jamais. Rien de commun entre les sentiments éprouvés pour l'une et pour l'autre. Une épouse était une égale, une compagne de plaisir et de combat amoureux, une concurrente, presque une ennemie aussi parfois. Elle décidait avec vous une foule de choses, vous éduquait, vous séduisait. Mais envers Diane, sa fille, désir ou séduction étaient inconcevables. La seule préoccupation était son bonheur, son épanouissement. Son rôle tenait en deux mots : protection et gratuité. Il l'aiderait à s'envoler afin qu'elle ne le quitte jamais vraiment, qu'elle découvre à son tour l'amour de sa propre descendance qui serait aussi la sienne.

Jeanne n'avait pas pu ressentir cet absolu, inimaginable hors de la paternité ou de la maternité (c'était, bien sûr, analogue). Comment aurait-elle pu admettre cette étrangère qui clamait des droits envers son homme dans une histoire dont elle était exclue ? Elle l'avait certainement haï, lui, Marius, même si elle n'était pas en droit de lui reprocher cette passade en août 1918, une époque où leur union était interdite et leur amour impossible. Jeanne était-elle jalouse de cette enfant perdue ? Jalouse de sa paternité à lui, plutôt. Pourquoi ne lui avoir rien dit ? Il lui aurait expliqué… quoi ? Que, toutes affaires cessantes, il allait se précipiter à Lyon comme il venait de le faire ? Aurait-elle pu accepter qu'il ait une fille et pas elle ? Une fille d'une autre. Alors elle avait pris sa belle voiture, objet dérisoire et grisant, et elle avait foncé sur la route, s'enivrant de vitesse, prenant des risques. Non, elle ne s'était pas suicidée, elle avait simplement tenté le diable. S'il lui arrivait malheur, il serait libre. Son avenir s'ouvrirait sur une descendance, à elle refusée à jamais. Sa mort était-elle l'ultime cadeau de Jeanne à l'homme qu'elle aimait?...

La douleur le submergea, insupportable. Il eut envie de hurler, mais il aurait réveillé Diane.

Derrière la vitre du train, les immensités de sapins se déroulaient. Il soupira. Il entrait sur sa terre et allait la faire connaître à sa fille.

Trésor les attendait à la gare de Craponne, à quatre kilomètres au sud de Pontempeyrat où le train ne s'était pas arrêté. Ils remirent leurs billets à l'employé du PLM et s'avancèrent. Trésor observa Diane puis hocha la tête vers Marius, en signe d'approbation.

— Ah, tu as trouvé mon message. Ça te dérange pas de nous accueillir?

— Tu rigoles! Toute la maison vous attend. C'est la fête. Madeleine nous a préparé une galette de pommes de terre fourrée aux lardons grillés, vous m'en direz des nouvelles.

Diane regardait avec étonnement ce Noir gigantesque, aux cheveux grisonnants, au visage marqué de cicatrices brutales qui se perdaient parmi ses rides sans parvenir à l'enlaidir. Quel âge avait-il? Cinquante-cinq ans? En tout cas, il était bien plus vieux que son père. Sa beauté rude, contrastant avec sa civilité, n'était pas sans charme. Souteneur et meurtrier, Trésor avait connu le bagne. Il avait surtout été un guerrier exemplaire auquel Marius, son père, avait sauvé la vie et qui le lui avait rendu. Mais cela, elle l'ignorait encore. Elle était simplement étonnée par cet homme de presque deux mètres qui les accueillait avec une chaleur qu'elle n'avait jamais rencontrée chez les soyeux lyonnais auxquels se rattachaient les Saint-Just.

— Diane, je te présente Trésor, mon frère, dit Marius.

— Bonjour, monsieur, dit-elle intimidée.

Il lui serra la main en souriant.

— Bienvenue chez nous, Diane. Louise et Jean t'attendent avec impatience.

— Impatience, répéta-t-elle, inquiète soudain.

— Jean est émerveillé à l'idée que Marius, son parrain, ait une fille de son âge. Louise a toujours espéré avoir une grande sœur. Te voilà prévenue de ce qui t'attend.

Elle sourit, sous le charme. Hors de vue de sa fille, Marius eut une moue réprobatrice pour Trésor, l'éternel séducteur. Il lui répondit par un immense sourire.

À presque 21 heures, il restait une demi-heure de jour, mais déjà le ciel prenait les teintes chaudes du soir. L'air tiède d'un crépuscule d'été invitait à la promenade. Allait-on rentrer à pied? Elle regarda autour d'elle. Un énorme camion articulé chargé de grumes stationnait sur la place de la gare. À son grand étonnement, ils se dirigèrent vers lui.

— Je n'suis jamais montée dans un truc pareil, dit Diane déconcertée.

En approchant, elle vit que l'avant, comportant cabine, moteur et au moins six roues, était séparé de la remorque.

— Ma limousine, dit Trésor. J'adore cette machine. Que je te présente : Berliet, cent vingt chevaux, capable de tirer douze tonnes de grumes, vitesse maximum 80 kilomètres heure, mais sur les routes d'ici on dépasse rarement le soixante. Allez, grimpe, jeune fille !

Il jeta l'énorme valise de Diane derrière les sièges comme si elle ne pesait rien, puis s'installa au volant. Marius était monté de l'autre côté. Le lourd camion démarra et s'engagea sur la grand-route.

— On sera à la maison dans dix minutes.

— Tu laisses la remorque à la scierie ? demanda Marius.

— Je ne vais pas prendre le petit chemin avec quinze tonnes au cul.

— Vous aviez dit douze tonnes, ironisa Diane, adoptant la décontraction du grand Noir.

— Je comptais la charge utile, pas la remorque, objecta-t-il. À vide, elle fait presque trois tonnes.

Il la regarda et ils éclatèrent de rire simultanément. Marius se joignit à eux. Pour la première fois depuis des jours, il éprouva un bonheur calme. Il observait sa fille en coin avec l'impression qu'il l'avait toujours connue et qu'aujourd'hui elle rentrait de pension pour les vacances. L'émotion l'étreignit. Mais ni Diane ni Trésor ne s'en rendirent compte.

4

Faits divers

Eugénie Merey arriva au journal à 8 heures précises, salua la réceptionniste qui allumait sa première gauloise.

— C'est quoi ton petit nom? demanda cette dernière après avoir longuement soufflé sa fumée.

— Eugénie. Et vous?

— Michèle, mais tout le monde m'appelle Minouche, à cause des chats.

Eugénie ouvrit de grands yeux.

— Les rats, les souris, tout ça bouffait le papier. Le patron rigolait, jusqu'au jour où une rate a rien trouvé de mieux que d'accoucher dans la rotative. Quand les gars l'ont mise en marche, ils ont vu s'imprimer une *écrabouillite* de rats, ce qui, en soi, n'était grave que pour la mère imprudente et sa progéniture, sauf que ça a déréglé la machine et qu'il a fallu démonter et nettoyer tout le système d'encrage. Le journal est sorti avec deux heures de retard. Le patron était d'autant plus furieux que les gars le tarabustaient avec cette histoire de rats depuis des jours et des jours. Ils se sont engueulés dans le hall. J'aime pas qu'on m'emmerde dans mon domaine. J'ai gueulé plus fort qu'eux. Ils se sont arrêtés, les yeux ronds. Y m'avaient jamais vue en colère! Alors j'ai annoncé que je prenais le problème en main, si on me laissait une heure.

— Et alors?

— Je suis revenue avec deux chats de six mois. Je les ai lâchés dans l'atelier, après leur avoir montré leur gamelle et leur caisse. Je les nourris peu pour qu'ils chassent. Ils entrent et sortent comme ils veulent. Ils sont maintenant une demi-douzaine dont je m'occupe, mais rats et souris n'osent plus boulotter les bobines de papier.

— Ils venaient d'où, ces chats?

— Ma voisine avait eu une portée et ne savait pas comment se débarrasser des deux derniers.

— Mais alors ils étaient frère et sœur! Comment sont-ils devenus six? s'offusqua Eugénie, rigolarde.

Elles ricanèrent de conserve.

— C'est pas fini, reprit Minouche. Tu sais ce qu'il a fait, Marcel?

— Marcel?

— Marcel Milan, le patron, quoi... Depuis ce jour-là, il me fait verser une «prime chats» tous les mois pour m'en occuper. Elle me laisse un petit bénéfice et ça, il le sait bien.

Eugénie hocha la tête. Le tutoiement, ce patron braillard mais généreux, elle commençait à se sentir bien dans ce journal. Elle allait y faire son trou.

Les uns après les autres, les rédacteurs arrivaient. Ne sachant où aller, Eugénie se dirigea vers la salle où, la veille, elle avait rédigé sa copie d'examen. Elle chercha Bernard des yeux. Il n'était pas là. Seul le rouquin s'intéressa à elle. Elle s'approcha.

— Eugénie, dit-elle en lui tendant la main.

Il la serra en la regardant avec un sourire en coin.

— Je sais. Eugénie Merey-Alayel. Le patron m'a dit de te former aux chiens écrasés. Paraît que la rubrique t'intéresse, alors le journal a décidé d'encourager ta vocation. Au fait, le chef des chiens écrasés, c'est moi, Auguste Petithuit.

— Enchantée de refaire votre connaissance, monsieur, répondit Eugénie. Que puis-je faire pour vous?

— Me tutoyer, m'appeler Auguste et me suivre à la réunion de rédaction à 10 heures. Mission: la fermer et écouter.

Elle acquiesça, resta sagement à côté de son mentor et ne dit rien. Milan ne l'avait pas présentée et elle en était un peu dépitée. Elle n'avait croisé que des regards, certes sympathiques, mais l'impression de n'exister qu'à peine lui fut pénible.

À la sortie, Bernard Marin, l'échalas maigre et par ailleurs rédac chef de *La Liberté*, lui prit le bras.

— Eugénie, tu as été parfaite ce matin.

— Mais je n'ai rien dit ! s'exclama-t-elle.

— C'est bien ce que je voulais dire. La règle, pour les débutants, c'est le silence en comité de rédaction pendant six mois. Une idée de Marcel. Je me demande bien où il est allé la pêcher, mais au demeurant elle est excellente. Tu vas voir, tu finiras par aimer ce silence imposé. Allez, rejoins Auguste. Il t'attend. C'est lui ton nouveau patron, mais ça, tu le sais déjà.

— Qu'est-ce qu'on fait ? demanda-t-elle à Petithuit.

— Je t'emmène en tournée, ou plutôt tu vas m'y emmener. Tu sais conduire ?

— Heu… oui.

— Tu as ton permis, oui ou non ?

— Je l'ai, mais à vrai dire…

— Allons-y, dit-il sans l'écouter.

Au garage du journal ils se dirigèrent vers une Trèfle Citroën. Eugénie regarda avec un rien d'hostilité cette petite voiture à trois places, agrémentée d'un croupion pointu.

— Une p'tite Citron. C'est vieux comme les rues c't'auto-là ! ricana-t-elle.

— La trois-places que voici est un modèle 1925, ma chère. Quant à la voiture elle-même, elle n'a que dix ans. Ne dis pas de mal d'un matériel increvable et qui se gare partout.

Installée au volant, elle mit le contact, pompa à vide sur la pédale de l'accélérateur et descendit.

— Où tu vas ? s'enquit-il.

— Ben… tourner la manivelle ?

— T'es pas mûre pour la rubrique auto, ma fille, répondit le journaliste. Sinon tu saurais qu'elle a un démarreur électrique ! Allez, remonte et fonce.

Le bouton du démarreur déclencha un grognement besogneux. Le moteur émit trois ou quatre flatulences puis démarra. La jeune femme embraya sèchement et demanda :

— On va où en sortant, à droite ou à gauche ?

— À droite, répondit Auguste Petithuit en se cramponnant à son canotier, lequel, secoué par le démarrage intempestif, avait immédiatement affiché des idées d'indépendance.

Elle tourna sans ralentir, la Trèfle dérapa de l'arrière. La conductrice redressa avec aisance puis accéléra.

— Tu conduis toujours comme ça ? questionna son passager avec un intérêt non dépourvu d'inquiétude.

Elle le regarda sans comprendre, puis sourit.

— Vous parlez du dérapage ? demanda-t-elle, oubliant le tutoiement. C'est rien, j'ai l'habitude. Pendant la saison des pluies, sur les pistes inondées, ça arrivait tous les vingt mètres. On s'habitue très bien.

— Les pistes ?..., s'inquiéta-t-il.

— Y a peu de routes goudronnées au Cambodge, dit-elle. C'est là-bas que j'ai appris à conduire.

Il n'ajouta plus rien, se contentant d'indiquer brièvement les changements de direction. Son air traqué enchantait Eugénie. Le monde, aujourd'hui, lui appartenait. Elle était journaliste, le but de sa vie !

La tournée consistait à « faire » les urgences des hôpitaux, les casernes de pompiers et les commissariats. Ses à-coups ayant un effet discutable sur l'estomac de son passager, la conductrice s'assagit. La circulation en ville nécessitait une attention soutenue pour anticiper les réactions des autres conducteurs. Il ne suffisait plus de maintenir la voiture à vitesse maximale, comme dans la jungle.

En fin de matinée, la cueillette restait médiocre.

— Bon, on va faire un tour à la PJ, décida Petithuit.

Elle ouvrit de grands yeux.

— La police judiciaire, ricana-t-il. À la recherche du crime.

— Suis-je bête, se morigéna-t-elle.

Il opina, ce qui la fit grimacer.

Le commissariat central se trouvait dans une petite rue, derrière la place Bellecour.

— Gare-toi là, dit l'homme des chiens écrasés, indiquant un espace réservé aux véhicules de police. On ne craint rien, ils connaissent la voiture.

— Regarde, dit-elle, une place se libère. Ça leur évitera de nous chercher des poux dans la tête.

La carte de presse n'existait que depuis quelques semaines et Petithuit, inspiré par les films policiers américains, avait mis la sienne dans le ruban de son canotier.

— Écoute, dit-il en se tournant vers elle, je vais te donner un tuyau. Quand tu t'adresses à un subalterne, sois plus respectueuse que si tu parlais à un archevêque. Tu obtiendras tout ce que tu veux. À l'inverse, si tu es un tant soit peu méprisante, il te met des bâtons dans les roues. Tu n'imagines pas le pouvoir de nuisance d'un lampiste vexé. C'est simple : il peut te ruiner définitivement une source d'information. T'as bien compris ?

Elle acquiesça gravement.

— Allons-y, conclut-il.

Elle le suivit. Ils saluèrent cordialement les plantons et entrèrent dans le bureau ouvert des inspecteurs. Le plus âgé, un homme grisonnant, se leva et vint leur serrer la main.

— Y a pas grand-chose pour vous, dit-il. Avec l'été, les criminels tuent à la campagne. Quant aux cambrioleurs, ils attendent que les bourgeois soient en vacances ! Bref, rien de bien remarquable. Enfin si vous voulez jeter un œil sur quelques PV, peut-être trouverez-vous quelque chose...

Il se rassit à son bureau. Familièrement, les journalistes approchèrent deux chaises de bois et se saisirent des chemises cartonnées que leur tendit l'inspecteur principal. Ils feuilletèrent, chacun faisant son tri. Eugénie retint une histoire de femme battue par son mari qui lui avait cassé les deux bras. Petithuit sélectionna un cambriolage et un accident de voiture. Consciencieux comme de bons élèves, ils prirent des notes sur leur carnet.

— C'est pas terrible, conclut Auguste Petithuit, un rien dépité. Enfin, on peut quand même pas trouver tous les jours un bel assassinat...

— Et dans cette pile-là? demanda Eugénie d'un air abusivement candide.

— Mademoiselle la débutante, dit l'inspecteur, je vous attendais là. Chez vous comme chez nous, les novices font du zèle. Tout ça est confidentiel, soit pour éviter le dépérissement d'éventuelles preuves, soit pour ne pas mettre en cause des gens indûment. Explique-lui, Auguste.

— C'est simple, dit Petithuit en se tournant vers elle. L'inspecteur me fait confiance et je lui fais confiance. Il me donne de l'info et ce qu'on publie peut faciliter le travail de la police. Ainsi, tout le monde est content. Si on couillonne les flics, ils nous rendront la pareille. Voilà. Entre gens de bonne foi, tout va bien. Gaston Estublat et moi, on se connaît depuis, quoi... six ans? Jamais une anicroche, rien. Et tant que je serai là ça sera comme ça. Tu es d'accord?

— Bien sûr, répondit-elle précipitamment. J'apprends. Si je comprends bien, dans ce métier, il faut un réseau et des gens qui ont confiance en vous.

— Exactement. Au fait, Gaston, je te présente Eugénie Merey. Elle débute ce matin à *La Liberté*. Et t'as vu, elle manque pas de culot.

Le flic, en mâle concerné mais discret, la regarda avec admiration. «Un moindre mal», songea-t-elle, ravie de ce jeu de mots inexprimé. Celui-là, elle en ferait un ami, lui donnant un rôle paternel pour qu'il ne se raconte pas d'histoires.

— C'est clair pour moi, dit-elle le regardant dans les yeux. J'ai appris quelque chose. Merci.

Le journaliste eut une petite moue, tandis que le policier souriait. Comme ce dernier passait dans la pièce voisine, à la recherche d'un dossier, Petithuit chuchota:

— N'en fais pas trop et surtout, surtout, ne le prends pas pour un con. Il est malin comme tout. Une autre règle: ne jamais sous-estimer l'adversaire.

Ils attendaient le retour de l'inspecteur principal quand jaillit dans la pièce un bourgeois vociférant.

— Le commissaire! Le commissaire! Je veux le voir immédiatement. J'exige...

Les deux journalistes dévisagèrent l'arrivant. La cinquantaine, un costume d'été croisé en toile beige, pas de chapeau. Il avait le teint pâle ; partant de sa tempe gauche, une longue et large mèche, engluée de brillantine, masquait d'une espèce de croûte une calvitie avancée. Il était maigre, le visage chevalin, l'air méprisant et la bouche mince. Une moustache en forme de timbre-poste n'excédait pas la largeur de son nez pointu. Sous l'effet de la colère, ses narines battaient comme les ouïes d'un poisson. Ses petits yeux enfoncés fulguraient, tandis que sa voix aigre retentissait de nouveau :

— C'est intolérable ! En plein jour, à deux pas d'ici ! Une jeune fille de dix-sept ans, enlevée par un satyre en gris qui dissimulait son visage !... Il faut faire vite ! Bloquer les gares, contrôler les autos... Ils ne peuvent être loin !

Eugénie allait se lever. Petithuit posa la main sur son bras. Elle se rassit.

— Écoute, murmura-t-il. Celui-là, crois-moi, à la façon dont il est sapé et d'après son ton, c'est un bourgeois, un magnifique spécimen de la droite maurassienne. On va écouter discrètement et prendre quelques notes.

Estublat, l'inspecteur principal, était de retour. Il regarda l'agité, soupira et s'assit à son bureau. Les deux journalistes reculèrent leurs chaises et se firent oublier. Le policier leur fit un signe, index tendu, comme s'il leur rappelait une directive : « Vous écoutez, mais vous n'en parlez que si je vous donne mon feu vert. » Le message était clair. Eugénie acquiesça, non sans infliger un léger coup de coude à Petithuit qui eut le même sourire en coin que le matin. Elle réalisa alors qu'il était mimétique, ce sourire : c'était celui de Milan, le patron. Elle en fut réjouie.

— Asseyez-vous, dit calmement le policier.

— Vous êtes le commissaire ? aboya le bourgeois, ivre de rage.

— Inspecteur principal Estublat. Je vous écoute.

— Je ne parlerai qu'au commissaire.

— Dans ce cas, vous risquez d'attendre assez longtemps. Il est sur le terrain. Il y a une salle d'attente en sortant, sur la gauche. Mais je vous préviens, il n'est pas certain qu'il repasse au bureau aujourd'hui.

L'air furieux, l'homme saisit une chaise et s'installa sans y être invité. Le journaliste tiqua, l'inspecteur principal lui fit un signe de main apaisant. Des excités, il en voyait tous les jours.

— Je vous écoute, dit-il.

— Ce salaud l'a enlevée! Il n'est sûrement pas loin. Il faut surveiller les gares!

— Nous déciderons ce qu'il y a à faire lorsque vous nous aurez expliqué qui est la jeune fille dont vous parlez et ce qui s'est passé.

L'homme avait repris son calme et se construisait une attitude hautaine.

— Elle s'appelle Diane Saint-Just.

L'inspecteur prenait des notes, sans rien dire. L'autre, l'air agacé, attendit ostensiblement qu'il eût noté le nom avant de poursuivre.

— Elle a dix-sept ans et...

L'inspecteur le coupa.

— Et vous-même, qui êtes-vous?

— Hyppolite Saint-Just.

— Profession?

— Agent d'affaires.

Suivit un interrogatoire en règle que notait le policier d'une belle écriture ronde. Dans leur coin, Auguste Petithuit se pencha vers Eugénie et chuchota:

— Des gens connus à Lyon, ces Saint-Just. Celui-là est le parasite de la famille.

Elle ouvrit des yeux étonnés.

— Agent d'affaires, ça ne veut rien dire, expliqua-t-il, sinon qu'il prétend jouer les intermédiaires dans de grosses transactions. On est notaire, ou industriel, ou grossiste, ou marchand de biens, pas agent d'affaires...

— Cette jeune fille de dix-sept ans, Diane, m'avez-vous dit, c'est votre fille? reprenait l'inspecteur Estublat.

— Non...

— Votre parente?

— Ma nièce.

— Et ses parents sont prévenus de cet... événement?

— Sa mère est folle. Quant à son père, mon jeune frère, il a été tué à l'été 18. Il était officier. Un héros de la Grande Guerre.

En aparté, il marmonna : « Enfin, son père… » Eugénie avait l'ouie fine. Auguste aussi. Ils se regardèrent. Ça devenait intéressant. Un sombre secret de famille dans la grande bourgeoisie lyonnaise, c'était pain bénit pour *La Liberté*. L'inspecteur avait sans doute la même impression car il demanda la date de naissance de la jeune fille. Le nommé Hyppolite ne la connaissait pas avec précision.

— Bon, sa mère est folle… c'est-à-dire ?

— Qu'elle a été internée.

— Quand ?

— Ce matin même. Sapristi, glapit-il, je ne suis pas là pour parler de ma belle-sœur, mais de Diane, entraînée Dieu sait où par un homme ce matin ! Sur quel ton faut-il le dire ?

— Calmez-vous, monsieur Saint-Just. Quant au ton, le seul qui vous soit permis est celui de la courtoisie.

— De quoi ? Vous ne savez pas à qui vous parlez !

Redressé, il avait posé les deux mains sur le bureau de l'inspecteur et aboyait, prêt à mordre. L'inspecteur se leva et le repoussa sur son siège.

— Ça suffit, dit-il sèchement. Continuez comme ça et je vous fais enfermer une paire d'heures dans la cellule de dégrisement, avec un PV pour ivresse publique en supplément.

Hyppolite, l'air pincé, se recula sur sa chaise.

— Reprenons, dit le policier. Votre belle-sœur, la mère de Diane, votre nièce, a été internée ce matin. Son père est mort et elle est mineure. Vous êtes son tuteur. C'est ça ?

Il acquiesça et ajouta, hautain :

— Et l'administrateur de ses biens !

Eugénie donna un coup de coude à Auguste qui sursauta.

— T'as entendu ? chuchota-t-elle vivement.

— Écoute ! répondit-il dans un murmure.

— Bien ! poursuivit Estublat. Donc, ce matin, on a interné la mère de la petite et vous veniez la chercher, c'est ça ?

— Oui. L'appartement était ouvert, je suis entré et, clac ! on m'a enfermé.

— Expliquez-vous.

— Ben... j'ai entendu la clé dans la serrure. Quelqu'un a verrouillé la porte de l'extérieur.
— Qui a fait ça?
— Cet homme, son suborneur! Celui qui l'a enlevée.
— Êtes-vous sûr que ce n'est pas la gamine elle-même?
— Impossible. C'est lui, je vous dis.
— D'où tenez-vous cette certitude.
— Je le sais, c'est tout!
— Bon. Vous n'avez rien vu, ni la gamine partir, ni l'homme qui l'accompagnait?
— Non, comme je viens de le dire, ce voyou m'avait enfermé. Il a fallu que je téléphone à un serrurier pour qu'on vienne me délivrer.
— Ça a pris combien de temps?
— Vingt minutes. Et encore, j'ai eu de la chance!
— Alors comment savez-vous qu'un homme l'a enlevée?
— La concierge m'a tout raconté.
— Mais encore?
— Elle lui a dit au revoir.
Devant l'air d'incompréhension du policier, il reprit:
— Diane. Elle a longuement salué la concierge, en tournant autour d'elle pour qu'elle ne voie pas l'homme qui sortait avec sa valise.
— Il ne l'a donc pas enlevée. C'était peut-être un de ses amis. Elle ne vous aime peut-être pas beaucoup, votre nièce. Elle n'a peut-être pas apprécié que vous fassiez interner sa maman, qu'en pensez-vous?
Le policier avait frappé juste. Au lieu de s'offusquer de son hypothèse, Hyppolite s'exclama:
— Cette petite a toujours été vicieuse. Pas étonnant qu'elle réponde à mon affection en levant le pied avec le premier venu!
— Parlez-moi de cet homme. Que vous en a dit la concierge?
— Un homme dans la quarantaine, c'est tout ce qu'elle sait. Elle l'a vu quand il est arrivé. Il a regardé le tableau des locataires, mais le couloir était sombre. Quand il est sorti, elle n'a fait que l'entrevoir de dos. Elle m'a dit qu'il portait une valise. C'est tout.

L'officier de police recula sa chaise, se cambra et dit tranquillement :

— Monsieur Saint-Just, dès que vous nous aurez justifié votre qualité de tuteur légal de la mineure en fugue, nous émettrons l'avis de recherche habituel. Nous restons à votre disposition. Au revoir, monsieur.

Saint-Just s'était levé, furieux.

— Mais je vous dis que c'est un enlèvement ! Je vais... Je vais de ce pas chez mon avocat. Pour porter plainte ! Contre vous ! J'ai le bras long ! Vous aurez de mes nouvelles !

Il sortit en claquant la porte ouverte. Les vitres vibrèrent.

L'inspecteur s'était levé. Il avait sorti une pipe déjà bourrée de sa poche et l'allumait.

— Tu as eu un bel aperçu du métier, aujourd'hui, Auguste. Raconter ça dans ton canard, ça serait pas mal. Ce genre de crétin prétentieux n'est pas rare dans le coin. Ils nous font chier, voilà ! Oh, pardon, mademoiselle, dit-il se tournant vers Eugénie.

— Ne vous excusez pas, monsieur Estublat, dit-elle, je ne suis pas sûre que le mot soit assez fort pour décrire ce que nous avons vu. Pauvre gamine ! Dans les pattes d'un type pareil ! On la comprend d'avoir foutu le camp.

Estublat eut un sourire en coin. Ils se serrèrent la main et les deux journalistes prirent congé d'un inspecteur principal rasséréné.

— Ben ma cocotte, commenta Petithuit, tu l'as mis dans ta poche mon pote Gaston. Bravo ! C'est un type bien, tu sais.

— J'ai vu ça, répondit-elle en démarrant la Trèfle qu'elle glissa sans faiblir dans le flux de la circulation.

Sur la route du journal, ils parlèrent boulot. Auguste Petithuit allait écrire quatre brèves, Eugénie trois. Ils rédigeraient aussi deux articles en écho, le premier sur le travail quotidien d'Estublat, le second sur l'« enlèvement » d'une adolescente fuyant en réalité un parâtre rapace.

— Essaie de faire ça, commenta Petithuit. On verra si tu as bien saisi la bourgeoisie lyonnaise. Attention : tu suggères des secrets de famille, sans, bien sûr, citer le moindre nom. Un bon exercice, tu verras.

— Au fait, cet Hyppolite Saint-Just, y a-t-il un moyen rapide d'en savoir un peu plus sur lui ?

— Demande au vieux Louis, aux archives. Il connaît son Lyon comme sa poche et les histoires de cul de tous les soyeux de la ville. M'étonnerait qu'il n'ait rien sur ce gugusse. Bon, poursuivit-il, le boulot, ça suffit ! On va déjeuner Chez Lulu, notre cantine.

Il consulta sa montre. Il était presque 14 heures.

— Il devrait rester quelques fonds de casseroles mijotés. Elle a l'habitude, Lulu, de nos horaires fantaisistes. Elle nous engueule, mais elle trouve toujours quelque chose à becqueter… Tu viens ?

— Pas le temps, répondit Eugénie. Tu m'as bien dit qu'il fallait que tout soit prêt pour 18 heures ?

— Le bouclage est à 20 heures, mais s'il faut revoir ta copie, corriger et tout ça, c'est mieux d'avoir une bonne marge.

— Je vais m'y mettre tout de suite. J'écris pas aussi vite que vous, les vieux de la vieille ! Pas encore.

Il sourit, la regarda gravement et dit :

— Okay, j'te rapporterai un sandwich et une bière.

5

Un cheval nommé Joseph

Issu d'un trou du vieux volet, un rayon doré rampait sur le visage de la dormeuse.

Diane ouvrit un œil, le referma, éblouie, bougea pour fuir la lumière vive, se repositionna sur l'oreiller et constata avec dépit qu'elle était irrémédiablement réveillée. Elle s'assit. Ses cheveux ébouriffés tombaient devant ses yeux. Elle les écarta d'un geste machinal pour s'abandonner à la contemplation des minuscules grains de poussière dansant dans le soleil. Par contraste, le reste de la pièce semblait sombre. Elle se leva. Le plancher était tiède sous ses pieds nus. Elle ouvrit les volets, cligna des paupières le temps de s'acclimater à la vive clarté.

Devant elle descendait une prairie douce que bordait la lisière des grands bois. L'horizon se peuplait de douces courbes sous un ciel pur. Des chants d'oiseaux égayaient cette sérénité. Elle était ailleurs, dans l'été, un été où personne ne pouvait l'atteindre.

Elle eut un grand sourire d'aise. Elle regarda la pièce. Au pied du lit-bateau où elle avait dormi était une chaise ; devant, une peau de mouton et, en face, une armoire à glace. À l'opposé de la fenêtre, une table supportait une grande cuvette à fleurs et un broc assorti. Un brin de toilette lui ferait grand bien.

Elle passa sa chemise de nuit par-dessus sa tête. Son geste attira son regard vers le miroir qui l'avait reflété. Elle se contempla nue, se trouva un corps mince et harmonieux, admira ses seins pointus – les trouvant graciles – et détesta les contacts répétés de son tuteur. Le salopard! Elle regarda par la fenêtre, l'imagina débouchant de la forêt. On n'était plus à Lyon mais dans la montagne, un pays sauvage où chaque paysan avait son fusil de chasse. Elle calcula que son ennemi intime mettrait quatre minutes pour arriver, soit largement le temps nécessaire pour un accueil digne de lui. Elle crierait: «Papa!» Il passerait la tête, elle lui désignerait l'arrivant. «Une seconde», répondrait-il. Il descendrait tranquillement dans la grande salle à vivre, décrocherait le fusil du mur, le chargerait de chevrotine à sanglier, remonterait. Arrivé à proximité, Hyppolite la verrait à la fenêtre et afficherait un regard triomphant. Alors elle s'écarterait, dévoilant son père, et la terreur tordrait le visage de son tuteur. Pas longtemps: le tonnerre des deux canons le foudroierait aussitôt. Il mettrait les mains sur sa poitrine trouée et s'écroulerait mort. «Laissons-le là, dirait son père, les chiens errants boufferont sa charogne.»

Elle sourit et fit sa toilette, chercha dans sa valise, mit une robe légère et des espadrilles. Elle était en vacances et elle avait faim.

La maison de Trésor était une ferme à peine aménagée. Elle descendit l'escalier droit. Il se terminait sur une porte qu'elle ouvrit. Une bonne odeur de café l'accueillit. Dans la grande salle de ferme, à la fois cuisine et pièce à vivre, une cafetière restait en permanence sur le coin du gros fourneau en fonte, œuvre de la Manufacture d'armes et cycles de Saint-Étienne. Là-bas, on le chauffait à l'anthracite des mines proches, mais ici il fonctionnait au bois.

— Te voilà, ma grande! s'exclama Madeleine, l'épouse de Trésor, occupée à plier du linge. Tu as fait une grande nuit.

— Bonjour, madame, répondit Diane encore intimidée. M. Malaguet... mon père, je veux dire... il n'est pas là?

— Il est parti travailler tôt ce matin, avec mon mari.

— Sans venir me dire au revoir? s'inquiéta Diane.

— Je l'en ai empêché. Je ne voulais pas qu'il te réveille. Il voulait te regarder dormir comme on fait pour les bébés. J'ai dit non.

— Mais pourquoi?

— Tu n'es plus une petite fille, Diane. Un monsieur, même si c'est son père, n'entre pas sans frapper dans la chambre d'une femme.

Elle eut la même expression que Marius deux heures plus tôt, une bouille de bébé qui va pleurer. Ces deux-là avaient, l'un et l'autre, un gros retard d'affection. Madeleine réalisa qu'ils s'étaient vus pour la première fois moins de vingt-quatre heures auparavant. Émue, elle ouvrit les bras. Diane s'y blottit. Ronde, enveloppante, Madeleine la tint contre elle longtemps.

«Pauvre gamine, songea-t-elle. Folle ou pas, sa mère était sûrement dépassée, dépressive aussi sans doute. Très jeune Diane a dû en avoir le souci. C'est trop lourd pour une gamine.»

Contre elle le corps de Diane se détendit. Elle soupira de soulagement. Ce fut comme un signal, les bras de Madeleine s'ouvrirent, la jeune fille s'enfuit.

— J'ai faim, dit-elle, la joie de vivre retrouvée.

Elle se retrouva bientôt attablée devant un énorme bol de café au lait accompagné d'une tranche de pain bis, frais et tartiné de beurre. Elle les observa avec inquiétude. Chez elle on servait des tasses avec du pain grillé, un beurrier et des confituriers. «Des rustiques, aurait dit sa grand-mère pour désigner sa nouvelle "famille". Ces gens ne sont pas de notre milieu. Qui plus est, cette femme a épousé un nègre!»

Diane s'insurgea: «Chère bonne-maman Saint-Just, se dit-elle, m'avez-vous jamais serrée sur votre cœur avec autant de tendresse que cette épouse de nègre, comme vous dites!» Condamner quelqu'un du simple fait de sa couleur, quel mépris imbécile! Trésor, ce bon géant, chaleureux, plein de sagesse et d'affection pour Marius et les siens, était sans conteste la crème des hommes. Sa femme et ses enfants l'adoraient. Il l'avait accueillie comme sa fille. On était bien chez lui, avec lui. La vie devenait simple, les questions trouvaient des réponses et on regardait la vie avec bonheur. Diane s'était-elle un seul jour sentie bien en présence de l'oncle Hyppolite, qui n'était même pas son parent? Il n'était que le frère du tué, le mari de sa mère mort dix mois avant sa naissance! Trésor, Marius n'étaient pas des gens comme il faut. Heureusement!

Elle fixa sa tartine. Comment faisait-on chez les gens simples, déjà? On la trempait dans son bol et on mangeait la partie amollie. Elle essaya. C'était délicieux. La vie, la vraie, était faite d'une succession de minuscules plaisirs. Elle dévora. Madeleine, qui veillait discrètement, lui prépara une seconde tartine et remplit de nouveau son bol.

Son petit déjeuner avalé, Diane se demanda quoi faire. Elle avait envie de bouger, de sortir, mais n'avait-elle pas des devoirs envers son hôtesse? Même chez ces gens-là, certaines choses se font!

— Puis-je vous aider? proposa-t-elle.

Madeleine sourit.

— Eh bien, range le pain et le beurre, débarrasse ton bol et, si tu as le courage, lave-le. Ça me fera ça de moins.

C'était dit avec douceur, comme quelque chose de naturel. Diane n'avait jamais fait la vaisselle mais ne pouvait qu'obéir. Cette tâche lui prit une minute. C'était tout simple, en fait.

Pour tester son hôtesse, guettant le piège des non-dits, des perfidies insoupçonnées de cette vie trop idyllique, Diane s'enquit:

— Je peux faire autre chose?

— Ça va pour le moment. Je t'explique: chacun de mes enfants a son «service». Tu leur donneras un coup de main. En attendant, va trouver Jean dans la remise, au fond de la cour. Il travaille pour toi.

— Pour moi?

— Va, ma fille. Ici tu embarrasses.

Là encore, le propos était contredit par le ton bienveillant. Elle sourit et sortit.

Un bâtiment formait un «L» avec le corps de ferme en granit bleu. Il y avait deux doubles portes et trois petites fenêtres. La remise devait être là. De l'autre côté, dans un enclos grillagé, une vingtaine de poules caquetaient en grattant le sol dénudé par leurs ardeurs quotidiennes. Un mur bas en pierre sèche séparait la cour des prés et s'ouvrait sur le chemin d'accès.

Diane poussa la première porte. Un mouvement dans l'ombre la surprit. Elle entra quand même. Une sorte de rire inquiétant la figea. Ses yeux s'acclimatant à la pénombre, elle distingua un énorme cheval derrière une demi-cloison. Il la regardait en hennissant.

— Il s'appelle Joseph et il est intrigué.

La voix à la fois grave et juvénile de Jean la fit se retourner. L'aîné de Trésor était un adolescent mince aux hanches étroites et aux épaules déjà larges. Mulâtre, il était plus clair que son père. Son sourire illuminait son visage régulier et doux qui rappelait sa mère. Il dominait Diane d'une tête, elle qui passait pour grande avec son mètre soixante-dix. Comme la veille, elle le trouva beau.

— Je n'ai jamais vu un cheval aussi costaud, dit-elle.

— C'est un ardennais pommelé. Un bête de race, il est magnifique.

— Un bête de race? Mais il n'a aucune finesse! s'étonna-t-elle.

Il rit.

— Son pedigree en fait un champion. Ces bêtes-là, c'était une passion de ma mère qui l'a communiquée à mon père. Au fait, c'est un cheval de trait, pas une chochotte de pur-sang qui se pète le cœur à courir comme un dératé! Tu vas voir, je vais le sortir.

Il détacha le licou de l'animal.

— *Arrié*, dit-il, *arrié*.

— *Arrié*, ça veut dire quoi?

— À ton avis?

— En arrière?

— Pourquoi tu demandes, alors? ironisa Jean.

Elle se rembrunit. Il rigola.

— Je te taquine. Ce mot qui t'étonne, c'est du patois d'ici.

— Le patois, c'est la langue des paysans du fin fond de la cambrousse?

Elle s'était exprimée d'un ton pointu, la paupière demi-baissée, snob de parodie. Il répondit gravement:

— Le Velay, où nous sommes, était sous l'Ancien Régime une sous-province du Languedoc. Notre patois, comme l'occitan ou le provençal, est une langue à part entière, qui dérive de la langue d'oc qu'on parlait dans tout le Sud de la France. Une langue forte, imagée. Les farces sont plus drôles en patois qu'en français, par exemple.

— Et tu parles patois?

— Non, mais je le comprends. Ma mère le parle, mais pas mon père. Il n'est pas d'ici.

— D'où est-il? s'informa-t-elle, non sans une pointe de malveillance raciste.

— Il est Parisien. Il est venu par ici pour suivre son copain de guerre.

— Son copain de guerre?

— Ton père, hé, nounouille!

Elle le regarda, les yeux écarquillés. Étonnement, trouble, désarroi, ils exprimaient tout ça. Le garçon en fut saisi. Avoir un père aimant était normal pour lui. Il percevait soudain quelle nouveauté merveilleuse et angoissante c'était pour elle.

L'émotion de Diane avait été si brutale qu'elle en demeura pantelante. En fait, elle oscillait sans cesse entre l'angoisse de sa nouvelle vie et le bonheur qu'elle entrevoyait sans réussir à y croire. «La guerre, songea-t-elle, toute mon histoire tourne autour de la guerre. Marre de la guerre!» Elle ne savait pourtant pas grand-chose de cette période. Il lui faudrait demander à Marius. L'oserait-elle?

Le cheval reculait. Un peu inquiète, Diane se plaqua au mur tandis qu'il passait à la toucher. Son odeur la saisit: vivante, suave et écœurante à la fois. Intéressante.

Dehors, elle put admirer la bête. À l'épaule, il était plus grand qu'elle. Toutes ses formes étaient rondes sans mollesse, animés de muscles compacts qui jouaient à chaque mouvement.

— Viens, dit Jean d'un air malicieux.

Il mena la bête vers un hangar rempli de bûches, l'arrêta devant un billot dont une multitude de coups de hache avaient adouci la surface. Il monta dessus et enjamba le dos du cheval sur lequel il s'assit. Celui-ci s'ébroua, tapa d'un de ses sabots grands comme un plat à barbe sur la terre tassée.

— Monte, dit-il.

Elle grimpa sur le rondin.

— Attrape mon bras. Saute maintenant!

Elle se retrouva assise devant lui.

— Va, mon beau, dit Jean en donnant un coup des talons dans les flancs du cheval.

Placide, Joseph s'ébranla. Diane sentait sous elle sa chaleur, contre son dos le corps dur de Jean. Ses narines palpitèrent sans qu'il le vît. Tous ses sens vivaient en même temps, la vue avec le paysage, l'odorat avec les senteurs de foin et l'odeur du cheval, l'ouïe par le chuintement de la brise et les chants d'oiseaux, le toucher par le contact de l'homme et de l'animal. Manquait le goût. Elle se lécha les lèvres et retrouva la saveur de sa tartine trempée dans le café au lait.

Le cheval allait d'un pas puissant. Bientôt, la maison ne fut plus en vue. Ils pénétrèrent dans le couvert de pins. Elle admira leurs troncs rougeâtres sous leurs ramures noires et aérées. Le tapis d'aiguilles rousses amortissait la démarche du cheval. Ils parvinrent à un embranchement. Le chemin de gauche descendait la colline, celui de droite remontait. Ils s'engagèrent dans la côte. Plantant solidement ses antérieurs dans le sol dur tandis qu'il encensait, Joseph le cheval rythma son effort et maintint l'allure. Diane eut le sentiment étrange qu'il y prenait plaisir. Elle se dit qu'elle aimait cette grosse bête bonasse.

Ils atteignirent le faîte. La vue portait à des kilomètres, dans l'axe de la rivière qui fuyait vers les lointains.

— L'Ance, dit Jean fièrement. Le viaduc au premier plan fait trente-sept mètres de haut. Et en dessous, ces bâtiments, c'est la scierie.

Assise sur le large dos du cheval immobile, de biais pour ne pas trousser sa robe légère, Diane se sentait apaisée. Le contact du torse modelé de Jean, à travers leurs vêtements légers, dégageait une sensualité discrète dont elle avait à peine conscience. Elle sentait refluer ce sentiment d'abandon qui la hantait depuis que sa mère avait sombré dans la neurasthénie.

— Tu vois le camion?

Elle acquiesça.

— Eh bien, c'est dans ce camion que vous êtes arrivés hier soir.

Il avait l'air d'un jouet.

— Regarde, dit-elle, ton père.

On reconnaissait la prestance et la démarche de la petite silhouette. Marius sortit à son tour. Trésor l'attendit. Amusée, Diane poursuivit :

— Et le mien vient de le rejoindre.

Stupéfaite de ses propres paroles, elle s'arrêta net. Marius Malaguet, fantasme dans la correspondance de sa mère folle, puis espoir pour elle d'une évasion impossible, était vraiment venu l'arracher à son sort. Marius Malaguet, son père !

Contemplant le paysage par-dessus l'épaule de Diane, Jean ne pouvait voir son visage. Quelque chose l'alerta. Il se pencha vers elle. Elle sanglotait sans bruit. Il la serra contre lui.

— Nos pères, là-bas, dit-il, la scierie est leur monde. Ils sont amis et associés. Ce pays est le tien, Diane. Tu es chez toi. Je voulais que tu voies ton domaine.

Elle leva sur lui ses yeux turquoise luisants de larmes et sourit. Il fit tourner le cheval. Ils revinrent en silence. Elle admirait les arbres, tous identiques, tous différents. Le vent chuintait, juste assez fort pour qu'on ne l'oublie pas. Elle songea au chant des moines dans une abbaye médiévale où on l'avait conduite, un jour de son enfance. Elle n'avait jamais oublié ce grégorien.

Au sortir des bois, la maison apparut au fond des prés, grande bâtisse coiffée de tuiles romaines. Le logis à gauche, l'étable surmontée d'une grange à droite ; sur le côté, l'écurie et l'atelier. Des blocs de pierre posés au bord du toit étonnèrent Diane.

— À cause du vent, expliqua Jean. La bise pourrait emporter les tuiles. De plus, elles empêchent la neige de glisser.

— À quoi ça sert? Elle finira par terre de toute façon !

— Elle isole du froid. Cette pratique existait déjà au temps des Arvernes.

Ces détails astucieux, le langage élégant de Jean, le camaïeu de vert de cet ample paysage, ce grand cheval placide qui les portait, tout émerveillait Diane. Un monde calme, insoupçonné. Elle vivait une sorte de liberté, de légèreté qu'elle chercha à définir. Ce qu'elle ressentait avait la grâce et la fragilité d'une bulle irisée de soleil. Elle songea au bonheur, mais le mot l'effrayait.

Une toute jeune fille, longiligne comme son frère, sortit de la maison. Les ayant vus, elle courut vers eux. Ses tresses sombres volaient dans son sillage. Sa chevelure, duveteuse de boucles minuscules, auréolait l'ovale de son visage aux traits doux. Elle les atteignit très vite. Simultanément, sans se concerter, les deux adolescents lui tendirent chacun une main et, d'un élan partagé par tous trois, Louise, la jeune sœur de Jean, se trouva installée sur Joseph qui s'était arrêté. Assises côte à côte comme sur un banc, les deux filles se tenaient par l'épaule. Diane s'émerveilla des yeux de sa voisine, vert sombre, profonds, vifs, piquetés de paillettes d'or.

— Bonjour, dit Louise. C'est chouette que tu sois la fille de mon parrain.

Ce simple mot déstabilisa Diane. Prédateur à l'affût, le doute, une fois de plus, l'assaillit. Elle le fit taire. Parrain-père, filleule-fille. Louise était un peu sa petite sœur. Sa nouvelle famille s'étoffait. « Quelle nouvelle famille ? La nôtre ne vous suffit pas ! Vous rêvez, Diane ! », ricana dans sa tête l'aïeule Saint-Just. « Vous n'êtes pas ma grand-mère, regimba-t-elle. Il n'y a aucun lien de sang entre nous. S'il vous plaît, disparaissez de ma vie. »

Trésor, sa femme et ses enfants appartenaient à l'univers de son père. Face à cet univers, elle se sentait comme un orphelin de Dickens devant un réveillon de Noël. Une bouffée d'émotion lui fit monter les larmes aux yeux. La tendresse la surprenait autant que le bonheur.

— Où il t'a emmenée, Jean, comme ça, sur Joseph ? demanda Louise gravement.

— Sur le sommet de la colline qui domine l'Ance.

— Alors t'as vu la scierie, le viaduc et Pontempeyrat ? Et puis Mistou, aussi.

L'air étonné de Diane lui fit préciser :

— C'est la baignade. On peut nager à cause de la retenue d'eau. Tu sais nager?

— Non, répondit la jeune fille, consciente de sa carence.

— Parrain t'apprendra. C'est lui qui nous a appris, parce que papa, il sait pas.

Diane éprouva une pointe de jalousie et se sentit ridicule de son bref raidissement. La jeune Louise si vive, si enthousiaste, l'attendrissait. Bien sûr que Marius, son père, était attaché à cette petite! Heureusement! C'était extravagant, ces gens qui s'aimaient. Comme ça. Tout simplement. Les Saint-Just s'aimaient-ils? Ils ne le montraient guère. L'aimaient-ils, elle, Diane? Sûrement pas! De toute façon, les sentiments semblaient interdits dans cette famille. Tout n'était que masque. Ces gens vivaient dans des carcans, parfois armure protectrice, toujours pesanteur.

D'un coup de talon, Jean avait remis le cheval au pas.

— Bouge pas, dit Louise. Tu vas voir.

Elle mit les mains sur les épaules de Diane, se souleva, posa un pied sur l'échine de Joseph, saisit les deux mains que lui tendait Jean et, pliant alternativement les genoux jusqu'à épouser le rythme du cheval, s'éleva soudain en une cabriole étonnante et se retrouva assise sur les épaules de son frère.

L'ahurissement de Diane, qui avait suivi la scène, déclencha le rire de la fratrie complice. Diane découvrait les bonheurs simples de l'enfance.

6

Signature : E.M.A.

On frappa à la porte.

— Oui, dit Albert Punais, directeur de *La Sentinelle.*

Monique Pondu, sa dévouée secrétaire, entra. Ses tailleurs et son chignon stricts masquaient sa beauté, encore refroidie par un regard dur.

— Hyppolite Saint-Just vient d'appeler, monsieur.

— Quand nous sommes seuls, vous pouvez m'appeler Albert, mon petit, dit-il, l'air égrillard.

Elle haussa imperceptiblement les épaules. Leur relation indirectement professionnelle et hebdomadaire sur le canapé voisin n'avait jamais été pour elle qu'une morne habitude justifiant son salaire « raisonnable ».

— Que voulait cet imbécile ? reprit Albert d'un ton hargneux.

— Nous informer comment, après l'internement de sa belle-sœur, sa nièce, dont il est tuteur, a été enlevée par un inconnu alors qu'il allait la chercher.

— Et alors ?

— Alors, il s'est plaint à la police. Un inspecteur très désagréable n'a vu dans son histoire qu'une banale fugue et l'a éconduit.

— Éconduire ce monsieur, rien de plus normal. Pas la peine de me déranger pour ce fort médiocre fait divers.

— Justement, ce même Hyppolite Saint-Just a été informé par une personne bien intentionnée que *La Liberté* avait publié ce matin, à la page des chiens écrasés, deux articles sur son affaire. Le premier est intitulé : « Ces prétentieux nantis qui maltraitent la police », et le second : « Comment faire interner une femme fragile pour la dépouiller », avec en sous-titre : « Une pratique bourgeoise. »

— Ces articles, vous les avez lus ?

— Non, monsieur. Je vous en ai réservé la primeur.

Elle brandit le journal de l'ennemi.

— Je les ai entourés au crayon rouge.

— Posez ça là.

Albert Punais revint contrarié d'un déjeuner détestable. S'asseyant à son bureau, il remarqua *La Liberté*. La presse communarde devenait pédante depuis l'avènement de ce youpin de Blum qui avait réussi à fédérer la gauche. Il est vrai que « la droite la plus bête du monde » l'avait considérablement aidé par ses divisions. Bref, le gros journaliste adorait et détestait lire *La Liberté*. La façon dont ses concurrents mettaient en cause l'ordre installé, quel que fût le sujet traité, l'exaspérait. Tout était toujours la faute des bourgeois. Pauvre France !

Simultanément, ce genre de prose, bien qu'il refusât de se l'avouer, le rendait nostalgique. Quatre décennies plus tôt, il avait été rédacteur à *L'Aurore*, sous la houlette de l'extrémiste Clemenceau. Il avait même été dreyfusard ! C'était là un des secrets honteux de sa vie professionnelle. Fils unique d'un instituteur marxiste, il était entré à l'École normale supérieure et avait rêvé de la concorde universelle. Il avait même eu, au début du siècle, des prétentions politiques soigneusement piétinées par les socialistes locaux. Furieux, il avait abandonné sa révolte romantique au profit d'un lucratif réalisme bourgeois. Il avait retourné sa veste et, à l'aube de ses trente ans, avait rejoint *La Sentinelle*. Des manœuvres aussi souterraines que subtiles lui avaient acquis la confiance de son patron. Le fondateur et propriétaire de ce fleuron de la presse régionale avait jugé le jeune arriviste aussi retors que lui. Préférant la pérennité de son journal à une alliance financière à court terme, le vieux crabe l'avait marié à sa fille. Songeant à tout ça, le journaliste tourna la tête vers le portrait de son prédécesseur. « Vieille canaille », maugréa-t-il affectueusement.

Avant de s'intéresser aux faits divers signalés par Pondu, il se mit à lire l'édito et aussitôt s'irrita. Cette grande gueule de Milan, son ennemi intime, croyait ce qu'il disait ! Quel culot ! Son style rapide se voulait efficace en ignorant toute subtilité. De son temps, la presse de gauche n'était pas aussi télégraphique. Agacé, il sauta la fin du texte et feuilleta rageusement la détestable feuille de chou.

Les articles encerclés l'arrêtèrent. Le premier, concernant la police, était signé « A.P. », autrement dit Auguste Petithuit, le rouquin fouine-merde. Il vantait le sérieux et le calme des inspecteurs de la PJ répondant courtoisement mais fermement à un nanti prétentieux dont, bien sûr il ne citait pas le nom, mais en qui Hyppolite Saint-Just, réaliste pour une fois, s'était parfaitement reconnu. Le papier se gardait bien d'évoquer la hiérarchie desdits inspecteurs, pas même leur commissaire ; il citait complaisamment, en revanche, les « Vous ne savez pas à qui vous parlez », « J'ai le bras long », « J'en parlerai au préfet », « Vous entendrez parler de moi » et autres « Je vais de ce pas déposer plainte ».

Punais ricana. Quelle autorité prendrait la peine d'intervenir pour cet imbécile qualifié de nanti, ce qui n'était même pas sûr ? Il s'était laissé dire que Saint-Just, spéculateur douteux, avait sérieusement écorné le patrimoine familial. N'empêche ! On ne pouvait pas laisser dire que la bourgeoisie lyonnaise était prétentieuse et incompétente, surtout si c'était vrai. L'élite, malgré quelques canards boiteux, devait rester solidaire et offrir un front sans faille à la vague bolchevique qui risquait de tout emporter, même cet apprenti sorcier de Blum.

Sa hargne chauffée par ce premier article, il se jeta sur le second. « E.M.A. » ? Quel patronyme désignaient ces initiales ? Il ne put répondre sur l'instant, mais ça lui disait quelque chose. Il fut certain qu'il retrouverait. Il avait la tête bien faite, Punais. Il lut :

À dix-sept ans, quand on est la fille d'un poilu tué, avant sa naissance, bien avant, et que votre mère est déclarée folle, votre avenir n'est pas radieux. Surtout lorsque l'on sait qu'un internement demandé par la famille ne nécessite que les signatures de deux médecins; et, face aux gens de pouvoir et d'argent, certains praticiens s'écartent parfois quelque peu de leur morale professionnelle. Décréter quelqu'un fou, c'est le juger dangereux pour son entourage. Quel danger présente une mère neurasthénique? Doit-on en priver une adolescente? Une mère reste une mère. Alors, pourquoi? Une histoire d'argent, comme toujours.

Monsieur X, ultime rejeton d'une famille de notables lyonnais, a de gros besoins et si son patrimoine a fondu, celui de feu son frère, ou du moins de ses héritiers, son épouse et sa fille, s'est en revanche maintenu. Rien de plus simple, dès lors, de faire interner sa belle-sœur, de devenir son curateur et le tuteur de la gamine mineure. Gamine, dites-vous? X est célibataire. Oh! nul ne le soupçonne de ne pas aimer les femmes. C'est plutôt le contraire. Il les aime trop. Surtout les jeunettes, les jeunes filles en fleur. Et sa nièce est bien jolie. Devenu son tuteur, rien ne l'empêche de la prendre chez lui. Cette solution présente aussi l'avantage de libérer un grand appartement dans la Presqu'île. À long terme, il pourra le vendre, à court terme il le louera au moins mille francs par mois. Une aubaine.

Tout était prêt hier matin. Une ambulance a emmené la belle-sœur de X chez les fous, lui-même est venu chercher sa nièce adorée. Mais, las, on sait depuis les tragédies classiques que l'amour est souvent mal partagé. À l'affection de son oncle, la charmante enfant, pas dupe, répond par une profonde inimitié.

Situons-nous en fin de matinée, dans cet immeuble cossu mais vieillot. La jeune fille entend le pas honni de son tuteur dans l'escalier. Elle sort, monte à l'étage supérieur en laissant la porte entrebâillée. Quand X, intrigué par cette porte ouverte, entre dans l'appartement et entreprend de le fouiller, la maligne redescend et l'enferme. Puis elle s'envole. Que fait X une fois libéré? Il se précipite à la police judiciaire, vocifère qu'un individu louche a enlevé sa nièce et, comme les policiers ne voient dans toute cette affaire que la fugue d'une adolescente maltraitée, il les menace des foudres célestes. Dieu merci, en ayant vu d'autres, ils ne sont guère impressionnés et éconduisent le fâcheux éructant.

Triste dérive des traditions bourgeoises que l'action malfaisante de cet héritier ruiné d'une riche famille lyonnaise ! Un exemple à méditer.

Quant à l'homme mystérieux qui aurait enlevé la petite, nous serions curieux de savoir, à condition qu'il existe, comment il a réussi à emmener avec une si étonnante discrétion une jeune fille de dix-sept ans qui manifestement ne manque pas de caractère.

E. M. A.

Irrité par cette prose perfide, Punais buta de nouveau sur les initiales. Aussitôt, il frappa sur le timbre de son bureau. Monique Pondu entra.

— Comment s'appelait cette fille, vous savez celle qui voulait devenir journaliste… ?

— La grande sauterelle au panama ? demanda la secrétaire, méprisante.

— Oui, rétorqua son patron, discrètement agacé par la qualification entomologique.

La superbe visiteuse ne serait jamais pour lui et une douleur résiduelle à son petit doigt le lui rappelait plus que nécessaire.

— Eugénie Merey-Alayel, répondit Pondu.

Elle était passée derrière ce cher Albert et lisait par-dessus son épaule

— La salope ! dit-elle.

— La salope ! répéta-t-il. Un bon petit coup de griffe va calmer ce prétentieux de Milan et ses recrues intempestives.

*

Eugénie se leva, heureuse, à 6 heures. Deux jours déjà qu'elle était journaliste. La vie était belle, le temps radieux, la chaleur déjà forte en ce temps de canicule. Elle ferma les yeux et, aussitôt, ressentit la rumeur indochinoise d'un début de journée. Elle s'imagina à la plantation, au plus frais de la saison sèche, chercha les cris des singes dans le lointain et les chants d'oiseaux, des millions d'oiseaux.

Prête en un quart d'heure, elle décida de se rendre au journal à pied. Elle y serait très en avance. Tant mieux. Elle aimait *La Liberté*, se sentait fière d'en être, fût-ce aux chiens écrasés.

Elle logeait rue Pialat, dans les combles d'un vieil immeuble. Dehors, elle fila vers la passerelle Saint-Georges pour traverser la Saône. Elle appréciait cet étroit pont suspendu, vieillot et aérien, qui franchissait le fleuve face à la colline de Fourvière. Les parcs de plusieurs couvents y créaient des espaces de verdure sous la basilique tarabiscotée. Pour la dixième fois, elle se demanda si cette église était un gâteau à la crème ou un chef-d'œuvre néo-baroque. En tout cas, elle ne la laissait pas indifférente.

Sur les quais, elle fixa son pas sur celui de deux forts chevaux attelés en tandem à une péniche remontante. Elle songea au Mékong, si large et si majestueux, dont le flot pourtant rapide évoquait la même paresse. Elle longea la berge sur trois kilomètres, jusqu'à la rue Mariet-ton qu'elle emprunta pour s'enfoncer dans les faubourgs. Les klaxons hargneux des voitures, ralenties par deux camions à chevaux, la tirèrent de sa rêverie.

Dans Vaise, elle se perdit, dut demander sa route, puis tout à coup repéra l'enseigne d'un bistrot : Chez Lulu. Un coup d'œil à sa montre la réjouit. Elle avait largement le temps de prendre son premier café filtre de la journée. Trônait derrière le bar une femme pyramidale. Ce mot s'était imposé à elle : la tenancière avait un visage long, un corsage rebondi et des hanches formidables. Elle sourit à l'arrivante qui porta deux doigts à son panama en s'avançant.

— Et pour la belle Eugénie, ce sera ?

— Vous me connaissez ?

— Qu'est-ce que tu as fait à Petithuit pour l'éblouir comme ça ?

— Ben rien ! C'est lui qui m'a décrite ?

— Oh, s'il n'y avait que lui!

Elle s'activait, préparant le petit noir.

— Ben, j'sais bien que les hommes me regardent. Parfois un peu trop. Mais les gars de *La Liberté*, ça va.

— Je sais ce que c'est, dit Lulu. J'ai pas toujours ressemblé à une bonbonne, tu sais. Mais voilà, je suis trop gourmande. Enfin, ça m'a rendue bonne cuisinière et ça me sert dans mon commerce. Bon, revenons au journal. Au fait, tu veux un croissant?

Eugénie n'y avait pas pensé, mais l'offre la fit saliver. Tandis qu'elle sirotait son café, Lulu servit un ouvrier de passage, en bleu avec un foulard rouge, clin d'œil au Front populaire, puis elle revint vers la jeune journaliste.

— Tu me plais bien, dit-elle. Alors faut que je te dise. Milan est remonté contre toi. J'sais pas ce qu't'as fait. Mais il a piqué une colère hier soir et il était beaucoup question de toi. Je le connais. Tout n'était pas mauvais dans c'qu'y disait. Mais attends-toi à un savon. Un conseil: quand il gueule, tu fais le dos rond et tu attends que ça se passe. Il est pas méchant, mais faut pas le mettre en porte à faux. Si dans la colère il dit publiquement quelque chose, après, il ne peut pas revenir en arrière, tu comprends?

Eugénie tombait des nues. Son cœur s'était mis à battre et l'angoisse marqua son visage.

— Allons, ma cocotte, remets-toi, reprit la tenancière. Je te préviens pour que tu laisses passer la tempête. Que tu sois prête, quoi! Ce sera pas la dernière, tu sais.

Aphone d'émotion, la jeune femme acquiesça. Elle termina son jus, respira un bon coup. Puis leva les yeux vers son interlocutrice.

— Grand merci de m'avoir prévenue, madame Lulu, dit-elle. Je vais vite au journal avant qu'il arrive. Il y aura sûrement quelqu'un pour m'expliquer la faute que j'ai faite sans même m'en rendre compte.

— Va, ma grande. Et j'espère que tu auras le temps de déjeuner. Les sandwiches tous les midis, c'est pas trop bon à la santé, même si Petithuit te couve.

Décidée à faire face à l'adversité, le sourcil froncé et le panama en bataille, Eugénie paya puis sortit affronter son destin. Qui l'informerait? Le vieux Louis, elle l'adorait, mais c'était un homme discret. Le rouquin? Il serait entre le marteau et l'enclume. Alors qui? Elle le sut en poussant la porte : «Minouche-à-cause-des-chats» serait son informatrice.

— Salut, dit-elle. Ça va?

La réceptionniste la regarda les yeux plissés, hésitante. La détermination d'Eugénie flancha.

— Minouche, j'ai besoin que tu me dises..., commença-t-elle, la gorge serrée.

— Quoi?

— Ben... la connerie que j'ai dû faire. Je sors de chez Lulu, elle m'a dit que Milan avait piqué une colère à cause de moi. L'ennuyeux, c'est que je ne sais pas pourquoi. Je serais, comment dire... mieux armée pour encaisser un savon si je le savais.

Minouche soupira. Elle était au courant, naturellement.

— Bon, voilà, t'as bien fait un article sur une gamine en fugue?

Eugénie acquiesça.

— Et t'as écrit qu'un bourgeois pourri, son tuteur, voulait la dépouiller et la sauter, hein?

Nouvel acquiescement.

— Le problème, c'est que *La Sentinelle* y a répondu au vitriol. L'édito est signé Punais, excuse-moi du peu. Il nous traîne dans la boue. Ça a mis le patron en rage, mais ça, c'est normal. L'inquiétude, si j'ai bien compris, c'est tes affirmations. Est-ce qu'elles sont bien la vérité? Si tes trucs sont pas fondés, ça va chauffer pour nous et pour toi encore plus.

— Mais le comité de rédaction ne relit pas les articles?

— Le comité? Il décide ce qu'on va écrire. Ce qu'on a écrit, il s'en fout. Relire, c'est le boulot des chefs de rubrique.

Se remémorant son papier de l'avant-veille, Eugénie fut saisie de doutes; n'avait-elle pas interprété abusivement ce qu'elle avait entendu?

— Qu'est-ce que tu ferais à ma place? demanda-t-elle, atterrée.

— Je suis plutôt contente de ne pas y être, à ta place. Je lirais à fond l'article de *La Sentinelle* et je me poserais les bonnes questions, tu vois?

— Tu sais où je trouverai ce torchon?

— Y a pas que les chats que je mignote, ma chérie. Tiens, dit-elle en jetant *La Sentinelle* sur son comptoir.

— Quoi qu'il arrive, je te revaudrai ça! s'exclama Eugénie en filant dans le couloir, le précieux document sous le bras.

Elle était la première dans la salle de rédaction. Elle regarda sa montre. Il était encore tôt, plus tôt qu'elle ne s'y attendait. Elle se rappela que la réceptionniste arrivait à 7 heures pour ouvrir les portes. Elle avait encore au moins vingt minutes pour préparer sa défense. Elle se plongea rageusement dans la prose du gros Punais. Le vieux crocodile avait trempé sa plume dans le vitriol et savait écrire!

Combien de jeunes Lyonnaises de bonne famille ont-elles fugué avant-hier? Parmi celles-ci, lesquelles ont eu la douleur de voir leur mère partir dans une clinique psychiatrique? Si l'on ajoute que le père de la première et époux de la seconde est tombé glorieusement au front en 1918, alors le récit venimeux et allusif de notre estimé confrère La Liberté *devient un propos transparent et diffamatoire envers un notable de notre ville, dont l'intimité est ignominieusement étalée sur la place publique.*

Ce n'est pas tout.

Comment notre confrère a-t-il été informé de la vie privée de notre ami? Comment ces journalistes de caniveau ont-ils été informés de la déposition, au commissariat de police, d'un tuteur désespéré? Peut-on exclure qu'un policier manquant totalement à la réserve inhérente à sa fonction ait téléphoné à notre confrère pour alimenter, moyennant finances – cela s'appelle de la corruption –, sa rubrique «poubelles» dont l'unique raison d'être est de fustiger le bourgeois?

Je n'ose croire que la police compte dans ses rangs subalternes un misérable informateur livrant en pâture à la curiosité malsaine du vulgaire des secrets de famille dignes et douloureux. Qui, sinon la lie de la société, ose se réjouir de la détresse d'une orpheline et de la maladie mentale d'une mère? Qui ose insinuer qu'un tuteur, personne de devoir et de protection, recherchait à spolier sa pupille? Qui ose insinuer que le tuteur d'une jeune fille mineure, qui plus est son parent, pourrait avoir des vues coupables sur elle?

Je ne puis imaginer que la défense du peuple dont se targue La Liberté *se confonde avec la critique gratuite de l'élite active de la nation dont fait partie la victime de cette odieuse délation. Notre confrère sait parfaitement que nos hauts fonctionnaires, nos capitaines d'industrie, nos officiers héroïques, proviennent tous sans exception de cette mouvance sage, née de la tradition, du respect de la morale et des valeurs de notre nation civilisatrice!*

Je ne puis croire que La Liberté *s'abaisse à de tels ragots. Reste une seule hypothèse: notre confrère, en la personne de son rédacteur en chef, M. Marcel Milan, s'est naïvement laissé abuser par une brebis galeuse entrée dans son équipe – et je pèse mes mots.*

Vous vous demandez sans doute, chers lecteurs, pourquoi un quotidien aussi rigoureux que La Sentinelle *relève ce misérable articulet. C'est que l'homme honorable, le protagoniste victime de ces allusions diffamatoires s'en est ouvert à nous. Nous l'avons aussitôt assuré de notre soutien et vivement incité à saisir la justice dans le cas où le harcèlement perfide dont il est victime perdurerait.*

C'était effectivement signé: «Albert Punais, directeur de la publication.» Eugénie fut suffoquée par cette lecture. L'attaque de *La Sentinelle* contre *La Liberté* était rien moins que naturelle, mais qu'elle s'appuyât sur son article, l'histoire de cette jeune Diane Saint-Just fuyant un sordide suborneur, la choquait. Par ailleurs, l'allusion à la brebis galeuse – il insistait sur le féminin de l'expression – la surprit, la révolta puis la gratifia. Punais l'avait démasquée et la mettait en cause directement. Il la désignait immédiatement à Milan comme bouc émissaire. Que ferait Milan? Elle songea aux propos de Minouche, dix minutes plus tôt: «Si tes allusions ne sont pas fondées, ça va chauffer pour toi.» Elle haussa les épaules. Elle allait prendre un savon. Si son analyse et ses intuitions l'avaient induite en erreur, elle se ferait peut-être virer. De toute façon, ce fait divers n'était pas une affaire d'État. Il serait oublié demain. Quant à Punais, son éditorial n'était pas moins allusif. Ça manquait de faits pour entretenir une polémique.

Asiatique d'adoption et, comme telle, fataliste, elle se prépara par une courte méditation à encaisser le pire. Elle n'avait plus qu'à attendre. Pour s'occuper, elle feuilleta *La Sentinelle* et blêmit : un court article, en page quatre, s'intitulait : « Fugue ou enlèvement ? L'inquiétude, d'une famille. » Elle lut en hâte :

Après la main courante déposée par M. Hyppolite Saint-Just, concernant la disparition de sa nièce et pupille, notre reporter a enquêté. La gardienne de l'immeuble, Mme Piéchu, a confirmé que, lors de son départ, la jeune fille était accompagnée d'un homme d'une quarantaine d'années qui se dissimulait. Si elle a exclu la violence directe, en revanche elle a confié à notre enquêteur sa peur que la jeune Diane Saint-Just, dix-sept ans, ait été sinon droguée, du moins sous l'influence de cet homme qui devrait intéresser la police. L'insécurité et le banditisme envahiraient-ils les quartiers jadis calmes et résidentiels de notre cité ? Les désordres observés de nos jours, dans la France entière, ont malheureusement ce genre de conséquence...

Suivait l'évocation d'une délinquance croissante et des compromissions de la police avec le Front populaire – allusion destinée à inquiéter les bonnes gens et à les ériger en gardiens vigilants de l'ordre, singulièrement de l'ordre moral. En conclusion, le rédacteur faisait dire à Hyppolite :

Je supplie l'homme qui a enlevé Diane de la rendre à l'affection des siens plongés dans l'affliction.

L'affliction de l'hypocrite la fit grincer des dents. Par ailleurs, Punais l'avait mise en cause personnellement et de façon insultante. Il lui incombait de relever le gant : la fugue de la jeune Diane allait devenir son cheval de bataille – à moins, bien sûr, que Milan ne la mît à la porte. Elle décida de répertorier les étapes de sa future enquête. Se saisissant d'un petit bristol, elle écrivit :

– Prouver que Diane n'est pas la fille du mari défunt de sa mère : indice, le murmure équivoque d'Hyppolite : « enfin, son père ! » Petithuit témoin ;
– identifier l'homme dans la quarantaine qui l'a éventuellement emmenée ;
– vérifier l'état de la fortune dudit Hyppolite ;
– enfin, faire reconnaître à la petite que son tuteur la harcelait.

Cela fait, elle ferma les yeux. Combien de temps sa relaxation zen l'écarta-t-elle du monde ? La voix de Bernard Marin, le rédacteur en chef, la fit sursauter.

— Suis-moi, lui dit-il.

Eugénie obéit, le cœur battant. Son pouls s'accéléra encore quand ils parvinrent devant la porte de Milan. La voyant fermée, elle dut réprimer une bouffée de panique. Bernard frappa. Un aboiement lui répondit. Elle entra.

Auguste Petithuit, assis sur le bord d'une chaise face à Milan congestionné, avait le teint pâle. Il s'était fait engueuler et ça allait être son tour. Ce fut pire. Milan ne daigna même pas la regarder. Il se tut cependant, le temps que Marin désigne une chaise à l'arrivante et pose la fesse droite sur le coin du bureau en une posture familière. Alors seulement, Marcel Milan reprit sa diatribe :

— Tu l'as laissée écrire des trucs non vérifiés sur la fortune et les mœurs de ce connard de Saint-Just ! Nom de Dieu ! Tout le monde connaît cette famille à Lyon ! Et cette vieille ordure de Punais, qu'aucun de nous ne doit sous-estimer, a naturellement fait exprès de compléter son édito par un article hurlant à l'insécurité où il cite explicitement ce crétin d'Hyppolite !

— Tu le connais ? rigola Bernard.

— On était ensemble au lycée du Parc, en classe de seconde. Ensuite, il a redoublé et je l'ai perdu de vue.

Il avait parlé d'un ton calme. Puis, sans transition, il se remit à brailler :

— Alors maintenant, je t'écoute !

— D'abord, j'ai relu l'article d'Eugénie. Ses allusions sont fondées sur des observations que je partage. Votre ami Hyppolite n'est pas difficile à décoder. Ce mec coince la gamine dans les coins et veut lui piquer son artiche. J'en mettrais ma tête à couper !

L'expression était malheureuse. Petithuit se mordit les lèvres. De fait, Milan explosa :

— Couper la tête des journalistes qui écrivent des conneries, c'est une idée ! La première bonne idée que j'aie entendue depuis longtemps !

Eugénie était devenue pâle. Elle se leva, masqua de ses paupières la fulgurance de sa colère et dit d'une voix sourde :

— Auguste n'était pas d'accord pour mon article, mais il a eu peur que je lui casse la gueule. Le syndrome Punais.

Elle se rassit sous le regard stupéfait des trois hommes. Ils éclatèrent de rire avec un ensemble parfait, tandis qu'Eugénie, en contrecoup de son audace, se mettait à trembler. L'hilarité la saisit bientôt elle aussi. Le calme revenu, le bloc de colère avait fondu au grand soleil du rire.

— Auguste, pour cette affaire, ton avis ?

— On continue, patron.

— Comment ?

— Eugénie. Tu as un plan, hein ?

La jeune femme stupéfaite tendit le bristol qu'elle avait préparé. Petithuit le lut.

Marin hocha la tête.

— Un article genre vertu offensée ce soir, dit Milan, et un résultat dans les deux jours. On crève ici. Ouvrez la porte.

Eugénie, plus près de la sortie, s'exécuta. Le patron se plongea dans un dossier, Marin alluma une cigarette. On était revenu à la normale. Dans le couloir, Eugénie remercia Auguste Petithuit de l'avoir couverte.

— Tu me prends pour qui ? grogna-t-il.

Elle s'excusa. Il eut un geste apaisant.

— T'es gonflée d'être intervenue comme ça, dit-il.

— Un coup de colère. Le temps de me lever, j'ai compris ma connerie, alors j'ai dit ce qui me passait par la tête.

Mais toi, comment tu savais que j'avais préparé quelque chose?

Il rit.

— Lulu et Minouche, toutes les deux, étaient inquiètes pour toi. Elles m'ont prêché la bonne parole pour te sauver la mise et, quand je suis arrivé, je t'ai vue réfléchir puis écrire une liste sur un bristol et le mettre dans ta poche. Ça m'a suffi. Maintenant, au boulot. Tu enquêtes. Compte-rendu ce soir.

Eugénie acquiesça avec un grand sourire.

7

Rencontre

— Celui-là, zéro soixante.

Marius, le chiffre annoncé, dévisagea les deux paysans, le père et le fils, l'un dans la soixantaine, l'autre, la trentaine. Ils échangèrent un coup d'œil et le vieux opina, non sans un rien de méfiance. Maquignons, négociants en bois, ces gens-là étaient toujours prêts à gruger votre bien. On le savait honnête, le Malaguet – «le lieutenant», disaient ceux qui avaient fait la Grande Guerre, *lou bastardou* pour les plus vieux. N'empêche, il y a des choses qu'on fait sérieusement : cuber les arbres, par exemple.

Marius tenait un étrange bâton en cornouiller poli, coiffé d'une petite hachette dont le talon présentait ses initiales, «MM», en relief. Un cadeau de Trésor. L'accord acquis, il nota les chiffres sur un épais carnet fermé d'un élastique puis brandit son outil et, d'un coup net, fit sauter un morceau d'écorce grand comme une demi-main. Retournant son outil, il en frappa l'aubier dénudé, gravant ainsi sa marque dans l'arbre. Dès lors le pin lui appartenait. Les vendeurs couperaient les troncs choisis à l'automne prochain, les empileraient au bord du chemin et se hâteraient de prévenir la scierie. Un des deux camions viendrait les chercher et Marius paierait le solde du prix convenu. Le volume en mètres cubes, principal critère d'évaluation, en intégrait d'autres tels que la rectitude du fût ou l'absence de parasites, champignons ou insectes.

Depuis deux heures, le nez en l'air, les trois hommes hantaient les pentes boisées, n'échangeant que de brefs propos en patois. Enfin ils sortirent du couvert et revinrent à la ferme. Assis à la grande table de la salle commune, Marius fit les comptes sur son carnet. Les hommes lisaient par-dessus son épaule tandis que les femmes, debout en retrait, observaient, attentives, et faisaient taire les gosses. Le plus petit, se croyant grondé, se cramponnait à la jupe de sa mère. Vint la discussion du prix, toujours évoqué le plus tard possible.

— Le cours tourne autour de 165, laissa tomber Marius.

— Ce sont de beaux arbres, dit le vieux.

Il y eut un silence que Marius finit par rompre :

— C'est pour ça que je vais les prendre à 170.

Il n'aimait pas marchander. Le juste prix, les gens sérieux le voyaient tout de suite. Inutile de perdre du temps. Gratter trois sous, c'était risquer la rancœur de ses vendeurs. Et, ceux-là, on les retrouvait toujours au coin d'un bois.

— Cent soixante-dix, répéta le vieux en triturant les pointes de sa moustache grise.

Sans mouvement perceptible, sans qu'il déviât son regard de son interlocuteur, sa tension disparut. Il y eut un frémissement dans l'assistance.

— Tope là, dit-il.

Ils se claquèrent vigoureusement la main. Certains instants sont quasi religieux et l'assemblée fit silence lorsque Marius, d'un geste ample, tira de sa poche un épais portefeuille. Il en sortit une liasse, compta les billets, en garda quelques-uns qu'il rangea, puis tendit les autres au vieux. Tous scrutaient l'argent. On eût dit une meute de loups convoitant la proie du mâle dominant. Courtoisie de terriens, le vieux ne recompta pas. L'argent empoché, les femmes sourirent, discutèrent. L'épouse du maître passa une patte humide sur la table qui n'en avait pas besoin, tandis que sa bru ouvrait le buffet, en sortait une bouteille et des petits verres à cul épais. Les hommes les saisirent dans leurs mains et, enfin, osèrent plaisanter.

— Maintenant, y peuvent bien prendre la maladie, ces pins ! Y sont plus à nous, rigola le vieux.

— Mais j'ai pas donné tous les sous, sourit Malaguet. C'était que l'acompte.

— Alors on va éviter de les faire crever, reprit le jeune. Et puis, ça serait trop d'ouvrage.

— Surtout qu'à cette saison c'est pas le travail qui manque !

— Sers donc la goutte, dit le vieux à sa femme qui attendait, la bouteille débouchée.

On discuta des foins maigres et des moissons prometteuses, des bêtes, de la terre et du temps. Toujours debout, les femmes bavardaient, salant la soupe, mouchant les gosses, rangeant des vêtements qui traînaient. Le quart d'heure d'usage écoulé, le visiteur se leva.

— Faut que j'y aille. Il commence à se faire tard et les petits ont faim... hein, bonhomme ! termina-t-il en regardant le dernier-né, un bambin joufflu et rose qui se curait le nez avec conviction.

Le gosse le regarda étonné, intéressé même, puis choisit la prudence et se fouina dans le giron de sa mère. Quel âge avait-il ? Deux ans ? Marius n'avait pas connu Diane à deux ans ! Cette vérité lui tomba dessus. Il n'avait guère songé à elle ce jour-là. Il lui fallait rattraper le retard de la vieille et celui de la semaine passée. Il y avait eu l'accident, puis les obsèques de Jeanne... son voyage éclair à Lyon, aussi. Il serra distraitement la main des hommes, salua les femmes d'un hochement de tête et sortit, accaparé par ses pensées.

Si la ferme n'était pas loin de sa maison, elle n'était pas tout près de la demeure de Trésor. Oubliant qu'il n'allait pas coucher chez lui, Marius n'avait prévu aucun moyen de transport. Il était déjà tard et, à pied, il lui faudrait une demi-heure au moins pour revenir. Il prit les traversières, marchant au pas des vaches, réalisa qu'à ce train-là le trajet prendrait plus de temps et comprit : il retardait le moment de retrouver Diane, qu'il n'avait pas vue grandir. Il ne la connaissait pas, ne l'avait pas élevée. Une jeune fille en détresse l'avait appelé en le disant son père et, la veille à l'aube, sur un coup de tête, il était parti la chercher. Elle lui était étrangère et la loi du sang n'y changeait rien.

Foutaises ! Elle était sa fille. Même si le doute eût été sage, il ressentait cette paternité de tout son être. Il la voulait, il avait besoin d'elle, besoin d'un motif pour vivre après la trahison de Jeanne. La trahison, oui, car se tuer ainsi, à quarante-deux ans, en était une.

Il eut un sanglot. Le calme de la forêt à la nuit tombante l'autorisait à pleurer.

Restait Diane. Il ne lui restait qu'elle. De toute façon, il avait un devoir envers elle. Il se raidit. « Devoir », mot détestable, alibi de cette horreur toujours en embuscade au fond de sa mémoire. « Devoir », justification hypocrite de quatre années d'une guerre aussi meurtrière qu'imbécile. Les morts en pantalon garance et veste bleu marine, puis en capote bleu horizon et bandes molletières. Les morts pourrissant par millions, pour rien. S'étaient-ils battus par devoir ? Ils avaient eu le sang, la mort, la peur pour salaire. La peur surtout. Il songea au 11 novembre 1918 : un jour merveilleux, justement parce qu'il en marquait la fin. La victoire était une farce. Si les Allemands avaient gagné, ça aurait changé quoi à sa vie, à son deuil ? Rien ! L'amertume, comme une remontée de bile. Puis la rage : Diane aussi était une victime de la guerre ! Désespérée par la mort de son mari, Uranie Saint-Just, en sursaut de vie, s'était offerte à un passant nommé Malaguet. Et lui, lâchement, avait butiné le plaisir de cette belle jeune femme. Même grade, même âge, même uniforme, vague ressemblance, il n'avait été qu'un simulacre du tué. Pourtant, il avait fait un enfant à sa veuve. Elle ne le lui avait pas dit, ou pas clairement, ou il n'avait pas voulu le savoir...

La petite méritait un père, comme tout le monde. Ne pas en avoir était une damnation, *lou bastardou* le savait bien ! Son père, il l'avait retrouvé trop tard. Homme fait, vétéran durci au combat, chef de guerre, il n'avait plus besoin de lui.

À dix-sept ans, Diane quittait à peine l'enfance. Elle l'avait appelé au secours et il était venu. Sa présence, son soutien l'aideraient à devenir adulte. Ce n'était pas trop tard pour elle.

Il pressa le pas puis s'arrêta, troublé : comment faire ? Lui parler ? Que lui dire ? Comment se comporter ? Qu'en faire? La prendre avec lui? Il lui faudrait assurer sa subsistance, préparer son avenir. Être son père biologique ne lui donnait aucun droit. Comment faire pour exister légalement à côté d'elle? Comment la libérer du carcan d'un tuteur détestable?

Il sourit. Un nouveau combat s'ouvrait. Il se sentit vivre, revivre. La lumière rasante du couchant illuminait les troncs ocre des pins par-dessous leur ramure. Il pensa à l'avenir. Celui de Diane rendait le sien utile.

*

Le bleu du ciel s'approfondissait. Sur le versant nord de la vallée, les sapins vert sombre viraient au noir profond. Assise sur le banc devant la haute ferme, Diane regardait sans la voir la grande prairie descendant vers les bois. Un moment auparavant, Louise l'avait regardée avec un étonnement un peu inquiet, puis s'était assise près d'elle. Toutes deux avaient partagé la contemplation du paysage doux, au déclin du jour. Puis Madeleine avait appelé à table et la fillette était rentrée. Un instant plus tard, Jean était sorti, lui avait demandé si elle venait dîner ou si elle préférait attendre son père. Elle préférait attendre. Son père? Elle ne l'avait pas vu depuis la veille et se sentait abandonnée, perdue.

Promenade, rire, déjeuner dehors, jeu, discussion avec Jean (érudit en littérature), baignade, déballage de ses affaires avec Louise qui avait essayé toutes ses robes... La journée avait été un joyeux tourbillon. Le temps avait filé en un éclair. Avec le soir était venue la nostalgie. Le réel, revanchard, s'insinuait en elle avec son cortège d'angoisses.

Elle attendait. Quoi? Elle ne savait pas. Peut-être la malédiction nocturne, la peur primale de l'obscurité. Sa mère était loin, perdue, triste sûrement. Quand la verrait-elle? Elle lui manquait, même si son désespoir résigné était insupportable. La clinique pour fous devait avoir un grand parc, de hauts murs et d'énormes grilles.

Et Hyppolite? Il allait la pourchasser, sûrement la rattraper. Qui la protégerait? Jean? Trop jeune, trop poète, trop doux. Trésor? Il était fort, mais les siens passeraient toujours avant elle. Marius? Il n'était pas là. Elle ne lui en voulait pas. Qu'avait-elle imaginé en écrivant à cet inconnu? Pourtant il était venu. Mais, depuis hier, la vie l'avait repris et, sa curiosité satisfaite, elle ne l'intéressait plus. Elle n'existait plus pour lui...

Image de son anxiété, une brume pâle tramait les vallons lointains. Les larmes lui montèrent aux yeux. Dans la salle à vivre, on avait allumé le plafonnier à contrepoids, un ancien lustre à pétrole équipé à l'électricité. Un carré de lumière marquait la porte de la maison ouverte. Diane entendait la conversation simple d'un souper familial. Elle eut envie de les rejoindre mais ne bougea pas. Elle se sentait étrangère, indigne surtout. Pourquoi? Elle n'en savait rien. Un interdit vague, fruit d'une souillure diffuse, la paralysait...

Une tache mouvante apparut dans le brouillard au creux du vallon. La jeune fille se leva. Une silhouette se décantait, un homme, le pas solide, la démarche déjà familière. Elle se leva, s'envola vers lui en une foulée rapide. Il s'arrêta une seconde puis se mit lui aussi à courir. Ils étaient hors de souffle quand ils se rejoignirent. Elle se blottit dans ses bras. Il sentit battre son cœur contre lui. Il voulut parler, se retint. En une fraction de seconde, il redevint le lieutenant Malaguet, responsable de ses bagnards, de leur survie. Comme alors, ni doute ni incertitude n'étaient de mise. Sa fille avait besoin d'une protection contre la nuit hostile et sa cohorte de fantômes. Il devait paraître solide.

— Je suis toute seule, dit-elle.

Marius s'alarma. C'était bien plus qu'un reproche. Il ressentit les frustrations et incertitudes de Diane, sa demande d'aide obérée par sa peur d'être trahie. Ne trouvant pas de paroles rassurantes, il resta silencieux. Dans la pénombre crépusculaire, il vit qu'elle avait fermé les yeux. Alors il sut son rôle : celui du veilleur. Dans les tranchées, si l'on pouvait dormir la nuit, c'est que les copains en sentinelle s'arrachaient les yeux à déchiffrer le *no man's land* obscur...

Elle frémissait contre lui comme un agneau terrorisé. Contact, chaleur partagée : il la sentit se détendre. Alors il desserra ses bras. Elle s'écarta, il se remit en marche. Elle le suivit une demi-seconde plus tard, sa main l'effleura comme par accident, il la saisit. Sa petite fille lui donnait la main. Il se sentit bien. Elle aussi sans doute car, enfin, elle parla.

— Qu'est-ce qu'on va faire ? demanda-t-elle.

Ce « on » le rassura.

— Réfléchir tranquillement, répondit-il.

— Il faut que je voie maman. Ma mère, je veux dire. Ils l'ont emmenée. Elle est comme un petit enfant. Il faut la protéger. Il n'y a que moi...

— Lui as-tu écrit ?

— Je ne savais pas où envoyer la lettre.

— Mais chez toi, 18 rue de la République ! Le courrier suivra. On postera la lettre à Lyon ou à Saint-Étienne pour qu'on ne remonte pas vers toi par le cachet de la poste.

— Il faut absolument que je la voie. Je suis morte d'inquiétude.

— Bientôt, mais pas demain.

— Pourquoi ?

— À la place d'Hyppolite, je me servirais d'elle pour t'attirer et t'attraper. Avant même que tu l'aies vue, il te séquestrera. Il faudra s'organiser pour qu'une visite à la clinique soit sans danger pour toi.

— Comment faire ?

— En attirant Hyppolite ailleurs, par exemple.

— Vous... vous croyez qu'il va me pourchasser longtemps ?

Ce vouvoiement lui fit mal. On ne vouvoyait pas son père dans son monde. Naturellement, il n'en dit rien. Pour elle, il était encore un étranger et c'était bien normal. Le rationnel, le raisonnable lui parurent haïssables.

— Qu'est-ce qu'il me veut à la fin ? s'écria Diane.

— De l'argent, dit Marius. D'habitude, c'est pour ça qu'on fait des saloperies. Et faire interner ta mère en est une belle.

— Et après ?

— Il nous faudra trouver des solutions.

— Jamais il n'abandonnera.

— On trouvera. J'ai déjà quelques idées. Mais tout ça se prépare. Nous avons l'été devant nous. On régularisera ta situation. Il faudra serrer les dents, inventer.

— Il faudra de la chance, aussi. Beaucoup de chance. Trop !

Elle se décourageait, s'affolait.

— Non. Il nous faudra éviter la malchance. Ce n'est pas pareil.

— Qu'est-ce que vous en savez?

Elle avait lâché sa main, lui faisait face, provocatrice. La lune lui permit de voir le flamboiement de ses yeux. Parvenus à la maison, ils s'étaient arrêtés devant la porte.

— Écoute, dit-il gravement. Ils étaient cent vingt quand on les a placés sous mon commandement. Des forçats ramenés de Cayenne[1]. Ils avaient tué leur officier et c'était le sort qu'on me réservait. J'ai réfléchi et compris que j'avais l'expérience de la guerre et pas eux, même si j'avais quinze ou vingt ans de moins. Je leur ai dit que leur survie passait par moi. Ils l'ont compris. J'ai réfléchi et, avec leur aide, j'ai organisé notre vie. Presque cinquante ont survécu. La malchance a tué les autres. Elle était énorme au front, la malchance... Durer, c'était un calcul et un travail permanent. Tu comprends? Ce qu'on va faire ensemble, c'est pareil. Tu vas m'aider. Sans toi, je ne pourrai rien.

Avait-elle écouté la fin? Saisie par son court récit, elle demanda :

— Et Trésor en était? Il était un des bagnards?

— Il était un de mes hommes, biaisa-t-il. Un des meilleurs. Le meilleur sans doute.

Le propos l'apaisa. Elle s'étira, ses soucis soudain enfuis.

— Je meurs de faim, dit-elle d'un ton convaincu.

Elle redevenait une toute jeune fille affamée par une grande journée de vacances. Il en fut émerveillé, rassuré.

À la maison, Trésor et Madeleine les attendaient en silence. Ils avaient entendu la discussion, Marius le comprit

1. Voir *Le Bâtard du Bois noir.*

à leurs regards. Compassion chez Madeleine, tout orientée vers la gamine ; protection chez Trésor, comme toujours. Dix-sept ans après, il était encore ce survivant qui avait juré de défendre Marius jusqu'à son dernier souffle, par reconnaissance pour être allé le chercher, blessé, entre les lignes. Ils se sourirent.

*

Ils avaient dîné en parlant du quotidien. Diane avait dévoré la soupe créole froide, œuvre d'été de Trésor, puis l'omelette aux lardons de Madeleine accompagnée d'une laitue du jardin. Un coup de vin pour Marius qui n'osa pas en offrir à sa fille, des petites cerises noires de montagne enfin dont ils se régalèrent. Un festin.

— C'était bon, dit la jeune fille en se levant.

— Et maintenant, au lit ! ordonna Madeleine.

Marius vit le regard de sa fille s'éteindre, tandis qu'elle mettait distraitement son pouce dans sa bouche. Il ne l'avait pas vue à deux ans, mais elle devait avoir ce même visage d'enfant.

Elle s'était levée, Trésor et lui aussi. Devait-il la prendre dans ses bras ? Il hésitait de peur de la choquer. Diane le sentit. Madeleine aussi, qui l'embrassa avec chaleur.

— Je te fais « p'ter la miaille » ! claironna Trésor.

Imitant sa femme, il lui claqua une bise sonore sur chaque joue. L'expression locale n'était pas dans ses habitudes et sa jovialité était un peu excessive, mais il avait ouvert la voie : Marius embrassa sa fille.

— Bonsoir, papa, dit-elle endormie.

Bouleversé, il tituba. C'était la première fois qu'elle l'appelait naturellement ainsi.

— Ça va pas ? questionna Trésor à voix basse, tandis que les femmes, sans se rendre compte de rien, montaient à l'étage.

— Si, au contraire, mais tu peux pas savoir ce que ça me fait.

Trésor rigola.

— T'as raison, mon lieutenant, je ne peux pas comprendre, j'ai pas d'enfant, moi !

— J'ai besoin de prendre l'air, dit Marius en se dirigeant vers la porte.

Lui tournant le dos, Trésor marcha vers l'escalier et éteignit la lumière, puis il revint dans le noir. Dehors, il s'assit sur le banc de pierre à côté de son ami qui bourrait son vieux brûle-gueule.

— Tu as du gris ? demanda le grand Noir.

Marius lui tendit son tabac. Trésor devina le mouvement dans la nuit. Il reconnut le contact de la blague en peau tendre et la saisit. La lune se voilait. Des nuages couraient, il faisait exceptionnellement chaud et les deux hommes étaient en chemise. D'habitude dans le Haut-Velay, à mille mètres d'altitude, la température chute la nuit et, même en juillet, on dort avec une couverture. Cette nuit-là, à moins que ne crève l'orage, elle serait inutile.

Une allumette craqua. Marius aspira à petits coups. Le tabac grésillait et, lorsqu'il lâchait de courtes bouffées de fumée, une petite flamme jaillissait. L'allumette s'éteignit et le visage du fumeur ne s'éclaira plus que d'une lueur rougeâtre lorsqu'il tirait sur sa pipe. Il avait tendu sa boîte d'allumettes à Trésor qui alluma sa bouffarde, masquant la lumière de la main, à cause du vent qui se levait.

— Ça ne te rappelle rien ? murmura Marius.

— Oh si ! Combien de fois a-t-on fumé ainsi tous les deux dans la nuit ! Cinq cents ? Plus ? Mais c'est tellement mieux ici... Tu sais pourquoi, moi, le titi parisien, l'apache de la barrière, je me suis plu dans ce pays rude ?

— À cause d'une belle veuve de guerre nommée Madeleine.

— Pas du tout. Elle, j'aurais pu l'emmener. Non. Tu devines pas ? Tu ne remarques pas une différence entre cette nuit et celle des tranchées ?

— Une toute petite, sourit Marius dans le noir. Je n'entends rien sinon la brise.

— Voilà. Ici, on a le silence. Un silence que caresse le vent.

Un grondement lointain le démentit.

— Et ça, c'est pas le canon, poursuivit Trésor.

— Ça faisait pourtant ce bruit-là, tu t'souviens pas?

— Oh si. On peut pas oublier.

— Ça n'arrêtait ni jour ni nuit, dit Marius. C'était monstrueux. Et la peur! Elle vous tordait les tripes!

— T'avais peur, toi, mon lieutenant?

— Autant que vous, plus peut-être.

Trésor n'en revenait pas.

— T'en avais pas l'air! Jamais! On était tous plus vieux que toi, de vingt ans parfois. On avait un mois de front, toi tu en avais trente. Tu avais fait toute la guerre. On croyait que tu étais habitué, que tu avais l'inconscience de la jeunesse.

— Plus le temps passait, plus ma trouille grandissait. Si je l'avais montrée vous ne m'auriez plus suivi.

Il y eut un silence entre les deux hommes.

— C'est peut-être vrai, dit Trésor. En tout cas on se serait désespérés.

— Tu imagines les conséquences...

— Oui: on se serait fait tuer, beaucoup plus.

— Ça te manque parfois? demanda Marius.

— La canonnade?

— Oui, la guerre, tout ça...?

— Jamais, répondit le grand Noir. Quelques bons souvenirs avec les copains, bien sûr, perdus au milieu d'un océan d'ennui et de terreurs, courtes mais dévastatrices, quand on chargeait sous les mitrailles... À toi, ça te manque?

— Certainement pas. Mais, en ce temps-là, je savais toujours quoi faire. Il fallait que je décide, très vite le plus souvent, et j'y arrivais, j'hésitais pas. C'était peut-être l'inconscience de la jeunesse, comme tu le disais. Cette sûreté, cette vitesse de décision, je les regrette. Je me suis empâté, encroûté. Je ne sais plus décider...

— Bien sûr que si! Seize ans qu'on travaille ensemble et je le constate tous les jours. C'est Diane, hein? Tu te sens un peu perdu...

Le silence de nouveau. Marius hésita:

— Ça se voit tant que ça?

Trésor rit.

— Je te connais si bien, comment ne le verrais-je pas?
Il redevint grave.

— Moi non plus, je ne sais pas ce qu'il faut faire. On en a parlé avec Madeleine. De toute façon, on est là. J'ai pensé à quelque chose. Si on leur demandait conseil?

— Tu penses ce que tu dis? On ne va pas les déranger, ils ont fait leur vie et n'ont pas volé leur liberté. Le jour où il se passera quelque chose de grave, je n'hésiterai pas.

— Parce que l'avenir de Diane et le tien, c'est pas grave! Ils t'en voudront et à moi aussi si on ne les prévient pas.

Marius ralluma sa pipe.

— C'est vrai que ce serait bon de les revoir et d'avoir leur conseil, dit-il. Mais tu sais où ils sont maintenant?

— Il me faudrait passer quelques coups de fil, envoyer quelques lettres...

— On verra...

Ils se turent. L'orage se rapprochait.

8

Enquête

« Tu me fais un compte-rendu ce soir », avait dit Auguste Petithuit à Eugénie, dans la salle de la rédaction, après la philippique de Marcel Milan.

Elle relut le bref plan d'enquête rédigé en préparation de sa défense et s'attacha au premier point : « Prouver que Diane n'est pas la fille de feu le mari de sa mère. » D'abord, consulter la documentation du journal. S'y rendant, elle passa par le hall d'entrée où Minouche leva un sourcil interrogateur.

— On continue, dit-elle vivement. Je dois enquêter. Après, on verra.

Minouche allait répondre, mais le téléphone sonna. Il sonnait les trois quarts du temps. Elle cligna de l'œil et décrocha. La débutante répondit par un geste de la main et descendit. À la porte du vieux Louis, l'archiviste, elle frappa.

— Amène-toi, la grande.

— La grande ? s'étonna-t-elle en entrant.

— T'es bien la plus grande des femmes de l'équipe, non ? Alors...

— Et tu vois à travers les portes, pour ainsi me reconnaître ?

Signe d'appartenance, cet échange de tutoiements la gratifiait.

— On a cinq sens dont l'ouïe, rigola le vieil homme. J'ai reconnu ton pas. Alors, Marcel a crié fort ?

Il était au courant de la gueulante du matin, bien sûr. S'interdisant la cigarette au milieu de sa paperasse, il montait toutes les deux heures fumer en compagnie de la réceptionniste qui, bien sûr, savait tout.

— Il a étrillé Petithuit, répondit-elle. Moi, il m'a ignorée.

Soucieuse de son avis, elle le scrutait. Ses cheveux en touffes grises au-dessus de ses oreilles, son visage étroit barré d'une moustache et ses lunettes rondes cerclées de fer le faisaient ressembler au célèbre professeur Auguste Piccard, qui, cinq ans auparavant, était monté en ballon quinze kilomètres au-dessus du plancher des vaches.

Méditant le propos d'Eugénie, l'archiviste hocha la tête, gratta son front dégarni et remonta ses binocles sur son nez pointu. Mimiques fort claires : il était inquiet pour elle, jugeait aléatoire son avenir dans le journal.

— Que puis-je faire pour toi ? dit-il enfin.

— Ben, je voudrais trouver le jour exact de la mort au front du lieutenant Saint-Just, en août ou septembre 18. Il me faudrait aussi la date de naissance de Diane, ma fugueuse, réputée sa fille posthume…

— Donc le patron t'a laissé une chance. Bon. Les Saint-Just sont lyonnais de souche et la gamine est sans doute née ici. Les dates de naissance et mort de tous les citoyens français sont consignées à l'état civil, dans les mairies. L'accès aux registres est public. La petite est sans doute née à Lyon. Sa mère, veuve de guerre et pensionnée, n'a jamais dû quitter l'appartement d'où la petite s'est enfuie. Chez les soyeux, on loge les jeunes mariés dans les beaux quartiers. P't-êt' bien que la gamine est née dans la Presqu'île…

Eugénie était impressionnée.

— Tu as raison : « à deux pas d'ici », a dit l'horrible Hypolite à l'inspecteur Estublat.

— Donc, tu vas à la mairie du IIe arrondissement, à l'angle de la rue de la Charité et de la rue Sala. S'il y a de la queue, tu dis que tu es du journal, ça devrait te faciliter les choses. Pour le père de la gamine, ou bien tu trouves au même endroit, ou bien tu vas à Écully. Les Saint-Just y ont une propriété depuis toujours. Sauf erreur, les parents de l'« horrible », comme tu dis, y habitent encore. Qu'est-ce que tu sais de plus sur le père de la gamine ?

— Pas grand-chose. Ah si : il était officier, lieutenant plus précisément. L'Hyppolite a cité son grade et précisé que c'était son jeune frère.

— Sa date de naissance ? Son prénom ? T'en as pas idée ?

— Ben non.

— Bon, on va faire avec. Le brave Hyppo doit avoir quarante-quatre ou quarante-cinq ans, donc il serait de 1891 ou 92, son cadet tué à la guerre est sans doute né en 93, 94 ou 95. Certainement pas après. Même pendant la guerre, un officier à deux ficelles avait au moins vingt-trois ans. Qu'est-ce que tu cherches avec cette histoire de date ?

— Chez les flics, pendant qu'Estublat cherchait un papier, Saint-Just, parlant de Diane, a marmonné : « Enfin, son père… », avec un grand mépris, mettant clairement en doute la paternité du défunt. J'ai nettement entendu et Auguste aussi. Suppose que Diane soit née dix mois après la mort de son géniteur officiel…

— Je vois. Tu marches sur des œufs, verrouille bien tes sources. Autre chose ?

— La mère de Diane a été internée. Tu pourrais trouver où ?

— Attends, chez les bourges, on va pas à l'asile psychiatrique mais dans la clinique du docteur Machin ou du docteur Truc. Doit pas y en avoir trente-six sur la région. Okay, je jette un coup d'œil. Passe me voir à ton retour.

Eugénie prit congé. Revenue à la salle de rédaction, elle se dirigea vers Petithuit.

— Je peux prendre la voiture ? demanda-t-elle.

— La Trêfle ? Bernard en avait besoin.

— Merde, jura Eugénie, je vais perdre un temps fou.

— Les trams vont moins vite, c'est sûr. Où vas-tu ?

— À l'état civil, à la mairie du IIe et sans doute, après, à Écully.

— Tu sais faire du vélo ?

Elle opina.

— Pique la bécane de Minouche. Si tu lui rends pour rentrer ce soir, ça m'étonnerait qu'elle te la prête pas.

Eugénie pédalait avec ardeur. La côte entre la Demi-Lune et Écully était sévère. Elle craignait de tremper de sueur sa robe légère. Son accoutumance cambodgienne à la chaleur avait dû s'étioler en trois ans de métropole. Elle allait arriver dégoulinante et cela lui déplaisait. Tant pis. Elle n'avait pas de temps à perdre.

Les hauts murs des propriétés se succédaient. Des parcs, elle ne voyait que le haut des grands arbres. Ils devaient être superbes, vu la variété des essences. Ces murs l'agaçaient. *La Sentinelle* était l'organe de ces nantis crispés sur leur or et leurs secrets de famille. Heureusement que le gros Punais était si manifestement une ordure ! Journaliste dans son canard au service de ces gens, elle se serait déconsidérée à ses propres yeux.

Elle devait à tout prix progresser dans son enquête, de préférence avant 16 heures. Si elle pouvait sortir un papier ce soir sur une vérité cachée, ce serait une belle pierre dans le jardin du gros crapaud d'en face et un meilleur « ancrage » à *La Liberté* – le mot, spontanément venu à son esprit, la fit sourire. Elle avait eu un premier résultat : Diane était effectivement née dans la Presqu'île, le 29 mai 1919. Neuf mois plus tôt, ça menait au 29 août 1918. Un bébé pouvait avoir... quoi ? Huit, dix jours de retard. Donc, si le lieutenant Saint-Just avait été tué avant le 20 août, il ne pouvait pas être le père.

La côte s'atténua ; elle arrivait au centre du vieux village. À coup sûr, les rails du tramway la conduiraient à la mairie. C'était une grande bâtisse de trois étages avec une sorte de tour sur la gauche, au milieu d'une vaste place plantée d'arbres. Au rez-de-chaussée, de hauts porches ronds alternaient avec des portes rectangulaires. Elle entra, se trouva bientôt dans une salle poussiéreuse où une bureaucrate en blouse grise la contempla d'un air revêche. Son élégance, sa décontraction, bref, sa beauté déplaisaient.

Appliquant les leçons d'Auguste Petithuit, Eugénie fut particulièrement aimable. Elle recherchait un oncle. C'est ainsi qu'elle s'assit devant un coin de table, quatre gros registres sous le nez. Elle commença par l'année 1895 et feuilleta. Après quelques minutes de tâtonnements, elle trouva un bon rythme de recherche, mais pas de Saint-Just. Il lui fallut épuiser trois volumes pour tomber sur un Alphonse décédé le 14 août 1918. Elle avait son mort et il ne pouvait pas être le père de Diane ! Une grande heure à fouiner dans la poussière suffisait largement à son bonheur. Elle n'avait plus qu'à filer au journal... sauf qu'elle serait dans de beaux draps si ce n'était pas le bon ! Après tout, le nommé Alphonse était peut-être un cousin d'Hyppolite mort de phtisie galopante ! Elle avait intérêt à vérifier son information. Elle revint vers la rate des archives.

— Mon oncle est un mort de la Grande Guerre et je voudrais savoir...

— Fallait le dire tout de suite ! Ça m'aurait évité de charrier les registres, c'est mauvais pour mon dos, mais vous vous en foutez ! Tout le monde s'en fout ! Un tué à la guerre : suffisait de regarder le monument aux morts !

La fonctionnaire municipale ramassa rageusement les registres et disparut par une petite porte. Eugénie s'en fut, irritée contre elle-même de son heure perdue. Elle aurait dû y penser toute seule !

Sur la place, devant la mairie, nul monument. Elle aborda un passant.

— À l'entrée du cimetière. P't-êt' que vous savez pas où il est ? C'est simple, suivez les rails du tram vers la Demi-Lune et vous le verrez, à gauche, au bout d'une rue en cul-de-sac.

Elle monta sur la bicyclette et partit dans la direction indiquée. Descente en roue libre, un petit vent agréable. Elle retrouva les propriétés soigneusement closes et repéra bientôt la rue. Entre les hauts murs longs comme des purgatoires, un grand portail s'ouvrait sur un monument de pierre blonde. S'en approchant, elle en découvrit avec étonnement les détails. Sur un piédestal circulaire à trois niveaux, une victoire dépoitraillée et casquée, les mains jointes sur le pommeau d'une lourde épée franque, piétinait allègrement un aigle mal en point. Elle s'adossait à une colonne ionique, supportant un édicule sur lequel un coq, ailes déployées, poussait un sublime cocorico silencieux. « Aux combattants de la Grande Guerre, enfants d'Écully », proclamait une inscription superbe.

Eugénie appuya sans vergogne son vélo sur l'amphigourique construction et constata avec plaisir que les noms des poilus défunts s'y inscrivaient en ordre alphabétique. Le lieutenant Saint-Just, mort pour la France le 14 août 1918, y figurait à sa place. Une bouffée d'émotion la secoua. Tout à coup, ce pauvre Alphonse, de cocu magnifique, devenait un pauvre mort laissant une veuve… mais pas d'enfant. Elle eut un sourire rentré.

La descente jusqu'à *La Liberté* lui prit deux fois moins de temps que la montée. Elle arriva, colorée et souriante, bien décidée à acquérir une bicyclette. Elle se rendit aussitôt aux archives où elle trouva porte close.

— Il déjeune chez Lulu, lui dit une secrétaire qui passait.

La moitié du journal dégustait chez la vigoureuse restauratrice un sauté de veau qui fleurait bon les herbes mitonnées. Eugénie, intimidée, hésitait sur le pas de la porte quand le vieux Louis la héla. Elle se dirigea vers lui avec soulagement. On lui fit de la place. Elle fit ainsi connaissance de Bébert « la Roto », un balaise à bonne bouille, chef de rotative de son état. Elle découvrit que l'amour du conducteur de locomotive pour sa machine n'égalait pas celui du rotativiste pour son engin, considérablement plus complexe qu'une Pacific 231. Certes, cette loco faisait du 150 à l'heure, mais la roto, elle, dans le même temps, roulait vingt mille exemplaires ! Bébert était drôle, passionné et taché d'encre. Eugénie fut ravie de découvrir des aspects nouveaux d'un organe de presse. Elle avala avec la même gourmandise que les autres son plat garni puis s'offrit un café filtre. En l'apportant, Lulu lui fit un clin d'œil. Elle se sentit heureuse… et pressée. Mais Louis prenait son temps. Il vit son impatience, rigola.

— Allons, la grande, du calme ! J'ai tes adresses. Pas de souci. Prends ton temps, réfléchis, tu verras, ça divise le boulot par deux.

— C'est ça, gouailla Bébert, j'en parlerai à ma machine pour qu'elle rigole…

De retour aux archives, Louis lui donna une liste de quatre cliniques psychiatriques. Dans la salle de rédaction, elle la contempla, perplexe. Aller les voir? Débarquer en visiteuse? Se dire de la famille? On lui demanderait sa carte d'identité. Elle sentit un regard. Un quinqua grisonnant l'observait, intrigué. Elle l'identifia: Bertrand Duroure, de la chronique juridique. Auguste le lui avait présenté la veille. Elle se leva et se dirigea vers lui. Il sourit, étonné.

— Je peux vous poser une question? demanda-t-elle.

— Vas-y.

— Un fou enfermé sur requête de sa famille, qu'est-ce qu'il devient? Par rapport à ses biens, je veux dire.

— Il doit être déclaré incapable majeur par le tribunal, qui nomme un curateur en cas de curatelle et un tuteur en cas de...?

— Tutelle?

— Bravo.

— Un notaire, un agent immobilier gérant les biens d'un incapable majeur, à qui a-t-il affaire?

— Au tuteur désigné par le tribunal.

Eugénie remercia et, s'installant au bureau de Petithuit, empoigna le téléphone. Elle appela les cliniques de la liste.

— Mme Euhéma, secrétaire de Me Bousier, notaire. Vous avez bien une nouvelle pensionnaire nommée Uranie Saint-Just? Me Bousier souhaiterait savoir si un tuteur a été nommé...

Au quatrième appel, la clinique des Acacias à Caluire, propriété du docteur Baudet-Poitin, lui donna la réponse espérée. Oui, Uranie Saint-Just était bien là. Son tuteur? Il n'était pas encore désigné. Si elle pouvait recevoir des visites? De qui?

— Sa fille, répliqua Eugénie sans vergogne.

Il y eut un silence étrange. On avait dû masquer le combiné de la main.

— Venez, répondit son interlocuteur, on vous attend. Vers 16 heures, après la sieste, ce serait très bien.

— Entendu, acquiesça Eugénie.

Il était à peine 14 heures. Caluire était à une demi-heure de voiture. Pas de temps à perdre. À l'évidence, les autorités de la clinique avaient des consignes concernant Diane. Elles étaient aisées à deviner. Le bon docteur appellerait Hyppolite pour lui annoncer que la petite serait là vers 16 heures. Il se précipiterait pour l'attraper, peut-être avec le concours de la police. Donc, il fallait y aller vite et en repartir tôt. Non qu'elle risquât grand-chose, mais la discrétion est toujours souhaitable dans une enquête.

La clinique occupait une propriété cossue. Elle arriva au volant de la petite Citron, revenue au bercail en fin de matinée. Cette voiture la «posait». C'était si vrai que le portail s'ouvrit à son approche... pour permettre la sortie d'une Delahaye 135. Le cul pointu de sa Trèfle, haute sur pattes, déparait la ligne fluide aux ailes en goutte d'eau de la superbe décapotable. Au volant, un quadragénaire sûr de lui la dévisagea. Sa fierté de conductrice un instant amoindrie, Eugénie, opportuniste, profita de la grille ouverte pour entrer dans la cour. Elle se gara en marche arrière, prête au départ, une vieille habitude. Sous l'œil ahuri du portier, elle pénétra dans le bâtiment et s'enfonça dans le large couloir central. À son extrémité, une porte-fenêtre donnait sur le parc. Un beau jour d'été comme celui-ci, la majorité des pensionnaires devait être dehors. Restait à repérer sa cible. Elle interpella une femme de ménage portant une pile de draps.

— Je cherche Mme Saint-Just et je suis myope. Dites-moi, c'est bien elle que je vois près des rhododendrons?

— La nouvelle? Non, elle est là-bas, sur le banc.

Eugénie remercia d'un signe de tête. D'un pas de promeneuse, elle s'avança à travers la pelouse et s'assit à côté d'une femme d'environ quarante ans à l'air douloureux. De grands yeux bleus sous une opulente chevelure blonde pâlie de cheveux blancs l'observèrent avec inquiétude.

— Madame Saint-Just? demanda Eugénie doucement.

— Oui, répondit-elle. Oui. Qui que vous soyez, faites-moi sortir d'ici. Ma belle-famille n'a qu'une idée: me séparer de ma fille et la ruiner.

— Je sais, je suis venue vous dire...

Conscientede sa clandestinité, Eugénie guettait du coin de l'œil la porte du bâtiment. Elle en vit sortir un homme en costume, un dossier à la main. Il regarda vers elle, puis rentra précipitamment. Elle comprit qu'elle avait peu de temps.

— Uranie, dit-elle. Hyppolite n'a pas emmené Diane.

La malade ouvrit de grands yeux.

— C'est vrai? Mais alors... elle est en fugue, toute seule dans la ville!

— Non, rassurez-vous, un homme dans la quarantaine est venu la chercher avant l'arrivée de votre beau-frère. Elle est partie avec lui.

— Marius, dit-elle. Il est venu.

— Marius comment? insista Eugénie.

— Marius, son père.

Un médecin et deux infirmiers à l'air sévère s'approchaient à grands pas.

— Diane Saint-Just, veuillez nous suivre sans résistance, dit l'arrivant d'un ton ferme. Vous êtes recherchée.

Uranie éclata d'un rire qui purgea un instant son malêtre. Eugénie sourit et regarda le médecin au fond des yeux.

— Je suis une amie d'Uranie, dit-elle calmement. Je venais prendre de ses nouvelles. L'ayant aperçue dans le parc, je l'ai rejointe.

— Qui me dit que vous n'êtes pas Diane Saint-Just?

— Ai-je l'air d'avoir seize ans?

Elle s'était redressée, avait levé un sourcil et contemplait l'homme avec un profond mépris.

— Auriez-vous l'amabilité de me laisser poursuivre ma conversation avec mon amie? continua-t-elle d'un ton hautain.

Le praticien eut un haut-le-corps scandalisé.

— Je regrette, dit-il en reculant d'un pas, comme en proie à la peur. Les visites à Mme Saint-Just ne sont pas autorisées.

— Raison médicale? dit-elle, doucereuse.

— Exactement.

— J'imagine que je peux au moins l'embrasser?

Sans attendre la réponse, elle serra Uranie dans ses bras.

— Marius comment? murmura-t-elle à son oreille.

— Malaguet, répondit l'autre dans un souffle.

Estomaquée, Eugénie se figea une seconde. Avait-elle bien entendu ? Reprenant son sang-froid, elle s'écarta avec un sourire.

— Je vous suis, messieurs, dit-elle à son comité d'accueil.

Ils la conduisirent vers la maison.

— Voyez au secrétariat pour les formalités, madame, dit le médecin d'un ton rogue.

— Quand pourrai-je voir Uranie Saint-Just ? biaisa-t-elle.

— Pas avant quinze jours au moins.

— Alors je me plierai à vos formalités dans quinze jours. Au revoir, monsieur.

Elle se dirigea vers la porte, sous l'œil courroucé du médecin, remonta dans la Trèfle, démarra le moteur en espérant que la grille s'ouvrirait à son approche. Le miracle se produisit : on ouvrait les lourds ventaux. Elle embraya, puis stoppa net pour laisser entrer la Delahaye. Déjà le concierge, après avoir consulté du regard quelqu'un sur le perron, refermait la grille. Eugénie se retourna. Le médecin qui l'avait accompagnée s'avançait vers le conducteur du cabriolet. Puis tous deux allèrent vers la Trèfle. Appliquant les techniques du Viet Vo Dao, Eugénie respira lentement puis descendit et s'avança vers les deux hommes.

— Il paraît que vous forcez la porte de ma clinique, dit le conducteur de la Delahaye.

— Vous êtes donc le docteur Baudet-Poitin. Charmée de vous rencontrer. Pour répondre à votre interrogation, je n'ai rien forcé du tout. Disons plutôt que je suis entrée comme dans un moulin.

Le compagnon du nommé Baudet-Poitin faillit s'en étrangler.

— Elle s'est précipitée pour interrog... importuner Mme Saint-Just !

— Uranie est une de mes amies, précisa Eugénie de plus en plus mondaine, de plus en plus distante.

— Parlons de Mme Saint-Just. N'est-ce pas vous qui avez appelé en vous faisant passer pour sa fille recherchée ?

Le maître de la clinique n'était pas idiot. Il convenait de ne pas le sous-estimer.

— Ma secrétaire a pu utiliser ce subterfuge pour tenter de joindre Mme Saint-Just. Elle a parfois des initiatives…

— Votre secrétaire ?

— Ah oui, permettez-moi de me présenter : Eugénie Merey, de *La Liberté*. J'envisage une série d'articles sur les cliniques psychiatriques. Votre établissement m'intéresse aussi à ce titre. J'aurais grand plaisir à le visiter en votre compagnie.

— C'est insensé, un culot pareil ! s'exclama le collaborateur de Baudet-Poitin. Vous…

Son patron le calma d'un geste.

— Votre intrusion me suffit comme visite. D'ailleurs, que cherchiez-vous en allant interroger Mme Saint-Just ?

« Intrusion », « interroger » : termes déplaisants qui, joints au ton dédaigneux, déplurent à Eugénie. Avec un irrésistible sourire, elle enchaîna :

— Une visite discrète apporte une vérité immédiate, le plus souvent incomparable. Quant à Uranie, son internement est manifestement exemplaire. Je vous renouvelle mon souhait de visiter votre établissement.

Pâle soudain, le riche médecin parvint à se contenir.

— Je regrette, mais nous sommes indisponibles en ce moment. Que… votre secrétariat se mette en relation avec le mien. Nous verrons dans quelques semaines si nous trouvons une opportunité.

Eugénie acquiesça.

— Je crains d'être un peu pressée, répondit-elle. Je me contenterai pour l'instant de mes premiers constats. C'était un plaisir, docteur.

Face à son attitude élégante, presque désinvolte, Baudet-Poitin réprima une furieuse envie de la gifler, s'évitant sans le savoir un inconvénient majeur. Autant humilier l'insupportable Punais avait amusé Eugénie, autant elle eût cassé quelques os à ce voyou mondain. Enfermer comme fous des gens jugés gênants par leur famille était révoltant. Cela dut se voir dans ses yeux car le médecin détourna le regard, puis s'éloigna. Eugénie remonta dans la petite voiture. La grille s'ouvrit d'elle-même à son approche.

Elle n'avait pas fait cinquante mètres quand elle croisa une 402 roulant à vive allure. Hyppolite Saint-Just la pilotait.

*

Auguste Petithuit réfléchit une longue minute en dévisageant sa machine à écrire, puis il leva les yeux sur Eugénie.

— On avait vu juste, dit-il. Diane n'est pas la fille du lieutenant défunt. Son véritable père, prénommé Marius, est venu la chercher et l'a emmenée sous le nez de son tuteur, que, d'un commun accord, nous qualifierons d'«odieux», pour l'avoir vu déposer une main courante au commissariat. La mère de Diane, Uranie Saint-Just, est internée, sans doute abusivement, à la clinique des Acacias. D'après Duroure, notre juriste, une simple dénonciation familiale complétée de deux signatures médicales suffit pour ce genre d'ignominie. Le bon docteur Baudet-Poitin, propriétaire de ladite clinique, aime manifestement le grand luxe, comme le démontre sa voiture. Il pourrait bien manifester quelque complaisance à interner, dans l'intérêt des familles et dans le sien, les empêcheurs d'hériter en rond. Mener grand train coûte cher et ses services doivent se payer au prix fort. Bon, deux ou trois coups de téléphone à nos correspondants médicaux devraient permettre de vérifier tes impressions sur les Acacias et son charmant propriétaire. Alors, tu me fais trois feuillets sur les internements psychiatriques abusifs et sur les cliniques complaisantes. Tu ne nommes pas les Acacias et tu n'es pas trop précise, pour que le docteur Machin ne nous attaque pas en diffamation. De toute façon, il se reconnaîtra. Et puis tu fais contrôler la partie juridique de l'internement par Duroure avant de me faire lire ta copie. Okay?

— Et pour la petite Diane, on n'écrit rien?

— Attends... Voilà: sous le titre «La fugueuse de la Presqu'île», tu émets l'hypothèse que l'homme qui l'a enlevée est très probablement son père naturel. Tu fais état d'indices concordants: de quoi calmer notre patron et inquiéter Punais.

— Mais ça risque de nuire à Uranie...

— Elle a bien fait cet enfant avec Marius, non? Elle te l'a dit. Par ailleurs, que le lieutenant Saint-Just ait été cocu *post mortem* n'a rien de scandaleux: la vie continue malgré les deuils. Notre article ne peut que rendre service à Uranie: le bon docteur Machin, se sachant dans le collimateur, hésitera à deux fois avant de la maltraiter. De toute façon, je suis sûr que ladite Uranie n'a qu'un désir, c'est de récupérer et sa fille et sa liberté.

— Et ensuite?

— Ben, le mieux serait d'identifier et de retrouver le nommé Marius. D'accord, la grande?

Eugénie ne dit rien. Ce qu'elle savait était trop neuf, trop troublant pour qu'elle pût arrêter sa position. Cependant, son chef de rubrique réfléchissait.

— J'ai trouvé, dit-il. Estublat! Lui peut sûrement interroger Uranie Saint-Just. C'est parfaitement logique dans sa recherche. En plus, les moyens de la police peuvent être efficaces. Bravo, rédige tes deux articles! Ses infos «verrouilleront» les tiennes.

Elle acquiesça, le visage calme pour ne pas montrer son désarroi. Car Estublat trouverait, elle n'en doutait pas une seconde. Elle entendit Auguste appeler l'inspecteur principal. Il ne parvint pas à le joindre.

La machine à écrire dont elle se servait jusqu'alors était occupée. Elle sortit donc de son sac le Waterman à plume d'or, payé un prix déraisonnable, qu'elle venait de s'offrir pour fêter son entrée au journal. Elle en dévissa solennellement le capuchon, saisit une mince liasse de papier. «La fugueuse de la Presqu'île: une famille indigne, mais un père secourable», écrivit-elle. Le stylo glissait merveilleusement, ce qui la mit de bonne humeur. Elle poursuivit sa rédaction:

Nos lecteurs se souviennent de cette fugueuse de dix-sept ans qui, ayant roulé son tuteur dans la farine, un parâtre digne des sorcières de contes de fées, était partie accompagnée d'un quadragénaire discret. Nous avons pu en savoir plus sur les hommes impliqués dans cette affaire.

Le tuteur serait l'oncle de la petite, le frère de son père disparu dans la tourmente meurtrière de la Grande Guerre.

Ce dernier était un jeune officier, tué au front. Il aurait laissé une toute jeune femme enceinte. Telle est la «version officielle», mais voilà: preuves à l'appui, notre fugueuse est née dix mois après la mort héroïque de son présumé père! La jeune fille n'a pas été conçue par le héros mort. Premier scandale à l'époque de la Chambre bleu horizon: une enfant a été déclarée la fille d'un homme mort, contre toute vérité, pour éviter un scandale! Rappelons que toute cette affaire se déroule dans la grande bourgeoisie lyonnaise qui, manifestement, a de l'influence sur l'administration.

Le tuteur, maintenant. Ce faux oncle n'a aucun lien du sang avec la jeune fille, donc pas d'inceste à craindre, malgré son attirance. Est-ce suffisant pour faire interner sa mère? Non. Ne s'y ajouterait-il pas quelque question d'argent? C'est dans cette dernière direction que nous poursuivons nos investigations.

Nous avons donc un héros de la guerre qui ne peut être le père, un oncle qui n'est pas l'oncle et un inconnu qui sauve la jeune fugueuse. La Sentinelle, *sans preuve ni vergogne, accuse ce dernier d'être un vil suborneur. Cet homme, nous devons le rencontrer prochainement. Il nous confirmera certainement les dires de l'internée: il est le vrai père de la jeune fille! Doit-on croire une femme réputée folle? Les fous sont-ils plus menteurs que les autres? Encore faudrait-il que la folie de cette femme, qui a bien voulu se confier à notre journaliste, soit avérée. Le doute est permis et il conviendrait qu'un groupe de psychiatres d'une moralité sans faille puisse l'examiner.*

Voilà comment le lucre massacre la vie de deux faibles femmes! Voilà comment une presse achetée par les nantis accuse un père de famille responsable d'être un satyre, pour éviter à une famille de privilégiés la mise en lumière de ses turpitudes!

Eugénie resta quelques secondes la plume en l'air, puis signa «EMA» d'une main déterminée. Son papier confié à une dactylo du soir, elle quitta en hâte le journal. Elle avait à faire.

9

Retrouvailles

Diane avait hanté le sommeil de Marius. Ayant recueilli une fugueuse, il ne pouvait agir ouvertement. On pouvait l'accuser de toutes sortes d'ignominies, détournement de mineur, enlèvement, etc. Il fallait commencer par déterminer le cadre légal de la situation, ne fût-ce que pour la tourner. La première chose à faire était donc de consulter un avocat. Mais ce ne serait pas suffisant. Les voies de droit étaient lentes, or il y avait urgence.

Trésor avait évoqué les bagnards que Marius avait commandés en 17 et 18. Ils s'étaient reconstruit une existence normale. Les solliciter serait comme leur réclamer une dette incertaine. Il y répugnait… Pourtant, il devait faire en sorte que sa fille eût une vie normale, c'est-à-dire qu'elle échappât aux griffes des Saint-Just. Il songea à Marie, installée au Cambodge avec Alayel… Et s'il emmenait sa fille là-bas? S'ils s'y installaient? Impossible: il était encore un étranger pour Diane et Uranie, sa mère, était son ancrage. L'une avait besoin de l'autre. La fragilité d'Uranie rendait Diane responsable d'elle. Mais où se trouvait-elle? Le sachant, Hyppolite se tenait en embuscade à la clinique psychiatrique…

Il se leva au petit jour et sortit. Il avait besoin du calme de la campagne, du vent dans les bois de pins. L'air était vif. Des flaques subsistaient sur le chemin. La veille, tandis qu'il discutait avec Trésor, l'orage menaçait. Des éclairs lointains illuminaient l'horizon. Il n'avait rien entendu dans la nuit et pourtant il avait plu. Le paysage semblait lavé ; les lointains étaient nets sur le ciel pur.

Marius respira avec gourmandise. Il pensa à Diane, à leur intimité à son retour, la veille, dans le couchant tiède. Il eut soudain envie de l'avoir près de lui, de lui faire découvrir cette fraîcheur pétillante des grands matins d'été en altitude.

Elle dormait. Les adolescents dorment tard en vacances. Lui, *lou bastardou*, n'avait jamais pu faire la grasse matinée. Cette pensée chagrine l'irrita : il ne souhaitait pas une telle rudesse à sa fille. Il ne pouvait aller la réveiller. Madeleine lui avait fait comprendre comment fonctionnaient les jeunes filles et il en était intimidé. Il ne voulait que le bonheur de Diane. L'amour paternel était gratuit ! Cette tendresse sans calcul, sans recherche de retour, sans autre passion que l'épanouissement de son enfant, l'émerveilla.

L'oncle Hyppolite, père de substitution, n'éprouvait rien de semblable. Il allait jusqu'à harceler la gamine. C'était doublement ignoble. Une colère brusque submergea Marius. Convoiter ainsi une proche que l'on avait connue bébé, puis enfant, était une obscénité criminelle. Si cet individu touchait sa fille, il le tuerait ! Il savait faire. Il eut une pensée amère en songeant à la guerre. Combien de braves types sous le mauvais uniforme avait-il descendus ? Celui-là n'était pas un brave type !

Il rentra, trouva Trésor et Madeleine dans la salle de séjour. Ils parlèrent peu. Ils avaient remarqué son air sombre. Leur aide passait par leur présence, par leur silence.

Plus tard, au bureau, le téléphone sonna.

— Marius ? demanda une voix féminine.

— Oui. Qui est à l'appareil ?

— Eugénie.

— Eugénie, ma… ma « petite sœur » !

Ils avaient recréé un lien, un an auparavant, lors de sa visite, plus de quinze ans après son départ avec Marie et Johannes, en 1919. L'enfant délurée s'était muée en une superbe jeune femme à forte personnalité. Elle les avait émerveillés, Jeanne et lui, par son récit où Marie et Alayel, un couple amoureux, élevaient leur fille dans un pays lointain où les pionniers avaient toutes leurs chances.

Il eut envie de la voir. À part Trésor et les siens, elle était sa seule famille en France.

— Comment va Jeanne ? demanda-t-elle.

Il eut soudain une boule sèche dans la gorge.

— Elle est morte, parvint-il à dire. Elle s'est tuée en voiture il y a six jours.

Il entendit respirer à l'autre bout du fil. Il y eut un silence, puis Eugénie reprit.

— Je l'aimais bien, tu sais. Je... je suis très triste. Maman, je veux dire ta mère, elle sait ?

— Tu peux dire « maman ». J'ai pas eu le courage de lui écrire. De toute façon, le courrier met des semaines... Je vais le faire, à présent que ça va mieux.

« Ça va mieux parce que j'ai une fille », songea-t-il. Devait-il le lui dire ? Prudence ! Eugénie, il la connaissait finalement bien peu.

— Est-ce que tu vas me rendre visite ? reprit-il. Il fait si beau ici. Et puis, tu ne connais pratiquement pas ce pays. Il est magnifique. C'est celui de tes... parents adoptifs.

— Tu peux dire mes parents, tu sais. Mon véritable père, je ne me souviens que de l'amour qui nous unissait. Les détails se sont estompés. Marie et Johannes m'ont donné une tendresse incomparable, mais sans compromis. Ils sont durs pour eux comme pour les autres. Grâce à ça, sûrement, ils m'ont formidablement armée pour la vie.

— Cette dureté, je la connais. C'est la rudesse des gens d'ici, une sorte de clarté, de vérité entre eux. Un exemple ? Ma question, directe : tu as bien un motif précis pour m'appeler ce matin, hein ?

— Tu as raison. Je ne sais pas si je dois venir, mais il faut à tout prix que je te voie d'urgence. Ce serait bien si tu venais à Lyon.

Son cœur se mit à battre. La gravité du ton l'inquiétait. Se pouvait-il qu'elle sût quelque chose ?

— Vous avez les journaux de Lyon à Craponne ? reprit-elle rompant un silence qui s'installait.

— Bien sûr, pourquoi?

— Alors achète *La Liberté* des trois derniers jours. *La Sentinelle* aussi.

La fugue de Diane, dans les journaux? L'idée lui sembla stupide mais s'imposa.

— Et pourquoi? demanda-t-il.

— Tu verras. Ah, pour Jeanne... Il y a maintenant le téléphone à la plantation. Ta mère et Johannes, tu peux les appeler. C'est long, c'est cher, mais c'est formidable. Je te donne le numéro de téléphone et la procédure. Tu as un papier et un crayon?

Il nota les indications, puis ils se séparèrent. Marius hésita à appeler le Cambodge. Il avait deux nouvelles à annoncer, la mort de Jeanne, bien sûr, mais aussi l'apparition de Diane. Il décrocha le combiné, le reposa sur son socle. L'appel d'Eugénie concernait sa fille. Il en était désormais certain. L'urgence était d'en savoir plus et d'acheter les journaux. Comme chaque matin, un des deux camions de la scierie allait porter à la gare de Craponne un chargement de rondins de deux mètres pour le boisage des mines. Il en serait le passager.

— Tu m'attendras avant de redescendre, dit-il au chauffeur. J'ai une course à faire. Normalement, je serai de retour avant que tu aies déchargé. Si je n'étais pas là, tu m'attends.

— Okay, patron, mais ne tardez pas. Y a pas mal de boulot aujourd'hui.

Marius sourit et partit à grands pas. Il s'arrêta d'abord chez le charcutier, Dédé Monteil, un jovial qui savait choisir ses *caïous* et faisait un délicieux saucisson à la cendre. Il en acheta un, dur comme du bois, car c'est bien sec qu'ils développent tout leur goût. Il prit aussi du lard et de la saucisse en bonne quantité. De quoi calmer le formidable appétit des adolescents. Pour les adultes, il ajouta une bonne bouteille. Futé, le Dédé offrait une sélection de vins pour accompagner ses victuailles. Ainsi il gâterait Madeleine et Trésor qui les accueillaient et, surtout, il initierait Diane à la cochonnaille du pays, dont elle ne soupçonnait rien. En fait, il retardait l'instant d'ouvrir les journaux. Il grimaça en reluquant le bureau de tabac, qui diffusait aussi la presse. Son intérêt soudain pour les feuilles lyonnaises exciterait la curiosité de la buraliste, une redoutable pipelette qui ne manquerait pas de se poser des questions. Il haussa les épaules : les réponses, elle aurait grand mal à les trouver.

Il sortit, ses quotidiens sous le bras et, tout en marchant, les feuilleta l'un après l'autre. Il ne repéra pas immédiatement les articles qui l'intéressaient, puis lut entre les lignes. Il s'immobilisa, saisi, puis reprit sa marche : la disparition de Diane ravivait une vieille querelle entre *La Sentinelle* et *La Liberté*! Découvrir sa fille au centre de la controverse le contraria. En bon terrien, il aimait la discrétion.

Que craignait-il ? Rien : personne ne le dénicherait. Voire... Quiconque ayant accès aux petits secrets d'Uranie pourrait remonter jusqu'à lui, puisqu'elle avait emporté avec elle les lettres à son adresse, jamais envoyées ! Le danger viendrait d'abord des responsables de son lieu d'internement. Ensuite des policiers, s'ils ouvraient une enquête. Pour une simple fugue, c'était improbable, sauf si l'opinion publique s'en mêlait : alors la police se sentirait concernée et agirait. Il lui fallait donc rappeler Eugénie d'urgence, mais où ? Pourquoi lui avait-elle fait acheter *La Sentinelle* et *La Liberté*? Simplement pour le mettre au courant ? Elle n'avait laissé ni adresse ni téléphone...

Il fronça les sourcils. Les journaux étaient allusifs mais ne citaient pas de nom. Si : *La Sentinelle* évoquait Hypполите Saint-Just et Diane, sa nièce. L'article parlait de lui, Marius, comme d'un satyre, mais sans plus de détail. Il relut le passage :

... la jeune fille était accompagnée d'un homme d'une quarantaine d'années qui se dissimulait. Si elle a exclu la violence directe, en revanche elle a confié à notre enquêteur sa peur que la jeune Diane Saint-Just, dix-sept ans, ait été sinon droguée, du moins sous l'influence de cet homme qui devrait intéresser la police.

Diane était-elle en sûreté chez Trésor ? Oui, sans doute ; du moins, tant que des enquêteurs, flics ou journalistes, n'étaient pas remontés jusqu'à lui.

Marchant dans la grand-rue qui menait à la gare, il relut une nouvelle fois les articles. *La Sentinelle* tenait pour Hyppolite, *La Liberté* pour la fugueuse. Il s'arrêta sur la signature et comprit : « E » comme Eugénie, « M » comme Malaguet – non, comme Merey, le nom de son père tué dans sa ferme en 1918 –, et « A » comme Alayel, le nom de Marie et Johannes, ses parents adoptifs, qu'elle avait ajouté au sien. C'était bien elle, la journaliste de *La Liberté*!

Le téléphone du journal était indiqué sur la première page. Il arrivait vers la gare. Le camion était vide. Il hâta le pas. Il était maintenant pressé de retrouver son bureau et son téléphone.

Eugénie était sortie, on lui passa un nommé Auguste Petithuit. « A. P. » : l'autre signature des articles. Elle et lui faisaient probablement équipe.

— Dites-lui que son correspondant de ce matin l'a rappelée, laissa-t-il comme message.

Il voulut travailler. En vain. Il était trop préoccupé. Enfin le téléphone sonna. Eugénie le rappelait.

— J'ai lu tes articles, dit Marius. Félicitations pour ton nouveau métier. Pourquoi t'adresses-tu à moi ?

Il l'entendit rire.

— La méfiance est une valeur sûre pour Marie, bonne paysanne du Haut-Velay. Je vois que nous avons eu la même mère. J'appelais tout simplement (elle baissa la voix)… parce qu'Uranie m'a dit que tu étais le père de Diane.

Il en fut soufflé ; pourtant il s'y attendait. Il tenta de lutter.

— Et tu l'as crue ?

— Une journaliste, même stagiaire et débutante, vérifie ses sources. J'ai appelé maman au Cambodge ce matin. Je lui ai parlé de toi, de la guerre et de tes permissions. Elle a une mémoire stupéfiante, tu le sais bien. Tu es venu à Craponne une semaine en septembre 1918. Tu es arrivé le 1er et reparti le 7. Le malheureux Alphonse Saint-Just, mari d'Uranie, a été tué le 14 août 1918. Diane est née le 29 mai 1919. Diane ne peut pas être la fille d'Alphonse. Celle de Marius, si.

Il soupira.

— Tu avais raison, ce matin, quand tu m'as demandé de venir à Lyon. Je préfère te parler de tout ça de vive voix. Toi aussi, j'imagine. Je tâcherai d'être là-bas ce soir. Dès mon arrivée, je t'appellerai au journal. Je trouverai bien un téléphone à la gare.

Il aurait pu partir dans l'instant, mais il décida de rentrer déjeuner chez Trésor. L'idée de disparaître un jour ou deux sans avoir vu sa fille lui était insupportable.

Suivant une coutume bien établie, ils revinrent avec le seul tracteur du camion articulé. Les enfants mettaient le couvert sur une grande table de bois à tréteaux, dehors, sous le grand mûrier de la cour. Diane resplendissait dans une robe d'été toute simple, pieds nus dans des espadrilles, le visage coloré par le grand air. Elle plaisantait avec Jean et Louise. Quand le camion fut arrêté, les enfants l'entourèrent. La jeune Louise s'empara des provisions que portait Marius.

— Qu'est-ce que t'as ? s'écria-t-elle. De la cochonnaille de chez le Dédé Monteil ? Ouhaaa ! On va se régaler.

Vivement, elle emporta le tout à sa mère.

— Ramène la surprise, cria Marius.

— Quelle surprise ?

— Cherche et devine, répondit Marius.

La gamine stoppa net, fouilla le sac et en sortit le saucisson gris de cendre, triomphale. Il acquiesça, un grand sourire illumina la frimousse de Louise qui disparut dans l'ombre de la cuisine. Elle en ressortit bientôt, portant le saucisson et une considérable tourte de pain bis.

Diane était restée en retrait. Marius lui sourit.

— Viens, dit-il. Tu vas goûter quelque chose que tu n'as sûrement jamais mangé.

Il tira son opinel de sa poche, l'ouvrit tandis qu'elle s'approchait. Elle s'assit à côté de lui, en face de Trésor qui débouchait le vin. Marius coupa en gestes vifs une série de tranches fines.

— Ouvre la bouche et ferme les yeux, dit-il.

Diane le regarda, surprise, et obéit. Il lui mit dans la bouche une rondelle de sifflard et eut le plaisir de voir ses traits s'adoucir en sourire tandis qu'elle mâchait lentement.

— Un comme ça, t'en trouveras que par ici, commenta Trésor en se servant. Un coup de rouge par-dessus et tu découvres le vrai bonheur.

Il servit un fond de verre, le tendit à Diane qui hésita.

— J'ai pas l'habitude, dit-elle.

— Tu fais tourner une petite gorgée de vin dans ta bouche et tu l'avales petit à petit.

Les deux hommes la guettèrent tandis qu'elle obéissait.

— C'est fameux, dit-elle.

— C'est que le vin est bon, ajouta Trésor. Tu te rappelles les cochonneries qu'on buvait là-bas?

Les deux hommes sourirent, un sourire énigmatique pour la jeune fille.

— La guerre, lui chuchota Jean qui posait sel et poivre sur la table avant de retourner à la cuisine.

Ils se resservirent. Marius n'avait pas perdu un instant sa fille des yeux. Il la sentait inquiète.

— Diane, je pars à Lyon tout à l'heure. Je coucherai là-bas. Je téléphonerai à la scierie peut-être ce soir, sinon demain matin pour donner des nouvelles.

— Pourquoi vous partez? Je veux dire: pourquoi tu pars?

— Pour voir comment régler votre situation à ta mère et à toi. Ce ne sera ni facile ni immédiat, mais nous avons déjà de l'aide: la personne que j'ai eue ce matin au téléphone a vu ta maman. Elle va bien pour le moment et a demandé de tes nouvelles. On lui en donnera sans doute demain.

La jeune fille le regarda gravement, puis se leva pour rejoindre Jean et Louise. Trésor en profita pour chuchoter:

— Les copains, ils pourraient nous aider. Je vais essayer de les contacter.

— Il ne faut pas les déranger, répliqua Malaguet. Ils sont libres maintenant et leur liberté leur appartient.

Trésor hocha la tête sans répondre.

Marius songea à sa dernière phrase: il avait dit « *nous aider* ». Trésor épousait sa cause, sans hésitation ni restriction. Il en fut touché. Il n'eut pas le loisir d'exprimer sa reconnaissance. Les enfants revenaient, précédant

Madeleine qui portait solennellement un grand plat en terre cuite.

— J'ai fait une poule au pot avec des légumes du jardin, dit-elle. Tu sais, la grosse rousse qui picorait la tête des autres, eh ben la voilà !

Ils rirent. La volaille fut fêtée comme il se doit. Marius constata que sa fille dévorait. Il en fut rasséréné. Elle le vit et lui dit :

— Tu sais, papa...

Elle s'arrêta, étonnée par le mot, ou bien le savourait-elle ?

— Jean m'a réparé le vieux vélo de Madeleine, poursuivit-elle, et ce matin on a fait une promenade...

Il l'écouta : une gamine en vacances. L'insouciance, la jeunesse, l'été... Ces bonheurs-là, sur le visage de Diane, l'émurent. Il crut le cacher, mais la discrète Madeleine lui jeta un regard attendri. Diable de femme ! Trésor l'étonna à son tour. Il apparut soudain souriant devant Marius qui ne l'avait pas vu disparaître. Dans la main du grand Noir brillait un Leica III tout neuf. Marius siffla :

— Alors tu l'as acheté !

— L'autre jour à Saint-Étienne, ainsi qu'un agrandisseur et un petit kilomètre de pellicule dans le nouveau format, tu sais, le 24 × 36. Je me suis ruiné.

— Tu as toujours été un excellent photographe.

— Plus que ça, tu vas voir ! répondit Trésor.

Il prit deux mètres de recul.

— Un sourire, tout le monde ! clama-t-il.

Il fit une douzaine de prises, en particulier de Marius et Diane. Malaguet comprit soudain. Il se souvint d'un cliché de Trésor pris dans les tranchées. Alayel et lui se faisaient face. Cette photo avait changé sa vie et celle de sa mère[1].

Marie Malaguet, amoureuse d'Alayel à qui elle avait cédé, puis violée par son patron, ne savait qui de son amour disparu ou de Malvier, son violeur, était le père de son fils. Pauvre Marie, punie d'avoir aimé l'homme de sa vie dans les foins de l'été ! Le lendemain, Johannes

1. Voir *Le Bâtard du Bois noir.*

attaquait Pierre Russel, le dentellier, et lui volait son or. Il lui fallait de l'argent pour emmener Marie en Amérique. Il y avait eu mort d'homme. Alayel avait été pris et déporté en Guyane.

Coïncidence? Même dans une armée en guerre, on pouvait rechercher quelqu'un et s'en rapprocher. Alayel, forçat engagé volontaire, était devenu le bras droit du lieutenant Malaguet.

La ressemblance flagrante entre Johannes et Marius, sur la photo de Trésor, avait alerté Jeanne. Pouvait-il être le père de Marius? Son enquête dans les archives de la presse régionale sur l'attaque du dentellier avait levé le doute pesant sur la filiation du *bastardou*[1].

En 1918, Trésor n'avait pas vu la vérité qu'éclairait sa photo. Pour lui, elle représentait simplement deux de ses amis du front. En ce beau jour de juillet 36, il se rattrapait. Marius se prêta à son manège, s'arrangeant pour que son visage et celui de Diane, sur une même prise de vue, présentent un angle analogue.

— Je les développe tout de suite, dit Trésor à Marius. Comme ça tu pourras en emporter un jeu.

Il se leva de table et disparut dans la cave où il avait aménagé son labo.

Trésor déposa Marius à Saint-Étienne avec le camion, en milieu d'après-midi. Il y avait des trains toutes les heures pour Lyon. Il y fut vers 17 heures et fila chez Me Gouy.

Il retrouva l'appartement majestueux, le bureau modern style de son ancien commandant de la guerre. L'avocat avait blanchi et forci, mais il portait toujours beau[2]. Il l'accueillit chaleureusement et l'écouta.

— Je connais les Saint-Just, dit-il. Une vieille famille d'ici. Des gens peu sympathiques. La presse s'est emparée de cette histoire. Du diable si j'imaginais vous trouver là-dessous. Vous m'étonnez une fois de plus, Marius. Je savais déjà qu'Hyppolite était un sale type. Dites-moi, vous avez la lettre de Diane dont vous m'avez parlé?

1. Voir *Le Bâtard du Bois noir.*
2. Voir *La Revanche du bâtard.*

Il la lut, hocha la tête.

— Croyait-elle vraiment que vous êtes son père ou bien jugeait-elle que vous étiez sa dernière chance?

— Je crois en sa sincérité. La lecture des lettres que sa mère n'a jamais osé m'envoyer a dû enflammer cette adolescente mal-aimée. Pourquoi aurait-elle douté de l'aveu de sa mère? Quant à moi, à la fin de la guerre, sans en être vraiment conscient, je n'ai pas voulu savoir qu'Uranie était enceinte.

— Qu'est-ce qui vous fait dire ça?

— Ceci.

Il lui tendit l'unique courrier jamais reçu de son amante furtive, un jour de fin octobre 1918.

— « Souffrez que je vous appelle par votre prénom, lut tout haut l'avocat. Notre brève intimité m'y incite. Ma vie de veuve, un court moment embellie par notre rencontre, a repris, morne et triste. Pourtant un soleil va renaître qui m'empêchera de vous oublier. Vous reverrai-je un jour? Souhaiterai-je vous revoir? Je tenais en tout cas à vous dire que j'espère que vous survivrez à cette guerre. » Et vous pensez que ce « soleil renaissant » est l'enfant qu'elle portait?

— Quoi d'autre? Ça correspond trop bien. Je n'ai jamais répondu à cette lettre. Je n'avais passé avec cette fille que deux heures, elle avait fait l'amour avec le fantôme de son mari, pas avec moi. Je n'étais qu'un simulacre. J'étais furieux contre elle et surtout contre moi. Nous étions en guerre et j'avais d'autres chats à fouetter. Enfin, j'aimais une autre femme, même si à l'époque je la croyais ma sœur et donc inaccessible.

— Jeanne. J'ai appris son accident, dit l'avocat. Je voudrais vous dire...

— Ne dites rien, mon commandant – pardon, maître. L'un comme l'autre nous avons tellement fréquenté la mort qu'elle ne peut nous surprendre... Jeanne a disparu et je ne me suis pas suicidé. Donc je vis. Et dans ma vie est apparue une raison de lutter.

— Vous avez raison, Marius. Revenons à Diane. D'après *La Sentinelle*, vous l'avez enlevée. Bien sûr, l'enlèvement ne tient pas, mais le détournement de mineure peut être retenu. Si elle est vraiment votre fille, la situation est différente, mais son appel au secours est insuffisant. Il faudrait le témoignage de sa mère, mais elle est internée.

— Sans doute abusivement. D'après Diane, elle était déprimée, neurasthénique peut-être, mais pas folle. Peut-on la sortir de l'hôpital ?

La porte s'ouvrit, empêchant Me Gouy de répondre. Sa secrétaire entra.

— Voulez-vous faire faire des copies certifiées conformes de ces deux lettres ? Marius, vous pourrez récupérer les originaux demain, à moins que vous ne préfériez que je vous les envoie par la poste ?

— Je repasserai demain, si ça ne vous ennuie pas.

L'avocat esquissa un geste de dénégation, tandis qu'il reprenait :

— Revenons à la situation d'Uranie Saint-Just. Il s'agit manifestement d'un internement volontaire.

— Diane est formelle. Sa mère n'a jamais voulu être enfermée comme folle !

— Mon cher, il s'agit là d'une perfidie du langage juridique. La volonté en question n'est pas celle de la patiente mais de sa famille. Un avis du médecin, confirmé par le psychiatre de la maison de fous, suffit pour faire interner quelqu'un. C'est une loi de 1865, toujours en vigueur.

— Et comment un interné peut-il sortir ?

— Il doit être déclaré guéri par le psychiatre hospitalier, répondit Gouy en levant les yeux.

Les yeux rétrécis, la bouche serrée, fauve ramassé pour bondir, Marius se contrôla :

— J'ai autre chose, dit-il. Regardez.

Il lui tendit les clichés de Trésor le montrant avec Diane, pris sous le même angle. L'avocat hocha la tête.

— Impressionnant, dit-il. Des pièces convaincantes pour votre dossier. Vous me les laissez ?

— Bien entendu. J'en ai un autre jeu.

L'avocat le regarda au fond des yeux :

— Je me demande, dit-il, si tout bien réfléchi il ne vaudrait pas mieux tout mettre sur la place publique et rendre la petite à son tuteur, jusqu'à l'aboutissement de la procédure que nous pourrions entreprendre.

— J'y ai pensé. Je ne peux m'y résoudre. En fait, Hyppolite convoite non seulement l'argent d'Uranie, mais aussi la petite elle-même. Et ça, je ne le tolère pas.

— La petite est avec vous, naturellement.

Marius acquiesça et poursuivit :

— Et ça n'est pas simple. Elle s'inquiète pour sa mère dont elle se sent responsable. Il faut qu'elle la voie rapidement. Pour bien faire, il faudrait sortir Uranie de l'asile d'aliénés.

— Si elle n'est pas folle, le médecin de famille a été acheté et le psychiatre aussi. De toute façon, il hésitera à se déjuger. Savez-vous où elle est détenue ?

Il eut un sourire sans joie.

— Voilà que j'emploie des termes pénaux. La malheureuse Uranie n'est pas en prison.

— C'est pire. Un prisonnier connaît la durée de sa peine. Un fou interné, non. Il ne sait même pas s'il sortira un jour.

— A-t-elle été déchue de son autorité parentale ? s'enquit l'avocat.

— Elle n'est internée que depuis trois jours.

— Alors la procédure n'est encore que provisoire. Il faut qu'Uranie sorte et soit vue par d'autres médecins. Nous aurons une petite chance.

Dehors, dans la touffeur de la rue poussiéreuse, Marius se sentit désespéré. La lumière blondissait avec le soir. Il entra dans un café, réclama un petit rouge et le téléphone. Eugénie n'avait pas terminé son travail. Il fut décidé qu'il la rejoindrait à *La Liberté*.

Elle lui avait indiqué l'itinéraire. Un tram suivait la Saône. Il le préféra à un taxi. Un vrai terrien ne jette pas son argent par la fenêtre. Le véhicule ferraillait, les voitures cornaient âprement. Le temps orageux enfiévrait les gens fatigués. Au journal, le hall était vide. Il entra, erra, ouvrit une porte au hasard et fut aussitôt submergé par un gigantesque bruit de machines. Il eut le temps d'apercevoir l'énorme rotative crachant ses milliers de journaux avant de refermer le battant. Des gens affairés lui jetaient des regards distraits. Un employé en bras de chemise tendit le doigt sans ralentir lorsqu'il lui demanda la salle de rédaction.

Eugénie tapait avec détermination sur une haute machine à écrire. Elle ne l'avait pas vu entrer. Il l'observa à la dérobée. Elle était bien belle, sa sœur adoptive. Mince, musclée, le teint vif, elle était grande, avait des gestes assurés et gracieux. Marie devait être très fière d'elle. Johannes aussi, sûrement.

Depuis l'apparition de Diane dans son univers, Marius voyait différemment Alayel. Ce jeune con qui, pour un rêve de gamin, avait bousillé vingt et quelques années de sa vie, de la vie de la femme qu'il aimait et de son fils, s'était sans doute racheté avec Eugénie. Il approcha lentement. Elle le vit enfin, leva sur lui ses yeux bleu vif. Sa chevelure blond chaud, sa peau mate ravivaient, s'il en était besoin, leur éclat. Elle le serra contre lui, claqua deux grosses bises puis le regarda.

— Dommage, dit-elle, que je n'aie pas assez connu mon grand frère!

Il rit.

— Quand me présentes-tu ta fille?

— Tout de suite.

Il lui tendit le second jeu de photos.

Elle siffla, puis les scruta attentivement avant de les poser sur son bureau.

— Qu'est-ce que tu en penses? demanda-t-il avec une pointe d'inquiétude.

— Le cachottier, qui avait une enfant! Celle-là, tu ne peux pas la renier. Bon, on va remuer ciel et terre, mais on va régler son problème. J'irai voir le père Blum, s'il faut!

Il rit. Elle n'avait jamais été timide, Eugénie. Enfant, elle remontait le moral des poilus au repos dans la ferme de son père, une dizaine de kilomètres en arrière des lignes. De trois à sept ans, elle avait côtoyé la mort et la guerre. Ensuite, elle avait mené la vie rude des pionniers en Indochine. Elle n'avait jamais manqué de culot, et son nouveau métier n'était pas pour l'amoindrir.

— Mais d'abord, il faut me raconter tout ce que tu sais. Et pour ça, on sera mieux à table. Je t'emmène chez Lulu, dit-elle.

Fatigué de sa journée, inquiet de ce que lui avait dit Gouy, Marius fut rasséréné par l'enthousiasme d'Eugénie. La considérer comme sa petite sœur lui procurait un bonheur que *lou bastardou* n'avait jamais connu.

10

Souvenirs

Au bar, quelques soiffards soignaient leur solitude au beaujolais. La moitié de l'équipe de nuit de *La Liberté* dînait avant le travail. Lulu accueillit Eugénie et Marius avec un sourire lumineux.

— Tu veux souper, la grande? s'exclama-t-elle. Tu sais, j'ai que des restes.

— C'est parfait! Il paraît que ton bœuf-carottes de midi était un régal et c'est meilleur réchauffé. Il y en a encore, j'espère?

— En raclant la marmite, je devrais pouvoir vous servir.

Tandis qu'elle installait une nappe en vichy et deux couverts sur une petite table, Lulu gourmandait Eugénie.

— Mon bœuf-carottes, t'aurais dû le manger à midi! Auguste m'a dit que t'étais encore restée au bureau à avaler, au lance-pierre, un sandwich rassis. C'est pas bon pour ta santé.

Elle rigolait. Redevenue grave, elle s'inquiéta :

— Alors, la petite fugueuse, tu l'as retrouvée?

— Oui!

— Raconte!

— Elle est en sûreté chez des gens qui l'aiment.

La restauratrice, insatisfaite, médita le propos. À l'évidence, Eugénie ne lui en dirait pas plus. Elle attaqua de biais :

— Et le gone en gris qui l'a emmenée à la barbe de l'odieux Hyppolite?

— Écoute, dit Eugénie à voix basse. Ce « gone », comme tu dis, je sais qui c'est.

Elle se tut. Suspendue aux lèvres de la jeune journaliste, Lulu s'appuya des deux mains sur la table.

— C'est qui, hein? Tu peux me le dire, je ne raconterai rien.

— Son père! conclut Eugénie.

— Mais il est mort à la guerre!

— Non. Tu verras ça demain dans le journal.

La grosse femme hocha la tête, puis repartit vers ses fourneaux. Marius avait écouté le dialogue avec une certaine inquiétude.

— Il ne faut pas relater cette histoire dans ton journal, dit-il. Ça pourrait nuire à la petite.

— Au contraire. Mon collègue de la rubrique juridique va sortir, avec mon aide, un article sur les cliniques psychiatriques complaisantes. La meilleure défense pourrait bien être l'attaque. Alors, qu'as-tu fait jusqu'à présent pour ma nièce?

— Ta nièce?

— Si tu es le père de Diane, alors je suis sa tante. De toute façon, cette gamine m'intéresse. Tu me la présenteras, j'espère? Comment comptes-tu te battre?

— J'ai vu Me Gouy.

— Gouy? C'est un des grands avocats lyonnais! Tu le connais?

— La guerre. Il était mon chef d'escadron. Un type bien. Tu sais, bien sûr, qui je commandais au front?

— Je connais quand même l'histoire de notre père et de ses compagnons!

— Eh bien, je lui ai remis les éléments que j'avais. En fait, deux lettres. La première d'Uranie Saint-Just, datant d'octobre 18, suggérant qu'elle est enceinte; la seconde de Diane, qui m'appelle au secours. Elle craint Hyppolite comme la peste.

— Qu'est-ce qu'elle écrit exactement?

— « Il me fait peur quand il me regarde. »

— Ça confirme ce que je pensais. Et cet écrit suffit pour prouver que tu es le père?

— Gouy a parlé de présomptions, de «commencements de preuves par écrit». Bon, au moins ces lettres existent. Et puis, il y a les photos que j'ai laissées à ton bureau. T'oublieras pas de me les rendre.

Eugénie poursuivit:

— Un bon avocat, c'est déjà ça. Mes articles et le journal vous sont acquis, à toi et à la petite. Il faut aussi te trouver de l'aide.

— Et de qui? demanda Marius, sceptique.

— Ben, des gens qui t'aiment, de ceux que tu as tirés de l'enfer.

Le cœur de Marius se mit à battre. Elle parlait des bagnards. Mais comment… Alayel le taiseux ne lui avait sûrement pas raconté en détail sa vie sur le Maroni ou dans la Somme.

— Et plus précisément? insista-t-il, troublé par la réponse probable.

— Trésor, Vavin le chirurgien, Perdonnet le juge et les autres. Tous ceux qui vous doivent tout, à Alayel puis à toi.

Marius hocha la tête et répliqua:

— Se souviennent-ils encore de moi? Ils ont droit à leur tranquillité. Ils l'ont payée au prix fort. Je ne veux pas les importuner avec mes histoires.

— C'est pour cela que je m'en suis chargée.

— Tu les as joints, comme ça! Sur un coup de tête!

À la fois catastrophé et soulagé de cette démarche, il adressa un regard éperdu à Eugénie. Émue, elle lui prit la main.

— Nul coup de tête de ma part. J'ai appelé Alayel pour avoir son avis. J'ai dû me gendarmer. Il voulait filer sur Hanoï. Il paraît qu'en deux jours d'avion on peut revenir d'Indochine. En tout cas il m'a donné les adresses de vos amis. J'ai appelé ceux qui avaient le téléphone. Ils se sont chargés de joindre les autres. On a été contents de se retrouver.

— Mais, mais… tu les connais!

— Bien sûr! Et eux aussi me connaissent. Je me les rappelle tous et aucun ne m'a oubliée. Ils étaient mes copains et ceux de Marie aussi.

— Ah oui, quand elle est allée chercher Johannes, dans la zone du front[1]. Elle les a rejoints à Guerbigny où ils étaient cantonnés. Elle t'avait déjà trouvée, c'est ça?

— Exactement. Pendant que maman courait partout pour retrouver papa, ils me gardaient. J'ai vécu deux jours avec eux. Les poilus, je connaissais. Ceux-là, je les ai mis dans ma poche comme les autres! J'avais sept ans, mais c'est comme si c'était hier.

— Raconte-moi ça, s'il te plaît. Chez nous, on ne dit rien, jamais, même quand il faudrait.

Depuis plusieurs minutes, Lulu avait déposé devant eux des assiettes bien garnies qui dégageaient une bonne odeur de sauce au vin, d'herbes sauvages et d'épices.

— Eh bien, vous ne mangez pas? dit-elle, sévère, en apportant un pichet de mâconnais qu'elle leur versa.

Ils goûtèrent, apprécièrent, la remercièrent d'un sourire.

— Je peux écouter en mangeant, décréta Marius.

— Et moi, occupée à parler, je fais ceinture? rigola la jeune femme.

Pionnière des colonies, étudiante brillante, journaliste culottée, Eugénie était aussi une fille de paysan. Elle connaissait les gens de la terre. Ils dégustèrent, lentement comme il se doit, le bœuf-carottes: une splendeur.

— Alors tu les as contactés, dit Marius en s'essuyant la bouche avec la considérable serviette blanche que lui avait donnée Lulu.

— Vous avez tous rendez-vous demain à 9 heures au Grand Hôtel des Terreaux. Tu vois où c'est?

— Non. Tu sais, je ne connais pas très bien la ville.

— C'est presque un palace. Tu vois Saint-Paul, sur la rive de la Saône?

Il acquiesça.

— Eh ben, il est juste en face, dans la Presqu'île, la première ou la deuxième rue après le quai. C'est un grand immeuble, fin XIXe, que tout le monde connaît. En attendant, où couches-tu?

---

1. Voir *La Revanche du bâtard*.

— Je trouverai bien une chambre quelque part. Des draps propres, pas trop de bruit me suffiront.

— Je peux te loger, si tu n'as pas peur de camper.

— Non, laisse. Je crois qu'un peu de solitude m'aidera à réfléchir. Je t'appellerai au journal après ma rencontre « avec mes gars ».

— J'habite pas loin de l'hôtel des Terreaux, reprit-elle, et je connais une auberge propre, calme et d'un prix raisonnable, tout près de là.

Lulu leur avait apporté des cafés qu'ils sirotèrent tranquillement. Les soucis de Marius s'étaient calmés. Retrouver demain ses anciens compagnons de guerre lui faisait chaud au cœur.

La nuit avait apporté un peu de fraîcheur, Marius n'avait qu'un léger sac de voyage. Ils décidèrent de marcher.

— Et si tu me racontais ta rencontre avec mes amis de la guerre ? demanda-t-il.

— Je m'étais enfuie de la promenade. Mademoiselle, une femme aigrie qui tenait un des multiples orphelinats de la guerre, me battait régulièrement. Elle m'avait prise en grippe. Vivant avec un paysan veuf, mon vrai père que j'adorais, j'étais autonome et responsable. À cinq ans, je faisais une foule de choses qu'on ne permet pas d'ordinaire à une petite fille, comme préparer la soupe, allumer le feu ou jeter du grain aux poules. Alors, dans un orphelinat géré comme une pension et tenu par une frustrée, j'étais malheureuse telle les pierres. Je manquais aussi de compagnie. Mon père, écrasé par l'effondrement de notre ferme, me manquait énormément, mais les poilus également. Aussi loin que remontent mes souvenirs, ils étaient là. Je les adorais et ils me le rendaient bien. Tu sais comment ça se passait. Chaque semaine, ceux qui montaient en ligne et ceux qui en descendaient se croisaient. Les premiers étaient tristes, les seconds épuisés par une semaine de crasse, d'ennui, de froid et de combats brefs mais meurtriers. Ils venaient au repos dans des fermes en arrière du front. Chez nous, en particulier. Mon père les aimait bien. Ça lui rapportait quelques sous et puis il leur vendait des légumes, des œufs et du vin d'une barrique de bourgogne qu'il avait fait rentrer pour eux. Un cru de qualité qui les changeait du gros rouge du front, assez dégueulasse paraît-il.

— Tu peux le dire, commenta Marius.

— La ferme était d'ailleurs réputée pour son pinard. C'était un homme de la terre, mon père, malin comme une loutre ! Il n'aurait jamais volé personne, mais il ne manquait jamais l'occasion de gagner des sous. Les poilus ne vivaient qu'entre eux, ne voyaient personne d'autre que les fermiers qui les logeaient au repos, et ça pendant des semaines ou des mois. Alors une fillette dégourdie les enchantait. Ils me racontaient leur vie, parlaient de leurs enfants que je leur rappelais. Je discutais avec eux, je leur donnais des conseils qui les faisaient rire. À tort, d'ailleurs : j'avais une grande expérience de la guerre, des troupes, des armes légères et même des blessés et des morts car souvent une ambulance s'installait chez nous. Il y avait de l'espace, de l'eau tant qu'on en voulait, l'électricité aussi. Et c'est dans les ambulances qu'on traitait les urgences. Le matin, on rangeait les morts de la nuit sous une bâche derrière l'écurie. Je n'aimais pas les morts, mais je n'en avais aucune peur. Ils sentaient mauvais. Des corvées les emportaient souvent en tombereau vers une destination inconnue. Les blessés, j'allais les voir et ceux qui geignaient ou se plaignaient je les engueulais et ils se taisaient, tout contrits, ou bien ils m'insultaient, mais c'était rare. En 18, j'avais sept ans. J'en avais donc trois au début de la guerre. Je n'avais connu que le bruit du canon et les mouvements de troupes. J'étais la petite reine au milieu de tous ces adultes déracinés. Une période merveilleuse pour moi. Et puis, un obus a tout brisé. Je refusais d'admettre la mort de mon père, mais au fond de moi je savais bien que je ne le reverrais plus. Je n'acceptai pas qu'on m'enferme avec d'autres petites filles dans une maison triste, sans pouvoir faire ce que j'aimais ou simplement ce que je savais faire. Je discutais et je désobéissais. La directrice avait décidé, je l'ai compris plus tard, de me briser. Alors, un jour, pendant la promenade, j'ai filé. Je savais que mon village était à l'est. Je me suis retrouvée dans le *no man's land*. La nuit tombait. J'étais perdue en plein marécage. D'énormes anguilles grouillaient dans mon imagination plutôt que dans les trous d'eau et un ogre m'avait agrippée dans ses griffes. Je hurlais de terreur et quelqu'un m'a entendue. Sur le ciel sombre est apparue une silhouette noire. Elle parlait d'une voix douce. Elle s'est approchée, m'a prise dans ses bras et m'a emportée jusqu'à un char allemand : un *Sturmpanzer*, tu te rappelles ce que c'était ?

— Parfaitement. De véritables forteresses, mais très peu maniables. Un obus de 75 bien placé les clouait sur place. En fait, il suffisait de péter une chenille pour les immobiliser, mais continue. Personne ne m'avait raconté cette histoire. Il est vrai qu'à l'époque les histoires de guerre, je n'avais qu'une envie : les oublier.

— On a dormi dans ce char. Marie avait bloqué la porte avec une grenade. Je n'ai vu ça que le lendemain. Je l'ai effrayée en lui disant ce que c'était. Du coup, elle l'a jetée dehors où elle a explosé. La porte du *sturmpanzer* nous a protégées, mais je crois que maman n'a jamais eu aussi peur. C'est drôle, j'ai dit « maman » parce que, n'ayant pas connu ma mère, je n'avais jamais eu la tendresse d'une femme, même si mon père m'adorait et me câlinait beaucoup, mais ce n'est pas pareil. En fait, pour moi, Marie est devenue ma maman dès ce matin-là. Comment expliquer ça ?

— C'est curieux, ce que tu dis. Pour moi, elle était aimante mais rude. Elle travaillait comme une bête de l'aube au couchant, sous l'œil sévère de Malvier. J'ai peu de souvenirs de tendresse. Le mystère de ma naissance devait peser sur tout ça. Je détestais Malvier d'autant plus que c'était peut-être mon père. Je l'avais compris confusément, vers l'âge que tu avais lors de ta fugue, sept ans à peu près... Mais mon histoire, tu la connais. Raconte plutôt la tienne.

— Je me souviens que, ce jour-là, Marie et une dame de mon village m'ont menée sur la tombe de ma vraie mère. Le nom de mon père était écrit dessus.

— C'était donc la tombe de tes parents, corrigea-t-il.

— Non, non, la tombe de ma mère. On y allait le jour des morts. On avait mis le nom de mon père dessus et ça m'a fait énormément pleurer. Je savais bien qu'il était mort, mais je ne pouvais plus me mentir à moi-même. Puis on est allées à l'auberge manger de la saucisse et des frites et ça c'était la fête. Ensuite, je me souviens d'avoir marché longtemps, longtemps, en donnant la main à maman. Puis un camion nous a laissées à Guerbigny où des poilus peu aimables nous ont conduites à Trésor. Je n'avais jamais vu d'homme noir. Dans les livres, à l'école, il y avait des images de Noirs des colonies devant leurs cases. On les appelait les indigènes, mais lui, c'était un poilu, avec la capote bleue, le casque Adrian et tout, sauf qu'il était très grand, très fort et son visage était tout couturé. Il m'intimidait énormément et puis il s'est mis à rire et m'a enlevée dans ses bras, je n'ai plus eu peur. Je crois que je l'ai aimé tout de suite. Le lendemain, maman m'a laissée avec lui, pendant qu'elle allait chercher Alayel, je ne sais plus où. C'est là que j'ai rencontré tes hommes. Vavin, Perdonnet et Trésor étaient les chefs des bagnards. Ils étaient émerveillés par maman. D'abord parce qu'elle était ta mère. Ils étaient stupéfaits que cette belle femme d'à peine quarante ans à l'époque fût la mère de leur chef, un vétéran qui avait tout vu et qui les menait avec certitude. Tes gars, ils avaient de trente à cinquante ans et ils découvraient qu'ils avaient suivi un chef endurci qui n'était qu'un gamin : toi. Je me souviens d'une impression curieuse. Ces hommes durs, impressionnants, fondaient en parlant de toi. Ils étaient à la fois admiratifs pour leur chef et protecteurs pour le gamin qu'ils découvraient. Toi, pourtant, tu étais déjà sorti de leur vie puisque tu avais été démobilisé. Tous, sans exception, se seraient fait couper en quatre pour toi. J'ai retrouvé ce mélange d'admiration et de protection chez les gars que j'ai eus au téléphone aujourd'hui. J'ai eu l'impression qu'ils étaient tout heureux de pouvoir te protéger. Ils se sentaient, comment dire... dédouanés? Libérés? Tout simplement heureux que tu aies besoin d'eux. Et puis, il y a eu cette veillée[1]...

— Oui?

1. Voir *La Revanche du bâtard*.

— Quand maman est revenue, le premier soir, Trésor l'a emmenée dans la crypte de l'église de Guerbigny où tes gars s'étaient installés. On a mangé, c'est d'ailleurs maman qui a fait la cuisine et ils en étaient tout émus. Après dîner, ils l'ont questionnée. J'ai réalisé, il y a peu, qu'en fait elle était passée devant un jury. Ils voulaient savoir qui elle était et pourquoi elle cherchait Alayel. Sur ses genoux, j'étais si bien que je jouais à dormir, mais j'écoutais tout. Elle parle peu, notre mère, mais elle a choisi de tout leur raconter. Elle parlait pour l'homme de sa vie. Elle se serait damnée pour le retrouver et ceux-là pouvaient l'aider. Je ne comprenais pas tout, mais j'ai tout retenu. Elle leur a raconté ses amours, un jour de la Saint-Jean, la promesse de Johannes de l'emmener en Amérique, l'attaque du dentellier et la mort de son comptable, «le pauvre Chabasnel». Elle a tout raconté. L'enquête de Jeanne aussi, après qu'elle eut vu la photo que tu avais rapportée du front, tu sais bien, celle de Trésor où Alayel et toi étiez face à face[1]. Elle a su les convaincre. Une forte femme, maman !

— Oui, répondit Marius la voix blanche, une forte femme que je n'ai pas vue depuis dix-sept ans ! Je suis un mauvais fils. Tu vois, Eugénie, je suis content d'être avec toi aujourd'hui. C'est un peu leur présence, celle de Marie, mais aussi de Johannes que tu amènes avec toi. Ils me manquent aujourd'hui. Il est loin, le héros triomphant de 1918, sûr de lui et de sa révolte. Aujourd'hui, je suis un père désorienté.

Il avait parlé d'une voix calme. Elle le regarda étonnée, presque inquiète. Il ne se plaignait pas, évoquait simplement une réalité.

— Ça ira mieux demain. Nous ne serons plus seuls pour sauver la petite Diane.

Elle lui avait pris la main. Frère et sœur, une sensation nouvelle pour Marius. Une sœur, c'était plus impliqué qu'un ami, plus fort, plus proche, avec des parents communs. Cette évidence, il ne l'avait jamais ressentie avant cet instant. C'était doux et rassurant.

1. Voir *Le Bâtard du Bois noir.*

Eugénie se sentait bien avec cet homme taciturne qu'elle connaissait à peine avant leur longue rencontre de ce soir. Elle retrouvait Marie dans ce verbe rare, cette discrétion élevée à hauteur d'une règle de vie. On faisait face à ses problèmes sans importuner les autres. Les confidences de Marius devenaient des trésors. Sa confiance vous gratifiait.

Ils se turent, contemplant la ville, la nuit. Ils marchaient le long de la Saône, étaient parvenus à la hauteur de Saint-Paul. Les autos, les passants se raréfiaient. Une légère brise calmait la chaleur. Ils franchirent la passerelle Saint-Vincent, vide, comme si on la leur avait réservée. Au milieu du fleuve, ils s'arrêtèrent. L'eau lente était un mouvement immobile, un bruissement de silence dans la rumeur de la cité assoupie.

L'auberge choisie par Eugénie pour Marius se nommait Au canut furieux, elle était centenaire. Le patron, un homme rond, faisait des comptes. Il les observa, l'air sévère. Un quadragénaire avec une jeunette, c'était pas son style. Eugénie la futée le comprit et leva immédiatement l'ambiguïté :

— Je voudrais une chambre calme pour mon frère, dit-elle. Je suis trop petitement logée pour l'accueillir.

L'aubergiste les regarda d'un autre œil et vit les minces rubans sur le revers de la veste légère de Marius. Il se leva et s'avança. Il était manchot. Son sourire, son infirmité étaient éclairants : il accueillait un gars qui, comme lui, avait fait la Grande Guerre, sauf qu'il en était revenu entier. N'importe, un ancien combattant était un frère.

Il les guida à l'étage. La chambre, propre et vieillotte, n'était pas sans charme. Tandis que l'hôtelier attendait sur le pas de la porte, la fratrie retrouvée se fit « p'ter la miaille » : trois bises qui claquèrent bruyamment, comme il se doit.

Eugénie s'envola. Assommé de fatigue, Marius se coucha tout nu sur le lit, persuadé que les soucis allaient le tourmenter la moitié de la nuit. Il dormit comme un ange.

11

Bagnards

Eugénie se présenta à l'auberge du Canut furieux vers 20 heures.

— Dehors ! vociféra l'hôtelier. Pas de bandit chez moi !

Il avançait sur elle, brandissant son poing unique. Elle ne bougea pas.

— Expliquez-vous ! ordonna-t-elle.

Il voulut la repousser. Elle dévia sa main d'un geste vif qui fit pivoter le manchot sur lui-même. Il faillit perdre l'équilibre.

— Si vous portez la main sur moi, je vous casse le bras, dit la jeune femme d'une voix cinglante. C'est ce que vous voulez ?

Elle lui faisait face, les bras souples, les poings fermés. La tension physique d'Eugénie, son calme froid, cette posture incompréhensible donc inquiétante l'incitèrent à la prudence. Il eut un mouvement de recul. Dans ses yeux, la rage céda à l'inquiétude.

— Je vous écoute, dit-elle.

— Ben, ce matin à 6 heures, ils sont arrivés à quatre dans une Renault Celta 4 noire. Ils m'ont exhibé des cartes de la police et m'ont demandé si je logeais bien un homme dans la quarantaine, arrivé hier soir vers 23 heures. Ils m'ont demandé son nom. Je leur ai dit « monsieur Malaguet », c'est le nom que votre frère m'a donné. Dès qu'ils ont su le numéro de la chambre, ils sont montés en me bousculant presque. Probable qu'il était déjà levé car ils sont redescendus avec lui, trois minutes plus tard.

— Ces policiers, vous avez leurs noms?

— Le chef, j'ai pas pu lire son nom sur la carte, mais il était écrit commissaire. Ça, j'en suis sûr.

— Je vous remercie, dit Eugénie.

Elle tournait les talons quand il l'interpella.

— Hé, il m'a pas payé la chambre! Alors vous allez me la payer et plus vite que ça!

— Si vous m'aviez accueillie plus civilement je l'aurais certainement fait. Mais pour vous apprendre à vivre, vous attendrez que mon frère revienne vous payer, ou bien vous vous adresserez au commissaire de ce matin!

Il rugit et serra son poing unique.

— Le bras cassé, vous serez bien avancé! lui dit-elle goguenarde.

De nouveau, il s'arrêta. Toute son agressivité s'était concentrée dans son regard. Eugénie n'en vit rien, elle était déjà dans la rue. Un taxi passait. Elle donna l'adresse du journal. Pendant le trajet, elle réfléchit. D'abord appeler l'avocat dont Marius lui avait parlé la veille, l'informer et lui demander son avis. Comment s'appelait-il? Gouy, son ancien commandant pendant la guerre. C'était une première chose. Ensuite, il lui fallait se rendre au rendez-vous avec les bagnards. Que dirait-elle à Petithuit? Lui montrerait-elle les photos? C'était prématuré. Suivant l'avis de Me Gouy, elle déciderait du contenu de son article du jour.

Minouche, à son poste derrière sa banque, son éternelle gauloise au bec, l'interpella:

— Bravo, la grande! Félicitations. T'avances drôlement bien!

— Oui, mais maintenant tout s'affole, c'est la panique, répondit-elle avec un grand sourire en se précipitant vers la salle de rédaction.

«Merde, merde, merde, jurait-elle en son for intérieur. Les photos! Je les ai laissées sur le bureau hier soir! Auguste est tombé dessus et comme il est loin d'être bête, il a immédiatement compris... et en a parlé à tout le monde!» Elle entra en coup de vent sous la verrière de la salle de rédaction.

— Comment t'as eu ça? l'apostropha Auguste en brandissant triomphalement les clichés. C'est sensationnel. C'est la petite Saint-Just, hein, avec son vrai père? Une ressemblance pareille, c'est impossible autrement. Chapeau. On va claquer le museau du gros Punais.

Finaude, elle joua le jeu.

— C'est pas fini, dit-elle. Le père de la gamine, il a été arrêté ce matin. Par un commissaire de police. Malheureusement, je n'ai pas pu savoir son nom.

— Au fait, comment tu as eu ces photos? Le père de la gamine, tu as son nom? Comment tu l'as trouvé?

— C'est lui qui m'a trouvée. Il m'a appelée hier soir, chez moi.

Elle se mordit les lèvres. Allait-il relever l'invraisemblance? Comment un inconnu aurait-il pu connaître son téléphone personnel ou même son nom, puisqu'elle signait de ses seules initiales? Il s'étonna:

— Tu as le téléphone?

— Oui, je l'ai fait mettre pour appeler mes parents au Cambodge. Ils l'ont à la plantation, tu imagines ça?

— Le progrès. Et tu l'as vu, ce type?

— Hier, à son hôtel. J'y suis repassée ce matin, c'est là que j'ai su qu'il avait été arrêté par un commissaire. Qui précisément? J'en sais rien.

— Qu'est-ce que tu vas faire, maintenant?

— Il m'a parlé de son avocat, je vais aller le voir. T'es d'accord?

— Qui c'est?

— Un certain Gouy.

— C'est plutôt un bon. Y doit même pas être au courant. Okay, vas-y. T'essaies de savoir ce qu'il risque et tout ça. Rentre vers midi. Le temps de rédiger ton article et de le faire relire, y a de quoi s'occuper. On entre dans une zone de perturbations et on va se couvrir. Faudra que Bernard et même Milan jettent un œil là-dessus.

Elle acquiesça. Déjà Auguste Petithuit était passé à autre chose. Il mettait son canotier et filait.

Elle prit le téléphone.

— Maître Gouy? Eugénie Merey, de *La Liberté*. Je vous appelle car votre client, M. Malaguet, a été arrêté à l'aube à l'auberge du Canut furieux. Vous ne le saviez pas? Pourrais-je vous voir?... Non, pas seulement. J'ai aussi des informations qui sûrement vous seraient utiles. Nous savons que M. Malaguet est le père de Diane Saint-Just. *La Liberté* le soutient. Vous avez lu nos articles sur cette affaire?... Alors vous situez notre optique... Entendu. Au revoir, maître.

Elle avait juste le temps de se rendre au Grand Hôtel des Terreaux. Une fois de plus, elle emprunta la bicyclette de Minouche. Tout en pédalant comme une forcenée, elle décida qu'elle lui rapporterait un bouquet de fleurs.

Eugénie gara son vélo contre un arbre, puis entra dans le palace. À la réception, elle demanda à un employé en queue-de-pie la chambre de M. Vavin. Il décrocha un antique téléphone, se tourna vers un central, connecta une fiche dans un large tableau d'où pendait un grouillement de fils, puis attendit. Pas de réponse. Chez Perdonnet non plus. Eugénie s'inquiéta.

— Madame vient peut-être pour la réunion de travail? demanda le digne pingouin.

Elle acquiesça.

— Que madame aille voir dans le petit salon bleu. Le maître d'hôtel du restaurant se fera un plaisir de le lui indiquer.

Elle frappa à la porte.

— Entrez, répondit une voix sèche.

Elle obéit.

Une table ovale dans une salle aux décors de stuc doré. Une cafetière, des tasses, deux corbeilles de viennoiseries. Autour, cinq hommes. Un siège vide, destiné à Malaguet, évidemment.

— C'est une réunion privée, dit un homme au visage maigre et aux cheveux blancs. Je crains que vous ne vous trompiez, mademoiselle.

— Pas du tout, cher monsieur Perdonnet, répondit Eugénie. Mais la dernière fois que je vous ai vu, vous étiez en capote bleu horizon, j'avais sept ans et je vous tutoyais, ainsi que M. Vavin que je vois à votre droite,

Trésor qui me tourne le dos, La Fouine qui me regarde les yeux ronds et Léon qui rigole !

— La petite Eugénie !

— Elle a un peu changé depuis notre dernière rencontre, sourit Vavin. Mais on retrouve bien la gamine futée qui accompagnait Marie, la mère du lieutenant !

L'homme qui venait de parler était chauve, maigre, avec de grandes mains. Eugénie se souvint qu'il était chirurgien avant sa condamnation au bagne et qu'il avait opéré Marius à vif dans un trou d'obus, lui sauvant la vie.

— Bonjour, messieurs, dit-elle. Je m'appelle maintenant Merey-Alayel, dit-elle fièrement.

Certains parurent étonnés.

— L'adjudant et Marie Malaguet se sont mariés et l'ont adoptée, dit Perdonnet. Ils me l'avaient écrit.

Il y eut un silence incertain.

— Cette réunion va traiter de questions qui peut-être vont vous… dépasser, dit Vavin, homme de rigueur, parfois un peu sévère.

— Peut-être. Aussi, quand vous me le direz, je m'en irai. J'ai des informations graves pour vous.

Elle s'était avancée. Tous la suivaient des yeux.

— Marius Malaguet, le lieutenant, mon frère, ne viendra pas. Il a été arrêté ce matin à l'aube, dans l'hôtel où il passait la nuit. Je l'y avais accompagné hier soir.

— Assieds-toi, Eugénie, dit Trésor, et raconte-nous en détail ce que tu sais.

Il la tutoyait naturellement, d'autant qu'il l'avait revue lors d'une de ses visites à Marius et Jeanne. Pour elle, il serait toujours le bon géant protecteur. Elle ignorait pourtant que ce grand Noir balafré, qui avait suriné une demi-douzaine d'« apaches » en 1909, lui devait sa nouvelle vie : elle lui avait fait découvrir l'enfance et l'envie d'une famille. Entre ces deux-là, un seul regard suffit pour qu'ils se retrouvent par-delà la faille du temps.

Elle prit la place réservée à l'absent. La Fouine, son voisin, petit homme maigre aux yeux de souris, lui servit une tasse de café qu'elle but avec avidité.

— Merci, dit-elle. Je bois trop de café, mais j'adore ça !

Il sourit. Elle reprit :

— Je suis actuellement journaliste débutante à *La Liberté*, aux chiens écrasés, et mon premier article avait trait à la fugue de Diane. Auguste Petithuit, mon patron, m'a emmenée à la PJ de Lyon pour rencontrer l'inspecteur principal Estublat. Nous discutions lorsque Hyppolite Saint-Just a fait irruption en vociférant. Nous nous sommes mis en retrait, les oreilles grandes ouvertes. Sa pupille avait été enlevée par un satyre quadragénaire. Il éructait. En fait, il s'est avéré que la gamine avait fugué, aidée par un homme que personne n'a clairement vu. La prétention de ce monsieur, mais surtout ses insultes, ou plutôt ses insinuations insultantes envers Estublat, qui est un gars bien, nous ont agacés. Nous avons compris qu'il était le tuteur de la jeune Diane Saint-Just dont il venait de faire interner la mère. J'ai écrit un premier article à partir de tout ce qu'il avait dit, assez inconsidérément à vrai dire, puis on a enquêté et trouvé la clinique psychiatrique où était Uranie Saint-Just. J'ai réussi à la voir deux minutes. Elle n'est pas folle et m'a donné le nom de Marius Malaguet, son unique espoir et le père de sa fille. Un choc pour moi. La vie réserve de surprenantes coïncidences. Diane s'était enfuie, aidée de son vrai père, Marius, après avoir roulé dans la farine l'ignoble Hyppolite.

— Sérions les problèmes, dit Vavin calmement. Qu'est-ce qu'on fait concernant l'arrestation du lieutenant? Et d'abord, pourquoi a-t-il été arrêté?

— J'ai appelé son avocat, Me Gouy, dit Eugénie.

Plusieurs sursautèrent.

— Oui, reprit-elle, votre ancien commandant. C'est, depuis la fin de la guerre, l'ami de Marius. Il l'a consulté hier. Il s'occupe de lui toutes affaires cessantes. D'après lui, si une plainte a été déposée, ce qui n'est pas certain compte tenu des faits, il pourrait être accusé, s'il est formellement reconnu, de détournement de mineure. Dans ce cas, s'il prouve qu'il est le père de Diane, l'accusation de détournement tombera. Marius a remis à Me Gouy plusieurs documents en ce sens.

— Laissons donc l'avocat agir, conclut Perdonnet. On se tiendra au courant et, si l'affaire ne se règle pas simplement, on interviendra. D'accord?

Tous acquiescèrent.

— Revenons au problème de Diane, continua-t-il. Que savez-vous exactement, petite Eugénie?

Elle se souvint qu'ils l'appelaient ainsi lors de ces deux jours extraordinaires qu'elle avait vécus avec eux, en janvier 1919, dans la zone interdite. Elle synthétisa l'affaire en phrases claires. Un bref silence suivit, qu'interrompit Perdonnet:

— En somme, dit-il, une façon de normaliser la situation serait de faire lever l'internement d'Uranie. Ainsi, elle recouvrerait son autorité parentale sur la jeune Diane et tout deviendrait possible.

— Il nous faut tout connaître de ce psychiatre, ce Baudet-Poitin, dit le gros Léon. Que sais-tu, petite Eugénie?

— Peu de chose. Taille moyenne, sportif, plutôt bel homme. Il est manifestement intelligent, très sûr de lui, très snob. Sa clinique est une grosse maison bourgeoise dans un grand parc, parfaitement entretenue, à Caluire. Ah, j'oubliais: il possède une Delahaye 135 toute neuve.

— Comment t'a-t-il regardée? demanda Trésor.

— Comme un maquignon prétentieux.

— Donc il aime l'argent, le luxe et les femmes. C'est un début, mais insuffisant. La Fouine, toi qui es détective privé, tu pourrais en savoir plus, disons... d'ici demain?

Le petit homme aux yeux de souris grimaça.

— Je m'en occupe, mais vingt-quatre heures, c'est court. Pour peu qu'il ait trop de travail, il ne prendra aucun loisir dans un temps aussi bref.

— Et le jeu? suggéra Léon. Son nom me dit quelque chose. M'étonnerait pas que ce soit un joueur de poker. Je vais me renseigner.

— Vous lui soupçonnez des vices suffisants pour avoir barre sur lui?

— Ne pose pas trop de questions, petite Eugénie, dit La Fouine, souriant. Tu sais, les hommes sont faibles et l'argent permet beaucoup de choses... Une Delahaye 135, disais-tu?

— Et Hyppolite Saint-Just? demanda Vavin, le médecin.

— Un bourgeois lyonnais dont les parents étaient riches, mais qui, d'après Petithuit, est un bras cassé. Il se prétend agent d'affaires, ce qui veut tout dire, et aurait de gros besoins d'argent. Il a quand même quelques moyens financiers car il circule avec une 402 toute neuve...

— Qui appartient peut-être à ses parents, la coupa Trésor.

Elle hocha la tête avant de poursuivre :

— Il est vraisemblable qu'il a tout manigancé pour devenir le curateur d'Uranie, réputée folle, et le tuteur de la jeune Diane, ce qui lui donne accès aux biens des deux femmes. Mais ce n'est pas tout. D'après Marius, sa fille le hait et le craint car il ne manque pas une occasion de la frôler, de la tripoter mine de rien. Il sait manifestement que son défunt frère n'a pas pu être le père de la gamine.

— Léon, dit Perdonnet, tu en penses quoi?

Le gros homme, qui le premier avait appelé la jeune journaliste « petite Eugénie », répondit :

— Un amateur de chair fraîche, à l'évidence.

— Comment sont les parents de cet Hyppolite? s'enquit Vavin.

— Des bourgeois lyonnais, une puissance passée. Des gens collet monté, très soucieux de leur réputation. Je crois que son père est mort. Reste la mère chez laquelle il habiterait.

— Parfait, conclut Trésor. Eugénie, as-tu leur adresse?

— La voici.

Elle sortit de sa petite serviette en cuir une feuille qu'elle posa sur la table.

— Bien, dit Perdonnet. Eugénie, tu vas maintenant nous quitter. On peut te joindre au téléphone?

— À *La Liberté* ou chez moi en fin de journée.

Elle donna son numéro, puis se leva.

— Une dernière chose, dit-elle d'un ton hésitant. J'ai dîné hier soir avec Marius. Des retrouvailles. Nous avions rendez-vous au journal à 21 heures. À cette heure-là, les journalistes sont partis. Nous étions tranquilles. Il m'a montré des clichés sur lesquels la ressemblance entre lui et sa fille est frappante.

— Mes photos, précisa Trésor, faites hier.

— Oui, mais voilà : je les ai laissées au journal et ce matin Auguste Petithuit, mon patron, un gars bien, mais journaliste avant tout, est tombé dessus. Je ne peux pas empêcher qu'il les publie. Elles illustreront l'article qu'il m'a demandé d'écrire. Par ailleurs, la jeune Diane, née dix mois après sa mort, ne peut pas être la fille du lieutenant Alphonse Saint-Just. Tout ça, je dois l'écrire. Refuser de le faire ne changerait rien : Auguste le ferait à ma place. Simplement je ne citerai pas le nom de Marius.

— Tu as bien fait de nous prévenir, Eugénie. Ce qui est fait est fait et il valait mieux le savoir, même si pour nous ça nous fait une contrainte supplémentaire, dit Trésor.

— Je suis désolée. J'espère pouvoir me racheter. Le journal est une belle source d'information. Il est favorable à Marius. Plus précisément, je dirais qu'il est le défenseur de la jeune Diane. Ça peut aider.

— Pourrait-on l'utiliser par ton intermédiaire, faire passer une nouvelle précise, par exemple ? demanda Trésor.

— Si c'est pas contraire à la déontologie, peut-être. Il faudrait voir au cas par cas. C'est quand même un pis-aller. Si ça se voit, si ça passe les bornes, Milan le patron me virera sans pitié. Je perdrai un boulot que je commence à aimer et vous, une source d'information.

Les hommes sourirent en coin de cette réponse matoise.

— Toujours aussi futée, la petite Eugénie, rigola La Fouine.

— Au fait, reprit la jeune femme, si je dois vous joindre, moi, je fais comment ?

— Tu appelles Perdonnet ici ou tu lui laisses un message, conclut Trésor.

Elle les salua collectivement et sortit. « J'entrevois un double plan d'action », disait Perdonnet quand elle referma la porte.

Dehors, Eugénie retrouva la chaleur de l'été et la poussière de la ville. Elle montait sur sa bicyclette quand une pétrolette démarra non loin. Elle regarda dans sa direction et eut la sensation bizarre que le conducteur, un jeune homme en bras de chemise, détournait les yeux brusquement. Elle fronça les sourcils, puis haussa les épaules et n'y pensa plus.

Elle pédalait tranquillement, venait de passer un coude de la rue quand un magasin attira son attention. Elle pila. Elle calait la pédale de son vélo contre le trottoir quand la pétrolette la dépassa en trombe, puis ralentit. Mine de rien, elle l'observa dans le miroir de la vitrine. Le conducteur de l'engin était le jeune homme entrevu devant l'hôtel. Il s'était arrêté à une trentaine de mètres et semblait s'intéresser énormément à la bougie de sa machine. Il la suivait ! Elle était pistée depuis la veille. Voilà qui expliquait l'arrestation de Marius. La police ? Un détective payé par le gros Punais ?

Elle remonta sur sa bicyclette et décida de retourner au journal en faisant un détour anodin par une rue parallèle. Elle entrerait dans une boutique intentionnellement. Si son suiveur prenait le même itinéraire, elle serait fixée. De toute façon, il connaissait le journal. Elle n'avait donc aucune raison de le semer. Elle pédalait vite maintenant, comme sous l'effet d'une intense réflexion. Elle obliqua comme prévu, aperçut la boutique d'un fleuriste et s'arrêta. Elle en ressortit peu après, un bouquet d'œillets à la main. Elle arriva au journal mouillée de chaud, mais son excitation lui avait fait oublier ce léger inconfort. Elle appuya le vélo contre le mur et vit du coin de l'œil la pétrolette ralentir. Maintenant, la porte du journal ouvert, elle cria :

— Minouche, je laisse ton vélo devant la porte, je repars tout de suite.

Elle s'approcha de la banque où la réceptionniste la regardait les yeux ronds.

— Un mec me suivait, un détective privé ou quelque chose comme ça. Tu crois qu'on peut le coincer ?

— Pas de problème, répondit la réceptionniste en décrochant son téléphone. Bébert ? Y a un gars douteux qui piste la Grande... Tu t'en occupes ?

Levant les yeux sur Eugénie, elle poursuivit :

— Sont beaux tes œillets !

— Figure-toi que ta bécane, quand on pédale dur, ben elle fabrique des fleurs ! répondit Eugénie en lui tendant le bouquet.

Minouche le prit en souriant, puis dévia son regard. Eugénie se retourna, deux balèzes en bleu de travail arrivaient. Elle reconnut le premier, son voisin de table chez Lulu la veille à midi.

— Comment il est ton gars, la Grande? demanda-t-il.

— Un maigrichon en bras de chemise avec une pétrolette, à trente mètres à gauche. Vous pouvez pas le rater.

Ils sortirent.

— Ça ne sera pas long, dit la réceptionniste. Tu vas voir.

Moins de trois minutes plus tard, la porte donnant sur le hall de la rotative s'ouvrit. Son suiveur en sortit, pâle et affolé. Son pantalon s'ornait d'une énorme tache humide. Il se rua dehors et disparut.

— Il a pissé dans son froc, rigola Minouche. Toujours aussi efficace, Bébert, dit-elle.

Le chef de rotative, hilare, arrivait à son tour.

— Ton suiveur s'appelle Bertrand Menu, la Grande. Il est employé par « Racafar, détectives privés » et travaille pour un nommé Saint-Just. Il a par ailleurs confirmé que cette saloperie de Punais avait souvent recours à son agence. Il te suivait déjà hier soir.

Sur un merci chaleureux de la jeune journaliste, Bébert la Roto retourna vers sa chère machine.

« C'est donc Punais, relayant Racafar, qui a tuyauté les flics pour Marius. Il avait compris que j'avais un contact et m'a fait suivre. Rusée, la crapule… »

Eugénie ne laissa rien paraître de ses pensées intimes.

— Ça lui arrive souvent de faire parler des gens comme ça? demanda-t-elle à la réceptionniste.

— C'est pas la première fois qu'on a affaire à ce genre de cloporte, alors il a pris le coup de main.

— Mais qu'est-ce qu'il lui a fait? s'informa Eugénie, mi-amusée mi-inquiète.

— Je t'explique. T'as vu la roto? T'as entendu le raffut d'enfer qu'elle fait? Y a d'énormes engrenages pleins de dents, de gigantesques tambours qui tournent à toute vitesse dans cet engin… Ben il existe un espace large comme ça – elle écarta les mains pour matérialiser son propos – entre deux cylindres. Bébert et son pote, ils tiennent le gars fermement par les bras. Ils lui demandent pour qui il travaille et tout ça. Naturellement, le mec veut rien dire… Alors ils lui montrent l'espace en question et lui expliquent qu'en une seconde, ça va lui écraser la tête et même le corps entier sans laisser d'autre trace qu'une espèce de pâte noirâtre. Le gars est déjà pas fier, alors quand ils l'approchent et lui mettent la tronche dans le trou et que les cylindres l'effleurent presque, il hurle, mais personne ne l'entend tellement la roto est bruyante. Ils le laissent là dix secondes, puis le ressortent. Alors il dégoise tout, tellement il a eu peur!…

— C'est drôlement dangereux. Un geste maladroit et couic!

— Mais non! Les cylindres tournent dans le mauvais sens, si vite que ça ne se voit pas. Le gars risque tout au plus d'avoir les oreilles frottées par les parois lisses des tambours, rien de plus. Tu paries que c'ui-là va changer de métier?

Elles ricanèrent, puis Eugénie fila rédiger son article sur l'identification et l'arrestation de Marius.

12

Garde à vue

En homme de la terre, Marius s'était réveillé tôt. La chaleur de juillet pesait déjà. Il y avait nécessairement le téléphone dans l'hôtel, mais il était trop tôt pour appeler Diane, comme il l'avait promis. Il n'avait qu'à prendre son mal en patience. Il n'y aurait personne à la scierie avant 7 heures. Quant à l'aubergiste manchot, il ne devait pas non plus être levé.

Il fit sa toilette, s'habilla et se mit à la fenêtre. Il vit arriver une Celta 4 qui se gara devant le trottoir. Trois hommes en descendirent et entrèrent dans l'auberge. Des flics, à l'évidence. Pour lui. Devait-il renouveler le coup qu'il avait fait à Hyppolite? Il décida que non: les policiers ne sont pas si naïfs que les bourgeois. Ils le trouveraient et tireraient des conclusions de sa fuite. Jusqu'à présent, ils n'avaient probablement pas beaucoup d'éléments contre lui: quelques présomptions, peut-être le témoignage douteux de la concierge qui l'avait vu de loin. Peu de choses à craindre. Ils allaient le questionner en tous sens pour le faire se couper, cherchant l'aveu qu'il avait enlevé Diane et la séquestrait quelque part. S'il ne disait rien, les argousins seraient désarmés. Il allait passer un mauvais moment, mais ça ne pouvait pas être pire que ce qu'il avait connu au front. Il empoigna son léger bagage et attendit.

Des pas lourds résonnèrent dans l'escalier, puis la serrure cliqueta et s'ouvrit. Ils avaient emprunté le passe de l'hôtelier.

Ils entrèrent. L'air sévère, celui qui arrivait en tête l'interpella :

— Marius Malaguet ?

Il brandissait une carte professionnelle. Tout en hochant la tête pour approuver, Marius la lui prit des mains et l'examina. « Commissaire Ballard, sécurité du territoire. » Il rendit la carte au policier courroucé.

— Veuillez nous suivre sans résistance.

— Puis-je savoir le motif de votre présence ? demanda-t-il, songeant qu'il devait s'étonner de cette irruption.

— Vous le saurez bien assez tôt.

— Ai-je le choix de ne pas vous suivre ?

— N... non.

Cette infime hésitation rassura Marius. « Il agit à la limite de la légalité, par complaisance », songea Marius. Ce constat serait son bouclier, à condition qu'il soit exact, évidemment.

Il suivit le commissaire. Les deux autres fermaient la marche. En passant dans le hall, il remarqua le regard courroucé de l'aubergiste. Premier désagrément. Il comprit que ce serait la journée de l'humiliation. *Lou bastardou* connaissait ça depuis sa petite enfance. Combien de temps cela durerait-il ? Les gardes à vue n'excédaient pas deux jours. Il avait lu ça quelque part. Il tiendrait. Les policiers le cuisineraient, le frapperaient sans doute, mais en se gardant bien de laisser des traces. Que savait-il de leurs méthodes ? Frapper la tête avec une chaussette remplie de sable ou un annuaire téléphonique. Des gifles, peut-être.

La voiture roulait dans Lyon, glaces ouvertes. Marius fut rassuré de la voir entrer dans la cour d'une bâtisse administrative surmontée du drapeau français. On parlait tellement de la corruption de la police et des exactions de la Cagoule, noyautée par d'anciens militaires d'extrême droite, qu'il avait craint un moment d'être tombé dans les mains de ce genre de terroristes. Mais non. Ça n'aurait eu aucun sens. La « fugue » de sa fille, exécutée grâce à son aide, n'était pas une affaire politique, même si *La Sentinelle* en avait fait une agression contre la bourgeoisie.

Des murs verdâtres, des globes électriques poussiéreux, des planchers grinçants... Des agents en uniforme croisaient le petit groupe sans manifester la moindre curiosité. On le mena dans un bureau aux meubles banals. Les deux sbires disparurent, laissant Marius debout. Le commissaire s'assit dans son fauteuil, feuilleta des papiers, lut ostensiblement un rapport. Puis, comme s'il se souvenait soudain de son visiteur, il l'invita à s'asseoir de l'autre côté du bureau, sortit de sa poche un étui, l'ouvrit, lui offrit une cigarette avec un grand sourire. Le prisonnier refusa d'un geste digne.

— Cher monsieur Malaguet, dit le policier, où avez-vous emmené la jeune Diane Saint-Just? Sa famille s'inquiète.

— Monsieur le commissaire, répliqua Marius, j'ai vu sur votre carte que vous apparteniez à la Sécurité du territoire. La recherche d'une mineure en fugue n'a rien à voir avec votre secteur. Je pense que vous agissez en dehors de votre compétence, si ce n'est aux frontières de la loi. En conséquence, je ne répondrai à aucune de vos questions.

Le policier pâlit, son visage se durcit.

— Comme vous voudrez, dit-il d'une voix grinçante de dépit.

Il y avait un timbre sur son bureau. Il le frappa à le briser. Il sonna clair. Aussitôt, les deux hommes qui l'avaient accompagné lors de son «arrestation» entrèrent.

— Mettez-moi ça au frais! Enfin, façon de parler...

Les sbires ricanèrent. Empoignant Marius chacun par un bras, ils l'emmenèrent. Il imaginait un cul de basse-fosse, destiné à l'impressionner. Ils le conduisirent dans les combles, directement sous le toit, s'arrêtèrent devant une cellule fermée par une grille. Un bat-flanc et des sanitaires souillés de traces innommables en constituaient le décor et l'ameublement. On l'y enferma. Il comprit très vite l'intérêt de ce mitard: l'été, on y crevait de chaud. L'eau du lavabo en fonte émaillée, taché de rouille, était probablement coupée. Il vérifia, puis revint s'asseoir. La soif deviendrait pénible. Combien de temps allaient-ils le laisser mariner dans sa transpiration? Deux heures, décida-t-il. On lui avait pris son bagage, sa montre, ses papiers, sa ceinture et ses lacets. Le passage du temps, il le mesurerait au déplacement du carré de soleil tombant de la lucarne. Il convenait dès lors de s'économiser, de supporter la canicule sans bouger et de s'évader en esprit. Il avait appris à la guerre à dormir n'importe où, n'importe quand. Il s'installa sur le bat-flanc, les épaules et la tête en appui contre le mur, les jambes étendues, et il ferma les yeux en respirant lentement. Le réel s'éloigna, la durée se fit aléatoire. Il oublia ses bras et ses jambes.

Des voix ramenèrent le présent. Réalisant qu'il avait dormi, il sourit. On venait le chercher.

— Cette petite méditation bien au chaud vous a-t-elle rendu raisonnable ? lui demanda Ballard.

Ne rien manifester et surtout ne pas montrer de mépris. Marius se contint.

— Je considère mon arrestation comme arbitraire. En conséquence, je ne répondrai pas à vos questions.

— Tu vas parler ? hurla une voix à son oreille.

Il sursauta, mais ne tourna pas la tête.

— Regarde-moi quand je te parle…

Marius ne bougea pas. Le commissaire suivait la scène avec un air d'ennui délibéré, laissant son collaborateur jouer les méchants. Jouer ? Ce dernier empoigna le prisonnier par le bras et le fit pivoter vers lui. Leurs regards se croisèrent. Le flic semblait furieux. Ce qu'il vit dans les yeux de Marius ne dut pas lui plaire. Venant de loin, la gifle fut violente. Le prisonnier avait tourné la tête, mais sa joue s'empourpra. Derrière sa douleur, somme toute relative, il sentit s'écouler un liquide chaud de sa narine gauche.

« Excellent, songea-t-il. Pourvu que ça saigne assez pour tacher ma chemise. Me voici victime, ces connards se mettent en porte à faux. »

— Nous vous écoutons, monsieur Malaguet, dit le commissaire qui contenait mal son énervement. Et commencez par vous torcher le nez.

Résistant à l'envie de flanquer son poing sur la gueule de la brute, il resta immobile, laissant le sang imbiber le haut de sa chemise. « Ne pas répondre à l'offense. Les coincer plus tard. » Il eut envie de sourire à cette dernière idée.

— Où est Diane Saint-Just ? répéta le commissaire.

Pas de réponse de Marius, mais une bourrade du sbire, dans son dos, faillit le faire tomber.

— Où est la gosse ? hurla le flic dans son oreille.

Il songea à la grande rumeur des poilus montant à l'assaut en hurlant, joua à noyer les questions qu'on lui martelait dans cette vague de bruit qui, ce jour, n'était qu'un souvenir, un simulacre, sans danger de mort.

Leur suspect paraissait absent, le braillard s'arrêta. Le commissaire se leva.

— Emmenez-le, grogna-t-il, et laissez-le mariner. Pas d'eau, pas de nourriture. On l'aura autrement.

« Ça ressemble à un examen. J'ai passé les premières épreuves, mais les suivantes seront pires. » Marius retrouva sa cellule des combles : un four. L'après-midi sans eau serait difficile. La police avait son nom, son adresse. Ballard avait-il le pouvoir de faire intervenir les gendarmes chez lui ? Un pandore enquêtant sur lui à la scierie pourrait aisément découvrir le lien qui le liait à Trésor et poursuivre son enquête chez son ami. Il eut peur pour Diane, puis se reprit. La machine administrative était partout la même : lente et lourde, mais efficace une fois lancée. On ne pouvait pas le garder au frais plus de deux jours. Donc la petite ne risquait rien aujourd'hui et sa garde à vue n'empêcherait pas ses amis d'agir, bien au contraire. Pourvu que, sans nouvelles de lui, Diane ne fasse pas de bêtise ! Non, ne pas imaginer ça... Dans les situations critiques, il faut museler l'anxiété. Madeleine et Trésor veillaient. Trésor, son ange gardien. Il n'était pas tout seul.

Il avait soif. La journée n'en finissait pas. Il s'approcha de la grille. Le couloir était désespérément vide. Il se sentit découragé, puis se reprit. Le temps passait, toujours à la même vitesse. Il avait fait une bonne part du chemin. Sa chemise maculée de sang, enlevée depuis belle lurette, lui servait à s'éponger.

Eugénie l'attendrait sûrement à la sortie, avec un photographe peut-être. En tout cas, elle témoignerait qu'on l'avait battu. *La Liberté* parlerait d'abus de pouvoir policier, de brutalité. Ces imbéciles paieraient l'erreur de l'avoir fait saigner.

Sa sœur adoptive savait-elle seulement où il était? Il angoissait. De nouveau, il se contraignit au calme et se détendit. Dormir? Il n'y parvint pas, mais le temps finit par passer.

Les ombres s'allongeaient. Marius rêvait d'eau fraîche. L'Ance qui cascadait, si fluide si transparente, l'Ance dont le bief fournissait l'énergie de la scierie, comment pouvait-il la côtoyer en permanence sans la voir, sans l'admirer, sans lui rendre hommage! Et le mâconnais frais de la veille! Il occultait le bœuf-carottes de Lulu, ce qui était parfaitement injuste. Il s'ennuyait aussi. Il entendit un pas, se leva lourdement et se plaqua à la grille. Une femme arrivait, une pile d'archives sous le bras. Il l'interpella. De surprise, elle faillit laisser choir ses dossiers.

— Bonjour, madame, dit-il. Je pense qu'on m'a oublié. Je suis là depuis ce matin et je commence à avoir très soif.

— Vous n'avez pas mangé ni bu!

— Il fait si chaud que je n'ai pas d'appétit, mais je boirais bien un peu. Si vous pouviez trouver une bouteille vide et la remplir d'eau, je vous en serais infiniment reconnaissant.

Il la regardait gentiment, de peur de l'effaroucher.

— Je surveillerai vos documents en vous attendant.

Ça supposait qu'elle allait obéir, qu'elle le devait. Une manœuvre simpliste, mais elle posa sa pile de paperasses.

— Il y a des toilettes, par-là. Je vais voir.

Elle revint bientôt avec une bouteille d'eau.

— Elle traînait à côté du réduit des femmes de ménage, dit-elle, mais je l'ai rincée. Malheureusement, je n'ai pas de verre.

Elle semblait désolée.

— À la guerre comme à la guerre! dit-il jovialement. Je boirai à la bouteille.

Il passa la main entre les barreaux.

— Je ne sais pas si j'ai le droit, dit-elle. Le verre, ça coupe. Vous pourriez vous ouvrir les veines.

Il rit.

— Sûrement pas. Je serai sorti ce soir. J'étais saoul, hier, et sans papiers. Un simple contrôle d'identité.

Il saisit la bouteille et la lui arracha tranquillement des mains.

— Je vais vous la rendre, dit-il d'un ton aimable, entre deux gorgées.

N'en ayant pas la moindre intention, il donnait le change. Il voulait la rassurer. Qu'elle fiche le camp en l'oubliant. Et qu'elle la ferme! Contrariée, elle ramassait ses dossiers. Marius eut du mal à ne pas sourire, puis il se rembrunit. Elle ne partait pas. Il fallait passer à la vitesse supérieure.

— Attention, dit-il, quelqu'un monte. Je cache la bouteille. Sauvez-vous.

Elle fila. Il faillit éclater de rire. Il l'avait possédée et cette canaille de Ballard par la même occasion. Il but de nouveau et s'installa sur son bat-flanc, le moral au beau fixe. Les flics, ces fainéants, n'allaient pas rester au boulot jusqu'à 20 heures. Il n'avait plus longtemps à attendre.

On le ramena dans le bureau du commissaire. Lui et ses hommes prenaient l'apéritif.

— Un petit pastis? dit le commissaire. Il suffit de me dire…

— Non, merci, dit Marius avec une courtoisie affirmée. Je ne bois pas d'alcool.

Ils burent sous son nez pour le narguer. Il eut du mal à ne pas s'esclaffer.

— Où est la petite? brailla soudain le commissaire.

— Je vous répète que je refuse de répondre à vos questions. Ne perdez pas votre temps.

— Rien à boire, rien à manger jusqu'à demain, grinça le flic. Emmenez-le.

Déjà Marius s'était levé et saluait d'un signe de tête. L'air mauvais, le commissaire ne répliqua pas, mais ses yeux fulguraient. «Crétin», songea Marius, et ce mépris clandestin l'aida à prendre un air niais. Déstabilisés, les deux sbires ne comprenaient pas l'insouciance de leur prisonnier, théoriquement torturé par la soif. Qui eût croisé le trio montant vers les étages se fût demandé pourquoi les policiers faisaient grise mine, alors que leur prisonnier affichait une scandaleuse sérénité.

*

Jeanne à son côté, Marius roulait dans la belle traction avant qu'il venait d'acheter. Elle volait. Il la sentait flotter dans un vide sans limites, puis elle plongea soudain vertigineusement et s'écrasa sans bruit sur une voie ferrée. Il sortit de la voiture écrasée. Jeanne le regardait de ses yeux morts. Alors il hurla et son désespoir le réveilla. Où était-il ? Il mit de longues secondes à recouvrer ses esprits. L'interrogatoire, la cellule sous le toit ! Il y avait crevé de chaud, maintenant il gelait. Par nuit claire, la température chute toujours avant l'aube et, à moins de 20 °C, on a très froid, immobile sur un bat-flanc sans paillasse, avec sur le dos, en tout et pour tout, une chemise ensanglantée.

Engourdi, il leva les yeux vers le rectangle pâle de la lucarne. Elle était ouverte et l'air glacé tombait de là. Rien à faire pour l'atteindre. Nul objet sur lequel grimper. Il se rencogna sur sa couchette et les images de son hallucination resurgirent.

Jeanne ! Elle était vraiment morte. La réalité était pire que le rêve. La compagne de toute sa vie l'avait abandonné. Le chagrin l'avait tuée, à cause de lui.

Au fond de la nuit, le désespoir n'a plus de limite. Elle s'était tuée parce qu'elle n'avait pas eu d'enfant. Il l'avait trahie en ayant une fille. Jeanne avait su découvrir son vrai père, sauvant ainsi leur amour. Jeanne avait été grièvement blessée par un cinglé, lui-même payé par ses ex-beaux-parents, à cause de lui[1]. Et lui, en reconnaissance, avait provoqué sa fin ! Il eut envie de mourir. S'il avait été sûr de la retrouver dans une autre vie, il n'eût pas hésité, mais sauf à s'éclater le crâne contre les murs, se tuer était impossible. Les ténèbres où il errait seraient son avenir maintenant que Jeanne avait fui. Comment avait-il pu vivre sans elle depuis huit jours ?

1. Voir *La Revanche du bâtard*.

Et Diane? Rien ne prouvait qu'elle fût sa fille. Rien ne prouvait qu'elle l'aimerait un jour. Comme une tempête aveugle, elle avait provoqué la mort de sa bien-aimée!

Il s'était recroquevillé dans un coin. Un demi-sommeil tout englué de deuil le ballottait dans une spirale morbide. Il s'éveilla derechef. Il faisait encore froid. Il leva les yeux vers la lucarne. La lueur de la nuit pâlissait. Le jour arrivait. Cinq heures? À peine, on était encore dans les grands jours. Il avait un long moment à attendre. Combien de fois avait-il ainsi guetté le jour pendant la guerre? Mille fois peut-être. Il chercha ses souvenirs de veille. C'était loin et même l'horreur s'estompe.

Il se leva et fit des exercices pour se réchauffer. Ses pensées étaient claires. Il songea à Jeanne. Ultime preuve d'amour, elle s'éloigna, s'effaçant devant la vie. Diane, sa fille, était vivante. Encore secoué par sa douleur, il se força à réfléchir. Qui avait déclenché son arrestation? Ce Ballard n'était qu'un nervi. Aux ordres de qui? Tenu par qui? Hyppolite? Ce minable n'avait certainement pas assez d'entregent pour déclencher sa garde à vue. Alors, qui?

Que faire? Il était contraint à la défensive, au silence jusqu'à sa libération. Celle-ci viendrait de Gouy. Il imposerait la légalité, même à un commissaire véreux, à condition toutefois de savoir où le trouver. La journée de la veille avait dû permettre de le situer. Il était donc probable qu'il sortirait dans la matinée.

Ses compagnons d'armes devaient agir. Pour sa relaxe? Sans doute pas. Perdonnet, le juriste, les avait sûrement convaincus d'épuiser les voies légales et donc de laisser faire Gouy. Donc ils œuvraient pour Diane. Là, l'objectif était clair : régulariser sa situation en la libérant de l'emprise d'Hyppolite. Restait Uranie. Les bagnards mesuraient-ils l'importance qu'elle avait pour la petite? Se souciaient-ils du cas de la pauvre internée? Il fallait que Diane puisse la voir. Problème insoluble. Le découragement l'assaillit. Rien de plus déprimant que l'impuissance. Compter sur les autres n'était pas dans ses habitudes. Ses alliés, un avocat et quelques anciens combattants, seraient-ils assez efficaces? Eugénie! Il l'oubliait. Femme, elle avait sûrement conscience du lien nécessaire entre Diane et sa mère. C'était elle qui, avec la complicité de Trésor, avait contacté ses anciens compagnons d'armes. Journaliste, elle avait un pouvoir sur l'opinion. Il serait intéressant de lire ses articles du jour.

La presse ! Il était sauvé ! Il avait oublié son pouvoir, oublié que Diane était devenue le motif d'une querelle entre les deux grands quotidiens de la presse lyonnaise. *La Liberté* répondait coup pour coup aux articles éructants de *La Sentinelle* concernant son affaire. Qui signait dans le journal de droite ? Eugénie le lui avait dit. Il se creusa la tête et trouva : le patron du journal ! Un certain Punais. Pourquoi cette hargne ? Pour sauver la bourgeoisie lyonnaise du raz-de-marée de la gauche ? Marius, le terrien méfiant qui regardait les événements, nouveautés comprises, avec une grande prudence, était donc à lui seul le Front populaire ? Ce Punais avait fait de lui le symbole du pourfendeur de bourgeois ? C'était admirable d'absurdité. Il éclata de rire.

13

Mémé Berthe

Diane, elle aussi, cauchemardait. Elle n'arrivait pas à entrer dans la chambre de sa mère qui l'appelait. Alors elle parcourait le couloir à la recherche de quelqu'un, d'une clé, d'un outil. En vain. Elle revenait secouer le bec-de-cane, augmentant la plainte de la prisonnière.

Elle s'assit dans son lit. Un mauvais rêve ! N'empêche que son cœur battait la chamade et qu'elle se sentait infiniment malheureuse. Par la fenêtre grande ouverte entraient des bouffées d'air frais. Elle frissonna. Contrairement aux enfants de Trésor, elle avait une montre, offerte solennellement par bonne-maman Saint-Just pour ses dix-sept ans : un rite familial bien plus qu'une manifestation de tendresse. Dans les « bonnes familles », ce cadeau marquait l'entrée dans l'âge adulte. Chez les Saint-Just, on respectait « ce qui se fait ».

Il était 6 heures. Même s'il faisait grand jour, c'était trop tôt pour que quiconque fût levé. Elle regarda dehors. Le camion, sans sa remorque, était là. Donc Trésor était rentré. Elle fut rassurée. Il devait rapporter des nouvelles.

Quand, la veille, elle s'était levée avec l'intention d'aller téléphoner à son père, Madeleine l'avait retenue, lui expliquant que quelques imprévus l'avaient retardé et que Trésor, prévenu la veille au soir, était parti avant l'aube le rejoindre. Un simple contretemps. C'était l'été et Jean avait prévu de visiter avec elle l'abbaye de la Chaise-

Dieu : une balade à vélo de quarante kilomètres aller-retour. Il y en avait pour la journée et Madeleine avait préparé un pique-nique. Il avait même été décidé que Louise les accompagnerait. À dix ans, c'était un bel effort, mais elle était courageuse et se revendiquait grande.

La massive et gracieuse abbaye avait passionné Diane avec sa danse macabre, ses passages voûtés, son cloître à colonnettes graciles et cette étrange « salle des échos » où l'on entendait le plus faible chuchotement d'un coin à l'autre, en diagonale. On y confessait les lépreux.

Ils étaient rentrés épuisés et heureux, avaient dévoré une soupe où la cuillère tenait debout, puis une énorme salade accompagnée d'une quantité considérable de fourme du pays. Madeleine s'était émerveillée de leur appétit. Assis immobiles, anesthésiés par une apaisante fatigue, ils avaient attendu la nuit noire sur le banc de pierre, devant la porte, avant d'aller dormir. Jean, le sage, l'érudit, avait longuement commenté les constellations. Sa voix soulignait plutôt qu'elle ne rompait l'incomparable silence de l'altitude.

Son mauvais rêve avait ravivé l'inquiétude de Diane : qu'allait-on faire à sa mère ? Que lui avait-on déjà fait ? Elle voulut se rendormir mais n'y parvint pas. Alors elle s'habilla et ouvrit la porte. Empruntant un châle de laine, elle sortit. Le soleil illuminait les sapins verts sur les crêtes douces. Devant elle s'étendait la prairie où bruissaient timidement les premiers insectes. Le chien, attaché la nuit, poussa de petits jappements, sa chaîne tendue vers elle. Pourquoi, déjà, l'avait-on appelé Friture ? Elle se souvint : jeune chiot, il avait avalé une pleine bassine d'huile tiède. Bien entendu, il avait été malade et avait évacué l'épais liquide par toutes ses extrémités. Une abomination qui, par chance, s'était produite dehors. Elle le regarda : c'était un corniaud jaunâtre, une tache marron autour de l'œil qui lui donnait l'air impertinent. On le lâchait le jour et il suivait opiniâtrement les pérégrinations des enfants. Elle hésita à le détacher, puis elle songea qu'il connaissait parfaitement le terrain et la ramènerait si elle se perdait.

Elle traversa la grande prairie, atteignit les bois. Contrairement aux sapins épais, les pins étaient légers, aériens. Leurs troncs dénudés se coiffaient d'un bouquet de branches, très haut, qui filtrait le soleil et parsemait le sol de taches claires et mouvantes car le vent, jamais, ne les laissait en repos. Sous le couvert, rien ne poussait. Les aiguilles faisaient un tapis roux, moelleux sous le pas. La rumeur des insectes s'estompait sous celle des branches chuintant dans la brise.

Elle monta tout droit. La pente, douce à l'œil mais raide aux jambes, la mena au faîte d'où l'on dominait la vallée de l'Ance. Elle découvrit un nouvel horizon. Coiffant une croupe lointaine se silhouettaient des formes géométriques et déchiquetées. Elle cligna des yeux. Un château médiéval, ou ses vestiges, dominait un village. Entre elle et lui, dix bons kilomètres. Elle eut envie d'y aller. Comme hier dans les côtes, toute son énergie, toute son attention seraient accaparées par l'effort. Marcher évite de penser.

Elle s'était arrêtée et le chien la regardait, assis sur son derrière, intrigué et patient. Elle fut presque étonnée qu'il ne lui donnât pas un avis ou un itinéraire. Elle suivit la crête, salua un bois de sapins, majestueux et sombre comme un magicien de conte de fées et le contourna pour déboucher sur un autre versant. Là aussi, le paysage s'allongeait dans les lointains. En contrebas, serpentait une route. Elle ne la connaissait pas. Le pays, elle s'y était promenée, sans souci d'itinéraire ou de retour. Là, elle circulait ailleurs, dans une contrée enchantée et inquiétante à la fois. Elle ne songeait plus qu'à respirer ces étendues douces, aux teintes allant de l'opale au jade le plus sombre.

Elle avança encore. Friture, le corniaud, trottait vivement à son côté, sérieux et respectueux, comme en témoignaient ses regards en coin. Étonnant sur les courbes herbues, se dressait un rocher de granit poli par le vent, haut de plusieurs mètres. Elle le gravit. Elle n'eut pas besoin de s'agripper pour monter. Dominant les prés, elle se laissa aller une fois de plus à la magie de l'horizon, de l'été, des monts doux.

— Et qu'est-ce que tu fous là-haut? demanda une voix goguenarde.

Elle se retourna d'un bloc, comme prise en faute. Une vieille tout de noir vêtue, le visage ridé comme une pomme en fin d'hiver sous sa coiffe bien blanche, la contemplait, appuyée sur un bâton.

— Bonjour, madame, dit-elle. C'est bien beau, ce pays.

— Un peu que c'est beau. Ici, le monde est calme, même s'il est rude.

Que faisait-elle là, cette vieille? Question stupide. Cinq vaches rouges aux grandes cornes en lyre paissaient alentour: elle les gardait. D'ailleurs, un chien noir à la bouille moustachue et aux oreilles recourbées surveillait consciencieusement le petit troupeau. Pas si consciencieux que ça, car lorsque certain corniaud jaune entreprit de courir autour de lui en aboyant, il entra dans le jeu. Les deux bêtes folâtrèrent, puis firent connaissance en se flairant le cul, comme le veulent les civilités canines.

— Viens là, dit la vieille.

En attendant, elle extirpait un pliant de son volumineux cabas, l'installait à côté d'une roche plate et s'asseyait.

Diane dégringola de sa minuscule montagne. Elles se contemplèrent. La vieille avait les mains noueuses, les joues rouges et le sourire lumineux. Des mèches grises dépassaient de sa charlotte de dentelle. Un tablier brun à petites fleurs rouges protégeait sa longue jupe noire. Un grand châle en laine écrue couvrait ses épaules. Elle contemplait une jeunette, longue comme un jour sans pain, au visage grave, aux yeux vert turquoise. Une petite robe d'été de couleur vive soulignait sa silhouette gracile. Elle tenait à la main un grand fichu de laine dont le tricot lui sembla familier. La vieille sourit. Aux pieds de la gamine, des espadrilles.

« Une de la ville, songea l'ancêtre, en vacances à la ferme. » Des fermes dans le coin, à part celle de la Madeleine, y en avait point. Cette dernière était bien sa tricoteuse. Quand le Gustou s'était fait tuer à la guerre, elle avait bien pleuré, la pauvrette. Mais, homme ou femme, les jeunes ne sont pas faits pour vivre seuls et elle s'était consolée avec ce grand nègre à la gueule couturée. Un gars solide, le Trésor. Oui, la gamine venait de là.

— Elle va bien, la Madeleine? demanda la vieille femme, comme ça, pour voir.

— Très bien, répliqua Diane spontanément.

Elle se mordit les lèvres. Avait-elle eu tort de répondre? Elle décida que non. Elle en avait marre de se cacher. Elle était libre dans un pays libre. La vieille la scrutait en clignant des yeux à cause du soleil.

— T'es bien matinale.

— Le jour m'a réveillée. J'ai eu envie d'aller me promener. Il fait si beau.

— Mais personne n'est levé, là-bas, je parie. Pas même Trésor. C'est encore tôt pour la scierie. Et toi, t'as pas mangé?

— Ben non, mais ça fait rien.

La vieille se leva.

— Prends mon pliant, dit-elle en fouillant son cabas.

Elle en sortit une écuelle en terre cuite.

— Viens, dit-elle.

Diane la suivit. La vache leva sa tête rouge et les regarda approcher de ses grands yeux aux longs cils incurvés. Bordés de noir par la nature, on les eût dits maquillés. La vieille s'installa sur le siège de toile contre son flanc.

— Va en face, dit-elle à Diane, et mets le bol sous les pis.

La jeune fille regarda avec étonnement les longues tétines roses qu'empoignaient les mains sèches de la vieille femme. Elle les pressa en les étirant et un jet blanc, si mince qu'il en était presque transparent, jaillit. En une petite minute, le bol était rempli.

— Pour toi, ma fille, annonça l'ancêtre.

La vache s'éloignait, baissait la tête et, tirant sa grande langue beige, l'enroulait autour d'une touffe d'herbe qu'elle brisa sans la déraciner, avec un remarquable savoir-faire.

La vieille repartait. La jeune fille la suivit le bol à la main, n'osant pas boire. Confusément, elle sentait que ce serait impoli, que même si cette femme de la terre la tutoyait, elle lui devait un grand respect. La paysanne installa son pliant.

— Assieds-toi, dit-elle, désignant un petit replat rocheux.

— Merci, madame, murmura la gamine.

— Appelle-moi Mémé Berthe. Tout le monde m'appelle comme ça. Maintenant, bois ton lait. Faut pas rester le ventre vide.

Tiède du pis de la vache, crémeux, mousseux, il était délicieux. La jeune fille contempla le paysage, puis le ciel, puis se tourna vers le rocher. Sentant le regard de la vieille, elle se tourna vers elle.

— Eh oui, dit Mémé Berthe, quand le soleil commence à taper, le rocher me fait de l'ombre.

— Alors vous restez longtemps?

— Toute la journée.

— Vous vous ennuyez pas?

— Eh non, j'ai mon ouvrage.

— Moi, garder les vaches, ça me lasserait au bout d'un moment!

— Mais c'est pas ça mon travail! rigola la vieille en se penchant sur son cabas dont elle sortit une espèce de coussin carré, rigide, habillé de toile cirée.

Diane regardait l'objet avec curiosité.

— C'est mon carreau, dit Mémé Berthe. Pour faire de la dentelle. Oh, ça paie plus comme avant, quand les élégantes des villes portaient des guipures ou qu'on mettait des rideaux en dentelle dans le palais de la reine du Portugal, mais ça m'occupe et puis ça fait quelques sous quand même...

Elle s'était mise à l'ouvrage. Sous ses doigts maigres, les fuseaux valsaient si vite qu'on avait peine à les voir.

— Comment ça marche? demanda Diane, curieuse.

— Ben tu vois, on a un carton où est dessinée la bande de dentelle à fabriquer. Il est fixé sur le cylindre. Il y a des trous pour les épingles. Avec les bobineaux, on fait des tours et des détours et des nœuds autour des épingles en suivant le dessin et c'est comme ça qu'on avance.

Au centre du carreau, un cylindre de sept à huit centimètres portait le carton. Diane admirait, discutait. La Mémé Berthe était ravie. Elles parlèrent de tout et de rien, du pays surtout, des nuages et du vent. Le temps passait vite. Il y avait parfois des silences lorsque la vieille femme arrêtait son carreau, comme si la conversation devait rythmer le cliquetis des fuseaux. Au cours d'une de ces pauses, elle scruta Diane, qui en fut troublée.

— T'as de beaux yeux, tu sais, dit-elle. Turquoise comme ça, c'est pas fréquent. Ils me semblent familiers. T'es parente de quelqu'un de par ici? Alors t'es qui, toi?

— Diane Malaguet, répondit-elle spontanément.

Elle avait soudain envie d'être elle-même, d'exister. La sérénité du paysage, la tranquillité des vaches, la sagesse de la vieille dentellière? Les Saint-Just avaient toujours su qu'elle n'était pas la fille d'Alphonse. Le pauvre mort n'était qu'un écran destiné à cacher la faute d'Uranie. Constater qu'un «héros de la Grande Guerre» était un cocu *post mortem* «ne se faisait pas». Tout le monde savait, personne n'en parlait.

Diane se sentit légère. Depuis toujours avait pesé sur ses épaules un carcan dont elle n'avait pas conscience mais qui l'épuisait: le «péché» de sa mère dont elle était l'incarnation, le secret de famille du clan Saint-Just. La franchise matoise de Mémé Berthe l'en avait délivrée. Comme si elle avait lu ses pensées, la vieille sourit en coin.

— Oh, j'avais bien reconnu les yeux du *bastardou*, dit-elle.

— Le *bastardou?* s'étonna Diane dont le cœur s'était accéléré.

— Le Marius, tiens! Un bon gars et pas *féniant*.

— Vous ne direz rien? s'inquiéta la gamine.

— Oh, moi, je parle pas des autres aux gens, et ça leur plaît bien. C'est vrai que tu lui ressembles, au Marius. Dès que je t'ai vue, j'ai eu l'impression de te connaître.

— Pourquoi vous l'avez appelé *bastardou*?

— Dame, depuis la guerre, plus personne ne l'appelle comme ça. Y a que les vieux comme moi... Les anciens combattants parlent de lui en disant «le lieutenant» et les plus jeunes «monsieur Malaguet». C'est que c'est devenu un monsieur, avec la scierie que le Gallu lui a donnée.

— Le Gallu?

— Un sauvage qui courait les bois. On le disait un peu sorcier. Il ne parlait à personne, sauf au *bastardou*.

— Comment il était, Marius, quand il était petit... et le Gallu, tout ça? Vous voulez bien me raconter?

— Oh, cette histoire, elle appartient à ton père. C'est à lui que tu dois demander.

Diane avait regardé sa montre. Elle était là depuis un grand moment. Madeleine devait s'inquiéter. Il fallait rentrer. Elle se tourna vers sa nouvelle amie.

— Ne dites à personne que vous m'avez vue. S'il vous plaît...

Elle était au bord des larmes. La main sèche de la vieille se posa sur son bras.

— Ne te mets pas le foie au court-bouillon, ma fille. La Mémé Berthe sait la fermer. Elle ne cancane que sur le mauvais. Le Marius, la Madeleine et son Trésor, leurs deux gamins : tous mes amis. Va et reviens me voir.

Diane partait, la vieille l'arrêta d'un geste. Sur la route en contrebas, où circulaient surtout des chars de foin et des troupeaux, venait d'apparaître une camionnette bleu foncé. La Berthe avait bonne vue, même si, pour bien voir sa dentelle, elle perchait sur le bout de son nez de petites lunettes rondes cerclées de fer.

— Té, les gendarmes. Y vont chez Trésor.

Voyant Diane tressaillir, finaude, la mémé rajouta :

— Et attends qu'ils soient partis pour te montrer !

Suivant le chien Friture, la jeune fille prit la direction de la maison. Cachée dans le bois, elle progressa furtivement, comme une héroïne traquée, pour s'arrêter en lisière du couvert : la voiture bleue des gendarmes était devant la porte.

*

Madeleine faisait tranquillement le café quand un mouvement avait attiré son regard. Une Juva 4 carrée arrivait, parfaitement reconnaissable.

— Va prévenir ton père qu'il y a les gendarmes, dit-elle calmement à Jean qui débarquait, le visage gonflé de sommeil.

La guerre laisse des séquelles : au mot de « gendarme », Trésor fut instantanément debout et lucide. Il se précipita à la fenêtre, vit la voiture qui cahotait sur le chemin. Il avait une minute devant lui. Remarquant l'absence du chien, il se précipita dans la chambre des filles. Louise dormait comme un ange, mais Diane était partie. Il remonta les couvertures du lit à peine défait, puis saisit la valise de la jeune fille, y jeta les quelques vêtements qui traînaient, puis la posa sur le dessus de l'armoire. Quoi de plus normal que de garer dans ce genre d'endroit les bagages inutiles? Toujours aussi rapidement, il revint dans sa chambre, passa un pantalon et une chemise, puis descendit.

Les gendarmes frappaient à la porte. Il leur ouvrit.

— Une tasse de café?

Ils refusèrent avec raideur.

— Nous recherchons une jeune fille de dix-sept ans que Marius Malaguet a enlevée à Lyon. On nous a dit qu'aussi bien il aurait pu la cacher chez vous.

Trésor, massif et inquiétant, s'avança sur le gendarme qui recula.

— Qu'est-ce que c'est que ces histoires? Le lieutenant ne s'est jamais intéressé aux filles mineures. D'où sortez-vous ces sornettes? Vous avez des preuves de ce que vous avancez? Vous agissez sur commission rogatoire d'un juge d'instruction?

L'ancien bagnard avait acquis sur le tas de solides notions de droit pénal. Surpris, l'argousin fit retraite:

— Non, non, répondit-il, faut pas le prendre comme ça. Nous faisons une simple vérification de routine.

— Demandée par qui? reprit Trésor, sévère.

Les gendarmes se turent, gênés.

— Qui? répéta-t-il sèchement, avançant d'un pas supplémentaire.

Toute l'assistance s'était figée. Le grand Noir était impressionnant de puissance contenue. Le plus jeune des argousins craqua:

— Le commissaire Ballard, de la Sécurité du territoire de Lyon.

— Et vous avez un ordre écrit?

— Il nous a téléphoné, balbutia le pandore. Il voulait qu'on lui rende un petit service. Ça se fait entre nous.

— Vous le connaissez, ce commissaire Ballard? Ça m'a l'air d'un drôle de policier, pour agir ainsi illégalement.

Vous imaginez une seule minute qu'il vous rendra la pareille? Votre hiérarchie est au courant?

Sous cette avalanche de questions pertinentes, proférées d'un ton sévère, les deux gendarmes s'étaient recroquevillés.

— Ben, il a dit qu'il appelait de la part de notre capitaine, au Puy, hasarda l'un piteusement. Il a cité son nom.

— Inutile de dire que vous...

«Stop, ça suffit comme ça, sinon ils vont se rebiffer», songea Trésor. D'un effort, il se calma, réussit même à sourire.

— En somme, vous nous rendez une petite visite de courtoisie? reprit-il. Que voulez-vous savoir?

— Ben... si vous auriez pas vu, avec M. Malaguet, une jeune fille... S'il ne l'aurait pas installée chez vous...

Trésor laissa le silence s'appesantir. Il semblait réfléchir.

— Votre histoire est complètement folle. Ce Ballard s'est moqué de vous, mais puisque vous êtes là, vous allez visiter la maison. Comme ça vous partirez tranquilles.

Madeleine se crispa. Jean regarda son père avec de grands yeux.

— Venez, messieurs, dit Trésor.

Se tournant vers son fils, il poursuivit:

— Jean, va dehors surveiller... si le cheval n'a besoin de rien. Je l'ai entendu s'agiter en me levant.

Le jeune homme sortit en hâte. Comme sa mère, il avait parfaitement compris la césure dans la phrase de son père: il devait guetter les alentours.

Trésor les mena partout, prenant toutefois soin d'éviter la chambre des filles. Bien entendu, ils avaient remarqué cette porte fermée. Le grand Noir les sentait tendus comme des chiens d'arrêt devant un terrier. Théâtralement, il approcha enfin de la porte.

— Chut, fit-il, la petite dort.

Il les laissa regarder dans la pièce. Comme il l'espérait, ils n'osèrent pas entrer. Tous trois redescendirent. La déception des gendarmes faisait chaud au cœur. Pressés de partir, ils écourtèrent les politesses d'usage. Madeleine, Trésor et Jean, qui les avait rejoints, regardèrent avec de grands sourires la voiture filer sur le chemin de terre, puis disparaître dans la poussière. À ce moment seulement, Friture sortit du couvert, batifolant et heureux, précédant d'une douzaine de secondes une Diane circonspecte.

— On les a eus ! dit-elle en arrivant.

— J'ai eu bien peur, dit Madeleine.

— La chance, dit Trésor. Il faut bien qu'elle prenne le relais de la sagesse de temps en temps.

Jean, son père et Diane s'étaient attablés dehors. Madeleine était allée chercher la cafetière et des bols. Tous trois burent en silence, puis la jeune fille regarda gravement Trésor. Il retrouva le regard réfléchi et sombre du lieutenant Malaguet, pendant la guerre, lors des situations difficiles. Il en fut ému.

— Mon père, ils l'ont arrêté, n'est-ce pas?

— Garde à vue. Ça ne peut pas durer plus de quarante-huit heures.

— Il ne dira rien?

— Non, rien. Il sera sorti avant ce soir et le retour de bâton sera sévère.

Elle acquiesça, le visage dur.

— Viens m'aider, dit Madeleine. Je vais t'apprendre à faire une tourte à la viande. On se régalera à midi.

Diane la suivit dans la cuisine.

14

La photo

Dans la salle de rédaction, Auguste Petithuit leva le nez à l'entrée d'Eugénie.

— Alors ? demanda-t-elle.

— Regarde, dit-il, lui lançant un exemplaire de *La Liberté*. J'ai complété ton article, avec la bénédiction de Marcel. On frappe un grand coup cette fois. Bravo pour ton enquête et ton acharnement.

Elle feuilleta le journal à la recherche des faits divers. Elle avait douté de la publication de son article sur « l'affaire Malaguet ». Petithuit avait préféré le soumettre à Marcel Milan pour accord. Épuisée, elle était partie avant la réponse du rédacteur en chef. Sa journée avait été lourde. En plus de son feuilleton sur une certaine fugueuse, elle avait dû trouver quatre chiens écrasés, vérifier le déroulement de leur agonie et en rendre compte. Son article était bien là. Elle le lut.

RETROUVAILLES

Un article de notre confrère La Sentinelle *annonce à grands coups de trompette l'arrestation du « suborneur » de la jeune Diane Saint-Just, sans citer de nom : l'incertitude quant à la réelle culpabilité d'enlèvement du suspect rend notre confrère prudent. Nous connaissons l'identité de cet homme arrêté, ou plutôt mis en garde à vue. Il avait pris contact avec nous la veille de son interpellation et ses révélations ont éclairé d'un jour nouveau sa situation et celle de la jeune fille «en fugue». Tout commence par un de ces secrets de famille si remarquables dans la bourgeoisie de notre bonne ville.*

Un secret de famille est par définition privé et sa publication ne peut être qu'exceptionnelle. Elle est ici nécessaire car il y va de la liberté d'un homme arrêté à tort.

Considérons les faits suivants: Diane Saint-Just, née le 29 mai 1919, ne peut pas être biologiquement la fille du lieutenant Alphonse Saint-Just, mort pour la France le 14 août 1918. Qui est donc le père de Diane? Un homme de bien qui nous a contactés hier et remis une photo de l'été dernier où il pose avec sa fille. Cette photo illustre cet article. Chers lecteurs, jugez vous-mêmes de la ressemblance!

Réputée folle, la mère de la jeune fille allait être internée et privée de son autorité parentale, qui devenait l'apanage d'un oncle détesté, désigné comme tuteur. Désespérée, Diane a appelé son père, son vrai père au secours et notre homme a fait ce que chacun de nous aurait fait. Il a pris sa fille en charge. C'est illégal, diront les juristes. C'est vrai: père naturel, il ne dispose pas, légalement, de l'autorité parentale sur la jeune fille. Le droit offre heureusement de multiples possibilités et une régularisation de la situation de Diane est tout à fait possible, si les protagonistes font preuve de bonne volonté et sont un tant soit peu soucieux de son bonheur.

Par ailleurs, si les juges peuvent être requis dans une telle affaire, il n'existe aucune raison de traiter un père de famille responsable comme un délinquant. Quant à Uranie Saint-Just, mère de Diane, son internement est-il vraiment justifié? L'ayant rencontrée, notre reporter pose clairement la question.

C'était signé «E.M.A.». La photo sous l'article, malgré la qualité médiocre de l'impression, était convaincante.

— Et pour ce flic véreux, demanda Eugénie, t'as fait quelque chose?

Petithuit sourit ironiquement.

— Eugénie, chère stagiaire, dit-il doctement, tu dois apprendre de ton maître – moi – et savoir que deux articles en écho se renforcent mutuellement. Lis jusqu'au bout.

Elle obéit. Face à sa prose, un article s'intitulait : « Un commissaire trop zélé. »

Il n'est point dans notre propos de critiquer ici la police en général, dont, rappelons-le, la mission n'est jamais simple. Il n'en demeure pas moins que l'enthousiasme bien connu du commissaire Ballard, chargé du maintien de l'ordre à la préfecture, a encore manifesté son outrance. Il s'est en effet présenté dans un hôtel de la Presqu'île, hier matin aux aurores, pour s'assurer, accompagné de deux collègues, d'un voyageur emmené manu militari *dans les locaux de la Sécurité du territoire. Un membre de la Cagoule ? Un dangereux terroriste mettant l'État en danger ? Non, cet homme était soupçonné par ces messieurs d'avoir enlevé la jeune Diane Saint-Just.*

La Liberté *évoque cette affaire par ailleurs et nous ne nous étendrons pas sur la question. En revanche, et nous l'avons vérifié, aucune plainte n'a été déposée contre X pour enlèvement de la jeune fille. Aucun juge d'instruction n'a été nommé. Aucune recherche par le parquet, dont la mission, il faut le rappeler, est d'initier les poursuites au nom du peuple français, n'a été diligentée. La seule démarche effectuée dans cette affaire est une demande de recherche dans l'intérêt des familles. Une telle action ressort du judiciaire et donc de la PJ. La Sécurité du territoire n'a rien à faire là. Sur quelle instance et avec quelle information le commissaire Ballard a-t-il osé mettre en garde à vue un citoyen quelconque, fût-il soupçonné d'un délit relevant de la police judiciaire ? Question troublante que nous sommes bien obligés de rapprocher d'un incident survenu à notre collaboratrice Eugénie Merey-Alayel, suivie une grande partie de la journée par un sbire d'une agence de filature des plus douteuses, déjà apparue dans des affaires ambiguës.*

Quant au commissaire Ballard, qu'il se calme. Ses sympathies marquées, ses antipathies affirmées ne devraient pas se manifester dans ses activités et ses initiatives équivoques méritent d'être sanctionnées.

A.P.

Eugénie hocha la tête. Petithuit guettait son approbation. Il était content de lui.

— Ballard, il va t'en vouloir, dit-elle.

— Ne t'inquiète pas. On a des trucs sur lui au journal. De toute façon, ça pue le tripatouillage, toute cette histoire. Hier soir, pour en savoir plus, j'ai appelé Estublat, tu sais l'inspecteur principal de la PJ qu'on avait rencontré. Il est comme nous, il peut pas le piffer. D'après lui, Ballard aurait milité à la Cagoule. C'est pour ça que j'ai cité le mot dans mon article. Ça n'a jamais été prouvé, mais qu'il appartienne à l'extrême droite, ça c'est sûr. Il est anti-Front popu, à fond, et il connaît bien Punais. Ils se rendent certainement des services et je parie qu'il sera soutenu par *La Sentinelle*... à moins que ton mec, là, celui de la photo, ne soit libéré ce matin. Tu devrais téléphoner à Gouy. Tu m'as bien dit que c'était son avocat? C'est lui qu'il faut suivre si tu veux être sur le coup.

— Je l'appelle tout de suite, répondit Eugénie, un peu vexée de n'y avoir pas pensé.

— Tu sais te servir d'un Leica?

— Oui, j'ai déjà utilisé ce type d'appareil.

— Alors tu fonces à la Sécurité du territoire et tu me photographies Ballard et ton gars. S'il a pris des coups sur la gueule, tu les loupes pas. Essaie aussi de le faire causer.

— Je passe mes coups de fil et j'y vais.

Auguste sortit. Elle en profita pour appeler aussi Perdonnet, puis fila.

Dans le hall, elle interpella Minouche:

— La Sécurité du territoire, tu sais où c'est?

— Ouais.

Elle lui donna l'adresse.

— Prends mon vélo, dit-elle. T'iras aussi vite qu'en voiture.

Garé en retrait de la caserne, Perdonnet attendait dans sa voiture, une Hotchkiss AM 80, limousine à la carrosserie un peu désuète mais à la mécanique puissante. Croisant le regard de la jeune journaliste, il lui fit de la main un geste négatif, puis lui désigna du regard un homme grisonnant appuyé à une traction avant arrêtée le long du trottoir. Me Gouy, très certainement. Elle lui avait parlé deux fois au téléphone, mais ne l'avait pas encore rencontré. Elle comprit fort bien les réticences de Perdonnet : il avait certainement reconnu l'avocat. Tous les poilus connaissaient de vue leurs officiers. L'inverse était moins sûr. À l'évidence, il souhaitait la discrétion pour lui et ses compagnons bagnards. Sans doute étaient-ils prêts, si nécessaire, à sortir de la légalité et ils n'avaient pas besoin d'un témoin dans les pattes.

Eugénie cala son vélo contre le trottoir et se dirigea vers Gouy.

— Eugénie Merey, de *La Liberté*.

Ils se saluèrent, puis l'avocat dit :

— J'ai lu votre article ce matin. La photo était-elle indispensable ?

— Marius Malaguet me l'avait confiée et, par accident, Auguste Petithuit l'a vue. Il a tout de suite compris de quoi il s'agissait. Je n'ai pas pu l'empêcher de la publier.

— De toute façon, ce n'est pas une raison pour le maintenir enfermé. À moins, bien sûr, qu'il n'ait fait des aveux circonstanciés. Et même dans ce cas, sa paternité étant plus que probable, une arrestation n'aurait pas grand sens. Je vous attendais, allons-y. Dommage que vous ne soyez pas accompagnée d'un photographe.

Elle sourit :

— Vous connaissez cet appareil ?

Il siffla discrètement.

— Un Leica.

Il l'observa. Elle était bien jolie, longue, musclée, bronzée et impertinente, avec ce panama sur l'œil. Une fille de l'avenir. Il eut un petit coup de nostalgie en songeant qu'à cinquante-cinq ans, cette beauté qui en avait trente de moins le considérerait plutôt comme un père que comme un séducteur.

Ils entrèrent dans le bâtiment.

— Annoncez-nous au commissaire Ballard, dit-il au planton.

— De quelle part? répondit le pandore.

Les arrivants réprimèrent un sourire, tandis que le gardien de la paix s'escrimait sur son téléphone.

— Le motif de votre visite? demanda-t-il après quelques mots dans l'appareil.

— Je viens chercher M. Malaguet, détenu abusivement, énonça Gouy d'un ton sévère.

— Le patron n'est pas disponible pour l'instant.

— Précisez-lui que j'ai en poche un soit-transmis du procureur général le concernant.

Le flic s'acharna de nouveau sur son téléphone caractériel, puis raccrocha.

— Il va vous recevoir. Vous, pas la demoiselle, dit le planton.

— Elle est avec moi, dit sèchement Gouy sans ralentir.

Le malheureux agent les regarda s'éloigner d'un air inquiet.

*

— Alors, vous ne connaissez pas Diane Saint-Just? hurla Ballard quand Marius apparut entre ses deux sbires.

Il lui jeta sous le nez l'article de *La Sentinelle.*

— Intéressant, dit Marius devant la photo.

Il avait l'air frais et dispos. Le commissaire ne comprenait pas. Il aurait dû être une loque après un jour et une nuit sans boire ni manger.

— Il va falloir parler, mon petit bonhomme! gronda-t-il.

— Je n'ai pas plus l'intention de répondre qu'hier, monsieur le commissaire. Je pense que vous n'êtes pas autorisé à me poser quelque question que ce soit.

— Et vous avez raison, cher ami, dit une voix d'homme.

Gouy venait de pénétrer dans le bureau, suivi d'Eugénie. Avant que le policier ait pu réagir, elle avait déjà pris quatre photos du commissaire vociférant devant un Marius olympien, malgré sa chemise froissée et tachée, son visage maculé de sang séché.

— Ils sont montés avant que je puisse vous prévenir, patron ! disait piteusement un des sbires.

— Foutez-les dehors !

— Patron, il a un avis de remise en liberté de M. Malaguet signé par le procureur général...

Du coup, le commissaire tourna sa vindicte vers Eugénie :

— Vous n'avez pas le droit de prendre des photos ! brailla-t-il.

Sur un geste du commissaire, le sbire s'avança vers la jeune femme. Elle s'écarta.

— Je me présente, dit-elle avec une moue ironique : Eugénie Merey-Alayel, de *La Liberté*.

— Vous feriez une grossière erreur, ajouta l'avocat, si après avoir maltraité mon client vous vous en preniez à la presse.

Se tournant vers les sbires, il ordonna sèchement :

— Veuillez aller chercher les affaires personnelles de mon client !

Il avait retrouvé l'autorité de l'ancien officier. Les sous-fifres ne s'y trompèrent pas. Ils se hâtèrent de sortir. Ballard était blême. Gouy succomba à la tentation d'enfoncer le clou.

— Mon ami Malaguet, héros de la Grande Guerre, était mon meilleur commandant de compagnie, commissaire. Nous ne vous lâcherons pas. Vous venez, Marius ?

Dans le couloir, on rendit ses effets au prisonnier : veste, lacets, ceinture, mais surtout portefeuille et valise, fouillés bien entendu.

— Ouf, dit Marius une fois dehors. J'aurais pu tenir encore, mais ça devenait dur.

— Je vous dépose quelque part ? demanda l'avocat.

— Non merci, mon command... maître ! J'ai plusieurs questions à voir avec Eugénie.

— Peut-être un peu de prudence vis-à-vis de la presse, rétorqua l'avocat en se tournant vers le prisonnier libéré.

— Maître, je sais que vous savez garder les secrets, répondit celui-ci. Alors en voici un nouveau.

Gouy le regarda, intrigué.

— Eugénie Merey-Alayel, ici présente, est ma sœur!

L'avocat hocha la tête:

— Merey-Alayel. Alayel comme votre père, Marius, mais pourquoi Merey?

— Marie et Johannes m'ont adoptée quand ils se sont retrouvés en 1919, intervint Eugénie. J'avais sept ans et demi... C'est une belle histoire.

— Que vous me raconterez un jour, j'espère. En attendant je vous laisse, dit l'avocat, souriant.

— Il faudra que je règle vos diligences, le retint Marius.

— Nous verrons ça plus tard, l'affaire n'est pas terminée. Il faudra régulariser le statut de Diane. J'ai pensé à plusieurs solutions. Seront-elles possibles? On le saura, je pense, dans un avenir proche.

Ils saluèrent de la main l'avocat qui remontait dans sa traction avant. Alors, bras dessus, bras dessous, Eugénie et Marius rejoignirent la voiture de Perdonnet.

— Montez, mon lieutenant. Et vous aussi, petite Eugénie, dit ce dernier.

— J'ai mon vélo et...

— Montez, on vous ramènera et vous aurez la matière d'un bon article, croyez-moi!

Perdonnet conduisait souplement. La puissante Hotchkiss ronronnait. Eugénie était à côté du conducteur. Assis au bord de la banquette arrière, Marius s'était accoudé sur les dossiers des sièges avant.

— Où va-t-on? demanda Eugénie.

— Vous allez voir, répondit Perdonnet en souriant.

— J'imagine que nous sommes pressés et que je dois me rendre présentable rapidement? intervint Marius.

— Ce serait mieux.

— Pourrait-on s'arrêter quelque part? Il faudrait que je me lave la figure, maintenant que les photos sont faites.

La jeune femme se retourna. La valise de Marius était ouverte à côté de lui. Il s'était changé. On ne voyait plus que du sang séché sur son visage. Déjà la voiture stoppait devant une épicerie. Eugénie descendit et revint avec une bouteille d'eau minérale. La berline repartit.

— Ça ira? s'enquit la jeune femme.

— Parfaitement.

Marius avait déjà imbibé le pan de sa chemise sale et se débarbouillait.

— Cher Perdonnet, reprit-il au bout d'un petit moment, qui était présent à votre réunion d'hier matin?

— Trésor, Vavin, Léon et La Fouine, mon lieutenant. Alayel voulait venir en avion, m'a dit Eugénie, mais elle l'en a dissuadé.

— Léon et La Fouine sont venus aussi! Pourtant ils me connaissaient moins bien que vous quatre... je veux dire l'adjudant, Trésor et vous deux qui étiez toujours ensemble.

— Vous comptiez pour tous les bagnards sensés, mon lieutenant. En plus, ces deux-là habitent Lyon, ce qui nous facilitera les choses.

Marius hocha la tête.

— Pourquoi m'appelez-vous «mon lieutenant»? La guerre est finie depuis presque dix-huit ans et vous êtes mes aînés de quinze à vingt ans. Appelez-moi Malaguet ou même Marius. Je n'ai plus rien à vous ordonner ni à vous enseigner.

— C'est vrai, mon lieutenant, mais en 17, un gamin futé nous a appris à survivre dans la dignité. Un paysan de vingt-deux ou vingt-trois ans. Et ça, nous ne l'oublierons jamais. Jamais! Pour moi et les autres, vous serez toujours «le lieutenant». Le chef qui protège et qui sait.

— Mais je ne savais rien, ou si peu...

— Vous aviez l'espoir et vous nous l'avez communiqué, Marius.

Eugénie s'était tournée vers son frère adoptif. Elle vit un quadragénaire un peu épais aux traits réguliers, au visage doux. Il n'avait pas l'air d'un chef de guerre. Pourtant, il l'avait été. Elle ne l'avait jamais vu comme ça. Alayel en parlait peu. Quand parfois Marie l'évoquait, Johannes semblait souffrir.

— Pour Alayel aussi, il était «le lieutenant»? demanda la jeune journaliste.

— Évidemment, rétorqua Perdonnet. Pour l'adjudant, il était le chef, sans contestation possible.

— Mais alors, pourquoi est-il souvent sombre en parlant de Marius?

— Je vais te le dire, répondit ce dernier. Perdonnet peut entendre, bien entendu. J'ai compris ça ces derniers jours. J'ai été très injuste avec Alayel.

— Comment ça?

— Eugénie, pour toi, il a été ton père. Ton vrai père, tu me disais n'en avoir que de vagues souvenirs, heureux certes, mais lointains. Moi, j'avais un compagnon de guerre, un ami, un frère. Un jour, j'ai appris qu'il était mon père. J'ai refusé cette vérité. Toute mon enfance, j'avais été *lou bastardou*, l'enfant sans père. Il arrivait trop tard. Il l'a compris et ne pouvait rien dire. C'est vrai qu'il n'avait pas été là... De sa faute? En tout cas, pas de la mienne!

— C'est un père formidable! s'exclama Eugénie. Comment as-tu pu le rejeter ainsi?

Ses yeux fulguraient. Perdonnet écoutait gravement.

— J'avais vingt-trois ans, je revenais de quatre ans de guerre. J'étais un guerrier, un chef, un héros. C'était aussi vrai que dérisoire. Je l'ai rejeté comme père pour ne pas le perdre comme ami, comme frère d'armes. Voilà pourquoi. Lui donner un double visage m'était impossible.

Eugénie s'était calmée.

— Je crois que je peux comprendre...

— Il a accepté ce simple rôle de compagnon d'armes. Il lui a certainement pesé, mais c'est à cause de lui qu'il voulait venir. Pour me manifester cette affection-là. J'ai une surprise pour lui. Il est arrivé quelque chose dans ma vie, ou plutôt quelqu'un.

— Diane, bien sûr!

— Oui. Et pour moi, Johannes et Marie sont ses grands-parents. J'ai hâte qu'elle les connaisse, qu'ils la connaissent. Alayel, je le vois très bien en grand-père de ma fille.

Eugénie avait les larmes aux yeux. Marius n'en était pas loin. Perdonnet conduisait, semblant ne rien entendre, pourtant la jeune femme avait vu ses lèvres trembler une seconde.

— Tu vois où on va, petite Eugénie? dit-il pour détourner la conversation.

— Caluire, je reconnais la côte. On va chercher Uranie Saint-Just.

— Pas tout à fait. On va la faire libérer. En attendant, écoutez-moi attentivement. Vous avez tous deux des rôles à jouer et il n'est pas question de nous tromper entre vérité et bluff.

Ce fut bref. Eugénie siffla, admirative. Marius sourit en coin. Les bagnards savaient être efficaces.

— Et je ne vous ai pas tout dit. Je vous raconterai les détails quand nous aurons un peu plus de temps...

Arrivé devant le portail de la clinique, Perdonnet klaxonna. Un guichet s'ouvrit sur un œil scrutateur et bientôt les lourds ventaux s'écartèrent. La puissante Hotchkiss entra majestueusement, manœuvra et se gara devant l'entrée, l'avant face à la sortie. Le trio monta le perron de l'énorme villa.

— Nous souhaiterions voir le docteur Baudet-Poitin, dit Perdonnet courtoisement.

— Je crains que ce ne soit pas possible, c'est la réunion du matin jusqu'à 10 heures. Si vous voulez bien attendre.

— Je crois qu'il vous sera reconnaissant de le déranger, continua-t-il.

Le regard glacé démentait le sourire. Perdonnet, homme de petite taille, dégageait une autorité telle que la réceptionniste appela immédiatement.

— De la part de qui?

— De M. Brelan.

Eugénie et Marius s'entreregardèrent, intrigués.

— Il arrive, dit la réceptionniste étonnée.

Le médecin apparut, l'air rogue, mauvaise mine. Il dévisagea Perdonnet, puis Marius, puis il sursauta en reconnaissant la grande fille élégante qui les accompagnait: la journaliste de *La Liberté*! Il se sentit soudain très mal à l'aise.

— Par ici, dit-il.

Il les précéda dans un bureau luxueux donnant sur le parc. Il resta debout.

— Mlle Merey-Alayel nous a accompagnés pour voir sa chère amie Uranie Saint-Just. Soyez aimable de l'y faire conduire.

— Mais cette patiente est isolée pour son traitement et je ne puis…

— Si, dit Marius.

Granitique, les yeux mi-clos, il observait le psychiatre. Il avait parlé sans élever la voix, pourtant le médecin tourna vers lui un regard inquiet et sursauta : l'homme photographié dans *La Liberté* avec la jeune Diane. La police l'avait arrêté et il était là ! Après une hésitation, il appela. Une secrétaire entra :

— Conduisez mademoiselle auprès de notre patiente Uranie Saint-Just et expliquez au docteur Médec que son isolement est levé. Ces dames pourront aller librement dans le parc.

— Mais, docteur, je croyais…

— Merci, Monique.

— Mademoiselle, si vous voulez bien me suivre, dit-elle d'un ton pincé.

Les deux femmes sortirent.

— Monsieur, je veille sur les intérêts du cercle Chateaubriand, commença Perdonnet. J'ai reçu ce matin les billets à ordre que vous avez signés cette nuit pour une somme considérable. Vos pertes ont été… exemplaires.

— Où voulez-vous en venir ?

— J'y arrive. De l'analyse de votre compte, au cercle, il ressort que vous êtes un créancier douteux. Je vous serais reconnaissant de bien vouloir me régler immédiatement la somme due. Un chèque me suffira.

Le médecin était blême

— J'appelle la banque, murmura-t-il.

Il exposa sa requête, puis raccrocha.

— Il refuse le crédit. Ce doit être une erreur.

— Certainement pas, dit Perdonnet d'une voix tranchante. Si vous êtes un mauvais payeur au cercle, vous l'êtes aussi dans la vie. Il faut payer, sinon je ne réponds plus de rien.

— C'est-à-dire ? s'irrita-t-il.

— Si nos renseignements sont exacts, vous disposez d'une Delahaye 135 ? C'est une voiture dangereuse. Même en étant prudent, vous risquez un accident grave. Fatal, peut-être.

Le médecin eut un ricanement.

— Vous me menacez de mort, dit-il. Je vais vous faire jeter dehors.

Perdonnet sourit.

— Vous auriez grand tort, répondit-il tranquillement.

Le médecin accusa le coup. Le sang-froid de ces deux hommes était effrayant.

— Vous avez cinq minutes pour trouver une solution, monsieur Baudet-Poitin, l'estoqua Perdonnet.

— Si je reste chez moi, si je ne bouge pas, vous ne pourrez rien faire, dit-il, domptant sa peur.

Perdonnet sourit.

— Il y a une solution, dit-il aimablement. Vous allez constater dans toutes les formes légales qu'Uranie Saint-Just n'est pas folle. Ce qui n'est d'ailleurs que la simple vérité et nous rendrons vos reconnaissances de dettes.

— Voilà donc la raison de votre visite : un chantage. Je ne mange pas de ce pain-là, dit le médecin. Bonjour, messieurs !

Il regardait le petit homme calme et non l'homme plus jeune, aussi ne le vit-il pas agir. Un pas avait collé Marius au dos du médecin, son bras droit lui coinçait le cou dans le creux du coude, tandis que son avant-bras gauche lui appuyait vigoureusement sur la nuque. Un étranglement brutal. Le psychiatre perdit souffle. C'était imprévu, mais Perdonnet ne bougea pas, ne cilla pas. Le médecin, regard suppliant, devenait mauve, puis violet. Le temps passait. Il crut à sa mort, puis ses yeux se révulsèrent tandis qu'il s'agitait en mouvements anarchiques. Marius le lâcha et guida son effondrement vers le fauteuil. Quand, la respiration encore sifflante, il rouvrit les yeux, Perdonnet souriait, montrant les dents.

— Vous allez faire le nécessaire pour « relaxer » Uranie Saint-Just, n'est-ce pas ?

— C'est pas possible…, murmura-t-il, têtu.

Marius fit un pas vers lui, mains en avant. Le psychiatre se tassa sur son siège, les yeux emplis de terreur, et se mit à trembler, enfin brisé. Le petit homme reprit d'une voix calme :

— Vous allez rédiger et signer une confession précisant qu'Hyppolite Saint-Just vous a versé la somme de 100 000 francs pour déclarer sa belle-sœur folle et l'interner. Si vous refusez, vos billets à ordre seront remis à votre banque et la presse expliquera comment vous couvrez vos dettes de jeu en internant des gens sains sur demande et paiement de leur famille. Nous organiserons leur plainte pour séquestration auprès du doyen des juges d'instruction. Scandale et escroquerie. Si vous avez une once de dignité, vous vous serez écrasé contre un arbre en voiture avant d'être condamné au bagne. Vous avez vu que la représentante de *La Liberté* est avec nous ? Eh bien, sachez qu'Albert Punais, de *La Sentinelle*, n'a rien, non plus, à nous refuser. Alors prenez un stylo et écrivez...

— Et ce fou n'essaiera plus de me tuer? Et vous me rendrez mes reconnaissances de dettes? bafouilla le médecin.

— Absolument. Dès que nous aurons récupéré Uranie, en plus de votre confession. Quant à mon ami ici présent, il vous laissera tranquille, à condition que vous soyez obéissant. Mais, voyez-vous, eût-il serré un peu plus longtemps, vous étiez mort.

— Mes collaborateurs vous auraient arrêtés !

Les deux visiteurs sourirent.

— C'est un défi? demanda Perdonnet d'une voix douce.

— Non ! Non !

— Revenons donc à vos billets à ordre. Ils vous seront retournés au bout de huit jours, renchérit Perdonnet. C'est la procédure. Par ailleurs, je vous prie de faire apporter toutes les pièces dont vous disposez concernant votre... patiente.

Tandis que, surveillé par Marius, le médecin rédigeait sa confession, Perdonnet feuilletait le dossier d'Uranie. Il en profita pour vérifier l'écriture et la signature du psychiatre. Baudet-Poitin termina d'écrire. Marius relut son texte et l'empocha.

— Nous emporterons tous les documents médicaux de Mme Saint-Just quand nous viendrons la chercher, dit-il au médecin offusqué.

— Mais, mais..., balbutia le praticien.

— Nous passerons vers 16 heures. Qu'elle soit prête ! Merci, docteur. Nous allons rejoindre ces dames dans le parc.

Marius eut une hésitation. Reconnaîtrait-il Uranie? Aurait-il plaisir à la revoir? Serait-il un attrait pour elle? Quelle attitude adopter? Était-il responsable de cette femme? Il avait le trac. Un instant, il eut la tentation de fuir. Un bref regard en coin de Perdonnet le ragaillardit. Diable d'homme qui avait tout vu, tout compris !

Les deux femmes allaient d'un pas tranquille dans les allées fleuries. En grande conversation avec la jeune journaliste, Uranie Saint-Just n'avait pas prêté attention aux deux hommes qui approchaient. Marius l'observa. Il se souvenait d'une jeune femme blonde, bouclée, aux yeux bleus un peu douloureux et au corps pulpeux. Il voyait une femme au regard éteint. Sa belle chevelure avait pâli et son visage était empreint d'une mélancolie infinie. Sa silhouette semblait triste, malgré une certaine minceur, des formes presque élégantes. Était-ce dû au traitement de la clinique? De trois-quarts, elle semblait perdue, mais il n'éprouva ni attirance ni sympathie, tout au plus de la pitié. Il regrettait de l'avoir suivie dix-huit ans plus tôt. Pour elle, il n'avait été que l'avatar de son mari défunt. Mais il s'était prêté à cette mascarade et sa propre lâcheté le mortifiait. Elle lui répugna soudain comme une odeur d'hôpital. Elle n'était plus qu'un obstacle pour lui, un devoir plutôt, à cause de Diane, pour Diane. L'écœurement céda le pas à une bouffée de colère : elle s'était mise dans une situation impossible ! Veule, molle, calcifiée dans son souvenir, elle s'était laissé gruger par un médiocre, sans lutter, au risque de détruire sa fille. C'était lamentable ! Jeanne, femme d'une autre trempe, aurait anéanti Saint-Just avec élégance. Jeanne qu'il s'attendait à voir apparaître à tout moment... Jeanne qui hantait son esprit sans jamais se mettre en avant, sans accaparer le présent.

Uranie écoutait sa compagne, puis elle se tourna vers Marius, le dévisageant avec une inquiétude proche de la frayeur. Il se força à sourire.

À son bref coup d'œil, Eugénie répondit en baissant les paupières. Message clair : Uranie n'était pas folle.

Ils se rejoignirent en un carré silencieux. Perdonnet et Eugénie, sans avoir bougé ni parlé, se trouvèrent en retrait. Les amants éphémères se regardaient, terriblement étrangers. Uranie dit pourtant d'une voix sourde :

— Comme elle vous ressemble...

— À vous aussi, dit-il.

— Comment va-t-elle ?

— Comme une jeune fille en vacances qui s'inquiète pour sa mère. Je l'ai emmenée dans mes montagnes natales...

— Quand la verrai-je ?

— Ce soir ou demain.

— Je vais sortir ? Je ne suis pas folle, vous savez...

— Je sais.

— Alors... alors vous allez m'emmener ?

— Ce soir à 16 heures, on viendra vous chercher.

— Mais qu'est-ce qu'ils vont encore me faire ?

— Rien, à part vous poser quelques questions.

— Et... et Hyppolite ?

— Vous n'êtes pas folle. Donc il n'a plus autorité ni sur Diane ni sur vous. Patience, Uranie, vous n'avez plus que quelques heures à passer ici. Vous ayant trouvée, Eugénie nous a prévenus et nous avons agi. Le calvaire s'achève.

Elle se tourna vers la journaliste :

— Vous restez avec moi ?

— Non, vous êtes forte, vous n'avez pas besoin de moi.

Uranie acquiesça d'un brusque signe de tête.

— Bien, dit-elle, presque mondaine. Nous nous quittons là. À tout à l'heure.

Elle tendit la main aux deux hommes, sourit à Eugénie, se retourna et, d'un pas de promeneuse, s'enfonça dans le parc. Ils attendirent qu'elle eût disparu derrière les frondaisons pour s'éloigner dans l'autre direction.

— Mon lieutenant, votre intervention est venue à propos. J'ai retrouvé mon chef de guerre.

— Il fallait casser ce psychiatre et vite. Quand je pense que, par simple cupidité, ce mondain abject condamne de pauvres médiocres à la réclusion à perpétuité ! En internant Uranie, qui n'est qu'oiseau sans cervelle, ce voyou maltraitait ma fille ! Un nuisible qu'il fallait neutraliser. Sa mort ne m'intéressait pas. Je voulais simplement le terrifier pour qu'il obéisse. Et il a obéi.

— Je vous suis fort bien, mais j'ai craint un instant que vous perdiez votre sang-froid.

Marius eut un sourire de biais.

— J'étais d'un calme absolu, glacé même. Je comptais les secondes. J'ai arrêté à une minute quinze très exactement. Il n'a pas risqué grand-chose, mais il n'en savait rien.

15

La gueule du loup

Versant le lait, cassant les œufs, malaxant la pâte, Diane cuisinait sans grande conviction, tandis que Madeleine coupait la viande, au couteau, en morceaux minuscules.

— J'ai essayé une fois avec un hachoir à manivelle, dit-elle, mais le résultat n'est pas aussi goûteux.

Elle voyait bien que la jeune fille était ailleurs. Trésor, malgré sa courte nuit, était parti à la scierie. L'absence de Marius doublait son travail. « Il est en garde à vue », avait-il dit devant elle au moment de partir : il y avait de quoi inquiéter la jeune fille, qui devait tout ignorer de cette procédure.

Elle-même, Madeleine, n'était pas vraiment rassurée. La nuit précédente, le retour de Trésor l'avait réveillée et soulagée. Savoir son homme sur la route, au milieu de la nuit, au volant d'une machine aussi capricieuse que le camion, l'avait menée à un sommeil inquiet d'où le ronflement du moteur l'avait instantanément tirée. Le temps de se coucher, ils avaient parlé : les « copains » avaient pris les choses en main ; en deux ou trois jours, tout serait réglé. Il en était sûr. Madeleine, en fille de la terre, ne se racontait pas d'histoires : les explications de Trésor comportaient quelques flous. Quant à ces fameux copains, ils gardaient une part de mystère. Elle connaissait bien son bonhomme : quelques minuscules hésitations, dans sa voix, ne lui avaient pas échappé.

Elle ne parvenait donc pas à rassurer la petite de façon crédible.

— Cette nuit, quand il est rentré, Trésor ne vous a rien dit d'autre que cette histoire de garde à vue? demanda Diane la futée.

Le vouvoiement était mauvais signe. On se tutoyait dans la famille de Marius – dans celle de Diane aussi, d'ailleurs. Lorsqu'elle était à l'aise, la jeune fille se pliait sans difficulté à cette pratique.

— Non, répondit Madeleine. Il est rentré très tard, ou plutôt très tôt. Il était épuisé. Il s'est endormi vite. Marius sortira sans doute ce matin et appellera la scierie. Quelqu'un viendra nous chercher. C'est prévu.

— Il devait déjà appeler hier.

Sa voix était âpre. Elle avait un air fermé, presque têtu, qui inquiéta Madeleine. Que faire à part gagner du temps?

— Trésor te donnera des précisions en rentrant, à midi.

Diane sourit. Ses yeux plissés dissimulaient son regard. Elle défit son tablier, le posa sur le dos d'une chaise et sortit.

Bientôt, Madeleine la vit partir à bicyclette en compagnie de Jean. Sur son porte-bagages était fixé un panier. «Ils vont faire des courses à Craponne, songea-t-elle. Ils rentreront pour déjeuner.»

*

Diane cala son vélo contre le trottoir, devant la gare. Elle saisit son panier et se tourna vers Jean. Les mains à son guidon, dégagé de sa selle et les deux pieds à terre, il la regardait les yeux ronds.

— Le train arrive d'une minute à l'autre, dit-elle. Je vais à Lyon voir ma mère.

— J'sais pas si t'as raison. Ton tuteur te guette sûrement. Quelqu'un à la clinique va le prévenir et il va rappliquer.

— Ça m'étonnerait qu'il soit là en moins d'un quart d'heure! Je resterai cinq minutes. Ça suffira à me rassurer.

Le train entrait en gare dans de grands soupirs de locomotive.

— Et les flics! dit Jean, élevant la voix pour couvrir le bruit du convoi. Tu es peut-être recherchée. Ils vont les prévenir et ils t'attraperont.

— Je leur dirai qu'Hyppolite me coince dans les coins et me fait des propositions. Ça m'étonnerait qu'ils me confient à lui. Et puis ça suffit! Je suis une adulte. Je sais ce que j'ai à faire!

Jean réfléchissait. Il ne pouvait pas la retenir de force. Il fouilla ses poches. Une habitude, née de la pension, lui faisait garder son argent sur lui. Il sortit son portefeuille.

— Prends ça, dit-il.

— Non, non, c'est à toi. Garde-le.

Elle hésitait. Il lui fourra les billets dans la main. Elle finit par les prendre.

— T'as pas de ticket. Alors je te donne le truc. Monte dans le dernier wagon et, à Usson, descends et remonte dans le train. Le contrôleur ne peut changer de wagon qu'aux arrêts. Sur le quai, tu repères dans quel sens il va et tu montes dans un wagon qu'il a déjà contrôlé. Avec les voyageurs qui s'excitent, il ne fera pas attention à toi. T'es quasiment peinarde jusqu'à Saint-Étienne.

Elle entrait dans la gare. Il cria:

— Si tu as besoin d'aide, téléphone à la scierie!

Le temps pour Jean de poser sa bicyclette, le train démarrait. Que faire sinon prévenir les siens? Il enfourcha sa machine et se mit à pédaler énergiquement. Heureusement, la route descendait sur la plus grande partie du trajet.

Il fallait changer à Saint-Étienne. Le premier train ne partait qu'une demi-heure plus tard. Sur ce trajet, les wagons, plus modernes, communiquaient par un soufflet. Le sachant, Diane estima sage de prendre un billet, en troisième classe naturellement. La gare grouillait de gens habillés simplement et d'enfants survoltés. Au buffet, une famille occupait huit chaises, sortait des sandwiches et demandait une unique bouteille de limonade, au grand scandale du garçon qui s'éloigna en vitupérant les « congés payés ». Diane dut se répéter ces mots. Avec le Front populaire, tout le monde avait droit à des vacances aux frais de l'employeur. « Le populaire payé quinze jours à ne rien faire », se scandalisait bonne-maman Saint-Just. Diane devait-elle aussi s'en offusquer ? Certainement pas : ces gosses braillards et leurs parents au teint blême allaient se refaire une santé dans les montagnes du Forez ou du Velay. Après toute une année à la mine ou à la filature, ça leur ferait du bien. Bonne-maman, cette vieille bique, n'avait jamais travaillé, elle, et des vacances, elle en prenait au moins trois mois par an. Avec un sourire mauvais, Diane l'imagina devant une machine bruyante, à s'agiter comme une mécanique. Elle en crèverait, la vache ! Sauf que Diane non plus n'était jamais entrée dans une usine. Elle ne connaissait ce monde que par ouï-dire.

Sa grand-mère Saint-Just n'était même pas sa grand-mère ! Bon-papa Saint-Just, un homme insignifiant, lui avait toujours obéi. Dans son souvenir, sa mort, survenue quelques années plus tôt, était une grande parade funèbre, rien de plus. Elle avait eu un grand-père maternel. Dévoré par ses affaires, elle le voyait rarement. Il aimait Uranie, sa mère, c'était une certitude, mais avec sa petite-fille aucun lien ne s'était jamais vraiment créé. Elle s'en méfiait. Lui était toujours déçu de son indifférence pour ses cadeaux somptueux, même s'il ne s'était jamais enquis de ses goûts ni de ses envies. Ces deux-là n'avaient pas su se rencontrer. Diane en gardait une profonde amertume. Adulte, elle commençait à découvrir cet autodidacte retors quand une crise cardiaque l'avait foudroyé, à la fin du printemps dernier, plongeant sa mère dans un chagrin qui la rongeait encore.

Elle soupira. Des faux ascendants empesés, un pépé indisponible et pressé, une mère seule et fragile. Sur quelle épaule s'appuyer ? Les parents de Marius étaient-ils morts comme ceux de sa mère ? En fait, elle ne savait rien d'eux, ni de lui d'ailleurs. Les remords la saisirent. Ce matin, quand elle avait décidé son départ, juste après cette visite des gendarmes, elle ne songeait qu'à sa mère enfermée et, dans sa tête, accusait Marius d'abandon. C'était injuste.

Assise sur une banquette dure dans la salle d'attente, elle fut distraite par l'assistance. Un vagabond ronflait. Une grosse femme changeait un nourrisson emplâtré jusqu'aux cheveux. Lequel puait le plus?

Sa méditation reprit. Elle avait soudain un père auquel elle ressemblait vraiment. Quelle avait été l'histoire de ses parents? Il avait bien fallu qu'ils se rencontrent – le mot était faible – pour qu'elle existe! L'un comme l'autre lui devaient la vérité! Une fois l'horrible Hyppolite neutralisé, quels seraient leurs rapports? Et elle, Diane, avec qui vivrait-elle? Pourquoi pas chez elle, toute seule, dans un petit studio, son «living» à elle, comme disaient les snobs?

Le train vers Lyon allait partir. Elle embarqua, s'assit dans un coin, fouilla son panier et en tira un livre, prêté par Jean la veille: *Voyage au bout de la nuit.*

— Un grand livre, avait-il dit. Personne n'a jamais écrit comme Céline. Pas même Cendrars.

Elle avait déjà entendu le premier nom. Le second, en revanche, lui était parfaitement inconnu, mais elle n'avait osé le dire. Jean l'impressionnait, il était son cadet pourtant, mais il savait tant de choses. Et il retenait tout!

— Céline? C'est bien une romancière?

— Tu connais George Sand?

— Oui, c'est une femme. Et Céline, c'est un homme?

— Exactement!

Ils avaient ri et il était allé cherché le livre.

— Tiens, avait-il dit. Tu verras, c'est formidable.

— Chez m... chez les Saint-Just on prétend que c'est un bouquin scandaleux. Tes parents, ils t'interdisent pas la littérature jugée immorale par l'Église?

— Non.

— Tu peux lire tout ce que tu veux?

— Maman s'en fout. Papa? Il a appris à lire à quarante ans. Il a trouvé ça si merveilleux qu'il lit tout le temps et qu'il vénère tout ce qui est imprimé. Il dit qu'un mauvais livre se sanctionne de lui-même. Tu sais que c'est Marius qui lui a appris à lire?

— Mon père?

— Ouais!

Rencognée dans le coin du compartiment, elle songeait à cette conversation. À Lyon, elle irait voir sa mère et rejoindrait son père.

Elle parcourut à pied le chemin entre la gare et l'appartement de sa mère, persuadée qu'il y traînerait des papiers concernant le lieu de son internement. Sur le chemin, elle s'arrêta dans une boulangerie. L'après-midi était bien entamé et elle mourait de faim. En entrant dans l'immeuble, elle ne vit pas bouger le rideau de la concierge, pas plus qu'elle ne la vit, quelques instants plus tard, sortir en savates pour téléphoner du bistrot voisin.

L'appartement poussiéreux lui parut étranger. Il sentait le regret, le chagrin, les nostalgies pétrifiées. Attirée par la chambre de sa mère, sous l'alibi d'y chercher l'adresse de la clinique, elle fut immédiatement frappée par sa pénombre permanente, ses tentures trop lourdes, la profusion étouffante du mobilier. Presque contre sa volonté, elle se dirigea vers un meuble interdit, le secrétaire de sa mère, un dos-d'âne marqueté du XVIIIe siècle. Elle l'avait vue une fois en ôter le petit tiroir, en bas à gauche. Pourquoi ?

L'opération libéra une cavité où elle glissa la main. Palpant les parois, elle sentit un minuscule bouton de bois, le pressa. Sur un déclic, le décor central entre les deux séries de rangements avança de deux centimètres. Ce tiroir-là était vertical, large comme une main, profond comme deux. Malgré un sentiment aigu de profanation, elle en sortit une liasse de documents qu'elle posa devant elle. Il lui fallait savoir. Les secrets de sa mère étaient ceux de sa naissance.

Des lettres, nouées par un ruban, plus une série de photos par laquelle elle commença. Alphonse Saint-Just, seul ou avec Uranie souriante, jeune, belle, rondeurs avenantes. Elle aima en particulier un cliché qui la montrait vêtue d'une grande robe claire au corsage rehaussé de dentelle. Une ombrelle élégante la situait dans l'insouciance de la Belle Époque. Lui était un jeune coq à moustaches cirées, toujours en costume à haut col de celluloïd, un chapeau à la main, feutre ou canotier suivant la saison.

Il avait un peu le même regard qu'Hyppolite, mais ses yeux moins rapprochés lui donnaient l'air moins chafouin.

Pourquoi Uranie cachait-elle ces photos d'Alphonse, pourtant son « père officiel » ? Diane ne connaissait de lui que les portraits que sa « grand-mère » lui montrait avec dévotion. Un homme guindé comme doivent l'être les héros, ces hommes surhumains. Elle devait admirer « son père » dans le recueillement. L'insistance de la douairière Saint-Just était telle qu'enfant elle se méfiait de ces photos, de ce mort qui « la voyait du ciel », la guettant, l'espionnant, l'attendant au coin du Jugement dernier avec un martinet aux mèches de feu céleste.

Elle parcourut les lettres. Une correspondance amoureuse. Elle reconnaissait l'écriture de sa mère alternant avec la graphie pointue du défunt. Elle osa les lire, s'en dégoûta vite. Elles dégoulinaient de niaiserie passionnée. Surtout celles d'Alphonse, décida-t-elle. Pourtant, d'après ces pages, Uranie était follement amoureuse.

Pourquoi, à la maison, sa mère ne parlait-elle jamais d'Alphonse et cachait-elle son image ? En fait, elle ressassait leur histoire, comme le montraient ces lettres jaunies, usées, ces clichés craquelés. Ça puait le souvenir rance.

Diane comprit que sa mère vivait dans le culte de son éphémère mari et le remords de sa faute. Elle se sentait follement coupable d'avoir eu sa fille avec un autre homme. C'était étrange, déroutant, dégoûtant. Les larmes montèrent aux yeux de Diane. Sa mère la regrettait, la rejetait ! Et Marius aussi, par la même occasion. Uranie lui avait écrit. Des lettres jamais envoyées. Des lettres qu'elle avait emportées dans son exil psychiatrique. Des preuves de sa trahison ? Elle était pourtant déjà veuve quand elle avait couché avec son *vrai* père ! Que s'était-il passé entre Uranie et Marius ? Aucune histoire d'amour n'était concevable ! Alors ? Elle était pourtant née de Marius Malaguet !

Elle avait passé du temps à consulter ces vieilles archives. Soudain, elle entendit du bruit. Son premier réflexe fut de tout fourrer dans le tiroir secret et de le refermer. On ouvrait la porte palière. On marchait dans l'appartement.

Hyppolite!

La porte s'ouvrit. Il souriait. Un sourire de charognard. Un triomphe rentré de mauvais augure. Elle s'était tournée face à lui, les mains dans le dos. Elle tâta le secrétaire à la recherche d'une arme. La tanagra! Elle se mit de biais et s'empara de la statuette, la garda cachée derrière elle.

— Te voilà, ma chérie. La peur que tu nous as faite, à bonne-maman et à moi! Enfin, tu as eu la sagesse de rentrer au bercail... Tu n'as pas lu les journaux?

— N... non, répondit-elle, surprise.

Prédateur face à une proie acculée, il avançait lentement.

— Tout le monde te cherche.

Il était tout proche, ses yeux brillaient.

— Tu es si mignonne... On devrait être amis, tous les deux?

Il lui caressa le bras, effleurant du dos de la main sa poitrine menue. Elle fut tétanisée. Le sourire torve s'accentua sur le visage détesté. Il lui saisit le poignet droit. L'attira contre lui. La serra.

— Tu vas payer l'affront que tu m'as fait, salope! gronda-t-il.

Il haletait, le regard démoniaque. La bloquant du bras gauche, il agrippa de la main droite le haut de sa robe et tira. Le craquement du tissu la réveilla. D'un geste fulgurant, elle le frappa à toute force à la tête. La tanagra en terre cuite explosa. Hyppolite recula en titubant. Il restait un tesson dans la main de Diane.

— Elle avait deux mille ans et maman y tenait, se désola-t-elle, hors de propos.

Assis par terre, l'air ahuri, ensanglanté, Hyppolite répliqua d'un ton morne:

— C'est un faux. L'antiquaire m'a ri au nez.

Diane éclata d'un rire hystérique, mélange de triomphe et d'angoisse. S'armer, se réarmer. Elle ne vit aucun objet adapté. S'enfuir. Elle fonça vers la porte. Au passage, il lui saisit la cheville. Elle tomba dans le corridor, se retourna prestement. Il se relevait, son hébétude d'un instant avait cédé à la rage pure. Marchant à reculons sur les poignets et les talons, elle fila sous la table de la salle à manger. Il voulut la tirer par les jambes. Un coup de pied le fit reculer. Il tourna autour du meuble, se mit à quatre pattes, cherchant à l'atteindre, elle mordit sa main tendue : un chat convoitant une souris sous un meuble. Un geste vif lui permit d'accrocher sa robe, il tira. Le vêtement se déchira, la dénudant un peu plus. Elle se recroquevilla, vigilante, guetta ses jambes lorsqu'il se releva. Elle fut quand même surprise quand il souleva la table et la fit basculer. Alors, l'attrapant par les cheveux, il la tira violemment à lui. Elle se débattit. Il fouillait ses dessous tout en agrippant sa gorge, puis, sans la lâcher, la fit tomber et se vautra sur elle.

Un grand éclair l'éblouit…

16

La douairière

La grosse Hotchkiss revenait vers Lyon. Marius, dès qu'ils furent en route, s'adressa à Perdonnet :

— Il a vraiment perdu au point que la banque refuse de payer? Ce médecin marron doit pourtant gagner un paquet de fric avec sa clinique, surtout s'il y enferme les fils de famille gênants ou les héritières à plumer. Comment avez-vous fait?

— Mon lieutenant, on l'a séché au poker lors d'une partie privée.

— Léon, bien entendu ! s'exclama Malaguet.

— Le gros Léon? Comment ça? demanda Eugénie. Je croyais qu'il tenait une maison close...

Perdonnet sourit.

— Sa femme, oui. Lui, la nuit, il flambe au poker et il gagne, naturellement. C'est un professionnel.

— Et il triche?

— Que quand c'est nécessaire. Ça l'amuse beaucoup moins que le jeu lui-même, avec ses finesses et ses suspens.

— C'est vrai? Je ne l'aurais jamais imaginé cartes en main.

Les deux hommes rirent.

— Au front, dans l'ennui des tranchées, dit Marius, il avait si bien ruiné son monde que plus personne ne voulait jouer avec lui. Alors, un jour, il a juré solennellement de ne plus jamais tricher avec quelqu'un de la compagnie !

— Et ça avait commencé bien avant! conclut Perdonnet qui, à son habitude, ne citait le bagne qu'allusivement.

La conversation dévia. Eugénie voulait nommément citer Marius dans son prochain article et il renâclait. La controverse dura jusqu'à la caserne de police où elle devait récupérer sa bicyclette. Au moment où elle descendait de voiture, Perdonnet lui dit:

— Petite Eugénie, on aimerait que tu dînes avec nous ce soir. Je te donne l'adresse du restaurant, choisi par Léon, justement. C'est au 12, rue Royale. Tu sais où c'est?

— Je trouverai.

— Comme ça, tu demanderas à Léon comment il a plumé le psychiatre. De quoi faire un bel article, si tu ne cites pas ta source, bien entendu.

Elle acquiesça.

— Marius sera là?

— Je ne pense pas, répondit ce dernier. Si j'ai récupéré Uranie, je l'emmènerai par le premier train chez Trésor, pour qu'elle retrouve sa fille et se change les idées. J'espère que vous viendrez tous pour le 14 Juillet... Tu as bien noté, Perdonnet? Tu préviendras les autres?

— Oui, mon lieutenant.

Une fois de plus, Eugénie s'étonna du respect que le plus vieux témoignait au plus jeune, quoiqu'elle en sût la raison. Imaginer son frère dans son rôle de guerrier la ramena à ses parents adoptifs: leur forte personnalité expliquait celle de leur fils. Elle eut une bouffée de tendresse et l'envie soudaine de tous les réunir: Marius, Diane, Johannes, Marie et elle-même, bien sûr.

De retour à la salle de rédaction, elle rendit compte à Petithuit. Ils convinrent de poursuivre en tandem leur feuilleton consacré à Diane Saint-Just: Auguste ferait un article fustigeant, photos à l'appui, le commissaire Ballard; Eugénie irait accueillir Uranie à la sortie de la clinique psychiatrique, l'interviewerait en même temps qu'elle ferait parler le médecin. Perfide, Auguste lui suggéra de louer le praticien qui, après quelques jours d'observation, s'était rendu compte que sa patiente avait été abusivement internée. Ainsi, *La Liberté* couperait l'herbe sous le pied de *La Sentinelle*.

Pour relater les événements par écrit, en préalable à l'article de son chef, Eugénie sauta une fois de plus le déjeuner. Ce travail l'éclaira : synthétiser les faits revenait à rédiger l'article. Dix minutes de dictée à une secrétaire et l'affaire serait bouclée !

Mécontente un instant, elle s'amusa de la rouerie de Petithuit : rédiger lui donnait de la pratique. Par ailleurs, elle apprenait les ficelles du métier et, parmi elles, la formation (l'exploitation intelligente) des stagiaires.

Elle venait de terminer quand, la panse rebondie et le teint rubicond, Auguste reparut. Elle eut un petit regret pour le beaujolais frais et la cuisine savoureuse de Lulu, mais elle eût risqué de somnoler et de prendre du poids. Or elle tenait énormément à sa minceur musclée.

— Puis-je prendre la petite Citron? demanda-t-elle à son collègue. Je ramènerai Uranie et on bavardera pendant le trajet. J'en apprendrai bien plus comme ça qu'en la questionnant carnet en main.

Bonasse et repu, il acquiesça.

Ralentie par les rues encombrées, elle craignait d'être en retard. Pressée, elle collait à une traction qui, elle aussi, montait vers Caluire. À son grand étonnement, la «grosse Citron» corna devant le portail de la clinique, qui s'ouvrit. «De l'audace, un journaliste doit avoir de l'audace, répétait Petithuit. Surtout aux faits divers.» Sans vergogne, elle la suivit et se gara à côté de la berline d'où Gouy et Marius descendirent.

Comme s'il les guettait, le docteur apparut sur le seuil, guindé, un dossier sous le bras. Marius eut un léger signe de tête en guise de salut. Un éclair passa dans le regard de l'autre, qui ne se perdit pas en civilités :

— Mme Uranie Saint-Just est libre, messieurs. Voici les documents qui constatent sa bonne santé mentale.

Marius saisit la chemise de carton et la passa à l'avocat.

— Avec votre permission, Me Gouy va y jeter un coup d'œil, dit-il.

Le médecin tiqua en entendant le nom d'un avocat fort connu à Lyon. Il avait donc affaire à des gens puissants, vicieux et bien défendus. Le psychiatre véreux avait réfléchi. Ses pertes étaient miraculeusement venues à point pour le faire chanter.

Le silence s'était installé entre les trois hommes, immobiles sur le perron. Le médecin aperçut alors la voiture d'Eugénie et la jeune femme qui avançait vers eux. Il tressaillit.

— Docteur, dit-elle, saluant d'un signe de tête. Maître, poursuivit-elle, observant Gouy.

L'avocat eut un sourire chaleureux. Baudet-Poitin en fut mécontent. Ces deux-là se connaissaient bien. Trop bien. Quant au troisième homme, elle ne le salua pas, mais apparut sur leurs visages un même plaisir dans le coup d'œil échangé. Des proches. Il n'aima pas non plus cette connivence. L'honnêteté élastique du médecin n'empêchait nullement qu'il sût décoder les comportements.

— Tout ça est légalement parfait, conclut l'homme de robe, qui lisait fort vite le jargon administratif. Merci, docteur, nous allons donc repartir en compagnie de Mme Saint-Just.

— Comme vous le savez, elle est mon amie, intervint Eugénie. J'ai ma voiture, décapotée avec ce beau temps. Je vais la ramener, dès que j'aurai posé quelques questions au docteur pour le journal.

— Nous vous attendons, répondit l'avocat.

Sur un bref salut, les deux hommes se replièrent vers la traction avant.

Baudet-Poitin n'osa pas refuser l'interview. Elle attaqua :

— Docteur, comment un homme de votre réputation a-t-il pu interner une personne qui n'en avait pas réellement besoin ?

— Sans rentrer dans le cas personnel de Mme Saint-Just, protégée par le secret professionnel à l'instar de tous mes patients, la procédure de notre clinique prévoit systématiquement une période d'observation. Elle nous a permis d'analyser le cas de cette dame plus en profondeur et de réexaminer sa situation.

— Vous effectuez pourtant un examen approfondi préalablement à tout internement ?

— Absolument. Dans l'immense majorité des cas, il conduit à un diagnostic sûr. Mais, comme vous le savez, la médecine n'est pas une science exacte, d'où cette période d'observation.

— Y a-t-il des moyens artificiels de faire surgir des symptômes de psychose?

— Il existe effectivement un certain nombre de substances qui peuvent altérer plus ou moins provisoirement les fonctions neurologiques d'une personne, et qu'un examen clinique ne permet pas toujours d'identifier instantanément. Votre propos souligne bien la complexité de notre métier. Il convient d'approfondir les examens et en particulier de vérifier la permanence dans le temps desdits symptômes. D'où la longueur relative des périodes d'observation.

— Un patient drogué pourrait donc vous mystifier quelques jours?

— En effet.

— Qui pourrait être compétent pour définir la drogue adéquate?

— Un biologiste, un chimiste, un médecin, toute personne ayant de bonnes connaissances en toxicologie.

— Dans le cas de Mme Saint-Just, ce genre de manipulation était-il probable?

— Impossible de l'exclure.

— Le médecin de famille?

— Les médecins ont une déontologie.

— Ce pourrait être la famille?

— Tout est possible. D'où notre vigilance.

— Merci, docteur.

Le praticien regagna sa clinique, tandis qu'Eugénie, après un clin d'œil à Marius, filait dans le parc où Uranie, en tenue de ville et sa valise à ses pieds, attendait, assise sur un banc.

— Je vous emmène, lui dit-elle, empoignant son bagage.

Dans la cour, Gouy et Marius vinrent à leur rencontre.

— Madame, dit l'avocat à Uranie, il serait souhaitable que vous veniez immédiatement à mon cabinet pour régulariser votre situation et celle de votre fille.

Elle parut inquiète.

— Certainement, répondit-elle, mais quand verrai-je Diane?

— Je vous emmènerai la voir aussitôt après les formalités, confirma Marius.

— Venez, dit Eugénie, je vous conduis chez Me Gouy.
— Me Gouy? C'est lui? Il est connu à Lyon.
— C'est l'avocat de Marius Malaguet, dit-elle, son ami aussi.
— Ils se connaissent? s'étonna-t-elle.
— Depuis la guerre.

Elles étaient montées dans la Trèfle qui démarra derrière la traction. Eugénie suivait la grosse voiture. Les deux femmes ne parlaient pas. Uranie était perdue dans ses pensées.
— La guerre, dit-elle, elle a brisé ma vie.
Eugénie lui jeta un bref regard.
— Je l'aimais, mon beau lieutenant.
«Marius?» Eugénie eut la sagesse de ne pas poser la question. Elle devait la laisser venir, la laisser parler.
— Mon père avait commencé comme ouvrier charcutier. Plus tard, il s'est mis à son compte. Il s'est lancé dans les conserves de viande. Il avait déjà gagné beaucoup d'argent en 14. Il a décuplé son affaire en fournissant l'armée. Ma mère est morte à ma naissance et mon père m'adorait. Il voulait un beau mariage pour moi. Les soyeux, les vieilles familles industrielles lyonnaises sont sectaires, mais elles aiment l'argent. Fille de nouveau riche, certes, mais parti fort intéressant financièrement, j'étais donc très courtisée. Je n'étais pas laide, ce qui ne gâchait rien. J'ai rencontré Alphonse Saint-Just en 17, à vingt ans tout juste. Lui en avait deux de plus. Mobilisé, il s'est retrouvé à l'école des officiers. Sa formation a duré presque un an, puis il a été envoyé au front. Il devait rejoindre son unité le 11 août 1918. Il avait huit jours de permission avant de partir. Nous nous sommes mariés le 3, puis nous sommes partis en voyage de noces dans le Midi. Les plus beaux jours de ma vie. Le 10, il est parti. Je ne l'ai jamais revu. Il a été tué par un obus quatre jours plus tard…
Eugénie écoutait. La voix de sa voisine, sourde, venait de très loin, d'au-delà du désespoir. La vie d'Uranie s'était arrêtée à la mort de son époux adoré.
— Et après? Diane?

— J'étais désespérée. Quinze jours après, je marchais dans la rue quand soudain je l'ai vu, mon Alphonse... J'ai failli tomber dans les pommes... Marius Malaguet lui ressemblait tellement...

Elle raconta sa « faute ». Cette histoire-là, Eugénie ne la publierait pas.

Les voitures arrivaient au domicile de l'avocat. Eugénie gara la Trèfle derrière la traction dont Marius descendit pour accueillir Uranie. Les deux femmes s'embrassèrent, puis se séparèrent.

— Asseyez-vous, chère madame.

Vieille France, Gouy désigna un fauteuil club à Uranie. Marius et lui s'installèrent autour de la table basse, dans le coin salon du bureau.

— Chère madame, mon ami Marius Malaguet a découvert sa paternité avec un immense étonnement, commença-t-il. Et, je crois pouvoir le dire, un vrai bonheur. Il souhaite assumer son rôle de père et prendre Diane en charge, sa paternité ne faisant aucun doute pour lui.

Il lui tendit les photos de Trésor montrant le père et la fille. Elle les observa, hocha la tête.

— Diane ressemble beaucoup à son père, confirma-t-elle. Ça m'a frappée en revoyant M. Malaguet ce matin. Mais que voulez-vous dire par « prendre sa fille en charge » ?

Sa voix était montée d'un ton. Elle s'alarmait.

— Il ne s'agit nullement de vous empêcher de voir Diane ou de vivre avec elle, mais de partager la responsabilité de son éducation et d'assurer sa vie matérielle.

— Il veut la reconnaître ?

— Le droit ne le permet pas. En revanche, M. Malaguet peut adopter Diane et lui donner son nom.

— Alors, elle perdrait celui de Saint-Just ? Même si... elle n'est pas la fille d'Alphonse Saint-Just, tué au front, je tiens à ce nom pour elle. Il est un hommage à mon mari défunt, le seul homme que j'aie jamais aimé, dit-elle, la tête baissée.

Malaguet adressa à Gouy un sourire en coin, mi-résigné mi-amusé.

— Rassurez-vous, chère madame, dit l'avocat. L'adoption, en droit français, ne supprime pas les origines de l'adopté[1] qui garde son nom, son passé et sa vie présente. Mais, pour bien faire, il serait préférable que votre fille soit émancipée. C'est-à-dire déclarée adulte sur votre demande. Plus personne alors, et Hyppolite encore moins, ne pourrait lui imposer quoi que ce soit. Elle serait adoptée ensuite. Vous resteriez sa mère, bien entendu, et Marius serait réputé son père adoptif. Dans cette procédure, comme je vous le disais, Diane adjoindrait au nom de Saint-Just celui de Malaguet, dont elle deviendrait l'héritière. Ainsi serait établi entre eux un lien à la fois nominal et patrimonial.

— Ma fille n'a pas besoin d'argent. Mon père, décédé il y a peu, me laisse une fortune qui profitera à Diane. Ma vie à moi s'est arrêtée le 14 août 1918, date de mon veuvage.

— Comment s'appelait monsieur votre père ? demanda Gouy.

Elle le lui dit. Il sursauta.

— Il avait effectivement construit, à la force du poignet, une fortune considérable. Tout s'éclaire. Hyppolite Saint-Just vous fait interner. Un « incapable majeur », c'est le terme pour désigner un fou, ne peut agir par lui-même ni d'un point de vue patrimonial, ni d'un point de vue familial. Il devient donc votre curateur, celui qui agit, y compris en matière financière, à votre place. Il devient aussi tuteur de Diane et il accède à cette fortune.

— C'est vrai, je l'ai toujours su. Mais je n'ai pas appris à me battre. Je n'arrivais pas à le contrer.

— Uranie, dit Marius, vous allez confier vos intérêts et ceux de Diane à Me Gouy dont tout le monde connaît la rigueur et l'honnêteté. Cela vous protégera toutes les deux.

Sa voix était douce mais d'une grande autorité. Elle acquiesça. Gouy regarda son ami avec admiration. Il s'était toujours demandé comment ce jeune officier avait pu imposer son autorité, dans l'horreur des tranchées, à sa

1. En 1936, l'adoption plénière n'existait pas.

centaine de bagnards. Ce calme impératif était la réponse. Uranie, femme faible, fut immédiatement subjuguée.

— Comment êtes-vous réapparu dans ma vie? demanda-t-elle. Au bon moment, je le reconnais.

— Diane m'a écrit pour m'appeler au secours.

Uranie le dévisagea, yeux écarquillés.

— Mais, comment…

— Ces lettres que vous m'avez écrites et que vous n'avez jamais envoyées: elle les a lues et a noté mon adresse. Vous l'aviez trouvée par l'armée et les anciens combattants, évidemment.

— Mais c'est une indiscrétion… ! s'offusqua-t-elle.

— Notre fille est une adulte, Uranie. Elle avait compris depuis longtemps qu'elle ne pouvait pas être la fille d'Alphonse. Sa date de naissance rendait cette filiation impossible. Elle a voulu savoir qui était son vrai père et, comme vous ne le lui auriez pas dit, elle a fouillé vos secrets. C'était un cas de force majeure. Lorsque Hyppolite a commencé à s'intéresser de trop près à votre argent et à son minois, elle s'est sentie comme… un papillon pris dans une toile d'araignée, alors elle s'est retournée vers ce père inconnu qu'elle venait de découvrir.

Uranie le regardait, apparemment dépassée par les événements, puis elle fronça les sourcils.

— Donnez-moi ces papiers, dit-elle.

Gouy revissait son élégant stylo à encre, prêté à Uranie pour signer, quand des cris éclatèrent dans le couloir.

— Vous ne m'empêcherez pas de voir ma belle-fille! Elle a besoin de soins!

La porte s'ouvrit violemment sur une femme sèche, tout de noir vêtue. Uranie tressaillit. La vieille fonça dans la pièce, saisit son bras et la força à se lever.

— Je vous emmène, ma fille! Vous retournez à la clinique. C'est votre place!

Marius s'interposa.

— Non.

Il prit la main de la vieille, la broya avec application et, d'un geste lent, la détacha d'Uranie.

— Je crois, dit-il, que vous n'avez rien à faire ici.

— Qui êtes-vous pour me parler sur ce ton? tonna la douairière.

— Marius Malaguet, répondit-il, le père de Diane. Le véritable père de Diane.

Elle sembla foudroyée.

— Ce n'est pas vrai? dit-elle. Ce n'est pas vrai!

Marius avait posé la main sur l'épaule d'Uranie, assise.

— Dites-lui, imposa-t-il, impérieux.

Soudain tassée sur elle-même, elle parla d'une voix atone:

— Je l'aimais plus que tout. J'étais veuve depuis quinze jours et je n'arrivais pas à y croire. Le lieutenant Malaguet était à une terrasse de café. Il avait le même grade, le même uniforme, la même stature. La ressemblance était si forte que je l'ai emmené. Dans ses bras, j'ai fait l'amour avec mon mari disparu. Un mois plus tard, Diane s'est annoncée.

— Mais quand vous avez couché avec cet individu, glapit la vieille, vous étiez déjà enceinte! Vous n'êtes qu'une catin, mais Diane est ma petite-fille!

— Désolé de vous contredire, mais votre fils a été tué dix mois jour pour jour avant la naissance de Diane. Il ne peut pas être son père, dit l'avocat.

— Elle vient quand même avec moi! rugit la vieille.

Interposé entre Uranie et la douairière, Marius dut saisir les deux mains crochues de la vieille femme qui tentait de l'éborgner. Elle recula outrée.

— Mme Alphonse Saint-Just, votre bru, est une femme libre, dit Gouy. Uranie, voulez-vous partir avec votre belle-mère?

— Non, non, jamais! Ne... ne me laissez pas!

— Madame, je vous prierai donc de sortir immédiatement, dit Gouy à la vieille.

Arrivée à la porte, la douairière, mauvaise comme une sorcière de conte, se retourna et éructa:

— Je vais appeler la police! Elle arrêtera ce voyou de Malaguet et ramènera cette folle à l'asile psychiatrique d'où vous l'avez sortie!

— Vous ne ferez rien, intervint Gouy d'un ton cinglant, sinon je porte plainte contre vous pour escroquerie et tentative de captation d'héritage ! Et, croyez-moi, l'accusation tiendra. L'affaire est parfaitement claire. Uranie Saint-Just hérite de son père une fortune. Aussitôt, votre fils et vous, par des moyens douteux, la faites interner. Devenu son curateur et le tuteur de sa fille, Hyppolite dispose de la fortune de votre belle-fille et d'ici que Diane soit majeure, si elle n'est pas dilapidée, elle aura changé de main. Heureusement, le psychiatre a reconnu son erreur et a mis fin à l'internement indu de votre belle-fille. Tous les papiers sont là. Saisissez la justice et vous finirez votre misérable vie derrière les barreaux. Je vous le garantis.

La colère glacée de Gouy était impressionnante. La belle-mère d'Uranie s'enfuit. Sa hargne brisée, ses certitudes détruites, elle n'était plus qu'une vieille femme terrorisée. Ils entendirent la porte du palier se refermer. Elle était partie.

Gouy avait instantanément repris son calme. Devant l'étonnement de Marius, il expliqua :

— Ces colères sont de pure rhétorique. Elles sont fort efficaces et tout bon avocat, surtout les pénalistes, les pratiquent avec succès.

Ils sourirent.

— Comment a-t-elle su que nous étions ici ? demanda Uranie d'une voix altérée.

— Un coup de téléphone à la clinique, et une bonne âme l'aura informée de votre départ en compagnie de Me Gouy. Il est connu, donc facile à trouver. C'est aussi simple que ça.

— Marius, dit Uranie, passons chez moi prendre quelques affaires puis allons retrouver Diane.

Il acquiesça.

17

La mère Brazier

Surpris par l'éclair, la brute lâcha la gorge de Diane et se redressa sur les mains. Son corps pesait toujours sur celui de la jeune fille qui se tortillait désespérément. Encore ébloui, Hyppolite cherchait à comprendre. Il commençait à distinguer une silhouette d'homme debout quand un second éclair éclata. Un flash ! Il prenait des photos !

Le violeur se dressa d'un bond avec un mauvais sourire. Devant lui se tenait un gars chétif auquel il rendait au moins trente kilos. Calmement, ce dernier posa son appareil sur le buffet. Il terminait son geste quand Hyppolite se rua sur lui, griffes tendues. Au lieu de reculer, l'autre avança, se colla à son agresseur qu'il frappa d'un solide coup de genou dans le bas-ventre. La douleur fit hululer Saint-Just qui se plia en deux. Avant qu'il ne se redresse, un coup violent sur la tête lui fit voir trente-six chandelles et il se retrouva par terre. Sans attendre, le petit homme se laissa tomber à genoux sur son torse et lui tordit le poignet. Il y eut deux brefs claquements, puis il se dégagea.

Hyppolite voulut se relever. Il n'y parvint pas. Il était retenu par la main gauche. Avec effarement, il vit les menottes qui l'attachaient au pied du radiateur. Debout devant lui, le petit homme au nez pointu souriait avec complaisance. Leur bref pugilat n'avait pas déplacé une mèche de ses cheveux gominés. À côté de lui, débraillée, échevelée mais triomphante, Diane tenait encore en main le tome 1 du *Larousse universel* qu'elle avait abattu de toutes ses forces sur son crâne.

— Salaud! éructa-t-elle. Mon père te tuera.

Avant qu'il ait pu réagir, elle le frappa de nouveau avec la même violence. Le gringalet la retint par un bras, l'empêchant de l'assommer tout à fait.

— Ça suffit, Diane. Je suis arrivé à temps et il est coincé.

Elle le regarda et sombra en sanglots. Il lui ouvrit les bras, elle s'y jeta. Bientôt elle pleura plus doucement, puis se tut. Alors il l'écarta de lui. Maintenant que la tension retombait, elle le dévisagea.

— Qui êtes-vous? demanda-t-elle, étonnée, vaguement inquiète.

— Un ami de Marius Malaguet. Je surveillais ce salopard. En fait, je le suis depuis hier. Il m'a coincé en verrouillant la porte. La crocheter m'a pris un peu de temps. Dieu merci, je suis arrivé à temps.

— Et maintenant, qu'est-ce qu'on va faire?

— Eh bien, on va prévenir votre père et on décidera avec lui de la suite des événements. Vous avez le téléphone?

Il appela Perdonnet au Grand Hôtel où il assurait leur permanence, puis revint vers Diane qui était allée se changer dans sa chambre.

— Je prendrais bien une tasse de café, mademoiselle, dit-il. Ça me requinquerait. Ce genre de pugilat n'est plus tout à fait de mon âge, voyez-vous.

Diane fila à la cuisine où il la suivit. Elle se sentait mieux. Du coup, elle repensait à sa mère et à son père.

— Et mes parents... je veux dire, Marius et Uranie, que deviennent-ils?

La Fouine eut un grand sourire.

— Ils arrivent, dit-il.

De retour chez elle, Uranie sursauta en voyant La Fouine, sa troisième tasse de café à la main, devisant avec Diane. Marius, malgré sa surprise de retrouver sa fille à Lyon, réagit instantanément:

— Mon ami, ici présent, avait mission de protéger Diane, dit-il calmement.

Diane embrassa sa mère, qui salua le détective privé sans curiosité. Les événements étaient trop rapides, les émotions trop fortes, elle s'effondrait de fatigue. Les médicaments de la clinique n'étaient sans doute pas étrangers à son épuisement, même si on ne lui en avait administré aucun depuis le matin. Sur les conseils conjoints de Marius et de sa fille, elle accepta d'aller dormir. Elle n'avait pas vu Hyppolite, toujours menotté à son radiateur dans la salle à manger dont la porte était fermée. Marius le découvrit avec stupeur, un court moment plus tard.

— Du bon boulot, La Fouine, dit-il gravement.

L'ancien bagnard eut un sourire de gosse : son chef admiré le félicitait.

Indécise, Diane regardait son père. Elle se sentait coupable : de sa fuite, du piège où elle s'était fourrée, de la tentative de viol qu'elle avait subie. Son visage avait cette moue des bébés qui vont pleurer. Marius s'approcha et, sans même réfléchir, la prit dans ses bras.

— Tu me raconteras plus tard, dit-il.

Elle pleura longuement sur son épaule, mais il voyait dans la glace qu'elle souriait.

Ils étaient encore dans leur félicité quand parurent Perdonnet et les autres. Diane s'écarta de son père, essuya rapidement ses yeux.

— Diane, dit Marius, je te présente mes compagnons de guerre, mes amis les plus chers. Ce sont ceux de Trésor aussi. Ils sont venus m'aider.

La jeune fille salua ces hommes relativement âgés, solennels, qui considéraient son père, pourtant bien plus jeune, avec une discrète révérence.

— Dans la salle, je présume que c'est Hyppolite ? dit le gros Léon. C'est toi qui l'as coincé ?

— Diane m'a aidé, répondit La Fouine, goguenard.

— Qu'allez-vous faire de ce salaud ? demanda la jeune fille. On ne va pas le laisser repartir comme ça !

Les anciens bagnards, tous ensemble, hochèrent la tête. Pendant la guerre, ils avaient leur tribunal, juste mais sans pitié. Dix-huit ans avaient passé. Ils étaient maintenant des hommes libres, vivant dans la légalité, mais les vieilles habitudes pouvaient revenir.

Perdonnet et Vavin proposèrent de débattre du sort du prisonnier. Diane souhaita assister à la discussion. Les vétérans hésitèrent.

— Ma fille est une adulte, dit Malaguet. Elle est la principale victime d'Hyppolite qui la harcèle depuis plusieurs mois. Il l'a brutalisée et a tenté de la violer. Elle a le droit de participer à notre réflexion.

Diane écoutait. Elle regardait ces hommes que personne n'effrayait, surtout pas l'oncle Saint-Just. Ils s'installèrent au salon. Bien élevée, Diane proposa une tasse de thé. Ils refusèrent.

— La Fouine, qu'as-tu comme éléments précis? commença Perdonnet.

— Deux photos très explicites. Diane pourrait peut-être exposer sa situation lors de ces prises de vue?

— Il me serrait la gorge et essayait d'arracher ma culotte quand le flash nous a éblouis. Il avait déjà déchiré le haut de ma robe et... j'avais la poitrine... nue.

Cet aveu lui avait coûté, mais elle se sentit soulagée. Marius lui avait pris la main et ça lui avait donné du courage.

— Au second flash, il m'avait lâché le cou et s'était redressé, dit-elle plus facilement. Ses deux mains étaient en appui de chaque côté de ma tête.

— Une photo moins exemplaire, objecta Vavin.

— Mon cher ami, dit La Fouine, on voit bien que tu n'es pas un détective privé, lequel, vous ne l'ignorez pas, est souvent le photographe des situations scabreuses. Ce second cliché est très utile, au contraire. Le premier montre les faits, le second identifie les acteurs. Hyppolite, de face, me regarde l'air ahuri. Diane, encore effrayée, est en train de lutter. C'est pour ça que j'ai pris le temps de la prendre.

— Nous avons donc des preuves solides, conclut Perdonnet, l'ancien juge. Ma tentation serait d'attacher une gueuse de fonte au cou de ce cher Hyppolite et de le jeter dans le Rhône...

Diane opina vigoureusement.

— ... mais je pense que le lieutenant préférera la légalité. J'ajouterai qu'elle est souhaitable pour tout le monde.

Elle sera sans doute pénible pour Diane. Malgré tout, le résultat compensera, je pense, le désagrément.

— Qu'est-ce qu'il faut faire? demanda la jeune fille d'un ton ferme.

— Porter plainte, tout raconter à la police et puis recommencer devant la cour d'assises, car une tentative de viol est un acte criminel.

— Ça ne paraît pas trop difficile, dit Diane.

— Ce n'est pas si simple. La police puis les juges vont t'interroger, te faire ressasser l'histoire dans tous les sens. Il sera jugé dans plusieurs mois. Ce sera pénible pour toi.

— Les journaux en parleront? murmura-t-elle, inquiète.

— Non. Quand il s'agit de mineurs – et tu es mineure –, les procès sont à huis clos.

— Elle portera donc plainte demain, dit Marius. J'appelle Me Gouy. Il nous accompagnera au commissariat, ma fille et moi. D'accord, Diane?

— Non, pas demain, dit Perdonnet. Tout de suite. La Fouine, combien de temps te faut-il pour développer ton film et faire deux ou trois tirages de chaque photo?

— À mon labo habituel, pas longtemps. Laissez-moi une heure.

— Alors, fonce! dit Marius.

— Si je comprends bien, je dois abandonner le reste de ma clientèle pour me consacrer uniquement à vous! rigola Gouy, une grande heure plus tard, en arrivant au domicile d'Uranie abandonné par les bagnards.

L'examen des photos le stupéfia.

— Il est cuit, dit-il. Où est-il?

Marius ouvrit la porte de la salle à manger. Hyppolite, effondré, leva les yeux.

— Monsieur, monsieur, gémit-il, ne me laissez pas aux mains de ces bandits!

Sévère, l'avocat se tourna vers Marius qui venait de refermer la porte.

— Avez-vous vraiment le droit de le retenir contre sa volonté?

— Tentative de viol. Les photos sont explicites.

— Évidemment, conclut l'avocat, encore sous le coup de la surprise. Allons-y.

Au commissariat central tout proche, dès que Diane et son père eurent donné leur nom, on les conduisit à l'inspecteur principal Estublat. Il écouta Diane, la questionna longuement, en particulier sur sa fugue et sur son passé. L'avocat l'assista brillamment. Convaincu par les photos de La Fouine, l'inspecteur appela le parquet, se gardant bien de citer le nom du bourgeois concerné, mais en insistant sur les photos accablantes. Il avait le feu vert pour la mise en garde à vue d'Hyppolite.

Les policiers retournèrent à l'appartement d'Uranie en compagnie du trio. Marius les précédait afin de déverrouiller les menottes de l'accusé, dont La Fouine lui avait laissé la clé.

L'inspecteur regarda avec un profond mépris l'homme prostré, se gardant bien de chercher à savoir pourquoi et comment il les avait sagement attendus.

— Hyppolite Saint-Just, dit-il, je vous arrête pour tentative de viol sur la personne de Diane Saint-Just qui vient de porter plainte contre vous, preuves à l'appui. Veuillez nous suivre.

L'accusé leva sur les arrivants des yeux d'épagneul. Il tremblait. Les flics le saisirent chacun par un bras et l'aidèrent à se relever, puis le lâchèrent. Hyppolite titubait. Il en faisait trop. Marius fronça les sourcils et s'approcha. Trop tard. Bousculant ses gardiens, Hyppolite fonça, claqua la porte d'entrée et disparut. Jurant et sacrant, les deux policiers se jetèrent à sa suite et coururent jusqu'à la rue. Il avait disparu.

Ils remontèrent penauds. Diane les fusilla du regard.

— Il n'ira pas loin, dit Estublat. Nous demandons immédiatement un mandat d'arrêt. Ce salopard nous a bien eus ! Quand je pense qu'il est venu brailler à mon commissariat en vous accusant d'enlèvement de mineure, monsieur Malaguet ! Ah, il nous a eus, la vache ! Il ne nous reste qu'à rentrer...

— Merci quand même, dit l'avocat. Nous avons tous sous-estimé ce serpent.

Diane boudait.

— On le tenait, dit-elle. Vous ne savez pas de quoi cette ordure est capable !

Marius lui mit la main sur le bras.

— On ne peut pas gagner sur tout. La journée a été chargée : ta mère est libre, ta situation légale est éclaircie et je suis là pour vous protéger toutes les deux. Et tu as vu que je ne suis pas tout seul ! Tu n'as pas faim ? Et vous, maître ?

— Si, mais mon épouse m'attend. Et puis, après une journée aussi fertile en événements, j'imagine que cela vous fera du bien de vous retrouver entre vous...

Il les salua, puis sortit.

Marius n'avait aucune envie de rester dans cet appartement qui lui rappelait un passé ambigu. Un instant, il songea à emmener sa fille dîner avec ses compagnons d'armes et Eugénie, puis jugea qu'elle avait besoin d'un peu de calme après tant d'émotions. Il avait aussi envie de mieux la connaître, de l'apprivoiser, d'approfondir son nouveau métier de père.

— Ta mère est partie pour sa nuit, dit-il. Je t'emmène dîner dehors.

Diane découvrit qu'elle avait faim. Ils partirent bras dessus, bras dessous.

*

Le 12, rue Royale, pas très loin du Rhône, était une maison d'angle aux moellons en relief, siège d'un bouchon lyonnais orné de vitraux. Eugénie fronça le nez une seconde : une cuisine souvent délicieuse, mais pas toujours légère. Elle décida que, ce soir, pour une fête avec des amis rares, elle mangerait à s'en péter la sous-ventrière si elle en avait envie. Cette décision la réjouit, d'autant que le restaurant semblait chaleureux. Elle entra.

La salle boisée, décorée de faïences, se compartimentait en une assez grande surface et des coins plus intimes que délimitaient des plantes vertes. Les conversations feutrées, les messieurs en costumes trois-pièces, les dames vêtues de robes sages mais bien coupées, les garçons en grand tablier immaculé, glissant leurs plateaux haut levés, créaient une atmosphère cossue.

La jeune femme portait un pantalon de lourde soie blanche assortie à une veste épaulée et cintrée. Cette tenue claire faisait ressortir son teint hâlé, hors mode, et l'or sombre de ses cheveux ondulés. Son panama fétiche sur l'œil, sa silhouette mince, ses hauts talons, la fluidité de ses mouvements : tout dans son attitude créait un tel exotisme qu'à son entrée les convives mâles se figèrent, éblouis. Sur le visage des femmes s'afficha une surprise cédant très vite à la réprobation, voire à la haine. Tous les yeux la suivirent, tandis qu'elle avançait avec aisance vers une table improbable, celle de quatre hommes bien installés dans la cinquantaine, disparates de vêture et d'allure, qui l'accueillirent avec une joie paternelle tout à fait incongrue. Alors les voyeurs frustrés plongèrent le nez dans leur assiette, tandis que leurs compagnes courroucées prenaient des airs supérieurs.

Vavin, Perdonnet, Léon à l'embonpoint considérable et enfin La Fouine, le maigrichon, se levèrent pour l'embrasser comme du bon pain. Seuls manquaient Trésor et Marius. Ils la firent asseoir. Le poussah en face d'elle leva le bras, puis s'exclama :

— Ah, Eugénie, que nous conseilles-tu, aujourd'hui ?

La jeune femme ouvrit des yeux ronds. Avant qu'elle pût répondre, une voix bien timbrée résonna dans son dos.

— Toi, Léon, je sais ce que tu veux. Mais tes amis, tu les conseilles ou bien c'est moi ?

Eugénie s'était retournée et contemplait une femme bien en chair, le teint coloré et le visage agréable. Elle portait une magnifique toque de chef et son tablier irradiait la blancheur.

— On prend comme lui, déclara La Fouine à la cantonade. Léon, en bouffe, c'est un expert et ici il a ses habitudes. De mauvaises habitudes si l'on considère son tour de taille.

— T'as vu s'il est chétif, ce gone-là ! rétorqua le gros homme, désignant son voisin à la cuisinière. Donne-lui quelque chose de nourrissant, le pauvre !

Tous rirent.

— Pour tes amis qui ne sont pas d'ici, reprit Eugénie Brazier, je propose mes spécialités?

— Et comment! répondirent d'une même voix La Fouine et Léon, les deux Lyonnais.

L'autre Eugénie semblait méfiante.

— T'es la fille d'un de ceux-là, décréta la mère Brazier, qui dosait l'impertinence à la perfection. T'en fais pas, ma belle – c'est vrai que t'es bien belle –, mes artichauts au foie gras et ma volaille de Bresse demi-deuil seront le plus beau jour de ta vie. Non, le jour de ton mariage ne vaudra pas ça! C'est plein de bonnes et de mauvaises surprises, un mariage. Ma cuisine, elle, est sans trahison!

— Qui est cette cuisinière? demanda Eugénie quand elle se fut retirée vers ses cuisines.

— La mère Brazier, le chef le plus connu de Lyon. Toi, une journaliste, tu es impardonnable de pas la connaître! D'autant plus que t'as le même prénom qu'elle!

La patronne partie, surgit le sommelier. Léon éplucha sa carte sous le regard méfiant des autres. Les bons vins, les grands vins étaient pour les compagnons de guerre de Marius une vengeance sur le gros rouge des poilus. Dix-huit ans après, elle était toujours d'actualité.

On apporta une première bouteille, un fleury frais et subtil, d'une année récente mais d'une vinification parfaite. Léon goûta avec un sérieux religieux. Avec sa bénédiction, le caviste remplit les verres. Ils trinquèrent.

— À ta santé, petite Eugénie! dit Vavin.

— À notre succès! répondit-elle.

— J'ai une question, poursuivit la jeune femme, sentencieuse.

Le ton imposa un silence amusé à la tablée. Elle reprit dans un murmure:

— Ce matin, Perdonnet a passé le bon docteur X à la moulinette. Quand je lui ai demandé comment vous aviez coincé ce salaud, il m'a répondu que c'était ton œuvre, Léon. Alors, raconte!

Le gros Léon sourit.

— Tu sais que La Fouine exerce la noble profession de détective privé? Petites culottes oubliées et adultères divers, dit-il. Eh bien! lui et moi avons enquêté chacun de son côté, comme prévu lors de notre réunion aux Terreaux. Tu te souviens, tu y étais. La chance m'a souri. J'ai ainsi découvert que je connaissais ce fameux docteur. Il joue depuis quelques mois au cercle Chateaubriand, où j'ai mes habitudes depuis bien longtemps. Naturellement, il a un pseudonyme. Ça se fait dans la vertueuse ville de Lyon. Il y a une table de baccara, mais on pratique surtout le poker. Je situais bien le gars. Il jouait pas mal, misait gros, mais c'était quand même un amateur.

Léon s'arrêta, prit une gorgée de vin, le fit tourner dans sa bouche, l'aspira lèvres entrouvertes en un gargouillis et enfin l'avala par petites goulées. Satisfait, il hocha la tête. Sans même s'en rendre compte, les autres l'imitèrent.

Il reprit son récit :

— Avant-hier, je suis donc parti jouer en m'arrangeant pour être à sa table. J'ai joué comme un bleu et j'ai perdu délibérément. Les débutants croient pouvoir gagner facilement au poker, dont les règles sont très simples. Quand on est averti, leur jeu se repère au premier coup d'œil. Ils sont donc très faciles à imiter. Mes potes se marraient en silence en me voyant faire. Ils se doutaient du coup ! Bref, je me suis fait passer pour un riche négociant en vin, vexé de perdre. À ma demande, un de mes amis s'est approché du bon docteur et de son compagnon de jeu, un soyeux pas des plus honnêtes, et leur a suggéré, au cours d'une pause où j'étais sorti, de monter une partie privée pour le lendemain. Un grand classique pour plumer les pigeons plus librement. Ça se passe chez un particulier, mais en fait, ça reste sous l'autorité, disons morale, du cercle. Donc, hier soir, je me suis rendu à cette partie avec un vieux pote. Ils nous ont fait un coup tordu tellement classique qu'on en était presque déçus. On avait la parade, évidemment. Bref, le toubib et le soyeux se sont fait piquer tout leur pognon. À ce moment-là, j'étais encore le naïf à la veine de cocu et ce « revers accidentel » les excitait et les enrageait. Ils ont voulu continuer, naturellement. On les a estoqués avec un jeu subtilement arrangé. Le bon docteur X a dû signer des billets à ordre importants. On le tenait par les couilles. Oh ! pardon, petite Eugénie…

L'expression gauloise n'était pas pour la choquer. Elle s'amusait comme une petite folle. Les autres écoutaient, souriant en coin. Au bagne, tous avaient perdu au moins une fois leur chemise en jouant au poker avec le gros Léon. Sauf qu'à l'époque il n'était pas gros et que ladite chemise était tout ce qu'ils possédaient, c'est-à-dire peu ! Se faire plumer était sans grande conséquence.

La conversation s'interrompit pour la dégustation des fonds d'artichauts. Tiédeur précise, arômes subtils, saveurs magnifiquement mariées entre foie gras mi-cuit et légume créaient une harmonie divine. Le silence dura plusieurs minutes.

— Et la banque, comment avez-vous fait pour qu'elle refuse tout crédit au bon docteur ? demanda enfin Eugénie.

— Rien de plus simple, dit Perdonnet. Par la salle de jeu, Léon a su dans quelle banque il avait son compte. Ce matin, j'ai appelé le directeur pour lui demander si le psychiatre était solvable pour une créance payable aujourd'hui d'un montant de cent mille francs.

— Cent mille francs ! Tant que ça ?

— Non, mais il fallait affoler le banquier. C'est craintif, ces bêtes-là. Quand, une heure après, Baudet-Poitin a parlé d'un billet à ordre à son banquier, l'autre l'a éconduit sans même lui en demander le montant !

— Ça s'appelle du bluff, dit Léon. Perdonnet, tu devrais jouer quelques parties avec moi !

Les bagnards ricanèrent.

— De la triche, oui ! rigola Eugénie. Et du chantage par-dessus le marché.

— Certainement pas du chantage, corrigea Vavin, sérieux comme à son habitude. De la justice. Analysons les faits. Une dette née d'une crapulerie se retourne contre son auteur et l'incite à réviser, par un examen honnête, une injustice faite à l'une de ses patientes à partir d'un diagnostic délibérément mensonger. Une pratique de salopard qui me scandalise, en tant que médecin. Interner une héritière après paiement d'un de ses proches désireux de la dépouiller est immonde. Beaucoup de forçats sont innocents par rapport à ce voyou diplômé !

Les autres applaudirent. Eugénie riait, heureuse de découvrir qu'un lointain passé partagé créait des amitiés à toute épreuve.

— Et l'autre, l'oncle, vous l'avez coincé aussi?

— Si on t'a invitée à fêter notre succès, c'est parce que celui-là aussi est neutralisé.

Se tournant vers La Fouine, Perdonnet continua :

— Raconte! C'est toi, le héros de cette seconde opération.

— Je le suivais. C'est mon métier. Dans l'après-midi, il a soudain jailli de chez lui au volant de sa 402 et a filé à toute allure. Un coup de kick et je lui ai collé au train. C'est pas avec sa Peugeot qu'il allait semer ma Terrot 750 bicylindres! J'avais, bien sûr, l'adresse d'Uranie Saint-Just. C'est là qu'il allait. Je l'ai compris quand il a ralenti pour se garer. J'y suis parvenu avant lui. Une moto, tu la poses entre deux voitures et le tour est joué. Je l'attendais en contemplant la vitrine à côté. Ça fait miroir, une vitrine. Il est entré, je l'ai vu toquer chez la concierge. J'ai tendu l'oreille. « Elle est là-haut. Non elle n'est pas sortie », a dit la bignole. Il lui a glissé un bifton, puis a pris l'ascenseur. Je le voyais à travers sa cage grillagée que je suivais quatre à quatre. C'est plus de mon âge de cavaler comme ça! J'ai repéré l'étage. Quand j'ai atteint le palier, il claquait la porte. Heureusement, j'avais mon matériel. C'est encombrant, c'est lourd, mais on regrette toujours quand on ne l'a pas. J'ai entendu des voix à l'intérieur. La petite avait peur. Sans plus hésiter, j'ai crocheté la serrure. Quand je suis entré, Hyppolite avait le cul par terre et la gueule ensanglantée. Il semblait dans les choux. Pas longtemps. Il s'est relevé. La petite a jeté le tesson en terre cuite qu'elle avait à la main et a voulu se tailler. Au passage, il l'a prise par un pied. Elle est tombée, mais elle a réussi à se glisser sous la table de la salle à manger. J'avais déjà sorti mon appareil et mon flash à ampoules, un truc ultramoderne. À chaque prise de vue, l'ampoule crame et on la remplace en une seconde. Je sais, je jouais avec le feu… Mais si l'oncle déchirait la robe de la gamine et que je prenais la photo, il était foutu. Il a fait mieux. Non seulement il a déchiré le corsage de la petite Diane, mais il l'a prise à la gorge, l'a renversée et a commencé à fouiller sous ses jupes.

— Le salaud! s'exclama Eugénie.

Les autres approuvèrent.

— Le flash l'a comme foudroyé. J'ai doublé aussitôt. Une astuce de métier. Sur la première photo, on a le flagrant délit. Sur la seconde, on identifie les partenaires. Le reste est classique.

— C'est-à-dire? demanda le gros Léon, tandis qu'un garçon stylé apportait la volaille demi-deuil.

La Fouine reprit son récit. Alors seulement les convives osèrent commencer leur assiette.

— Ben, il s'est relevé comme un diable et s'est jeté sur moi pour me casser la gueule. Je m'y attendais et il s'est pris un superbe coup de genou dans les joyeuses! Le temps qu'il s'en remette, il était menotté au pied du radiateur. Quant à la petite, elle me regardait effarée. «Vous êtes un ami de mon père?», a-t-elle demandé, encore terrorisée. «De Marius Malaguet? Oui, j'ai répondu. Il m'a demandé de vous protéger.» Il fallait la rassurer. Alors elle s'est jetée dans mes bras et s'est mise à pleurer un bon coup. Je l'ai gardée comme ça jusqu'à ce qu'elle se calme. Quand elle s'est écartée, elle a vu son oncle, enchaîné à quatre pattes. «On dirait un chien», elle a dit. Elle a éclaté de rire et moi aussi. Ça nous a fait du bien. Le prisonnier, hébété, nous regardait, parfait dans son rôle d'épagneul pleurnichard. J'ai dû retenir Diane de shooter dans sa figure. «T'as rien à y gagner, j'ai dit. Il est cuit. Où est le téléphone?» Elle me l'a montré et je t'ai appelé, Perdonnet, puisque c'est toi qui faisais la liaison depuis le Grand Hôtel.

Il s'arrêta. Devant la béatitude gourmande de ses amis, lui aussi voulait déguster le gallinacé dodu et truffé de la province voisine.

— Et l'oncle, il est toujours attaché à son radiateur? demanda Eugénie.

— La Fouine m'a appelé vers 16 heures, dit Perdonnet, J'ai joint Vavin et Léon et on a rappliqué. Marius venait d'arriver avec Uranie. Il revenait de chez Me Gouy où ils avaient fait des papiers pour émanciper la petite et la faire adopter par le lieutenant.

— J'ai manqué ça. Il fallait que je rentre au journal. Les comptes-rendus de la libération de Marius et de celle d'Uranie, vous les aurez demain matin dans *La Liberté*, votre journal préféré ! Sans oublier, bien sûr, la grande rigueur intellectuelle du bon docteur X, que sa déontologie a conduit à réviser un diagnostic erroné.

— Tu as écrit ça ! s'insurgea Vavin.

— Oh, j'évoque simplement sa « rédemption »... Ça laisse entendre que ses pratiques antérieures étaient détestables. Bref, ça lui fait une belle casserole aux fesses !

— C'est insuffisant, objecta Vavin. Ce salopard doit payer.

— Pas d'inquiétude, dit Léon. Il paiera et cher. Je n'ai aucune intention de lui rendre ses billets à ordre. Il aura une sacrée surprise quand sa banque va l'appeler. Et il paiera, il n'aura pas le choix !

La tablée entière applaudit.

— Et Diane ? demanda Eugénie.

Vavin répondit :

— On a discuté ensemble du sort d'Hyppolite. Il a été décidé que Diane, assistée de son père et de Gouy, ès qualités d'avocat, allait porter plainte sans délai. C'est ce qu'ils ont fait après notre départ.

— Malheureusement, compléta Perdonnet, quand les flics sont venus arrêter Hyppolite, il a réussi à leur échapper.

— Tu es sûr de ça ? s'exclama la jeune journaliste.

— Oui, répliqua l'ancien juge. Avec ça, tu as ton article pour demain.

— Je ne sais pas si je vais parler de cette tentative de viol, à cause de la petite. De Marius, aussi. Au fait, où il est celui-là ?

— Il avait prévu de rentrer chez Trésor, ce soir ou demain matin. En tout cas, il emmène les deux femmes au calme, pour qu'elles se reposent. Tout est bien qui finit bien ! Trinquons.

Vavin servit à Eugénie un verre de nuits-saint-georges, afin de glorifier la truffe du plat de résistance. Elle découvrit à cet instant un univers de gastronomie qu'elle ignorait.

À la fin du repas, elle se sentait légère. Les bagnards étaient heureux. La soirée s'acheva joyeusement. Au moment de partir, Perdonnet se leva et dit :

— Au fait, je vous transmets à tous une invitation. Le lieutenant et Trésor nous attendent à Pontempeyrat, en Haute-Loire, le 13 au soir, pour fêter le 14 Juillet. Ils organiseront l'intendance : grange avec du foin, bouteillons de soupe chaude et pinard à volonté...

Tous rigolèrent en souvenir d'une époque où un tel confort leur semblait digne d'un palace.

— Je vous propose de prendre ma voiture, continua-t-il. Nous serons cinq, mais la petite Eugénie ne prend pas trop de place.

Elle rentra à pied. Elle riait toute seule. La vie était belle.

*

Eugénie arriva guillerette au journal, mais Minouche tordit le nez en la voyant. Échaudée par un passé encore récent, elle lui demanda :

— Marcel ? Une grosse colère ? J'ai fait une nouvelle connerie ? Tu le sais, toi ?

— Non, mais il a demandé après toi avec son air en dedans, tu vois ce que je veux dire ?

Elle ne voyait pas précisément, mais elle imaginait, ce qui était pire.

— Oui, mentit-elle bravement.

— Tu dois aller le voir dès ton arrivée.

Elle prit une grande inspiration, se prépara mentalement et s'engagea dans le couloir, passa le museau par la porte ouverte, l'air interrogatif.

— Entre, dit-il, et ferme derrière toi.

Mauvais signe. Elle obtempéra. Il ne l'invita pas à s'asseoir. Elle resta debout, feignant de s'intéresser à la décoration.

— Tu étais superbe, hier soir, chez la mère Brazier, dit-il d'une voix trop douce.

— Merci, je me devais d'honorer mes hôtes, répondit-elle sur ses gardes, avec un rien de provocation.

Elle faillit poursuivre en lui demandant son menu de la veille, mais resta sagement sur la réserve.

— Étrange compagnie, en vérité.

— Des proches, presque des parents. En Asie, je les appellerais « oncles ».

Elle s'assit, détendue comme avant un combat de Viet Vo Dao. Milan en fut un instant décontenancé.

— Tes amis connaissaient parfaitement ce Malaguet, le père naturel de la jeune Diane Saint-Just et sujet de tes rubriques. C'est curieux, tu ne trouves pas?

Il n'attendait pas de réponse. Ses yeux brillaient, même si son ton restait calme. La colère pouvait exploser à tout moment. Il risquait alors de la renvoyer. Elle s'y était préparée, même si elle voyait mal sa faute, ce qui la contrariait. Ayant appelé les arts martiaux à la rescousse, elle se détendit.

— L'ennui est que, manifestement, ils sont intervenus dans cette affaire et que tu les as aidés.

— Ils ont effectivement œuvré à rétablir la vérité. Je résume : Uranie Saint-Just, femme très riche depuis la mort de son père, est internée à la demande de son beau-frère, avec la complicité d'un médecin vénal. Il devient son curateur et le tuteur de sa fille, pour mieux les dépouiller. L'argent est son moteur, mais il convoite aussi la gamine. Se sentant en danger, elle appelle au secours son père naturel, un certain Malaguet, qui vient la chercher. Aidé de ses amis, pour contrer l'escroquerie d'Hyppolite Saint-Just, celui-ci cherche à faire libérer la femme internée. C'est là que j'interviens. Car c'est ça qui vous chiffonne, patron, mon rôle dans cette affaire, hein? Eh bien ! je suis intervenue mal à propos, involontairement, certes, mais c'est ma faute si Malaguet a été arrêté et mis en garde à vue. Il m'avait appelée au journal où je lui ai donné rendez-vous. Il est venu, mais Hyppolite Saint-Just, m'estimant trop bien informée, me faisait suivre. C'est comme ça que mon bonhomme a été repéré. Ça ne m'a pas plu. J'avais une faute à réparer. Alors j'ai prévenu les vieux amis de Malaguet, qui sont aussi les miens, et ils ont agi efficacement, comme vous l'avez entendu hier soir. Ils ont libéré la mère et la fille de la tutelle de l'escroc. Une belle histoire, non?

— Une belle tentative de viol ! Un truc sordide. Mademoiselle Merey, collecter l'information est le métier du journaliste. Manipuler les événements, une faute professionnelle.

Le ton montait. La voix puissante de Marcel Milan s'amplifiait. L'orage approchait. Eugénie plissa les yeux, se concentra pour contre-attaquer.

— Patron, dit-elle. Vous étiez derrière les plantes, à un mètre de nous. Et l'histoire vous intéressait plus que votre convive.

Il sursauta.

— Difficile de ne pas entendre, dit-il. Vous n'étiez pas discrets.

— Nous étions heureux pour Marius Malaguet et pour Diane, sa fille.

— Vos amis communs ont eu ton aide et celle du journal. Et toi, tu t'es offert du sensationnel à bon compte.

Il grondait, entrait en vibration. Eugénie ne céda pas un pouce.

— Le métier me passionne, dit-elle avec un sourire mordant. Mais le sensationnel à tout prix est dégueulasse. Je suis d'accord avec vous, mais votre accusation est injustifiée. C'est tellement vrai que je n'écrirai rien sur la tentative de viol dont a été victime la petite.

— Je ne te crois pas. Ce n'est pas dans la logique opportuniste que tu as montrée hier soir.

— Hier soir, j'étais en liberté avec mes amis. Vous, vous écoutiez aux portes. Attention, patron, votre information n'est pas étayée, elle est parcellaire. Un jugement hâtif ne fait-il pas du mauvais journalisme ?

Il blêmit.

— Tu oses... Tu es folle !

— Ne me faites pas une colère ! Vous êtes trop fin pour ça et la question est grave. Il y a quantité de choses dans cette affaire que vous ignorez.

— Je n'imagine pas quoi, grinça-t-il.

— Vous me promettez de garder confidentiel ce que je vais vous dire ?

— Tu te fous de moi ? J'ai une déontologie, au moins ! Encore un mot et je te vire.

— D'accord, mais pas avant de m'avoir écoutée.

Son ton, son regard étaient assurés, presque inquiétants. Milan songea soudain qu'elle irait jusqu'à la contrainte physique pour se faire entendre : un tel culot le souffla. Il devint rouge, faillit exploser. Eugénie, souriante, mit son doigt sur sa bouche pour exiger le silence. Pris de court, il obéit.

— Cette histoire commence avec la naissance de Marius Malaguet en 1894, mais elle se corse en 1917. Il avait vingt-deux ans et trente mois de front. Nommé au feu, il était devenu officier. Un jour d'avril, pour le punir d'avoir bafoué des gendarmes, on l'a nommé à la tête d'une compagnie de bagnards volontaires pour le front. Ils avaient tué leur précédent chef de compagnie...

Il l'écouta sans l'interrompre. À la fin, il s'exclama :

— Mais alors, si j'ai bien compris, ce Marius Malaguet est... ton frère !

— Et la petite Diane, ma nièce, oui. Une coïncidence étonnante... C'est bien le propre des coïncidences, non?

— Cette histoire est incroyable ! Tu vas la boucler dans ton article d'aujourd'hui. Écris la vérité, pas toute la vérité si tu veux, mais rien que la vérité. Je relirai ton papier. Connaissant toute l'histoire, je ne perdrai pas de vue l'intérêt de ta... nièce. Après ça, on n'en parlera plus.

— Sauf qu'Hyppolite court toujours, qu'il est ruiné, qu'il a les flics aux fesses et qu'il risque de faire des conneries.

— Ne sois pas trop pessimiste. La police est une machine lente mais sacrément puissante.

Elle hocha la tête.

— Au fait, dit-elle, une question indiscrète...

Elle avait l'air espiègle soudain, toute jeune et éclatante de santé. Milan fut sous le charme.

— Vas-y, dit-il.

— Avec qui dîniez-vous hier soir?

— Chez la mère Brazier? Avec le maire.

— Le maire? Herriot?

— Soi-même. C'est un rad-soc' et nos relations sont suivies. Ça ne t'étonne quand même pas !

Elle allait vers la porte quand l'air grave de Milan l'arrêta.

— Je voulais te renvoyer, dit-il. Tu t'en es sortie. Tu as de grandes qualités, mais le moins que l'on puisse dire, c'est que tu es atypique. Le journal n'a pas besoin de toi pendant l'été, période toujours calme. Prends des vacances. Reviens courant septembre. On décidera ensemble de ton avenir, au journal ou ailleurs. D'ici là, on réfléchira tous les deux.

Elle hocha la tête, méditative et un peu déçue.

— Je m'arrête quand?

— Envole-toi après le 14 Juillet.

Elle sortit perplexe.

18

14 Juillet

— Je ne fais pas de plats chauds, avait annoncé Madeleine. Je ne sais pas quand ils vont arriver ! Faut un bon moment pour venir de Lyon et on ne sait pas à quelle heure ils sont partis.

Dans sa cuisine, assistée de Diane et de Louise, elle mettait la dernière main à une énorme salade verte qui devait en rejoindre deux autres : pommes de terre et oignons d'une part, lentilles vertes, la spécialité du Puy, d'autre part. Le tout s'accompagnerait d'un gargantuesque plat de cochonnailles, d'un plateau de fromages du même acabit et d'une montagne de petites cerises noires sucrées que les enfants avaient passé l'après-midi à cueillir sur les merisiers d'alentour.

Uranie les avait accompagnés. Elle était rentrée fatiguée et heureuse de cette promenade par les prés fauchés et les bois pentus. Madeleine avait refusé son aide et l'avait invitée, avec une calme autorité, à faire un somme avant le dîner. La voyant monter lentement, elle s'était demandé quelle saloperie on lui avait fait avaler à la clinique pour l'affaiblir ainsi.

— Maman ! cria Jean en jaillissant dans la pièce. Ils arrivent ! Ils arrivent !

Tous se précipitèrent dehors. La Hotchkiss progressait opiniâtrement sur le chemin.

— Va prévenir Marius et ton père, ordonna Madeleine.

Jean sauta sur son vélo et pédala comme un damné.

Le chemin était étroit. Le jeune homme se gara à l'entrée d'un pré pour libérer le passage. La voiture s'arrêta à sa hauteur. La vitre était baissée :

— Où vas-tu si vite, mon garçon? demanda Perdonnet.

— À la scierie, prévenir que vous êtes là! Papa me l'avait demandé.

— Va, Jean, va...

— Vous savez mon nom?

— Ton père est mon ami depuis très, très longtemps. Ça t'étonne qu'il parle de toi dans ses lettres?

Ils se séparèrent sur de grands sourires.

Eugénie retrouvait Madeleine avec plaisir. Elle n'était venue à Pontempeyrat que quelques jours l'année précédente, mais l'épouse de Trésor était si chaleureuse, si vivante, si tolérante que tout le monde l'aimait. Les deux femmes s'embrassèrent. Puis elle serra dans ses bras une Louise qui la regardait avec de grands yeux émerveillés. Ni Diane ni Uranie n'étaient là. Elle s'en étonna.

— La maman se repose, dit Madeleine. Elle est encore fragile. La petite est montée la voir. Quant à toi, ma grande, va boire un coup dehors avec tes copains!

Elles rirent, puis la jeune femme rejoignit les quatre hommes à l'ombre du grand mûrier devant la maison. Comment diable cet arbre, inhabituel dans ce pays rude, avait-il poussé là? En tout cas, il était plus que centenaire et ses frondaisons abritaient une surface suffisante pour qu'on y eût dressé la table et installé un cercle de fauteuils en rotin. Eugénie y invita ses compagnons de route.

— Ça va, vous êtes bien?

— Très bien, petite Eugénie, répondirent-ils en chœur.

— Sauf qu'il fait soif! compléta La Fouine avec un sourire coupable.

— J'y vais, dit-elle en filant vers la cuisine.

Elle en revint portant verres, bouteilles, eau fraîche et gourmandises sur un grand plateau. Tous prirent du Pernod. Vavin, Perdonnet avaient abandonné veste et cravate. Léon, toujours réchauffé, ne mettait jamais ni l'une ni l'autre. Quant à La Fouine, le dandy des bals musettes, il portait un maillot de marin qui moulait son torse sec. Comble du négligé, une mèche s'évadait de sa chevelure plaquée et dépassait de son canotier.

L'ancien juge et le médecin avaient tiré leur siège au soleil et offraient leur visage aux rayons adoucis du couchant. Léon, masquant son fauteuil de sa masse, buvait et dévorait. Ses mains boudinées happaient avec régularité les petites tartines garnissant le plateau.

— Goûtez-moi ça ! s'exclama-t-il.

— Pâté de lapin, façon Madeleine, expliqua Eugénie. Elle a tout fait, à commencer par occire l'innocent rongeur car Trésor, ce grand sensible, n'a pas le cœur à exécuter ces pauvres bêtes.

Elle fit tourner le plat, puis brandit son verre :

— À la santé de Johannes, mon papa, de son fils Marius et de sa petite-fille Diane !

Tous trinquèrent.

À l'appel de son nom, la jeune fille jaillit de la maison et s'arrêta, interdite. Elle salua timidement les amis de son père, eut un sourire reconnaissant pour La Fouine, le seul qu'elle connaissait, puis regarda Eugénie avec une curiosité inquiète. Cette belle fille en chemisier blanc et pantalon kaki de broussarde l'intimidait, avec son panama sur l'œil. Son propos évoquant son grand-père Johannes résonnait encore à ses oreilles.

— Bonjour, Diane, dit l'étrangère. Ça me fait plaisir de te rencontrer enfin.

— Bonjour, madame, répondit la jeune fille. Mon grand-père Johannes, c'est votre père et celui de Marius ? Vous êtes ma tante ?

— On le dirait bien. Appelle-moi Eugénie et dis-moi « tu ». Je ne suis pas si vieille. Tu as dix-sept ans, je n'en ai que six de plus. En fait, je suis autant ta grande sœur que ta tante.

Toutes deux s'installèrent sur le banc de pierre, devant la maison. La tiédeur du jour finissant, le soleil qui sombrait derrière les collines boisées, le calme, tout ramenait Eugénie au Cambodge. Elle était loin de chez elle. Ce pays, pourtant, était beau lui aussi. Les sapins valaient les hévéas et les tigres d'ici s'appelaient hiver et froid. Eux aussi étaient redoutables.

Diane semblait intimidée, en attente. Quand le regard d'Eugénie revint sur elle, elle demanda :

— Comment est-il, mon grand-père? Est-ce que j'ai une grand-mère aussi?

— Ton grand-père Johannes habite avec ta grand-mère Marie à cent kilomètres des temples d'Angkor.

— En Indochine?

— Oui. On y est partis tous les trois, en 1919. Le ministère des Colonies offrait des primes aux anciens combattants pour s'installer outre-mer. J'avais sept ans, presque huit.

— Et Marius?

— Il en avait vingt-quatre et s'occupait déjà de la scierie. Trésor l'avait rejoint. Sa vie était ici. Tu lui demanderas de te raconter son histoire.

— D'accord. Tout à l'heure, tu as parlé de Johannes avec tes amis, mais pas de Marie, sa femme. Pourquoi?

Sa voix s'était tendue. Elle craignait un pesant secret concernant sa grand-mère, qu'elle espérait aux antipodes de bonne-maman Saint-Just. Eugénie en fut amusée.

— Maman est capable d'être sévère et parfois il faut filer doux. Mais elle sait être tendre. Elle sera une grand-mère formidable. Ne sois pas inquiète, tu vas l'adorer.

— Vous pouvez... tu peux me la décrire? se reprit-elle. Est-ce que je lui ressemble?

Eugénie contempla sa nièce.

— Tu as le regard de Johannes, mais ta silhouette, c'est Marie, en un peu plus grande. C'est une femme droite, mince, dure au travail. Pas bavarde mais attentive. Son affection est discrète, mais toujours présente. Quand tu ne te sens pas bien, elle est là. Sans rien dire, elle te rassure, te soulage d'un geste, d'un sourire, d'une petite attention imprévue.

— Elle est jolie?

— Très jolie. Elle a de beaux yeux bleus, des cheveux blancs magnifiques qui font oublier les rides de son visage.

— Alors ils sont vieux, Johannes et elle?

— Mais non! Maman a cinquante-cinq ans et papa cinquante-six, tu vois bien qu'ils ne sont pas si vieux...

— C'est vrai, dit Diane. Bonne-maman Saint-Just, cette vieille bique qui n'est même pas ma vraie grand-mère, a soixante-seize ans. Ça fait beaucoup plus!

— Et surtout, ma maman est jeune dans sa tête.

— Et qu'est-ce qu'elle aime?

— La musique. Elle adore la musique.

— Dis-moi autre chose sur elle.

— Elle sait toujours où sont les choses et se rappelle tout, comme souvent les illettrées.

— Elle ne sait pas lire?

— Elle a appris à plus de quarante ans. Elle lit péniblement. Elle était servante de ferme, avant que Johannes l'emmène. Le peu qu'elle gagnait, c'était pour payer les études de son fils. Elle a travaillé pratiquement dès qu'elle a su marcher.

Diane regardait la prairie. Les explications d'Eugénie lui ouvraient un univers où elle n'était pas sûre d'avoir sa place. Ces gens semblaient étranges. Des incertitudes la troublaient. Marie avait élevé seule son fils: où était Johannes pendant ce temps? Qui étaient réellement les amis de Marius? Pourquoi connaissaient-ils Johannes? Son père commandait des bagnards: donc La Fouine, son sauveur, était un ancien forçat! Et Johannes aussi, puisque les autres l'avaient acclamé.

Ces gens s'étaient organisés pour démolir l'oncle Hyppolite et faire libérer sa mère. Elle se sentait bien avec eux, qui pourtant n'appartenaient pas à son monde habituel. Elle supportait mal les gens «normaux» qui entouraient bonne-maman Saint-Just, même si cette fausse grand-mère s'était beaucoup occupée d'elle. Certes, elle était toujours sur son dos, mais elle lui avait appris tant de choses. La reverrait-elle? Elle n'en avait pas envie pour le moment. Elle avait bien compris qu'après la tentative d'Hyppolite pour la ruiner, sa mère l'éviterait, mais l'idée de ne jamais revoir la vieille femme la gênait.

Et Eugénie? Cette fille si à l'aise dans la vie, pouvait-on compter sur elle? Elle envia son aisance.

— J'ai tellement de doutes, osa-t-elle lui confier, je suis souvent mal à l'aise. Toi, tu sembles si forte. Comment ça se fait ?

Eugénie resta silencieuse. La gravité de son visage la parait d'un rayonnement doux. Elle regardait au loin et réfléchissait.

— Je crois que cela tient à l'amour qu'on m'a porté, dit-elle. Mon premier papa m'adorait et je l'adorais. Il avait une ferme en Picardie. On y accueillait les poilus qui descendaient du front au repos. On s'occupait d'eux. Ce fut une période merveilleuse. Puis un obus a écrasé la maison et tué mon père. On m'a mise à l'orphelinat. J'étais si malheureuse que je m'en suis enfuie. C'était en 1919, la zone des combats était encore interdite à cause des obus non explosés. Je m'y suis perdue dans la nuit et Marie m'a trouvée. Elle aussi s'était égarée[1].

— Qu'est-ce qu'elle faisait là ?

— Elle était allée chercher Johannes, l'homme de sa vie. Il était blessé à la tête et on ne savait plus où il était. Elle m'a emmenée, pour que je ne retourne pas à l'orphelinat. J'avais sept ans et je ne l'ai plus quittée. Plus tard, Johannes et elle m'ont adoptée.

— Elle t'a aimée tout de suite, alors ?

— Tout de suite.

— Et Johannes ?

— Lui, il est sorti de sa folie – on appelait ça une « obusite » – pour m'empêcher de mourir de la grippe espagnole. Il m'a sauvé la vie. Après, tous les trois, on ne s'est plus quittés.

— Marius est adopté aussi ?

— Il est leur vrai fils.

Diane rit :

— Moi, je suis sa vraie fille et pourtant il m'a adoptée, comme toi !

Elle prit les mains d'Eugénie :

— Marie et Johannes, je veux les connaître.

---

1. Voir *La Revanche du bâtard.*

Un grondement empêcha l'aînée de répondre. Un énorme camion remontait le chemin de terre vers la maison. Diane se leva, enthousiaste.

— Papa et Trésor reviennent de la scierie ! s'écria-t-elle.

La regardant courir, Eugénie sentit ses yeux s'embuer. Elle comprenait Marie découvrant un chaton perdu dans le *no man's land.*

En arrière des villageois, Malaguet, Trésor et leurs quatre compagnons se tenaient debout, terriblement sérieux. Le maire, un paysan rougeaud, déclamait avec conviction un propos convenu que personne n'écoutait. Diane, Jean à son côté, donnait la main à Louise. Elle ne perdait pas de vue son père. Son recueillement l'étonna, jusqu'à ce qu'elle observe le poilu de bronze. En marche immobile sur son socle, il brandissait une couronne de lauriers. Marius avait porté cet uniforme. La Grande Guerre ne se résumait pas pour lui à ces commémorations empesées où l'emmenait bonne-maman Saint-Just, avec leurs discours englués de « héros éternels », de « sacrifices à la patrie » et de « fils glorieux tombés au champ d'honneur », ni à ces billets de Loterie nationale dédiés aux « gueules cassées » qui montraient des vétérans en bleu horizon, aveugles et lamentables. Elle réalisa pour la première fois que, derrière ces images d'Épinal, la guerre avait dévoré la jeunesse de son père, avait tué des centaines de ses amis et de ses hommes.

Ses hommes... elle en voyait une députation. La Fouine et ses compagnons d'armes, bagnards vieillissants, devant ce monument pompeux et dérisoire, représentaient leurs copains morts, mais aussi des millions de disparus. Elle devina la blessure incurable qui les marquait encore. Cette cérémonie du souvenir, si ridicule fût-elle, les touchait au cœur et elle fut émue de leur chagrin.

Pourtant, lors du dîner de la veille, ils avaient ri et plaisanté, heureux de se retrouver, de trinquer, de ripailler. Le sourire des femmes, le rire de Louise, la benjamine, les avaient mis en joie. Elle songeait aussi à cet instant où son père, descendant du camion, l'avait serrée dans ses bras et, fier de sa jeunesse et de son charme, l'avait conduite devant ses anciens compagnons, encore à l'apéritif :

— Messieurs, j'ai le plaisir de vous présenter Diane Saint-Just-Malaguet, ma fille !

— Votre plus bel exploit, mon lieutenant ! avait clamé La Fouine, sous les applaudissements. Ça valait le coup de se battre pour elle !

Elle avait piqué un fard, à la fois mal à l'aise et très fière de son père qui lui offrait son nom et le proclamait en public. Elle avait d'ailleurs aussitôt décidé qu'elle le porterait seul à l'avenir, sauf en présence de sa mère, bien sûr, pour ne pas la faire souffrir. Ce matin, son admiration de la veille se renforçait, s'étoffait. Les forçats de Cayenne avaient repris du service, pour elle, pour Marius surtout. Ces hommes d'âge mûr l'appelaient encore « mon lieutenant », avec une extraordinaire déférence. Ce père qui parlait peu, et d'elle plus que de lui, commençait-elle à l'aimer ?

Une impression désagréable la tira de sa réflexion. Elle se retourna, comme piquée par un insecte, ne remarqua rien de particulier. Revint à sa contemplation, mais c'était fini, le maire repliait ses papiers, saluait le curé qui, barrette en tête et soutane solennisée d'une étole, affirmait sa place de premier notable du village. Le magistrat municipal serra ensuite la main de la plupart de ses concitoyens, de Marius enfin, auquel il reprochait depuis des années de ne pas afficher ses décorations et de ne pas être au premier rang de cette cérémonie que pourtant il ne manquait jamais. Diane surprit ses regards interrogatifs sur les compagnons de son père et sur les étroits rubans à leur boutonnière. Il sembla frustré que Marius ne les lui présentât pas et finit par s'éloigner, l'air bougon.

— Tu viens, au lieu de rêver ? l'interpella Jean.

Elle le rejoignit en courant.

*

La moitié de Pontempeyrat était attablée sous des toiles tendues au-dessus de tréteaux bordés de bancs. Sur des foyers en plein air, nourris de copeaux et de talons d'arbres, mitonnaient de considérables marmites de potée aussi généreuses en cochonnaille qu'en légumes frais. Dans d'énormes poêles, derrière lesquelles officiaient, congestionnés et vifs, Jean, sa mère et Diane, rissolaient des galettes de pommes de terre râpées, copieusement lardées et relevées d'oignons. Louise faisait le service du pain et du vin. Quand Eugénie la voyait passer, portant un cruchon aussi gros qu'elle, elle allait l'assister sous les quolibets des bagnards attendris.

Tous les 14 Juillet, depuis trois ans, les enfants de Trésor servaient ainsi les villageois dans la cour de la scierie où se déroulaient les réjouissances. C'était l'espace dégagé le plus propice du village et la coutume était maintenant bien établie. Certes, le repas n'était pas gratuit – les gens sont sains en Haute-Loire et toute peine mérite salaire –, mais le prix était sans comparaison avec celui d'un restaurant.

Madeleine, acheteuse des denrées et cuisinière hors pair, était la grande prêtresse du festin. C'était pour elle, comme pour ses enfants, un grand jour. Pour rien au monde ils n'auraient cédé leurs places. Le 14 Juillet, en effet, tout le bénéfice leur était acquis et constituait leur argent de poche des douze mois à venir. Une idée de Trésor, à qui son enfance dans les baraquements des fortifs avait inculqué quelques sages principes.

Diane, intéressée par cette autonomie financière et inconsciente de la richesse de sa mère, avait tenu à participer. Elle avait été d'autant mieux accueillie qu'en cette année 1936 la clientèle s'était complétée de plusieurs dizaines de « congés payés ». Sur les bords de l'Ance, dans les prés fauchés, avaient éclos des dizaines de tentes supplémentaires, peuplées d'ouvriers et d'employés de Saint-Étienne goûtant leurs premières vacances.

Connaissant les lieux, Marius avait installé ses invités à une table en retrait de la foule et à l'ombre légère d'un grand frêne.

Le coup de feu passé, Diane les rejoignit. Marius présidait. Uranie, sa mère, siégeait entre La Fouine qui avait réussi à la faire rire et Trésor qui la traitait avec sa coutumière et gouailleuse déférence. Vavin fumait une cigarette ; Léon, un cigare noir dont l'odeur corrosive eût été insupportable dans une pièce fermée. Perdonnet, sa chaise reculée et les jambes étendues, contemplait le monde d'un air rêveur. Une fois les cent estomacs pleins, la rumeur de fête foraine s'était atténuée.

— Faites donc attention ! éructa une voix aigre.

Les convives levèrent les yeux : un paysan titubant venait de bousculer un homme maigre au visage ombré d'un feutre mou.

— Hyppolite ! s'écria Diane en se serrant contre son père, qui s'était levé.

Se voyant découvert, Saint-Just brandit un pistolet.

— Vous allez payer, salopes ! hurla-t-il.

La détonation fut assourdissante. Uranie s'écroula avec un petit cri, les deux mains agrippées à sa poitrine qui se poissait de sang. Déjà le forcené orientait son arme vers Diane. Marius se jeta dans la ligne de tir. Une seconde détonation retentit, mais la main d'Hyppolite visait le sol et la flexion de son coude s'était inversée. D'une prise incroyablement brutale, Eugénie lui avait déboîté l'articulation. Elle voulut le colleter, mais il lui échappa et, malgré son bras inerte, se précipita dans la foule. Léon avait ramassé l'arme. Il la braqua sur le fuyard, puis l'abaissa.

— Tirez, mais tirez, espèce d'abruti ! hurlait Diane, hystérique.

— Tais-toi, dit sèchement Marius. Pas question de tirer dans la foule. On l'aura autrement.

Le regard haineux de sa fille lui fit mal. Tout à sa vindicte, elle n'avait pas vu sa mère s'effondrer. Elle cherchait à repérer son ennemi.

Vavin s'était précipité vers la blessée. Marius s'accroupit à côté de lui. Il ne vit ni Trésor foncer vers les véhicules de la scierie, ni La Fouine suivre Eugénie à la poursuite de Saint-Just. L'ancien chirurgien se releva avec une grimace et un hochement de tête. Malaguet posa la tête d'Uranie sur ses genoux.

— Marius… Diane…, dit-elle d'une voix aussi faible qu'angoissée. Il ne lui reste que vous…

— Elle a aussi sa mère et la gardera, dit-il doucement, sachant bien qu'il mentait.

Pas d'amour dans son propos, mais une compassion réfléchie. Cette femme lui était tellement étrangère ! De leur brève aventure ne restait qu'amertume... Pour Marius, elle n'existait qu'à travers sa fille, leur fille, et maintenant elle mourait sans qu'il ressentît le moindre chagrin.

En lui faisant un enfant, elle en avait dépossédé Jeanne ! Le tonnerre de cette pensée absurde le bouleversa. Jeanne aurait dû être la mère de Diane !

L'œil dur, il observait l'agonisante, attendant sa fin, lui souhaitant un bonheur éternel auquel il ne croyait pas. Un infime soubresaut, une brève crispation et son regard s'éteignit, sa tête s'appesantit sur ses genoux. C'était fini. Marius s'apaisa : Uranie Saint-Just glissait déjà vers la brume froide de ses remords oubliés.

Une silhouette lui fit de l'ombre. Il leva les yeux. Diane, horrifiée par le sang qui imbibait la terre, regardait le visage rigide de sa mère, tandis que Marius lui fermait les yeux.

— Elle est morte, dit-il. Elle n'a pas souffert.

— Elle est morte et tu t'en fous ! hurla-t-elle. Tu ne l'as jamais aimée ! Tu n'as pas su la protéger et maintenant elle est... elle est... Je te déteste, je te déteste !

Elle se tourna brusquement et s'enfuit. Marius n'osa pas reposer la tête d'Uranie pour la poursuivre. Le temps de se dégager, sa fille disparaissait dans les bois, derrière la scierie. Il lui avait annoncé la mort de sa mère d'un ton neutre, sans douleur, et Diane ne s'y était pas trompée. Désemparé, il entendait des cris, voyait des gens s'agiter autour de lui, mais il était ailleurs, dans le deuil de nouveau. Celui de Jeanne, mais aussi celui d'une jeune vivante qui le fuyait et le haïssait. Une angoisse d'abandon, embusquée depuis toujours au fond de sa conscience, le dévasta. Il se leva et, le pas hésitant, se mit en marche. Léon et Vavin s'avancèrent vers lui. Perdonnet les retint.

— Laissons-le. Il a besoin d'être seul. Allons prévenir les gendarmes. Il y a forcément le téléphone au bureau de la scierie.

Tout s'était passé si vite que Madeleine et Jean réalisaient à peine. La foule bruissait, s'interrogeait, s'inquiétait.

— C'est fini, dit Perdonnet à voix forte. Reprenez vos places.

Les gens se calmèrent.

— J'ai tout vu, disait une vieille. C'est ce gars maigre, il avait un pistolet.

L'ancien juge s'approcha d'elle.

— Madame, restez ici et gardez votre récit pour les gendarmes. Ne parlez pas, ça altère la mémoire et il va vous falloir témoigner.

Se tournant vers le petit groupe qui avait assisté à l'événement, il poursuivit :

— Ceux qui ont vu les faits attendent, eux aussi. Nous allons téléphoner et nous revenons. Madeleine, faites-leur porter à boire. C'est ma tournée.

Eugénie et La Fouine avaient rejoint la 402 dans laquelle s'était jeté Saint-Just. Il avait eu le temps de verrouiller la porte et lançait le moteur. Ils s'écartèrent en catastrophe de la voiture qui démarrait en trombe. Elle fit une embardée et fila vers la grand-route, cinq cents mètres plus loin. Les deux poursuivants revinrent en hâte vers la cour de la scierie.

— Il a pris sa voiture ! hurla La Fouine. Il va vers la grand-route.

— Je m'en occupe, répondit Trésor en grimpant dans son camion.

Eugénie accéléra sa course et bondit en voltige dans le tracteur qui, sans remorque, démarrait comme un obus. Au lieu de filer vers la route, le grand Noir se dirigea vers un petit chemin qui partait derrière la scierie, franchissait l'Ance et montait à travers les pins. Le camion passa le pont de bois de justesse, ses larges pneus débordant de chaque côté. Puis il prit de la vitesse. Rugissant, il gravit à une allure croissante la forte pente. Cramponnée à la portière et au tableau de bord, Eugénie rebondissait sur son siège à chaque cahot.

— Où on va? hurla-t-elle pour couvrir le ronflement strident du moteur à plein régime.

— Ce chemin rejoint la route de Saint-Étienne au milieu de la côte, au-dessus du viaduc. S'il a pris cette route, on y sera avant lui et on l'aura.

L'escarpement semblait sans fin, il était si raide que la jeune journaliste se demanda plusieurs fois si le camion n'allait pas se cabrer et basculer vers l'arrière. D'un coup, il plongea vers l'avant. Ils avaient rejoint la grand-route.

— Je le vois ! brailla Eugénie. Il va tourner dans le dernier virage avant la ligne droite où nous sommes.

— Parfait, répondit Trésor qui s'engagea dans la côte, passa le virage qui fermait le tronçon rectiligne et freina brutalement, braquant son volant.

Le lourd tracteur dérapa et s'immobilisa en travers de la route.

— Tiens-toi bien, dit Trésor. S'il ne nous a pas vus, il va nous rentrer dedans. Ça va secouer.

Ils guettaient l'entrée du virage. Cinq secondes plus tard, la grosse Peugeot débouchait à quatre mètres d'eux. D'un coup de volant désespéré, Hyppolite évita le camion, mais sa voiture quitta la route. Ils la virent plonger dans la pente, rebondir, se retourner une première fois, continuer à glisser et enfin se coucher sur le flanc.

— Parfait, rigola Trésor. Je dégage le camion. Il ne faudrait pas provoquer un accident !

Il redémarrait. Eugénie sauta sur la chaussée.

— Je vais voir ! cria-t-elle.

— Méfie-toi, répondit Trésor. Ce mec est un serpent.

La voiture gisait cent cinquante mètres plus bas. Eugénie eut tôt fait de la rejoindre. Elle était vide. Impossible ! Il devait se cacher. Elle regarda autour d'elle avec méfiance et remarqua les portes grandes ouvertes, à demi arrachées. Il avait été éjecté. Elle remonta doucement et l'aperçut. Il la regardait. C'était étrange : il semblait conscient, mais sa tête ensanglantée faisait un angle anormal avec son corps.

— Bougez, dit Eugénie.

Malgré ses efforts, aucun mouvement, pas même une vibration. Le blessé voulut parler. Il n'émit qu'un borborygme et leva sur la jeune femme un regard affolé.

— On va prévenir les secours, dit Trésor qui arrivait.

Eugénie le regarda, interloquée. Ils s'éloignèrent sans toucher au blessé.

— Tu veux vraiment prévenir les secours? demanda-t-elle.

— Mais oui! Tétraplégique et muet, il va regretter de n'être pas mort. Ne sois pas émue, petite Eugénie. Il a eu ce qu'il méritait.

Elle rit:

— Trésor, tu oublies que j'ai fait la guerre, moi aussi! Des grands blessés, j'en ai vu presque autant que toi. J'avais simplement envie de le laisser crever.

Ils rejoignirent le camion que Trésor ramena calmement à la scierie. Il s'arrêta devant le bureau. Perdonnet était encore au téléphone. Le pouce en l'air, il lui fit signe que tout allait bien.

— Un instant, brigadier. On m'apporte des nouvelles du fuyard, dit-il. Sa voiture a quitté la route et a basculé dans le ravin, au-dessus du viaduc. Il est gravement blessé, il faudrait du secours...

Ils se retrouvèrent dehors.

— Allons boire un coup, dit Trésor. Tout ça m'a donné soif.

*

La vue brouillée de larmes, sans souci des ronces et des fougères qui la griffaient, Diane gravissait la montagne. Elle ne savait pas où elle allait, mais elle suivait le chemin. La pente était trop raide pour monter tout droit. Elle allait vers le haut sans savoir pourquoi. Plusieurs fois, elle avait regardé derrière elle. Nul ne la poursuivait. Elle en était à la fois déçue et satisfaite.

Sa mère était morte. Et si elle mourait aussi? Elle eut soudain très peur: le ciel était beau, elle aimait le soleil. Sa vie était à elle, rien qu'à elle. Elle n'avait aucun devoir de la sacrifier, pas même à sa mère morte. Ce sursaut de vie la culpabilisa, ses sanglots redoublèrent.

Elle atteignit les crêtes. Leurs rondeurs successives et boisées donnaient au sud sur des vallons herbus. Des bovins broutaient au fond des pentes douces. Leur présence placide la calma. Puis elle vit le rocher isolé, au milieu de l'herbe. Un lieu familier. Une demi-douzaine de vaches paissait placidement. Diane contourna le monolithe. Personne. Puis elle entendit le cliquetis des fuseaux et contourna l'arête de granit. Assise sur son pliant, Mémé Berthe leva les yeux sur elle, posa précipitamment son ouvrage et s'avança bras ouverts. Diane, qui lui rendait une tête, s'y précipita, redoublant de larmes. La vieille femme ne dit rien, mais caressa ses cheveux. Leur étreinte dura le temps que les sanglots de la jeune fille tarissent. Alors la vachère sortit de ses jupes un grand mouchoir et lui essuya le visage.

— Viens t'asseoir, dit-elle.

Elle la guida vers le bas du rocher. Elles s'assirent dans l'herbe, côte à côte, adossées à la pierre.

— C'est là que je fais la sieste, dit Mémé Berthe. Reposons-nous.

Diane appuya la tête contre son épaule et ferma les yeux. Elles restèrent ainsi un temps indéfini. Quand la jeune fille sembla s'éveiller, l'ancêtre parla.

— Raconte-moi tout, dit-elle.

Diane parla, parla, racontant dans le désordre, expliquant, réexpliquant. Mémé Berthe lui tenait la main, silencieuse, l'encourageant du regard. Quand elle eut fini, la vieille femme se leva. Étonnée, Diane l'imita.

— Tu as des choses à faire, dit-elle. Ta mère est morte. C'est très dur, mais c'est comme ça. Il faut consoler les vivants. Le Marius a besoin de toi. Il doit être mort d'inquiétude. Il a pas l'habitude d'être père, beauseigne ! Tu dois le soutenir pour qu'il te soutienne.

La franchise brutale de la paysanne, mêlée de tendresse, secoua Diane.

— Je rentre, dit-elle.

— Je t'accompagne, dit la vieille. Donne-moi le bras.

Elle rangea son carreau et son pliant dans son grand cabas. La jeune fille aussitôt l'en délesta.

— Et vos vaches ? s'inquiéta-t-elle.

— Le noiraud s'en chargera. C'est son métier de chien. Et puis je reviendrai tout à l'heure.

Pendant le trajet, les deux femmes discutèrent, la vieille parlant du temps, du pays, des gens surtout. Elle savait raconter, la Mémé Berthe, et Diane était sous le charme.

Le temps passa vite. Elles arrivèrent dans la cour de la scierie désertée. Les gendarmes venaient de partir. Eugénie se précipita vers elles.

— Bonjour, madame, dit-elle à la vieille.

— Toi, tu es une fille de la ville, répondit la Berthe, goguenarde.

— Pas du tout! Mon père était paysan, là-haut, en Picardie. Un obus l'a tué chez lui, chez nous. Puis Johannes, l'ancien forçat, et Marie, la servante de cette brute de Malvier, m'ont adoptée.

— Et vous êtes partis aux colonies. Tu es la petite Eugénie, hein? Et ben, t'es devenue une bien belle fille. Où est le Marius, ton frère?

— Il est allé voir Jeanne, dit la jeune femme en baissant les yeux.

— Emmène-lui la petite, dit la mémé. Je vais me reposer un peu.

Ne comprenant rien à ce dialogue, Diane se sentit désemparée.

— Viens, dit Eugénie.

Elles marchèrent vers l'église qu'entourait le cimetière. Diane vit Marius devant une tombe. Elles approchèrent en silence. Il ne bougeait pas. Sur la dalle devant lui, une gravure fraîche disait :

JEANNE MALVIER, épouse MALAGUET
15 mai 1893 – 4 juillet 1936

Le cœur de Diane se serra, lui aussi était en deuil. Elle le savait veuf, il le lui avait dit, mais sa femme était morte depuis dix jours à peine. Des larmes de compassion débordèrent de ses yeux. Elle s'avança, se plaça près de son père et prit sa main. Il la serra, s'y cramponna presque. Le chagrin les submergeait l'un et l'autre, chacun le sien, mais ils étaient ensemble pour l'affronter.

Épilogue

Insensiblement, le grand paquebot bougeait. Entre la coque d'acier noir et le quai, une faille s'ouvrait. Pourtant les trois passagers accoudés à la rambarde ne sentaient aucun mouvement.

Diane, la première, s'en rendit compte.

— On part, dit-elle, émerveillée.

À sa gauche, Eugénie sourit.

— Je rentre chez moi avec ma petite sœur, dit-elle.

— Avec ta nièce, corrigea Marius, mi-figue mi-raisin.

— Je suis sûre qu'ils viendront nous accueillir à Saïgon ! clama Eugénie.

— Ça sera bon de les revoir, conclut Marius.

Tous trois contemplaient la Méditerranée qui semblait s'élargir entre les deux bras de la jetée.

L'Explorateur Grandidier, navire des Messageries maritimes assurant la ligne d'Extrême-Orient, appareillait.

Table

REMERCIEMENTS

Mes remerciements vont à Alain et Josiane Adouane, Thierry Baranger, Michel Bon, Marie-Thérèse Cahière, Jean-Pierre Chalangeas, Jean-Jacques Charrue, Jean-Pierre Chaye, Marie-Christine et Maurice Coudurier, Lev Forster, Micheline et Alain Manevy, Bruno et Conchita, Lisette et Jean, Nathalie et Gilles de Maximy, Annick et Hubert Michoulier, Sylvie Perdriole, Jacques Roman, Dominique Sassoon et Alain Val, qui ont lu et annoté le manuscrit du *Bâtard du bois noir*.

Une mention particulière pour Martine, mon épouse, à laquelle cet ouvrage doit beaucoup.

CHEZ LE MÊME ÉDITEUR

Laurent Cabrol

L'ENFANT DE LA MONTAGNE NOIRE

suivi de

LES DISPARUES DE LA SAINT-JEAN

et de

LE CRIME DE LA NOËL

C'est sur les lieux mêmes de son enfance, entre l'Aude et les monts de Lacaune, que Laurent Cabrol, né à Mazamet, a situé une œuvre romanesque aux âpres senteurs de terre tarnaise. Son héros, Justin Gilles, simple localier à *La Montagne noire*, sera devenu grand reporter à *France-Soir* à la fin de cette trilogie où se révèlent ses qualités d'enquêteur opiniâtre, à l'écoute des secrets colportés par le vent d'autan.

C'est d'abord, un jour d'été 1955 dans une ancienne fabrique de laine, la découverte du corps d'Agnès, la fille d'un métayer disparue pendant la fête du village (*L'Enfant de la Montagne noire*). Puis, quelques années plus tard, la disparition de trois jeunes filles dont un berger solitaire a bien voulu s'accuser (*Les Disparues de la Saint-Jean*). C'est enfin, un soir de réveillon 1966, le petit corps meurtri d'Annie Vidal, retrouvé sur le bord d'une route (*Le Crime de la Noël*).

Des sentes du Causse au dédale granitique du Sidobre, Justin Gilles mène la contre-enquête à sa façon : sur le terrain. Déterminé à ne pas se satisfaire d'évidences et de coupables tout désignés...

ISBN 978-2-8098-0124-8 / H 50-5779-9 / 660 pages / 27 €

Gilbert Bordes

LE CHAT DERRIÈRE LA VITRE

suivi de

L'HEURE DU BRACONNIER

et de

UNE VIE D'EAU ET DE VENT

Parce que « chaque vie animale est un roman, chaque vie humaine une montagne qui plonge dans la mer », Gilbert Bordes célèbre dans tous ses livres l'amour de la vie sauvage, des bois et des chemins, mais aussi des hommes et des femmes qui les parcourent.

Dignes de Genevoix, les contes du *Chat derrière la vitre* font la part belle au renard, au lièvre ou au cerf qui en sont les héros. Fabuliste moderne, Gilbert Bordes se défend d'en tirer la morale, car « la nature n'a aucune notion du bien et du mal » ; elle peut même se permettre, comme dans *L'Heure du braconnier*, de renouer des liens que l'on croyait rompus : car c'est l'amour du braconnage, legs de ses ancêtres, qui ramène au village de Nigérac un mari disparu et un père inconnu, afin de perpétuer la tradition... Dans *Une vie d'eau et de vent*, c'est un autre visiteur, tout aussi inattendu, qui viendra déranger les secrets bien gardés de la Jeugie, une ferme écartée des rives de la Dordogne. L'irruption de Pablo est-elle donc liée à la disparition d'Henri Lapierre, dont on est sans nouvelles depuis qu'il a pris le maquis ?

Tout l'art de Gilbert Bordes, l'un des talents les plus singuliers de l'École de Brive, auteur du *Roi en son moulin* et de *La Nuit des bulottes* (Robert Laffont), éclate dans ces trois livres, pour la première fois rassemblés en un volume.

ISBN 978-2-8098-0074-6 / H 50-5734-4 / 636 pages / 27 €

Pierre Galoni

LE PITAUD

suivi de

LA FILLE DU PITAUD

et de

LE PITAUD GRAND-PÈRE *et* **LE DESTIN DU PITAUD**

Un jour de juillet 1918, sa mère s'est vue obligée d'abandonner Pierre à l'Assistance publique. Mais l'enfant a promis : il ne pleurera pas. Un collier de bois numéroté au cou, le « pitaud », crâne tondu, est confié par l'administration aux Quercy, un couple de paysans de la Sarthe. Grâce à l'affection de la Mélie, leur fille adoptive, le petit Parisien, pupille de guerre, se fait peu à peu à la vie de la ferme…

Bientôt, hélas, la mère Quercy vient à mourir. Le règlement l'exige : Pierre doit quitter la ferme où il a été tant choyé. Les Freiquin, ses nouveaux maîtres, de vrais Thénardier, sont bien décidés à le dresser. Mais Pierre, du haut de ses dix ans, n'a pas l'intention de devenir leur souffre-douleur…

Jeux et ours pendables, premiers émois… Cette chronique d'une enfance campagnarde, teintée d'autobiographie, est un hymne à la nature et à une époque disparue. C'est aussi un hommage à ces instituteurs de la République, tel Paul Alban, sans lesquels un enfant comme Pierre Galoni – né en 1949, orphelin à cinq ans – ne serait pas devenu boursier, professeur, responsable syndical, membre du Conseil économique et social, officier de la Légion d'honneur… et enfin écrivain. Le parcours de toute une vie, que l'auteur du *Pitaud* raconte en romancier.

ISBN 978-2-8098-0220-7 / H 50-6527-1 / 726 pages / 27 €

Jacques Mazeau

LE PRÉ AUX CORBEAUX

suivi de

TERRE DE SANG

et de

DE L'AUTRE CÔTÉ DE LA RIVIÈRE

Beaupré et ses cent hectares : Alfred, maître absolu de son fief, a toujours fait régner sur sa femme, ses fils et ses brus une loi d'airain. À sa mort, ses héritiers se prennent à rêver. Enfin, ils vont se partager le domaine ! Enfin l'aîné, Lionel, va prendre sa revanche sur Pierre, le fil préféré, et accaparer son dû : les terres de la ferme aux Loups !

C'est oublier le testament, assorti d'un codicille empoissonné à l'adresse de Jeanne, leur demi-sœur : « Elle fut ma joie au quotidien, elle est mon espoir. Je compte sur elle pour que ce qui doit être fait de bien et de beau le soit. » À Beaupré, la guerre civile ne fait que commencer...

Le monde paysan que décrit Jacques Mazeau est rude et cruel. Quelles jalousies expliquent, dans *Terre de sang*, l'étrange assassinat d'Émile, retrouvé mort dans son champ, une plaie à la tête ? Quelles haines antiques, dans *De l'autre côté de la rivière*, séparent les villageois de Neuville et ceux de Bulcy, dans le Nivernais dans années 1960 ? Suspense à la Simenon, amours paradoxales et lien viscéral à la terre de Bourgogne : tels sont les composants qui manie l'auteur du *Pré aux corbeaux*, dont Serge Meynard a tiré en 1997 un téléfilm, *Le Cri du corbeau*. Un voyage au cœur de l'âme rurale, « où l'on ne sait jamais qui de la fleur ou du fumier aura le dessus »...

ISBN 978-2-8098-0245-0 / H 50-6880-4 / 704 pages / 27 €

Jacques Mazeau

LA FERME D'EN BAS

suivi de

LA DÉNONCIATION

et de

LE RETOUR DE JEAN

La ferme d'en bas, dans ce coin de Nivernais, n'a guère changé depuis le siècle précédent. Son possesseur, Auguste, est un paysan taciturne, capable des pires brutalités et animé par une idée fixe : agrandir le domaine, quitte à épuiser tout son monde à la tâche.

C'est dans l'indifférence générale, en 1910, que naît Julia. Elle va devoir grandir entre ce père, fruste et colérique, et une mère pleine de hargne et de rancœur. Elle devient pourtant une adolescente gaie et désirable. Au point qu'Auguste en tombe amoureux. Et, très vite, ils affichent leur liaison sans vergogne, face à une tribu familiale qui s'emplit de haine…

Grand classique de la littérature de terroir, *La Ferme d'en bas* forme avec les deux autres volumes de cette trilogie une saga rurale qui conduit le lecteur jusqu'au milieu du siècle. Dans *La Dénonciation*, deux prisonniers de guerre – le mari et le frère de Julia –, de retour dans leur pays occupé, s'affrontent jusqu'à l'irréparable. Dans *Le Retour de Jean*, un saisonnier prend la place du mari de Julia, opportunément disparu à la fin de la guerre, mais dont l'atroce secret pourrait bien ternir ce bonheur…

« *Tout sonne juste : les personnages enfantins ou adultes, les sentiments lourds comme la glaise, la société rurale au seuil de l'agonie…* »
(Le Journal du Centre)

ISBN 978-2-8098-0399-0 / H 50-7851 / 640 pages / 27 €

Jacques Mazeau

LA RUMEUR DU SOIR

suivi de

LA DAME BLANCHE

et de

MENSONGES

Quinze ans déjà que Louise a épousé Lucien Nogaret, maire et conseiller général. Avec les années, Lucien s'est révélé un homme froid, sans cœur, voire tyrannique. Louise le supporte plus qu'elle ne l'aime. Jusqu'au jour où Lucien choisit de l'humilier au cours des obsèques de sa sœur Germaine. Cette fois, Louise est résolue à se venger en propageant des rumeurs, afin de miner la réputation de Lucien. *La Rumeur du soir* mettra à jour plus d'une compromission… et bien pris sera qui croyait prendre !

Sous la plume de Jacques Mazeau, le monde rural est sans tendresse. Les passions ne sont jamais innocentes et les destins toujours rebelles. Quel lourd et très ancien secret cache Camille l'institutrice de *La Dame blanche*, sous le charme de laquelle est tombé Roland, veuf jusque-là inconsolable ? Et pourquoi faut-il, dans *Mensonges*, que Simon, le paysan, s'éprenne de la femme de son meilleur ami, alors qu'il vient d'épouser la fille unique de Vidal, le riche exploitant forestier ?

Avec son talent incomparable pour attiser les braises de la passion sous la cendre des faux-semblants, Jacques Mazeau a rassemblé ici trois de ses meilleurs romans, trois drames ruraux, démontrant une nouvelle fois sa connaissance intime des mentalités et des mœurs de nos terroirs.

ISBN 978-2-8098-0597-0 / H 50-8779-6 / 594 pages / 27 €

Cet ouvrage a été composé
par Atlant'Communication
au Bernard (Vendée)

Achevé d'imprimer sur Roto-Page
par l'Imprimerie Floch à Mayenne
en juillet 2012
pour le compte des Éditions de l'Archipel
département éditorial
de la S.A.S. Écriture-Communication

Imprimé en France
N° d'impression : 82724
Dépôt légal : juillet 2012